想看 在看 看过

BRYAN HURT

WATCHLIST

[美] 布莱恩·赫特 编
宋琦 译

中信出版集团 | 北京

图书在版编目（CIP）数据

想看 在看 看过 /（美）布莱恩·赫特编；宋琦译 . --
北京：中信出版社，2021.1
书名原文：Watchlist: 32 Stories by Persons of
Interest
ISBN 978-7-5217-2261-1

Ⅰ.①想… Ⅱ.①布… ②宋… Ⅲ.①中篇小说－小
说集－世界－现代②短篇小说－小说集－世界－现代
Ⅳ.①I14

中国版本图书馆 CIP 数据核字（2020）第 204076 号

想看 在看 看过

编　　著：[美]布莱恩·赫特
译　　者：宋琦
出版发行：中信出版集团股份有限公司
（北京市朝阳区惠新东街甲 4 号富盛大厦 2 座　邮编　100029）
（CITIC Publishing Group）
承 印 者：浙江新华数码印务有限公司

开　　本：880mm×1 230mm　1/32　　印　　张：16.125　　字　　数：370 千字
版　　次：2021 年 1 月第 1 版　　印　　次：2021 年 1 月第 1 次印刷
京权图字：01-2020-5297
书　　号：ISBN 978-7-5217-2261-1
定　　价：68.00 元

大方
sight

目录

序言

一切始于我家的婴儿监控器。构思这本书之前的几个月，我和妻子买了一个可接入互联网的摄像头，用来监控我那刚出生不久的儿子的睡眠情况。只要动动手指，就能在任何一台移动设备上查看他的状态——要是我俩去最爱的泰国餐馆吃饭，可以在手机上查看；要是我俩坐在沙发上看电视，可以在平板电脑上查看——他总在那里，出现在绿黑两色、画面颗粒感明显的屏幕上，小屁股撅着，像个卡通宝宝一样，呼吸轻柔，小身板儿起落有致。如果把镜头旋转 180 度，整个房间便尽收眼底；要是把镜头拉近到他的脸上，放大，屏幕上就会出现两只巨大的鼻孔，微微张开，还有他张大的小嘴。看过他之后，我们会继续享用美味素春卷，继续看电视上放的随便什么节目。看见他就是安慰。能看着他说明他很安全。

我把摄像头的事告诉了邻居——小说家，也是这本小说集的作者之一，阿莉克西斯·兰多——她问我我儿子能不能看到摄像头。他知道自己正被人看着吗?

当时我们正在公园里，推着孩子们荡秋千。

我告诉她摄像头放在婴儿床旁边的桌子上，距离他的脸只有几英寸。“我们可不是在监视他。”我说。

可是兰多的疑问却一直盘旋在我脑海，挥之不去。我们是在监视儿子吗？他知不知道有个摄像头在他睡觉的时候一直对着他？那时他六个月大，刚刚学会爬，而且永远都只会向后倒着爬。我觉得他应该不知道摄像头的存在。再说，就算他知道了又怎样？

我满不在乎地耸耸肩，继续推着儿子荡秋千。

快点儿适应吧，小伙子。被监视是生活的一部分。

我们都被监视着。听到这个事实，大家无动于衷的反应还挺让人震惊的。可是，自从爱德华·斯诺登在2013年爆出美国国家安全局规模空前、秘密实施的监视计划之后，我们就被铺天盖地的类似报道淹没——似乎每周都会有新的爆料——原来，我们本以为非常隐私的个人生活早就处于某种监视和审查之下了。上周，英国《卫报》报道了英国情报机关居然监听律师和当事人之间的谈话，而这些谈话本受法律保护不予公开。上上周，《纽约时报》报道了美国邮政总局居然经常让执法机关偷偷检查我们的邮件。自斯诺登爆料之后，我们就已明了，后9·11时代的美国政府及其盟友早就在偷看我们的邮件，偷听我们的电话，实时监控我们在网络上的一切行为——脸书上发的帖子，谷歌的搜索记录，发送的即时信息，玩魔兽世界时的游戏会话，等等等等。什么隐私都别想有，一切都无处遁形。

听到这些被监视的消息，我们的反应是……

……愤怒一阵子……

……写篇专栏文章发泄一下愤慨……

……可是对大多数人来说，不过是一起耸耸肩而已。

也许，我们对这些消息反应平静，是因为我们早已习以为常。说到底，他们偷窥到的隐私，我们早就主动拱手送上了。脸书、推特、照片分享——自社交媒体出现，甚至可以说，早在社交媒体出现之前，我们就已经在彼此之间的看与被看之中不亦乐乎，比任何政府部门都要尽责。

信息技术当然帮了大忙。据皮尤研究估计，人类现在每个月花在脸书上的时间达到7 000亿分钟。可是在十八世纪和十九世纪，贵族们为了得到一幅能公开展示的肖像画，就得花费大量的时间和金钱摆出各种姿势让人临摹才行。被人关注意义重大，一直以来都是如此——所以，有意思的是，“status”这个词用在社交网络中，表示“状态”，同时，这个词又有“身份和地位”的意思。因为“status”和社交网络的内涵如此契合，所以用这个词可绝不是巧合使然：你越关注我，我的地位就越高。

观察者的行为会影响被观察的客体。这个道理我们似乎凭直觉都知道，而且也已经过科学证实。在电子显微镜下，光子会从波变成粒子。还有一个非常著名的悖论叫“薛定谔的猫”也强调了观察者的作用。

如果知道有人在看着我们，我们的行为就会与平日不同，表现也会异于往常。就算以为有人在看着我们，行为也会受到影响。这就是“圆形监狱”（Panopticon）的逻辑。在那个圆形全景的监狱里，所有犯人都逃不过狱卒的监视。

这本书想要探讨一下这个监控无处不在的社会如何影响我们的生活。睡眠中的婴孩被摄像头监控着，婴孩的行为发生改变了吗？无处不在却又无可捉摸的旁观者如何能够改变本来的我们？德尔斐神庙门楣上刻的箴言说“认识你自己”（Know Thyself），对这句话可以这样阐释：时刻提醒自己，不要在乎外人的看法和旁人的评价，不要被别人的意见所左右。可是假使我们对自我的认知和外界对我们的评价融为一体、难解难分时，我们该如何自处？身处一个没有隐私的世界，个体自我又如何实现？

我决定通过小说来深入探讨这些问题。选择小说的原因不是因为从小说中我们能找到合理的答案或者说权威的答案——好的小说恰恰不会给我们这些——而是因为小说给我们提供了天马行空的想象力去探究真相。通过阅读小说，我们可以记录、查证、推测、细究、判断和观察这个世界。小说，给我们带来了另类的监视技术。通过阅读小说，我们能更清晰理性地看待眼前的世界——神游异国他乡，认识不一样的人，经历别样的生活。

可是，最精彩的小说带给我们的绝不止于此。优秀的小说帮助我们发掘未知的自己和潜藏在内心深处的那个我，那个连我们自己都没有发现的自我，那个我们还不了解的自我。我们通过阅读小说感受世界，也感受内心。

跟作家们约稿，请他们提供有关监视题材的小说时，我只提了一条原则作为参考：形式多样，想象力丰富。我可以接受“取材于真人真事”的故事，场景设定在遥远未来的故事，也喜欢场景设定在不远将来的故事，发生在一百年前的故事也可以。结果让我惊喜。不是因为这些故事全都精彩绝伦，也不是因为这些故事全部深入探讨了主题——我已经预料到这些故事个个精彩，也知道作者们都会不遗余力地完成任务。这些故事有与政治相关的，也有无关政治的，有伦理道德的，有警世告诫的，有现实主义的，也有实验性的，各种“类型”小说——科幻，历史，黑暗。有些小说的作者早已为读者所熟知，有些小说的作者即将为大众所了解，这些作者的作品都应该出现在大家的“阅读清单”中，因为他们会是文坛的“明日之星”。让我欣喜的是，虽然这三十二个故事跨度很广，可是内核却一致：监视换来的是亲密关系的终结。越熟悉，越疏离。

不管怎样，我希望他们的结论是错误的，虽然答案一目了然。

尽管如此，这些故事带给我们的影响仍不可估量，不仅让我们看清了世界的真面目——堕落，千疮百孔，茫然无措——还展示给我们世界的美好与无限可能。最有力的故事能帮我们挽回损失，将其转化，再修炼成美丽的艺术品。所以，请容我给大家呈上这本有关监视的另类故事集，展现给你们我所理解的奇幻世界：

“看”是密切关注。

密切关注是爱的方式。

所以，快点儿适应吧，小伙子。“被看”是生活的一部分。

——布莱恩·赫特

罗伯特·库佛

创作的第一部小说《布鲁人的起源》（*The Origin of Brunists*）于1966年获得“威廉·福克纳小说奖”。截至目前，他已出版十四部小说，三部短篇小说集及一部戏剧集。他在布朗大学任教三十余年，并创办了“国际作家计划”，为那些在本国面临迫害、监禁或者压制等威胁的国际作家提供年度奖学金，并为他们提供安全庇护所。1990—1991年，他发起全世界第一个超文本小说工作坊，并于1999年成立电子文学组织；2002年创立了“洞穴写作”（Cave Writing），这是第一个关于沉浸式虚拟现实的写作工作坊。

午夜之城

罗伯特·库佛

她的身形慢慢显现在凄冷午夜，幽灵般悄无声息，惊扰了正在酣睡的城市，搅乱了城市的安眠。整个城市因之陷入一场腥风血雨、荒诞离奇的梦境。她身穿黑色束腰风雨衣，黑色丝巾围在颈间，头戴黑色礼帽，帽檐柔顺宽大，遮住了面庞。她走在空无一人的街道上，街灯为伴。灯光一会儿把她从浓稠如墨的黑暗中拽出来，沐浴在灯光下，一会儿又把她推进无边暗夜。突然，在一盏本该出现她身影的街灯下，光晕笼罩的地方空空荡荡，高跟鞋敲击湿滑路面的声音也消失无着。与此同时，不知何处响起乱糟糟的呼喊和啸叫，好像出自一群饥渴难耐的男人，却只闻其声，不见其形。她也如此。倏忽间，好似有人变了个戏法，一个头戴黑色窄檐浅顶软呢帽的男人凭空出现在本该她出现的街灯下，静候她的到来。男人穿的黑色束腰风雨衣和她的款式不同，颈部打着黑色丝质领带，露出白色领口。不知何处传来一阵隆隆声，气势汹汹，好像一列火车正穿行在地底，抑或轻轨在头顶呼啸而过。等噪声渐行渐远，男人从兜里掏出一包香烟，弹出一支，夹在唇间，把香烟盒放回口袋，戴着黑色手套的双手拱起，挡着嘴巴，点着香烟。火柴点燃的一瞬，微光照亮了他残酷冷峻的外貌。随后，他双手插兜，香烟晃荡在唇边，脸藏在帽檐下的阴影里，走入她刚刚踏入的暗黑之地。远处传来警笛声，忽高忽低。她再次出现，走进潮湿氤氲的光柱，继续前行，踏入黑暗之中，出现在下一盏街灯的光芒里，没入黑暗，出现在灯下，然后，再次消失。第二个男人出现在她本该出现的街灯下，着装与第一个男人如出一辙。低沉的隆隆声再次传来，又很快消失，声音轻微，却让人不寒而栗。他拱起戴手套的手，点燃一支香烟，随后消失在她刚刚踏入的阴影里。远处隐隐传来警笛声。等一切归于沉寂，她又凭空出现，从一盏街灯走到下一盏街灯，一如刚才。那两个男人，本已消失不见，也再次出现在她身后，香烟藏在帽檐下，明灭闪烁。只是不知他们还是不是先前的那两个人。他们跟着她，和她只隔开一盏街灯的距离。她出现在灯下，他们也出现在灯下，她消失在黑暗中，他们也消失在黑暗中，如影随形似鬼魅。走到又一盏街灯下，她停下脚步，他们也停下脚步。在她前方，街灯下站着第三个男人，阴影遮面。男人拱起戴手套的手，点燃一支香烟，打着黑色丝质领带的白色领口两侧发出微光，好似发光的图标。她转回身：之前的两个男人正静静盯着她，沉默不语。她步入黑暗。他们拉低帽檐，紧紧跟随。冥冥之中，好似一阵风呼啸而过，忽大，忽小，街灯突然明亮闪耀，又变得黯淡无光。随后，整条街道陷入无边黑暗，让人不辨东西，只能听到歹徒四处游走的奔跑声和匕首刀锋出鞘发出的冰冷咔嗒声。突然，有人把一只玻璃瓶扔到砖墙上，瓶子炸裂开来。接着，一道炫目的白光照亮天际，也照亮了一条突然出现的小巷，里边挤满身穿黑色衣服的无头男尸。附近某处，轮胎摩擦地面发出尖锐刺耳的声音；汽车碰撞引发车祸，似惨叫却又不是惨叫的声响划破夜空，呼啸而过。她神情漠然地从一堆尸体中间站起，耐心等待那一堆无头男尸也慢慢爬起。接着，她双手上抬，好似正在拉上遮光窗帘。把手放下，黑暗随之降临。一片死寂。

她走进一间白色大理石装饰的雅致酒吧，里边挤满了男人，有的有头，有的无头。有头的男人戴着黑色软呢帽，帽檐下的阴影里香烟明灭。私语声，划火柴声，玻璃杯叮当声，椅子摩擦地面的响声，在她出现的那一刻全部消失，整个酒吧沉默如冰。她头戴黑色宽檐礼帽，双手放进风衣口袋，黑色高跟鞋敲击大理石地面，穿过酒吧，走向对面一扇黑色皮质大门。男人们，有头的，无头的，站起来跟着她，白色衬衣领口窸窣作响，闪闪发光。她站在门口，被一群不怀好意的男人包围着；然后，她打开大门，进入隔壁房间，男人们跟着一窝蜂地往里挤。可是，只有她走了进去，站在那里，神情冷峻，遗世独立，一如刚才。这个房间也是酒吧，白色大理石装饰，一尘不染，散乱地坐着几个一动不动的男人，有的有头，有的无头。酒吧里的细微声音逐渐消失，陷入沉寂，让人心神不宁。她的脚步声响起，从容不迫，敲击着大理石地面，填满了死寂的酒吧，有如心跳回响在空洞的石头心房。一个无头男人挡住她的去路，接着是两个有头的男人，戴着帽子，帽檐下香烟闪着微光，又一个无头男，第三个无头男。她从他们中间穿过，走向对面那扇黑色皮质大门，好像他们并不存在。站在门口，她停下。男人们一拥而上，把她团团围住，威胁恐吓与刚才如出一辙。她走向隔壁房间，男人们也跟着挤了过去。可是只有男人们进入了那个房间。他们跌跌撞撞地闯了进去，看得见的，看不见的，撞翻桌椅，撞倒别人，也被别人撞倒，一片混乱。他们跑到门前。她站在那里，站在他们刚刚离开的门槛处，围着丝巾，戴着帽子。她关上门。他们趴在门上，无声拍门，拍打在别人身上，也被别人拍打。黑暗降临。

她走到漆黑的街道上，街道两边停满汽车。零星的街灯照着她前行的道路，在她要走过的地方投下湿滑光晕。每经过一辆车，都有无头男人和头戴黑色软呢帽的男人从车里钻出来，跟在她身后，在街灯的光晕里出现，消失。她转到一条漆黑小巷，身形影影绰绰，模糊不清，暗影浮动，只有高跟鞋的敲击声空洞回响。男人们跟在她身后，夹在黑乎乎的砖墙之间，挤挤挨挨，衬衫衣领发出诡异的光。小巷尽头通往被路灯照亮的街道，她停在巷口。身后的砖墙响起刺耳的嘎嘎声，接着砰的一声巨响，把她的追随者夹在中间。她走在空无一人的街道上（远处，警笛声响起，又消失），转到另一条小巷。又有许多男人从路边停着的车里钻出来，身穿黑色束腰风雨衣，有的有头，戴着帽子，有的无头，从四面八方拥来，跟在她身后。这次，她远远地站在小巷尽头，柔顺宽大的帽子遮住脸庞，帽檐底下的她神情漠然，注视着砖墙砰然紧闭。在船坞，他们跟着她走到码头尽头。她的高跟鞋砰砰敲击着湿漉漉的木头，引领他们走向黑暗。有些人已被压扁，看起来像是身穿束腰风雨衣的剪纸人，有的有头，戴着帽子，有的无头。她无声地走到码头侧边。无头的男人们，什么都看不见，有的扁平，有的正常，从码头尽头摔了下去。有头的男人们，被身后慌乱惶惑的无头男推搡着，也摔了下去。水里很快落满了被淹死的男人。扁平人浮在水面上，帽子漂在一旁，水波轻柔地拍击码头，他们的身体也跟着有节奏地一起一伏。

在铁路站场，她悄无声息地穿过铁轨，身后跟着一群男人，有的戴帽，有的无头，扁平人浑身湿透，皱皱巴巴；正常人全身浮肿。所有男人都被从暗夜中突如其来呼啸而过的火车撞个正着。

她背靠砖墙，沐浴在黯淡灯光下，一动不动，好似被钉在了地上，黑色礼帽的柔顺宽大帽檐遮住脸庞，双手放在黑色风衣口袋里。不知什么地方，饥饿的男人们低声吼叫，喃喃自语。身后砖墙瞬间雪亮，把她的身影衬托得愈发黯淡。她迈步走出炫目强光，与此同时，追逐她的男人们却走了进去。一辆大卡车，喇叭轰响，轮胎摩擦地面，刹车声尖锐刺耳，朝那堵墙撞了过去。撞击之下，车头灯熄灭，如雨一般纷纷掉落的砖块和漫天飞舞的呢帽在黑暗降临的那一刻，消失无踪。

到处都是男人，站在路灯下，从路边停着的车里钻出来，有头的抽着香烟，所有人都在船坞逡巡，在酒吧进进出出，在铁路站场转来转去，东奔西跑——看得见也好，看不见也罢——穿行在午夜之城荒凉幽暗如迷宫般的街道上。偶尔不知从地底还是从头顶传来不祥的隆隆声，远处隐隐传来警笛声，被撞瘪的汽车发出碎裂声，还有爆炸之后传来的沉闷的轰轰声。时不时地，不远处会响起高跟鞋敲击路面的清脆回声。听到这声音，男人们突然驻足，侧耳倾听——要是他们有耳朵的话——朝发出声响的地方走去。回声停，他们也停，脚步声响起，他们继续。男人们要么没头，要么戴着黑色软呢帽，帽檐拉低，遮住点着的香烟；身子被压扁、像剪纸的人全身湿透，哗啦啦响，没被压扁的人全身浮肿；所有人的手上都戴着黑色手套，握着银色手枪。远远地，枪声响起，子弹反弹，哀号不断。不时有男人抓着胸口倒在地上，可一眨眼的工夫他们又站了起来，继续在迷宫般的街道上穿行。男人们被有规律的脚步声引导着来到一小块空地上，聚在这里。空地四周，亮着路灯的街道呈辐射状向各个方向延伸。她突然从阴影里出现，无处不在。先是出现在一条潮湿的街道上，然后又出现在另一条街道上。不论何时，不管何地，只要看到她，男人们就朝她开枪。她同时出现在两条街道上，一起朝空地上的男人们走去，三个她，五个她，八个她，到处都是她。各个方向同时枪声大作，玻璃碎裂声，子弹击中身体时发出沉闷的噗噗声此起彼伏。她开始分裂，解体，出现在所有街道上。男人们——扁平的，正常的，戴帽的，无头的——一个接一个扑倒在漆黑一团的街道上，放弃了他们微不足道的尊严。她走在他们中间，完好无损，跨过他们皱缩干瘪的身体，玻璃碎片踩在脚下咔嚓作响。随后，所有街灯瞬间点亮，却又立刻熄灭，她消失在这突然降临的黑暗中。男人们全都死了。不，他们没死。他们又站了起来，走在街灯下，戴着黑色手套的双手拱起，点着香烟，要是戴着帽子，就拉低帽檐，整理整理系在闪光衬衣领口的黑色丝质领带，侧耳倾听。黑暗中，高跟鞋的敲击声再次响起。

凯瑟琳·卡琳

小说见于《手推车奖获奖小说选集》(*Pushcart Prize*)《新南方故事》(*New Stories From the South*)，以及《一个故事》(*One-Story*)，《三季刊》(*TriQuarterly*)《阿拉斯加评论季刊》(*Alaska Quarterly Review*)《潘克》(*[PANK]*) 等期刊。她于2011年在西北大学出版社出版《送我去工作》(*Send Me Work*)，该书获得了“巴尔科内斯文学奖”。她住在堪萨斯州的曼哈顿，在堪萨斯州立大学任教。

睡在珍·茜宝[1]睡过的地方

凯瑟琳·卡琳

学校图书管理员是第一个告诉我珍·茜宝的故事的人。布里德洛夫小姐戴着猫眼似的眼镜，给人感觉有点反主流，还有点桀骜不驯，可是只有我能感知到她内心的郁郁寡欢。她从书架上抽出一本书给我看：这张是珍参加埃德·沙利文的节目照；这张是珍那手足无措的父母；这张是珍刚到巴黎时的照片；这张是珍被绑在火刑柱上的剧照。珍来自马绍尔镇，紧邻我的家乡埃德纳，周六清晨蹬着自行车就能去的地方。珍是整个艾奥瓦州最漂亮的女孩；全美国美女那么多，只有她脱颖而出，被选中在电影《圣女贞德》中扮演贞德。她定居巴黎，

---

1 珍·茜宝（1938—1979），美国著名影星，艾奥瓦州人，后定居法国。曾主演《圣女贞德》《你好，忧愁》《筋疲力尽》等。珍卷入一场反战政治运动中，因她与黑豹党（美国左翼黑人民权组织）的成员有来往，联邦调查局以她为靶子开展了一系列的反面宣传。1979年，她的尸体在巴黎郊区的一辆汽车后座上被人发现。——译者注。本书注释如无特别说明，均为译者注。

嫁给了一位著名作家。她是个电影明星。有关珍·茜宝的其他事布里德洛夫小姐提都没提，这也无可厚非——死去的孩子；邪恶的反间谍计划对她的骚扰与迫害；后来终日喝得酩酊大醉，身材变形，慢慢风光不再；最终死在一辆白色雷诺车里，汽车停在巴黎的一条小巷里，尸体高度腐烂，抬不起来，只能用铲子把尸身铲到警察的尸体袋里。图书管理员是想告诉我，埃德纳之外，还有别样的生活。

我一下就被迷住了。不敢相信二十世纪五十年代后期的巴黎不但孕育了碧姬·芭铎——那个行走的肉弹，终日缠绵悱恻地躺在那里被动等待——也给了我们珍·茜宝，开着雪铁龙汽车，“哔哔”地按着喇叭在巴黎城区穿梭来去，把情人放到路边，稍微调整一下后视镜，说声“对不起，亲爱的”，手腕轻扬。既千娇百媚又英姿飒爽。她展现了巴黎的娇俏妩媚，更显露出艾奥瓦的豪放不羁。这里的腐殖土能种玉米和大豆，养猪，也孕育了珍·茜宝。她的血管中流着北欧人的血液，和我一样。

高中毕业的第二天，我离开了埃德纳，二十年之后的现在，我又回来了。清晨，即将被开膛破肚的猪凄惨地嘶叫着，叫声从小镇另一头传到我的耳朵里。有时，刚刚醒来的我特别恐惧，担心会老死在这里，虽然我只有三十八岁。珍·茜宝死去时四十岁，这个年龄在少女时代的我看来已经活得够久了——谁想活到四十岁啊？现在，我已闻到一丝死亡的血腥气息。我躺在床上，听着猪叫，回想着当初逼我不得不回到埃德纳的各种不利因素。

决定回艾奥瓦的那个夜晚，埃德纳怎么看都是一个明智选择。我当时住在俄罗斯山[1]，房东已经下了驱逐令，于是我仔细盘算，靠做校

1　俄罗斯山，美国旧金山的一个街区，也是旧金山的 44 座山丘和最初的 7 座山丘之一。

对的那点微薄收入要往东走多远才能找到负担得起的住处。就在那时，电视上出现了我们的市长；出现了我的家乡；还有为奥巴马当选总统贡献了重要力量的艾奥瓦州。于是，在八号提案[1]通过后的余臭中，我逃离加利福尼亚，奔往光明与清新之地，与当年逃离艾奥瓦去往旧金山的理由如出一辙。一直以来，我都想要待在一个天开地阔、安宁静谧之地，静下心来把珍·茜宝的故事写出来，事无巨细，毫无保留。

五月的这个清晨，我打开电脑，在珍·茜宝的故事里痛苦挣扎，纠结于一直纠结的地方。她怎么能跟哈基姆·贾迈勒做朋友呢？这个人简直是个跳梁小丑，只会自吹自擂，就连黑豹党[2]的成员都对他不屑一顾。珍和他在飞机上结识。现在，对大多数人来说，他坐的居然是头等舱这一事实本身就足以引起人们的警惕。更不要说后来他虚张声势地吓唬珍，说自己有几个死对头，于是珍邀请他乘坐小萨米·戴维斯[3]的利尔喷气机，到戴维斯位于塔霍湖的疗养所消磨时光，还把这里当成他的安全屋。

哎呀，珍！试着（我的确这样做了）站在当时的历史背景下再回看这个错误吧。随随便便就为黑人权力所折服，这是她对自己的背叛。我实在想不通她这样做的初衷。这会儿我最渴望的就是来一杯焦糖玛奇朵咖啡。幸运的是，埃德纳新开了一家星巴克。不是真正的星巴克咖啡店，只是在超市一角设了个小摊位，几把标志性的勃艮第红色舒适座椅为这个角落增添了几分地道星巴克咖啡馆的韵味。要是在旧金山，我才不会去星巴克，可这里是埃德纳，所以

1　八号提案，一项针对同性婚姻的公投提案，目的是通过修改加州宪法来禁止同性婚姻。该提案引起的法律之争是加州乃至全美同性婚姻平权史上最重要的案例之一。

2　黑豹党，二十世纪六十年代美国一个活跃的黑人左翼激进政党。

3　小萨米·戴维斯（1925—1990），美国著名歌唱家。

能喝到星巴克咖啡就已经谢天谢地了。记得上高中时，唯一能喝到“正宗咖啡”的地方就是一家专卖基督教装饰品的小商店。温乎乎的榛果味咖啡装在保温瓶里，盛咖啡的泡沫塑料杯堆放在一堆装饰用餐巾和小天使中间。

曾几何时，埃德纳的街道两旁种满了榆树和橡树，可是现在它们却被砍伐殆尽，有的是因为生了病而不得不砍，有的是被身穿橙色马夹、坐在高空移动升降机里的人直接砍掉。取而代之的是各种垃圾树——朴树、洋槐和亚利桑那梣；人行道上到处都是软乎乎的绿色豆荚，还有许多摔得稀烂的北美红雀蛋，黏黏糊糊摊在地上。我住的小屋离市中心有五个街区；没事散散步，偶尔骑骑自行车，是我对回归小城生活的美好愿景。可是我却忘了中西部地区的春天是如此阴冷，如此潮湿，结成冰晶的浓雾一团团汹涌地向我扑来。移动升降机已无影踪，砍断的树枝却还在萌芽。隐隐约约不知何处传来弹奏音乐的声音，渐渐地，声音越来越大，接着，铜管乐器有节奏的敲击声变得清晰可闻。

转过迪凯特大道的街角，迎面走来一队游行队伍，打头的是三个身穿白色亮片紧身衣的女孩，肤色黝黑，身材浑圆，脸上的笑容如花绽放。几十个人，有老人，有小孩，正站在人行道上对着游行队伍挥手。一排排小号手，差不多都是十二三岁的年纪，跟着里拉琴的音乐节拍前进。队伍里还有几个长号手，一个编着法式发辫、吹着大号的女孩，女孩身后跟着五个身穿绣着牛轭图案的黑色衬衣、弹奏曼陀林的男人。

我忘得一干二净。今天是五月五日节[1]。

1　五月五日节，墨西哥传统的爱国主义节日，为庆祝墨西哥军队击败法国殖民军而设立。

再往后，花车驶了过来，罗西塔妈妈家的卡车，埃斯基韦尔家的敞篷凯迪拉克，一辆消防车，还有两辆警灯闪烁的警车。接着驶来的是一辆白色福特皮卡，车上站着我们的市长查理·伯特，正对人群疯狂地挥舞双手，乍一看还以为他快要淹死了呢。卡车后边跟着两辆农用拖拉机，拖着流动厕所。

查理·伯特和一般的小城市长不一样，至少，他和我想象中的小城市长不同。他不爱西装革履，也不会一丝不苟地梳头发，好遮盖住秃顶，更不是一个为了摆脱破产才进入公共服务领域的小官僚。他没有西装，要说头发，我倒是一根都没见着。他喜欢在头上包一条印花头巾，随心情变换花色，今天的图案是史努比和啄木鸟。他下身穿李牌牛仔裤，配着表袋，上身是粗斜纹棉布夹克，里边搭了一件印着约翰·康加·麦伦坎普头像的圆领汗衫，汗衫可以追溯到“稻草人乐队”时代。

“哇，哇，”他叫道，福特车猛地刹车，他的身子也跟着晃了几晃。“这不是奥迪尔·达尔奎斯特嘛！”

我走到卡车跟前，跟他握手。有个流动厕所的门一下子打开，跳出个身穿条纹衬衫的小男孩，手里还抓着一只长号。

“你没事吧，哈维？”市长问道。

“游行一开始，我就被困在里边了，”哈维咕哝了一句，从我们身旁跑过。

“五月五日节快乐，”查理·伯特对我说，“你知道吗，我听人说你回来了，是谁说的来着，应该是在银行碰到弗罗伦斯·拉斯穆森时，她告诉我的，她在路德教堂碰到你妈妈了，是你妈妈告诉她的。可能是路德教堂。”

“你要说是教堂，那肯定不是我妈妈。”我干吗要纠正他？就这些道听途说的小事，艾奥瓦人能在细枝末节上跟你纠缠一整天。

“那估计是类似这样的地方，我猜可能是她们去庇护所参加百乐餐活动的时候说的吧。”

“有可能。”

“跟你说，”市长说，“我们再巡游两个街区就结束了，等会儿请你去露天市场吃块哥伦达[1]，喝杯混合水果饮料，你看怎么样？”

车身一抖，他继续前进。游行队伍朝露天市场的方向走去，我跟在后面，好像一条流浪狗。哥伦达听起来不错，可我现在最想喝的还是玛奇朵咖啡。

要是珍·茜宝像个男人一样可以让激情肆意燃烧，也可以让热情渐渐冷却，结果会怎样？也许就不会有死去的婴孩被埋葬在马绍尔镇的柳树下，也不会有被遗弃的雷诺汽车了吧。珍会活到70多岁，住在巴黎的公寓里，身穿穆穆袍[2]，身材因吃多了布里干酪而微微发福。时不时地，她会跟让·吕克·戈达尔的仰慕者见见面，也会接受让·保罗·贝尔蒙多传记作家的采访。一想到那个名叫妮娜·加里的小婴儿会跟其他欧美混血二代一样健康成长，我就开心。她可能像父亲一样沉默寡言，同时又继承了母亲勇往直前的气质。她也许会当演员，在大制作的丹麦电影中扮演角色，也许会选择在小制作的独立电影里扮演染上海洛因毒瘾的赏金猎人。

可是，珍是个女人。一个有想法的女人。一个美艳绝伦又有想法的女人。所以，她必须被干掉。胡佛把干掉她当成了自己的使命。珍把全副精力投身于艺术创作，同时忙着为瓦茨幼儿园的孩子们募

1　哥伦达，墨西哥食物，和墨西哥粽较像，用绿色玉米叶包裹成三角形。

2　穆穆袍，色彩艳丽的女式宽大长袍。

集资金时，胡佛却带着他那帮终日汗流浃背的阴险手下忙不迭地监听她的电话，偷看她的信件，窃取她的会议记录，这些资料由某个可怜又可恨的瘾君子提供，通过出卖珍·茜宝来躲过牢狱之灾。而那帮联邦调查局的小人们呢，嘴角唾沫星子若隐若现，背带紧绷，豆大的脑袋瓜子想破了头，才把这些证据歪曲污蔑成一个简单的事实，也是他们唯一能理解的事实：这个来自艾奥瓦的金发小妞喜欢鸡巴，多多益善。这小妞尤其喜欢黑鸡巴。

埃德纳超市星巴克的服务生对自己的手艺特别自豪。他正和一个身穿豹纹上衣的女人说话，这女人身量苗条，比我在埃德纳见过的大多数女人都要瘦，比我还瘦。

“这杯含有两份咖啡因。”男孩说。

“两份？”

“平时你喝的都是一份，我怕你喝了会心悸。”

“哦，管他呢！”女人猛拍一下柜台，神秘兮兮地转向我。“就给我来点儿刺激的吧。”

女人已人到中年，应该不是我认识的人。

“奥迪尔·达尔奎斯特，真没想到啊！我听说你回来了。应该是费伊·埃克哈特在瑜伽课上告诉我的，她说她是在转转杯那里听辛迪·弗兰克说的。”

意式咖啡机开始尖声啸叫。

“你不记得我了，”她凭直觉意识到，“梅根·麦吉比。结婚之前我叫梅根·桑德加德。”

这个名字在我脑海飘过：痴迷的气息，煮过头的豌豆味，好像还发生了什么跟坏掉的拉链有关的事情。不管她是谁，对我来说，带来的都是不好的联想。

“你之前不是去加利福尼亚了吗，对吧？我一直都觉得你是个干大事的人。你那个性的发型，还有你总是戴着的那顶用网纱遮住半张脸的晚礼服帽。”我倒是有一顶那样的帽子。发型也够个性。“你怎么又回来了呢？”

我不打算跟她提珍·茜宝。在这头母猪面前，我才不会把我的珍珠献宝似的晃来晃去。服务生把堆满掼奶油的拿铁咖啡递给她，她像个小马驹一样刷地挺直身躯，手机对准咖啡杯，拍了张照片。

我点了玛奇朵，服务生又推销给我一块玛芬蛋糕。三两口把蛋糕吃完，用小小的印花餐巾纸擦擦油腻的手指，我拿着咖啡来到了斯文森公园。公园因本地两位胆识过人的养猪专业户斯文森兄弟而得名。他们最早提出要在埃德纳本地建立肉联加工业务，把品质优良的肉切掉单卖，剩余的边角料绞碎做成熏猪肉香肠，猪血灌进蓄水池，分离之后抽吸出有用部分再加工成猪头肉冻。斯文森兄弟估计没想到以他们的名字命名的公园现在变成了五月五日节集会的主要场所。墨西哥乡村音乐从停在附近的汽车里飘出，皮卡上装饰着五颜六色的小旗子，乐队的孩子们完成了使命，一手拿乐器，一手抓冰激凌，三三两两地聚在一起，叽叽喳喳聊着表演过后的满足。这场聚会——小吃也好，服装也罢，包括经典的敞篷车——都是为更暖和的天气准备的。

我们的市长这会儿身上裹着赛雷普毛毯，头上戴着墨西哥阔边帽，像个先知一样伸展双手，祝福着那些或拎着扎了缎带的鹅走到他跟前、或摆出搞笑的单肩下握颈摔跤姿势对他比比画画的人。上次这里发生大罢工时，我还在上高中。时任工会主席的查理·伯特带领着愤怒的肉联厂工人们举行了一场和今天完全不同的游行，他们沿迪凯特大道走向屠宰场抗议，屠宰场大门紧闭，罢工工人们吃了闭门羹。当时屠宰场的雇员全是盎格鲁人，都是一个世纪前来到这片水草丰美的土地定居的德国人和瑞典人的后裔：我父亲和叔叔，查理·伯特，还有所有我认识的人。他们再也没能回到屠宰场；父亲现在在监狱工作，每天早上下班回到家，都会静静地坐上一两个小时。他的手背青筋满布，手指弯曲呈杯状，像爪子一样终日蜷在一起。

我父母对查理·伯特寄予了厚望。每个人都如此。这就是为什么他能当这么多年市长的原因。他把自己的政治资本全部用在确保埃德纳的发展能顺应时代潮流上去了。在加利福尼亚时，每周给家里打电话，我总能听到话筒中传来父亲那低沉又迷茫的声音。查理·伯特说不要责怪墨西哥人，他们跟我们一样都是工人，只不过他们拿到的钱比我们少一半。城里现在开了各式各样的店铺：墨西哥卷饼店，货币兑换所，还有家具租赁处。查理·伯特说这是好事。说话的时候，父亲会凝视窗外，看着修树工走进移动升降机。

我得对这个一身自行车手打扮、牙齿洁白的市长充满信心。埃德纳跟艾奥瓦州其他城市不同，这里从来不会制造各种爆炸性新闻。不会有房东因为给移民提供住房而被惩罚，不会有墨西哥人因违反交通规则而进监狱，更不会有老师因拒绝交出拉丁裔学生的名单而被威胁。这里会举行各类足球比赛；这里有各式各样的温馨聚餐；在这里，如果牧师拒绝做西班牙弥撒，查理·伯特会说服路德教派的牧师把教堂出借给说西班牙语的巡回布道牧师，这位牧师再每周一次来这里做弥撒。要是查理·伯特建议做弥撒时在教堂圣坛挂上十字架，就连最虔诚的路德教徒也不会反对。

查理看到了我，重重地把他伤痕累累的大手放到我的后背揽着我。“大家快来看，”他说，“这位是奥迪尔，她去加利福尼亚待了几年，现在，她又回来了。奥迪尔，你肯定没想到能在埃德纳看到一场活色生香的五月五日节庆祝仪式吧，对吗？”

“确实没想到。”

“埃德纳现在变化可大了。变化太大了。当然是越变越好！请你吃点东西吧。来一块哥伦达，这是墨西哥人在婚礼上才吃的点心，”他清晰地发出了哥-伦-达这三个音，“在旧金山应该吃不到吧，是不是？”

“实际上——”

“你知道其他地方的人都犯了什么错误吗？干什么都依赖网络泡沫！在埃德纳，我们可从来没有什么泡沫。这就是为什么我们能一直繁荣发展的原因。我们还会继续蒸蒸日上的。只要人们吃熏肉，我们的经济发展就没问题。”

他的积极乐观在我听来无聊透顶。放在我脖颈后面的手感觉却很好。他的抚摸让我意识到，自上次有男性用手轻抚我的脖颈到现在，已经过去好几周了。

说实话，少女时代的我曾经特别迷恋查理·伯特。谁不是呢？他谈起管理，慢声细语，却字字珠玑；他面对警察时气势逼人；他跟布鲁斯·斯普林斯汀在电话里聊天。然而，现在的我早已被旧金山的奢靡风气腐蚀殆尽，像查理·伯特这样不修边幅的人会被人误认为是曾经的巡回乐队管理员，只会在酒吧里用令人乏味的故事骗骗小姑娘，聊聊过去的辉煌。

不过我还是会跟查理·伯特一起出去喝杯咖啡，到狮穴酒吧喝喝酒。有时一起吃个饭。在珍·茜宝潜移默化的影响下，我渐渐渴望与不同的男人约会：年轻的或年老的，帅气的或丑陋的，结婚的或没结婚的都无所谓。我也想当那个开着雪铁龙汽车把约会过的男人扔到路边再绝尘而去的女孩。

或许我并不是讲述珍·茜宝故事的最合适人选。可是管他呢，反正也没别人在乎。一想到她就要不留痕迹地消失在时光里，我就心痛；无数个清晨醒来，我都绝望地想要逃离这个人们想象不出珍·茜宝是什么样的世界。离开旧金山之前，我和一个女孩进行了一次长谈，有那么一瞬，女孩让我觉得这个城市还是那么激情澎湃，还是那么时髦不羁：她是个拼贴艺术家，从警察那里拿到有关强奸案的报告，用剪刀把这些报告剪开，再重新组合成一首首诗。我以为她会对珍·茜宝感兴趣，于是我滔滔不绝地对她讲起来，就跟我妈妈之前絮絮叨叨对我的朋友讲她去看帕特里夏·麦克布莱德跳舞的情形（她最珍视的时刻！）时一个样，根本无视聆听者那虽克制却不耐烦的咳嗽声。我听到自己告诉女孩有关哈基姆和他妻子的事，也听到自己给她讲黑豹党的情况，还有J. 埃德加·胡佛发誓要消灭珍·茜宝的情形。我话音刚落，女孩就说："我最讨厌人们把什么都跟种族歧视联系起来。像我，我就不会以肤色取人。"她的话让我想一头栽到床上去。长眠不醒。

可是我却没有把时间用在写珍的故事上。大脑一团乱麻理不出个头绪，于是，我上网订购了一条碎花连衣裙和一双T字带凉鞋。UPS[1]把东西给我送上门时，我激动得无以复加，一口气又买了更多东西：一本讲述FBI的书，一个意大利浓缩咖啡机，还有一对石榴石耳环。我把厨房的一个角落收拾出来放折叠整齐的纸箱子。我在脸书上向住在旧金山湾区的一个朋友挑衅，讨论反对八号提案的运动是如何失败的。我在新闻订阅栏目看到一群女人一起过生日，于

1 UPS，联合包裹服务。

是又开始纠结，觉得就算我身在加利福尼亚，她们也不一定会邀请我参加聚会，这个念头折磨了我整整一天。我开始觉得，回到埃德纳真是自己给自己找罪受。

“这就是为什么我尽己所能远离所谓社交媒体的原因，”查理·伯特说。彼时，我和他正坐在埃斯基韦尔饭店的卡座里吃饭。“得了，别误会我：我也发推特。只不过我发的推文都是以埃德纳市的名义发的。”

“你也用推特？”我往盘子里舀了一些绿莎莎酱。

“只发跟埃德纳城市发展有关的内容。我对咱们的家乡大加赞扬。当然，人们都知道发推文的人是我，从收到的评论就能看出。可不是所有人都会对你说好听话。”

“怎么会有人攻击你？”我问道。这话可不是恭维。查理周身萦绕着一种安宁的氛围，像是堡垒一样把他保护了起来。有几天我故意对他不友善，可是对他却一点影响都没有。

“哦，那你会大吃一惊的。”他用刀子把盘子里的辣酱玉米饼切开，“其实，一般来说，他们攻击的内容也没什么新鲜的。可有时候人们却可以非常有创意，有些骂人的话从解剖学的角度来看根本不可能发生，还有些人特别热衷于编造乱伦的行为，诸如此类吧。不过，我也说了，这样的情况并不常见。”

“那常见的是什么？”

“哦，就那些啊。说我赞成黑人解放运动，说我亲西班牙佬，还有人说我喜欢同性恋，等等。”今天他戴的头巾是以《海底总动员》为主题的图案。查理的女儿是儿科护士，在艾奥瓦城上班。每周她都会开车回埃德纳，用海绵球擦洗查理的厨房台面，再给他带回一盒用旧的毛刷，好让他用来清洗头巾。她金发碧眼，风趣幽默，胳膊浑圆有力；初次见面就和我成了朋友，让我看她发到网上的照片，都是她和她的女朋友们举着马提尼酒、模仿黑帮做出各种手势的照片。

“现在还发吗？”

“从没断过。”

“每天都发？”

一个十二岁的男孩从厨房里走出来，手里拿着扫帚和长柄簸箕，开始在屋里轻快地划来划去，好像在耙树叶。

“的确是每天都发。在匿名这块面纱的遮掩下，人们能说出多么阴险恶毒的话，估计你想都想不到。绝对让人大开眼界。”

饭店老板吉列尔莫·埃斯基韦尔端着一盘我们没点的卷饼走了过来，神情看起来十分警惕，让人觉得挺好笑的。

“哎呀，你看看，”查理·伯特说，“吉列尔莫，我该给你多少钱？”

吉列尔莫对查理摇摇手指头。

“你太客气了，”市长说，“这就是当市长的好处。”

查理的女儿告诉我，墨西哥人来到这里时——最开始开车过来，住在24号州际公路外的拖车营地里，然后坐货车过来，接着是一公交车一公交车地来——查理一如既往，热情地欢迎他们。“他变得彻底跟他们一样了！”她的笑声沙哑；这姑娘似乎继承了父亲的沉着冷静，却又不像他那样整天操心不停。“所以我妈妈才离开了他，”她说道，“两年不工作？嘿，没问题。从芝加哥来的黑人工会清洁工住在我家客厅地板上？可以接受。可是他居然用液压千斤顶把皮卡顶了起来，她立即改变主意，跟他分开了。”

我对查理说：“毁掉珍·茜宝的就是这个东西。匿名诽谤。谣言说她被一个黑豹党的成员搞大了肚子。她伤心不已，结果孩子生下来没几个小时就死了。”

“哦，那个，确实。可她的对手是联邦调查局。”查理伸出一只手臂，在座椅靠背上舒展开来，另一只手揉着肚皮。“他们的程序很复杂。”我就喜欢查理这一点，他从来不需要我向他解释珍·茜宝是谁。他对珍·茜宝的情况了如指掌，就像他了解艾奥瓦州这一带的所有名人一样——一个宇航员，一个歌剧演唱家，二十世纪五十年代的一个同性恋小说家。当然，还有一个杀人狂魔也挺出名。

“结果都一样，不是吗？”我郁郁寡欢地说。

“被消灭？得了吧，除非你自己意志不够坚定。当然我肯定不会引起联邦调查局的关注。再也不会了。不，诽谤我的就是一群闲得没事干的胆小鬼。要说那个可怜的女孩，她是怎么都逃不掉的。”

扫地男孩来到我们面前，不耐烦地指指我们脚下。我抬起脚，他用扫帚扫着我脚下的地面，扫帚柄敲击着我的鞋底。透过窗玻璃看出去，艾奥瓦小城的下午薄雾朦朦。街道空旷，湿冷；很难想象那里曾挤挤挨挨站满了人，肉联厂工人带着妻子孩子聚在那里示威游行，大声呼喊着要求复工。

“我很好奇罢工游行的人都到哪里去了。”我说。

查理盯着我看的方向。“哦，他们还在呢。只不过现在都躲到室内去了。”

自从我在谷歌上搜索了几次巴拉克·奥巴马的信息，我就开始收到各种单身黑人男性约会信息的弹窗广告。每天早晨同一个时间，渴望喝上一杯玛奇朵咖啡的我会来到超市的星巴克，在那儿总会碰到梅根·麦吉比。现在，让她担忧的事情是艾奥瓦州最高法院承认了同性婚姻的合法地位。“我真的很担心，”她边说边对着手中的饮料拍着照片。“我可不是恐同症患者。不过我倒是相信宗教自由。”跟梅根见面的次数越多，我就越能想起她高中时的情形：英语课上坐在最前面的她，挥舞着双手慷慨激昂地讲解简·奥斯汀是多么平易近人的她。

我大口喝着冰凉的玛奇朵咖啡，想要把脑袋冻成冰块。

珍·茜宝的孩子妮娜·加里葬在马绍尔镇的墓地里，离茜宝家人的安息之地不远（除了妮娜的父母，双双自杀，长眠在巴黎）。河畔公墓包容并蓄，却又以各种形式分隔开来：天主教徒和路德教徒中间隔一条小径，德国人和瑞典人之间用栅栏隔开，黑人的位置较小，地点也独特；退伍老兵们混杂其间，活着是什么人，死了也一样。墓地历史悠久，雅致清幽，悬铃木郁郁葱葱。这里长眠着珍的父亲，药剂师埃德；旁边是珍的母亲多萝西；紧挨着的是珍的弟弟大卫，刚刚参加完高中毕业典礼，风驰电掣般地行驶在埃德纳尘土飞扬的道路上，车辆打滑失控，点燃了路边的干草堆，他因此丧生；这边安息着珍深爱的祖母，一位极具创新精神的拓荒者，也是珍家里唯一一个见到鲍比·萧特和伯尔·艾弗斯会特别开心的人。墓地有人照料，但不够精心，处处显露出疏于修剪的痕迹。花束随处可见，干枯程度不同。一个刚刚挖好的坟墓还没放棺材，旁边堆着艾奥瓦州特有的黑色黏土。墓碑有的直立，有的歪斜。本想在墓地商店买一小束勿忘我花放在妮娜·加里墓碑前，转念一想，有什么意义呢？又有谁能看见呢？结果，我为妮娜的坟墓拍了张照片。

我在网上买了一件黑色小礼服裙，上身效果应该跟《广告狂人》里的主演一样。不知道什么时候才有机会穿这件裙子，等到终于有机会穿的时候，我又胖得穿不上了。

查理·伯特叫我跟他一起出城。他想让我看点东西。我摆弄着他那辆皮卡车门上的门锁开关，听他在一旁喋喋不休说个不停，好像是关于什么家庭农场的事。罢工期间，埃德纳周边的农民们开着拖拉机和脱粒机也进了城，加入到罢工游行队伍当中，堵住了艾奥瓦州警卫队的路。他们有自己的麻烦，一个个债台高筑，都面临着被取消抵押品赎回权的问题。

“哦，他们的农场都没问题。”查理对我解释着。他说话的语速实在太慢，慢得我恨不得把手伸进他的喉咙里，把他想说的话拽出来。“权且这样以为吧。可他们还是得从孟山都公司买一切农用品，再把生产的农产品卖给孟山都公司。家庭农场跟佃农比起来也好不到哪儿去。”我不知道查理·伯特是不是疯了。谁知道呢？我现在唯一经常交谈的对象就是他了；再说，我又没有可参考的标准。

驶过屠宰场时，查理沉默不语——是怀旧？还是愤怒？也许都有。我想起星巴克的玛德琳蛋糕，开始纠结等会儿回去时是买玛德琳蛋糕还是买小饼干。查理车上的墨西哥电台放着欢快悠扬的手风琴音乐。

“看，就在那儿。”他说。我们刚刚跨过埃德纳边界。我伸长脖子努力往他指的地方看去。前方地平线上，出现了一根细细的线。又一根，再一根，越来越多，比电话线杆高，通体洁白，体形纤细。不管查理想让我看什么，我都希望能安安稳稳坐在车里看；我实在是懒得动。

风车，到处都是。三片叶子均衡分布，每两片叶子之间的夹角是一百二十度，任何时候看去，都像有人绝望地伸着双臂。越往前看，就有越多的风车出现，好像地平线上的着重号。眼前风车望不到头，身后风车无边无际，遮盖了整个埃德纳，遮挡了所有的猪，也遮蔽了全部庄稼。

“这里是风电场，奥迪尔！”查理·伯特得非常大声，这样我才能在风车的嗡嗡声中听到他说的话。他把车停到路边，跳了下去。幸好路肩是倾斜的，我才能轻松地从座椅上滑下去。噪声到处都是，可是这声音跟空调那有节奏的嗡嗡声一样，连续不断，一会儿就感觉不到噪声的存在了。这个地方无遮无拦，一览无余，还不错——身处埃德纳市中心的我们几乎感觉不到风的存在，可这里却狂风肆虐：查理赶快系紧了头上的小美人鱼头巾。“你觉得怎么样？”

“很不错！”我喊道，一点说服力也没有。

“这就是未来！”他的左眼湿润了，泪水滑落在他的脸庞。“绿色能源。”他的声音随着风轮的转动忽大忽小。“不管是奥巴马当选还是希拉里当选，都无所谓。他们都是绿色能源的坚定支持者。艾奥瓦州将会是绿色能源的中心。”

说完这话，查理·伯特，埃德纳市的市长，像个牛仔一样尖声呼啸，仿佛能源顺着地底的电缆沿着他的鞋底向上，传输到他的身体里去了。

“能源是没办法外包的。”他说。说完，他开始狂奔，向着风车奔去，可是风车太远，似乎永远也跑不到跟前。我好像听到了他的鞋跟咔嗒作响。他跑开时，回头看了看我，像条狗一样。他跑得越远，我就越想躺到这片湿润的土地上，感受五月枯草摩挲我的脸颊。这片土地，被古老冰川滋润，经受刺骨寒风洗礼，接纳了一波又一波的新来者，这一望无际的平原包容了我们祖先一次又一次的亵渎。这里有猪崽被屠杀时流的鲜血；这里掉落了我们的祖母们被割断的舌头；这里有他们埋葬的羊膜；这里有多少幻想胎死腹中；这里到处是内脏，到处是大便；这里种的玉米即将发芽。蛇在河床上蜿蜒爬行，农场和城镇起伏有致，一个特立独行的女孩被惩罚，其余的我们都变得怯懦。这里养育了一个女孩，想要在这片土地上留下来过的痕迹，为了这个念想，她的人生变得支离破碎，无论肉体还是心灵，只要稍有抵抗，就被消灭在风中。

287690 号囚犯——以色列间谍马利克的自白

朗达·贾拉尔

朗达·贾拉尔

小说《家的地图》（*A Map of Home*）已出版六种语言，荣获“霍普伍德奖”，“阿拉伯裔美国人图书奖”，并且被《巴诺评论》（*Barnes and Noble Review*）提名为2008年度最佳小说之一。她的作品见于《纽约时报杂志》（*New York Times Magazine*）《优涅读者》（*Utne Reader*）“沙龙”网站（Salon.com）、《格尔尼卡》（*Guernica*）“兰普斯”（The Rumpus）网站、《牛津美国人》（*Oxford American*）《犁头诗刊》（*Ploughshares*）《五章》（*Five Chapters*）等出版物和网站。她获得过奇维特拉基金会、赫奇布鲁克、商队旅馆和东部边疆等机构的奖学金，2010年被提名为四十岁以下最有天赋的阿拉伯裔作家之一。

我等着土耳其佬给我做X光检查。两天前，卡拉柯伊一场血战之后，我被他们抓了起来，关在一个逼仄的铁笼子里，无法再展翅飞翔。有个卫兵看守着我。卫兵的警惕性很高，不管我是舒展身躯还是动动脖子，他都会转头看我。他们以为我是间谍。我。一只红隼。一只小小的猎鹰。

我永远都不会当间谍。小时候，我见过好多卖国贼的尸体排成一排，挂在我们家族狩猎的林区。尸体左右晃荡。对间谍的惩罚自然是处死。我可一点都不想死。

我的名字叫马利克·哈桑·卡里姆·哈吉·阿米尔·艾哈迈德·坎温。是的，我曾祖阿米尔曾经去麦加朝觐过。他从我们住的村子阿格赖拜起飞，飞过耶路撒冷，越过死海和佩特拉古城的废墟，沿红海前行，途经乌姆卢杰和吉达，飞行途中靠捕捉蚱蜢和飞蛾果腹。抵达麦加之后，他绕玄石转了七圈，喝了札目札目泉中的水，在绥法和麦尔卧之间来回飞行。等他终于归家，我父亲和祖父悬着的心才落地——曾祖一连几周杳无音讯，大家都以为他被猎人捕杀了——可他讲述的经历却让他们难以置信，质问他有什么证据证明他确实去了圣地朝觐。曾祖早已预料到儿孙们会不相信他说的话，于是从嘴里吐出一块小石头，一块我们族群从未曾见过的鹅卵石。这块鹅卵石是曾祖参加“石击恶魔”[1]仪式时搜集的一堆石头其中的一块。自那时起，所有猎鹰都尊称他为阿尔-哈吉·阿米尔。

八年前，我出生之后，父亲会带我飞往地中海。父亲说，这些飞行其实很冒险，因为住在我们村庄西边的以色列人总是装备着大口径火炮，警惕地监视领空。我没有问他以色列人为什么这么做，只是紧紧地跟随在父亲身后。作为食肉猛禽，较小的体型有时对我们非常有利：可以在空中长时间飞行而不会引起不必要的怀疑。在地中海，我看到没有羽毛的人在海里游泳，也看到全身长满黑色羽毛的人在沙滩上玩。父亲告诉我没有羽毛的人在特拉维夫，有羽毛的人在加沙。

我们在加沙捕捉到好多好吃的。我个人最喜欢的是蝉——其次是田鼠，蝴蝶，还有蚱蜢。要是没其他选择，老鼠我也能吃。可我还是更喜欢吃黄莺和鹧鸪。加沙到处都是我爱吃的东西。父亲死后，我会独自一人飞到加沙海滨捕蝉吃。

有一天，飞往海边的途中，我看到许多大鸟在我头顶的天空翱翔，全是战斗机。我知道碰上麻烦事了，果然麻烦就来了。战斗机

1 石击恶魔，赴麦加朝圣者对象征魔鬼的三堵墙掷石块。

撒下许多白磷，遮蔽了我周边的天空，转瞬之间，我跌入大海。一群孩子发现了我，把我带到他们家的阳台上照顾，直至康复。父亲总是警告我要远离人类；我的好几个兄弟姐妹都被人类烧烤后吃掉了。可是这几个孩子却对我非常友善，宵禁实施之后，他们的生活无聊至极。等我痊愈，他们就把我放了。

飞回阿格赖拜的路上，特拉维夫一所大学的学生抓住了我。他们把我带到一间白色的实验室，记录下我的羽毛、喙和爪子的相关信息，然后在我腿上套了一个金属脚环，脚环上刻着用他们的语言写成的文字。这些学生想要研究我和我家族的迁徙规律。随后几个月，我想尽各种办法，也没法把那个金属脚环去掉。

回到阿格赖拜，所有人都因我曾被以色列人抓住而暴跳如雷。我妻子那时把窝里拉得到处都是屎，对做丈夫的来说，人类也好，猛禽也罢，传递的信息一目了然，那就是让我有多远滚多远。虽说很想见孩子们，可我尊重她的决定。母亲当时已年迈，同意我每天清晨去看望她。我问她怕不怕死，她说她不怕。她告诉我，听说永久离开尘世之前，大脑会产生虽短暂却愉悦的幻觉，所以，死亡一点都不痛苦。这番话安慰了我，也让她自己心安。夜晚，我在一团漆黑中能看到田鼠的尿液散发出的紫外线光，通过追踪尿液抓到田鼠，养活母亲。

冬天，母亲去世。我的族群那天与我言归于好，跟我一起把母亲安葬了。孩子们啄我的脚环，想要还我自由。母亲死后，我离开家乡飞往加沙海边。阿格赖拜没什么值得我留恋的了。

现在离当时受伤几乎已达两年之久。一到加沙，我就意识到又一次在错误的时间来到了这里。那些大鸟战斗机往阳台上、大桥上和沙滩上投下了一枚枚炸弹。我曾经待过的那个阳台已面目全非，碎成一片瓦砾。照顾我的孩子们消失不见。蝉消失不见。大海上也不再有渔夫可与我为伴。

于是，我往东方飞去。要飞往何处，我不知道，一心只想远离生命中的一切。途中路过阿格赖拜，以前都会回家，这次我狠心才克制住想要飞回去的冲动。我继续往前飞；幸运的是，就算在静止凝滞的空气中我也能持续飞行。我向北飞，飞往塞浦路斯。到那里之后，找了个采石场暂时休憩，捕食蟾蜍、鼩鼱和蛇填饱肚皮。我继续北飞，来到爱琴海，待在岛上，站立在晾衣绳和天线上捕捉猎物。当地的鸟对我不理不睬，既不欢迎我，也不回避我。每天早上，都有一位身材圆滚滚的年迈寡妇坐在她家那座白色石头房子前，手持双筒望远镜观察我的举动。这是我在岛上最喜欢的时刻。她觉得我属于她，我也享受这种缥渺的归属感——对我来说，这是最接近于爱的感觉了。

冬天到来，老妇人离开了小岛，岛上的白房子全被白雪覆盖。我想飞回家，可又决定先向西飞到雅典，等天气变暖再说。到雅典之后，我来到艾克萨奇亚区，那里有一群信奉无政府主义的鸟，它们容许我和它们待在一起，条件是我帮它们捕捉猎物并跟它们分享。看到我脚上的金属环，它们毫不在意，只对我能逃脱以色列人的魔爪表示了敬意。这群鸟身上散发着难闻的气味，却拒绝清理收拾自己。它们的对话冗长、乏味，总爱聊十九世纪时无政府主义在这里盛行的景况。日暮时分，我跟它们一起飞到卫城，看它们在帕特农神庙的墙上拉屎。夜幕降临，我们一起看嬉皮士们在宪法广场跳舞，等他们离去，我们会飞过去吃他们留下的烤肉串。

空气中刚嗅到春的气息，这帮无政府主义的鸟儿们就变得暴躁易怒。有一只鸟非常谨慎地说，她不太确定无政府主义对社会制度来说是不是实用。其他鸟儿大笑着告诉她这才是关键。她大着胆子，继续说道，那天下午，她观察了一群蜜蜂，这群蜜蜂通过投票决定了在哪里定居。她给大家描述了蜜蜂的舞蹈，就是那种其他蜜蜂被投票结果说服后采用的舞蹈。结果，她话音还没落，鸟群就开始恶狠狠地攻击她，啄她的羽毛，直到她求饶屈服才罢休。那天早上，我向北飞。

到了土耳其西部，我忆起堂兄弟们讲过的一件事，找到了我的生存方式：某年的春夏季节，它们把自己挂在足球体育场探照灯下的灯柱上，捕捉蛾子和各种昆虫。捕食过程被录下来拍成影片，在全世界放映，它们因之出名。于是，我一边飞行一边寻找体育场。很快找到一座。探照灯下，我捕食昆虫，大快朵颐，顺便观看十几岁的孩子们满场跑着把足球踢进球门。我继续往西飞。

于是，我遇见了伊斯坦布尔，还有伊斯坦布尔的海鸥们。盘旋在博斯普鲁斯海峡上空，跟着渡船来来往往，不时有人喂我吃食，我却不能免俗地恋爱了。她并不特殊，要按人类的眼光来看，跟其他海鸥也没什么不同。可我就喜欢每个傍晚飞到她近旁，日暮余晖中，土耳其穆安津的唤拜声含混不清，阿拉伯语发音糟糕，听来让人发笑。我把这话告诉她，逗得她哈哈笑。她说我们不可能交配，因为我非她族类。我说那正是我的魅力所在。那个夏天，我们亲密无间。初秋时节，她要飞去布尔加扎德岛，我问她能不能跟她一起去。

其他海鸥不让我跟着。在卡拉柯伊的水产市场，它们群起围攻我，从各个角度朝我冲来，这让我想起雅典那只反无政府主义的鸟，血肉模糊的她，逆来顺受的她。它们嘲笑我腿上的脚环。它们质问我的族群在哪里；它们说我被丢下是有原因的。她一点都没帮我。

我躺在河边的石头上，鲜血淋漓。一个警察发现了我，读了我脚环上刻的字，立刻给上司打电话。上司带着一支特殊反恐小队到来，把我关进一个笼子里，一整天都在对我进行各种测试。明天，刚才我也说了，他们要给我做 X 光检查。

现在已是早晨，他们让我服下镇静剂，把我放进一台机器的肚子里，看到了我的内脏。他们大叫。他们低语。我身体里什么都没有——没有麦克风，也没有芯片。屋子里人员散去。我被放回笼子。三个身穿制服的人在笔记本上记着什么。一个看起来很重要的人走了进来。他站在我面前，盯着我的眼睛。

我们不怕你，他说。刚开始我以为他在和我说话，随后意识到他这是以防万一,万一我是间谍，万一我正在录他。然后，他带着我来到屋外，把我释放。

现在的我已上了年纪，没有力气再飞回家。好想再回到阿格赖拜，与那里的一切说再见，不是跟那些躲着我的同胞们告别，而是跟我的家乡告别；最后再看一眼家乡的橄榄树，那片生我养我的土地，还有美味可口的蝉。可是，我在托普卡帕宫的花园里度过了生命的最后时光，那里曾是皇宫，现在魅力依旧。

死亡来临时，母亲的话给了我安慰。

可是母亲撒谎了，痛苦的感觉在我体内蔓延，然后，一片黑暗。

重回往昔时光机

T. 科拉格森 · 博伊尔

T. 科拉格森 · 博伊尔

著有二十五部小说，最近出版的包括：《杀戮结束》（*When the Killing's Done*, 2011）、《圣米格尔》（*San Miguel*, 2012）、《T.C. 博伊尔小说集 II》（*T. C. Boyle Stories II*, 2013） 以及《不速之客》（*The Harder They Come*, 2015）。其作品已被翻译成超过二十四种语言，他写的故事发表在美国知名杂志上，如《纽约客》（*The New Yorker*）《哈珀斯》（*Harper's*）《时尚先生》（*Esquire*）《大西洋月刊》（*The Atlantic Monthly*）《花花公子》（*Playboy*）《巴黎评论》（*The Paris Review*）《智族》（GQ）《安泰》（*Antaeus*）《格兰塔》（*Granta*）《麦克斯》（*McSweeney's*）等。他曾获得众多文学奖项，包括“国际笔会 / 福克纳年度最佳小说奖”（《世界的尽头》，1988）（*World's End*, 1988）；“国际笔会 / 马拉默德短篇小说奖”（《T.C. 博伊尔小说集》，1999）（*T. C. Boyle Stories*, 1999）；以及法国“梅迪西斯最佳外国小说奖”（《玉米饼之灾》，1997）（*The Tortilla Curtain*, 1997）。他现与妻子及三个孩子居住在圣芭芭拉附近。

凯蒂想回到九岁，回到妈妈离开之前的日子。我理解她的心情，不过家里只有一台重生机，我可不想回到那时候。圣诞节快到了，屋外阴沉沉的，已是晚上九点半——正是上学期间——第二天早上六点她就得起床，不等天亮就要去赶公交车。最近她已缺课多次，找各种借口逃学，趁我去上班，整天泡在家里重温过去。这孩子真有点无法无天，可到底是谁这么不会当爸爸？一个单亲爸爸连十五岁的女儿都管不好，还怎么教导她遵守职业道德？

是我。我就是个坏爸爸。现在已尝到苦果。我想对她硬起心肠，拒绝她的无理要求，同时又想安慰安慰她，妥协一下，给她点儿甜头。可是，关键问题是，我自己也想用重生机，渴望已明明白白写在我脸上，这点无须多言。再说她真的得为明天上学做准备，保证充足睡眠，停止重温过去，把精力放在现在，着眼现在和未来。“周末再说好吗？”我说。

她站在客厅门口，像练习舞蹈那样单腿直立，穿着时下女孩子都爱穿的紧身裤，裤子裹在腿上，紧得好像在皮肤上涂了层颜色。她长得像妈妈，我的前任，离开女儿已超过六年的克莉丝汀。“我现在就想回到过去，”她用颤抖又怯生生的语气小声哀求道。这孩子算准了，只要可怜兮兮地求我，就能为所欲为。不过这招今天不管用，没门儿。她必须上床睡觉，只有她睡着了，我才能回到 1982 年 2 月的一个雨夜，来到人气爆棚的罗克西剧院，看我喜欢的乐队演出，跟我疯狂迷恋的女孩约会，那时她还没有伤透我的心，克莉丝汀也还没出现在我生命中让我的心再碎一次。

“干吗不上楼跟朋友们发发消息聊聊天呢？”我说。

“我不想给朋友发消息。我只想跟妈妈在一起。”

她又开始可怜巴巴地求我，这话让人听了更加于心不忍。她已缺失母爱，而我的行为，明眼人一看就可以给我定性：虐待儿童。“我知道，宝贝，我知道。可是这对身体不好。你在这件事上花费太多时间了。”

“你就是自私，就是这样，”她说，语气突然变得充满敌意，还有对我的鄙视，其言外之意就是我从来不为别人着想，只考虑自己。“你是想回到，多大来着，难不成是像我这么大的时候？让我猜猜：

你是准备回到过去，重温做家庭作业的感觉，对吧？想给你女儿树立个好榜样？”

屋子一团糟。打扫卫生的人第二天才会来，于是我就站在这周积攒的垃圾堆里，大部分垃圾——准备扔掉的臭袜子，喝空的能量饮料罐，一团团包装饼干的铝箔纸，爆米花，还有咬了几口的萨拉米肠——都是站在我面前的这孩子制造的。“我不喜欢你这么讽刺我。”我说。

她的脸挤作一团，嘴唇撅起呈O形，做了个恶心想吐的表情。“那你喜欢什么？”

“干净的房间。一点点平静与安宁。再有一点私密空间，老天哪——这要求难道很过分吗？”

“我想跟妈妈在一起。”

“给你朋友发消息。”

“我没有朋友。”

“那就去交几个。”

我话音刚落，她脱口而出：“你就是头猪！”说完一转身，愤怒地冲出客厅，双脚把楼梯跺得砰砰直响，上楼之后，“咣”的一声摔上了卧室门。

自从花五千块钱买了第二代哈尔科姆X1520真人视网膜投影流重生机，我和女儿的交流就变得越来越程式化，所以听到她骂我，我只回了一句：“我知道。”

大多数人得到第一台重生机时，都直奔性爱而去，这倒是人之常情。本来性也是这台机器在电视上宣传的一大卖点。广告里，一群青春逼人的少男少女要么手拉手走在普普通通的沙滩上，要么站在保龄球道的回球器旁，偎依在一起，缠绵拥吻。有谁不想回到那个时候呢？有谁不想重温曾经的纯真年代，体会情窦初开的悸动与渴望，品味某人第一次为你轻解罗衫的销魂？就算女朋友（或男朋友，视情况而定）、妻子、前妻、一夜情或是偶遇的某人让你再次感受曾经近在咫尺，转瞬已是天涯，留下的只有未曾实现的承诺，那又怎样？我也不能免俗。头两个月，我终日沉迷于重温旧日性爱，每天早上如梦游般去单位上班，感觉自己被掏空（这可不是比喻），不过那时我已意识到这是个问题，严重影响了我的工作，要是不及时悬崖勒马，恐怕工作难保。可是，我实在抵御不了诱惑，一次次重温和克莉丝汀第一次见面的情形，看她躺在床上，沐浴在烛光里，娇躯缠绕着我，情难自抑时在我耳边轻唤我的名字。有时回到第一次和她约会的摩洛哥餐馆，看她坐在我对面，目光深邃，身子前倾，陶醉在我说出的每一句情话和妙语当中。有时会回到结婚之前的生活，回到更久远的过去，重温和伦尼·波特在一起的时光。我带她参加高中毕业舞会，跟她在我父亲那辆别克君威汽车的后座上激情狂野地缠绵整整两个小时——每一刻我都反复重温，得有六七次之多。还有丽莎，丽莎·德纳尔杜，那晚在罗克西遇到的女孩，那个让我一见钟情的女孩。

我开始上班迟到，目光呆滞地看每个人，包括老板也不例外。收到第一次警告。又收到第二次警告。老板——凯文·穆斯，一个相当正派的人，比我小五岁，家里真的没有，或是假装没有X1520——把我叫到办公室，明明白白告诉我，不会有第三次警告。

可是这是一个令人忧伤的夜晚，我情绪低落。无聊至极。无聊到要是有人在我后脑勺钻个洞把脑浆挖出来我也不会觉得有什么异样。我已经得罪了女儿，这会儿她正在卧室里大发雷霆，就像屋里有十个她那般闹腾。明天是周五，T.G.I.F.（谢天谢地又到星期五了），一周已近尾声，工作日即将结束，大家都一门心思想着提前溜走。我估计，就算重生的时间超过规定要严格遵守的两小时底线，就算早上醒来精疲力竭，我也能打起精神坚持到中午，那之后就顺其自然吧。于是，我走进厨房，倒了杯金汤力酒，那天晚上在罗克西喝的就是这种酒。我端着酒杯来到走廊尽头的一个房间，之前是卧室，现在（用凯蒂的话说，不是我的）成了我们的重温旧梦屋。

重生机端端正正放在矮桌上。矮桌曾是房间里唯一的家具。把机器带回家那天，我又搬了把直背椅放到矮桌对面。这台机器跟我过去凑合着玩的游戏机大小差不多，外形是黑色金属立方体，做工精巧，镶嵌着狭长的玻璃条，绕表面一圈。坐到椅子上，机器自动激活。“你好，韦斯，”机器和我打招呼，声音是我设置的，男声，稍微带点口音，说话有顿挫感，听起来没那么假。“欢迎回来。”

我把酒杯放到唇边稳住身子——感觉好像乐队指挥拿起指挥棒一样——清了清嗓子。“1982 年 2 月 28 日，”我说，“晚上 9 : 45。开始。”

日期和时间出现在机器上，突然，我到了那里，俱乐部逼真地呈现在我眼前，犹如彗星掉落地球，灯光、音乐和晃动的人影抹去了现在的时光，房子消失不见，女儿不复存在，那个只知索取、不断要我付出的世界，那个有老板、要工作的世界瞬间消失无踪。我站在酒吧里，身旁是我最好的朋友扎克·罗纳尔兹。扎克竖着衣领，留着乔·斯特拉莫式的大背头，和我的发型一样，只不过他是黑色头发，我还留着唱诗班男孩似的金发（不过一周内就重新染了发）。我努力吸引酒保的注意，想用假身份证买两杯金汤力酒。主打乐队的风格更倾向于新浪潮而非朋克，现在还没上场，这会儿在舞台上的是开场乐队，乐队成员正在打包设备，身旁围着一群化吸血鬼妆、穿破洞网眼袜的女孩，大家伴随着扬声器中传出的一波波音乐声浪热热闹闹地玩着人潮起伏。这是一个极乐世界。身处其中的我内心狂喜，因为我知道，熬过了那么多漫长而无聊的夜晚，今夜将会有所不同，这是遇到丽莎的夜晚，也是她跟我回家的夜晚。我父母家在帕萨迪纳，那里有一间我的专属卧室，就在独立车库上面，我可以随意进出。那里是我的王国。在那里，我往头发上抹油，对着镜子照来照去，养精蓄锐，为今晚这样的艳遇做准备，为再过七分半钟就会发生的事做准备。

扎克说了句话，好像是“快看那个丑八怪”之类的，不过他的脸离我有点儿远，音乐声波好像发射火箭般震耳欲聋（这得归功于X1520的参量扬声器/声频定向技术，音响效果逼真，比第一代强多了），所以我不太确定他说的是什么，不过那天晚上我肯定是听到了，当时我的耳朵还比较年轻，听力水平还没有被这样的场景破坏，因为我立刻抓住他的胳膊问道：“谁？她吗？”

现实中的我对机器说：“重置，倒退十秒。”一切静止，消失，重又出现，我又一次想要吸引酒保的注意，身旁的扎克伸着两个手肘，漫不经心地倚靠在吧台旁，张嘴说着什么。这次我竖起耳朵，清清楚楚听到他说：“快看那个丑八怪！”就这样，眼前的一切都生动了起来，以貌取人的扎克提到的丑八怪是丽莎，肩膀瘦削如衣架，脸上化着歌舞伎的妆，黑色唇膏闪闪发亮。我问道：“谁？她吗？”一看到她，我就被吸引了，在我眼中，她一点都不丑，要是非说她丑，那她也是一个带有异域风情的丑八怪。从见到她的那一刻起，我就一门心思地想和她搭讪。

目前的重生技术最让人沮丧的就是，你没办法身临其境，只能做一个旁观者，就像狄更斯笔下的吝啬鬼那样，抓着圣诞“过去之灵”的手肘回到曾经住过的寄宿学校，看着痛苦的自己却束手无策。所以，不管年少轻狂的你犯过什么可笑的错误，说过什么不合时宜的话，一切就在那里，悬在空中，不可修正。你可以快进，估计大多数人都是这么干的——跳过闲谈；直接性爱——可是，对我来说，肉欲的片段回味过五六次也就够了，我更喜欢看当时的自己说了些什么，她又说了些什么，虽说这些话现在听来是那么老套。那天晚上，兜里只有十八块钱的我——这一刻本周已重温两次——把酒保叫过来，点了不是两杯，而是三杯金汤力酒，一杯放在吧台上给扎克，端着其余两杯穿过整个酒吧来到她站立的舞台下方，再过半个小时这里就会变成狂舞区。她看到我走过来，也看到了我手中的酒——两杯——立刻移开了视线，假装不在意我，因为她确信酒是给别人的，可能是女朋友，也可能是死党，不管是谁，肯定就躲在舞台灯光从昏暗墙壁上交迭投射出的浮动暗影里。

我拍了拍她的肩膀。她转过身面对我。

“暂停。”我说。

一切定格。年轻的我看起来好像身处 3D 打印的油画，她也是。我看着眼前的场景，仔细端详她的脸，看了很久。她十八岁，和我一样大，藏在脂粉、凝胶、粗重眼线和夸张妆容下的那张脸楚楚动人，即使现在仍让我感觉目眩神迷。她的眼神没有防备，也不疲惫无神，满满地透着坦诚、渴望和对未来的期盼。我把酒杯放到鼻子下边，深嗅着杜松子酒的味道，让回忆更加饱满，说：“开始。”

“你看起来似乎很渴。”我说。

音乐震耳欲聋。我身后，坐在吧台边的扎克一脸难以置信的表情，好像在说搞什么。我正在做的事，已经违反了我俩的泡吧协议。

按照约定，我们不搭讪女孩，尤其是不搭讪丑八怪，去酒吧就是为了听音乐，至少那时我们是这么说服自己的。（第二次重温的时候，我特意在这个地方暂停，只为欣赏扎克脸上的表情——可怜的扎克，据我所知，一个女朋友都没交到，这会儿可能正躲在什么地方重温曾经去过的酒吧和曾经有过的约会，顺便哀叹一下自己的悲惨人生。）

她盯着我的眼睛，犹豫了一下，从我手中接过冰冷的玻璃杯。“你怎么猜到的？”她问。

接下来，就是交换信息的时间。我们聊乐队，书，居住的小区，高中和大学，我吹牛说最近看过许多乐队演出，她如数家珍般谈着自己认识的乐队成员——像是某男，还有“细菌”乐队的鼓手——眼神暴露了她和那些人的关系是多么密切。她的话彻底激怒了我，我什么都不想干，只想找个角落使劲吻她，直到把她嘴唇上的黑色唇膏吻得干干净净。然而，那时的我还没有意识到我那精心整理的发型已经塌了下来，盖住眉毛，从酷酷的大背头变成了搞笑的西瓜头（或者更惨——可恶——沦为披头士的蓬蓬头），所以我张口对她说：“想跳舞吗？”

她看了我一眼。回头看看舞台，再看看我，然后环视整个酒吧。有几个人正跟随唱片音乐舞动着，看起来都跟瘾君子似的胡蹦乱跳，我们想听的乐队——仍旧——没有影踪。“跟着这个跳？”

“对，”我说，我看起来是那么——怎么说来着——缺乏自信，虽然当时的我肯定觉得自己酷炫极了。“来吧。”我说，把手伸给她。

我盯着她的眼睛，看她慢慢下定决心，深陷这一刻，正是这一刻的迷恋才有了以后发生的事，也就是我打算快进到的部分，因为明天还得早起。要上班。不能再找任何借口。可是等一下，让我看一看接下来会如何发展吧……

她握着我的手，轻柔的触感在我的记忆细胞里鲜活如昨，然后拉着我走下舞池。

她引领舞步，我跟随她的脚步。

要是我告诉你我违反了自己规定的两个小时上限，你会不会惊讶？看完跟她上床的片段之后，我快进到和她的第一次约会。说是约会，其实只是我俩约在淘儿音乐城（1982 年 3 月 2 日下午 4 : 30）见面，然后一起去巴尼小吃店吃芝士汉堡、喝啤酒，还有薄荷甜酒（！），全都是她付钱，因为她父亲是华纳兄弟公司的有钱高管？还是因为这让我感觉特别美好，以至于我忍不住跳过三个月，直到她成为我生命中不可或缺的一部分，就像我那件黑旗乐队的 T 恤一样，除了洗澡几乎没有脱下来过？丽莎。丽莎・德纳尔杜。她的舌头如猫般灵活，玲珑曼妙的身躯既有少女的青涩，又有女人的韵味。她的牙齿整齐洁白，熠熠生辉，有如编贝（非常完美，确实，不过本着与朋克精神休戚与共的态度，她去墨西哥的蒂华纳市找了个牙医，把门牙拔掉了一颗）。我无意中看到的一幕发生在那年初夏，当时已上大二的我暑假期间从父母家的车库搬了出来，和丽莎一起在远离学校的佛蒙特州租了一间公寓。我们决定把公寓的墙壁、天花板和地板都刷成午夜时分的卡尔斯巴德洞窟那般漆黑。1982 年 6 月 6 日，下午 2 : 44。黑色油漆闪闪发光，刺眼的阳光照在玻璃上。丽莎说："要不我们把玻璃也刷一下吧？"天地间一切都不复存在，我眼中只有她和我，我的样子和她的样子，一道油漆涂在她左前臂上，还有一道半月形的覆在她眉毛上方。可是突然间，一切都停了下来，我又回到了重温旧梦屋，眼前是女儿愤怒的脸。

不过让我先为不太了解重生机的人解释一下机器的工作原理吧。这款机器不像电脑屏幕，也不像电视，更不是全息图之类每个人都能看到的东西——我要说的是视网膜投影，两道激光束聚焦在两个眼球上。不管是谁（女儿，妻子，老板）走进房间，只能看到你静静坐在椅子上，视网膜如火炉般耀眼。要是站在投影仪前——就像我女儿这样——影像即刻消失。

“停。”我说，这不是对她说的。

可是她就站在那里，头发因为要上学而梳得整整齐齐，下巴紧绷，憎恶地瞪着我。“我简直不敢相信，”她说，“你知不知道现在几点了？”

我老眼昏花，筋疲力尽——羞愧难当，深深地内疚——呆呆地看着她，进门时她打开了灯，炫目的灯光把我死死钉在椅子上。我摇摇头。

“现在是早上 6 : 45。已经早上了，爸爸。”

我张嘴想说些什么，可是所有的话在我嘴里纠缠打结，因为丽莎正对我说——刚刚说过——“你不会让我一个人待在这儿等着油漆变干吧？我本以为我们可以开车去海滩或是什么地方呢，就是放松一下。”我说，或者准备说：“车里好像还有，差不多半品脱汽油。”

“什么？”凯蒂吼道，“你又去找妈妈了吗？对吗？为什么你可以跟妈妈在一起，我就不行？”

“不是的，”我说，“不是的，不是这样的。我没跟你妈妈在一起……”

她气得浑身颤抖。“哦，是嘛。那你跟谁在一起，啊？某个女朋友？还是你上大学时遇到的让你神魂颠倒的女生？难不成是高中？

要么，不会吧，初中吗？”

“我肯定是睡着了，”我说，“真的。刚才走神了。”

她知道我在撒谎。这个孝顺的孩子，缺少母爱的孩子，醒来看到我不在厨房忙碌，也不像过去那样，随时准备关怀备至地送她去上学，于是过来看看我，结果却发现我黏在椅子上，像博物馆的展品一样，对当下的一切视而不见，眼中全是旧日时光，属于我的旧日时光，这段时光无关任何人，无关她和她的母亲，无关国家，无关世界，只属于我。

我听到屋门砰的一声关上。听到她愤怒的脚步声在走廊咚咚响起，前门隐约传来撞击声，接着整栋房子沉寂下来。我看着盒子缝隙。“开始。”我说。

到了单位，我已迟到一个半小时，可是今天——有如神助——凯文到得比我还晚。等他终于出现，我已经坐在格子间里，尽职尽责地在键盘上敲个不停。他一声不吭，从我桌旁一晃而过，埋首钻进办公室。我注意到他的眼神茫然空洞，跟之前的我和现在的我的眼神一模一样，无需费神应该就能猜出原因。其实，自从新型号投放市场以来，我就发现，有六个同事总是神思恍惚，看起来性欲高昂，连前台接待琳达·布兰科也一改往日形象，再不见她扣衬衫最上边的三个扣子，穿的裙子也一天比一天短。以前，她总是对着话筒柔声细语：“穆斯联合公司，请问有什么可以帮您的？”现在，对着话筒她只说一个词：“重设。”

难道我们要大难临头？难道整个社会已身处分崩离析的边缘？美国国安局会不会干预？他们会不会通过法令，禁止使用重生机？我不知道。也不关心。女儿就够我头痛的了。最要命的是，我现在满脑子想的都是回家重温往日时光，直接回家。本来买牛奶和面包的念头还曾在脑中闪现，现在也被抛到一边。叫外卖吧。随时可以叫外卖。我和丽莎的关系正处在至关重要的阶段，那不可逆转的可怕局面即将到来，彼时分歧已然出现——最初都是些琐碎小事，慢慢裂隙越来越大，直至再也无法弥合。记得那天我从微积分补习班回家，看到她和一个瘾君子坐在厨房里，这个人的名字当时我不记得，也不想记得，不管过去还是现在都不想提——我需要熬过这一切，不为剖析是否曾带来伤痛，只因这一段过往就在那里，我必须要重温。我无法抗拒。就像皮肤上的痂，被我一遍遍地撕开。

说到底，一切都与克莉丝汀有关，当然了，也与我自己有关。曾几何时我从巅峰跌至谷底，又从成功转至失败。我需要丽莎提醒我这一切始于何时，帮助我追溯过失源头，找个借口推卸责任。因为，重温和克莉丝汀在一起的激情时刻固然令人陶醉，可是，总有些不对的地方在我脑海挥之不去，也许是她面部的抽动，也许是她脱口而出的话语，这些细节本应引起我的注意，可是我却视而不见。好吧。行吧。我要回到那个时候，真的，重温这段关系的点滴，曾经心醉神迷，也曾痛苦煎熬，曾经奋不顾身地相爱，也曾被如潮汐般涌来的憎恶淹没，于是我们渐行渐远。不过凡事都有先来后到，所以那天下午开车经高速回家的路上，我脑子里除了丽莎，什么都不想。

过去，没有重生机之前，周五下午对我和女儿来说，是种仪式般的存在。我会顺便走进离家不远的一家意大利餐馆，喝杯酒，和人聊聊天，再打电话给凯蒂，把她叫过来和我一起吃晚饭，享受父女的专属时光，和她面对面谈谈心，试着了解她，揣摩她的想法和情感，毕竟现在的她已慢慢长成了小女人。这样的时光一去不复返。

根本就没有时间。我最多——特别是最近——和她一起在监狱般阴冷的厨房味同嚼蜡般吃着外卖，或是用微波炉热个比萨，搭配不新鲜的沙拉。私底下，我俩都计算着还得容忍对方多久才能找借口溜走，去重温旧梦屋。

我把车停到车道上，看着黑灯瞎火的屋子。这有点奇怪，因为凯蒂现在应该已经放学回家了——她既没发短信，也没打电话告诉我她要晚归。我下了车，感觉全身僵硬——真该多锻炼锻炼了，我知道。等摆脱目前困境，解决眼前麻烦之后，一定好好锻炼——走上步道，一眼看到歪歪斜斜挂在前门正中的人造圣诞花环，落落寡合，黯淡无光。凯蒂一定是心血来潮从放在车库的装饰箱中把这个花环找出来，想要给即将到来的圣诞添些节日气氛。这一幕止住了我的脚步，我定定地站在那里，想到女儿一个人付出的努力，这个念头让我崩溃。真的。把钥匙插进锁孔，我推开屋门，下决心要改变现状。我要忘掉丽莎，带女儿出去吃饭。至少今晚带她出去。

“凯蒂？”我叫道，“你在家吗？”

没有回应。我脱掉外套走进厨房，打算弄杯喝的。厨房里有她回来过的迹象：背包扔在地上，一袋打开的多力多滋玉米片撒得台面上到处都是，切面包的板上放着一瓶喝了一半的零卡雪碧。我一动不动地站在屋子中央，又叫了一次她的名字，屏息静听任何细微的声响或动静，可是只有我的喊声回荡四周。正准备掏出手机给她打电话，脑中突然出现重温旧梦屋，我心一沉，这可不是自私的想法，因为要是她在那里，重温过去——她在那里，我知道她在那里——那她的社交生活怎么办？难道现在十几岁的女孩子都不出门了吗？难道她们不再成群结队一起去逛商场，看电影，在脸书上发帖子，或者，原谅我这么说，出去约会了吗？集体约会也没有了吗？要是这样的话，那她们以后该怎么经历人们最初使用重生机时一次次迷醉的青春萌动？

我冲进房间，屋内漆黑一片，只有她的眼睛闪着光芒。我站在那里，久久凝视她，逐渐适应了眼前的黑暗。她牢牢地坐在椅子上，身体在此处，灵魂早已神游天外。我本有些尴尬——为她，也为我，作为父亲，我在她最脆弱的时候侵犯了她的隐私——可是尴尬瞬间化为无尽忧伤，几乎要把我淹没。我端详着她的脸。看她微笑，看她做鬼脸，看她冷若冰霜，看着笑容又出现。她的生活才刚刚开始，又有什么可重温的呢？全家一起出去度假？过去的圣诞节？还是一年两次去香港与母亲和继父团聚的旅程？难以想象。不管是什么，我都不喜欢。得让她停下。我打开顶灯，站在投影仪前。

她眨眨眼，没有认出我是谁，根本不知道我是谁。我来自现在，而她还停留在过去。“凯蒂，”我说，“够了，啊。起来吧。”我向她伸出双臂，可是即便已认出我，她仍气恼地挥舞双手作势要把我推开。

“凯蒂，”我说，“我们一起出去吃饭吧。就我俩。跟过去一样。”

“我不饿，”她说，“这太不公平了。你想什么时候用就什么时候用，不分白天黑夜，可要是我想用——”她突然停住，泪水蓄满眼眶。

“走吧，”我说，“咱俩开开心心出去吃顿好的。”

她看我一眼，眼神冷酷无情。我想要忽视这眼神，随便说些什么，可是她却突然从椅子上站了起来，吓了我一跳。我想抓她的胳膊，可她动作实在太敏捷。没等我反应过来，她已经站在门口，停下来，带着挖苦的神色看着我。“我根本就不相信你。”她厉声说，随后消失在走廊。

我应该去追她，应该努力让生活回到正轨——总之要变得越来越好——可我没有。重生机就在那里。凯蒂从椅子上一跃而起时，机器就已关闭，不管她刚才重温了怎样的过去，一切都已深埋在这盒子里，没人能触得到，虽说现在很可能有黑客正试图破坏视网膜识别的独特性。良久，我盯着屋门，内心激烈斗争，然后走过去轻轻把门关上。我意识到，自己既不需要喝酒，也不用吃饭。坐在椅子上就好。“你好，韦斯，”盒子开口说，“欢迎回来。”

这一年我们没有准备圣诞树，也没人在乎，我觉得——要是想看亮闪闪的圣诞树，完全可以重温过去的节日，那些充满欢笑的节日，对我来说，可以回到童年的圣诞节。屋外，微弱泛白的加州阳光洒在窗户上，屋里，火鸡在烤箱里噼啪作响，父亲喝着威士忌，母亲那长期受苦受难的脸上笑容满溢，看着她的心肝宝贝，唯一的孩子兴奋地拆着礼物。凯蒂（我想是非常不情愿地）动身和她最好的朋友艾莉森一家一起去猛犸山滑雪。她和艾莉森虽说是好朋友，可两人几乎不再来往，至少在校外和现实世界不再见面。我又回到丽莎身边，因为要是我想认真地接近克莉丝汀——也就是说，抛开性爱，除去节日祝福和景美如画的时刻——丽莎是我的桥梁。

把凯蒂送到艾莉森家，和艾莉森那笑容满面的父母和双胞胎兄弟仓促互道祝福之后，我去便利店买了一箱8盎司的瓶装矿泉水和一盒最大包装的能量棒，径直回家进了重温旧梦屋。头天晚上我已接近和丽莎之间的最关键场景，那个片段和二十五年后与克莉丝汀之间突然爆发的争吵片段一样，深深镌刻在我脑海中，具体时间倒是不太确定。我彻夜未眠——又一次——快进，倒退，场景跳跃，面部表情不停变幻，丽莎第一次在身体上穿孔，我的发型不断演变，却始终没能准确找到那一幕，反正目前还没找到。水放到左侧地板上，能量棒放到右侧地板上。“1983 年 5 月 9 日，”我说，“凌晨四点。”

数字闪烁，我被黑暗包围，能见度为零，不知自己身在何方。直到收音机闹钟的钟面发出亮光，我才认出那间有着黑色墙壁、黑色天花板和黑色地板的公寓，还有躺在后面卧室床上的我那模糊的轮廓。我身旁不规则的一团是丽莎，鼾声如雷，时断时续。她因吸毒而神志不清，因酗酒而烂醉如泥，半小时之前才趴在厕所坐便器上吐了个天翻地覆。我意识到时间设定有点过。“重置，”我说，“倒退 10 分钟。”

光线突然涌入，黑暗过后如此炫目。我独自一人在公寓里学习，或者说，试图学习。头发了无生气地耷拉着，身上几乎找不到一块肌肉，可那时毕竟年轻，毫不夸张地说，我长得相当好看。身上还穿着那件黑旗 T 恤，衣服经多次洗涤和阳光暴晒，已褪成灰色。膝头放的那本书看起来很熟悉，似乎是从前曾经埋头苦读的书。对了，我现在面对的就是从前。我看着自己翻了一页书，伸长脖子看向门口，再站起来，翻看屋里正播放的唱片封套。“重置，”我说，“快进十分钟。”就在此刻，我要找的一幕终于出现：一声巨响，前门洞开，丽莎和那个我永远记不住名字（我也不想知道他叫什么）的瘾君子踉踉跄跄地跌进屋里，在酒精和镇静剂的双重作用下，他们的动作如糖浆般迟缓。虽然重生机没有散发味道的功能，我敢说我还是能闻到他们身上的龙舌兰酒味。我一下子从椅子上跳了起来，把书摔到地上，大声嚷了一句什么。到底是什么，我没听清楚，于是，我说：“重置，倒退五秒钟。”

“你他妈的！”这是我刚才骂的话，接着我又骂了一句，把那家伙手里的啤酒瓶一下子拍到地上，顺势又将他的手臂扭到背后。丽莎用她那鸟爪似的小拳头使劲捶我的背，我把那家伙摔到门外，在音乐声中连声咒骂（《我该留下还是离开》——冲撞乐队的这首歌现在听来是如此讽刺，几乎要让人相信一切都是命中注定）。现在看来，他体格比我魁梧得多，也可能比我强壮得多，只是由于吸毒才毫无抵抗力，因此，一转眼的工夫，他人已在大门外。把大门上的三个门闩紧紧闩上之后，我愤怒地转向丽莎。

“停，”我说，“定格。”丽莎站在我面前，挑衅的眼神中掺杂着愧疚。虽然嘴角有点松弛，虽然眼睛因沉溺毒品而浑浊无神，可我面前的她仍是那么美丽，让人窒息。我本应该就此离开丽莎，去重温与克莉丝汀相识相恋时最初几周、几个月，甚至几年的甜蜜时光，可我就是控制不住自己。“开始。”我说。丽莎伸手要打我，身形摇摇晃晃，一下子把台灯撞倒在地。

“他上你了吗？”我逼问她。

沉默。永无止境的沉默。我正准备快进，她开了口：“对啊，对啊，我干他了。我告诉你——”她含混不清地说着，音节好似粘连在舌头上——“你根本算不上朋克，他才是。他是货真价实的朋克。你呢？你是，你是——”

我真该停在这里的。

“——你就是个娘们。”

“娘们？”我简直不敢相信她会这么说，不论过去还是现在。

她做了个瘾君子惯用的手势，摇摇晃晃地站起来。“你这叫肛门期滞留型人格[1]。就像是，谁把盘子放在水池里不洗，或者谁又不倒

1 肛门期滞留型人格，来自弗洛伊德精神分析学，即“憋着不排泄”型人格。这类人固执、吝啬、守规矩，过于死板，有强迫症，还有很严重的洁癖。

垃圾，有蟑螂怎么办——”

“停，”我说，“重置。1994年6月19日，晚上11:02。”

我来到奶油色墙壁的另一个房间，看着睡在另一张床上的我和躺在我身旁的克莉丝汀。这次时间刚刚好，缠绵过后的我们沉浸在满足中，克莉丝汀娇声喘息着对我说：“我爱你，韦斯，你知道的，对吧？”

“停！”我说。“倒退五秒。”

她又说了一遍我爱你。我再次暂停。倒退。她说了一遍。又一遍。

重生时，时间没有任何意义。我不知道已多久没合眼，也不知道自己徜徉在与克莉丝汀的回忆中有多久——这样的回忆无关性爱，都是些爱意满满的时刻，温馨惬意的时刻，烟火日常的时刻。从她眼中我能看到她爱我超过爱任何人，她对我的爱永不会停，直到地老天荒。厨房的晚餐时光，随便哪一餐，随便哪一晚。只要一家人在一起。我的妻子。我的女儿。位于卡诺加帕克的第一栋房子里，金黄色的灯光倾泻而下，沐浴着硬木地板。凯蒂的第一个生日。她学会说的第一个单词（“蛋糕！”）。蜷在凯蒂床边给她读《野兽家园》时克莉丝汀脸上的神情。读到麦克斯的话时，她的声音变得粗哑：“我要吃了你！”

我受够了剖析自我，受够了不断受伤。我又不是受虐狂。

偶尔，现在的我得从椅子上站起来去排空不断胀大的膀胱。屋子如幽灵世界般死寂，虚幻。这不是我生活的地方。现在的世界不属于我。现实世界里，我干着朝九晚五、死气沉沉的工作，甚至连这样的工作也可能不保。现实世界里，女儿被我辜负，妻子离我而去——也离女儿而去——扑到温斯顿·陈的怀抱。温斯顿·陈，香港武打片的动作设计，既深情体贴又风趣幽默，也不像我控制欲那么旺盛。（娘们，说谁呢？还肛门期滞留型人格？）房子回荡着我的脚步声，犹如空荡荡的舞台，背景已搭好，可是演员却缺席。我来到厨房，从水池下找了个最大的罐子出来，拎着罐子回到重温旧梦屋，放在两腿间的地板上，以节约下次尿尿的时间。

时间流逝。重生的过去和鲜活的现在都在流逝。屋里有两扇窗，为了不受光线干扰，百叶窗被我拉得严严实实。搜寻某个场景又不能立刻找到时，我会留意从窗缝漏进的一丝亮光。有时亮光会消失。有时亮光一直在。接下来发生的事就是我开始厌倦，当时我在屋里已待了两天，三天，还是五天，谁知道呢。这几天的重生可谓精彩至极，有愉悦，有逍遥，有克莉丝汀的最美片段，有丽莎的最好回忆，还有所有出现在我生命中的女人，温馨时刻我一一重温。我甚至重温了中级代数考试的全过程，看着自己提笔写下每一道题，看着成绩揭晓：我完美地拿到一百分。还有那次棒球比赛。当时已有两人出局，虽说也打出两个好球，但到第九局时，我所属的少年棒球联合会（秃鹰标志，黄色T恤，白色字体）仍落后三分。关键时刻，我向右外场大力击出一球，看着球雄壮地飞越对方红发男孩的手套，与那个傻乎乎吸着鼻涕的男孩擦肩而过，一直滚动到我方本垒。一次又一次的胜利，完美时刻如潮涌现——直到一切如鲠在喉。

“重置，”我说，“2009年1月2日，下午4:30。”

我发现自己站在第二栋——也就是现在这栋房子的厨房里。之所以搬到这里，是因为这里位于洛杉矶城区之外，附近有不错的学校可以送凯蒂去上学。这才是最重要的：学校。要是我们的通勤距离加长，那就多花点时间在路上好了。这栋房子。这栋我正在其中一间屋子里重生的房子。那时，厨房到处闪闪发光，台面擦得锃亮，橱柜玻璃如空气般透明；那时，细节决定一切，屋内井井有条，不管克莉丝汀在不在家——尤其是克莉丝汀不在家的时候，那么她又去了哪里？她之前去了哪里？去了中国。跟老板一起。谈与电影有关的业务。四十五分钟之前，她把行李放在前门口，现在，行李还在那里。我从机场把她接回家，在车里我们已深谈，谈的是什么，等把这一段结束之后我会重温，因为谈话的内容关乎痛苦，也关乎现实，而眼前这一幕把一切都推向了顶点，给了我致命一击。你想要伤口是吗？你想要拿着剃须刀片在大腿内侧狠狠划上一道道伤痕，只为看你是不是还能感受痛苦？好啊，痛苦来了。

克莉丝汀从凯蒂房间里出来，走下楼梯，出现在画面里，泪眼婆娑，也可以说泫然流涕，反正不管怎样吧，她的表情还算冷静。我从桌边艰难起身，顶灯照射下，头顶那块刚刚显露出秃顶迹象的头皮泛着亮光。我先开了口。“跟她说过了？”

克莉丝汀穿着正装，黑色丝袜，高跟鞋，及膝裙搭配剪裁考究的上装。她看起来疲惫不堪，不仅是因为刚刚坐了十五个小时的飞机，也因为她不得不告诉我的事，还有刚刚告诉女儿的事。（我多想重温她和女儿交谈的那一幕，听听她怎么好意思开口，再看看她是怎么为自己的自私和背叛打幌子，美其名曰一切都是为凯蒂着想——还是不要破坏现状比较好，跟爸爸住在一起的话，还能上原来的学校，还能见到原来的老师。分开不代表结束，而是全新的开始。振作起来，打起精神。）

克莉丝汀声如蚊呐。“我跟你一样一点都不好受。”

“那干吗要这样做？”

长久的沉默。无边无际。“停。”我说。

不能再看下去了。心脏剧烈跳动。眼睛好像被老虎钳夹了般生疼。嗓子干得无法吞咽。我伸手拿起一瓶水，再拿起一根能量棒，喝口水，嚼一口能量棒。她接下来说的话是：“再说这些也没用了。”我会说：“没用？你他妈的到底在说什么？什么有用没用的？我以为我们之间还有爱。我以为我们之间还有承诺。”我清楚自己不会对她暴力相向，可我真该野蛮一点啊，真该把她从一直在路边等着的出租车上拽下来，再摔门上车飞到香港与温斯顿·陈打一架，虽说那个武术天才光脚就能把我打残。

“重置，”我说，“1975 年 8 月，任意日期，任意时刻。”

盒子嗡嗡响了一阵。“指令不完整。请选择日期和时间。”

十二岁的那个夏天，我们到佛蒙特州的湖边度假。记忆中湖面雾气氤氲，轻烟如梦，鹿鼠住在冰箱下。实在想不出一个具体的日期和时间——只要能让我逃离克莉丝汀，随便哪一天都可以。于是，我说出了第一个出现在脑海中的时间。

“8 月 19 日，”我说，“上午 11 : 30。开始。”

眼前出现一条柏油路。阳光如核爆般炙烤着大地。一个小男孩在路上狂奔。我认出了自己——之前也曾重温过这个夏天，可印象中我们悠闲度日，终日消磨时光，划划船，钓钓鱼，游游泳，有时和本地一个名叫比利·沙夫的小男孩一起在树林里游荡。一切都那么随意，感觉棒极了。可我又为什么狂奔？为什么我脸上的表情看起来既坚定又无助？跑上车道，爬上台阶，我扯着嗓子叫父母：“妈妈！爸爸！”

我开始有不祥的预感。

坐在门廊柳条沙发上的父亲站了起来，精力充沛，年纪轻轻，穿着 T 恤和牛仔裤，头发没有一丝灰白。父亲总把一切安排得妥妥当当，可是这次连他也无计可施。“怎么了？”他问，“发生什么事了？”

母亲推开纱门来到门廊，一手抓着毛巾，头发被湖水弄得湿漉漉的。还有我。强忍着不让眼泪掉下来的我，穿着条纹马球衫和褪色的短裤，胳膊和腿细得像麻秆。“那个，”我说，“那个——”

“停，”我说，“重置。”是我的狗奎尼出了意外，那天早上死在大路上。这就是我想说的。是谁把门开着给她机会跑出去？又是哪个小男孩虽已被警告无数次要随手关门却仍屡教不改？

我坐在一个黑暗的房间里。两腿间有一个罐子，散发着刺鼻的气味。我要回到记忆更深处，我要远离这一切。不同的时间一个接一个从我嘴里说出来，眼前出现了各种不同场景：我开车上班，跟成千上万个傻子一起堵在路上，盼望能有个快进的应用逃离堵车；三十多岁的我，已和丽莎分手，还不认识克莉丝汀，沉迷于光晕游戏。于是，我不分昼夜地待在这个时期，一遍遍重温打游戏的过程，打坏一个游戏机再换一个游戏机，直到突然想到了上帝，我开始思考上帝到底给我的生活带来了什么，除了激光和硅芯片，还有言语无法表达的神秘。我对着机器说出了出生前九个月的日期：“1962年12月30日，早上6点钟。”那时的我应该是，怎么说呢——受精卵吗？——可是，什么都没有，没有画面，也没有声音。这不对啊，大错特错。至少应该有心跳吧。妈妈的心跳不是我们听到——或感知到的第一个声音吗，不是说耳朵还没长出来之前就能感知心跳吗？

“停，”我说，“重置。”又一个日期从我嘴里说出，愉悦之情突然而至，涌上心头。“1963年9月30日，凌晨2:35。”话音刚落，响起一阵有节奏的声音，*砰–嘭*，*砰–嘭*，却没有画面，暂时还没有。

时间一分一秒流逝，砰–嗙，砰–嗙，我出现了，沐浴在这个世界的光照里，母亲穿着脏兮兮的病号服，身旁站着一个长着一字眉、戴着闪闪发光的眼镜的陌生人，这个人是医生，以他的方式对母亲表示祝贺和安慰。男孩。是个男孩。

突然，一切归于沉寂。有人站在我面前，起初我没认出她是谁，我怎么能认出呢？“爸爸，”她叫道，“爸爸，你在吗？”

我眨眨眼。想要集中注意力。

“不，”我终于开了口，缓缓摇着头，这个字，表示否定的字，在嘴巴里如石头般沉重。“我不在。不在。不在。”

苦歌[1]

科利·多克托罗

科利·多克托罗

一位科幻小说作家、激进主义人士、记者及博主——他是 Boing Boing（boingboing.net）博客网的联合编辑，个人网站主页是 craphound.com。著有青少年漫画小说《在现实生活中》（*In Real Life*），非虚构商业图书《信息不想自由》（*Information Doesn't Want to Be Free*），青少年小说如《故乡》（*Homeland*）《海盗电影院》（*Pirate Cinema*）和《小兄弟》（*Little Brother*）以及成人小说如《狂喜的呆子》（*Rapture of the Nerds and Makers*）。他是电子前沿基金会（Electronic Frontier Foundation）的前欧洲主管，并和他人共同发起了英国公开权利组织。他出生于加拿大的多伦多，现居伦敦。

“给我六行最可敬的人写下的文字，

我就能从中找出足以处他绞刑的东西来。”

红衣主教黎塞留

“我们对你的了解还不够。”

谷歌 CEO 埃里克·施密特

晚上八点，格雷格降落在旧金山国际机场，等排到出关队伍前

1 苦歌，英文原文作“scroogled”，是由微软推出的反谷歌广告的网站。

列，已过午夜。在卡波海滩待了一个月（一周潜水三天，其余时间和法国女大学生们打情骂俏）之后，走出头等舱的他肤色棕黑，满脸胡茬，四肢柔软灵活。一个月之前离开旧金山时，他还是一个勾腰驼背、大腹便便的废人。现在的他俨然如古铜色的男神一般，吸引了头等舱一众空姐爱慕的眼光。

在海关排队四个小时之后，他砰然落地，从男神变成了臭男人。陶然的感觉逐渐消失，汗水顺着屁股缝隙往下流，肩膀和脖颈肌肉紧绷，背部上方紧张得如同网球拍。iPod 的电池早已耗尽，除了偷听前边那对中年夫妻聊天之外，他无事可做。

“现代科技的奇迹。”女人说，朝附近一个标识耸耸肩：入境——谷歌提供技术支持。

“不是说下个月才启用的吗？”男人手里拿着一顶墨西哥阔边帽，一会儿戴头上，一会儿拿手里。

谷歌在边境。天啊。六个月之前，格雷格从谷歌离职，用期权兑换了现金，再“留点时间给自己”，结果实际生活并不如想象般美好。头五个月，他干得最多的事就是帮朋友修理电脑，看看日间电视节目，再长 10 磅肉。他把体重的增长归罪于终日宅在家，不像以前在谷歌村的时候，可以使用那里设施齐全、24 小时开放的健身房。

本该预见到眼前场景的，当然了。美国政府大手大脚地在一个项目上浪费了 150 亿美元，在边境采集游客指纹和照片，结果一个恐怖分子也没逮住。很显然，公共部门根本不具备精准搜索的能力。

有着大大眼袋的国土安全部官员眯缝着眼睛盯着电脑屏幕，用他的香肠手在键盘上戳来戳去。难怪从这该死的机场出来得花四个小时。

“晚上好。”格雷格说，递上被汗水浸湿的护照。官员哼了一声，刷一下护照，盯着屏幕，在键盘上敲几下。敲了很多下。他的嘴角沾了点食物残渣，只见他悄悄伸出舌头不停舔着。

“能跟我说一下 1998 年 6 月发生的事吗？”

格雷格从手中正在读的《离别》上抬起头。“什么？”

“1998 年 6 月 17 日，你在 alt.burningman 上发了一条消息，说你打算参加一个什么庆祝活动。你当时问：‘蘑菇这主意很不好吗？’”

第二个审查室的审讯官是一个年纪较大的人，身材瘦削，好似用木头雕刻而成。他问的问题比蘑菇深入得多。

“说说你的爱好吧。你是不是喜欢模拟火箭？”

“什么？”

“模拟火箭。”

“不，”格雷格说，“不，我不喜欢。”心里有点清楚这到底是怎么回事了。

那人做了个记录，噼里啪啦在键盘上敲着什么。“你看，我这么问是因为你的搜索结果和谷歌邮件里关于火箭补给的广告激增。”

格雷格感觉内脏一阵痉挛。“你们偷看我的搜索记录和邮件了？”他已有一个月没碰电脑，可他知道之前在搜索栏里输入的内容比向心理医生透露的秘密还要多。

“先生，请你冷静一下。不，我没有偷看你的搜索记录，”那人带着嘲弄的语气发牢骚说，“那可是违反宪法的。我们看的只是你阅读邮件和搜索时弹出的广告而已。我有一本小册子专门解释这个。等我们结束之后我会给你一本。”

“可是广告说明不了任何问题啊，”格雷格气急败坏地说，“只要我收到住在艾奥瓦州库尔特的朋友发来的邮件，我就会收到安·库尔特的手机铃声广告！”

那人点点头。“我明白，先生。这就是我在这里和你说话的原因。你觉得模型火箭的广告为什么会出现得如此频繁？”

格雷格绞尽脑汁地想着。“好吧，试试这个。你搜一下‘咖啡狂’。”他在这个群里非常活跃，帮他们为每月咖啡订购服务建立了网站，好像当时有一款即将推出的新品混合咖啡名字就叫“航空燃料”。“航空燃料”和“推出”这两个词放在一起的结果就是，谷歌开始给他推送模型火箭的广告。

本来讯问已到最后阶段，可是木雕人居然找到了那次万圣节的照片。搜索“格雷格·卢平斯基”这个名字时，一下子出来整整三屏幕与格雷格有关的照片。

“那是一个海湾战争主题的派对，”他解释说，“就在卡斯楚区[1]举行。”

“你打扮成……？”

“人体炸弹。”他怯生生地回答。说出这几个字都让他感觉窘迫。

“跟我来，卢平斯基先生。”那人说。

等他终于被释放，已过了凌晨三点。他的行李箱被孤零零地扔在行李传送带旁。把箱子拎起来时，他才发现行李箱全部被打开，又随随便便地合上。衣服从箱子边缘露了出来。

回家之后，他发现自己买的所有带有哥伦布到达美洲前文化特征的雕塑都被打破，崭新的白色墨西哥全棉衬衫正中间有个看起来不祥的脚印。衣服闻起来也不再有墨西哥的味道。全都带着股机场

1 卡斯楚区，旧金山著名的同性恋社区。

的臭味。

他毫无睡意。没门儿。得找人谈谈这事儿。可是能和他谈的只有一个人。幸运的是，这个人通常这会儿已起床。

格雷格到谷歌工作两年之后，玛雅也开始在谷歌工作。期权变现后，也是她说服他去墨西哥度假：她说，随便去哪儿都可以重新开始新生活。

玛雅有两条体型庞大的巧克力色拉布拉多犬，还有一个非常非常有耐心的女朋友劳瑞，容忍着玛雅的一切，除了清晨六点半带着两条重达350磅、口水直流的大狗到多洛莉丝公园遛狗。

看到格雷格一路小跑来到她近前，玛雅伸手去拿随身携带的梅斯催泪瓦斯，然后恍然大悟，赶快张开双手，丢下狗绳踩在运动鞋下面。“你身上多余的肉呢？伙计，你看起来真帅！”

他也抱了抱她，猛然想起身上还残留着被谷歌搜索侵犯了一夜之后的味道。“玛雅，”他说，“关于谷歌和国土安全部的合作你知道多少？”

问题一出口，玛雅就僵住了。其中一条狗开始不满地哀鸣。她环顾四周，又朝网球场方向点点头。“那边的路灯杆顶部，不要看，”她说，“这里是市政WiFi接入点之一。安装了广角摄像头。说话的时候把脸转开。”

总体看来，谷歌把网络摄像头布满整个城市所耗费的成本并不高。尤其是可以根据人们所处位置进行广告精准投放之后，这点花费就更可以忽略不计。所有接入点的摄像头对公众开放之时，格雷格并没有太在意，因为当时的他正终日埋首于博客风暴。起初，大家都在用这个无所不知的新玩具放大街景，搜寻猎艳场所，玩得不亦乐乎，慢慢地，新鲜劲儿过去之后，大家又都把这件事抛诸脑后。

格雷格感觉自己跟个傻子似的，咕哝着说："你开玩笑的吧。"

"跟我来。"她说，转头离开路灯杆。

狗狗们不喜欢散步时间被打断，玛雅在厨房煮咖啡时，它们尽情地表达了自己的不满。

"我们跟国土安全部达成了妥协，"她边说边伸手拿牛奶，"他们同意不再用不正当手段攫取我们的搜索记录，我们同意让他们获取用户收到的广告信息。"

格雷格感觉有点恶心。"为什么？不要告诉我雅虎已经这么做了……"

"不，不。好吧，是的。当然了。雅虎就是这么干的。但这不是谷歌也这么干的原因。要知道，共和党人痛恨谷歌。而我们绝大多数人都是民主党，所以，为了不让他们抨击我们，得尽量跟他们和平相处。我们提供的又不是P.I.I.。"个人身份信息（P.I.I.）简直就是信息时代的毒雾。"我们提供给他们的只不过是些元数据。一点点邪恶罢了。"

"那么，为什么要搞这些阴谋呢？"

玛雅叹了口气，把正用巨大的头顶她的膝盖的拉布拉多犬搂在怀里。"间谍们就像虱子。无处不在。只要我们开会，他们就会出现。感觉跟在苏联的政府部门工作一样。安全检查把所有人分成了两个阵营：安全者和怀疑对象。我们都知道谁被怀疑，可是没人知道为什么被怀疑。我倒是安全的。幸运的是，他们并没有因为我是女同性恋而剥夺我的资格。安全者现在都不愿与不安全的人坐在一起吃饭。"

格雷格感觉筋疲力尽。"那我应该庆幸自己能活着从机场出来。要是刚才搞砸了，我很可能会无声无息地'消失'，对吧？"

玛雅目不转睛地看着他。他等着她开口说话。

“怎么了？”

“我要告诉你一件事，可你一定不能告诉任何人，答应吗？”

“嗯……你不会是加入什么恐怖组织了吧，是吗？”

“没那么简单。是这样的：国土安全部在机场进行的审查只是开端。通过这个环节，间谍们可以缩小搜寻标准。一旦在边境进入第二个审查环节，你就成了‘嫌疑人’，从此他们永不会对你放松警惕。他们会通过网络摄像头扫描你的面部特征和步态。偷看你的电子邮件。监控你的所有搜索行为。”

“可你不是说法院不会允许他们……”

“法院不会允许他们不分青红皂白地搜索你，可一旦你进入系统，那就成了选择性搜索。一切都合法了。而且只要他们用谷歌搜索你，总能发现点什么有用信息。你所有的数据都会被输入一个大漏斗，利用提前设置好的统计指标偏差值，检查‘可疑模式’，再把你逮个正着。”

格雷格感觉自己快吐了。“这一切到底是怎么发生的？谷歌是个好地方啊。‘不作恶’，不是吗？”这是公司的铭训，对格雷格来说，也正因为如此，他才会在拿到斯坦福大学的博士学位之后直接来山景城上班。

玛雅尖锐地笑了一声作为回答。“不作恶？得了吧，格雷格。我们的游说集团跟那帮对克里发动快艇式攻击的秘密法西斯是同一拨人。我们早就堕落了。”

他俩沉默了将近一分钟。

格雷格叹了口气。他对谷歌的发展再清楚不过了：每次只要你访问带有谷歌广告的页面，使用谷歌地图，发送谷歌邮件，就算是往谷歌的 Gmail 账户里发邮件，公司都会孜孜不倦地收集你的信息。近来，网站的搜索优化软件已经开始使用搜集到的数据为用户量身定制网络搜索结果。事实证明，这种工具对广告商来说，简直带来了空前的商业契机。那么，一个独裁专制的政府肯定会想办法赋予该工具其他用途。

"他们利用我们建立各类人的档案，"玛雅接着说，"要是他们想逮捕谁，他们就找到我们，再找个由头把那些人抓起来。在那样的国家，似乎你在网上做的任何事情就没有不违法的。"

"我们会立即被要求出示搜索结果，"玛雅说，"谷歌官方会同意。公司的说法很搞笑：'我们不是在做坏事，我们这是在让消费者体验更好的搜索工具！要是他们得不到想要的搜索结果，那只会让他们沮丧。他们感受到的会是非常糟糕的用户体验。'"

"现在怎么办？"格雷格把狗从身边推开。他的举动让玛雅很不开心。

"现在你就是嫌疑人了，格雷格。你时刻会被谷歌追踪。你生活中的每一刻都有人监视。你应该知道公司的宗旨是什么，对吧？'整合全世界的信息'。事无巨细。要不了五年，连你冲水之前抽水马桶里有多少大便我们都能知道。加上你要是与坏人统计图像的自动怀疑系统相匹配，那你就——"

"成苦歌了。彻底完蛋。"

"绝对的。"她点了点头。

玛雅带着两条拉布拉多犬沿走廊走进卧室。格雷格模模糊糊听到她和女朋友争辩了几句，随后一个人走了出来。

"我可以改变这一切。"她低声说，声音急促。"我和团队已经利用我们那 20% 的项目自主权设计出程序破坏他们的行动。"（谷歌的创新政策规定，每个雇员都应抽出20%的时间，根据自身兴趣爱好确定自主研发方向。）“我们给程序起了个名字叫谷歌清洁工。它能深入到数据库内部，使你的数据标准化。搜索结果，Gmail柱状图，浏览模式，全都标准化。格雷格，我可以帮你彻底清洁。这是唯一的办法。”

“我可不想让你因我而惹祸上身。”

她摇摇头。“我已经在劫难逃了。自从设计出那该死的东西，我活着的每一天都是在借日子活命。迟早会有人对国土安全部汇报我的专业能力和背景，哦，谁知道呢。不管是什么，在这种抽象的战争中，他们总会想办法处置像我这样的人的。”

格雷格想起了机场的遭遇。搜查。他的衬衣，还有衬衣中间的鞋印。

“那就干吧。”他说。

谷歌清洁工效果惊人。从搜索结果跳出来的广告判断，这些广告显然是针对别人而推送的：智能设计的真相，在线神学院学位，无惧明天，色情拦截软件，同性恋议程，便宜的托比·凯斯门票。玛雅设计的程序运转良好。很显然谷歌的个性化搜索把他打造成了截然不同的另一个人，一个虔诚的右翼分子，对戴帽牛仔情有独钟。

对此他一点意见都没有。

他点击通讯录，发现有一半联系人都消失不见了。Gmail邮箱的收件箱也被清空，好像一段被白蚁啃过的树桩。欧库特[1]的个人资料也被标准化。日程表、家庭照片、阅读书签：全部清空。在此之前，他从未意识到自己有多少信息已迁移到网络上，进入了谷歌的

1 欧库特，谷歌旗下的社交网络。

服务器农场。他的整个网络身份。玛雅帮他彻底粉饰；现在的他成了网络隐形人。

格雷格迷迷糊糊地捣了一下放在床边的笔记本电脑键盘，屏幕被激活。他眯着眼睛看看工具栏上不断闪烁的时间：凌晨4:13！天呀，是谁在这个点儿擂他的门？

他迷迷糊糊地叫着："来了！"穿上长袍，趿拉着拖鞋，拖着脚步穿过走廊，边走边开灯。站在门口，他透过猫眼向外望，看到玛雅正闷闷不乐地盯着他。

他解开锁链，拉开防盗插销，猛地把门拉开。玛雅从他身边冲进屋子，后边跟着她女朋友和那两条狗。

她汗流浃背，平时梳得整整齐齐的头发现在一缕缕黏在前额。她揉揉眼睛，眼睛红红的，布满血丝。"赶快收拾东西。"她用嘶哑的声音说。

"什么？"

她把双手放在他肩上。"照我说的做。"她说。

"你想去什么地……？"

"可能是墨西哥吧。还不知道。赶快收拾啊，该死的。"她从他身边挤进他的卧室，把抽屉一个个拉开。

"玛雅！"他厉声说，"你要是不告诉我到底发生了什么事，我哪儿也不去。"

她瞪着他，把头发从脸上撩开。"谷歌清洁工被人激活了。我帮你彻底清洁之后，就把程序关闭再也没用过。太危险了，坚决不能再用。可是程序无论什么时候运行，都会自动给我发送电子邮件确认。有人用这个程序分六次擦除了三个非常具体的账户信息，这三个账户的所有者碰巧都是参议院商业委员会的成员，正在准备重新选举。"

“谷歌有人在诽谤参议员？”

“不是谷歌的人。操作者是公司外边的人。IP 地址显示登记在华盛顿。所有的 IP 地址都是 Gmail 使用者。猜猜这些账号是谁的？”

“你居然监控 Gmail 账户？”

“是啊。对。我确实会看他们的邮件。每个人时不时都会看，有些人的歪心思比我还多呢。可是你看看。事实证明，所有这些活动都是由我们的游说集团主导的。只是在做分内事，维护公司利益。”格雷格感觉太阳穴的脉搏突突直跳。“我们得告诉别人。”

“没用的。他们对我们了如指掌。他们能监控我们的每一次搜索，每一封电邮，每一帧被网络摄像头捕捉到的身影。我们的社交网络里都有谁……你知道吗，要是你有 15 个欧库特好友，从统计数据来看，不出三步，就能找出你身边给‘恐怖分子’的事业捐助资金的人！还记得机场的遭遇吗？这样的事会越来越多的。”

“玛雅，”格雷格终于回过神来，“逃到墨西哥是不是有点小题大做了？辞职不干不就行了？我们俩可以一起创业，咱自己干点什么。这样有点太疯狂了吧。”

“他们今天来找我了，”她说，“国土安全部的两名政治官员。他们盘问了我好几个小时。问了许多非常有分量的问题。”

“关于谷歌清洁工吗？”

“关于我的朋友和家人。我的搜索历史。我的过去。”

“天啊！”

“他们这是在给我传递消息。这是在告诉我，他们监控着我的每一次点击，每一次搜索。该走了。得跳出他们的魔爪。”

“可是你别忘了，墨西哥也有谷歌的分部啊。”

“我们必须得走。”她说，语气坚定。

“劳瑞，你有什么看法？”格雷格问她。

劳瑞重重拍了拍两条狗的肩膀。“我父母1965年离开东德。他们给我讲过史塔西[1]的事情。要是你无意中开了什么不爱国的玩笑，不管你的本意是什么，他们都会把任何想放的资料放到你的档案里。谷歌现在干的事跟他们也没差别。”

“格雷格，你到底走不走？”

他看看那两条狗，摇了摇头。“我还剩了些比索，”他说，“你都带着吧。你自己要当心，好吗？”

玛雅看起来好像要打他的样子，接着缓和下来，紧紧拥抱了他一下。

“你自己也要小心。”她在他耳边轻声说。

一个星期之后，他们来了。半夜三更来到他家，在他预料之中。

凌晨两点过不久，两名男子来到他家门前。一个静静地站在门口。另一个面露微笑，身材矮小，满脸皱纹，身穿一件运动衫，一边翻领上有污渍，另一边绣着美国国旗。“格雷格·卢平斯基，我们有理由相信你违反了计算机欺诈和滥用法案，”他说，算是做了自我介绍。“具体来说，你超出了访问权限，并通过此种行为非法获取信息。作为初犯，获刑十年。事实证明，你和你的朋友对你的谷歌记录所做的篡改行为算是重罪。哦，再加上所有审判出来的……就拿你从资料中抹去的东西说起吧。”

这一幕在格雷格脑海中已经演练了一个星期。他设想了各种勇

1 史塔西，德意志民主共和国的国家安全机构，通称“史塔西”（Stasi），来自德语“国家安全”（Staatssicherheit）的缩写。成立于1950年2月8日，总部设在东柏林。史塔西被认作当时世界上最有效率的情报和秘密警察机构之一。

敢应对的场景。这让他在等玛雅的消息时也有点事干。玛雅一直没联系他。

“我要找律师。”他鼓起勇气开口说。

“你可以找律师，”小个子男人说，“不过也许我们能达成一个更好的协议呢。”

格雷格硬着头皮再次开口。“让我看看你的证件。”他结结巴巴地说。

男人有点困惑地咯咯笑了起来，如巴塞特猎狗似的脸看起来也带了点喜庆的神色。“伙计，我又不是警察，”他回答道，“我是个顾问。谷歌聘请了我；我的公司代表他们的利益与华盛顿建立关系。当然，把你交给警察之前，我们肯定会先和你谈谈的。你是公司的一分子。事实上，我倒是有个提议。”

格雷格转向咖啡机，扔掉用过的滤纸。

“我会找媒体的。”

男人点点头，想了一下。“嗯，当然。你今天早上就可以走进《旧金山报》的办公室，把一切和盘托出。他们会寻找可靠的消息来源。当然他们是找不到的。要是他们试图在网上搜查相关资料，我们第一时间就会知道。所以，伙计，干吗不听我说完呢，行吗？我提供给你的可是双赢的机会。我很擅长这个。”他停了一下，“顺便说一句，你这些豆子质量可不错，要不要先漂洗一下？把苦味去掉一些，能提高出油率。来，递给我一个过滤器。”

格雷格看着男人默默地脱下夹克，挂在厨房椅子上，解开袖口，小心地卷起袖子，把一只便宜的电子表塞进口袋。他把咖啡豆从研磨器里倒出来，再倒进过滤器，然后在水池里冲洗。

他矮矮胖胖，脸色苍白，带着电子工程师的风范。实际上，他看起来倒像个真正的谷歌人，痴迷于细节。看来他对咖啡研磨机也很有研究。

“我们正在为49号大楼组建队伍。”

“没有49号大楼。”格雷格不由自主地说。

“当然，”男人说，脸上闪过一丝紧张的微笑。“没有49号大楼。不过我们正在组建队伍改进谷歌清洁工。你得知道，玛雅的代码不是太有效，里边有许多漏洞。我们需要把程序升级。你倒是挺适合做这件工作，而且你要是进了团队，那之前知道些什么就无关紧要了。”

“简直令人难以置信，”格雷格冷笑着说，“要是你觉得我会帮你们抹黑政治候选人以换取好处，那你比我想象的还要疯狂。”

“格雷格，”那人说，“我们没有抹黑任何人。只是帮他们善后一下。为某些选出来的人。你明白我什么意思吗？要是仔细查看，每个人的谷歌档案都有点可怕。仔细审查又是当今政治的主要特点。参加竞选就像进行公开的结肠镜检查。”他装好咖啡壶，按下活塞，脸上表情因过于专注而扭曲变形。

格雷格拿出两个咖啡杯。当然是谷歌的马克杯，再递给那人。

“我们要为我们的朋友做玛雅为你做的事。稍微清理一下。就是想保护他们的隐私。仅此而已。”

格雷格喝了口咖啡。“那些你们不帮助的候选人会怎样？”

“是啊，”那人说，对着格雷格挤出一丝微笑。“是啊，你说得对。对他们来说确实挺难办的。”他在夹克内袋里找来找去，拿出几张折起来的纸。把纸展开弄平，摊到桌子上。“这是其中一个需要我们帮助的好人。”纸上打印的是一份历史搜索记录，属于一个候选人，格雷格在之前三次竞选中都投了他的票。

“经过一天挨家挨户上门拜访的竞选活动，累得半死的小伙子回到酒店房间，打开电脑，在搜索引擎中输入‘性感的屁股’这几个字。没什么大不了的，对吧？在我们看来，要是因为这个原因就取消一个好人为国家服务的资格，实在是不符合美国精神。”

格雷格慢慢点点头。

“那么你会帮助他吗？”那人问道。

“会的。”

“太好了。还有一件事。我们需要你帮我们找到玛雅。她根本不了解我们的动机，现在看来她似乎突然秘密离开了大部队。要是能听我们把话讲完，我相信她一定会回心转意的。”

格雷格盯着候选人的搜索记录。

“我想她会的。”他回答道。

新一届国会用了 11 个工作日通过了《保障并登记美国通信和超文本法案》，该法案授权国土安全部和国家安全局将 80% 的情报搜集工作和分析工作外包给私人承包商。从理论上讲，这些合同可以公开竞标，可是在谷歌 49 号大楼的安全边界范围内，谁会胜出是毫无疑问的。要是谷歌在边境抓捕坏人的项目上已经花费了 150 亿美元，那么你可以相信他们一定会抓住坏人。政府只是不懂得如何精准搜索。

第二天早上，格雷格边刮胡子边仔细端详自己（安全警卫不喜欢程序员们胡子拉碴的，而且也会直言不讳地告诉他们），意识到今天是他第一天真正成为情报人员，为美国政府工作。能有多糟糕呢？让谷歌员工来做这些事不是比那些笨手笨脚、终日伏案工作的国土安全部官员们更好吗？

等他把车停到谷歌村那些混动汽车和停满自行车的车架之间，他已经说服了自己。正思考着去餐厅点哪种口味的有机奶昔时，他的门禁卡却打不开 49 号大楼的门。每刷一次，红色的 LED 灯就无声闪烁一下。要是其他楼，人们会进进出出一整天，他倒是可以尾随别人进去。可是在 49 号大楼工作的谷歌人只在吃饭的时候才会出现，有时甚至连饭都不吃。

刷一下，再刷一下，又刷一下。突然，他听到身旁有人说话。

“格雷格，能和你说句话吗？”

那个皱巴巴的男人一条胳膊搂住格雷格的肩膀，身上飘出一股柑橘须后水的味道。这味道像格雷格在巴哈的潜水师身上的味道，夜晚他们一起去泡吧，他都会涂这种味道的香水。格雷格已经记不得他的名字了。胡安·卡洛斯？还是胡安·路易斯？

那人紧紧搂住他的肩膀，带他离开大门，来到楼外完美无瑕的草地上，再穿过厨房外的香草园。“我们打算给你几天假期。”他说。

格雷格突然感觉一阵焦虑。“为什么？”难道他做错了什么吗？难道他要进监狱了吗？

“是玛雅。”那人把他的身子扳过来，面对着自己，用深不可测的眼神看进他的眼里。“她自杀了。在危地马拉。非常抱歉，格雷格。”

格雷格的身体似乎在飞速升空，飘到几英里之外的高空上，从谷歌地球的视角俯瞰谷歌村，看着地面上的自己和那个皱巴巴的男人，好像两个小点，两个像素点，微不足道，无关紧要。他用力扯着头发，跪在地上，号啕大哭。

从遥远的地方，他听到自己说：“我不需要放假。我没事。”

从遥远的地方，他听到那个皱巴巴的男人坚持要他休息。

争论持续了很久，最后，那两个像素点朝 49 号大楼走去，楼门在他们身后关闭。

肖恩·伯纳德

在多个杂志上发表过小说。他获得过国家艺术基金会、《诗人与作家》(*Poets&Writers*)杂志以及亚利桑那大学诗歌协会颁发的多个奖项。他的文集《响亮的沙漠》(*Desert sonorous*)获得2014年“朱尼珀奖”，并于2015年由马萨诸塞大学出版社出版。2015年夏季，红母鸡出版社推出他的第一本小说《将来的学习》(*Studies in the Hereafter*)。

加利福尼亚

肖恩·伯纳德

夏日夜晚，我们相聚在精心修葺、扩建过的大宅里。这些宅院始建于20世纪60年代，连梁结构，我们有钱有贷款，这里就成了我们的家。后院围着精心安装的栅栏，孩子们在泳池里游泳，我们在院子里烤鸡肉，烤鱼，烤玉米棒。我们喝红酒，吃奶酪，吃葡萄，谈谈天气，聊聊人生，有时抚弄吉他，漫不经心拨动琴弦，开怀大笑，只等空气凉爽，夕阳西沉，孩子们上床睡觉。

待到此时，我们互相对视，想着时间是不是到了，我们是不是准备好了。当然准备好了。

美酒重新倒满，我们手持酒杯走进客厅，坐在沙发上，坐在椅子上，像个孩子似的坐在地板上。屋内光线昏黑。大屏幕已拉开。胶片啪啪作响，风扇呼呼飞转，配乐响起，我们用一台老式放映机看影片。投影仪总让人想起老电影中的精彩桥段，那是我们从不曾经历过的过往。

我们观看的视频在互联网上找不到。上班时，我们曾含糊其词地向同事提起过这些视频，可他们全都一脸茫然地看着我们。没人知道这些视频的存在。这些视频把我们吸引到一起——部分原因——是因为它们实在太罕见，也太私密，这是我们的专属。当然，还可能是因为我们的生活过于平淡，这倒不是抱怨，反正大家都开开心心地接受命运的安排。

可是这些视频给我们提供了不一样的生活，一种全新的、出人意料的生活。没人向我们解释这些视频到底是怎么回事。有人陆陆续续地把视频邮寄过来。没有回邮地址。视频里的人我们虽说并不真正认识，可大家都知道是谁。这些视频似乎正引领着我们逐渐走向一个无法预测的高潮。大家坐在原地，身体前倾，如饥似渴地等待着下一个视频的开始。

四号视频特别模糊，声音杂乱，我们一下子就听出了大众威斯特伐利亚柴油车发动机那轰轰的声音。公共电视节目主持人再次踏上旅途，这是我们看到的场景，也一字不差地由视频中的画外音说了出来，公共电视节目主持人再次踏上旅途，嗬-哼，总是在路上，发动机的嗡嗡声，道路的摩擦声，道路两旁整齐的农田，灌溉渠，高山，沙漠，等等等等，看看他，看这个主持人，神情如此严肃，看起来心烦意乱。

镜头推进到他脸上。他的下巴坚毅，下颌有力。灰白的平头在镜头下看起来变成了纯灰。眼角有深深的皱纹，好像退役的年迈冲浪运动员。

他凝视窗外，下巴抵着拳头。画外音说，主持人一直在想那个反复出现的噩梦：荒无人烟的沙漠，巨大的裂谷，到处寸草不生，眼前只有石油井架和累累白骨，他茕茕孑立，穿着牛仔短裤，脚蹬长靴，身上一件棉布衬衫，太阳镜不见了，手中握着麦克风，却没有一个人可采访。这是会让人心灵迷失的噩梦。

屏幕上，主持人叹了口气，声音清晰可闻。

这声叹息是什么意思？画外音问道。难道空旷预示着巨大的苦难即将来临？

主持人突然笑了一声，哈！从窗外收回了视线。他直视镜头，看向我们，就是这一刻让我们确信——他知道有人在给他录像。

他微微笑了笑。看到什么了吗？站在相机后面的到底是谁？他为什么要笑？

他低下头，穿着登山鞋的脚轻拍汽车地板。镜头拉远对准他的脚。主持人笑了笑，画外音跟着叫了起来，地板，他想！这么老气的词！汽车难道真的装过地板，那种由一块块木头组成的地板，不知为何居然没着火的地板吗？不会燃烧吗？本州有没有配备讲解员的汽车博物馆呢？要是汽车可以装地板，那谁能说汽车博物馆不会有讲解员呢？服务员？维修人员？当然可以查互联网，可是我们不跟互联网打交道，我们跟真实的人打交道，这就是我，主持人开心地想着，那个爱与人聊天的人，这是我们认识世界的方式主持人思考着在美国西部我们就是这样体验生活，一直在路上，是的！洛杉矶市中心的博物馆街确实有一家汽车博物馆，真是个傻子，

胶片啪啪响了几下，视频放映完毕。

早些时候，我们会选喜欢的片段来欣赏，大家都喜欢那些没有画外音的视频。比如十号视频就非常有意思，拍的是节目的幕后花絮。主持人和摄像师坐在明亮的工作室里，面前一台老旧台式电脑，两人正在为节目剪辑素材，交谈方式极其简洁，偶尔蹦出一两个词。

这样的交流充分显示了他们之间的默契。“太长。”“是。”“从这里剪？”“从这儿剪。”“他太爱说话了，是吧？”“他们都这样。”五号视频让人看了也心情舒爽。主持人站在一座办公楼外（我们一致认为是在影视城里，尽管只是猜测），正在给皮塔三明治外卖付钱。“薯条在里边吧？”他用慢吞吞的语调柔声问，“我一定要吃薯条，外卖小哥！”他哈哈大笑，很显然小费给得也足——外卖小哥谢了他两次。办公大楼的门合上，视频结束。暖心的场景，气氛轻松愉快。

大部分人都特别喜欢六号视频。视频很长，情节却简单，录下了主持人煮咖啡的过程。他似乎知道摄像机的存在，却一点都不受干扰。抬头看一眼，向我们点点头，没有说话，动作优雅从容：打开冰箱门，拿出一瓶水，把水倒进电水壶，按下开关。再打开冷藏室门，取出四个袋子。在每个袋口停留，闭上眼睛，温柔地嗅着袋子里散发出的气味。细细品味其中一袋咖啡的香味，点点头。用勺子量三勺咖啡豆放进一个黑色研磨器。把袋子密封，全部放回冷藏室。按下研磨器开关开始研磨咖啡。水壶冒蒸汽。再次按下按钮关掉电水壶。蒸汽逐渐消散。吧台上放着一个咖啡杯，外形很像海底金刚；把与咖啡杯完美契合的滤网放在杯子上。用勺子把刚研磨好的咖啡粉舀进滤网。最后，把还在冒热气的水慢慢倒进滤网，一点点加水，每一步都精确到位，井井有条。

移开滤网，他撅起嘴唇吹开热气，小啜一口，笑容绽开。视频结束。

我们笑着在电话上聊，发邮件讨论，发信息谈论视频内容——大家都意识到，每个人都在重新考虑要不要改变喝咖啡的习惯、给小费的习惯和与同事交流的习惯。

笑声平息之后，大家开始怀疑这一切绝非偶然。

二十三号视频开头，主持人坐在一个棕色皮沙发上，面对镜头，身后墙上挂着一面镜子。镜子里没有任何影像，没有摄像机，也没有工作人员。这点如此不合常理，我们开始不安。

“可是他们是怎么做到的？特效吗？说真的，录制这个节目到底花了多少钱？”

这是唐一直想知道的。整件事透出的古怪让他格外心神不宁。

嘘，我们制止了唐。他叹口气，坐回原位，又叹口气，看起来很沮丧。

视频上，主持人俯下身子，看着面前那张爪足铸铁支架的透明玻璃咖啡桌。

咖啡桌一侧放着一大堆带壳的核桃。

主持人斜睨着那堆核桃。终于，他用手指捏起一个放到掌心，闭上眼睛，使劲挤压。核桃壳的碎裂声清晰可闻。他睁开眼睛，摊开手掌，把核桃肉挑出来，放在咖啡桌另一侧。核桃壳被他扫到地板上。

画外音说，主持人像教父那样把核桃一把捏碎，说得更确切一点，是他的手像马龙·白兰度的手一样有力。虽说他为此自豪，可他却从未告诉任何人自己有这样的能力。他十分珍视手上力量。这让他感觉脚踏实地。自食其力。有时候他会想，自己本可以当一个掰手腕运动员，又为自己没能成为掰手腕运动员而遗憾，遗憾之情连自己都惊讶。

屏幕上，主持人龇牙咧嘴，双眼紧闭，双手用力夹着一个核桃。

他看了看手掌，皱皱眉，突然把带壳的核桃扔到屋子对面。

他身高六英尺四英寸，虽然已经六十岁，可还是跟大多数人一样强壮，当那个合作已有十八年的摄像师（他仍然喊他“摄像师”）拍特写时漏掉了他的脚或者头发时，主持人总会大叫：“至少你没漏拍我的武器，摄影师！”边说边做屈伸，展示他的肱二头肌。

主持人又凑过去，开始夹核桃，一次一个。

初看视频时，我们就认出了主持人，当然了。我们在这个州生活的时间都比预期要长——有几个甚至在这里出生——所以大家都了解这个公共电视节目，还有节目里热情洋溢的主持人，采访形形色色的人，探索加州宏伟壮观的奇妙景致。收到第一个标记为二号的视频时，我们以为有人寄错了地址：主持人在不知何处的白色卫生间里洗手。视频从卫生间的一个小隔间里拍摄。总长不超过二十秒。我们看了视频，不明白这是什么意思，一笑了之，很快就将之抛在脑后。

两天后，又收到了第二段标记为三号的视频：主持人在逛劳尔夫超市，犹豫着该买哪种枫糖浆，似乎根本没有意识到摄像机的存在。这段视频时间也很短，最多持续了一分钟。

然后，第三段，第四段，视频源源不断地邮寄过来。有时一周两段，有时三段，有时一周甚至收到四段视频。

我们还是不知道这些视频是什么意思。

看完每段视频，我们都会来到屋外。仍是夏季，空气却已凉爽，海风裹挟着数百万人的气息吹到我们身边，变得温温吞吞。酒杯里换成了烈性酒，杜松子酒和苏格兰威士忌。要开车回家的人喝的依旧是从水龙头里接的水。透过纱窗，能看到孩子们在梦中叹息。我们赤脚走在草地上。有什么东西像星星一样撒满城市夜空。大家都在想着主持人。他知道吗？他参与进来了吗？我们当中思维比较超前的人觉得，视频应该是被美国公共广播公司某个有开创精神的实习生无意发现的，作为电影学院的学生，该实习生的审美品位比较前卫，很喜欢这些奇怪又随性的片段中蕴含的潜在意义。

这是最初的推测，无伤大雅，因为到那时为止，所有视频给人的感觉都是这样，无伤大雅。

“万一他不知道呢？”唐问道。他总有许多担心。“万一这是威胁呢？”

我们对唐的质问一笑了之——视频肯定是某人在公共电视台工作的远亲搞的恶作剧。和我们开的玩笑罢了。一切都是图个乐呵。于是，某个黄昏，我们一个个喝得醉醺醺，玩兴正酣，有人兴奋地提议：“我们给他打电话吧！看看他知不知道！”大家对这个提议鼓掌欢迎。很快就查到主持人在电视台的分机号码。也许他还没下班呢！在唐的坚持下，大家一致决定用公用电话——不用手机，也不用家里的座机。我们都觉得这样太反传统，太病态。辛西娅是我们当中唯一抽烟的人，记得曾经在附近的便利商店打过付费电话。我刚才没喝酒，于是充当大家的司机。

一路无话，至少刚开始没人说话。和煦夜风从开着的车窗吹进车内。

车内开着空调，可她似乎毫不在意。

后来我问她是不是在加州住了很久，还问她是不是洛杉矶人。

“这儿根本没有本地人，每个人都知道。”她看起来很无聊。不征求大家的意见就开始抽烟。

我问她打这个电话是不是很兴奋。

她耸耸肩。

我坐在车里，看她把硬币投进电话，拨了号码。她对着话筒说着什么。我侧身想偷听。她用手罩住话筒，转身背对着我。她的表情，先是微笑，进而转为惊恐——而我，在这深夜，莫名激动，想象着她的脸色因恐惧而变白。我担心地走下车，可她已准备挂断电话，对着话筒几乎是上气不接下气地说："晚安。"

她沉着地看着我。"打错电话了。"她说。对每个人她都这么说。

我紧张得忘了揭穿她，也忘了对大家描述她脸上的表情。

回程，大家意兴阑珊。整整一周我心神不宁，不知道到底发生了什么事，不清楚这到底意味着什么。

周四向晚，电话打来。又来了一个视频。大家得聚一下。

日暮时分，窗帘低垂，我们焦虑不安地坐着，凝神屏息。

灯光暗下来，我们向前倾着身子。

视频里的主角不是主持人。是我。我坐在车里，焦急地看向窗外。

画外音是女性，她说：*他不晓得该如何应对已知事实，眼前所见吓得他目瞪口呆，不知该如何抉择。是走到她面前？还是静静坐在车里？还是——？*

我张口结舌，迷惑不解，忧心忡忡。接下来会发生什么？我该怎么办？

然后，我发现客厅里每个人都在看着我，憋着笑，突然又哄堂大笑。

这个恶作剧很成功，我承认，可我仍然心烦意乱。

就是那晚，你会记得的，我们早早回家，我拒绝和你说话。

有几个人认为二十七号视频被大家忽略，非常不公平。这个视频最简短，屏幕上是一个软木板，上面钉了张主持人的照片。镜头抖动着慢慢推进。照片上，主持人身穿晚礼服，手拿麦克风，正在对一群我们看不到的观众说着什么，胳膊大幅摆动，像演讲者般气宇轩昂。画外音告诉我们，他在集会上问大家："马龙·白兰度呢？见过他手碎核桃吗？是不是很让人惊叹？"

谁也没见过让人这么惊叹的东西。

为此他欣喜若狂。

有时你会打电话，你肯定下了好大决心，抛开自尊才打给我的。我很感激，真的。

"我们好久没见你了，"你说，"大家想你了。"

有时，你声音里的耐性让我生气。

"我是好久没拜访大家了，"我附和道，"你的感觉很敏锐嘛。真该当个私家侦探。"

"你喝多了。"你的声音听起来与其说是生气，不如说是疲倦。

"生气无需借助酒精。"我说。

"你要对我解释一切吗？"现在你的声音透着浓浓的悲凉。

"我今天在全食超市看到她了。"你说。更加悲伤。

也许我应该解释一下，她，他们，你，我都是谁。可是，解释这些有意义吗？抛开这些人称代词，剩下的只有你的声音和声音中透出的细微差别：悲伤，愤怒，疏离，绝望，冷静，哀伤，粗暴，痛苦，卑微和心痛。是的，心痛。

九号视频证实了我们的怀疑，一切不言而喻。再也不能假装这只是恶作剧。

视频一开始，主持人坐在一个庄园别墅里——从植被品种、庭院格局、建筑风格、土地起伏和阳光照射的角度来看，房子当然位于帕萨迪纳的山麓。主持人坐在厨房岛台旁。面前放着摊开的报纸。手边是那个海底金刚咖啡杯。

这次，摄像机从屋外向屋里拍。

屋内，手机铃声响起，声音轻微含混。主持人拿起手机，我们读着他的唇形，听到他（含混不清）低沉地说了声你好。你好！画外音大叫着。

我们读着主持人的唇形。他又重复说道："你好！"又说："请问是哪位？"

主持人！画外音叫道。

主持人坐在厨房里，眉头紧皱，按了一个按钮，放下手机。他看上去很生气。

手机又响起。他看看来电号码，把手机放回原位。现在的他神情焦虑。

可是片刻之后，他接通了电话。

喂？画外音轻声说。喂？喂？喂？

我们清楚地看到，讲话人的气息模糊了厨房窗户。

随后我们来到门廊，全身发痒，现在是夏天，到处都是过敏源，空气中充斥着看不见的花粉。

"有意思吗？"辛西娅说，像是说给自己听，又像是说给所有人听，点燃的香烟袅袅娜娜飘散在空中。

十五号视频最长，也最令人不安。开头一片漆黑，只有那无处不在的画外音不停说着：主持人总是那么紧张，总是那么焦虑，他明白自己一辈子都在等着一个伟大时刻。大部分人都让他厌烦，这对他干的工作来说岂不是莫大的讽刺。他渴盼的东西和我们一样，一个转变，一个证明自己实力的机会。

屏幕亮起来，起初模糊一片，后来慢慢变得清晰。主持人和摄像师坐在一个快餐店的卡座里。盘子里放着吃了一半的煎鸡蛋和吐司。一罐看起来发黑的深色糖浆。一杯牛奶，一杯橙汁。两人埋头吃饭，没有交谈。

画外音解释说，今天他们为一个印第安人和一棵老橡树拍了一组镜头。

“他们居然不笑！”主持人突然说。“他们让我毛骨悚然，摄像师！”

私底下，主持人不信任印第安人，画外音解释说。

摄像师看起来很担心。“可不能这么说！”他轻声告诫道，“有人会听到的！”

主持人朝空荡荡的快餐店挥挥手。“大家好！我是个种族主义者！”

镜头从两人身上移开，把焦距对准店门。过了一会儿，出现一道阴影。店门被推开。（难道摄像机知道有人要来？似乎是这样。）一个身穿棕色制服的男人走到他们桌旁。主持人接过信封，扔到一边。男人离去。

摄像师静静地看着，什么也没说。

主持人用面包皮戳了戳流质蛋黄，却没有吃。

视频转暗——没过多久又亮了起来，镜头移到户外，时间已过去很久。从镜头里看去，主持人和另一名男子站在一棵巨大的橡树下，树冠直径约五十码，枝叶密不透风，树下几乎漆黑一片。“太了不起了！”主持人叫道，“这棵树对你的族人来说有什么意义吗？”

印第安人穿着牛仔裤，上身是干净平整的马球衫。头发梳得服服帖帖。

画外音说，主持人能看出站在他面前的这个人有一双疯狂的眼睛。

印第安人谈了他的族人如何被虐待，还说有些甚至被吊死在这棵祖传的神树下，主持人悲伤地小声嘟囔着什么。印第安人说：“转折点将会到来，对此我们确信无疑。这将会是这片土地的最终审判。残暴的历史不断上演。旧日的愤怒根深蒂固。所有的血还没有流尽。”

画外音说，主持人焦灼不安。难道这个疯子真的以为会为他制作一集节目吗？他关心吗？这一趟采访真是浪费时间。不过还是让他继续说下去吧。

印第安人平静下来，又谈了谈这棵树的情况，主持人问他问题，对他微笑。他们的声音慢慢减弱，画外音说，想想他刚才说的话吧，主持人。最终审判。有意思，是吧？毕竟你有一双强有力的手，要是世界真的天翻地覆，你肯定会没事的，那你能带领我们走进阿尔卑斯山的山谷，好让我们像从前一样，在宁静与和谐的氛围中茁壮成长吗？难道你就不能拯救我们吗？

视频中，两人从树旁走开，渐行渐远。摄像师跟在后面。

屏幕上的图像仍旧是那棵老橡树。慢慢地，镜头向下移到树底。

我们看到一个被撕破的信封——大家一致认为是在快餐店送达的那个。

信封旁躺着一张纸。镜头推近，上面用粗体字写着：

我需要你的帮助。会打电话给你指示。

我们坐在门廊上，感受凉风习习。那个穿制服的男人也是剧情的一部分吗？

每次回看视频，都看到他脸庞低垂，藏在帽檐的阴影里。

主持人和摄像师居然不知道他们被监视了，这怎么可能？

他们居然看不到有第二台摄像机在拍摄他们的一举一动，这怎么可能？

为什么要谈毁灭？谈流血？

这是一个寻宝游戏。我们就是一群趴在森林里的地上捡面包屑的汉森和格雷特。

这就是辛西娅临走前轻声对我们说的话。

她的语气轻描淡写，可并不能让我们心安。

你看起来心烦意乱。心思在别处。

我在哪儿？我在打电话。你不知道我在哪儿。

你听起来似乎很生气，好像你必须要占上风一样。你伤害了我，还记得吗？

不，根本不是这样的。你以为伤害是我造成的，可实际情况正相反。难道你不知道一个人之所以生气，是因为他被伤害在先吗？这个世界上有谁不是先被伤害，然后才愤怒的呢？没有这样的人。一个也没有。我肯定不会这样。我又没疯。

你简直不可理喻。

没什么道理可讲。这世界本就不可理喻。谁说一定要有意义？这理论又是谁提出来的？

肯定不是一个洞察一切的人说的。不是生活在这个世界上的人。不是他。也不是她。

二十四号视频从一间昏黑的房子开始，镜头扫过飘动的窗帘和敞开的推拉门。隐形摄像师的脚步声几不可闻，微弱的声音在木质地板上缓慢移动。镜头进入室内，床上有个模糊的形状。

数字时钟显示现在是凌晨三点。

电话铃声响起，镜头向后拉。

一只手从被窝里伸出来，按下一个按钮。主持人对着电话轻声说：“哪位？”

画外音说，去银湖，游到喷泉那里，找到下一个线索。

然后，一如往常，黑暗降临。

我们觉得八号视频应该在二十四号视频后面，至少从时间上来看是这样的。八号视频的故事发生在一个漫长而安静的夜晚，所有镜头都从一辆我们看不见的汽车上拍摄。我们跟随着前面汽车的尾灯——估计是主持人的——这就是所看到的一切。画外音轻柔地说，夜晚的洛杉矶，110 号高速公路，总是让主持人陷入忧郁的情绪。这是一条隐藏在山中的公路，蜿蜒曲折地穿行在山中，路过一所所房屋，住在那里的人们曾经在山中养牛，种玉米，种南瓜，根本不在乎道奇体育场的烁烁闪光。查韦斯大峡谷，以十九世纪一位名叫查韦斯的大农场主命名。查韦斯是一名西班牙征服者的女婿的女婿。这个西班牙人用毛瑟枪杀害印第安人，霸占他们的土地，然后和曾经生活在这片土地上的人们一样，开始建造房屋。主持人知道这段历史，深夜开车时会反思这段历史。他知道农场主们死去之后，土地被重新分配，农场主的住宅因年久失修而被夷为平地，像布罗德和布伦，考夫曼和阿吉罗斯，爱默生还有罗斯基这样的投机者们趁机把地洗劫一空，真是个建棒球场的好地方啊！一段历史就这么——消失了。一去不复返。真令人惊叹。

真让人惊叹。太令人惊叹了。这个词成了他的标志。几年前，他采访的一位词源学家向他解释了这个词的起源。答案并不出人意料，毕竟——迷宫（maze），迷津（labyrinth），困惑（to be confused），糊涂（confounded），这些词或词组或多或少都有着千丝万缕的联系……可是amazing这个词跟迷宫这个词还有着一定的逻辑关系，不是吗？第一个迷津里的线团，阿里阿德涅，蜘蛛网。令人惊叹。

夜晚能让人打开尘封已久的回忆。他忆起故乡田纳西，记起儿时的自己是如何被奚落，想起田纳西是多么肮脏。在那里，做梦也好，开心也好，敬畏也好，他做的所有事情都是错误的。大烟山的落日，如此忧伤，引人遐思。他有一架老旧的宾得G10数码相机，放置在充当三脚架的围篱柱上，拍下时间流逝的画面。照片里，光线逐渐消失。他在学校里展示了这些照片。是不是很令人惊叹？他轻声说。

课后，老师和大孩子们揍了他。这件事他对谁都没说。

声音安静下来，尾灯继续向前移动，离我们越来越远，直到视频结束。

“这整件事其实是要唤起我们对电视和电影本质的深思。”一天晚上，唐这样说。我们都有些醉醺醺的。现在大家都很沮丧——这周的视频，六十二号，一片空白。什么都没有。我们生气地抱怨这整件事实质上荒谬绝伦，又指责其始作俑者，不论是谁，就在客厅里的这群人中间。其动机根本不值一提。“无聊的富二代，”大家看法一致。“标新立异的混蛋。”我们骂道。

可是唐的看法更深刻，也更复杂；他毕竟是个学者。“对我们这个时代来说，电视难道不是最伟大的媒介吗？对我们国家来说？

对我们州来说？我们就住在离好莱坞只有十五分钟车程的地方。我们制造了影像，而不是影像自身。我们既是演员，又是观众。为什么要相信这些视频是真的？电影而已！毫无深度！”唐大声咒骂着，把酒洒了出来。他最近面临很大压力。打算秋季申请终身教职，书稿要赶着完工，要联系出版商。通常我们会打断他，可是今晚就任他在这儿胡扯吧。“我们对主持人又了解多少？他跟我们一样——跟我们一样，他热爱电视。他铭记每个时刻——阿波罗登月，水门事件，阿里和弗雷泽的拳击战，慕尼黑惨案，所有这些精彩时刻全部由电视向我们呈现。电视是单向浸入式的，观者无需承担责任。你坐下来，按下开关，看向别处，翻翻报纸，抬头，把电视静音，换个台，去小便，加热一块披萨，在屋里转来转去，做个俯卧撑，练练仰卧起坐，打个电话，发个短信。想干什么都可以。可是互联网呢？一刻都离不开它。网络需要时刻被关注。只有电视才如此通情达理！”他有点歇斯底里。“这一切在互联网上全行不通！这就是电影，这就是虚拟社会！现在我们来到了另外的世界——真实的世界，真实的人类！那个世界曾经到处是公园！后来到处是长椅！再后来沙发出现在家里！”他绝望地看着我们。“我在塔吉特百货商店见过一种游戏椅，内置扬声器和电线，孩子们可以在里面坐上几个小时玩游戏！”他看起来几近癫狂。“快点！我需要写下来！”有人递给他一支笔和一张纸巾，他一把抓过去，开始拼命地写。

我们同情唐，也讨厌唐。我扶着辛西娅的手肘往车旁走去。她的笑容带着忧伤。

“冷静点，你刚才喝了太多杜松子酒了，牛仔。”

她给我一个飞吻，消失在夜色中。

八月的一个深夜，我在穆赫兰道上飙车，速度飞快，感觉浪漫，老套，愚蠢。

当然，你知道接下来会发生什么事——奇怪的事情不会永远持续。

我们先是接到了一个电话：又来了一个新的视频，是的，可是我们不能看。

为什么？有人联系了警察。主持人已经知道了。各方严重关切。

那个星期我们备受煎熬。看到每辆警车都提心吊胆。听到每声电话都瑟瑟发抖。唐尽职尽责地准点发送让人惊慌失措的电子邮件。警察把我们中那几个组织放映的人叫去问话。有一个到警局之后，被带进审讯室，看到了主持人。“我当然担心！”主持人对着探长大叫，“谁会不担心？”

主持人怒不可遏地看着我们的朋友从他身边走过，脸涨得通红，狂怒，激愤。

星期五晚上，我们在酒吧碰面，有孩子的把孩子交给保姆照管。辛西娅来不了。具体情况我以后再告诉你。你不相信我。又他妈的一场战争。几杯酒下肚，我们咕哝着挤作一团。据我们了解——谢谢，警察——视频不是过去录的。每周录制的都有。主持人认出了一部分——他知道当时自己身在何处，也记得正在做什么。探长想找出真相，不过大家一致认为警察没有怀疑我们。好像这样我们就放心了一样。

“他们为什么要怀疑我们？”我们都抗议道，“我们又不是嫌疑人！”

大家喝着酒，一致认定警察是傻瓜。干坏事的另有其人。

或者，也许我们只是无法忍受对彼此的猜疑——这是你一直以来的残酷论调。

你告诉我他们喜欢猴子，那星期六就看猴子吧。当然，是一只大猩猩逃出了笼子。

真的。我想去小便，于是我离开了排队买棉花糖的他们。待在这个炎热的城市，炎热的州，不知不觉就会喝太多水。三千五百万人每年在这里烤上三个月。简直疯狂。

洗完手，我来到外面，斜倚在喷泉旁。身后传来粗重的鼻息和吸气声。

我转身。一只大猩猩盯着我。他比我大得多。魁梧得多。壮实得多。他的眼睛睁得大大的，看起来很紧张。他肌肉发达，浑身长满粗糙毛发。手指如此粗壮。他能杀了我。从树林里传来警笛声，我们一起转身。他咕哝一声，迅速逃跑。

他们坐在野餐桌旁，嘴唇上粘着粉色糖丝，我该怎么向他们解释动物园里涌入了这么多警察？告诉他们那些平时安安静静的大猩猩逃跑了，你们真幸运没受到伤害？这就是对你们的教训？大猩猩的事我只字未提，只给他们讲了个故事。故事说的是一个人为他的孩子们发明了一个神奇的玻璃盒子，一按开关，嗖的一声，玻璃落下，把孩子们保护起来，绝对安全。听完故事，他们七嘴八舌地问我在里边怎么呼吸？怎么吃东西？怎么玩 Xbox？我向他们保证这些盒子非常先进！装备齐全！他们看起来还是一脸怀疑。

他们下车后，你对我说，听说大猩猩逃跑的事了吗？

我告诉你大猩猩就是我，你不明白我怎么可能是大猩猩。

周一晚上，我的邮箱里躺着一个大大的黄色信封。没有回邮地址。

我打开信封，关上灯，感觉恶心想吐。

里边是一卷胶片。

四十九号视频的开头和之前许多视频一样——什么都没有，漆黑一团。然后一个声音从虚空中传出。

“跟《创世记》一样。”辛西娅低声说，手拿报纸的商业版使劲扇风。

我让她安静，仔细听画外音说什么。

他到过这个州的每一个角落触摸过这里的每一寸土地真的开车走过每一条柏油马路，去过每一个郡政府所在地，参观过每一个地标天哪这里得有上千个地标吧，是吧，跟教授交流与镇上的人交谈和历史学会的女士们谈心与蓝领工人们聊天深入了解非法移民生活采访边境巡逻队寻访治安警戒队报道人权捍卫者和市长与参议员平起平坐也与各种土木工程师交朋友，大坝建设者桥梁建造者高速公路设计者公共交通顾问建筑师和其他各种各样的狂人们，拜访本州年纪最大的老太太，这个老太太去世后再拜访下一个，再下一个，一个接一个，和第一代摘水果的人一起摘水果与最早打包板条箱的人一起打包和最早做汉堡的人一起翻肉饼与忧郁的麦当劳兄弟一块儿炸薯条在那个富有却卑鄙的推销员雷·克罗克一命呜呼之前找他聊过天与冲浪运动员一起冲浪与海葵潜水员一起潜水与放风筝的人一起翱翔还有沙滩排球运动员赛车手攀岩运动员各种肤色的艺术家与桑尼·巴格桑尼·博诺年轻的阿诺德以及许多文艺界人士一起吃甜甜圈像是炸肉排塔博勒色拉奶酪猪肉玉米饼板球墨西哥玉米卷瓦哈卡人巴斯克人危地马拉人罗马尼亚人菲律宾人甚至塔斯马尼亚人

都能在这个状似大力水手卜派的胳膊一样的州找到

这时，黑暗褪去。画面越来越亮。

屏幕上出现一个纳粹符号。

“天哪！”辛西娅惊呼。

镜头向后越拉越远。纳粹符号停留在一个看起来精神错乱的人脸上。

“这是惠特曼吗？”辛西娅好奇地问。

画外音继续，可是最出名的那个，超越所有人的那个，傲视本州的那个人是他，一直都是他。他是主持人交谈过的人中最令人紧张的人。主持人发现，每个人身上或多或少都能找到这个人的影子，这个人无处不在，水中有他的倒影，空气中有他的气息，我们都是这个人的化身。这个人根本不像其他国人以为的那样精神错乱，加利福尼亚人也不都是嬉皮士：滥用毒品、崇尚自由性爱。他们的愤怒蚀刻入骨，他们遍布本州每个角落，他们挥舞链条，挖开手掌皮肤，只为让压力释放。

屏幕上，查尔斯·曼森[1]目不转睛地盯着我们。

就到这里。这是最后一个片段。

你用锡罐电话给我留了语音信息，说他们担心我，你也担心我。

别工作了。休息一下。进来吧。晚饭好了。

可是难道我们不该相信，如果能解开一个谜团，那么走出迷宫不就易如反掌了吗？

我梦见自己行走在深夜的黑暗中。

我看到前方有个大个子男人，他转身问我，你是谁？你为什么

---

1 查尔斯·曼森（1934—2017），美国著名类公社组织“曼森家族”的领导人、连环杀手。

要跟着我？我和他就像卡特·沙利文碰上了杰克·本尼，噢，杰克，你是要钱还是要你的钱包……一片静默。

加州黄金吗？是电视！看那光鲜亮丽的形象，看那不断闪烁的闪光灯！我们都是飞蛾！

我今夜无眠，想象人类逃离黑暗扑向明亮的屏幕。

这可不是一个随便想想的念头。

加利福尼亚州。去过那里。不确定我还会不会再回去。

辛西娅屏蔽了我的号码。唐得到了终身教职。每个人似乎都有点受不了我，而且他们也没打算掩饰。我搬离城市，住进鹰岩的一个公寓。我们不再见面，他们，我，你，我们。我们是聪明人群体中的成员，太聪明了，是聪明人中的聪明人，然后你和我，宝贝，我们分手了，当然我们又试过破镜重圆，可是很快又分开。这次他们都站在你那边。不，不，事实不是这样的，不过也差不多。我像往常一样深夜拜访唐，喝得醉醺醺地和他一起在门廊上抽烟，可他已经结婚，必须要睡觉，还要为明早的讲座做笔记。“那是些奇怪的日子。”我告诉他，声音不受控制，听起来粗糙黏滞。他很有礼貌。“是的，确实。那些日子真诡异。就像大门乐队的歌里唱的，”他说。那个。总是很聪明，唐。“得去睡觉了，伙计，”他对我说，“我们再约。”

有时我会坐在那里看主持人的重播节目。他是多么开心！如此满足！我知道电视上的他不是真实的他，真实的他不是这样，有自己的恐惧，也有自己的挣扎。我知道我需要对辛西娅 / 她孩子们 / 他们你 / 你们放手，所以我 / 在下才可以继续前行，可我总是无法流利地说出这几个字，“继续前行”，难道继续前行不是意味着回到过去吗？或是屈服？投降？我从来不喜欢加州，这里有什么让我不安，战栗，时刻处在爆炸边缘，是空气，是风，是火焰，是洋底的潮汐，还是沙漠，我不知道，或许只是一种不祥的预兆，一种感觉而已。你们可以来西部，可就算来到这里，你能做的也只是踏上这片广袤的土地，再学习阴暗思维，因为这里的一切都在暗处发生，人们偷偷摸摸淘金，进行幕后交易，购买土地，偷水，私下结盟，多么显而易见的事实，环顾四周，毕竟这里聚集着各种令人望而生畏的力量。看，这里有穹顶，火山，间歇泉。海滩。熊。鹰。鲸鱼。罗纳德·里根。猛犸象。短叶丝兰。死亡谷。唐纳大队。梦幻庄园。约翰·缪尔[1]。曼森。要是你相信这里没有任何阴谋发生，那就太傻了！有时我觉得可以通过阅读曼森的故事学到点儿什么。可是，那又有什么好处？越了解他，我就会对他越痴迷，执迷于疯狂可不好。还是迷恋普通事物吧。这样更健康。

这周从盒子里往外拿东西时，我在一个老记事本上看到这几句话：

去银湖，游到喷泉那里，找到下一个线索。

我对此一笑置之。那些不时收到神秘视频的日子，还有那时的我们，不堪回首，可实际上一切都是命中注定，让人忧心。带着怀旧的心情，我驱车来到这里，沿着环绕水库的小路走了一圈又一圈。酒吧里有现场音乐表演。年轻人开怀大笑。情侣们微笑着从我身旁走过。

我想过要游到喷泉那里，又改变了主意，坐在能看到喷泉的长椅上。

一个男人从我身旁走过。他停了下来。我当然知道他是谁——

1　约翰·缪尔（1838—1914），美国自然保护主义者。

当然是主持人。

我们凝视对方。

你就是那个人，他说。我梦到你了。你总是跟着我。

我摇头否认。

你怎么在这儿？他问。你是谁？

我谁也不是，我说。

他的声音轻柔，听起来疲惫不堪。我为他难过。他老了。这一切都是你干的，他说。

一切什么？

他叹了口气。有些困惑。精疲力竭。有东西从他手中掉落。我捡起来。是张照片。照片背后标着“一号”。这是一张宝丽来照片，黑板上用粉笔写着五个大字：

加利福尼亚

我站起来把照片递给他。他点点头表示感谢。有一会儿我们俩并排站着。看看照片，看看四周，看着眼前的一切。这是什么，主持人温柔地问。

一直以来我都以为你知道，我对他承认。

我和他避开对方的视线。夜幕低垂，可是我们知道黑暗之外有什么。脚下的山谷。大海。高山和道路。人。沉默。树。可以肯定的是，我们能听到浪涛拍击海湾的声音。

夏奈尔·宾士

小说发表在《2014年欧·亨利奖获奖小说选》(*The O. Henry Prize Stories,2014*)《格兰塔》(*Granta*)《美国读本》(*The American Reader*)《围墙》(*Fence*)等出版物中。她的作品还曾入选2012年十佳网络长篇小说。她拥有雪城大学的英语创意写作文学硕士学位和波士顿大学的表演艺术学士学位。她在休斯敦大学任教。

阿黛拉[1]，
最初题为，黑暗航程，
再版后更名为，心之红棺。
作者佚名

夏奈尔·宾士

我们不明白她为何会孤独一人。关于她我们想多了解一些，一些只有她能告诉我们的事。村里人都知道阿黛拉是个美人，虽然美人早已迟暮。可迟暮与否，对我们来说根本不重要，不是吗？[2]

我们来这里，不是为了监视她，看她的青春是否已凋落成泥；我们来是因为没有太阳却撑着阳伞的阿黛拉好不容易出现在大街上，母亲居然没有向她点头示好；我们来是因为我们知道，阿黛拉有时会接待一个非常奇怪的客人，半夜三更在她的庭院里神采飞扬；我们来还

---

1 法文版译为"艾莉拉"。——原注

2 最早期的版本采用了一种更为含蓄的实证主义，在这里用的是"yes"而不是"no"，强调了叙述者比较乐观的语气。——原注

因为吃晚饭时，要是我们敢提“阿黛拉”这三个字，父亲就会支支吾吾地吸引我们的注意，顾左右而言他，把阿黛拉的名字用小巧的亚麻餐巾糊弄过去；最重要的是，我们来是因为阿黛拉欢迎我们：我们这群微不足道的，总是不请自来的，身高不足五英尺的小孩们。

那年无数个下午，我们被惩罚[1]——有几个跟家庭教师待在一起，其他人跟着私人教师学习——之后，大家一起跑到那僻远之地，来到阿黛拉覆满常春藤又摇摇欲坠的老宅前，走进昏黑的门廊。她肯定不想让房子看起来这么破败，可是却又弄成这个样子，到底为什么，我们想要知道。确切点说，我们用稚嫩的手指试着撬开阿黛拉的心门，想让她敞开心扉。或许她觉得这只是孩童无情的天真；就好像我们，这些如伊甸园般天真无邪的孩子们，还不知道集体力量的强大一样。

到底因为什么，年龄最小的孩子冒昧问道，你的整个青春与世隔绝？是想要成为尼姑或和尚的执念吗？

我们想象着阿黛拉徘徊在无窗大厅，手中抓着针线活，针线垂在石板地上，修女服装穿在她身上歪歪扭扭。对我们来说，这样的场景如同儿戏。

阿黛拉躺在长沙发上，穿着长袜的脚翘在沙发最高处，被衬裙包裹的躯体微微颤动。她用手背轻压绯红脸颊，大笑着说，噢！可爱的孩子们，我已有多年不曾脸红！必须得承认，我的故事跟你们期望的一样凄美与哀伤……

与海盗有关吗，我们问道，是否爱人逝去，所以才会心灰意

1 这里指惩罚。大概是在世纪之交时还有另外一个版本，说的是孩子们来了之后，阿黛拉会给他们的伤口敷上膏药。这种说法为阿黛拉的善意增添了一丝神秘色彩。——原注

冷？然后我们都停了下来，因为她的眼里流露出阴郁的神色，她的思绪已飘往某个危险之地，在那该死的地方流连。

是海盗吗？阿黛拉？是海盗吗？

不是，她摇着头大声喊道。灯光暗淡下来，窗户被突如其来的暴雨狠命抽打，发出咔嗒咔嗒的声响。

阿黛拉，我们一起大叫，阿黛拉？

她的侧影挺拔修长，孩子们？灯光重又点亮，阿黛拉沐浴在一片朦胧辉光中。好吧，你们这些好奇的小天使，这只是一个浪漫又愚蠢的爱情悲剧。我爱上了一个人，可这份爱变得越来越疯狂，我们都知道，蜡烛的微光无法抗衡火焰的炽烈，所以我宁愿孤独终老。谜底揭晓了。

可对我们来说，谜团才初露端倪。这个不知名的爱人是谁？是我们认识的人吗？他另娶他人了吗？他已去世，尸骨埋在村子墓地里吗？他是不是被关在精神病院的病房里，终日在屋里踱来踱去，把对“阿黛拉”的思念化成口水滴进被鲜血染红的领结里？我们想知道答案，并要求她如实告诉我们。

哦，他活得好好的呢，阿黛拉懒洋洋地嘟囔着，给自己倒了满满一杯半甜的马德拉酒，用小手指轻轻搅拌，酒溢出了一些。我们请求喝一点，她把杯子递给大家。

他结婚了吗？我们问，唇上沾着酒。

他没结婚。不过听说他订婚了……对方是个可爱的女孩子，继承了北卡罗来纳州某个虽小却体面的地产。

听闻此言，共饮红酒的我们同时呛住，要是你真爱他，为什么不阻止他？你会阻止他的，对吗？告诉我们你会的，阿黛拉，快告诉我们！

没那个必要。我祝他们幸福，她说，舌头染成深紫色。

我们认为她心口不一。为她斟酒时，我们极力劝说，你现在还爱他吗？你们的爱难道不是长久的依恋吗？

哦，当然。我对他的爱至死不渝。可那又怎样呢？她问道。

我们大声说出内心疑虑，爱怎么会不能挽回这一切呢？这不是她从读给我们的书中告诉我们的道理吗？这些书不还在我们身旁放着吗？如若不然，那《乌多芙堡之谜》究竟在讲些什么？还有拜伦勋爵的《别波》？

阿黛拉点点头以示肯定，可是很快又带着警告的语气说，别忘了《格伦亚冯》！[1]

可是爱与真理难道不该与其他一切斗争，就这么任由其独自放逐，在岁月中枯萎吗？阿黛拉，你一定弄错了，我们向她保证，年龄最大的那个拍拍她戴着珠宝的手，要是你的爱人知道你一直爱着他，他肯定转眼之间就会回到你身旁！

那样的话他就太草率了，我也不允许他这么干，她厉声说。我说过，他已经疯了，疯到让人难以忍受。求求你们，我们别再谈他了，这都是多年前的往事。

阿黛拉，我们甜言蜜语地哄她，那你至少告诉我们你那失落的爱人的名字吧？难道你不信任我们吗？我们对你可是毫无保留！我们不是跪在你面前对你坦白一切了吗？你知道我们不但偷了父亲的枪还开枪射击；你知道我们打碎了母亲的花瓶还把碎片埋进土里；你知道我们看见家庭女教师和私人教师躺在茂密的草丛里，发出奇

1 该书为被拜伦抛弃的情人卡罗林-兰姆女爵所写，故事里，天真无邪的卡兰塔（兰姆自己的化身）被反传统的邪恶男主角格伦亚冯（赤裸裸地影射拜伦）引诱。此书出版后拜伦气得破口大骂“去他妈的，这也能出版”。卡兰塔和兰姆的生活后来都彻底毁灭。——原注

怪的哼哼声和各种各样的呻吟声，直到他俩的大叫变成一连串此起彼伏的呜咽声。

嘘！我不是告诉过你们不要提这件事吗？好吧。他的名字叫帕西瓦尔·卢瑟福，她打了个哈欠，恳求我们关上百叶窗。

这是个糟糕的计划。邪恶的计划。不知是我们自己的突发奇想，还是魔鬼对我们的哄骗。回家之后，我们在书房找来找去，仔细研究我们的目标，终于选了一套莎士比亚的喜剧集做参考，毕竟里边的故事都以婚姻告终，总的来说，这也是我们的目的。我们猜，有关这个话题，大诗人[1]的策略可是多得很。

鹅毛笔和墨水已准备就绪，纸张也已备好。年龄最大的那个盘腿坐在高高的桌子上，看着下边挤作一团六神无主的我们，拍手要我们注意听他高谈阔论，羽毛笔悬在空中：

～打扮成男孩或者我们中的男孩打扮成女孩！

我们不知道这条建议有什么用，于是全体否决。

～让阿黛拉乔装打扮，这样她就可以去见帕西瓦尔，被他弄大肚子！

至于阿黛拉是否已过了生育期，我们同样无法确定。

～让阿黛拉从一头母狮子口中解救自己的爱人，这样他就永远欠她一份情！

我们大家同心一致，毫不怀疑阿黛拉有能力经受考验，打败一头狮子——她已故多年的父亲不是留给她一把威力无比的剑挂在墙上吗？——可在这个地方能不能找到一头母狮子倒是值得商榷。年龄第二大的那个挤到桌子前，痛斥年龄最大的那个出的都是馊主意，既糟

1　这里指莎士比亚。

糕透顶又愚蠢莽撞。年龄最大的那个反唇相讥，说年龄第二大的那个根本不懂得什么是真正的拜伦式英雄主义。听到这话，年龄第二大的那个嘲笑地叫道，空想家！可是年龄最大的那个直接无视他，接着说：

~伪造阿黛拉的死讯让帕西瓦尔知道？或者！给他俩每人发一封假信，信中发誓他们彼此深爱！

够了，年龄第二大的那个叫道，怒气冲冲地说我们的烦恼在喜剧集中根本就找不到解决办法。于是，大家开始专心致志地搜寻其他经典文学作品，很快就找到了我们共同喜爱的作品，《奥赛罗》[1]。商量过后，举手表决一致同意：我们要给阿黛拉找到一个情郎，再让她的旧爱妒火中烧；帕西瓦尔转而要与自己饱受折磨的灵魂中那深藏的傲慢作斗争，直到对阿黛拉强烈的爱占了上风，这同时也能治好他的疯病，到时他们两个会结婚，我们就是新娘的亲友团。

大家之所以这么齐心，是因为我们有着共同的担忧：有一天，某一天，我们一个接一个都会离开村子，这里只剩阿黛拉一个人：人老珠黄，孤苦无依，无人陪伴。这样的场景让人难以忍受。

我们注意到村子里的女人们对新来的建筑师、租住在药剂师楼上的奎尔比先生越来越有兴趣。那些阿姨婶婶们一个个都拜倒在他那做工精良的领带和线条优美的长腿上。可他跟花花公子布鲁梅尔[2]

1 见马姆尼，“在莎士比亚《奥赛罗》这样的作品中，女性角色被塑造成一块空白画布，其作用就是让男性角色在上面发泄自己对男子气概丧失的恐惧，同时也让他们表达对支配的欲望。——原注

2 这里指博-布鲁梅尔（1778—1840），现代男装的创新者，也是花花公子运动的灵感来源，许多学者认为，这里暗示着奎尔比不会像布鲁梅尔那样挥霍无度，身无分文，疯疯癫癫地死去。——原注

一点都不像啊，年龄第二大的那个打趣道，他觉得奎尔比不太适合干这事，更不要说还得让他屈尊作陪衬。年龄最大的那个立刻反驳道，照我们估计，阿黛拉就是个老姑娘——虽说她不是一只披着母羊皮的小羊，神情也不那么让人赏心悦目——可是对大多数未婚的先生们来说，她毕竟是个老处女。不管怎样，年龄最大的那个继续慷慨陈词，奎尔比先生的两鬓已出现银丝，像他这个年纪的先生应该不会太在乎阿黛拉是不是个“刺背鳐”[1]的。

第二天下午，我们大步流星穿过田野，来到村子中央的广场，发现奎尔比先生就在制图桌旁，袖子卷得老高。我们怀里抱着一篮篮新出炉的面包和一罐罐蜜饯，都送给他了，清楚这样就能旗开得胜，要是必要的话，再加上口齿不清的话语和满脸诚挚的微笑。

听了我们对那个深居简出的可人儿的描述，奎尔比先生非常有兴趣。我们告诉他，所有男人都在追求她，可到现在还没人成功。他问我们为什么觉得他能赢得这么难以征服的一颗心？奎尔比说，他明白，作为村里新来的单身汉，给他做媒的妈妈们对他趋之若鹜，可没想到我们这些孩子居然也被征召来干这种事。

我们异口同声地说，我们觉得阿黛拉很孤独，要是有个和她年纪相仿、值得信赖的人跟她做朋友，那她肯定很开心。奎尔比掰了一块面包，边嚼边说，他一点都不反对这样的会面。年龄第二大的那个看到奎尔比把那么多面包屑撒在地上，非常生气，一脸鄙夷地说，奎尔比连候补选手的候补选手都不配当，更别提当真正的竞争

---

1 19 世纪时期的观众怀疑阿黛拉得了梅毒。据说得了这种病的人身体会硬化，所以这里用“thornback”（刺背鳐）可带来双重联想。——原注

者了。奎尔比对这样的攻击不作理会，问道，你们觉得怎样才能把意志如此坚定的隐士诱出家门呢？

可我们早就计划好了。第二天晚上，年龄最小的那个要去教堂参加三重唱，阿黛拉早已答应来参加这个演奏会。奎尔比就这样成功被骗，我们那邪恶阴谋大剧的第一幕至此完美落幕。

那天，脚蹬靴子和便鞋的我们紧张得不停哆嗦，身穿紧身衣戴着帽子的我们焦急得浑身颤抖，终于等到阿黛拉在最后一刻溜进教堂，坐在后面。她看起来有点苍老，有点丑陋，可我们猜，要是我们的可人儿没那么艳丽夺目，来到她面前的奎尔比应该就没那么害羞了吧。最后，掌声响起，我们中年龄最大的那个对奎尔比示意，要他把握好时机。奎尔比彬彬有礼地来到阿黛拉面前，向她鞠躬，又温文尔雅地轻吻她的手背。看到他的得体举止，年龄第二大的那个不得不赞许地点了点头。之前曾出现在我们面前的红晕又回到阿黛拉脸上，顺着喉咙往下蔓延至整个胸脯。阿黛拉慌慌张张地行了屈膝礼，随即转身，惶惶不安地往马车前走，可是奎尔比立即张口问道，女士，住在纳尔逊老宅的是您吗？

嗯，是的，先生。我是纳尔逊家的人。我父亲去世后把宅子留给了我。

啊，我是个建筑师。您的宅子可是本地建筑不可多得的标本。

很有可能，先生。她喃喃说道。

女士，不知能否冒昧打扰您让我参观一下屋子内部？

阿黛拉感到全村人的目光都向她压来，脱口说出同意二字，落荒而逃。

母亲出现在我们面前，看到我们同阿黛拉说话，火冒三丈，可在奎尔比先生面前她又不愿意失态，转而开始卖弄风情[1]。

可我们呢，最近刚刚得到帕西瓦尔·卢瑟福的地址，给我们的男主角送了封邀请函，邀请他来参加阿黛拉与奎尔比近在眼前的虚构婚礼，为灾难性的第二幕埋下了伏笔。

他和我们想象的一点都不一样。不，他贸然闯入阿黛拉的客厅，口齿不清，穿着略显过时的衣服。更让我们失望的是，他居然连一件有百褶边装饰的诗人衬衫都不穿。细看之下，他下巴松垂，大腹便便，额头布满皱纹。更可疑的是[2]，他居然踉踉跄跄往钢琴旁走去。不久之前，那里刚刚举行过一场小型音乐会，从女高音唱到男高音的假声，我们这些孩子又唱又跳，阿黛拉为我们弹琴，奎尔比热情地帮她翻曲谱。

阿黛拉站了起来，惊奇地叫道，帕西？唉，就连这个名字也让我们失望透顶：这个爱称一点都不好听。要是他叫奥兰多或斐迪南或瑞特就好了，就算是直呼其名，叫他卢瑟福也比这强。

没能送上祝福的贺卡，对此我致以诚挚的歉意，可我必须要和你见面。虽说他的举止不够圆滑，不够老练，可是那微微颤抖的声音听上去却如此迷人。

阿黛拉面红耳赤，看向我们，想知道这是不是我们在背后搞鬼。求你了，帕西，这简直——先生你，太让人意外了。我现在有客人。

我们意识到她说的客人指的不是我们，于是在这尴尬时刻试着重新审视眼前之人，想要找到一丝曾经的美男子痕迹。帕西的确留

1　这种对母亲性欲的否定说明这些孩子有意扮演监督女性的男性角色，以削弱任何女性权力可能带来的破坏。——原注

2　暗指帕西是个放纵的酒鬼。——原注

着一撇又细又黑的胡子，这点让年龄第二大的那个很是欣赏；一头黑发蓬松卷曲，年龄最大的那个怀疑他是不是用了卷发纸。对此我们毫不介意，在我们看来，帕西的头发夹得恰到好处。他肤色白皙，如丝般亮泽，这样的面貌已然让我们无视他眼睛下方那凸出的阴影。唇色绯然，下巴有凹窝，眼睛很可惜不是蓝色而是棕色——不过他却长着和安东尼[1]一样完美的鹰钩鼻。本来我们还可以继续通过想象一点一滴重现帕西腐朽青春期的盛世美颜，可是他却突然昏倒，吓得阿黛拉立刻吩咐我们：赶快把嗅盐给我拿过来！

当时的场景直到今天仍旧萦绕在我们脑海中：帕西四肢摊开，唐突无礼地躺在长沙发上，黑发乱七八糟铺在阿黛拉膝头，阿黛拉不停给他扇风，想把他叫醒。奎尔比压抑着愠怒，在旁边不停徘徊，绝望地想要指出帕西把头放在阿黛拉的下腹部是多么有失体统。可是他强迫自己咽下想说的话，等待时机，与此同时尽职尽责地问道，要不要叫医生？

帕西眨眨眼睛，醒了过来。他挣扎着坐起，任由阿黛拉把他的头发捋向耳后。真的很抱歉，帕西嗫嚅着说。我身体不太舒服。

阿希礼·奎尔比，奎尔比走上前和他握手，你好。

这位是帕西·卢瑟福，阿黛拉开了口，然后低下头，意味深长地说，帕西，你一定累坏了。既然这么不舒服，你干吗不去客房休息一下？

帕西摇摇晃晃地站起来，微微点点头，外套从肩头滑落，掉在地毯上。他定定地看着前方什么地方，可眼神却又涣散，疯狂又鲁

---

1 这是对阿黛拉放纵性欲的又一个含蓄讥讽，因为在奥古斯都大帝强大的宣传攻势下，克里奥佩特拉被诬蔑为一个纵欲过度的艳后。——原注

莽的目光看起来越来越紧张。

帕西离开之后，奎尔比做了个手势，于是我们假装欣赏客厅的木质镶板。他彬彬有礼地问阿黛拉，我想您一定和他是旧识吧？这位先生经常不请自来吗？

帕西是——怎么说呢，我们从小一块儿长大，阿黛拉犹豫不决地说。

儿时伙伴啊，奎尔比下意识地说。

说实话，年轻时太愚昧无知，我俩差点私奔。

我的天哪，奎尔比突然说，笑了起来。

阿黛拉也笑，可是眼睛里却没有丝毫笑意。是的，不过别担心，帕西的母亲逮住了我们，现在的我们都已长大，不会再这样……胡闹了。

奎尔比请求阿黛拉和他一起到花园里转一转。她把手伸给他说，这个提议听起来很不错。你们先自己玩吧，小天使们？

当然可以，我们对他俩屈膝鞠躬。可是，作为阿黛拉命运的共同拯救者，我们很自然地跟在后面，小心翼翼把年轻的躯体藏在荆棘丛中。

一到花园，奎尔比先生就拍着阿黛拉的手掌说，阿黛拉，我可爱的姑娘——我是说，亲爱的女士——我必须要向你倾诉，与你初见时，我就被你深深迷住。自三十年前在弗吉尼亚曾有过短暂的春心萌动之后，这样的感情就再也不曾经历，我也从来没想过会再出现！

阿黛拉神情痛苦，却又局促不安地笑了起来。感谢你这么说。我想对我们这个年纪的人来说，万念俱灰也是正常的。

我知道这一切都太快了，可在我看来，现在似乎正是时候——

奎尔比先生单膝跪地，结果压到了阿黛拉穿着便鞋的脚趾，疼得她大叫。哎呀亲爱的，原谅我！我太紧张了。呃哼，奎尔比清了清嗓子，阿黛拉，我的宝贝，请允许我向你求婚。

我们躲在灌木丛中，浑身发抖。真没想到虚构的场景居然会变成现实。阿黛拉表情依然平淡，好像奎尔比只是在问她天气如何。终于，她稍微动了动身子，下巴轻抬，好似在看向天空，只有我们知道，她看的是客房窗户。眼里闪着微光，她说：啊，好的。

奎尔比离开之后，我们静静地站在面向花园的客厅窗户旁，看阿黛拉读书，也可以说，看她心浮气躁地发泄，把书一本接一本往地上丢。楼梯传来沉重的脚步声，她放下书本，我们也躲在窗台下，把窗户推开一条缝。帕西大步流星地推开客厅门走了进去，张口就问，所以他就是你要嫁的人？阿黛拉蜷曲着身子躺在沙发上，他一下子扑了上去，掀起她的裙子，像我们的私人教师那样急吼吼地在她身上乱摸。可阿黛拉却不像我们的家庭女教师那么顺从，激烈地反抗着。

你真是讨厌死了，她一巴掌打了过去。

我一看到你就控制不住，他抗议道。

你这个伪君子，阿黛拉说。要是你未婚妻知道你这种野蛮行径，会作何反应？

帕西站起来，犹如困兽般在客厅里转来转去。我不在乎！是你邀请我来的！

阿黛拉透过低垂的眼睑看着他。谁邀请你了？你还真是一点都没变。这么多年过去了，难道我就没有享有幸福的权利吗？我早已不是那个青春期的羞怯小女生了。

可我们才是命中注定的一对，帕西啜泣着，使劲用手扯螺旋开瓶器。

我们，包括阿黛拉，都有些不安；谁都没想到我们的勇士居然会哭泣。

求你了，帕西，别心烦了。你怎么过来的？她问道，拉着这悲伤的小淘气坐回沙发上。[1]

如一摊烂泥的帕西把头放到阿黛拉肩上，用她的袖子擦鼻涕。我想你肯定觉得我这么做有失体统，不过我是借了母亲的马车赶来的。他说。

你的零花钱又不够花了？[2]

帕西耸耸肩，把手伸进阿黛拉的低胸礼服里。除了母亲给的钱，我也没其他办法。她懒洋洋地往后一靠，看他的手指忙活个不停。帕西一只手在阿黛拉裙子里抚摸她的肌肤，又捏又抓，是真的吗，阿黛拉，你是为了钱才嫁给那个人的吗？

阿黛拉神情哀伤，又透着毅然决然的绝望。这样的阿黛拉我们以前从未见过。呸，我才懒得听你胡扯。告诉你，奎尔比温柔体贴，待人和蔼。有这样的人做丈夫，夫复何求。

帕西亲吻她的脖子。奎尔比的年金可能比我多，可我俩才是命中注定的一对，你是我的，我是你的。

阿黛拉清醒过来，一下把他推开。哎，给我倒杯酒。

他突然看见那瓶马德拉酒，这是你父亲的牌子？你以为我是个傻瓜，可是我告诉你，我不会让你得逞的，他咆哮着说。

---

1 这个比喻经常用来指代一个“野孩子”，可是在这个拜伦式英雄故事的语境中，孩子们实际想要表明的是生活放荡又好色的帕西长期被忧郁折磨，现在只是突然爆发。——原注

2 阿黛拉想要透露出的意思是，通过向她诉说自己生活中的不幸，帕西威胁要把阿黛拉离开他的本意归结为自己没钱。——原注

站在窗后的我们口水直流。

你这是什么意思？她也站了起来，我们赶快蹲下。

我不允许，他说，一口气把一杯马德拉酒灌进肚里，空杯子抓在手中。要是你那心爱的奎尔比知道你是什么人，你觉得他还会和你结婚吗？

结婚？别说了。你不能这样。阿黛拉帮他把杯子添满，递给他之前，小手指在酒杯里蘸了蘸。

我当然能，他反驳道。确定无疑。帕西抓着那根小手指放进自己嘴里，用力吮吸着。阿黛拉极力想挣脱。

她皱着眉头。你母亲过去不同意我们在一起，现在也一样不会同意。

帕西松开她的手：让你的秘密见鬼去吧！说着，扬手把酒杯砸向壁炉，我们激动得差点要鼓掌。他不会得到你的！被我们召唤来的勇士怒吼着飞奔上楼，留给阿黛拉满地玻璃碎片，要她费力去捡拾。

这一幕出乎我们的预料。阿黛拉居然有秘密。这个秘密会毁了我们的计划。我们聚在大理石小天使雕像下，都在考虑要不要就此罢手。可是年龄第二大的那个一下跳到小天使膝头上，一只手搂住大理石脖子，另一只手高高举起一把小刀，狠狠地谴责我们，说我们是叛徒，接着粗声粗气地说，我们必须要团结起来！每个人都要发血誓，保证不管有什么样的意外出现，我们都要帮助阿黛拉到底！

我们手拉着手，庄严地站起来，拿起小刀在手指上戳一下，像帕西一样用力吮吸着手指。接着排成一列，走到仍跪在玻璃碎片中哭泣的阿黛拉身边，把她围住。

别哭了，我们来了！但是在我们告诉你我们的打算之前，你一定要告诉我们，阿黛拉，你的秘密是什么？你到底是谁？

阿黛拉用颤抖的双手整理着被弄得乱七八糟的衣服。哦不。哦，亲爱的孩子们……其实，我父亲不是绅士，他是海盗，曾经救过帕西的父亲。他不求回报，唯一请求就是让帕西的父亲照顾我，照顾他那母爱缺失的私生女。是的，我就是个快乐的私生子。[1]

在那之前，我们还从没见过两条腿的私生子呢！[2]我们重新审视她，找寻异样的地方。你父亲为什么要抛弃你母亲？是在婚礼上把她抛弃了吗，我们问道。想象中的场景浮现在眼前。

阿黛拉转身凝视着炉火，喃喃自语，现在居然发生这样的事，实在是太讨厌了。我以为我很安全！哦，可我又为什么想逃跑呢？

你能把奎尔比抛在脑后吗，阿黛拉？我们搓着双手问道。你必须要忘掉他！年龄第二大的那个斩钉截铁地说，要是他知道你出身下贱，肯定不会要你的。

可是奎尔比先生对我如此温柔。亲爱的孩子们，行行好，请试着理解一下你们还不太可能……

我们一同上前用力拉她的裙子，结果扯得裙子一阵乱晃。帕西知道你的秘密，可他仍然爱你，阿黛拉！我们去找他，让他立刻把你带走！

不要，她叫道，你们不要这样做！我不会跟他走的！

还有什么事你没告诉我们？我们问道。

没有，别傻了，小家伙们。她说。

你会对我们吐露心声的，对吗？你不想保守更多秘密来伤害

---

1 文中用到“快乐的”这个词想要表明，阿黛拉因性生活不检点得到的“快乐”是一出生就自带的。——原注

2 注意孩子们对阿黛拉是私生子的表述，暗示阿黛拉就是畸形。——原注

我们吧。母亲会问我们一整天都跑哪里去撒野了，为什么我们看起来那么忧郁。要是你不像我们以为的那么信任我们，会让我们更难过的！啊，我们一定是生病了！我们哽咽得说不出话。我们要抽筋了！恰好在这个时候，年龄最小的那个开始啜泣。哦，妈妈肯定该奇怪为什么我们的眼睛那么红，为什么我们的肤色那么苍白？我们可以向她倾诉吗，阿黛拉，可以吗？

阿黛拉定定地盯着我们，仿佛我们是陌生人一样。我累了，她哽咽着说，声音完全不像她。不。不要这样，求你们了。我会告诉你们的。我会的。

我们趴在她面前，下巴抵着拳头，入迷地听着！

我父亲来自西印度群岛，是黑白混血，正因如此，帕西的母亲才不允许我们结婚。[1]他一文不名，只能靠她资助才能活下去。

现在我们得承认，听她这么说，大家全都大吃一惊。以前我们可从来没见过黑白混血的人生下的女儿，更别说站在她的书房里了。我们本不想以不同的眼光看待阿黛拉，可无法否认的是，现在的她在我们眼里已经变成了完全不同的人。

你对我们不忠，阿黛拉，我们颤抖着说，同时问她能不能摸摸这出身低贱的黑人的头发。

年龄最大的那个在她脸颊上摸来摸去，好似要把黑色素从她皮肤里擦掉。[2]我们的手指触摸着她，年龄第二大的那个猜测道，她看

---

1 《阿黛拉》为《呼啸山庄》的创作提供了素材，据说夏洛蒂·勃朗特的创作灵感彻底来源于该故事，在这个故事的基础上，勃朗特创作出希斯克利夫，并构造出荒原代表人类，再把底层人民当成暴力滋生的容器。——原注

2 对生活在十九世纪之前的人来说，这群孩子对不同种族的人的态度变化非常具有代表性，对十八世纪的人来说更是如此，那时，肤色并不完全算是次等人的身份标志。关于这一点，罗克珊·惠勒在其著作《种族的复杂：十八世纪英国文化的差异分类》中做了非常迷人又深刻的剖析。——原注

起来只有性格像摩尔人——也难怪我们会判断失误。再说，她的皮肤看起来也不像黄松那么黄，年龄最大的那个赞许地附和道。当然不像，她皮肤白着呢，年龄第二大的那个着急地说，又加上一句，一幕剧的帷幕还未落下，居然又开始了全新篇章！

阿黛拉站在那里，一动不动地看着我们，眼神遥远疏离。

不过，我们一致认为她已不再是之前的阿黛拉，为此，她必须要受罚。年龄最大的那个兴奋地说，像帕西一样狂热地吻着她的手。[1]

阿黛拉双颊通红，倨傲地把手抽了出来。你怎敢如此放肆！不要碰我！你还是个孩子呢！

年龄最大的那个爬上阿黛拉的桌子，拍手要我们集中注意力。他慷慨激昂地讲话，羽毛笔高高举起：

~让她服毒自杀或用刀自杀！

我们对这样做会产生什么样的后果毫无把握，于是全体否决。

~把她的孩子烤成馅饼，然后邀请她来大快朵颐！

阿黛拉不但没有孩子，我们也不确定是否想让自己陷入一场复仇悲剧当中。

~把她勒死，淹死，还是把她的眼珠挖出来？

毫无疑问，要是发挥我们的集体智慧并付诸实践，阿黛拉的结局很可能会极度血腥，只是我们不知该如何下手。

年龄最小的那个走上前来，手里拿着打开的《特洛伊罗斯与克瑞西达》。咄！年龄最大的那个叫道，阿黛拉会成为非常漂亮的战俘。我们可以把她卖掉，这样的话，之前所有关于爱的归属的想象，

---

1 阿黛拉现在承认自己是克里奥尔人，在白人殖民统治者主导话语权的时代，克里奥尔女性被描述为既淫荡又反复无常，其原因被归结为西印度群岛的炎热。——原注

那些田园牧歌般的想法就能长存我们心间。虚情假意的克瑞西达，年龄第二大的那个表示赞同。

就在这时，帕西，那个我们费尽心机骗到这里的帕西，那个我们精心挑选来骑木马的骑手[1]，斜倚在门边，手里拿着一把手枪准备射击。你们这些淘气的孩子，他面带微笑，却大声咆哮着。既然你们如此渴望成为阿黛拉命运的一部分，那就听我的，把我可爱的姑娘用窗帘绳子绑起来。

我们才不听你的。大家结结巴巴地说。我们还没把这女黑鬼卖了呢，她现在还不属于你！

混蛋！她不是！他尖叫着举起手枪。

帕西，你这个傻瓜，他们还是孩子呢！阿黛拉惊声尖叫。

可是帕西已经把枪口指向我们。我怀疑就是这些乳臭未干的小兔崽子骗了你。我才不会让你任这一群懦弱无能的胆小鬼摆布呢，阿黛拉。哦，我亲爱的小可怜，帕西咯咯笑着说。小恶魔们，现在能帮我把这块黑檀木绑起来吗？

我们不想这样做，可是却一起动手；我们一起帮助了那个恶棍。阿黛拉一点都没有反抗，就算我们中的几个人被她的啜泣迷得神魂颠倒，下手过猛把绳子深深嵌进她的胸脯，她也没有抵抗。

那么，我的部下们，你们会选择让这个故事如何结束呢？爱还是死亡？帕西把枪口对准年龄最大的那个：你，选择。

年龄最大的那个看着其余的我们，大家都摇摇头，无法达成一致意见。根本没时间商量。

1　这句话暗示了耽于肉欲的帕西凌驾于高贵野性的阿黛拉之上。详见多德所著《野蛮动物，白人玩具与混合父权：加勒比地区种族和性之间关系检验的思考》。——原注

快点，孩子，让我瞧瞧阿黛拉对你们都施展了些什么样的魔法。他说。[1]

啊–阿–爱吗？年龄最大的那个结结巴巴地说。我们其余的人知道必须、绝对必须要和他保持一致，一起带着恳求的语气说：爱！爱！爱！

帕西得意扬扬。好吧，我的确相信爱已征服一切。阿黛拉，我亲爱的，帕西挖苦地祝贺她，你把他们教得太好了。

不是我教的，阿黛拉回答。要是我，我宁愿选择死亡。

别傻了。帕西朝地上吐了口吐沫，气得浑身颤抖。

不，她纠正他，你现在不能再说我胆小懦弱了。这么多年没有你，我活得好好的，你凭什么以为我现在想要屈服在你的残暴之下？

所有人，包括帕西都静默不语。然后他一字一句地说，要是有人塞住她的嘴就好了，她破坏了我的故事发展走向。我们猛地又拉下一段窗帘绳，把绳子塞进她湿润的嘴巴里。

然而，出乎我们意料的是，奎尔比不声不响、出其不意地出现在客厅里，用可怕的方言怒吼着，阿黛拉，我可怜的姑娘。妈的，这个流氓对你干了些什么？

她是个出身低贱的黑鬼，而且她想死！我们大叫道。

奎尔比气得眼珠都要瞪出来了。她是上帝的杰作，他说。他脱掉上衣，松开领结。你们胆敢伤害她！

这两个男人卷入一场惊心动魄的斗争当中，他们扭打在一起，

1　这一指责影射《阿黛拉》这个故事发生时期的成见，那些固执己见、厌恶女人的人总会把西印度群岛的女人和黑魔法联系在一起。——原注

争夺着那把手枪。阿黛拉疯狂地挣脱缠在手腕的绳索，解开之后，一把扯掉塞在嘴里的绳子，大叫道，不要打了！然后冲向帕西。我们，一同，像一个人一样奔向死亡，把我们小小的身子扑向她的身体，直到她的，我们的，他们的手指一起覆盖在手枪上。

阿黛拉啊，虽然现在我们知道了一切为何发生，可到底是如何发生的，只有那几根扣下扳机的手指才知道。现在我们只知道，其实那时就已知道，他死后的样子比生前的样貌还要高雅，甚至比与我们初识并被我们卷入这场悲剧的时候还要优雅万分。[1]

我们不再是过去少不更事的孩子，我们永不会忘记，不管一个人肤色如何，血管中流的都是红色血液。对于这样的结局，我们请求你，阿黛拉，原谅我们。

剧　终

1　在第一个德语译本中，奇怪的是这里写明是“她”而不是“他”死了。——原注

怪诞琼斯

射手座。他来自得克萨斯州，非常注重个人隐私。

美女杀手

怪诞琼斯

特雷纠结了整个周末才下定决心把个人状态从“与魔鬼纠缠不清”改成“已与杰西卡·特拉佩尔订婚”。

他确实拖了太久。杰丝的幽怨已如灵的外质一般从墙壁渗出，快要在他俩同住的公寓里凝聚成形。

等她质问他时，他漫不经心地撒谎说：“脸书上的状态改不改又有什么关系呢。”“这是我们俩的事：跟脸书上那帮混蛋一点儿关系都没有。”

“我答应你的求婚之后，十分钟之内就在浴室把状态改了，一点都不夸张。”她说，蜷在他身旁，紧紧压着他的一条大腿。他故意胡扯些关于爱情的新论调，意图很明显，其实就是不想让人知道他订婚了。听了他的话，杰丝很伤心，可又不想让他看出来，于是假装被自己那么迫不及待昭告天下的样子给逗乐了。

“以后我们谈起脸书就跟我们父母那一代谈起可卡因的感觉一

样。”他说，“伙计，我都不记得那十年是怎么过来的了。天天泡在脸书上。跟你妈是在脸书上认识的。整日对着脸书，我的蛋蛋都坐麻了。连做爱都得靠脸书。想看照片啊？都在脸书上呢。”

“跟我订婚你确定不会反悔？”她问他。

“瞧你这话说的，就好像我是被迫跟你订婚一样。”他说。

“十有八九还惦记着哪个你认识的人。”她说。

“说到底就是关系文化惹的祸。”他说。

胡扯到最后，她认定他就是个蠢货，而不是想搞什么幺蛾子，于是躺在他身边，迷迷糊糊睡了过去。

特雷却彻夜未眠，盯着刚发的帖子看谁点赞了，或是谁又发表了评论。

第二天去网络公司上班时，特雷总觉得自己完蛋了。于是，他老老实实地工作，尽可能多干活。每个人都带着讽刺的语气祝福他，简直是火上浇油。他找出十三件只有1990年出生的人才知道的事，再配上适当的动图之后，提前下班。

每周一杰丝都要去上普拉提课，所以晚餐基本上各自解决。他没想好吃什么。

特雷开车来到一个露天购物中心，平时他俩会来这里吃阿巴拉契亚食物。那儿有一家奇利斯餐厅。就去那家吧。奇利斯就是他该去的地方。你要是觉得活腻了准备去死，那就来奇利斯吧。

坐在吧台边，他点了一杯酒和一盘酥炸芝士条。

喝了一大口杯中劣酒，难受至极的特雷打开手机上的脸书。

他查阅前女友们的资料，想要找出她们除了都和他约会过之外，还有没有其他共同点。也许，要是能找到点儿她们共同拥有的特质，他就能发现自己身上还有点有用的地方，说不定哪天能用得上，拿来当个敲门砖或是武器之类的。

他克制住自己，不给她们发的任何帖子点赞，也不留言。当然了，现在他已经订婚，再这么干的话，会让人觉得自己不怀好意的。

“那边坐的仿真人要请你喝杯酒，”酒保说，“你想喝什么？”

“他妈的什么？”特雷问道。

“你是特雷吧？”酒保问道，“那个仿真人说你的名字叫特雷。你是想再来一杯现在正喝的酒呢，还是想要一杯放在顶层架子上的苏格兰威士忌？”

特雷伸长脖子扭头看过去。以前还从未见过仿真人。

“在那儿呢，”酒保说，“卫生间旁边。”

仿真人斜靠在乙烯塑料隔断的一侧卡座上，有鲜红欲滴的嘴唇和柔情似水的卡通大眼，笑容满面地看着他。外形是女性。它身穿黑色紧身衣，面前放着一杯嘶嘶直冒气泡的鸡尾酒，对它来说，这杯酒就是个摆设。仿真人全身各部分让人看了都头昏脑涨，目眩神迷：六种色调的皮肤泛着金属波纹似的涟漪，好像画满了栩栩如生的抽象文身似的，酒吧的彩色荧光灯旖旎流转，它的皮肤间接吸收这些流动的色彩，不停变幻颜色和肌理。

“我在现实中从来没见过这样的，”酒保说，“是你认识的人吗？”

“我对此深感怀疑。”特雷说。

看到他在看自己，仿真人站起来朝他弓了弓背。餐馆里的每个人都在看这个机器人如何引诱他。他们要么嘲笑他，对他指指点点，要么就呆愣愣地边看边拍照。

特雷发现自己从高脚凳上滑下来，朝仿真人走去，感觉天旋地转，心里恨不得把仿真人千刀万剐。必须得和仿真人谈谈，要不它该一直想办法吸引他的注意了。他溜进仿真人的隔断，喝了口酒。

“你好，”仿真人用经过数码处理的机械声音和他打招呼。这把声音的另一端，有人正在打字和他聊天。某个躲在幕后的秘密主体。人没有外在的灵魂，生存下来倒是完全可能，可这个仿真人离了外界的操控绝对活不了。

“我认识你吗？”特雷问道。

“当然了，”仿真人回道，“你当然认识我。”

“那我能问问是谁在背后操控着这个绝妙的机器给我买酒喝吗？”

“我是匿名天使，哈哈。”仿真人用它那既沙哑又缺少抑扬顿挫的半音回答他。“匿名这两个字是不是让你兴奋了？有没有让你感觉很性感？”

特雷把酒杯小心翼翼地放到餐馆的杯托上。仿真人立刻滑了过来，坐到他身边。它俯下身子，触碰他的大腿。特雷感觉到一股温暖的振动从仿真人体内传出，透过塑料座椅都能真真切切地感觉到。这股暖流震动着他的前列腺，拉扯着他的睾丸。与此同时，一股浓烈的人造麝香味从仿真人体内散发出来，闻起来好像狼人刚跟一架子时尚杂志干了一仗一样。

“不，说真的，”他问道，“到底是谁在后面操控？”

“听说你要结婚了，”仿真人说，“很兴奋吧。人生巨变啊。”

“你是真的认识我呢，还是这会儿正在网上浏览我的个人信息呢？”

“好了吧，特雷，”仿真人说，“放松一点。跟我们聊天就好像你在做祷告一样。我们只想帮帮你，而且我们有能力这么做。”

仿真人凑了过来，把柔软肉感的手放到他的大腿上。

“想看照片吗？”仿真人问道，“超刺激的照片要看吗？”

“我得走了。”特雷说。手机震动了一下，他低头看，收到一条信息。点开信息，是一张照片。照片里仿真人被五花大绑，嘴里塞着口球。精液，或是什么类似精液的东西，从臀部流了下来。它看着镜头，眼神充满信赖。身后的墙上贴着一张海报，是《海底总动员》。

“你喜欢这张照片吗？”仿真人问道，“这张照片让你兴奋了吗？”

冲击来得实在太突然也太震撼。这张照片是他上大学时给女友拍的，在女友宿舍拍了好多张，眼前这张是当时那张的完美临摹。可那是很久以前的事了。当时人们还不知道一切数码产物都会留下永久印记。这张照片分毫不差地完美复制了当时情景。

原照存在一个旧硬盘里。他额头冷汗直冒。仿真人肯定侵入他的硬盘了。上次把那个硬盘连到电脑上是什么时候的事？

“你从哪儿弄到的？”他问道。

“你还想看吗？”仿真人问他，“我们就想让你开心哈哈。你要是喜欢的话，我们还可以拍更多照片。今天就行。现在也可以。我们可以不停做爱！哈哈哈！”

“我哪儿都不去。”特雷说。

“你刚才不是说你要走了吗？”仿真人困惑地说，“好吧，你要是不走的话，我们可以谈些有意思的话题。”

“你到底想谈什么？”特雷问道。他试着拖延时间。得好好想想。这个人可能是老朋友，也可能是宿敌。可能是他过去伤害过的人。也可能是个十三岁的小孩。可为什么要选在今天？难道是因为他刚刚宣布订婚？难道有人一直在监视他，等到他终于要“安定下来”再给他致命一击?

他们根本不需要在他近旁。他们有可能住在世界另一端。

也不一定非得是某个人。可能是一群人。说不定是他的一群狐朋狗友凑钱租了一晚上的仿真人，故意跟他捣蛋。他们围坐在一起，喝着啤酒，争论着接下来该打什么字。一个人操作电脑，另一个忙活着黑进他的笔记本，还有一个琢磨接下来要说什么才能让他冷汗直冒。他们也不一定非得是美国人。只要有语言过滤器，他们能得到所有必要的信息。

他束手无策。

突然，他意识到自己居然被挑逗得兴奋起来了。不行，得专心点；为了让自己的头脑远离眼前这个由硅胶、橡胶和质地温暖的塑料制成的东西，他试着想象这样一幅场景：一个大腹便便的中年秃头男人，一支接一支不停抽烟，在一排电脑前踱来踱去，大声训斥着坐在电脑前的那些手握控制杆、放肆大笑的小年轻们，这些脸上长满痤疮的小青年全都穿着赤子金属乐队的T恤。

“放松点，”仿真人说，“你要是喜欢，我们可以聊聊你的未婚妻。她看起来挺可爱的哈哈。你认识她多久了?”

“大约四年。”特雷说。

“你怎么这么紧张，”仿真人说，“别紧张。你们是怎么认识的?”

特雷顿了顿。他得弄清楚仿真人到底知道些什么，以便判断出幕后主使到底是谁。任何人都能找到有关他的信息。网上到处都是。现如今人们根本毫无隐私可言。他得从这些活色生香的信息所透露的蛛丝马迹中判断出仿真人的幕后操纵者。

“我们是在一家小螃蟹餐馆认识的，”特雷说，“当时我跟一个伙计在吧台边坐着喝酒。她平时不是酒保，就是个普通服务员。可那晚她正好临时代班，于是我们就聊了起来。”

“你是不是立刻就把她带回家了？”仿真人问道，“你和她本来就是玩玩的，对吗？哈哈哈。”

“这关你什么事？你不是已经知道答案了吗？”

“那她知道你们是怎么认识的吗？”仿真人问道。

“你什么意思？”特雷问道。

“我的意思是，要是我问她同样的问题，她的说辞会跟你的一样吗？”

“当然，”特雷说，“肯定一样。”

“看来你是没告诉她啊。”

“告诉她什么？”

“告诉她关于你那个好哥们，那个医生的事啊，”仿真人说，“还有你俩设计的那个让你们在酒吧如鱼得水的程序。那个‘美女杀手’程序哈哈。”

特雷突然感觉口干舌燥。仿真人往他身边凑了凑，似乎要品味他身上散发出来的恐惧的味道。彼得和他都发过誓，要永远保守这个秘密。实际上，这段不光彩的历史让他对自己厌恶到极致，羞愧到极点，所以他差不多已经说服自己这段往事从未发生过。彼得现在在哪里？对了，在佛罗里达州当医生，干得挺开心。这应该不是彼得搞的鬼。但是万一彼得有一个秘密日记或是其他什么东西呢？

他想逃跑，但仿真人太危险了。它对他了如指掌，可他却不知道它想干吗，也不知道它到底是谁。眼前的仿真人就像一只逗弄甲虫的猫，把甲虫翻个底朝天，看它费了九牛二虎之力好不容易翻过来了，那只猫啪一下子又把它翻回去，盯着它，看它挣扎，通过甲虫学习挣扎的本质。

“别人问你的时候你就该说出真相，”仿真人说，“这可是个精彩的故事哈哈。一天晚上，你那个医生朋友通过了一个很重要的医师考试，喝多了龙舌兰酒，结果喝得酩酊大醉。最近他解剖了一具死尸，死亡原因是嗑药过量。解剖的过程当中，他发现自己面临一个严重问题，因为这具尸体的隆胸手术做得实在太成功，让人看了心潮澎湃。他在脸书上给你发消息，讲述了这一切，焦虑自己居然会对一个死去的女人产生性反应。你为了让他振作起来，一直陪着他聊天。你们聊了许多，说起了隆胸手术，又说起所有做手术的人体内都植入了电子标签，这样的话，一旦保险需要或是有什么紧急情况出现，通过电子标签能立即追踪到主人。然后你说，或许我们可以用这些电子标签追踪活人。只要有正确的开放数据算法，你就能找到半径三百码之内所有做了隆胸手术的人，同时在脸书上找到跟这些人匹配的个人信息。你们两个花了一个月的时间编写代码。这个代码真的很不错！虽说偶尔也会失误追踪到几个装有人工膝盖或是假肢的人，可是总的来说，这个程序就跟他妈的魔咒一样好用，唷。你变成了性爱巫师！你那时简直自信到极点，还没和别人打招呼，你就对他们了如指掌。你跟无数人都发生过关系。得有成千上万次了吧。你就是这么认识你未婚妻的。真好，实在是太聪明了。我们向你致敬。”

“你怎么知道得这么详细？”

“因为我们关心你，”仿真人说，“我们是匿名天使。我们是个军团。有时候我们会特别慷慨哈哈，奖赏那些为世界做出贡献的人。这个软件太棒了。你知道现在还有人在用你这个软件吗？在有些圈子里，你可是个大英雄。不过在另外一些圈子里，有人对你恨之入骨。圈子多得是。”

“我对此一无所知。”特雷说。

“美女杀手，”仿真人说，“那是你的称号还是你朋友彼得的？”

“我的。”他有气无力地回答。

特雷意识到，不管是谁在背后操控这一切，其实都无关紧要了。他的处境岌岌可危，得赶快逃跑。

“你到底想要我干什么？”

“我们什么都不想要，”仿真人说，“我们把自己当作结婚礼物送给你，就跟水果篮一样。你想让我们干吗我们就干吗，我们永远属于你。我们本想侵入性虐网站一个高级用户的账户里，选个心甘情愿做这事的性奴给你当礼物，不过眼前这个礼物更干净。大家都要保守秘密：你不会跟别人讲发生了什么事，我们也不会告诉你我们到底是谁。这对我们来说都挺有趣的。你面前的这具胴体可全部都是人造的。你有没有想过搞互联网？哈哈哈。”

仿真人从手提包里拿出一个贴着创可贴的药瓶，摇了摇，里边传来哗啦哗啦的声音。

“这是什么？”特雷问道，“难不成你想给我下毒？”

“这不是毒药，”仿真人说，“是糖，密码药丸。进套房需要用到。”

“我没法跟你一起去，”特雷说，“我得回家了。我怕你会伤害我。”

“你不必在那儿过夜，”仿真人说，“想什么时候离开都可以。不过你真的应该跟我们一起去。这样我们才能单独在一起。我发现，你对自己的……欲望……可真是够克制的，单独跟人一起时你可不是这样哈哈。”

一道阴影落在他脸上。

有人站在他们旁边。

酒保站在他们桌旁，狡黠地笑着。

“您的车备好了。”酒保说。

特雷跟着仿真人走出饭馆，不知道该怎么逃走。能跑吗？一晃神，他发现自己居然跟仿真人一起坐在汽车后排座位上。这是辆无人驾驶汽车。汽车小心翼翼地在道路上平稳行驶，有色车窗阻挡了其他司机的视线，省得他们因看到这辆车无人驾驶而惊慌失措。

仿真人把手伸进特雷的裤子里，诱惑他感受自己灵活的嘴巴带给他的温暖和呼吸时的湿润气息。

“无论什么时候，只要你想上来，吃一颗药丸就行，”仿真人说，“胃酸会溶解糖衣启动发射信号。药效很短暂；跟荧光棒的原理差不多。一旦药效消失，你就得赶快下楼，否则安保系统会被激活。要是你想我们了，就吃上一颗。我们是送给你的礼物。感谢你所做的一切。来自匿名天使。对黑客表示感谢。”

特雷干吞下一粒药丸，把剩下的装进口袋。

他们停在一栋大楼前，大堂空空荡荡。电梯门啪的一声自动打开。电梯里没有按钮；金属舱壁光滑如镜。

“系统正在扫描你肚子里的药，”仿真人说。

电梯停在顶楼套房。

“真不错，对吧，”仿真人说，“脸书会告诉我们今天是谁的生日，谁谈恋爱了，谁要生孩子了等等。我们‘喜欢’这些信息。我们说：‘生日快乐。’脸书会判断我们和朋友的关系如何，我们对广告的反应怎样，还会根据我们去哪里度假、买过多少好东西、干的工作是不是让人兴奋等数据，分析出我们挣多少钱。要是我们想通过仿真人跟某个人上床，脸书轻松就能帮我们实现愿望，对吧？现在一切都变得这么好哈哈。”

特雷等待着仿真人扭头朝套房深处走。

等它一转身，特雷猛地朝它撞了过去，把它撞倒在地。仿真人既不能格斗，也不会打架。等特雷跨坐到它身上，用膝盖顶着它的肩胛骨，它也只是温柔地看着他，慵懒得像猫一样。他踩住它的脖子。

“哈哈，”仿真人说，“你疯了吗？”

手机响了一声。信息提醒。他不是把铃声调成静音了吗？

门廊放着一张大理石边桌。特雷脚仍旧踩在仿真人脖子上，他把放在边桌上的一棵小榕树和一座古董钟扫到地上，伸手抓住边桌底座，把桌子倒转过来，摔断桌腿。他只需要那块大理石。

仿真人在他身下扭动着，挑逗般地轻轻触碰他的脚踝。他抓起大理石朝仿真人的头部砸去，一下子把头砸得稀烂。他满头大汗，重重喘着粗气，抓着大理石一下一下地砸。手机“哔哔”响个不停，信息提醒从裤子口袋里源源不断地传出来，好像谁在不停哭泣。

“闭嘴。”他说。

只要仿真人的哪个部位稍微一动弹，他就用大理石使劲砸下去。一丝不苟，一刻不停。手指抽搐，砸；眼睑眨动，用尽全力砸，砸得火星飞溅，砸得大理石碎片四散飞扬。

终于，仿真人躺在他脚下柔软的地毯上，一动不动。他大汗淋漓，胃酸上涌打嗝不止，可内心却寒冷如冰。

这就跟摔坏了一台相机一样，他安慰自己说。虽说实际感觉好像谋杀了一个人，可这一定是相机的最新防御机制。

他斜倚着套房门框，过了好久才想起查看手机。消息提醒全都是脸书发送的。未读消息有上千条，还在源源不断地涌入。

他翻看着脸书墙，铺天盖地全都是他砸仿真人的照片，各个角度都有。唯一的文字信息是一个皱眉的表情。上千张照片扑面而来；每个时刻都被这美丽的棕褐色调的照片记录了下来。太多了，根本删不完。

他到处找拍照的相机。是藏在天花板瓷砖里吗？还是嵌在门框里？

他站到一把椅子上，一手翻看脸书，一手摸索着天花板的瓷砖寻找隐藏摄像头。这时，保安推开门走了进来。

“我必须把它砸死，”特雷说，“它入侵了我的电脑。”

“警察马上就到，”她说，“告诉你一声。”

“天啊，”他叫道，“你干吗要叫警察？这他妈的不过是个机器人！”

“系统自动报警的，哥们儿，”保安说，“你知道这东西值多少钱吗？你可是相当于把人家的游艇砸了个稀巴烂，伙计。”

“这是谁的公寓？”

“你是说你根本不知道自己在哪儿？”保安笑着说。

电话又响了。这次是杰西卡。他把手机放到地上，用那块大理石砸了起来，牙齿咬得咯吱响。保安摇摇头，笑了笑，站在离他有点距离的地方，静静地录着视频。说不定等会儿警察会问的。

阿丽莎·纳汀

著有小说《坦帕》（*Tampa*）和短篇故事集《女人和女孩们的脏工作》（*Unclear Jobs for Women and Girls*）。她的小说发表在《诺顿文学入门》（*The Norton Introduction to Literature*）《锡屋》（*Tin House*）《炸弹》（*Bomb*）及《导管》（*Conduit*）等出版物上；她还曾在《围墙》（*Fence*）《纽约时报》（*the New York Times*）《O：奥普拉杂志》（*O: The Oprah Magazine*）及其他一些刊物上发表过散文。她是约翰卡罗尔大学创意写作课程的助理教授。

透明项目

阿丽莎·纳汀

大学毕业后，科拉发现想找个收入丰厚的工作可真难。她做过服务员，当过调酒师，还当过咖啡师。一个偶然的机会，她接触到当地一家研究机构，间或帮该机构做一些医疗测试。通常，每做一种测试，机构会付给她几百美元的报酬。有时要她把乳膏涂到皮肤上，某些乳膏会让皮肤起红疹，某些不会；有时往她耳朵里滴上几滴药水，会导致不同程度的瘙痒和（或）灼烧感，她需要对这种瘙痒和（或）灼烧感的强度进行分级。

对科拉来说，生活中有太多难以应对的事。比如说到底要买哪种牌子和香味的洗洁精就是一大难题。就算所有的洗洁精价格一样，容量相同，色泽一致，只不过味道闻起来稍有区别，在她看来，选哪一瓶还是难如登天。世界上的味道千奇百怪，种类繁多：有柑橘类和花香类；也有跟大气相关的味道，比如说海风。说到海风，那就有更多让人纠结和疑问的东西了（比方说吧，是哪个大洋吹来的风？风的强度到底有多大？）可是对于其他事情，像是比约定时间早十五分钟到达指定地点，对她来说从来不是什么难事。研究人员注意到了她的特殊之处，对此也非常欣赏，因此他们给她提供了加入“透明项目”的机会。

透明项目不是那种一次性的医学测试，科拉实际上是被研究机构雇用来做这个项目。项目会永久进行，直到她自然死亡的那一天。该项目的团队负责人说到“自然死亡”中的“自然”时，以非常不自然的语调强调了这两个字。每年，研究机构支付给她的报酬相当于她所居住城市的全职员工全年工资的平均水平，除此之外，还会给她丰厚的福利待遇。要想拿到这笔钱，她需要进入一种专门的设备，每周两天，每天八个小时，供研究人员监控和检测，年年如此，直到科拉自然死亡。当然，还要做项目规定的手术。每年她都可以外出旅游，但外出时间不能超过六周。旅游期间，她要同意项目监督员和她在旅游目的地的某个酒店见面，对她进行监测，一次八个小时，一周两次。要是她虽然还活着，可却因受伤、昏迷或是其他任何原因不能到机构去，她要允许研究人员亲自上门对她进行监测。所有的许可条款在专门的法律文件中都有提及。她要在这些法律文件上签上自己的名字。

手术会把她身体前部的全部皮肤和脂肪移除，范围从最上边的那根肋骨开始到骨盆顶部。血液和肌肉会被注入无害液体，在选择性波长的光线（包括日光和荧光）照射下，能够变透明，这样的话，研究人员轻轻松松就能看到她的内部器官。该区域的皮肤会被一种透明、防水的高分子膜代替；平时不在机构时，她可以穿一种肉色的硅胶外壳，胸骨处安装按钮，毫不费力就能合上。研究人员把硅胶外壳拿给她看，她小心翼翼地抚摸着硅胶外壳，好像不想惊醒正在酣眠的宝宝一样。“这是什么东西？”她问他们。她指的是胸骨中间的一个棕色凸点，专门设计成了一个有点外突的痣的形状。这个凸点是硅胶外壳的打开按钮。

手术之后头几个月，她从来没有自己打开过硅胶外壳。到研究所进行监测时，每当脱掉外壳，她就会感觉全身发冷，虽然实际体温并未下降。后来她习惯随身带块毯子，脱掉外壳之后，就拿毯子裹住肩膀。没有外壳保护时，她尽量不去看自己的内脏器官，很小心地保持身躯挺直，眼光看向前方或者盯着天花板。为了能做到这点，极度恐高的她会假装自己正站在一栋高楼的边缘，往下看的景致可够吓人的。

慢慢地，她不再害怕。硅胶外壳毕竟不像皮肤，充其量是件紧身胸衣，或者超宽束腰带；平日外出，她会在衣服里穿着硅胶外壳，待在家时，她发现自己更喜欢去掉外壳，穿着敞开的长袍在屋里走来走去。硅胶外壳不会出汗，可她总感觉外壳潮腻腻的——虽说实际摸上去非常干爽，还有点冰凉。穿着外壳就像穿了件紧身T恤，把身体里的湿气和热气全部吸到上边去了。每当她啪的一声脱掉外壳，倚着台灯让外壳笔直站立在床头柜上，她都能感觉到内脏器官欢愉的震颤。这当然不可能；包裹着内脏部位的塑料薄膜既不透水也不透气，可是她却享受这种心理上的愉悦。最初她偶尔会在眼角的余光中瞥见内脏器官——要么是照镜子时不小心瞅见，要么是无意中看见厨房那些铬合金电器表面的清晰反光。这些电器可是她用新赚到的钱买的。日子一天天过去，体内各器官的迂回盘绕成了她熟悉的景致，布局固定，排列对称，这样的景象不但没有让她产生无序的感觉，反而觉得一切更加井然有序。

可是跳动的心脏却一直让她感觉不适。心脏本身倒没什么，让她感觉不舒服的是睡觉时心脏还在不停跳动的场景。跳动的心脏总让她联想起数字闹钟，要是闹钟电量不足，显示时间的数字就会不停闪烁。心脏也一样，总让她产生身体的某个关键部位急需修理的感觉。每次去研究所监测身体，都有治疗师来跟科拉聊天，有时她会把看到心脏跳动时产生不适感告诉治疗师。治疗师会建议她直接跟心脏对话，说些肯定的语言来鼓励心脏，类似“心脏，很感激你让我一直生存下去。心脏，非常感激你的付出”这样的话。还有些时候，治疗师会让她谈一谈做过的噩梦。早前，她曾做过一个梦，梦中她穿着比基尼来到海滩，一群海鸥看到她的内脏后蜂拥而至，把她包围，想要把她的内脏啄出来。她还做过一个梦，梦中的她以为自己睡醒了，谁知起床之后发现自己正站在床脚，看着床上熟睡的自己。熟睡的她也在做梦，梦被投射到放在床头柜的硅胶外壳上，像视频一样播放着。播放的内容正是她在海滩上被海鸥袭击的场景。

最近，治疗师建议科拉开始约会。科拉说她从来都不喜欢跟人约会，不过在做手术之前，她倒是挺喜欢一夜情。手术之前那年有过几次，手术之后就再也没有试过。“那就试着找个什么人，跟他做爱吧。”治疗师说。

于是，她开始在网上与人约会。第一个男人一听说她做的手术，直接拒绝跟她见面。第二个人本来说他不在乎，可是等科拉把衬衫脱掉，他用手指抚摸着硅胶外壳那细细的接缝，改变了主意。“我整天干的就是修电脑的活，”他解释道，“把电脑主机拆开。经常有人打电话说主机松动，外壳自己突然脱落，让我去修。”她向他保证她的外壳不会突然脱落，又不情愿地承认要是他不小心用力压那个打开按钮，或者她故意按那个按钮的话，外壳确实会掉落。第三个人不在乎手术，也不在乎硅胶外壳是否会突然脱落，他甚至主动要求科拉把硅胶外壳去掉，再把卧室灯打开。他想在做爱时看着她的内脏。

他们开始了，可是很快又停了下来。“不好意思，”他解释道，“这种感觉就像我在看一台正在进行的手术一样。”科拉非常恼火，不过想了想，还是假装困惑比较好。她打算跟他说，“没人做手术啊。”或者直接告诉他手术是一年前做的。正打算开口，穿衣镜里的景象吸引了科拉的注意。她看着心脏一下一下地跳动，好像一个悬而未决的问题，又像是安装在她胸口的电话不停响铃。“喂？”科拉说。镜子里，躺在身旁的男人已经消失不见。他可能去洗手间了，也可能已悄悄离开。

马克·欧文

于2013年春季在《新问题》诗刊（*New Issues*）发表了其第七部诗集《巨大的白房子在说话》（*Large White House Speaking*），其另外一部作品《美国坟墓：新诗精选（1987—2014）》（*American Urn: New & Selected Poems, f1987—2014*）也于2015年出版。他获得的奖项包括："国家/发现奖"，两次"科罗拉多图书奖"，四次"手推车奖"，并多次获得富布莱特、莉莉、全国教育协会及沃利策等基金会的奖学金。他住在洛杉矶和科罗拉多，在南加州大学教授创意写作和文学博士班课程。

礼物

马克·欧文

他看起来跟火柴棍一般大小，像个跳伞运动员一样——双臂伸展开来——漂浮在一个小罐子里。罐子是妻子送他的礼物，或许是因为他们没有孩子，也或许是因为他总是在路上。

十月份，他们到位于新墨西哥州北部的一个修道院度假，庆祝结婚二十五周年。那天，她把罐子送给了他。当时他们正在特雷斯彼德拉斯北部的弗朗西斯科饭店用餐，他和她坐在壁炉旁，她开了口——语气温柔，前所未有——"马克，给你，这件礼物送给你。"

刚开始他还以为罐子里是只小小的蝾螈，过去他们经常在山上的池塘里捉着玩。可是仔细一看，他吓了一跳。罐子里这个正在黏稠的液体中游来游去的小东西，长着一头黑色短发——好像是个人。他看不出小人的性别，小人身上穿的紧身衣也不是衣服，而是他自己的皮肤。

“克莱尔，这个礼物太不同寻常了，”他说，“谢谢你。你从哪儿弄到的？”——看着她用严肃中带着虔诚的目光注视他，他心头一震，明白这个小人真的是个人。

小人儿一会儿滑行，一会儿翻筋斗，一会儿又侧身躺着休息，无论何时，看起来总是快快活活。

“哇，”他说，好像要故意彰显不可思议的感觉，“那他肯定花了你一大笔钱。”

“一分钱都没花。”她说。

“你到底在哪儿弄到的？加利福尼亚的什么实验室吗？”他半开玩笑半带着点嘲讽地问道。可是，她只是笑了笑，跟他向她求婚时她的反应一样。

她又笑了笑，然后对他说：“我有猫陪着我，你的旅途就让他陪伴吧，但是切记不要打开罐子。他的食物来源都在液体里，排泄的废物也能被液体吸收。”

这个礼物实在是太精妙了，简直梦寐以求——他想着——一个宠物小人——他又难以置信地点点头。周五他会开车去洛杉矶，在那里待上一个月，研究受神的启示说外语的现象，更确切地说，是研究一下“说方言”的现象，而洛杉矶可算是始于二十世纪初的五旬节运动的发源地。

离家前的头一天，克莱尔再次向他解释为什么他们不能生活在一起——因为他们追求的是不一样的东西。“书就是你的家人。”她说。这句话一直萦绕在他脑海，不过最终他也同意这种说法。他们早就意识到两人之间的分歧——也谈过解决办法——她会搬走，跟年迈的母亲同住。

“好好照顾你的小人。”她说。

走到这一步两人心里都不好受，不过还好，他马上就要离开。途经亚利桑那州北部时，他来到一家乡村家庭旅馆暂歇。旅馆名叫“沐风玫瑰”，由一对法国夫妻经营。晚餐是三文鱼派和法式海鲜汤，味道极美。他慢悠悠地吃完饭，回到房间，看会儿书，再观察放在茶几上的小人轻松自在地在罐子里滑行。后来，他把罐子放到胸前，这样就可以躺在床上好好观察了。接着他想起还没给这个小人起名字，觉得挺内疚，要怪就怪最近事儿太多，桩桩件件都让他寝食难安。看着这小人有时把他那张迷你小脸压到玻璃瓶壁上往外瞅，好像孩子往一所房子里窥视，仔细搜寻其他藏起来的孩子一样——他也会内疚。

那天晚上，他正盯着小人看，入迷地欣赏他的一举一动，小人突然开始往罐子上写字，拼尽全力地写着什么—— 一遍一遍写着同一个字。他慢慢旋开瓶盖，一根手指伸向小人张开的手。正准备把小人从罐子里拉出来，小人的胳膊和身体突然分离，伤口处的红色一点点渗出，慢慢洇开，范围越来越大，先是把小人全身染红，过了一会儿，整个罐子里的液体全部变成了亮粉色。

醒来，阳光刺眼，他还是很疑惑，不知道小人那么固执地写在玻璃上的到底是他的名字还是克莱尔的名字。等他走到敞开的窗边，才发现眼前一片红，所有东西都变得特别巨大，他忘了自己是谁。

阿莉克西斯·兰多

曾在瓦萨学院学习，在爱默生学院获得文学硕士学位，在南加州大学获得了语文学及创意写作博士学位。她的第一部小说《观念的帝国》（*The Empire of the Senses*）于2015年春由潘赛恩图书公司出版发行。她和丈夫及两个孩子住在洛杉矶。

他的样子

阿莉克西斯·兰多

纳迪娅在离我家一个街区的便利店工作。店里什么都卖，有凡士林，有苏打饼干，有碰伤的苹果，还能买到牙线。我总是去那里买邮票，换零钱，也会买卡斯特洗洁精。纳迪娅来自印度北部，有两个十几岁的儿子和一个已经离家上大学的女儿。她对女儿赞不绝口，提起儿子就骂不迭声。她说她那两个儿子脑筋比较笨，女儿则不同，学习既勤奋又刻苦，为人处事大方又得体。“跟你很像。”她会加上一句。

我一周去便利店一次，有时两次。纳迪娅喜欢我，一见我就夸我漂亮，刚开始我总是被她夸得很不自在，现在已习惯，而且我发现她就是这样的人。仔细端详我的脸，她会说我看起来很憔悴，或是我又瘦了。我告诉她我总是很憔悴。有一次，她问我眉毛是怎么修的，说她特别喜欢我的眉形。又有一次，她对我嘴唇上方长的金黄色小绒毛很好奇。“你怎么把这些绒毛去掉？”她站在柜台后面问我。昨天，我去店里买瓶装水，因为要上课，所以我穿着黑色牛仔裤，上身穿了一件系扣衬衫。纳迪娅一看到我，眉毛上扬，好似被我惊艳到了似的，跟我说我应该经常化妆。“今天你看起来挺不错，”她说，并捏了捏脸颊。“气色很好。”

她似乎总是眯着眼看太阳，两条修长有型的眉毛聚拢在一起。她的皮肤总让我想起加了牛奶的红茶。她有一头浅棕色秀发，间或夹杂着几缕灰白发丝，她最近刚把头发剪短，说这样比较好打理。我问她，她丈夫是不是更喜欢她留长发，她苦笑着说他根本不在乎。之所以问这个问题，是因为我丈夫喜欢我留长发，所以去年夏天我把头发剪短之后，他挺失望。从那以后，我的长发又长了回来，比以往任何时候都长，长过了肩胛骨。

纳迪娅的丈夫偶尔会开一辆有着暗色车窗的灰色宝马车来店里。他是店主。有时周二早上，有时周五下午，他会把车停到路边，过来查看店里情况。他头发花白，胡须修剪整齐，紧贴面颊。她总是跟他吵，向他抱怨存货不够。他却喜欢用甜言蜜语哄骗她，让她替自己上班。我想他们在家里应该也会经常吵架，因为纳迪娅说过，她讨厌自己的生活。她漫不经心地对我诉苦，从一联邮票上整齐地撕下十张，把一张张卷起的迷你美国国旗放在我摊开的掌心上。她那两个儿子傻乎乎的，所以每天下班后她还要回家辅导他们做功课。要是不辅导，他们就上不了大学。她身后的架子上，迷你普瑞莱洗手液闪闪发光，旁边摆着崭新的牙刷和一次性剃须刀。她儿子是双胞胎，我见过其中一个骑着自行车在林肯大道跑得飞快，在川流不息的交通中穿梭来去，T恤飘飞在风中。她总是告诫我，千万别要孩子，孩子会毁掉我的生活。“没时间看电影，没时间度假，什么都没时间干。所有的自由，全完了！我没日没夜地在这里工作，就为了送我女儿去加拿大上大学。一年学费五万美元。”我点点头，有点奇怪为什么她女儿要到加拿大上大学。收款机打开了，发出尖锐的铃音。不过，她却说养狗比养孩子好。店里不许狗入内，唯独我的狗可以进来。我的狗狗嗅遍了所有糖果和坚果，在塑料包装袋上留下一道道唾液的痕迹。

怀孕之后，每次到她店里我都会紧张。自从知道怀的是男孩，我更不情愿和她见面。一天早上，家里急需牛奶和纸巾，没办法，我不得已来到她的店里。她一看见我隆起的肚子，就关切地问我头发有没有变多，皮肤是不是还那么光洁，我会不会总感觉无精打采？回答了她所有问题之后，我心想她是否暗自以为我的人生即将走向终结。然而，她却把一个小瓶子放在我掌心，瓶子里装着从澳大利亚进口的特制姜味饮料，可缓解恶心反胃。深棕色小瓶握在手里冰冰凉凉。

走在回家路上，我伸出手掌触摸着忍冬花篱，绿色树丛中白色花儿若隐若现，散发出甜甜的氤氲香气。正值盛夏，盛放的蓝花楹吐出淡紫色花瓣，魅紫耀眼。穿透院墙和篱笆的九重葛热热闹闹地发着芽，爆出大片色泽艳丽的叶子，或是洋红，或是淡橘。我往山上走去，感觉呼吸有点急促，这种感觉几天前在芭蕾舞教室做把杆练习时也出现过。我把一只手放到肚子上，那里沉重有坠感。

隔壁邻居站在屋外门廊上，摆弄着她的盆栽植物，全都是多肉植物，她那苍苍白发盘成了细小的发髻。她从不出门，阴雨天从她家的纱门隐隐约约会飘出猫尿的骚味。她和丈夫在这条街上已经住了四十年。她的丈夫皮肤灰白，头发花白，不爱说话，终日在车库摆弄他那辆永远也修不好的古董车。三年前我们刚搬到这里时，她常常透过起居室的窗户往我们家看。有时正吃晚饭，我把沙拉递给丈夫，无意中会瞥见她那如幽灵般的脸庞透过黑乎乎的窗户往我们这边偷窥。还有一次她居然偷拍我们，闪光灯反射在玻璃上，吓得我尖声大叫，结果还被丈夫说我有点过于大惊小怪。等他去质问她为什么拍我们的照片时，她用小女孩似的声音抑扬顿挫地解释说她是在用宝丽来给她的猫拍照片。打那以后，我们就拉上客厅窗帘，在两家房子的边界上种了更多榕树。

快走到我家门口时，她突然转身面对我。那高高的额头和大片苍白脆薄的皮肤吓了我一跳。她目不转睛地盯着我的脸，手中的耙子掉到地上。耙子落地撞击水泥地面的当啷声吓得我的心脏怦怦直跳，似乎透过T恤都能瞧见心脏的跳动。我赶快进屋，关上大门，走进自家被枝繁叶茂的榕树环绕的幽静庭院才感到安全，可我早已大汗淋漓。突然，我想起昨晚做过的一个梦。梦中的我正俯瞰着邻居老妇人的阁楼，好像她的房顶整个被掀翻了一样。一张空荡荡的婴儿床放在阁楼正中，早已褪色的旧报纸散落在地板上。古旧的婴儿床由深色木头制成，底部铺着几张脏兮兮的毯子，蝙蝠在窗户的破洞飞进飞出。一个转转乐玩具歪歪扭扭地挂在天花板上，绕着婴儿床不停旋转。梦中景象沐浴在单色光中；一切事物都蒙上了一层柔和的棕褐色调，好像在看一张历史悠久的老照片。我想知道孩子在哪里。即使是现在，我试图冷静下来，告诉自己眼前的一切才是真实的生活，这美丽的花园和由风化柚木制成的漂亮户外家具才是我的生活，这个梦还在我脑际萦绕。庭院尽头摆着一张桌子和两把椅子，平时我和丈夫会坐在这里喝咖啡。昨天，我们坐在这里，一起吃盒装树莓。这才是真实生活。梦境只是梦而已。

一周之后，我们发现车库门上挂着一只巨大的蜘蛛，像杂技演员一样在网上荡来荡去，身手敏捷。蜘蛛浅棕色，全身毛茸茸，跟我张开的手掌一般大。我们俩双臂交叉在胸前，站在蜘蛛面前，讨论着该怎么处置它。我担心蜘蛛会爬到屋里，潜伏在某个黑暗角落，静等孩子出生，再悄悄溜进宝宝的婴儿床，把他咬死。

“那你说怎么办？”丈夫问我。

“杀了它。”

可我知道他不情愿杀死昆虫。平时要是抓到蜘蛛和蜜蜂，他都会还它们自由，用厕纸包着这些小生灵来到屋外，再轻轻把它们抖落到盆栽芦荟里。

他若有所思地看着这只蜘蛛，双手深深地插在口袋里。蜘蛛开始慢慢往下爬，爬到半空停了下来。

“要是它有毒，就会逃跑，到处跑。”我说，并说服他从屋里拿了一罐雷达杀虫剂出来。他对着蜘蛛使劲喷，直到蜘蛛虚弱不堪，从网上掉下来。然后他从花园找了一块大石头对着蜘蛛使劲砸，直到把它砸死。

那天，我正在课堂上向学生解释俄罗斯的焦土政策，突然感觉不到宝宝的动静了。肯定是天气太热，我想，也可能是他正在休息。我想象他两腿交叠，双手放在脑后的样子，好像躺在沙滩上小憩。晚饭后，我们躺在床上看电视，似乎又能感受到他的动静。电视里正在上演一部愚蠢的浪漫喜剧，讲的是一个看房人为房主寻找跑丢的标准贵宾犬的故事。这女人在故事结尾当然找到了贵宾犬，同时也爱上了一个景观设计师。

第二天一早，我去医院检查。“检查是为了确保一切正常。”丈夫说。他轻轻吻了吻我的唇。“肯定一切正常。”他又加了一句。

“当然，”我说，我被他的乐观感染，“当然了。”

我躺在检查台上。护士正试着寻找胎心音，可她似乎对如何操作多普勒彩超仪不太熟练，笨手笨脚地拿着彩超仪在我肚子上划来划去。我在心里埋怨她技艺不精。她根本不知道自己要找什么，我心想。主治医生走了进来，脸上带着担忧的表情，不耐烦地从护士手里夺过彩超仪。她对我说："你应该早点儿过来检查的。"早到什么时候？我想问，可又被她的语气吓住了。我记得当时盯着她身上那件腰果图案的海军蓝色丝质裹身裙，差点跟她说我喜欢这条裙子，可不知为何没有开口。那会儿，她也正手忙脚乱地用彩超仪在我肚子上划来划去，要是恭维她的裙子漂亮似乎不太合适。我记得当时在想她为什么不穿白大褂，估计是刚到医院，洗过的头发还没干透。我记得彩超仪在我肚子上划过时血液流动的声音，是那种可怕的"嗖嗖"声，就像有人站在被炮弹轰炸之后只剩框架的大楼里吹口哨般空洞凄凉。她很快说要再做一个超声波扫描。我点了点头，超声波扫描这个词让人心安，好像一切问题转眼就能消失无踪。我记得当时在想，为什么她一句话都不说，为什么她那淡蓝色的眼睛目不转睛地盯着面前的显示器，盯着屏幕上宝宝的影像。显示器在我的右肩后方，我记得我在想根本不用问她到底出了什么问题。从她脸上我已经知道了答案，她眉头紧皱，好似被强烈的太阳光照得睁不开眼睛，那明明白白诠释着她的沉默。停了一会儿，她移开目光，说："我很抱歉，真的很抱歉，简直不敢想象，非常抱歉。"我听到自己问她："他走了吗？"她点点头，起身离开房间，说她马上就回来。门在她身后关上的一刹那，我听到她骂了一句真他妈的。我坐在检查台上，双腿荡来荡去，白色薄纸在大腿下沙沙作响，无法相信这个事实，可心里又清楚这一切真真切切地发生了。我还知道我得赶快给丈夫打电话，电话就在我手中，要立刻告诉他发生的事情，那么一切对他来说也就成为了事实，越多人知道，就越真实，之前发生的一切就越来越如同一场梦。

后来，我不再去纳迪娅的店里买东西，她是另一个我必须要向之解释一切的人。有的人看到我就流下眼泪。有的人表现得好像一切如旧。我的好朋友劳拉给我带来包装精美的玛芬蛋糕、桃子和果酱，耐心听我倾诉我是如何失去他的，产科护士对我多么友善，还有我们计划把他的骨灰撒到马里布的杜梅岬，可现在还无法放手，就好像把装着他的骨灰的小盒子放在书架上，跟《审判》和《文明与缺憾》放在一起，对我们来说是种安慰一样。等我身体渐渐恢复，回到芭蕾舞班时，同班的一个女人恭喜我喜得贵子，却不知道我已失去了他。另一个女人说至少我的体重很快降了下来。我想对着她的脸猛揍。

终于有勇气走进纳迪娅的便利店，看到我的那一刻，她一下子就明白发生了什么事，所以她倒没表现出震惊的样子。对此，我很感激。上次和她见面时，我怀孕二十七周，其实也就在几天之前。我想到了她的两个儿子，记得她说过他们让她多么失望。可是，至少他们是活生生的人，是独立于她的实体存在。不等她说话，我脱口而出："医生也不知道出了什么问题。他们正在检测。"我不想告诉她细节：尸检没查出个所以然，所有常见的致死原因像是脐绕颈、染色体或基因畸变、未被发觉的感染或是羊水不足，这些情况都没有发生。医生们一直说没找到问题比找到问题要好，因为如果发现了问题，就需要治疗，下次再怀孕的话情况就会变复杂。我反复纠正他们，告诉他们不一定会有下一次，因为我们自己都不确定会不会再怀孕。没人能确定。大家都一头雾水。

纳迪娅嘟着嘴，难过地点点头。然后她给我打电话说牙膏和邮票到货了。我需要许多邮票邮寄感谢卡，感谢大家送给我的精美花束，有兰花，有玫瑰，摆满了我家客厅。找给我零钱时，她小心翼翼地问我："你还好吗？"硬币从她指尖滑落到我的手心。

我不知道为什么要告诉她接下来我要说的话，这些话在我脑海中翻来覆去已经好几周。还是那个梦，一直纠缠着我，就是透过邻居家阁楼看到空空的婴儿床那个梦。"我感觉我那个邻居对我施加了邪恶之眼。就在这一切发生之前，她瞥了我一眼，也许她是有意这么做的。"

纳迪娅微微笑了笑。"你是个受过教育的女人。可不能这么想。这可不像你。在我的国家，大家都相信这种说法，但在这里不是。"她摇了摇头，多少有点儿吃惊。"在我的国家，要是怀孕时出了什么状况，总是女人的错。大家会怪她夜晚在外边逗留过久，衣服穿得不够暖，睡眠时间不够长，预防措施做得不够足。就算招致了邪恶之眼，他们也会怪罪她，说她应该待在家里，不该出门招摇。"

她停了下来，考虑着接下来要说的话。她的脸色苍白，脸庞如满月般丰满。"你的想法跟印度那里一样了。愚昧落后。"

我思考着她的话。最近，我在前门挂了一只土耳其之眼（又称美杜莎之眼），这只眼是蓝绿色的，陶瓷材质，以抵抗和反射邪恶之眼。我还燃烧了白色鼠尾草以净化屋内空气，蓝色青烟慢慢飘散，充满每个房间，直到烟雾探测器突然报警。现在我又想换房子，搬离这个街区，因为我真的觉得是邻居把他从我身边夺走的，就像童话故事里写的那样。我丈夫一直安慰我说邻居和这事没任何关系，我不应该让这种不健康的情绪恣意蔓延。他跟我说话的口气就好像我是一个小孩，或是一个正在慢慢失去理智的人。

"一起喝杯茶吧？"我正要离开便利店，纳迪娅喊了一声。

我只在这里见过她，她也总是站在收款机后，让我感觉既熟悉又安心，一成不变的场景让我们的交流顺畅进行。我不知道在其他地方和她见面会是什么情形。“好吧。”我答应她。

她笑了。“明天中午一点钟。到我家来。转过街角就是。海洋街上那栋有着绿色大门的房子。”

一只黑白相间的猫静悄悄地穿过前院，优雅地跳上绿色大门，消失在满院天堂鸟的世界里。天堂鸟花瓣红艳似火，迎风摇曳。我推开大门，心想不知道这只猫是不是纳迪娅养的，可是猫颈项上并没有项圈，纳迪娅又不像是那种可以任由宠物到处游荡的人。灰色宝马车不在车道上，整栋房子静谧无声。站在前门口，我没来由地有些紧张，不知道她是不是透过猫眼已经看到了我。还没等我敲门，门开了，纳迪娅从昏暗的过道里走了出来，头上戴着什么东西，似乎是绷带。门又开大一些，我才看清绑在她头上的是一条毛巾浴袍的腰带。腰带缠在她头上，好像桂冠一样。“很高兴你来了。”她说，然后领着我穿过走廊。本以为在她家会闻到小茴香或是芫荽，或是其他什么香料的味道，但房子里散发着的却是一股霉味。所有的窗户都已打开，空气对流，可屋里还是闷热难耐。来到客厅，她边抱怨炎热的天气，边用手指着头，解释为什么要把腰带绑在头上，因为这样可以降温。这个解释实在让人难以置信，可我却没有气力追根究底。

我们在皮沙发上坐了下来，她闭上眼睛，用指关节抵着太阳穴。“这是穴位。”她闭着眼睛说。我点了点头，盯着那个蓝皮肤的毗湿奴，看他摆出优雅的姿势，四条手臂呈扇形散开。她把毗湿奴放在一盆盆栽植物旁边，盆栽装饰着戴光环的象牙天使，叶子修剪成整齐的绿色小球。一阵温热的微风吹了进来，她睁开眼睛，专注地盯了我片刻，然后起身给我倒了一杯放在咖啡桌上的冰绿茶。新鲜薄荷叶漂浮在冰块之间。倒完茶，她坐回沙发上，我用手指轻抚着超大抱枕的流苏。

“我知道这是很私人的事，”她停了一下，“但是，独自一人疗伤可能会更糟。”

整栋房子阒静无声，我甚至能听见电子钟那红色的数字从 1:07 变到 1:08 的声音。我咽了口唾沫，感觉喉头一阵哽咽，努力盯着她耳朵上垂下来的长长的串珠耳环，不让眼泪流下来。珠子暗红色，可能是珊瑚。

“我也失去了第一个儿子。当时我已怀孕九个月——已经到了预产期——在医院里，医生先检查我的生命体征，等检查婴儿的心跳时，什么都没有。”她看了我一眼，立刻低头看着冰茶，仔细研究漂浮在茶里的薄荷叶。

“噢，”我说，“我很抱歉。”我盯着自己的手指，看着被咬得残破不全、参差不齐的指甲，现在才知道为什么我会被邀请来喝茶。现在，我也成了这遍布全世界的团体中的一员，丧子母亲群体的一员。

她摸了摸头上的毛巾带，确保带子绑在正确的位置上，接着说：“跟你的情形一样，医生也没找出死亡原因。我还记得他的嘴唇——鲜红欲滴——除此以外，他看起来是那么完美。”

“你有没有感觉到他——还在你身边？”我之所以问这个问题，是因为听说亲人去世后，人们仍会感受到所爱之人的气息在身边盘桓。可我却从未感觉到我儿子的存在，所以我想，是不是他离我太远，还是对他来说，我根本就是个不称职的母亲，就算在他死后，我仍然是个不称职的母亲。要是我更尽责一点，要是我的直觉更敏锐一些，那他来拜访我的时候，我是不是就能感觉到了？可也有人说，人死以后，除了无边黑暗，其他什么感觉都没有。

听到我的问题，纳迪娅的眼睛亮了起来。她身体前倾，双手指尖相对，用力按压。“哦，是的。他会给我一些暗示。昨天我开始看一本小说。”她告诉我书名，问我知不知道这本书。

我摇了摇头。

“猜猜主角叫什么名字？阿南德。和我儿子同名。这就是暗示，你明白吧。书中的他和我儿子一样顽皮，一样淘气，因为我儿子在我肚子里的时候总是像鱼一样四处游动，还会用他的小脚趾戳我的肋骨，有时我正跟人进行严肃的对话，他却能把我逗得哈哈大笑。”

“阿南德。”我说，纳迪娅笑了起来。我丈夫和我根本没办法说出儿子的名字。不管是用主格的“他”还是宾格的“他”，都让我们心如刀割，更不要提用我们给他取的名字来称呼他。要是不得不提，我们会说“意外发生时”或“九月份时”。

“那么，”纳迪娅的声音沉了下来，“告诉我。他长什么样？”

我说不出话，语言生成的地方突然沉重如山，压得我张不开嘴；茫然空虚的感觉如沙子般从喉咙口漏下。我摊开手掌，好像在说：我只知道他可能是什么样子，对他的预期也只是一个模糊的形象。我用力咽了一口唾沫，沙子在喉咙口越积越厚，我抬头看着她。她泪珠盈睫，眼神温柔，好似渴望通过我的述说进入一个奇幻世界，在那里，死去的孩子全部栩栩如生，他们的形象可以用具体词汇来勾勒。

“呃，”我开了口，试图顺畅呼吸，但感觉好像有人把更多沙子铲进我的喉咙，想要把我埋葬。我想告诉她，我经常为他演奏勃拉姆斯的乐曲；我想告诉她，上芭蕾舞课时我总是尽量站在钢琴旁，这样的话，我在练习半蹲和高抬腿时，他就可以欣赏那个俄罗斯钢琴家弹奏肖邦的夜曲；我还想告诉她，我希望他能把芭蕾舞跳得如纽瑞耶夫[1]那般舞姿灵动，充满力量，可又想让他长大了打篮球。

“我，”我停了下来。她想了解他，不是了解我。

“他，”我重新开口。可我真的不知道该怎么对自己解释他的样子。

1 纽瑞耶夫（1938—1993），出生于苏联，是当代最富魅力的男性芭蕾舞者之一。

露西·科林

著有短篇小说集《一百种末日和其他末日》（*One Hundred Apocalypses and Other Apocalypses*）（麦克斯图书）和《绝对窘境》（*The Entire Predicament*）（锡屋图书）以及小说《每天都是硬摇滚：女孩们的历史》（*Everyday Psychokiller: A History for Girls*）（FC2）。2012—2013 年，她在罗马美国学院做约翰·奎尔文学研究员。

绝对窘境

露西·科林

我的头在地板上方盘旋，头发飘来荡去，一只脚耷拉在耳边，后背裸露着。我孤立无援。嘴巴被封，想喊也喊不出来。束缚在家，被绑在自家门槛上的我左右摇摆，感觉天旋地转。吊在门廊的我浑身动弹不得，悬在半空，身上绳子缠绕。我头朝下，晃来晃去，一只脚绑在门框上，一只胳膊在背后弯折，另外一只在臀部附近晃荡，大腿朝耳朵方向伸展，膝盖弯曲，另一只脚在膝盖上方什么地方悬空着。如此不对称的感觉前所未有。

身后院子里，一只小鸟在树上叽叽喳喳。每呼吸一次，洁爽的空气就如一大群蜜蜂嗡嗡叫着向我扑来。我能低头看着地面，也可以抬头凝望房间。越过客厅，经过早餐台，看向光洁锃亮的厨房，透过厨房的玻璃门，能看到散发着消毒水味道的游泳池。昂贵的房子，建造成本却低廉，门板中空，把手镀铜。轻轻划一下墙壁，墙面就会碎裂。

我曾经学习那么用功，至少我自己这么认为，可是，学会的知识早已遗忘。原来，我什么都不懂。钱都打水漂了；我在门口荡来荡去，不断调整身体重心，继续旋转，看着我的最后一块钱在厨房的水池里溅起水花。尝试多年，失败多次，我的狗终于在后院抓住了两只兔子。他把兔子绑在一起，扛在肩上，扬长而去。

我的国家正和他方处于交战状态，这里的交战指的可不是与性病作战。

我在这儿摆来摆去，吊在半空，说不出话，四肢瘫软，又是勾又是挂，五花大绑，全身赤裸，袒胸露背。身体不停旋转。每转一圈，我都会把刚才没看到的景致收进眼底。我注视着前门外的空空荡荡，凝视着室内舒适的开放式空间。我扫视整个起居室，那七扇大玻璃窗，起居室旁边的厨房，和倒映在厨房电器上的影像。我凝望着玻璃滑动门外的露台。阳光透过玻璃照进屋内，铺了满墙，翻倒在地的家具上光斑跃动，侧面沐浴在暖阳中。四脚朝天的咖啡桌暖洋洋地晒着太阳；沙发被劈开，露出里面的填充物；书本像掉落的飞蛾一样散落一地；餐具柜的柜门被打破，瓷器和玻璃碎片如精灵粉末洒在柏丽地板和流苏抱枕上。已经过了多少个小时了？我记得方形吐司上卧着的太阳蛋闪着诱人的光泽。我记得我的狗伸着舌头在水碗里喝水；记得我给鱼喂鱼食；记得女儿穿上红色的小靴子，迈着沉重的步子去坐校车，头上戴着蝴蝶结；还有我丈夫，那个蠢蛋，开车去城里买熏肉的时候把车倒进了玫瑰丛里。这一切是多久以前发生的？够久了。久到双手被绳子捆得绵软无力；久到充血的耳朵要爆炸；久到眼珠挂在眼窝里转来转去快要掉下来；久到大脑在脑壳里剧烈晃动。已经过去多久了？我的亲爱的离开我柔情缱绻的怀抱，仰面躺在我身旁。如水月光下，笑容在他脸上漾开，卧室窗帘上的圆点图案影影绰绰，微风吹过，窗帘飘来荡去，如现在的我一样。那些小圆点好似天文馆的璀璨星空，缓慢流动。夜虫低飞，轻轻落在窗棂上，停在屋外那棵不停拿如指甲般的树枝划拉屋顶瓦片的树上——

在那之前，羽绒床上的沉睡——

在那之前，木床上睡着的女儿和蜷在她身旁的狗——

在那之前，我以为自己感知到的暴风雨前的宁静——

在那之前，我本可以拥有的人生，和禁锢了我的囚笼。

任何人都能看到我的窘境，我的无助，可是目之所及，却连一个关注我的人影都没。旋转的时候，我的视线可以越过门廊的地板看出去，要是稍微收一点下巴，就能看到头顶的草地和屋外一截宽宽的黑色路面。路边没停车，因为大家都开车出去了，或上班，或办杂事，或外出度假。要不然就是邻居们都吓得躲在家里，车藏在车库里，门扉紧闭。也可能他们正站在窗前偷偷往外看，看到了我，可是我的样子却吓得他们不敢出来。每转到一扇窗前，再到另一扇窗前，眼前呈现的都是这样的景象：五彩缤纷、千奇百怪的想法纷至沓来，流转在我的窗外，投影在花儿、树篱、路灯和偶尔飘过的云彩上。就这样。

我的脊椎使劲撑着后背的肌肤。我能感受到全身每一块骨头的存在，这种感觉前所未有。好像全身上下没有一点脂肪，好像我被剥去的不只是衣服。原本是乳房的地方，现在不知剩下点儿什么，一边耷拉到腋窝，另一边垂到下巴底下。旋转，背面朝外，伸长的脖子隆起。我感觉我的身体和整个房子错综复杂地纠缠在一起，合而为一，组成一个古里古怪的装置，一个极为复杂的机器。这个机器一点一滴地制造着延续我生命的东西，我那苟延残喘的生命。绑着我、撑着我的绳子好像墙壁里的电线和各种管道；身体的各个腔洞如一间间屋子，安放其间的器官就是一件件家具；全身的血液，输送氧气的血液，就是空气。从婴儿时代起，我从没有像现在这样脆弱无助过。当然我可以哭，也可以不哭。婴儿时代的我肯定会哭，可是要说长这么大我学到了什么，那就是：最好不要哭。我可以屏住呼吸。可以睁大眼睛，也可以闭上眼睛。

我闭上了眼睛。在这里，在这个上下颠倒失去平衡的世界里，发生的一切非我能掌控，在“垂悬”这个单词所定义的范围之内，这就是我的样子。最开始，我的肩膀开始疼，接着痛感加重。肩膀的疼痛程度取决于我的脖子有多痛；脖子的疼痛程度又取决于脚踝的痛感。两个脚踝的痛感不同，因为我正一条腿伸直一条腿弯曲地吊在空中。厨房墙壁上有个挂钟，挂钟表盘上有只公鸡。我的身体一转到挂钟跟前，思绪就会跟着滴答作响。除了疼痛，这声响是我的唯一感受。追随着不断跳动的脉搏，我的思绪在盘绕体内的奇思异想中窜来窜去。思绪如蛇，迷了路，困在碗里，不得动弹。思绪如蛇，遍体鳞伤，无力反抗。

我睁开眼睛。旋转，头朝下吊着，感觉乱七八糟，好像身体被串在一根烤肉扦子上，窗户一扇接一扇有节奏地从我眼前掠过。过了一会儿，我的视线模糊了，眼前的墙壁从长方形慢慢幻化成了曲面，很快，所有的窗户连为一体，形成了蓝绿色的水纹世界。时间流逝，我开始习惯眼前的一切，除了身体还是这么古怪地吊着，其他都没有变化，连身体的疼痛也变得可以忍受，甚至有些享受带着痛苦旋转的感觉。就在这时，我眼前冒出一堆毛茸茸的小脑袋，正透过窗户往里偷看。一个去掉了帽子，一个头上扎着跟耳朵一样的辫子，一个嘴里吃着棒棒糖，还有一个背着背包，他跳，背包跟着一起在他背上蹦来蹦去。还有一个男孩肯定抱着个超大长颈鹿玩具，因为长颈鹿的头就出现在他的头顶上。男孩跳，长颈鹿跟着一起跳；男孩的脚落到窗台下的地面上时，长颈鹿就点头。每次转到窗边，我都能看到，不管男孩是跳起还是落下，长颈鹿都会弯弯腰。孩子们杂乱无章地跳来跳去，好像在玩嘉年华上的打地鼠游戏。

视线稍微清晰，我看到大山在孩子们身后缓慢升高，绿棕相间。孩子们先是跟着慢慢上升，然后停住不动，三三两两地散落在每扇窗前，好像他们藏在了我的灌木丛里，打量着我的房子，看着我家里的一切，也盯着吊在门口的我。身后的街道，空空荡荡。他们扭动着身子，却又尽量站着不动，好似尽力在餐桌前做到举止得体那样别扭。

这些孩子我认识吗？他们跟我女儿一个学校吗？他们是在郊游吗？我女儿跟他们一起来了吗？我全答不上来——他们的表情和做作的举止，穿的衣服和发型——所有我能辨别出来的特征在他们身上或多或少都有体现，所以，这些孩子我一个也没认出来。

之后，我记得视线彻底清晰，这才看清大山原来是身穿迷彩服的士兵，一个个表情冷硬多疑，跟照片上的拓荒者一样。他们把孩子们举高，好让孩子们看得更清楚。孩子们的表情倒是挺放松，看到我在屋里拉肚子，他们就紧盯着我。有几扇窗户开着，隔着纱窗，能听见一个孩子发出又是吸又是咽的声响。还能听见棒棒糖在她牙齿间滚来滚去的声响。然后孩子们开始扭来扭去，因为腋窝被举得不舒服，也因为他们厌倦了看我。不一会儿，士兵们一个接一个地把孩子们放了下来，我听到灌木丛里响起脚步声和说话声。又过了一会儿，士兵们手持对讲机开始交流，目光越过我的起居室互相对视，从一扇窗户看向另一扇窗户，点点头，耸耸肩，交换看法，制订计划。看起来他们已经做出决定。长颈鹿的头留在窗边，可我却不知道外边是不是有人抱着它。跟长颈鹿一起站在窗前的士兵似乎根本不知道长颈鹿的存在。长颈鹿直勾勾地盯着我，士兵的脸朝向一侧，正对着对讲机说话，每一声静电干扰都传来肯定的答复——收到，消息收到。

可我还在不停旋转。有几个孩子出现在我家后院，走进了隔壁邻居家高低不平的院子里。他们扔球玩。他们跳绳玩。他们用粉笔在人行道上写字。一个士兵从他站的窗户旁走开，朝孩子们发号施令。巴克，烤肉扦子，他命令道。一个男孩朝他走来，其他孩子没理他。我有什么办法？暴行一触即发。

另一扇窗外，一个士兵正在查看我的烧烤工具。

又一扇窗外，一个士兵在系鞋带。

再一扇窗外，一个士兵一直盯着我，每次我转到他的方向，都能看到他的眼神。我还在不停旋转，好像每一次睁眼、每一次闭眼都是推动我旋转的动力，好像时间在推动着我旋转，又好像我的旋转带动了时间的流动。他一直盯着我，而我也知道他想干什么；意图在他眼中闪过，我看得清清楚楚，之前看过的新闻和电影一幕幕出现在我脑海。他开始绕着房子往里走。我看着他经过一扇又一扇窗。我跟着他的步伐旋转，也可能是我的旋转推动着他往前走，像相斥的磁铁在共舞。走到长颈鹿身旁，他一把抓起长颈鹿，递给了站在烧烤架旁的士兵。随后他绕过门廊，等我转过身面对他，他已经走到屋门口，脱下了防弹头盔。他的脸正对我的胯部。他在门口的擦鞋垫上蹭了蹭靴子。

于是，我开始大叫。我尽力控制呼吸，这样就算强力胶带堵着我的嘴，我也能大叫出声。我尽力了。

我的房子好像一个世界。家具是岛屿和陆地，有阳光，有阴影，居民就是各种虫子，老鼠，灰尘，还有我们外出旅游时买回的小玩意儿。空气是水，天空一如既往，高悬在屋顶上方，尽管这里的屋顶由臭氧组成，没有泄漏。我是怎么变成这样的？梦游？梦吊？梦绑？梦塞？梦劫了我自己的家？要么是这些士兵半夜三更来我家干的？

他止住了我的转动。把我转到另一边，跟我一起转了过去，好像我是一个通往密室的书架一样。一道阳光照到我的屁股上。他从壁炉里拿了一根拨火棍，小心翼翼地戳戳我，我轻轻晃动了几下。你以为你是谁？戳一下。你以为你在干什么？戳一下。随后，他把拨火棍用胳膊夹住，跟夹一把雨伞一样，走到厨房，在抽屉里翻来翻去，打开，关上。你家厨房里怎么没有煎饼粉？（我家有，只不过放在橱柜里。然而他却一直在抽屉里扒来扒去。）你这儿就没点能塞牙缝的？

屋外，士兵们指挥着孩子们在干什么事，好像在准备什么，发号施令的人和接受命令的人都跑来跑去。突然，我不确定到底是士兵在向孩子们发号施令还是孩子们在向士兵发号施令，好像士兵是孩子们的玩具，只不过体型跟真人一样大小。我看到站在烧烤架旁的长颈鹿，作为玩具，这只长颈鹿够大，可是跟真的长颈鹿比起来，它的个头又有点小。这会儿，厨房里的士兵拉开了裤子拉链，掏出了他的阴茎。这个东西，我得说，大号的玩具士兵可没有。

然后我丈夫回来了。我没听见停车的声音，他从后门进了家，站在推拉门旁，踢掉鞋子，随后，好像想起我的提醒，他又拿起鞋子，整齐地摆在一盆天竺葵旁。我不清楚他怎么回家这么早，可是那个士兵已经从我身旁溜走，一步跨过门廊台阶，撞得我又旋转开来。到院子里之后，他跟其他士兵站在一起，拉链应该已经拉上，因为我已分不清哪个是他哪个不是。有几个士兵找到几把折叠躺椅，放在烧烤架附近。其他人都在收拾煤块。

我丈夫走进厨房，做了一个花生酱三明治。嘴上贴着胶带的我试着调整呼吸，想弄出点声响让他听到。可是他却走到早餐台旁，搬了把凳子来到我身边，止住了我不停旋转的身体，坐下来，和我一起看向窗外的同一个方向。长满青草的偏院里，他们在烧烤。静止的感觉真好。静止不动的感觉实在太好了，以至于我一点都不好奇为什么我丈夫看起来那么无动于衷。我们看他们先烤长颈鹿，接着又开始烤自己。一个士兵，盘腿坐在烤架上，向大家敬礼。接下来是背着背包的男孩，咧着嘴笑，下一秒，他的脸就像融化的蜡一样，从喜剧的表情变成了悲剧。又一个士兵，然后是吃棒棒糖的女孩，一个接一个地消失在浓烟和烈火当中。每个人都点着头，对大家的牺牲表示感激。

我知道他们肯定会流血，可是我却一滴血都没看到。我总觉得看到血腥是我的责任，所以才会这么想见到流血的场景。眼前所见，流血是必然的，然而，血迹却遍寻不着。我使劲嗅，却只闻到自己身上的汗味。我侧耳倾听，听到了气泡声，听到了我咽唾液的声音，除此以外，我只听到可能是外边什么地方传来的洗衣机水流声或者冲厕所的声音。

我听到丈夫在我身旁嚼着三明治，然后，他把三明治放在膝盖上片刻，解开了缠在我手腕上的绳子。我发现，我能感觉到他触摸绳子的手指，好像绳子是我身体的一部分。仔细回想这种感觉，我意识到自己不是在胡言乱语。绳子真的是我身体的一部分。我突然想到，梦中的我总是连身体都没有，更别说长一张脸了，可是我又想到，这样的场景并不只是在梦中才出现。如果梦中的我就是现实的我——如他们所说，那我根本就不存在。我要是不看着我的映像，那我就什么都不像。

在这个垂悬的世界，从我自己身上能看到什么？我丈夫刚刚解开的那只手已经垂到我的视线之外，仍旧被绑的那只稍微动了动，于是，我盯着这只手腕使劲看，好像在看时间。可是，我真正细看的却是绑在手腕上的绳子。有人说，一个人的手比这个人的脸更能显出时光的印记，从一个人的手能看到她的过往。我看着的，是我的手背。我知道，这只手背看起来像是我的手背，也许，可是说实话，我根本不知道我的手背长什么样。现在终于仔细审视，却看不到什么有用的信息。比如说，这只手不是农民的手。这只手总是很干净，不管干了什么活，事后都要洗手。皮肤比过去松弛了些，线条组成的纵横沟壑比我想象的多了些。手背的另一面，藏在掌心里的，是我的未来。

解开的绳子这会儿晃来晃去，我感觉这条绳子好像是我的幻肢。我终于记起自己怎么落到这个境地了。一点一滴，回忆慢慢汇聚，上午十点左右——站在屋外空地上的我说着“拜拜，宝贝”，“祝今天开心，亲爱的”，又等着我的狗狗拉完便便——就在那块空地上，整个世界突然朝原本就已经非常倾斜的方向又倾斜了两度。这和眼药水瓶的道理一样，本来瓶子里的药水已经漫到瓶口，要是再滴一滴进去，药水就会从瓶口溢出。就这样，世界倾斜之后，空气中的物质突然变得黏稠如胶，现在我想起来了。我正埋头刷碗，水池里的水却突然变得跟空气一样黏滞，肥皂泡摸起来好像橡胶颗粒，而我，如深海潜水员一样全副武装，游弋其间。或者，我并没有游弋在黏稠的空气当中，甚至连跟空气一起游动都算不上，最多可以说，空气在引导着我，不是领着我，也不是跟着我，只是引导着我的身体随着大地的呼吸一起一伏。然后，这些绳子从我体内长了出来，好像是身体里的肌腱在向外延伸。衣服一件件消失，胶带像一条伤疤穿过我的脸颊黏住了嘴巴。我朝门口挪去，想要走到屋外——

我想做点儿什么——

我想改变自己，也想改变世界——

我打开前门，可是却没法儿走出去。门廊上铺的地板和门前的草坪在我面前裂开，地球引力似乎颠倒了过来，我本来是朝门口走，可是却朝天空走去，身后，屋里的家具一件件在空中翻滚，吊灯把沙发靠枕扯烂，露出了里边的填充物，咖啡桌跟高背椅撞在一起，桌子背面裂了一条缝。虽然门已经不在，可我还是一直走个不停，直到身上的绳子把我缠了个结结实实，固定到门框上，跟房子融合在一起；我记得天花板上出现如爆米花般的纹理时那天崩地裂的感觉；我感觉到房子的内脏，满屋子的管道、通风管、电线，还有那些长四英寸宽两英寸贴在石膏板表面的木材；接着，我感觉到身体慢慢拉长延伸，变成了暖乎乎的道路，穿过城镇，来到乡村，我变成了气流、湾流、电流和水流。这一切对我来说实在太难。我累得筋疲力尽，就这么睡着了。等到醒过来，世界一切如常，而我，就吊在半空，好像被我自己的房子给绑架了。

如果一个人成了自己的精神枷锁，那么垂悬的状态似乎就会永无止境。这会儿，我那只自由的手垂了下来，沐浴着阳光。我丈夫一手牵着垂下来的绳子末端，另一只手拿着三明治继续吃。我能感觉到他手掌的温度，如此熟悉。我想起来了，也明白了。我就是我的家，我就是我生活的世界。我是把我绑起来的绳子，也是封住我的嘴的银色胶带，我把自己吊在这里，我让自己陷入如此窘境。房子把我吊在这里，我把自己吊在这里，我把房子吊在这里，都一样。我和丈夫一起看着窗外，头挨着头——虽然我还是头朝下。窗外，孩子们跟士兵们一起跑来跑去。有几个相互搀扶着走上烧烤架。大家互相往对方身上浇上调味汁。

郊狼

游朝凯

游朝凯

著有小说《科幻宇宙生存指南》（*How to Live Safely in a Science Fictional Universe*），短篇小说集《三等超级英雄》（*Third Class Superhero*）和《对不起，请，谢谢》（*Sorry Please Thank You*）。他在众多杂志和期刊上都曾发表小说，包括：《牛津美国人》（*Oxford American*）《葛底斯堡评论》（*The Gettysburg Review*）《哈佛评论》（*Harvard Review*）《中美洲评论》（*Mid-American Review*）《密西西比评论》（*Mississippi Review*）及《阿拉斯加评论季刊》（*Alaska Quarterly Review*）等。

今天是你到这个部门上班的第一天。你的隔间在亨利隔壁。亨利是你的上司。他递给你一份文件，嘱咐你等他离开之后再打开。祝你好运，亨利说，然后他转身去倒咖啡喝。你听着他轻柔的脚步声踩在吸音地毯上，渐渐远去。他穿了双漆皮时装鞋，你对他穿鞋的品位有点儿不敢恭维。等到脚步声彻底消失，你打开文件，里边装了一个安全信封，封口以部门标志的浮雕热熔封印。你把大拇指压上去，停住不动，直到封印由绿转红。你把开信刀放在封印下面轻轻滑过，从边缘打开信封，里边滑出一张银灰色的超薄化学浆纸。纸的中央有一个圆圈，你深吸一口气，再慢慢呼出来。你的 DNA 标记附着在纸张自带的生物活性受体上，显出了一张照片。七秒钟之后，图案逐渐消退，淡出你的视线。时间刚好让你看清照片中那个人的脸，也是你的调查对象：亨利。

你和亨利一起吃午餐。亨利邀请了卡罗尔。亨利的午餐是从全食超市买的预包装鸡肉沙拉。你有点儿好奇亨利和卡罗尔到底有没有发生关系。亨利的安全许可级别比你高，你知道这一点是因为这条信息在你的文件里，不过你本来也应该能猜到的，因为亨利是你的上司。卡罗尔的安全许可级别也比你高，你之所以知道是因为这条信息在你要调查的亨利的文件里。然而，有意思的是，卡罗尔的安全许可级别也比亨利高，可是亨利却不知道。这倒没什么令人吃惊的，因为对任意两个人来说，安全许可级别较低的人通常不知道安全许可级别较高的人的安全许可级别。让人吃惊的是，卡罗尔居然不知道她的安全许可级别比亨利高。可是，你却知道。你试着理清你到底都知道些什么，结论是：你知道卡罗尔知道亨利不知道的事，还有就是卡罗尔不知道她知道亨利不知道的事。假若两人只是一般朋友，那卡罗尔对亨利讲的笑话有点反应过头，笑得太多，声音也太大。一顿午饭下来，她摸了亨利的前臂三次，最后一次在那里停留了大概两秒钟，然后她抬手把头发往耳后撩了撩。卡罗尔午餐吃的是鸡蛋沙拉三明治，用蜡纸包着。她小口咬着三明治，再喝一口罐装健怡根汁汽水。

亨利的安全许可级别是五级。卡罗尔是七级。你是三级。所以一般来说，涉及安全事务的话，你知道的信息要比亨利知道的少得多，和卡罗尔比起来，你知道的就更少了。可是你知道他们各自的情况，也知道他俩现在正在交往。所以，你知道他们知道的事情。照这么说来，你不仅仅是三级。你比三级要高。你应该算是 3+。要是把你们全部比作动物，亨利是公牛。卡罗尔是熊。你呢，你是地位比较低下的狗。体积更小，更弱，也没那么可怕。当然对那些虽然大但却行动迟缓的动物来说，你还是挺可怕的。你不是狼。更像郊狼。

亨利问你的调查进展如何。你说还不错。他说听说你的工作做得很好。他希望你能顺利完成工作目标。你使劲回想文件内容，好再次确认一下，因为你确信文件上并没有写任何目标。你、亨利和卡罗尔一起去橄榄园餐厅吃午饭。橄榄园餐厅不是你选的。真的，这不是任何人的选择。这个餐厅是附近唯一走路几分钟就能到的地方。你们三个只有一个小时的吃饭时间。今天的例汤是意大利蔬菜浓汤。你点了一份，又要了无限量供应的面包棍和沙拉。卡罗尔点了一杯招牌红酒。饭吃到一半时，亨利和卡罗尔找了个借口同时离开。他们一起往洗手间的方向走去，可是一分钟之后，你看到他俩在餐厅外边说着什么。亨利频频点头，眼睛看向你的方向。卡罗尔脸上的表情很难琢磨。你拿出那本无意识面部表情识别手册开始查阅。书中有个表格专门讲解了如何识别这种情况：本来想要对某人传达情感 A，结果却无意中传达了对这个人的真实情感，姑且称之为情感 B 吧。如果你能正确识别目标情感 A，然后从他们的说话声音和举止上再确定特定压力源的指标，那么你就能准确判断出此人的真实情感 B。情感 A 和情感 B 之间的差距叫作情感泄漏。要是你有安全许可的话，情感泄漏其实是件挺危险的事，要是你的安全许可级别达到了五级或七级，那危险性就更高。之前每天写报告的时候你已经注意到，卡罗尔的情感很容易泄漏。她想向你传达的情感是，因为你在等级排序上比她的级别低得多，所以她对你一点兴趣也没有。可实际上她无意中传达的情感却是，她讨厌你那张愚蠢的脸，或是诸如此类的意思。你吃着沙拉和面包，娴熟地摆出一副天真的表情，好像对发生的一切一无所知。侍者过来问你暂时离席的同伴要不要免费续杯，你撒谎说他们不需要，尽管卡罗尔明确说过要是侍者来续杯，她想再喝一杯阿诺德·帕尔默红酒。

等你吃完午饭回到办公室，桌上放着另一个信封。你把按拇指、吹气、打破封印等所有程序又完整做了一遍，信封里滑出一张照片，是卡罗尔。照片底部的文字解释说，你不用调查卡罗尔（除非在调查亨利时不可避免，或特别需要时才可调查）。这封信只是通知你卡罗尔在调查你。你迅速重新评估眼前状况。要是卡罗尔正在看你的档案，应该知道你在调查亨利。那也就意味着知道你在调查她，虽然是间接调查。现在你知道她知道你在调查她。你还知道她不知道你知道她知道你在调查她。你得把这事儿搞清楚，否则你可能会被解雇。或者被杀。你想去自动售货机那里买点小零食吃。没想好是买热量为一百卡路里的薄脆饼干还是买一包奶油甜酥饼。卡罗尔把头伸进了你的隔间。怎么了，骗子？她问道。反正她是这么说的。当然带着情感泄漏。你看了看桌子，有她照片的那张纸已是一片空白。现在你又不太确定她是不是知道你知道她知道你在调查她。这种对所处环境无法准确认知的不确定性，会在将来的某个时候给你带来大麻烦。如何处理这个问题直接决定着能否让你的调查取得重大突破，还是让你在这个部门垮台。你决定买奶油甜酥饼。为什么不呢？人生苦短，哪有那么多时间计算卡路里。

你和亨利一起乘电梯。你想跟他说点儿什么。可是，说什么呢？我知道你的秘密。这不是事实。你不知道。你只知道关于卡罗尔哪些事情是他知道的，哪些事情是他不知道的。这又有什么意义呢？他站在墙的一边，你站在墙的另一边，而他根本不知道这堵墙的存在。你只是喜欢这种感觉罢了。在部门工作的人最初都享受工作带给他们的这种感觉，慢慢地，他们开始抵触这种感觉。一方面，人类的生存环境已经够疏离了，现在又人为地在一群人中间进行系统化的认知区分，只为最大限度对该群体进行控制，同时尽可能地减少信息泄露，而这群人却对此种状况拍手称快，似乎有点太麻木不仁了。另一方面，亨利是罪有应得。卡罗尔和另外一个你不认识的女人一起走进了电梯。亨利朝卡罗尔和另一个女人点点头，走了出去。电梯从十七楼升到四十七楼，你静静地站在那里，盯着卡罗尔的后脑勺。

新来的女人叫唐娜。她刚刚调到部门。你在大堂见过唐娜几次，确切点儿说，是在大堂外面，烟灰缸旁。唐娜在抽烟。之前，她是一名外勤特工。你知道这些，是因为亨利以前调查过唐娜，他掌握的信息就在你对他的调查档案里。现在，你是四级，亨利是六级。卡罗尔的级别已经超越数字级别，进入希腊字母级别。这一段位共有五个安全许可级别，伊普西隆，德尔塔，伽马，贝塔和阿尔法。阿尔法之后还有更高的段位，可是你的安全许可级别不够高，所以还不知道阿尔法之后是什么级别。毋庸置疑的是，阿尔法的级别相当高。卡罗尔现在是伊普西隆，不算太高，不过已经高到你难以望其项背。你开始对自己的处境感到不满。你虽然处在等级排序的低端，可是，由于目前这种莫名其妙的情形，你了解的信息比你的安全许可级别应该了解的要多得多。然而，你又什么都不知道。你所知道的只是比你级别高的人都不知道些什么。这就像所有工作在这个部门的人都站在一个巨大的观景窗前，看着窗外的景色。你能想象亨利、卡罗尔和唐娜在看什么。呈现在他们面前的，是赤裸裸的大自然，景色壮丽，一览无余，美到无以言喻。他们都能看到窗外美景。可你看到的只是他们的后脑勺。出于某种原因，也可能没有任何理由，你被他们隔绝在身后。可是，虽然你看到的景象和他们欣赏到的美景判若云泥，可是，你却对他们每个人都有所了解，了解一些他们没办法了解到的事情。你知道从后面看他们是什么样子。唐娜最喜欢百乐门香烟，不过要是讨烟抽，她倒是什么烟都来者不拒。有时候，你注意到，唐娜会连续抽两支烟，尤其是当她和亨利说话的时候。

胡安·帕布鲁·维拉波斯

著有《掉进兔子洞》(*Down the Rabbit Hole*)和《玉米饼》(*Quesadillas*)(FSG)。他的作品已经被译为15种语言。他生于墨西哥，现居巴塞罗那。

安妮·麦克德莫特

曾在牛津和伦敦学习文学，此后她在墨西哥城度过了一年的时间。这一年中，她当过教师、编辑和翻译。她翻译的墨西哥作家胡安·帕布鲁·维拉波斯的短篇小说见于《今日世界文学》(*World Literature Today*)和《棺材工厂》(*Coffin Factory*)。她还为《帕拉布拉斯·埃兰特斯》杂志(*Palabras Errantes*)翻译了阿根廷诗人卡丽娜·麦克西奥的作品。同时，她还是《文学》(*The Literature*)的小说审稿人和《现代诗歌翻译》(*Modern Poetry in Translation*)的诗歌审稿人。

恐怖（旅游）分子（爱好者）

胡安·帕布鲁·维拉波斯
安妮·麦克德莫特　翻译

故事始于热奥在脸书上看到一张K2峰[1]的照片。我们称呼他热奥而没有使用他的本名，是为了尊重他的隐私，虽然微不足道，但至少我们尽力了。照片旁边配了一句话：“山不分好坏，只要是山就有危险。”[2]照片和这句话都是由一个名叫保罗的人发布的。从这条发

1　K2峰，正式名称为乔戈里峰，位于中国、巴基斯坦、克什米尔交界处，海拔8 611米，为世界第二高峰。

2　这句话原文为“Mountains are not fair or unfair, they're just dangerous”，作者是著名意大利登山家莱茵霍尔德·梅斯纳尔。

布来看，保罗喜欢爬山，却没有知识产权保护意识：他没有标明这句话的作者是谁。他的脸书“好友”，尤其是那些在“现实生活”中不认识他的人，会以为保罗是这句话的原创者，也会以为是保罗自己在“现实生活”中登上了K2峰。站在峰顶，喜马拉雅山的刺骨寒风如利刃般割着他的脸庞，高山上的缪斯女神在他耳边絮语，告诉了他这个深奥的思想。K2峰有多高，这句话的意义就有多深。然而，现实中的保罗却是一个爱静不爱动的人。他从未攀登过K2峰，过去三年更是从未离开过所居住的城市。这么跟你们说吧，他连家门都没怎么迈出过。的确，K2峰距离保罗现在的位置得有一万五千公里远，这会儿他正坐在电脑前盯着屏幕呢。这个事实引起了**帝国某个地方**的注意。这个事实加上另外一个事实，即热奥为保罗发布的这条动态点了赞，因为他真的很喜欢这张照片，也喜欢照片旁的文字。标记：热奥是唯一给这张照片点赞的人。这么漂亮的照片，这么深奥的句子，K2峰有多高，这句话就有多深刻，居然只有一个赞？非常可疑。极其可疑。也可以说是，可疑到让人毛骨悚然。一方面，热奥和保罗住在不同城市，根据**帝国某个地方系统**的记录，从热奥十九岁、保罗十八岁的时候起，两人就再没见过面，到现在已经十年。

系统设置了运行算法，检测到三个非常严重的问题，这几个问题可能会**对国家安全造成威胁**。**帝国的国家安全**可是重于一切的。

首先，热奥和保罗在阿雷格里港（他们都是巴西人）参加世界社会论坛时相遇：这个论坛可是各式各样革命者的温床，包括共产主义者、环保斗士、吸食大麻者、失地农民、菲德尔·卡斯特罗和乌戈·查韦斯的拥护者、绿党、亲巴勒斯坦分子、纯素食主义者、工会会员、农民、大学生，等等。

第二，K2峰位于巴基斯坦、克什米尔地区和中国的交界处。属于巴基斯坦所谓的“北方领土”，又被称为“吉尔吉特-巴尔蒂斯坦”的地方，是冰雪覆盖的高山之巅，也是个火药桶。那里只会出现两种人：恐怖分子和旅游爱好者。

第三个问题与修辞相关：那句话中用到了两个形容词“fair”和“unfair”，其实指的就是公平和不公平这两个完全对立的概念。典型的反帝国主义论调。

三个因素同时出现：**帝国某个地方**拉响了警钟。热奥和保罗到底是潜在的旅游爱好者还是真正的恐怖分子？

不管答案是什么，都必须立即采取行动。二选一：要么立刻把他们抓起来，严刑拷打，刑讯逼供，直到他们交代可怕的恐怖袭击计划；要么发动一场垃圾邮件攻势，给他们发送五花八门包罗万象去喜马拉雅山的旅行套餐。

谁来负责决定采取什么行动呢？**系统**选派的分析员，我们姑且叫他任何人。

热奥和保罗是拉丁美洲人，这让任何人立即进入防御状态：他太清楚这种第三世界的反帝国主义情绪会如何在这些国家滋长。他们的怨恨轻轻松松就能填满太平洋和大西洋，再满溢出来。怨恨很容易演变为愤怒，愤怒再转化为恐怖分子一样的仇恨。

任何人是研究拉丁美洲怨恨和愤怒情绪的专家，这就是为什么该警报交给他处理——而非成千上万个在**系统**里工作的任何人们。他最能胜任这份工作：2001年9月11日，在一个拉美国家做交换生的他看到，电视上播放着双子塔倒塌的画面，身旁许多学生开始鼓掌欢呼，更可怕的是，老师们也跟着一起鼓掌欢呼。拉丁美洲的怨恨和愤怒加上恐怖分子的怨恨和愤怒，这二者的结合在他看来似乎合情合理。更重要的是，这一刻他已期待多年。于是，任何人推迟手上正在进行的工作（追踪一个危地马拉女孩的上网记录，女孩痴迷于访问各个尼泊尔手工艺品网站，其中包括一个由一位名声不好的卡塔尔埃米尔资助的非政府组织网站，以及梳理一个委内瑞拉老头的个人简历——哦，委内瑞拉——今早，老头刚醒来不久，就在推特上发了一条消息，内容是亚西尔·阿拉法特1963年说过的话），开始了新的调查。

热奥和保罗没有互发过电子邮件。热奥用推特，保罗不用。保罗用Google+，热奥不用。通过审查其他**社交软件**（油管，Flike相册，Ins，糖果粉碎传奇，默契婚恋网，阿什利艳遇网，同志雷达，等等）也没找到什么让人感兴趣的内容。查来查去，两人唯一的交集就是脸书。任何人再次认为，正如他一直认为的那样，系统不可能发明出比脸书这个社交软件更完美的东西了：情报员们过去为了得到某些信息，恨不得拿命来换，现在，人们居然心甘情愿拱手送上。

任何人通过使用**多平台方法**建立了热奥的个人资料：其实说白了，就是通过热奥使用的所有**社交软件**进行资料收集和整理。热奥今年29岁，混血，异性恋，已婚，有个两岁大的儿子，传播学学位，在一家广告公司上班……接下来是他的所有联系方式，还有他最喜欢的巧克力品牌和洗发水品牌，等等。

保罗的个人资料：28岁，白人，同性恋（警惕！），单身，无子嗣，新闻学学位，社会人类学博士学位（警惕！），曾在两个大洲的五个不同城市生活（警惕！），是几份杂志和报纸的自由撰稿人（警惕！），等等。**系统**还告诉他，过去十年间，保罗平均每天上网十四个小时。也就是说，他游走于各个城市与国家之间，却天天待在屋里。他属于一个名为"久坐的游牧族"的后现代团体（警惕！）。

热奥和保罗互为脸书好友已经11个月了。为什么？既然他们已经认识超过十年，为什么直到现在才联系上？这确实很有意思：要是真的有什么事发生，要是保罗和热奥都参加的恐怖又可怕的计划真的存在，那么这个计划已经在进行当中了。至少这个计划过去十一个月里一直在进行当中。

让我们看看。两人共同的朋友……

有了！

一个名叫"W.H."的人隆重登场，W.H.是突尼斯人，住在……墨西哥！

墨西哥的边境城市！

问题在任何人脑中次第浮现：一个突尼斯人跑到墨西哥干吗？一般情况下，墨西哥大概会有多少突尼斯人呢？

任何人把警报升级到更高级别。这个住在与美国交界的墨西哥边境城市的突尼斯人跟两个对巴基斯坦感兴趣的"左翼"巴西人建立了联系，这样的情况已大大超出他的掌控范围。可是不要忘了这个重要信息：任何人刚刚赢得一笔奖金，奖励他发现了足够多的巧合使案子能够进入下一级别，由该级别的分析员进行分析。奖金当然是数额可观的美元。

警报到了一个资历更老、洞察力更敏锐的分析员手里，我们姑且称之为某个人吧。某个人立刻停下手头工作（忙着把间谍软件植入一个牙买加歌手的电脑里）把注意力转向W.H.（昨天晚上，那个牙买加歌手在阿姆斯特丹的一个小酒吧里翻唱了一首歌，毫无疑问，是在为革命暴力辩护）。

哦，哦！通过对W.H.的脸书墙进行分析，发现他对阿拉伯之春运动的态度自相矛盾。有时赞成，有时反对；有时态度温和，有时保守，有时又特别激进……好像他故意表现得跟普通人一样！极其可疑。确切点说：可疑到让人毛骨悚然。还有，他到墨西哥到底要干什么？一个突尼斯人跑到墨西哥干吗？脸书也知道答案：他不想自己的性取向被家乡人指指点点。W.H. 在巴塞罗那认识了他的墨西哥男友。

现在最大的问题是：热奥、保罗和 W.H. 是怎么认识的？

某个人启动了**历史定位交叉标记程序**。显示结果需要时间，所以某个人迅速查看了那个 21 岁的瑞典女孩有没有上传新的自拍照。女孩喜欢站在浴室镜子前拍自拍照，再通过网络信使发送给男友——太鲁莽了！什么都没有。狗屁。这时，警报声响起。

啊哈！

七年前，保罗和 W.H. 都参加了在巴塞罗那自治大学举办的“记忆与浩劫”研讨会。某个人不确定这个消息是否足以让他给以色列情报局的联系人打电话（这又能让他多赚一点钱，嘘，不要说出去）。从表面上看，热奥和 W.H. 并不认识，因为共同的朋友保罗的关系，两人在脸书上才成了好朋友。

那么，W.H. 是谁呢？某个人看了看任何人为他准备的个人资料：29 岁，马格里布人（警惕！），同性恋（警惕！），等等。接着他又看到：W.H. 一年前去过巴基斯坦！

这就是一个马格里布人-拉丁美洲人-同性恋-恐怖分子的联合阴谋！

这已经超出了某个人的掌控范围：两种受压迫的少数族裔同时出现，既有怨恨和愤怒的来源，又有阴谋动机，绝对属于更高级别的问题！一定要上报到下一个级别，到时另一个分析员，我们姑且称之为大人物，会接管并进行分析。

顺便说一下，某个人也拿到了一大笔奖金。这笔钱你们应该能猜到，肯定来自帝国的纳税人。

大人物收到标有“同性恋-恐怖分子-拉丁美洲人-马格里布人-阴谋威胁国家安全”的卷宗时，整件事已经像滚雪球般越滚越大。现在，热奥又在脸书上发布了一张位于巴基斯坦的高山图片。这次没有配文字：只发布了雪山的照片。很漂亮，不是吗？大人物屏住呼吸，等待着看这个举动背后到底有什么样的深意。他没等多久，七分钟之后，保罗就点了赞，又过了两分钟，W.H. 也点了赞！

大人物把包含所有信息的文件放在一起，精简内容，加密内容，直接发送给系统负责人，系统负责人又直接往上递交到机构负责人手里，然后是国防部长，第二天，文件已经来到帝国总统面前！

大家都异常紧张，似乎所有人都看到了幽灵——不是共产主义幽灵，而是让人更加担忧的第三世界愤怒与阿拉伯恐怖主义和同性恋复仇计划的联盟幽灵！密码破译员不眠不休，努力试着解开照片和点赞背后酝酿的极其复杂极其邪恶的阴谋诡计！

国防部长清楚地知道他们必须要做什么，帝国总统授权了此次行动：三架无人机已被派出，立即飞到三名恐怖分子头顶，通过这三个倒霉蛋的苹果手机发送的 GPS 信号，无人机成功定位。

现在一切就绪，只等帝国总统一声令下：要是他说出那个词，那么，热奥、保罗和 W.H. 将会被杀掉。

帝国总统考虑着外交后果。他可不愿把自己心爱的无人机用在盟国身上。顺便说一下，他实在是太喜欢这几架无人机了；怎么就那么喜欢这几个会飞行的小动物呢！可是此种情况下，他仍犹豫不决：巴西总统在联合国的演讲表明，她的态度可是相当强硬；还有墨西哥总统，真不想与他通话，能免则免，每次跟他通电话都让自己浑身不自在，一个人怎么能喋喋不休说个没完，真是令人百思不得其解。还有他那满头发胶！上次帝国总统和他见面，握手之后，自己的手掌变得黏黏糊糊的。

总统召集大家在系统控制室召开紧急会议，以便做出决定。

“总统先生？我们只有五分钟的时间。”国防部长对帝国总统说，就好像他们不是身处现实，而是在演《国土安全》电视剧一样。

帝国总统张开嘴，准备说出“发射”两字。

“发——”帝国总统说。

“停下！”随便谁喊道。“停！”他又重复了一下。

网上有了很重要的新动向。保罗刚刚登录一家旅行社的网站，这家旅行社专门为大家定制喜马拉雅探险之旅。脸书显示保罗正在访问那个网站，热奥立即给他发消息联系他：“你打算去吗？”他问道，“我也想去！我已经存了好几年钱了。一起去吧——我需要呼吸新鲜空气，家里现在让人难以忍受。”W.H. 在保罗的脸书墙上留言：“我去年刚去过，绝对不容错过！”

这些人不是恐怖分子，他们是旅游爱好者！

帝国总统下令召回无人机（早就想它们了，小乖乖们）。国防部长看着机构负责人，两人好像做爱做到一半被打断了似的一蹶不振。

离开系统控制室之前，帝国总统询问了 PUIICP（《关于将无关信息用于商业用途的议定书》）的情况。“百分之百有效，总统先生。”系统负责人回答说。“证明给我看，”总统说，“不要漏掉一个人。”说完，总统离开了控制室，不过很快又回到这里，补充了几句：“我不喜欢看到那个突尼斯人待在墨西哥。太可怜了，要是他真的想住在自由的地方，让他来这里吧。”“如您所愿，总统先生。”机构负责人回答道。

之后几天，热奥和保罗吃惊极了，也开心坏了。所有他们访问的网站都给他们发送各种推送和链接，提供去喜马拉雅旅行的机会，价格优惠到无与伦比。他们还收到旅行社和航空公司发来的个性化邮件。银行也打电话通知他们信用卡额度已经提升。

几个星期之后，热奥和保罗动身前往巴基斯坦度假（身后有以色列情报局特工监视）。站在一座不高不矮的山顶上（当然不是 K2 峰），热奥决定离开妻子，保罗也心情舒畅，因为他知道这次带有异国情调的旅行让他有权利再过上 20 年宅在家的生活。

W.H. 得到了一个在旧金山工作的机会。

任何人、某个人和大人物都拿到了一笔可观的奖金。

由于 PUIICP 取得了辉煌成绩，系统、机构和国防部的经费预算大幅增加。总统订购了更多无人机，包括一架专门往总统庄园送比萨的无人机。

从此，大家都过上了幸福的生活。

吉姆·谢泼德

著有包括于2015年春出版的《恶童安伦》（*The Book of Aron*）在内的六部小说及四部短篇小说集。他的短篇小说集《不管怎样，好像你能理解一样》（*Like You'd Understand, Anyway*）曾进入全国图书奖的最终决选名单，并赢得“杰出短篇小说奖”。其短篇小说见于《哈珀斯》（*Harper's*）《麦克斯》（*McSweeney's*）、《巴黎评论》（*The Paris Review*）《大西洋月刊》（*The Atlantic Monthly*）《时尚先生》（*Esquire*）《纽约客》（*The New Yorker*）《格兰塔》（*Granta*）《西洋镜：小说纵览》（*Zoetrope: All-Story*）和《花花公子》（*Playboy*）等出版物。他还是《信徒》（*The Believer*）杂志的电影专栏作家。他在威廉姆斯学院任教，和妻子凯伦、三个孩子以及两条比格犬住在威廉斯敦。

独自生活安全小贴士

吉姆·谢泼德

“得克萨斯四号塔”是美国空军史无前例的巨大成就，可也带来了和平年代最致命的灾难，使十九个像艾莉·费伦、贝蒂·巴基、艾德纳·科瓦日克和珍妮特·拉伊诺这样的空军太太陷入孤立无援的境地，也让她们囿于对自己的深深悲伤和自责当中。灾难发生的二十五年前，六岁的艾莉觉得自己一辈子都要被困在堪萨斯州了：连芝加哥都没去过，更别说看看大西洋长什么样。无论天气如何，她的祖父总爱穿一件棕色旧风衣，要是坐着艾莉父亲的敞篷车出去兜风，祖父也坚持坐在后排正中的位置，双手各抓一边车顶，说是可以保持车辆平衡。那个年代，陆军还管理着民间资源保护队，海军在海军上将伯德的带领下正探险极地，陆军航空兵团仍旧驾驶着带有敞开式座舱的双翼飞机运送邮件。说不清为什么，戈登总让她想起祖父，触动她对往事的回想，也让她心生不悦——第一次注意到他是坐摩天轮的时候，摩天轮已启动，他却站了起来，确保另一个家庭的小孩系好安全带，自己才坐下来——等到两人终于认识，她问他的第一句话就是“谁给你权力让你当摩天轮监督员的”，他咧嘴笑着回答她：“像我这样的人假装知道自己在干什么，是不是很不可思议？”看到眼前这个人的处事方式居然和她一样，她内心突然激动不已，兴奋之情吓了自己一跳。

像祖父和戈登这样的人遇事总是表现出极度自信，这让她感动，也让她震惊。可是，跟祖父一样，戈登也想当然地以为艾莉很享受时刻被他照顾的感觉，于是，交往几个月之后，戈登向她求婚，她吃惊地发现自己居然没有拒绝。那天晚上，站在父母黑漆漆的卧室里，她气恼自己把生活过得一团糟，却还是打开放在父母床头的台灯，告诉了他们这个消息。可是当他们的反应跟她一样忧心忡忡时，她发现自己居然坚定了要和戈登结婚的念头。

父亲告诉她，作为军人的妻子，她有机会见识异国风情，也会有属于她的激情，可是，她面临的问题却更多。无法在一个地方落地生根，不能拥有属于自己的房子，年复一年地经历刚在一个地方安稳下来，生活却又被打乱，迁往另一个地方的凄惶。孩子们不停转学。丈夫挣的钱永远比不上不当兵的话可能挣到的钱。最重要的是，空军在他心中永远排第一，要是她觉得这些都是问题，那她现在就不该答应他的求婚。

几天之后，母亲来到她的卧室，问她到底知不知道自己在做什么，艾莉说她很清楚。母亲带着嘲弄的口吻说她的小艾莉脑瓜从来就没清楚过，艾莉说：“至少我清楚自己是谁。”母亲反问：“哦，你说这话什么意思？”艾莉回道她不想再说下去了。

“看来，你是不打算改主意了，那我们也不再管你。”几天之后父亲对她说。她还是一声不吭。关于这个话题，他说的最后一句话是希望戈登明白艾莉可以变得多么冷酷自私。婚礼之前，她在父母家又住了两个月，感觉和父母说过的话加起来不到十个字。外婆来拜访，没有恭喜艾莉，反而一直说军队根本不是女人待的地方，男人终日酩酊大醉，太太们就得在这种不健康的环境下独自抚养孩子长大。她举了菲律宾为例，说那里的军营疟疾肆虐，犯罪横行。

他们在戈登的家乡帕萨迪纳举行了婚礼，婚礼由一个治安官主持。艾莉的父母大老远跑来参加婚礼，却在宴会开始前不告而别。他们送给艾莉的结婚礼物是一张卡片，上写：照顾好自己，一切顺利。妈妈。婚礼之后的第二周戈登就被派遣到纽约州北部基地，艾莉无精打采地和戈登父母一起住了一个月，随后登上空军配偶专机，飞越整个国家与戈登会合：从洛杉矶飞到波士顿，机票钱花了她 140 美元。飞机随时降落，从弗雷斯诺市到普罗维登斯，沿线降落无数次。飞机座位硬得跟板凳似的，更不要提她所在的包厢里居然有二十个不同年龄段的婴儿和孩童。独自乘机的女人要帮助那些已经不堪重负的妈妈们照顾孩子，所以整个航程下来，艾莉不是趴在地上找掉到座位下边的蜡笔，就是哄着嗷嗷待哺的小婴儿，等奶瓶里的奶温度合适再喂他们喝。

来到纽约州北部，等待军营分配宿舍期间，戈登帮她找了一间分租房暂时安顿下来。通常房子的窗外是防火梯，可这所房子卧室窗外盘绕的居然是绳子。她只占了一间卧室，附带可以使用的厨房。第一次见到房子时，他对她说：“至少这里挺安静。”几天后他问她晚上的头痛是不是和他说的关于房间的话有关。

至少他大部分时间都在基地服役，这倒是让她松了一口气。拉里出生，戈登通过努力一步步晋升，也已成为空军上尉。1957 年，部队分派给他一个任务，要他去一个新修建的近海平台担任指挥官。他想申请别的任务——一个空军军官窝在海上的一个盒子里算怎么回事？——不过他告诉艾莉，她的看法也很重要。“你现在是有家庭的人，”她说，“我只想让你离我们近一点。”“到海上之后就不可能经常回家了。”他告诉她。“也安全些。”她说。仔细考虑一夜之后，他告诉她自己接受这项任务，后来又有些后悔，整整一周都魂不守舍。

1950 年，美国国防部认为，海军警戒哨舰和空军飞机上安装的雷达，不足以在离海岸线足够远的地方探测到苏联轰炸机，并用战斗机实施拦截。当时，组成远程预警系统的雷达站呈弧形分布在北美大陆最北端，倒是保证了那个方向的安全，可是由于目前美国几乎所有优先级最高的目标都分布在东北部的城市走廊一带，抵御横跨大西洋的攻击就变得至关重要，可是该地区的防御却也最为薄弱。于是，防空司令部紧急下令沿东北海岸沿线的班戈市到大西洋城优先建设五座雷达平台。由于平台和石油钻井平台外形相似，因此被命名为得克萨斯塔，从北向南编号，每座平台造价 1 100 万美元。

建造这些平台面临的工程技术难题跟太空计划面临的难题一样史无前例。和其他几座平台比起来，四号塔面临的困难尤其巨大，因为其底座深埋在 185 英尺深的水中，深度达其他几座平台的三倍。截至 1955 年，已建成的水下建筑物最大深度达 60 英尺，该建筑位于墨西哥湾。鉴于此，美国空军决定，四号塔的建造必须在构思上既大胆又新颖，于是雇用了一家以桥梁设计闻名于世的公司。然而该公司在海洋工程结构领域毫无经验。

四号塔由三条高约300英尺的空心支腿支撑。支腿直径只有12英尺，分别由放置水下的三层30英寸厚的钢框架支撑着。主体结构是一个上下共三层的平台，高出海面70英尺。从立在海床上的水泥底座算起直达最顶端的雷达罩，这个平台相当于在海洋深处建了一幢30层高的大楼。

石油钻井平台经受住了墨西哥湾最强劲的风暴和海浪的考验，可是，就算是最极端的天气，墨西哥湾也无法跟北大西洋相提并论。

四号塔刚一建成就出了问题。跟其他几座平台不同，不论是否遇到恶劣天气，四号塔都会剧烈晃动，就连一阵强风都能让它晃个不停。在这里工作的人给它起了个外号，叫“老摇”，或是“摇摇欲坠的希尔顿大饭店”。

戈登第一次登上平台时，站在平台边缘，栏杆上专设有让那些被狂风或气流冲击得脚下打滑的人抓握的绳子，他双手紧紧抓住这些绳子，低头看着离他如此遥远的海浪，抬头瞅着四面空茫的地平线，问即将跟他换班的军官：“我到底来这儿干吗？”

四号塔里共有70个人。除了全体班组人员和军官宿舍及工作站，塔里还有一间病房，一间面包房，厨房，食堂，娱乐区和医务室。七台机车大小的柴油机提供电力，电离机把海水转化成品质较低的饮用水。燃料贮存在空心支腿里。

班组人员一半是空军，一半是平民，有焊工、电工和技术人员。大家都是工作三十天，休假三十天。军人们喜欢这样的安排，因为他们有更多时间和家人待在一起，但平民们讨厌这种与世隔绝的状态，抱怨自己总是错过和家人在一起过的最重要的节日。不论新年还是土拨鼠日，不论回家还是去塔台，大家似乎总是被困在路上。

恶劣天气里，塔身抖动弯折得十分剧烈，以致无论是谁在食堂门上用油漆写下“老摇”这两个字，都没办法把笔顺写直。一到冬天，地板晃动不停，弄得所有人都晕船吃不下饭。艾莉在戈登打来的第一个电话里听说，跟戈登一起坐飞机飞往塔台的医师第一天根本没上班。看到塔台的倾斜程度后，他拒绝走下直升机，干脆搭乘下一班飞机直接飞了回去。等他离开，戈登发现一只乌鸦卧在直升机坪的边缘，尾羽在风中不停扑打。经常有鸟儿被吹到这里，准备离去的空军上尉对他解释说。戈登把乌鸦装到箱子里，搬回卧舱，留心照顾它，并把它带到那天的最后一班直升机上，送它回了地面。“好吧，至少乌鸦安全了。”艾莉说。“除非它又被吹回来。”她丈夫说。

贝蒂·巴基的丈夫罗伊是一名医师，第一次踏上四号塔平台的时候可没坚持要求飞回陆地，因为他认为自己有责任履行职责。他比上尉大两岁，已经当上了军士长，因为总是爱给大家提些标准化的建议，即：不要紧，大家给他起了个外号，就叫“不要紧”，比如说，我觉得我生病了，可是不要紧，大夫说我没事儿。他之前在海军工作，朝鲜战争期间曾在一艘扫雷艇上服役。在电话里，他告诉贝蒂，这里一切都好，唯一让他备受煎熬的是不能和她在一起。贝蒂还住在位于美国大陆另一端的拉古纳山的破旧小屋里，跟儿子相依为命。罗伊让他的朋友，同时也是指挥官的费伦上尉在电话里和贝蒂说句话，上尉跟她讲了许多罗伊的轶事让她开心。罗伊连续 80 个小时照顾一名突发心脏病的二等兵；有一次，他摔跤伤到眉毛，众目睽睽之下，他亲手为自己缝合了伤口，这件事让他名声大振。他组织大家在甲板上开展海钓比赛，再用无线电联系路过的拖网渔船，用新鲜的鱼和龙虾交换路过船只的香烟和啤酒。他负责给大家放映在塔与塔之间互相交换的 16 毫米电影，感恩节那天居然用柯克·道格拉斯主演的《海盗》换来了简·曼斯菲尔德的《治安官》让大家观看。贝蒂对上尉说，感觉自己的丈夫以一己之力鼓舞了所有人的士气，上尉说这正是他想要表达的意思。贝蒂回道，听说长期分居是导致军人婚姻破裂的暗礁，上尉哈哈大笑，说他要把话筒还给罗伊。“听起来她需要有人上门安慰。”她听到他对罗伊说。

根据伍兹霍尔海洋研究所提供的20年来的数据，海军船坞和码头局建议该平台应能承受时速最高达125英里／小时的狂风侵袭，也能抵御高达35英尺的巨浪冲击。所以，主甲板高于海平面70英尺的高度应该能够提供足够的防御空间。设计团队中有几个工程师对此观点持反对意见，并希望能把他们的反对意见记录在案。他们认为，浪高和风速的计算不应只看近二十年的数值，而应把范围放宽至一个世纪。他们的提议被否决。

为扩大雷达探测覆盖面，四号塔的建设地点尽可能靠近大陆架，这就意味着四号塔东边的海床突然下降数千英尺，从北边和东边过来的海浪一旦遇到突然上升的海床，其浪头随之会升得更高。二号塔的底座比四号塔浅得多，可是在其经历过的冬季风暴中，海浪已经越过甲板扑了上来。

等一下，戈登告诉艾莉，他自己又做了些调查：实际情况比想象的更糟糕。因为底座太深，所以四号塔的几条空心支腿是通过牵引的方式被拖到指定位置的，先把支腿吊起来固定到底部沉箱上之后，再把主甲板和支腿固定到一起抬升到正常状态。然而，由于支腿太长，设计工程师们不得不采用螺栓连接的方式——使用超大螺栓——而不是用焊接的方式把支腿与水下支架连在一起。使用螺栓是一种创新的解决方案，可是在改装过程中设计工程师们并没有考虑到海洋随机荷载的持续发生。正是由于这个原因，石油钻井平台和另两座塔在建造时都采用了焊接连接方式。一旦使用螺栓，就会在连接处形成冲击应力。戈登还发现，在支腿牵引过程中，一场突如其来的风暴袭击了其中两条支腿的水下支架，导致支腿在竖立过程中掉落，沉到海底，工人们被迫四处漂浮，直到空军下令直接在海上临时修复受损部位，避免再把整个框架拖回岸上。接着，滔天巨浪中，五千吨重的平台主体猛烈撞击支腿造成了更多损伤。为修复这些损伤，设计工程师们把钢筋焊在损伤部位。听完戈登的话，艾莉对他说："好吧，我想是时候申请换任务了。""是啊，得了吧，既然开始就要坚持到底不放弃，"丈夫这么回答她，在她听来，他的意思是，*是你让我接受这个任务的，所以我可不想听你抱怨。*

四号塔投入使用之后，威尔伯·科瓦日克就申请去做高级电工，这样能离住在长岛的家人更近一些，艾德纳开心得和他在床上缠绵了整个周末。

艾德纳二十六岁时，除了她和另外两个朋友，其他好友都结婚了，就连伴娘她都当了五次。跟威尔伯第一次约会时，她告诉他，之前参加的那个婚礼，要是牧师在圣坛上猝死，她甚至可以替代牧师完成整场仪式。威尔伯非常体贴，也觉得她十分有趣，可是等他们互道晚安之后，艾德纳回到租住的小屋里，发现自己又回到了没有电视、没有收音机、只有三盆常春藤盆栽陪伴的生活，她开始后悔没有把威尔伯的住址或电话号码要过来。所以，接到威尔伯的电话时，她一点都没有故作矜持，直接让他来自己家里。等威尔伯出现在门口，她一下子扑了上去跟他激烈拥吻，吻得威尔伯不得不把她推开才算罢休。她把脸颊紧紧贴在威尔伯脸上，说："我不是放荡的女孩，我只是很清楚自己想要什么。"片刻之后，威尔伯把她紧紧拥在怀里，比艾德纳还要用力。婚后，他们住的第一间公寓面积很小，要是一个人在卧室换衣服，另一个人就得待在床上才腾得开地方。威尔伯也加入了空军，这样他就可以去电工学校上学。

他告诉她，要是没有他，整座塔就会陷入一片黑暗，巨大的天线也会停止转动。她回答说，他在她心里也同样重要。他告诉她，要是柴油输出突然出现奇怪间隔，电压改变导致雷达发射机报警，他都得对这些威胁进行评估，然后关掉警报，重新调整发射机，重设警报，再填写威胁评估报告。有时候他会连续工作十九个小时。可是下班之后只要给她打电话，他就会精神抖擞。他告诉她，这里有时寒风刺骨，要是站在太阳下边或是有东西遮挡的地方，穿着T恤也能出汗，可是在有风的地方，桶里的水都能结冰。他还告诉她，她坚持让他带的那个小型取暖器让他的卧舱成了大家伙喜欢聚集的地方，而且在大家心目中，他是个大好人，因为有个二等兵不小心把发射机盒掉在地上，他没有把这件意外写进报告，只是不声不响地花了一个晚上修复了受损部位，使那个二等兵没有受到惩罚。她问他有没有交到朋友，虽然明知她会失望，他还是老实地回答，没有，暂时还没交到朋友，两人尴尬地沉默了一会儿之后，他又说他跟一个潜水员关系还不错，那家伙总是喜欢从一个罐子里吸氦气，然后大叫大嚷着“带我去见你们的领导”，就好像他是来自外太空的人一样。

戈登上塔一个月之后，艾莉开始常听他说起他的朋友曼瓜尔上尉。听他的口气，好像他和曼瓜尔上尉已经认识了一辈子似的。等他说完，她问道：“这个曼瓜尔上尉到底是谁？”“为什么塔上同时有两个上尉？”他告诉她曼瓜尔上尉不在塔上工作，他是AKL-17这条船的船长，专门给平台运送补给品。“那他居然有时间去塔上找你？”她问道。不，他们通过无线电认识，戈登告诉她。那他相当不简单，对吧？她讽刺地问道，听到戈登对她说，亲爱的，这家伙简直无所不能时，她更生气了。

曼瓜尔船长的船装备齐全，专门用来停靠在塔身的支腿之间，进行货物装卸。不过，不管风浪多大，船身必须不偏不倚停泊在固定位置，所以有时需要花费三个小时才能停稳。这条船可不是一般的小船：从船头到船尾全长177英尺。他必须要有圣人般的耐心，好家伙。然后他得在用来卸货或往塔上送人的起重机下尽可能保持船身稳定。从船上卸货时，可怜的起重机操作员只要在吊桶里装上一桶货物，船身就会迅速下沉五十英尺，再以同样快的速度迅速浮上来。要是往船上装货，货物就会落在起伏不停又严重倾斜的卸货区，一旦货物落下来，水手们要迅速冲上去把货物扎牢捆紧，否则货物就可能把他们全部压扁。艾莉说听起来起重机操作员和水手的工作难度比曼瓜尔船长的难度更大啊，戈登说不不不，就好像他没说明白似的，又解释说正是因为曼瓜尔船长的精确操控，同时进行无数个操作，不论在何种情况下都能让船身保持不动，这一切的艰巨任务才有可能完成。他开始举例说明，很快又放弃了尝试。哦。艾莉终于说，然后陷入沉默。挂掉电话之后，她从挂在门廊的镜子中瞥见自己的表情，便厉声说道：“蠢货。”

那个笨手笨脚把发射机盒掉在地上的人是珍妮特的丈夫路易，从他上塔之后寄回家的第一张快照来看，他们好像一群身穿救生衣的男孩坐着游乐场的旋转木马升上高空，照片背后写着几个字：在起重机上。后来他解释说，这就是他们从船上到塔上的方式。一般来说，机器备件和生活补给品会先运到塔上，因为如果有货物被打碎或掉下来，掉下来的最好是可口可乐托盘之类无关紧要的东西。她问他起重机能把他们举多高，他说得有一百多英尺那么高，她惊呼着说那太危险了，他告诉她要是风速超过40节，就不能起吊，因为在那样的速度下，货物会像陀螺一样疯狂旋转。而且会有两个人站在安全索上控制吊桶的摆动幅度。她问他们为什么不走楼梯。“宝贝儿，我要是有棒球，站在船的甲板上往上打，棒球根本不可能碰到平台。我可是代表全州参加过棒球比赛的。”他说。“那有东西掉下来过吗？”她问道。“有时候起重机操作员会扔点什么下来，主要是提醒我们，轮到我们上吊桶了。”他告诉她。然而，真轮到他们上吊桶时，有趣的是，一旦升上高空，大家一个个都严肃了起来。

“那你忙吗？”她问道。“你知道，我现在是五级，跟技术中士一样算是专家了。”他说。她说这真是太棒了，他说要是什么时候她能不取笑他，那才是真的太棒了。她问他在那里感觉怎么样，他说跟平时一样：尽量一个人待着，不打扰任何人。这是他的座右铭，再加上一条：对人友好，不要质疑愚蠢的命令。

他告诉她，新的政策开始实施，即：除了燃料和非常重的设备，其他一切东西都将由直升机运送。直升机不会关闭引擎，所以来上班的人要站在狂风和噪声中，等待要下班的人把身上穿的肥大黄色救生衣脱掉递给他们。由于每个人都会出很多汗，所以要上班的人拿到手里的衣服都散发着难闻的气味。她问他直升机是不是不论天气如何都会飞到塔台上去，他回复说他猜他们必须这么做，因为直升机要给大家送啤酒和邮件。他说直升机只在全世界条件最艰苦的地方工作，因为一般地方的运营成本太高，直升机时不时就会出毛病，需要更换。等直升机飞来时，两个旋翼会形成风暴，巨大的机身如树叶般轻飘飘地落在风暴中间。你要耐心等待，等到旋翼的转速慢慢减弱直至不动——看起来就跟他们一样，经过长途飞行，累得筋疲力尽。

那天晚上，珍妮特躺在床上，想着她的路易是多么可爱，像个孩子一样，然后又想起她之前约会过的另一个男生。那个男生在他的车身喷上火焰，让她喊他希瓦神。她想象着这个男生坐在路易的电视椅上会是什么样，不知不觉进入了梦乡。等她醒来，看到百叶窗开着，一个身穿背带裤，裸着上身的老头站在她家门前的草坪上盯着她。

路易特别想让珍妮特认识一个人，那个人名叫弗兰基·雷库皮多，是潜水员，给人的感觉特别像喜剧演员厄尼·科瓦茨。到平台上班之前，就有人警告他要提防这个人，原因不难理解：他很喜欢搞恶作剧，像是把切碎的橡皮筋掺到别人的烟丝里，诸如此类。第一次飞往塔台时，他在起飞前偷偷把一罐蔬菜汤倒进呕吐袋，然后假装恶心呕吐，几分钟之后又大叫说自己饿了，再当着大家的面把呕吐袋里的蔬菜汤喝掉。他用白糖和香蕉皮再加上从厨房搜罗来的随便什么东西酿成酒，再把这些被他称为劣质酒的私酿卖给军士和士兵。有两次大家正在打篮球，他跟人发生了争执，一怒之下，他把篮球踢出平台。他们不得不派出一艘救生船才把球找回来。天气不好的时候，他会走到平台边缘，站在栏杆旁像狼一样在风中怒嚎。

珍妮特说听起来似乎要远离这样的人才对啊，可是路易说他是个好人，只是太想念自己的孩子了。他之前在关岛驻扎，家人也跟着去了那里，可他总是在东太平洋和南太平洋执行任务，一年能跟家人团聚三个星期就算幸运了。弗兰基说，他认识的潜水员中，有三分之二的人要么已离婚，要么已分居，因为家里热水器坏了的时候，孩子手指被割破的时候，房顶漏雨的时候，你从来都在海上执行任务。慢慢地，妻子受够了你的缺席，一切都完了。他说他妻子告诉他，对她来说，压倒她的最后一根稻草是客厅天花板上倒挂的蜘蛛。他说当她第一次见到蜘蛛时，他们的小女儿居然问：“这是什么？猫吗？”

路易觉得好笑的是，珍妮特不能忍受弗兰基居然把贴在他铺位上的裸照用相框装裱了起来。当他告诉她这件事时，她嘴里不停重复“装裱”这两个字，直到他对她说：“知道吗，你在岸上见到这样的人有可能会尖叫着跑开，可是在塔上这根本无关紧要。大家只关心一点：他能否胜任自己的工作。”

因为，伙计，他们真的需要有人来做这项工作。从第一天开始，塔台的官方日志就列出了塔台工作人员上报的不寻常的移动和奇怪的声音，设计工程师们已经来了三四次进行实地检测，大家一致认为，支撑和接合点的连接稳定性不如预期。受损的支架和螺栓应该是造成塔台结构不稳定的主要因素。这就意味着像弗兰基这样的人要不断下水检查受损部位，再把松脱的螺栓拧紧。工程师告诉他们，现在的问题在于，有缺陷的部件不单单减弱了直接受影响部位的稳定性，还把压力转移到了没有缺陷的区域。

就算弗兰基和其他潜水员们频繁下水修复，也赶不上受损部位的出现频率。即使天气晴好，支架在连续波浪载荷冲击下的运动已经不停磨损连接处，那要是天气不好的话，会发生什么事？工程师们已经计算过，一次极端天气对连接处造成的磨损抵得上一整年正常天气造成的损害。弗兰基头天下水刚把螺栓拧紧，第二天再下去检查，会发现螺栓已经松到用手就可以拧掉的程度。于是，工程师们终于又想出一个新办法，把巨大的T形螺栓空运到塔台，安装在最松脱的地方，以增加强度。这个办法刚开始倒是有点用，可是几个星期之后，工程师们又检查了一下，据说反馈给空军的结果是：要是不从根本上解决问题，情势只会越来越恶化，最终可能导致塔台倒塌。于是，1960 年夏，水上 X 形支架被设计出来并安装在塔台上。大家立即感受到了不同，可是当艾莉问戈登为什么他一点都不轻松时，戈登把曼瓜尔船长告诉他的话对艾莉重复了一遍。第一次看到海面之上那烦琐复杂的结构后，曼瓜尔船长告诉戈登：平台下方的空隙填满了这些纵横交错的 X 形支架，本来浪涛扑过来时可以从空隙处直接通过，现在要跟这些支架正面交锋了。艾莉问他这怎么会是问题，戈登说这种情形就像站在海里的你，看到一个大浪向你袭来：你肯定想要侧身躲过大浪，而不是挺起胸膛迎向重锤猛击。

贝蒂·巴基是家里第一个听说飓风唐娜相关消息的人。她有一个未婚老姑婆，给她发电报埋怨由于飓风即将到来，她的迈阿密海滩假日算是彻底毁了。贝蒂那天晚上给罗伊打电话，问塔台上的他们需不需要担心这次飓风，罗伊说，哎呀，他当然希望他们不用担心。他问她一个人怎么撑了这么久，她说现在好多人一见她都要用各种口吻对她说你这个小可怜，搞得现在自己的表情都变得悲伤起来。她告诉他，她学会了如何使用缝纫机，还做了窗帘和床罩。她说她现在尽力学着自给自足。她在基地的空军衣橱做志愿服务，为 E-4 级伤残军人及其家属准备捐赠的衣物。他赞扬她心地善良，乐善好施，她说大部分时间她只是尴尬地站在柜台后面，看着那些不幸的家庭挑选需要的东西。她说她不知道该不该戴帽子去上班，所以她总是把帽子攥在手里。电话挂断之后，贝蒂意识到她忘记问罗伊，万一飓风朝着他们的方向袭来，塔台该如何应对。

艾德纳·科瓦日克直到飓风已经快到北卡罗来纳州的海岸线时才听说有飓风这回事。她给威尔伯打电话，可是那会儿他正在雷达罩里，观察到测高仪在进行 360 度扫描时，测高仪的天线在支架里晃来晃去。他给她打回去。她询问了风暴情况，他告诉她他们已经做好了撤离准备，万一飓风靠近，不等她担心，他们就会安全及时地撤离到干燥的陆地上。然后他们谈到了孩子。她问威尔伯还记不记得她姐姐给他们讲过，她把敞口柳条箱当成婴儿床，把婴儿放里面带上了火车。也许等他回去之后，他们也可以开始着手这件事，他说。应该可以吧。她说，一想到这个打算，她心里就充盈着幸福的感觉。可是转头看到浴室那小小的角落，她又发愁在这儿该怎么给新生儿洗澡。

当美国空军气象预报员预测飓风唐娜将会完完全全正面袭击四号塔时，飓风已在加勒比海和佛罗里达州造成125人死亡。撤离命令下达得很及时，海岸警卫队快艇和曼瓜尔船长的船从纽约港被派往四号塔。可是空军总部想要塔台上的人守到最后一刻再撤离，这样的话，徘徊在四号塔附近的苏联间谍拖网渔船，就没有机会乘虚而入窃取塔台上的机密设备。等到两艘救援船终于到达指定地点，飓风外缘已经袭来。第一次尝试使用起重机时，吊桶被狂风吹到了海里，吊桶里的人差点没命，于是，整个撤离行动被取消。费伦上尉把大家召集到食堂，告诉了他们这个坏消息，也就是说，他们得靠自己扛过这场风暴了。那时，透过食堂的窗户已经能看到波峰，伴随每一次撞击，整座塔台尖叫，呻吟，摇晃，然后又回到原位。风暴刮到一半时，底层瞭望台已经松动，透过下方的舱门可以看到，瞭望台正猛烈撞击着两条处于下风位置的平台支腿。等到暴风眼过去之后，风暴从另一个方向又扑了过来。飓风侵袭的过程持续了八个小时，最后三个小时，大家什么都感觉不到，只能听到从下面传来三条支腿的尖叫声和刺耳的噪声。情势最危急的时刻，罗伊曾来到上尉的卧舱，问戈登，如果平台掉到水里，大概能在水上漂浮多久。漂浮？戈登回了一句。他盘坐在椅子上，告诉罗伊，这座塔在设计的时候从来没有考虑过水密完整性。不管建造目的是什么，这就是一座建在海底泥沙之上的高楼。

然后他们开始讨论其他话题。罗伊说他听说随着电子产品变得更便携，这些雷达设备应该可以在空中而不用在平台上运行。那他们会怎么处理这些平台呢？把平台变成监狱也不错。戈登提议。罗伊告诉他，最可怕的那一刻，可怜的莱诺吐到了水池里，可是呕吐物立刻飞回到他脸上。风暴结束前一个小时，他俩一起看望了每一个人，然后戈登在日志上写下：大家的斗志还不错。等风暴结束，他用大写字母写下了这么几个字：千万别再来。

天空放晴，艾莉终于打通了电话，丈夫的声音听起来好像刚被车撞般虚弱。她问他感觉怎么样，他说他们还活着，可也仅仅只剩一口气了。主平台下方的维修平台已经消失。平台上方的步桥在被海浪拍断的钢架那里戛然而止。航空电子机库的舱顶板像沙丁鱼罐头盖一样被卷了起来。从奥蒂斯飞来的上校在视察结束时对他说："我真不敢相信你们都留了下来。要是我在这儿，一定会命令所有人都撤离。"戈登说他只是无语地瞪着这个人。

一周后，他俩又通了一次电话，这次消息更糟。新安装的X形支架多处断裂，弗兰基和其他潜水员也报告说，水下那三层钢框架的中间层上，有两条呈对角线的钢架松得很厉害。这意味着整个设计工程团队人员都要来塔台实地考察。他们在西装外边套上救生衣，跟潜水员们一起挤在食堂饭桌前讨论了三个小时，然后又一起来到戈登的卧舱，告知戈登新方案。这次准备从水下25英尺到125英尺处采用钢索拉筋的方式对塔台进行固定，同时绕开受损的中间层。戈登说他问过他们这个方案是不是真的有效，他们一个个信誓旦旦充满信心。不过必须先制造拉力足够强劲的特殊钢索，估计明年年初一切都会就绪。

可是，等到年初，弗兰基和其他潜水员发现，在最低的一层，也就是钢索底部应该固定的125英尺处，出现了更多断裂。工程师们听到这个消息，一个个束手无策，只说稳定塔台的工程太浩大，必须要推迟到春季，到那时各方面条件都会比较有利。

路易离家之前，把这个消息告诉了珍妮特。珍妮特问他："那他们会让你们先撤离，等到春天再登塔吗？"他们当时正一起躺在床上，路易回答说，现在这东西已经破成了这副样子，要是不撤离他想不出空军总部还能让他们干什么。珍妮特的反应吓了他一跳。她对他大叫："不要在这件事上对我撒谎！"吼完，翻身躺到了床的另一边。等他开车回基地，她在枕头下发现了一张纸条，上边写着*我是如此爱你*。纸条用回形针别在一本名为《独自生活安全小贴士》的小册子上。

一周后，戈登凌晨一点钟打电话叫醒了艾莉，告诉她工程师们已经告知空军总部，塔台整个A–B侧的支撑结构已经失效，剩余部分还能起到多少支撑作用，他们也无法评估。可能还有30%的作用，也可能是40%，或许50%。不管数字是多少，他们都不想让空军总部认为塔台是安全的。所以空军总部已经安排好让大家在二月一号撤离。艾莉开心地叫了起来，把拉里都吵醒了。然后她意识到：现在离二月一号还有三个星期呢。为什么非得是二月一号？她问。戈登说大部分工作人员第二天就撤离了，可是二十八名骨干成员要坚守岗位到最后一刻，保证塔台正常运转，同时避免苏联人在他们离开的那一刻就一窝蜂似的占领塔台。要是没有人操纵起重机，那帮苏联人怎么到塔台上去？艾莉想知道。戈登告诉她他问了上司同样的问题。那他是怎么回答的？艾莉想知道。他的回答是，并不是说空军一点风险都不想承担。戈登告诉艾莉。他还说要想让一个人彻底远离海洋，最好的办法就是让他待在陆地上。

新年过去一周之后，路易作为骨干成员返回塔台，弗兰基站在停机坪上，准备把救生衣交给他。等路易穿好救生衣，弗兰基握着路易的手，说很高兴认识路易，他不会再回来了。路易问："你是说你们已经修好了？"弗兰基说："我的意思是我不会再回来了。"

威尔伯在电话里告诉艾德纳，自己本不该待在塔台，因为正好他轮休，可是接替他的家伙根本没来报到。他说对留下的人们来说，塔台的氛围就像冬日早晨的初中年级大教室：大家各自为政，就算是那些有伴的，也都板着面孔。天气也总是冬日清晨一般，狂风呼啸，天色暗沉，冰寒刺骨。由于人手不足，他现在的主要工作是站在雷达显示器的操作员身后绘图，这意味着更长的工作时间，不过这样也许是好事，反正没人能睡着。

艾莉告诉戈登他必须立刻离开，可是戈登问她自己怎么能说走就走：他可是指挥官。她坐在电话前，正在思考该怎么回应，他说他突然发现信心就像一个小气泡，每次出了问题，气泡就会收缩一点。他说他在舱房的书桌上方装了一条铅垂线，用来测试塔台摇晃得有多厉害，现在那条铅垂线疯狂地在空中不停晃出数字8。他问艾莉早些时候她去了哪里，她说她开车载着拉里送报纸去了。"怎么了？我需要一直待在电话旁吗？"她问道，他说是的。

罗伊看到铅垂线时什么都没说，过了一会儿忍不住开口道，这东西摇来晃去，就跟你把一根电线弯来弯去一样：电线迟早会折断。确实一团糟，那就这样吧。戈登想半天才设法回了一句。他们一起制订了假如必须使用救生船逃跑时的撤离计划，虽说他俩都知道在暴风雨中要想把救生船放到水上，无异于自杀。如果需要从塔台上下来，那就必须赶在风暴还未露端倪之前撤离。戈登把自己放到最后一艘船上，把罗伊放到了第一艘船上，罗伊又重写了名单，把自己也放到了最后一艘船上。他总能看出戈登在什么时候尽全力扭转最坏局面，因为不管他在做什么，他都会开始哼歌。

路易告诉珍妮特，现在无论风浪大小，大家都睡不着，因为从下边支腿传来的叮当声和刺耳的噪声实在太可怕。她问他们有没有下去检查过，他告诉她私人承包商在离开时已经说过无数次，要想让支柱起作用，只有重新修才可以。现在只要他跟她说话，她就哭。他告诉她，他写了一封信给候任总统，请求他推翻奥蒂斯那些高级军官的命令，让他们撤离四号塔。她问他给候任总统写信有什么用，他说别忘了肯尼迪跟他一样，也是马萨诸塞州人。他说他在信中告诉总统自己必须要离开，因为待在塔台上对他妻子的影响实在太大了。听了这话，她哭得更厉害了。“他们让你报到的时候，你干吗要听他们的？”她质问他。可他必须要和她说再见了，因为他的时间已经用完，还因为这里有二十八个人，每个人都要给家里打电话。

一月十四号和十五号是周末，天气预报不太妙：风速达到60节，可能还会更高。空军总部命令曼瓜尔船长驾驶AKL-17前往四号塔，把设备运回，同时原地待命，随时准备配合塔台全面撤离。十四号是星期六，天空仍旧阴云密布，不过风速倒还能应付，塔台上的起重机操作员卸下了二十二吨重的雷达设备。路易用弗兰基留下的自制烈酒和排在队伍前边的人进行交易，尽早给珍妮特打电话告诉了她这个好消息，说现在已经把设备运下去，他们也就没有留在这里的必要了，所以明天大家都会撤离塔台。那天下午，罗伊发现戈登站在平台边缘，凝视着南方正缓缓升起的一片黑云，如一面墙一般，从地平线延伸到天际。威尔伯和路易早已停止维护工作，这会儿正在甲板上给那两艘救生船重新刷漆，他俩也停下手中的工作，一起看着那片黑云。

“也许只是局部低气压。”罗伊告诉戈登。在不断逼近的浪涌中，塔台支柱开始尖叫晃动。

曼瓜尔船长在AKL–17的驾驶台看到了商船收到的天气预报，非常糟糕——未来十二个小时内有极端天气出现——他赶快用无线电联系朋友戈登，告诉他现在是时候让每个人都撤离了。戈登把曼瓜尔船长的建议汇报给奥蒂斯的上司，可是奥蒂斯回复说空军总部的天气预报不算坏，风暴即将转向，离他们的位置会越来越远，他们已经下令曼瓜尔船长回港。

可是曼瓜尔船长拒绝离开。戈登一夜没睡，和他一起待在无线电前。凌晨四点，戈登来到平台眺望大海。风刮得很猛，他手里端的咖啡泼洒出来，溅到手腕上。风速已达70节，还在迅速提升。海浪也已高达30英尺。远远地能看到AKL–17船上的灯光在暗夜和暴雨中忽隐忽现，逐渐消失在波峰里。有一会儿，他甚至看不到船上雷达桅杆顶端的绿色信号灯。再远一些，苏联间谍拖网渔船的红色信号灯在波谷中明明灭灭。他实在想不出还能干什么，于是花了一个小时在顶层平台上装上了安全索，这样的话，要是有什么紧急故障需要排除，或是需要到救生船上去，至少有地方扣救生衣。

第二天早上，东北风暴袭来。他爬到直升机停机坪上，把舱口打开一点，看到了自己有史以来见过的最大巨浪冲击着塔台，水花飞溅，连雷达罩都不能幸免。现在一切都已结冰。楼梯剧烈晃动，他不得不用尽全力抓住栏杆才安全下来。

食堂里，电话旁排了长长的队伍，看到他，大家把打电话的机会让给了他。电话铃刚响一声，艾莉就抓起了话筒，问他是不是准备撤离。她说家里天气已经非常糟糕。他说他一直请求撤离，可是请求一直被驳回。她告诉他她会帮他打电话，他告诉她想打就打吧。她大喊他的任期马上就要结束了，他告诉她他知道，还说她会把拉里吵醒的，接着又说他从一开始就不愿来这里。“你是说这都是我的错吗？”她问道。他回答说等到天空放晴，他会立刻离开这鬼地方，再也不回来，那个被指派来接班的傻瓜已经在奥蒂斯候命了。

七点半，排队打电话的人不断向前移动，终于轮到威尔伯打给艾德纳。因为金属碰撞的声音实在太响，他不得不大声吼叫着和她说话。“那是外边在响。”他对她说，好像要让她放心。她听见有人尖叫。“那是里边。”他告诉她。

十点半，一声巨响把所有人都摔倒在地。等到他们从地上爬起来，威尔伯对路易说：“我好像拉了一裤子。”

戈登和罗伊穿上救生衣，扛着一百英尺长的尼龙绳，爬上楼梯来到主甲板，戈登在腰部打了个平结，用酒瓶结把绳子另一端系在舱口的栏杆上。他们砰的一下打开舱门，就在这时，一个大浪在甲板炸开，把起重机箱里的焊接设备直接卷走。他们把自己扣在安全索上，手脚并用匍匐前进，狂风肆虐，浪花飞溅，用了十分钟才爬到平台边缘和安全网那里。绳子在他们身后不停抽打，上下翻飞，好像有人把他们和暴躁的动物拴在了一起似的。罗伊系牢活动绳索以保护戈登，戈登头下脚上地正打算翻越安全网，一阵狂风吹过，把他吹向大海，幸亏绳结还牢牢系在栏杆上，一两分钟之后，罗伊设法把他拽了回来。两个人都吓得叫了起来。等脚步站稳，戈登设法再次爬过安全网，想要看看下边到底发生了什么事。风呼呼刮着，刮得他如陀螺般旋转。雨夹雪抽打着他的脸，他正要低头往下看，巨浪猛扑上来兜头浇下。又一个更大的浪打过来，把冰寒的海水灌进他的救生衣里。他能听见罗伊在他身旁和他一起尖叫。终于，他向罗伊示意可以返回室内。走到楼梯口，关上身后的舱门，他告诉了罗伊这个坏消息。有个X形支架已经松脱，正梆梆地使劲撞击那几条支腿。连接处已经断裂，支架弯曲变形。一旦支架被压弯，那么塔台将把全部重量压在三条细长纤弱长达300英尺的支腿上。

回到食堂，大家手忙脚乱地帮他俩脱下湿衣服，用毯子把他们层层包裹住，又给他们端来热咖啡，可是他俩都抖得厉害，把放在桌子上的马克杯打翻在地。罗伊点了一支香烟，烟在他两唇之间上下弹动。“你们俩忙什么去了？”威尔伯想跟他们开个玩笑。“检查X形支架去了。”罗伊终于设法开了口。“今天的天气可不适合干这个。”威尔伯对他们说。

身上暖和之后，罗伊就用无线电向奥蒂斯询问最新天气状况。等他回来，戈登问他天气会不会一直这么差，罗伊说天气只会越来越差。大家都爬上铺位，用毯子盖住头，用手捂住耳朵。低频信标天线已被风吹走，风速测定仪被吹走之前测量的风速是110节。楼上的天花板陷了下来，灯具的固定装置突然松脱，在半空晃来晃去。外墙因气压增大而变弯。覆盖在迎风面雷达上的圆顶被风吹塌，撕成碎片，四散飞扬。戈登把这一点记在了日志里。

曼瓜尔船长通过无线电告诉他，AKL-17上测定的风速已达130节，海面现在更加凶险。他说好消息是风太大，把浪尖都吹掉了。

后来，艾莉、贝蒂、艾德纳和珍妮特就这一话题回答记者提问时，都想不起自己何时曾独自一人坐在厨房餐桌前或是后窗边，完全承袭军嫂的传统，拒绝放弃哪怕一丝希望。不过，她们倒是都记得自己或多或少都在担心*我该怎么办？*

下午一点，艾莉接到戈登的又一通电话，戈登告诉她塔台正在打旋，她留意到戈登以前从未用过这个词。她说她一遍一遍地给奥蒂斯打电话，可是一直打不通。他说他一点都不吃惊，因为现在每个人的家人估计都在给奥蒂斯打电话。她问他要是塔台掉到水里会不会浮在海面上，他说到时塔台会迅速下沉，没有人能得救。他告诉她他很担心曼瓜尔船长，因为他的船已超载，快要沉没了。他命令曼瓜尔返回港口，可是那家伙居然拒绝离去。他说，最后一次看到他的船时，整个船头刚从大浪中浮出水面。“一切到底是怎么发展到这一步的？”艾莉对他大嚷，他说他听不懂她在说什么，看在拉里的分上，她得尽量冷静下来。她问他船上的人能不能帮他。他说现在估计他们自己都命悬一线。

路易给珍妮特打电话，没有人接。他又拨了一次，再一次，还是没人接。没办法，他只得回到队伍末尾重新排队。等电话终于接通，他吼叫着问她刚才去哪儿了，她对他说“对不起”。他告诉她睡觉时他必须得把自己绑到铺位上，还说他的伙伴们都哭着入睡，又说他希望她能找到一个体贴的人好好照顾她。她说我不想要别人。他说他得挂了，其他人也要打电话。她说：“你不能随便这么说完就挂我电话。”可是这时另一个男人对着话筒大叫，让她赶快挂断。

贝蒂的电话铃声响起，她一把抓起话筒。罗伊告诉她救援船的无线电信号断断续续听不清，可是听说这艘船一会儿被抛上波峰，一会儿又被打下波谷。救援船将继续向背风处行驶并尽量保持在可联系范围内。他说他和费伦上尉又试着回到安全索那里，想要看看平台下面到底是什么情况，可是由于风狂雨骤，巨浪滔天，他们根本走不到安全网跟前。甲板的钢板在震动。下层的储物区已与海浪齐平。可是，大家的士气还不错。“你可真会鼓舞大家士气啊！”贝蒂对他说，话中透出的愤怒把他俩都吓了一跳。可是她却没办法把道歉的话说出口。奥蒂斯方面同意等风暴减弱就撤退，根据天气预报来看，可能是凌晨三点。他告诉她。直升机已处于高度戒备状态，随时准备出发。“黄蜂”号航空母舰和其整个战斗群都已集结到位。他们要做的就是坚持到那个时候。“还得十二小时。”贝蒂大叫。他告诉她由于纽约天气稍好一些，所以海岸警卫队已经派出“阿加西”号快艇，现已在途中。

半个小时之后，艾莉的电话又响起，她拿起话筒，戈登告诉她塔台正在解体。她恸哭失声，他告诉她，他从来都不知道塔台上居然有这么多信仰宗教的人，就连焊工也在祷告。他说他一直在想，要是这狗屁玩意儿能再坚持一个小时，风暴说不定就会消散。他说为了让大家都忙起来，他已经要求所有人穿上救生衣，到甲板上集合，以保持停机坪畅通。他告诉她他得赶快回到甲板上去，因为大家伙儿都脚底打滑站不稳，不停摔到安全网里。他告诉她遇见她是他这辈子最幸福的事。他说祝他们好运。一个小时之后，她还在哭，他在甲板上帮威尔伯站稳站直，与此同时，塔台东南 18 英里处，“黄蜂”号航空母舰的舰长报告说舰艇刚刚及时躲过一个骇人的滔天巨浪。波峰比舰艇的驾驶台高出 60 英尺，所以他估计浪高已达 120 英尺。绑在舰艇甲板上的直升机猛烈撞击在一起，不过舰艇却安全地从巨浪后端倾斜着驶过。“黄蜂”号最后一次出现时，正朝塔台进发。

这边珍妮特一直尝试给路易打电话，那边曼瓜尔船长的舵手已被撞得人事不省，他不得不接任舵手继续掌舵。巨浪如悬崖峭壁，一个接一个从四面八方向他压过来，在这危急关头，他什么都不能做，只能盯着雷达屏幕上代表四号塔的光点。此时此刻，艾莉一直坐在电话旁守着，完全无视儿子的存在。当艾莉家的钟表指向晚上七点三十分时，光点消失了。曼瓜尔船长松开舵轮，把雷达操作员推到一旁，盯着屏幕上的扫描棒带着光带扫描了整整两圈，然后一把抓起无线电声嘶力竭地大叫："四号塔！四号塔！"直到参谋官抓着他的肩膀才把他带回到眼前的危急情势中。

贝蒂·巴基正试图摆脱一个忧心忡忡的邻居时，丈夫罗伊已经受命待在无线电旁，等着接收最新的天气预报，或是随时下达的撤离命令，所以他离开了甲板。他刚把救生衣上半部分系紧好暖和一点，眼前的一切突然倾斜，好像 A–B 侧塔台正从一个巨大的楼梯上俯冲而下，屋里所有松动或是不牢固的东西都被扫到墙上。不知何处传来一声尖锐的金属断裂声，和火车或地铁突然急刹车的声音相似。他被狠狠地撞到天花板附近的门上。接着又是一下撞击，他感到了水下的震动和平台下沉产生的巨大吸力，即使在屋里也感觉得到。灯光闪了一下旋即熄灭，周围一片漆黑，冰寒刺骨，罗伊随着波浪浮到天花板上，头正好钻进一个气囊里。

凌晨两点，艾莉的电话响起，铃声响到第二声时，她一把从支架上把话筒抓到手里。她还坐在门廊附近，拉里躺在她脚边，身上裹着被子。电话铃声没把他吵醒，妈妈的尖叫声却把他吓醒。他无法让她平静下来，于是他逃到自己卧室，钻到床下躲了起来，可是一转眼又爬出来，从家里的地址簿上找到家庭医生的电话，等医生过来给妈妈打了一针镇静剂之后，尖叫声才逐渐停止。

父亲的电话把珍妮特从床上拽了下来，他告诉她纽约一家报纸凌晨两点半给他打电话，问他是否知道他女婿所在的得克萨斯塔已经沉没。父亲有点迷惑，等她开始尖叫，他又吓了一跳，说待她平静下来之后他会再打电话给她。

艾德纳梦到有人敲她的门，醒来发现果然有人在敲门。她穿上晨衣，打开门廊灯，发现门口站着一个男人。这个人说他是《生活》杂志的记者，想要知道她对这场悲剧有什么看法。她让他重复刚说的话，然后叫他从她家门口滚出去，这样她就不会在他面前崩溃。

凌晨，所有人都醒着。“麦卡菲”号驱逐舰隶属“黄蜂”号航空母舰战斗群，其高级声呐兵汇报说，从海底的平台残骸中传出了有节奏的敲击声，同时还听到像是人说话的声音。驱逐舰的舰长说，尽管天气很恶劣，残骸在水底位置过深，可他们还是打算派出潜水员下水搜寻，并请求一切可能的紧急救助。一些潜水员已经下潜到海底，由于搜寻时间有限，他们没能和残骸中的声音取得联系。更多救援人员从多个海岸基地赶来，然而到凌晨三点三十分，敲击声已经停止，其他噪声也消失无踪。

塔台倒塌四天后，贝蒂接到通知，潜水员在费伦上尉办公室的天花板上找到了罗伊的尸体，手里还握着无线电对讲机。又过了一天，他们在塔台以南几英里的地方发现了一个技术员的尸体，由于身上穿着黄色救生衣，才被直升机发现。再没有发现任何人。半年之后，在六月一个潮湿闷热的夜晚，艾德纳刚从凉亭回到屋里，就接到一个男人打来的电话，男人说他是蒙托克的渔民，问她是不是艾德纳·科瓦日克，又问她丈夫是不是曾经在得克萨斯塔上工作过。她正准备挂断电话，男人说他有点东西要给她。他捡到了她丈夫的皮夹。皮夹藏在一个巨大的扇贝壳里，扇贝是他在距离塔台倒塌的地方三英里处挖到的。和她通电话的同时，他正看着她的照片。

参议院军事委员会关于得克萨斯四号塔倒塌事故的调查报告长达 288 页，结论就是承认塔台的建成代表惊人成就，可是由于各种因素综合牵制，其实际功能未达到设计预期，并保证委员会不会追责，更不会追究国会从纳税人手里提取资金，用于诸如此类的项目和其他被认为对国防至关重要的项目的责任。委员会尽力保护所有相关人员，不论是私人承包商还是军人，只要有正当理由，都会受到保护。在找出事实真相的过程中，委员会提供了适当和必要的信息使任何可能被指控的个人都能得到公正的审判。报告在结论中强调，对于在此次悲剧中牺牲的二十八位英雄，不管是不是军人，都应享有和牺牲在战场上的军人一样的赞誉，因为他们被派往的地方毫无疑问也是他们的战场。委员会想要所有人知道，这些人不论从何种意义上来说，都是爱国者。

艾莉读过委员会的报告之后，和拉里一起把报告拿到后院一把火烧掉。珍妮特读了一遍之后，把报告和丈夫的其他文件一起放到一个大皮箱里。艾德纳发现每次读这份报告，她都会再次经历失去威尔伯的痛苦，于是，读过第五遍或是第六遍之后就不再读。

每个人都为自己在这次灾难中的表现而自我谴责。艾莉想，父亲是对的，她果然很自私；珍妮特责怪自己几周来只知道关心家里的存款；艾德纳告诉朋友，要是一个人足够自信，她才不担心丈夫是不是受欢迎，只会关心他在哪里驻扎。对贝蒂来说，她的愤怒把他俩都吓坏了之后，罗伊在电话里的沉默一直折磨着她到现在。

为让她们免受伤害，参议院的报告没有提到她们的丈夫那天晚上经历的一切。周围暴雨如注，冻雨拍击，狂风肆虐，他们穿着救生衣，脚底打滑地站在已被寒冰覆盖又严重倾斜的甲板上，等待救援。当珍妮特、艾德纳、贝蒂和艾莉坐在电话旁责备自己怎么能把一生幸福完全托付给别人的承诺时，塔台东南方向，海平面越升越高，好像正在上映一场无声电影，她们的丈夫也一个接一个扭头朝那个方向看去，不明白为什么眼前的一切全都是黑色的，为什么没有看到波峰，也没有浪花喷溅。然后，他们意识到，看不到波峰是因为他们看得不够高。再往上瞧，他们看到，白色浪尖的边缘像一条细线，横贯天空。他们意识到，巨浪无情，会惩罚他们的过错，也会把他们珍爱的一切全都抹去。

奇卡·乌尼格韦

生于尼日利亚埃努古市。她拥有尼日利亚大学和比利时鲁汶大学的学位，并获得荷兰莱顿大学的博士学位。她著有三部小说，包括《在黑姐妹街道上》（*On Black Sisters Street*）和《深夜舞者》（*Night Dancer*）。她曾获得2012年“尼日利亚文学奖”“BBC短篇小说竞赛奖”“英联邦短篇小说奖”，并且曾进入“凯恩非洲文学奖”的最终决选。她获得的其他写作奖项包括“洛克菲勒基金会奖”“联合国教科文组织—阿什伯格”学者奖、“莱迪西故居”学者奖、纽约学者奖及2013年“科夫公园”学者奖。她是尼日利亚文学奖的最近一位得主，并且获得了2014年“舒尔特基金会非洲作家奖”。她的作品已经被译为包括德语、希伯来语、意大利语、匈牙利语、西班牙语和荷兰语在内的多种语言。

教授

奇卡·乌尼格韦

“教授！早上好！”刚刚跟我打招呼的男人声音刺耳，名字我一点印象都没有，不过我还是友好地跟他挥挥手，热情地对他笑笑，至少我觉得挺热情的。没等走到家门口，又有两个人跟我打招呼——就算在这样的日子，他们打招呼的方式也够热情的，跟刚才那个男人一样。“教授！今儿过得咋样啊？”跟我打招呼的这个人是我的邻居，来自加纳，开了一个美发沙龙。电话信号塔那事儿发生之后，他对我说，只要我想做头发，他就是我的私人发型师。“我们的亲教授！早上好，夫人！”这是恩吉德，肚子里正怀着二胎。现在的我已经习惯了这一切，习惯了邻居们把我当成个小有名气的名人对待，看到我购物归来赶快跑过来帮我拎袋子，一见我就跟我打招呼，跟我讲他们的烦心事，好像我能解决所有问题；他们说话时使劲往我跟前凑，似乎只要摸摸我那件飘逸长裙的褶皱，就能把他们治愈。弗兰克总是取笑我，说幸亏有了电话信号塔，现在他也沾光成了半个名人。

电话信号塔在我们居住的那条街对面竖起来时，我告诉大家这个信号塔是拦截器，伪装成手机信号塔，通过拦截大家的电话信号来收集数据。只要有人听，我就一遍一遍地说。可是，根本没人相信我。住在我们家楼下的罗斯带着嘲讽的语气问我，我是不是拿到数学学位的同时还顺便学会了怎么当间谍。罗斯被自己的笑话逗得哈哈大笑，就连弗兰克也控制不住地笑出了声。一看到我怒火中烧地瞪着他，他赶紧对罗斯说："我亲爱的老婆要是当间谍，肯定非常优秀！"

"你就是太闲了，闲得发慌，才会胡思乱想。"另一个邻居跟我说。他还曾说过，我要是他老婆，他会让我生一堆孩子，天天忙活。

"少提什么教书育人这些鬼话，"他说，"当老婆的人就得乖乖待在家里生孩子！"五年前刚结婚我们就搬到了这个小区，一直没要孩子，终日被街坊邻居在背后指指点点。我在大学教数学这个事实对我的邻居们来说，一点意义都没有。等大家发现我居然用洗衣机洗衣服，而不是跟其他主妇一样端着一大盆脏衣服到院子里用手洗，闲言碎语更是纷至沓来。"什么样的女人居然用洗衣机洗丈夫的内裤啊？"在我成为小区的名人之前，罗斯曾经当着我的面质问我。不等我开口，她就自问自答："懒女人！"

我把那个男人说我闲得发慌的话告诉了弗兰克，他只说了一句："别听他的。他怎么知道你为教育学生付出了多少精力？他又怎么了解你终日忙于不懈追求知识？他还是赶快努力挣钱养活他自己那十三个孩子吧！”

看他说这些话，我内心激荡着满腹柔情，轻轻靠近他，吻着他。我的弗兰克，我唯一的爱人，支持我不要孩子，了解我把事业放在第一位的心情，明白不是所有的女人都想做母亲。然后他严肃地对我说：“也许，你是看多了科幻小说，总觉得阴谋无处不在。这个电话塔的事情，是不是应该放下了，嗯？”

可是，两个月之后，权威报纸《每日星报》上刊发了一篇文章，谴责政府在全城到处安装虚假电话信号塔。政府起初否认这一指责，可是等到官方文件被泄漏出来，证据确凿，官员们不再狡辩，转而用官气十足的冗长道歉糊弄民众。“我们生活的时代是黑暗的时代，也是危险的时代。恐怖组织博科圣地的存在不但在现实生活中极大地威胁着广大群众的安全，也威胁着大家深爱的州政府的安全。出于安全考虑，埃努古州政府决定安装这些电话信号塔收集信息，这些信息已经帮助政府阻止数次恐怖袭击，也帮政府逮捕了那些预谋犯罪的人……”

“大家所处的社会是民主社会，政府采取的措施看起来似乎一点都不民主，为此，我们向大家诚挚地道歉。目前我们已经行动起来，禁用了这些电话信号塔，与此同时，我们正与安全部门通力合作，在不侵犯大家隐私的前提下，寻求新的安全措施继续保障国家安全……”

“然而，把政府这一举动描述为‘大面积收集’民众的通话内容——如报道所言——的指责是不正确的。我们既不会窥视收集的信息，也不会保留这些信息，只有调查人员发现恐怖信息的蛛丝马迹，再经由官方权威裁夺之后……”

这证明我的怀疑是正确的。新闻报道当天，罗斯就端着一盘沃洛夫特色米饭和一箱马勒蒂娜啤酒来敲我家的门。“来看看我们的教授！”她上下打量我，好像第一次见我一样。“你有一个非常聪明的老婆哦。”她对弗兰克说，眼睛闪着兴奋的光芒，好像她才是那个被赞扬的人。生了十三个孩子的邻居不论什么时候看到我，也开始向我鞠躬致意，他的一个孩子跑来找我要签名，我尴尬地不知该怎么拒绝，只好在一张纸上签上我的名字，这孩子站在旁边倒是兴奋得咯咯直笑。不管遇到什么问题，像是要不要贷款啦，该把选票投给哪个政党啦之类，邻居们都来征求我的意见，只要看见我，就会大叫“教授！今天过得怎么样啊？”弗兰克问我是怎么知道电话信号塔的真相的，我没告诉他其实是机缘巧合。学校同事订阅了一本期刊，上边刊登了美国出现类似电话塔的文章，我们家对面安装电话塔之前，我刚好看到这篇文章。我也没跟他说我脑子里的声音告诉过我，而且是非常肯定地告诉我，政府安装的这个东西绝对不是普通的电话信号塔。之所以不告诉弗兰克声音的事，是因为他以为这些声音早就消失不见了。

十六岁时，亲眼看见我最好的朋友姆里淹死在池塘里之后，这些声音就与我如影随形，直至现在。其实，脑子里的声音——一共三个——早在我记事起就存在了。后来父亲带我去见一个非常和蔼的医生，医生问了我许多问题，记了许多笔记，又开了许多我连名字都叫不上来的药，之后，这些声音就被压抑在我记忆深处，几近遗忘。可是，姆里死后，三个声音悉数出现，其中一个——是个小女孩的声音——居然跟姆里的说话方式一样，音调很高，老爱结巴。夜深人静，被内心深处那浓浓的悲伤和恐惧包裹着的我无法入眠，却又无人倾诉时，是跟姆里一样结巴的声音安抚着我，直到恐惧渐渐消退。当我担心大学入学考试会考不好时，那个好像牧师一样有着低沉嗓音的男声告诉我不用担心。他说对了。我考上了心仪的大学。离家返校之前，我发现钱包里的零花钱不见了，那个女声——不知为何我总幻想这把声音的主人应该有着纤细的腰肢和紧致的大腿——在我耳边低语，告诉我钱被我的继妹伊费因瓦偷走了。我径直走到伊费因瓦面前，要她把钱还给我，她乖乖照做。多年以后，我和弗兰克开始约会时，伊费因瓦处心积虑想要破坏我们的关系，我就把她偷钱的事告诉了弗兰克。不过我没有跟他说是我脑海里的声音帮我指认了偷钱元凶，只是告诉他伊费因瓦偷了我的钱，面对我的质问，她居然吓得不敢否认。自那以后，弗兰克开始在背后叫她小偷伊费因瓦。她对他再友好，他也不会上当。弗兰克总是有许多话和我哥哥聊，也有许多话和我说，而且，他能找出各种话题，可他却会想方设法不跟伊费因瓦坐在一起，更不跟她聊天。伊费因瓦觉得自己被冷落，于是当着弗兰克的面叫他“娘娘腔”，可惜，弗兰克根本不在乎，这更让伊费因瓦气恼不已。第一次被她这么讽刺时，弗兰克就跟她说，他喜欢女性，所以就算讽刺他跟女人一样话多，他也不觉得是种侮辱。“仔细想想，这根本就没什么。”他的态度足以让任何人闭嘴，可惜却堵不上伊费因瓦的臭嘴巴。用我脑海里说话结巴的声音的原话，伊费因瓦“蠢得像只羊”。

这些天弗兰克不怎么爱说话。我走进客厅。他静静地坐在沙发上，这是他这几天的常态。我温柔地亲了亲他的额头。他的额头冰凉，湿滑，感觉好像亲了一条鱼。我跟他打招呼，可他理都不理我，眼睛直勾勾地盯着没有打开的电视。我坐在他身旁，把电视打开。三点钟的新闻（过去我俩经常一起看）已经开始。马球公园新设了一个营地，新闻播音员——很漂亮的那个，有着长长睫毛和深深酒窝，我给她起了个外号叫袋鼠——说："我在这里给大家播报，政府在那边就已经搭起了许多隔离帐篷。我到帐篷里参观过。不骗你们，我还真有点嫉妒呢。帐篷里特别整洁，整个营地都很干净。比之前的营地大多了，也干净多了。安全没问题。可算是埃努古最安全的地方。没有犯罪行为。电力不会中断。根本不需要发电机。这个营地就是个乌托邦。"镜头慢慢推进，给了她那妆容精致的脸一个特写，她尴尬地笑了笑，好像牙齿上沾上了食物一样。"记住，要是你自己或你认识的任何人出现了病毒感染的症状，请立即来隔离营地治疗。假如无法自己过来，请拨打屏幕上的电话号码，政府会派人来接你。我们能打赢这场战役。我们能控制病毒，可是所有人都要一起努力。请远离出现症状的人。这种病非常可怕。主要通过接触传播。记住六字要诀：清洁。警惕。疏远。我们能打赢这场仗。是的。我们。可以。"

我把头转向弗兰克，准备跟他说话。可是他目不转睛地盯着屏幕，好像要努力把屏幕下方滚动播放的电话号码记在脑子里。我把手伸到屁股下边的沙发垫子夹缝里，摸出遥控器，关掉电视。我丈夫咕哝了一声，把身子又往沙发里陷了陷。我凑到他身边，握住他的手。刚碰到他，他就把手缩了回去，好像我是个麻风病人一样，嘴里又咕哝了一声。我假装不在意，跟他说："你不会相信袋鼠说的那些话吧，对吗？狗屁乌托邦！你不会觉得她相信自己说的话吧？从她的眼睛就能看出来。她的心思根本不在播报的新闻上。"

我坐回原位。"我问你，你到底相不相信我？"我提高音量，好像在训斥犯错的学生。

弗兰克又咕哝一声。他呼吸急促，唾沫星子飞溅，听上去好像燃料不足的汽车发动机在响。这声音让我心如刀绞。

“我讨厌看到你这个样子，可怜的宝贝。”我把声音放柔和些，带着点气声，还有点性感。“想不想喝点什么？水？还是茶？”

弗兰克摇摇头，又往沙发里躲了躲，蓝色衬衫和蓝色沙发罩重合在一起，好像把自己融进了沙发里。他没有说话。他根本不需要说。他脑子里想什么我一目了然。现在就有个想法如同焦躁不安的蜥蜴从他脑中一闪而过。我立即开始责备他。

“你为什么想去那个地方？难道我让你失望了吗？我的话什么时候错过？这个隔离营地就是政府控制民众的手段。还有这个病，所谓的埃博拉病毒，难道是从天上掉下来的？”温柔的语调再次变得冷硬。语气也越来越尖锐。这些事实弗兰克怎么就看不到呢？“政府制造了这种病毒，让越来越多的人生病。然后他们又建了隔离营地，号称可以把生病的人‘治愈’。我告诉你，不管是谁，只要进去，身上都会被植入芯片。这样一来，监控大家就易如反掌。我绝对不会让这样的事发生在你身上！我不是跟你说过了吗，我们学校的同事认识一个医生，这个医生正在研制解药，已经到了最后攻坚阶段。医生会来我们家帮你治疗的。”

弗兰克睁开眼，转头看着我。他的眼睛发红，好像得了结膜炎。他的症状特别典型，该出现的都出现了：发烧。红眼睛。打寒战。现在他就在颤抖，缩着肩膀跟只有他自己能感觉到的寒冷对抗。我思念我的弗兰克。想听到他的声音。想念每天早晨在餐桌旁的对话。更想念周六早晨和他在床上激情似火地做爱，像十几岁的青少年刚刚发现性爱的美好般不知疲倦。要是能替他生病，我一定会。我比他耐力更强，清楚该干什么。让弗兰克生病实在是太不公平。

“欲望总能得到满足，饥渴一下也没什么。”我对他说，想把他逗笑。刚开始跟弗兰克约会时，我还住在家里，几乎没有亲热的机会。弗兰克总拿这句话安慰我，也安慰他自己。他说，要不了多久我们就会结婚，有自己的地盘，到时“想什么时候做就什么时候做，想怎么做就怎么做”。那句话慢慢变成了我俩之间的性爱密码。弗兰克看着我，眼里悲伤愈来愈浓。我立刻躲开他的眼神，站起来，到里屋拿了块湿毛巾走出来，开始给他擦身。脸，胳膊，短裤里边。每一次触碰他，他都会瑟缩。每一次我都会把指头放到他唇上，要他安静。“求求你。”他说，声音细微，犹如耳语。我无声地擦拭着他的身体，从头开始，慢慢到手，然后，解开他的衬衣纽扣，擦拭腹部。“求求你。”他又说了一次。这次，声音细微到好像只说出了一个“求”字。我开始轻声哼唱我俩都喜欢的约翰·传奇。

因为我的全部

爱上你的一切

你曼妙的身姿，玲珑的曲线

还有你不完美的完美

擦洗右腿，左腿，用力搓他膝盖上那块深色皮肤，不管逼他抹多少乳木果油也改善不了的粗糙的质地，仍旧干涩粗硬。帮他擦洗右脚时，脑海里那个女人的声音告诉我，现在是时候提醒他那些他可能已经忘记的事情了。我不再哼歌，开始和他聊天。

“你太爱担心了，亲爱的。”真希望能跟他说说我脑子里声音警告我的那些话，他就会明白为什么我不能送他去隔离营地。声音告诉我，一旦进了营地，他就不会活着出来。他们问我，到目前为止，我认识的人有几个进去之后又出来了？他们还说，就算弗兰克活着出来，也不再是以前的弗兰克，被植入芯片之后，受制于人的他跟机器人也没什么两样了。不管怎么说，只要他进去，我就会彻底失去他。一想到会失去他，我就心如刀绞。三个声音都向我保证，治疗这个神秘疾病的解药正在研制当中，很快就会送到我家门前，到时弗兰克——还有所有服用解药的人——都会得救。我相信声音说的话，可是弗兰克肯定会质疑声音的可信度。当初他向我求婚时，嫉恨我的老姑娘伊费因瓦就曾向弗兰克告密，说我在精神病院住过一段时间，而且很可能会“随时复发”，这话没有吓退弗兰克。可是有一次他以为我在自言自语（其实我当时正对着电话录音），就问我是不是还在吃药。现在，他肯定还会这么问。那些药，声音告诉我，也已被证实不知怎么被政府换成了他们研制的药，吃过之后就再也听不到脑海里的声音，政府也能更好地控制我。我当然没有再吃药。我可不是傻子，可是弗兰克不会懂的。他觉得我应该继续治疗，“因为不治疗的话会很危险”。蜜月期间，结巴的声音告诉我，我身边躺着的这个男人根本不是弗兰克，是魔鬼取代了弗兰克的位置。我必须要把这个男人除掉，我的弗兰克才会回来。要除掉他就得砍他的脖子，可是酒店房间里最尖锐的东西就是我的指甲锉了。我从未杀过生，连只鸡都没杀过，然而，我却跨坐在他身上，拿指甲锉朝他的脖子戳去。他一下子跳起来抓住我的双手，嘴里不停咒骂着。他说话的声音跟我的弗兰克一样。他看起来跟我的弗兰克一样。我怎么能伤害他呢？我扔掉指甲锉，任他抱着我。他开始像监督小孩子一样督促我每天吃药，给我端水，看着我把药片咽下去。直到两个星期后，我向他保证，我永远永远也不会再“旷药”（他的原话），他才停止对我的监督。万一那次声音错了呢？那也不代表他们现在是错的。有许多次他们不都是正确的嘛！就算声音说得不对，那流传开来的流言我总该信吧？

疾病在全城蔓延几周后，成了新闻热点，邻居们自然又来找我咨询。两星期前，我正要去上班，罗斯拦住了我。

“这种病毒是政府制造的。”我说。

“你怎么知道呢？”

“我不能向你泄漏消息来源。要是我告诉了你，那我就得把你杀掉。”我哈哈大笑着让罗斯明白我是在开玩笑。

“为什么？为什么政府想让我们生病？我们怎么惹他们了？难道现在我们要跟自己的政府开战吗？”罗斯看起来很困惑。

“一切为了控制。”

另一个邻居质疑我的话，说：“可是报道说是有个男人在利比里亚吃了野生动物的肉，得了病，又把病带到了这里。”我笑着说：“你还指望一个想控制你的政府跟你说实话吗？”

起初，邻居们都相信我的话。他们也觉得这一切都是政府的阴谋。对他们来说，一个腐败到连地方政府的主席都能买得起私人直升机的国家，为了镇压人民的反抗，能干出安装假电话信号塔来监视民众的事，那这个干什么都遮遮掩掩的政府人为制造病毒，再把病人关进集中营，以达到控制民众的目的也就不难理解了。可是，等到罗斯的儿子生病——他们说他全身都在流血——罗斯赶快把他送进了隔离营地。听说这事儿之后，我伤透了心，因为她不信任我，还因为她根本没有意识到，她这么做等于让政府轻而易举控制了她的家庭。我去质问她为什么要把儿子送走时，罗斯对我说：“他是我唯一的孩子。要是他死了，我也不活了。”没过多久，罗斯生病，也被送走了。接着，罗斯的丈夫生病，跟他们一起住的老母亲也相继生病。现在，病毒如半夜三更出没的小偷一般，鬼鬼祟祟潜进我家，侵入弗兰克那健美的身躯，把他的眼睛染得血红。可是我不怕。脑海里的声音告诉我要坚强，跟我说过不了多久，就会有一个男人出现在我家门口，带着免疫血清，治好我的弗兰克，也让那些打过血清的人对政府恶毒的阴谋诡计彻底免疫。

弗兰克刚生病时，我们都以为他得的是普通感冒。他是护士，虽说他在埃博拉病毒呈爆发趋势并发展成流行病之前照顾过埃博拉患者，可他特别当心，总是戴着手套和口罩。生病之后，他大把地吃必理通和维生素C片。后来我俩觉得他可能得了疟疾，弗兰克又老老实实地在那一大把药里加上了青蒿琥酯。再后来，一切症状都说明他被传染了可恶的埃博拉病毒。弗兰克趁自己还有力气说话，要我把他送到隔离营地。"让我去吧，求求你。"可是那时我脑海里的声音已经警告我不要让他离开我的视线。他们语气急切，再三叮咛，好像有人在掐我的脖子，又好像有人在我耳边大嚷。与此同时，流言蜚语也开始铺天盖地传开来，说医生割掉埃博拉病患的器官卖到国外去。几年前，阿格巴尼路上的一家诊所被封，原因就是有人发现该诊所的医生把病人健全的器官割下来，再卖给来自加纳和喀麦隆的有钱人。市场之巨，超乎想象。谁知道营地的医生会不会做同样的事呢？

"我不能送你去。难道你还不明白吗，我的爱人？"

现在，除了呼哧带喘地说出"求"这个字，他已经没有力气再发出任何声响。我不确定他现在请求的是什么，反正不管怎样，我都要做对我丈夫来说最正确的事。我必须要让他待在家里，直到免疫血清的到来。他绝对不会沦为政府的牺牲品。

“我刚才亲你，不就向你证明了我对解药的信心吗？”我把手放在自己额头上。的确有点发烧。关节也开始疼痛，不过这都是因为我工作太辛苦，又要照顾弗兰克累的了。躺下来休息一会儿，疼痛就会消散。我确信。

邦妮·纳达扎姆

作品见于《哈珀斯》(*Harper's*)《艾奥瓦评论》(*The Iowa Review*)《新纪元》(*Epoch*)《特威德杂志》(*Tweed*)《格兰塔》(*Granta*)等众多期刊。她的第一本小说《羔羊》(*Lamb*)曾获2011年小说中心“弗莱厄蒂·邓南小说奖”,并入选2013年英国“女性文学奖”初选名单。她一部有关环境伦理的合著作品于2015年出版,其第二本小说也于2016年出版。

见证者与旅客列车

邦妮·纳达扎姆

一个男人站在漆黑夜色中,形单影只,注视着一辆旅客列车疾驰而过。沐浴在暖黄灯光中的窗玻璃点缀着色彩缤纷的帽子和各式外套;镀银餐具和玻璃器具反射出璀璨光芒;身穿黑色夹克和艳丽羊毛衫的肩膀一晃而过;或尖或圆或翘的鼻头若隐若现。三个戴帽男子喝着杯装啤酒。孩子们把黄油吐司浸在可可里。有个老人像头快乐的猪一样打着鼾,嘴巴大张,露出巨大的乳白色牙齿。年轻妈妈从大包里拿出一本图画书。列车上,每个人的内心都因身在探险之旅而温暖充盈。

旷野中的男人不认识列车上的任何一个人,可奇怪的是,当一张张脸庞在黑暗中浮光掠影般出现在他面前,感觉却又那么熟悉,好像他真的认识他们,似乎虽身处陌生人群,却又与所有人心意相通。虽然游离于人群之外,他却意识到自己也是他们中的一员,如思想之于话语,如有形之于无形。

他凭直觉知道，最后一种感觉尤其不同寻常，虽然站在夜色苍茫的草地上，无法亲自体验列车之旅，可正是由于他的见证，才使得这一切——还有所有人——不但具象化，而且令人愉悦。

为了让听众明白所听内容，国际公共广播电台的主持人特意加了一句："这篇论文实在太精彩了。"这是一个风和日暄的夏日午后，和他一起坐在演播室里的是弗拉姆博士夫妇。窗外，翠绿的棕榈叶把澄澈蓝天割裂得支离破碎。"刚刚收听本节目的听众朋友请注意，我们正在谈论的是弗拉姆博士夫妇撰写的让人惊叹的论文，还有他们创造的数学模型。博士夫妇同为物理学家，二人的发现在科学界引起了极大轰动。两位博士告诉我们——这篇论文为某个关于现实本质的非同寻常的观点提供了数学证明。"

弗拉姆博士对丈夫笑了笑。"可你已经有点儿感觉到这个观点总是正确的，对吧？"

"这个观点真的是超乎大家想象。"主持人说。

"嗯。确实史无前例。"

"巨人的肩膀。"另一位弗拉姆博士感叹道，把手放在爱妻的胳膊上。

"两位下一步有什么计划？你们看起来是这么普通的一对年轻夫妻。"

"我们的生活确实很普通。"

"话是这样说。不知你俩有没有觉得自己有点像站在黑暗之中的那个男人，疏离于人群之外？"

"这个模型的关键点之一，"弗拉姆博士说，任丈夫握住她的手，"就是我们每个人都有这种感觉。"

"就连列车上的旅客也这种感觉吗？"

“列车上有些人，”弗拉姆博士接过妻子的话说，“会想象苍茫夜色中，有人在看着自己乘坐的列车一闪而过。”

“那这个模型真正想告诉我们的，”主持人引导着听众的思路，“是世界是人类意识的主观投射这一古老观点其实是有科学依据的？”

弗拉姆博士夫妇笑了起来。回家路上，他俩拿这句话开着玩笑，如果有什么区别的话，那就是结论可能正好相反。

“某个富有想象力的观点认为这是有科学依据的。”弗拉姆博士试着伸出一只胳膊，搂住妻子平平的肩膀，另一只手操控方向盘。周围光线不断变幻，天空从湖蓝转为靛蓝，榕树上蓝嘲鸫的啭声婉转悠扬。行驶在路上的他们把车窗开到最大。

“我感觉如此富有。去海岸线旁的那家得来速汽车餐厅吃冰激凌吧。”

“奶昔？”

“麦乳精饮料。”

“汉堡？”

“热狗。”

“炸薯条？”

“当然。”

第二天早上来到学校，他们见到了办公室主任雷古拉博士、坐在雷古拉博士桌子后边的文理学院院长、教务长和一个戴着圆框眼镜的男人。这个男人两位弗拉姆博士都不认识。

“我们并不是说你们研究的东西是浪费时间，”雷古拉博士对他们说，头低着不看他们俩，“只是你们研究的东西不能算是科学。”

弗拉姆博士夫妇知道这些话连她自己都不信。肯定是他们逼她这么说的。哪一点不科学？要是他们研究的东西不是科学，那是什么？

“这些观点太不可靠，”圆框眼镜男说，“而且很危险。”

“对谁危险？”弗拉姆博士问道。

“你们以为这是哲学，”弗拉姆博士暗示道，“你们以为这是宗教。”

雷古拉博士低着头，双手交叉。

教务长清了清嗓子。“我送你们出去吧。”

“我们需要拿一下自己的东西。”

“没那个必要。”

弗拉姆夫妇坐在车里，谈论着刚刚发生的事。

“要是他们不喜欢《见证者与旅客列车》，”弗拉姆博士边开车边扫了妻子一眼，“那他们肯定不会喜欢我们的下一个发布。”

“你觉得我们会有麻烦吗？”

“我今早可没想过眼镜男会来。”

“也许我们不该接受广播采访的。”

“弗拉姆博士夫妇，销声匿迹！”

“怎么样？”

“也许你说得对。”

那天晚上，他们在信箱里发现了这封装在普普通通的商务信封里的手写信。邮戳显示信件寄自明尼苏达州，寄信人是一对名叫布卢什沃特的老夫妻。

“肯定不是他们的真名。”弗拉姆博士说，他在厨房料理台旁再次打开信封端详着。

“显然不是。”

他抬头看向抹着灰泥的天花板，好像仔细搜寻着什么。“布卢什沃特，”他喃喃自语，“口红花。”

“是栽培品种。花朵色泽艳丽。”

“有红色、橙色和黄色。”

“鸟媒授粉。”

“没错。”

信中说，要是弗拉姆夫妇想使用占地九百英亩、树木繁茂、既私密又隐蔽的私家林地，包括林地旁那栋三层楼高、已有二百年历史的农舍，还有谷仓、筒仓、马厩和几座比较现代化的外屋——各种设施一应俱全，无需他们花一分钱，还能享受贴心照顾——他们可以按照提供的邮政信箱联系布卢什沃特夫妇。

这个巧合太不可思议——要么会让人极度怀疑，要么会突然对自己的运气自信到极致。

第二天早上，弗拉姆博士端着早餐盘走进卧室时说：“这件事好像是我们自己凭空想出来的一样。”

“说不定真是这样呢。”

“很难说。”弗拉姆博士把一片吐司涂满黄油，递给妻子。她拿起放在床头柜的法压壶给丈夫倒了杯咖啡。阳光透过白色窗纱洒在银色角落，钢琴声从挂在屋子上方的三角形银色扬声器中悠扬流淌出来。

“不，告诉我，亲爱的，”她边压咖啡壶边说，“布卢什沃特夫妇是我们凭空创造出来的吗？”

他端起咖啡杯靠近她，轻咬她的耳垂。“你是我凭空创造出来的吗？”

“当然也只有你才能创造出我这么非凡卓著的人。”

“谢谢你这么说。”

“要谢就谢你自己吧。”

弗拉姆夫妇的又一大发现震惊了整个天文学界和所有曾经仰望星空的人，晚间新闻上也讨论得热火朝天。可是，早在年底之前，掀起震动的这两人就消失得无影无踪。

公元二世纪，新闻主播解释道，希腊罗马天文学家、数学家、地理学家兼诗人托勒密在半人马座和天蝎座之间发现了一组模糊的星群，并将其命名为新星斯特拉，简称新星。这对美学和几何的复杂性来说都是引人注目的发现，因为这个星群的分布居然如此巧妙，整个星座看起来就像一颗星星：熠熠生辉，带有锋利金属尖，一动不动挂在天边，斜斜地伴在月亮一侧，黎明前退隐无踪。空气清新的仲夏夜，空气中弥漫着淡淡花香，还有身边刚刚洗过头发的女孩散发出的洁净清新气息，吃过肥美的冷切鸡和当季草莓，畅饮过黄油味的白葡萄酒搭配切达奶酪的你——裹着毯子躺在草地上，仰望星空，凝视着这让人目眩的景象。此时此刻，这个星座在北半球最为璀璨耀眼。

可是现如今，这一发现有了突破性进展：弗拉姆博士夫妇居然发现了该新星的完美镜像，镜像后来被命名为X新星。X新星毗邻新星，完美对称，如同天空是一张黑色的纸，被一个小孩折叠之后，描摹出了两颗一模一样的星星。

弗拉姆夫妇把镜像命名为X，想要用X代表未知之事，结果其神秘之处比他们想象的多得多。通过创新算法进行测算，他们发现

X 新星虽远在许多光年之外，其光芒却比原始星座亮得多。X 新星是真正的星座。新星斯特拉——托勒密的新星——那个在人们眼角余光中存在了许多世纪的星座——才是映像。

“一想到一直以来我们观察到的居然是个冒牌货，而对真正的星座视而不见，那种感觉真是五味杂陈。”国际恒星记录员站在南极他那间小小的玻璃办公室的望远镜旁，转身对着镜头说，又难以置信地摇了摇头。

放眼太空，没有玻璃，找不到水平面，平滑表面更是无迹可寻，那么这么完美的镜面反射到底是怎么形成的，没人知道。弗拉姆夫妇的这个发现给科学家们提出了一个关于物理世界的新谜团——到底是什么在映射什么？怎么映射的？更让人困惑的是，自从弗拉姆夫妇发现并命名 X 新星之后，这个星座的存在似乎就变得理所当然，好像一直在那里，挂在漆黑夜空，肉眼清晰可见。

“现在再看这个星座，就像突然意识到——真是莫名其妙——你一直以来都知道这个星座的存在一样。”

“怎么知道的？直觉吗？”新闻主持人问道。她穿着厚重的风雪大衣，毛皮镶边的兜帽向下耷拉围住肩头，戴着灰色手套的手握着一只细细的银色麦克风，麦克风在恒星记录员和她之间交替移动。

“算是吧，”他说，“这么说也未尝不可。”

“两个弗拉姆博士拒绝了我们的采访请求，离开学术界后居然选择了避世隐居，真是奇怪。有传言说他们接受了一笔秘密资助，不久的将来就会去探索太空。”

“我对此一无所知。”

镜头扫过窗户，对准屋外的冰原。满天星辰和垂悬的冰柱犹如被冰雪覆盖的王国那镶满宝石的天花板般璀璨夺目。“您觉得南极的美，能否安慰身在原本如此孤寂之地的心灵呢？”

老人沉思着。“我觉得这种惊人的美实在太可怕了。有时，我倒是宁愿从没见过这样的美景。”

“那您知道弗拉姆夫妇下一步会做什么吗？”

他耸了耸肩。“我想象不出。”

从南极一路向北几千英里来到布卢什沃特夫妇隐蔽的林地，的确能看到弗拉姆夫妇正为一场秘而不宣、史无前例的星际探险做准备。他们即将拜访的阿尔多瑞斯星由两人亲自命名，是 X 新星家族成员之一。

“这个词是拉丁语。”弗拉姆博士对布卢什沃特夫妇解释道。四个人坐在餐桌旁吃午餐。午餐通常是一天中最丰盛的一餐，每个人都吃得红光满面。

“在拉丁语中表示热情。”她丈夫补充道。

“还有热烈。”

“明艳。”

“火焰。”

“炽热。”

“我们喜欢这个名字。”布卢什沃特先生说，环抱着满头蓝发的布卢什沃特太太那臃肿的腰肢，腰上还系着围裙。她举起一篮子面包。

“吃吧，吃吧，”她说，“多吃才有力量。黄油要吗？”

“要，谢谢。”

“再来点儿肉汁？”

“当然好了。”

弗拉姆夫妇把布卢什沃特家的旧粮仓顶全部用玻璃覆盖住，以便研究夜空，还翻新了一个旧机库，用来设计和制造科学设备，画出飞往X新星时要用到的宇宙飞船草图，并在这里把飞船装配出来：一座外观精巧的银色小型太空舱。他们给太空舱取了个名字叫探询号。

准备星际探险的过程中，弗拉姆夫妇和布卢什沃特夫妇的关系越来越密切。布卢什沃特太太每天变着花样给大家做各种美味：炖野鸡，奶酪三明治，蓝莓派，菠菜煎蛋卷，还有她自己制作、挂在谷仓晾晒的一轮轮白色农家干酪。布卢什沃特先生知道从哪里找到制造探询号用到的稀有金属，还知道如何将这些金属熔合在一起。他一丝不苟地完成每一个单调乏味的任务，精益求精地对待弗拉姆的工具制造、飞船装配甚至制定的目标。如果说探索阿尔多瑞斯的想法一开始是他或布卢什沃特太太的，那么到了后来，他们再也没有把自己的想法强加给弗拉姆夫妇。

一天下午，布卢什沃特先生在机库里对他们说：“我们全力以赴地支持你们。”好像在为自己的行为做出合理解释。

“我们把自己当成你们的教父和教母，”布卢什沃特太太随声附和。她把一托盘红茶和新鲜面包卷放到工作台上，转头看着弗拉姆夫妇说：“我做了大黄馅饼，晚饭后当夜宵吃。”

弗拉姆夫妇面面相觑。“可大黄馅饼是我们最喜欢吃的东西，”弗拉姆博士说，“真的是我们最最爱吃的东西。”

“那太好了，”布卢什沃特太太笑着说，举起手中的玻璃盘。“太棒了。”

“一点儿都不棒，”弗拉姆博士后来说，那会儿他们正躺在旧农舍的床上，吃着超大三明治，你一口我一口地喝着装在高高的绿色瓶子里的啤酒。“令人毛骨悚然。”

“嘘。听。猫头鹰。”

“看到了吧？这就是死亡之兆，亲爱的。”

“说话要小心。越担心发生不好的事，那么坏事可能真会找上门来。”

“我猜现在我比较好奇的是，这么做他们又能得到什么呢？我是说，我承认他们喜欢我们。”

“然而。”

“对。”

第二天早上，就好像布卢什沃特夫妇全程偷听到他们的谈话，布卢什沃特先生给大家讲了个故事。

多年前，布卢什沃特太太和他一起打扫谷仓厨房。厨房已多年未彻底清洁。正当他们以为厨房已被打扫得不能更干净时，布卢什沃特太太发现了一个工作台，居然装了几个嵌入式的轮子，早已锈迹斑斑。她一下子把工作台推到一边，露出了下面斑驳掉漆的油布，油布上沾满了老鼠屎，蒙了一层铁锈红的污渍，一团团缠结的毛发、线头和馅饼糊凝结成块，厚达一英寸。于是，他们把这些脏东西一并清理。干完活之后，布卢什沃特先生问妻子，现在知道所有地方都打扫干净了，就连最隐蔽的地方也被我们收拾得干干净净，是不是很开心？她却说：“不。现在我更担心是不是还有什么地方没打扫到。”

“重点是，”布卢什沃特太太坦率地说，“你们得继续干下去。”

"就算你们觉得自己已经把该做的事做到了尽善尽美也不行。"

"我觉得可能这就是我们对你们的担心。"弗拉姆博士说，她跟丈夫对视一眼，以确保她是代表他们两个人说出这句话。

布卢什沃特先生哈哈大笑。"信任，"他说，"是科学家最不珍惜的特质，却又是最重要的武器。"

那天晚上，弗拉姆夫妇绕着广阔的林地散步，大口呼吸天然氧吧的清新空气，感受着地球上的美丽生灵——星际探险出发在即，很可能会一去不复返。蟋蟀在他们脚踝咔嗒咔嗒蹦跶个不停，唧唧吱吱叫个不停。遥远的地平线上，铁杉树和香脂冷杉的剪影如黑色羽毛般轻盈。蝙蝠在他们头顶盘旋，夜鸟在枝叶浓密的树冠顶上呼呼鸣叫。

"夜晚的世界。"弗拉姆博士轻声说，她把手放在丈夫前臂，下巴朝林中空地抬了抬。灯光从科学图书室的窗户投射到空地上，照出了长方形的光影，光影一侧，站着一只郊狼，眼发绿光，金棕色毛发缠结肮脏。郊狼在这里很常见——有时是在白雪皑皑的盈蓝冬夜，有时是在天边挂着一轮蛋形明月的皎洁夏夜，像现在一样。可是对弗拉姆夫妇来说，他们从来不认为万事万物——无论有形还是无形——都是客观存在和实体形态，可以无视，也可以研究，更别说把它们当成问题提出讨论了。如果他们的生命和把他们制造出来的世界上的一切自然资源都可用方程式表现出来，或者从理论上来说，可用方程式表现，也可被方程式塑造，那么眼前这充满野性、美到摄人心魄的生物突然出现在蓝草丛中，吓了他们一跳，也让他们如醍醐灌顶般，开始思考一个全新的、迄今为止还从未思考过的问题。

"也许我们选错了目标。"弗拉姆博士说。

“也许我们太专注于我们两个的想法。”

“整天找寻象征。”

“关联。”

“远方传来的讯息。”

“象征性的思考。”

“隐喻地。”

“神秘地。”

“找寻答案。”

“上帝保佑。”

“嗯。”弗拉姆博士用白净细长的手指卷了一缕黑色卷发把玩着。沉沉夜色中，潜鸟那低沉空洞的叫声在林中湖面上回响。“不管我们以为自己发现了什么，很可能最后都会被证实是我们自己的创造。”

“这可不是科学论调。”

“当然不是，”弗拉姆博士说，“我也不知道这算什么。”

接下来那周的一个黎明，没有任何大张旗鼓的宣传，弗拉姆博士夫妇静悄悄地穿上银色太空服，从头到脚用毯子裹得严严实实，像睡衣一样在脖颈处合拢，好像他们正准备舒舒服服睡个好觉一样。

从地球飞到阿尔多瑞斯星的距离大概有十光年那么远，所以他们已做好长期在太空生活的准备。可是，大概飞行两光年之后，探询号宇宙飞船的发动机突然不再发出嗡嗡声，飞船好像朝着对他们来说是向下的方向——要是既没有重力也没有推动力，向下还有可能的话——飞速行进。

“感觉好像在下坠！”弗拉姆博士在飞船那头叫道，她赶快牢牢坐进白色的联合船长椅里，系好安全带。接下来的发现让他一下子屏住了呼吸。另一位弗拉姆博士坐在自己的椅子上一动不动——吓了她丈夫一跳——似人非人，摄人心魄。好像眼前的这个形态并不是她的真身，又好像他早已知道这是她的化身，也准备重新认识她的新形态。那下巴的线条和苍白如雪的面颊——她看起来好似幽灵，可是说不清到底是什么东西让她的脸庞——怎么会这样？——比他美丽的妻子更鲜活动人。

他轻声呼唤她："亲爱的。"她听到了他的呼唤，却没做任何回应。仿佛她正处于似睡非睡的边缘，他的呼唤没有把她从不断下坠的感觉中惊醒，相反却把她推入了更深的深渊。

后来，他说他也有同样的感觉，可是当时实在太害怕，以致让焦虑蒙蔽了其他一切感觉。"要做到不会下意识地把这种感觉和牛顿的定律联系起来，实在是太难了。"他说。

"我们确实已经习惯了，"她同意他的话，"当时我这里能真真切切感觉到撞击。"她轻轻拍了拍胸口。

可是撞击没有发生。探询号突然咯吱咯吱发出刺耳的声音。从监视器窗口望出去，外面蓦地漆黑一片。仪表盘上的指示测向仪闪了几下，转瞬之间，万籁俱寂。探询号慢了下来，悬浮在无尽虚空中。

突如其来的疲惫让他俩无力招架，都陷入沉睡。接着，他们做了同样的梦。多年以后，弗拉姆博士弥留之际，笔直坐在他病床前的妻子握着他的手，和他谈起了这个梦。妻子曾经的棕色秀发现在编成了一条粗粗的银色发辫。

"我梦到我们不是原来的模样了。"

"我也梦到了。"

"在你梦中，我们变成什么了？"

他停了一下，抬头看着老朋友，好像有什么东西使他痛苦。"我不能说。"

“不是因为你不知道。”

“不是。”

“而是因为——”

他把手指放在她唇上不让她再说下去。

她潸然泪下，嘴唇贴近他毛茸茸的耳朵，“我会非常想你的。”

在探询号里醒来的他们依旧是年纪轻轻、发丝乌青的探险家。两人揉揉眼，在舱室转了一圈，检查飞船设备状态。一切看起来完好无损。透过巨大的取景器，弗拉姆博士看向地球，以检查望远镜的功能。突然之间——地球不见了。整个地球在她眼前消失无踪。“啊！亲爱的！”她向丈夫招手示意。弗拉姆博士赶快跑过来，站在她身后，弯腰看进望远镜。

“你干了什么？”他直起腰问道。

“什么也没干！我也不知道。”她弯下腰，又看了一次。“我只是有点担心可能看不到地球。结果——它真的消失了。”

他把望远镜转了个方向，再次看向夜空，越来越焦虑。突然后脑勺一热，地球重又出现。“在那儿，”他说，“地球在那儿呢。”

“哦。那我刚才肯定是把设备关掉了。”

“可我什么都没动啊。”

“那你做了什么？”

“应该问你到底干了什么？”

“我不能说。”

“我的天哪。”他把双手放在妻子肩上，深深凝视她的双眼。“你知道刚刚发生了什么事吗？”

“不知道。”

他把镜头一直推进到遥远森林里的发射台；她站在他身旁一起看着。河流像一团银色丝线；站在闪闪发光的冰封大地上的是一群狼，头向后仰，眼睛紧闭，嘴巴微张，好像中空的武器一样直指天空，脖子下的白毛在夜色中清晰可见；还有离弗拉姆夫妇和布卢什沃特夫妇居住地不远处的那座小镇，他们经常去那里采购日常用品。时值午夜，朴素的屋顶疏疏落落点缀在树丛间。屋外人迹全无，大家都已酣眠。弗拉姆博士凝视着一棵橡树那光秃秃的寒枝，橡树背后的天空星光璀璨，柔和光线映衬下，可见一排排羽毛轻盈的白色冬鸟站在树枝上，头部微仰，眨着闪闪发光的黑色小眼睛。

"哦哦，"她以为自己明白了，"是你把这些鸟放到那里的吗？"

"什么，那些鸟吗？"他问道，"我可没有弄出那些鸟。"

接下来，弗拉姆夫妇看到了布卢什沃特夫妇，远远地站在自家房前雪地上，同时把他们那漂亮的白色椭圆形脸庞从橡树和树上的鸟儿转向天空，径直看向探询号，也径直看进弗拉姆夫妇的眼里。

"噢。"弗拉姆博士的声音突然嘶哑，膝盖发软。丈夫赶快伸手扶住她。

"我想他们在制造我们。"他低声说。

年轻的博士夫妻沉默片刻，几乎立刻同时抬头，面面相觑，睁大了双眼。他们记得出发时是夏季，可是刚刚看到的却是冬日夜晚。

"光年的原因，"弗拉姆博士想起来，"时间旅行。"

"我们刚才看的是过去。"

"正是如此。"

他们重新调整取景器设置，输入想要看到的场景坐标，眼前出现的正是他们想看的：两年前，看起来年轻些的弗拉姆夫妇坐在科学图书室里，正透过望远镜观察着那片模糊的星光，正是这次观测让他们发现了托勒密的错误。

“啊哈。”弗拉姆博士开心地叫了一声，移动取景器对准新星，再不断调整，直到他满意地看到X新星出现在新星旁。

“不错啊。”她走过去吻他，他把脸颊凑了过去。

“可是。”弗拉姆博士从取景器旁后退一步，严肃地看着妻子。

“地球上的我们应该因此——就在此刻——产生了探访阿尔多瑞斯星的念头。”

她仔细回想。是的，就是这样。他们发现了新的星座，认为应该去拜访一次。“我们来到这里，”她说，“来到这个将来的我们可能会创造出X新星的地方。而且刚刚我们已经把X新星制造了出来。”

弗拉姆博士想了想。“把刚才的话再说一遍。”

“飞往阿尔多瑞斯星的旅途中，我们会凭空制造出X新星。”她点点头，咧嘴笑了笑。“是不是很神奇？”

“可是亲爱的。”他指了指数字地图，根据地图显示，他们已经落后了好几个光年，正身处一个暗黑无边、没有标记、没有方向的奇怪地带。“阿尔多瑞斯星不在这里。实际上，我们自己都不知道自己在哪里。不知道是哪里出错了，我们才会停下来。”

“意外。”

“看起来是。”

穿着银色太空服的他们感到浑身汗毛倒竖，沿手臂直达脖颈后面。

“那么，我们是谁——”他的眉头皱了起来。“在哪儿？”他停了一下，又说，“我们是什么？”他们伸出戴着银色手套的手，放在脸前，翻来覆去地看，再上下打量着对方。

透过窗户，弗拉姆博士看到外边突然爆发一阵强光。“哇，我的天哪！”他大叫出声。“亲爱的，”他说，“你看那些星星。”

布莱恩·赫特

短篇小说集《人人想做驻法大使》(*Everyone Wants to Be Ambassador to France*)获得了“斯塔切洛创新小说奖”，并将于2015年秋季出版。他的作品见于《美国读本》(*The American Reader*)《凯尼恩评论》(*Kenyon Review*)《洛杉矶书评》(*Los Angeles Review of Books*)《新英格兰评论》(*The New England Review*)《锡屋》(*Tin House*)和《三季刊》(*Triquarterly*)等媒体。他住在科罗拉多，在科罗拉多学院教授创意写作课程。

无月之星

布莱恩·赫特

我费了好大工夫，终于造出一颗白矮星，跟他们在圣达·菲实验室里造出来的一样。我的白矮星是在地下室里造出来的，因为地下室实在是压缩时间和空间的完美地点。我猛烈碰撞某种高频能量波——咝！——一颗完美的微型白矮星就此诞生！就白矮星的特质来说，我这颗真的很小，还没一颗图钉大呢，不过人家的密度和亮度和真正的白矮星比起来可一点都不逊色。这颗恒星实在是太亮了，亮得让人无法直视。必须得从上边下边侧面间接地看、斜着眼看才行。有一次我想挑战自己一下，于是盯着星星连看三十秒。结果，头疼得快要爆炸。犯了个大错。

密度也是个问题。这颗恒星密度太大，把周边所有的小物件都往自己跟前吸。纸巾，窗帘，还有我养的猫的尾巴，什么都逃不过。当然，这些被吸过去的东西全都化为灰烬。可是呢，它的密度又不够大，不足以让它安安稳稳地悬在桌子上方，一动不动。这颗星星倒好，摇摇摆摆到处乱窜，在整个地下室里晃荡来晃荡去，不是撞到墙上，磕到地板上，就是弹到天花板上，到处都是烧焦的痕迹。它居然还烧毁了我最喜欢的那张爱因斯坦的肖像画——就是那张俏皮地伸着舌头、头发乱蓬蓬、笑得傻乎乎的照片。这让我忍无可忍。于是，我把它放进一个小盒子，盖上沉重的盖子，锁了起来。

可是星星是不应该被锁在盒子里的。一到夜晚，就能听到它在地下室猛烈撞击关押它的盒子监狱的四壁。我的梦就这么被加上了数不清的沉闷的响声作背景音乐。解决办法只有一个，就是再制造一颗。第二颗白矮星和第一颗一模一样，我把它们放置在一条稳定的双星轨道上。两颗恒星围绕着同一个重心转来转去。这个解决方案既简单又巧妙，对自然界来说，这应该是大多数问题的解决办法吧。

现在平衡问题解决了，我又发现了新的问题：两颗星星周围的环境也太寒酸了。地下室墙壁黯淡无光，蜘蛛在天花板的梁木上结网，箱子和盒子摞得到处都是，有的塞满了破破烂烂的《孤独星球》，有的扔着被虫蛀的毛衣，还有些箱子收着之前交往的女朋友们写给我的情书。这些女人，刚谈恋爱时都说喜欢我的雄心壮志，后来又埋怨我为了事业冷落她们。于是，我去了趟艺术品商店，买了张黑色海报板，拿回家黏在一起，再挂上一排圣诞彩灯。成品完成后，我给这件手工起了个名字，叫宇宙，虽然这东西更像是一个立体模型。不管怎样吧，整体展示看起来多了一些庄严和高贵的感觉：两颗白矮星悬浮在半空，身后是无边黑暗，带有节日气氛的彩灯明灭闪烁。我的猫也喜欢这里，总会用脸颊蹭着小宇宙的几个尖角，边蹭边喵喵叫。

变化到底是什么时候发生的，我说不好。可是，没过多久，两颗恒星周边都出现了由各种物质组成的小球体。这些小球体的组成成分有我不小心从杯子里洒出来的水，有爱因斯坦肖像画的灰烬，还有白矮星从猫背上拽下来的毛。这只猫，最爱在小宇宙下边打瞌睡。新出现的球体一共有两颗，两颗星球。看起来这两颗星球更像行星，真的，每一颗都绕着自己的恒星运转。我带上电焊面具（我已经吸取教训啦），手肘放在桌子上，眯着眼睛仔细观察。一颗行星比另一颗要大一点，已经有了自己的超迷你月球，于是我以某个前女友的名字命名这颗行星。我这个前女友，总是神思恍惚，喜欢盯着漆黑夜空，幽幽感叹为什么我们的爱就不能像宇宙般深邃，永无止境。另外一颗没有卫星，所以我给它起名为：无月之星。

又过了几天，我下去查看纸板宇宙的情况，发现了更多变化。超迷你月球上插着一面旗帜。微型人造卫星沿轨道绕着行星转来转去，迷你飞机在迷你城市间起飞降落。迷你城市道路上车流如织，迷你汽车里坐着比原子还小的红脸司机。无月之星更先进；其文明程度发展得更高。空中飞的是飞行汽车，生物圈也已建成，黑色玻璃大楼弯曲起伏，好像是画出来的一样。星球的最高峰顶有一个超大望远镜，镜头对准邻居星球。操作望远镜的是一个迷你科学家，身穿迷你白色实验服，头发挽在脑后盘成发髻，发髻虽小却十分精致。

可是那天我心情不好，没心思欣赏小宇宙创造出的奇迹，也没办法强迫自己感受本应有的喜悦和敬畏，或是在那个特定时刻应该感受的任何情绪。我刚从实验室回家，过了糟心的一天。首先，我被实验室的一个助理给拒了。连正式拒绝都不算。约她出去，结果人家理都不理我，直接趴显微镜上观察起来，嘴里不屑地哼了一声就算完。然后呢，我申请的政府资助项目被我的主要竞争对手、那个自以为是的分子天体物理学家胡博士抢了去。我还得故作大度地拍拍他的背恭喜他，吃他的庆祝蛋糕，勉强对他挤出一个笑容，嘴唇上还沾着糖霜。不知道是哪个混蛋在停车场把我的车撞得凹了进去。猫在我的拖鞋里吐了个毛球，一到家我就踩个正着。

所以，抱歉。我真的提不起劲来庆祝白矮星们创造的奇迹，以及迷你小人们那让人不可思议的文明社会。相反，这一切只让我感觉烦躁。

就拿以我前女友名字命名的星球来说吧：它面临的是一个全新世界，蕴含着无限潜能，也充满了无限可能，结果呢，它居然把我生存的世界复制了一遍，只不过体积更小。同样的汽车，同样的太空垃圾，同样在月球上插着一面旗。跟我的垃圾世界一样垃圾，除了一点区别，它的影响更小，更微不足道。真可怜，真的。太无聊了。跟我用来给这个星球命名的女朋友一样无聊。刚开始谈恋爱时，进展还不错——既兴奋，又带着点性感——每周五晚上一起窝在沙发上看电影，偶尔互相爱抚一下。可是等我试着脱她的裤子时，她居然打着呵欠说自已更喜欢早上亲热，那时她没那么累，也没完全清醒。这话说的，难道说每天只能做爱一次，就像每天只能吃一顿早餐，每天只能见到一次日落吗？分手时，她居然有脸说我不爱她！还说要是我连她为我付出的一切都不喜欢，那我永远也不会幸福。想到这儿，我扬手把有月球的行星弹到了小宇宙的背景上，看着它在黑色纸板和圣诞彩灯的映衬下爆炸开来。爆炸动静太小，连闪光都没怎么出现。

可是，无月之星上的迷你科学家看到了这一切。她对着取景器眨眨眼，把戴在鼻梁上的眼镜向上推了推，抓住望远镜朝相反方向转，转了一个完整的半圆之后，望远镜正对着我停了下来。她在迷你笔记本上写了些什么，小小的手不停颤抖。我很久都没再回到地下室。

然而地下室是不可能永远避开的。等我终于回到这里——手里提着一篮臭气熏天的脏衣服，脏到能看见衣服上长的毛——我看到那个迷你科学家已经造了一个超大激光枪，正对着圣诞彩灯胡乱发射。每打中一个灯泡，碎片就会落到纸板上，发出清脆的叮当声。我告诉她别再开枪。她又打中一个。“否则怎样？”她挑衅地说，“你准备把这个星球也毁了？”我可能会。我告诉她别激我。“噢，我就是要激你。”她说，她把枪口转过来对准我开火，没打中，子弹从我鼻子上方飞过。第二枪不偏不倚地打到了我。真疼。我躲开了新一轮的攻击，举起手作势要把她的星球毁灭。她高傲地扬起下巴，做好准备迎接这致命一击。

可我不是世界终结者。真的不是。我只摧毁过一个世界，就那一个小小的世界。本不该存在的世界。我只打算造出一颗星星，一颗普普通通的白矮星，一个美丽的东西，就想试试能不能造出来。或许还能把女朋友们带到地下室看看我造出来的星星，对她们显摆显摆，再让她们心甘情愿跳上我的床。我从没想过制造更多的不快乐。世事已经够艰难了。报道说俄亥俄州一个小孩开枪打死了同校的另一个孩子。日本有人手持一把刀冲到地铁上捅死了五个人。今天上班时，我无意中发现胡博士躲在厕所隔间里哭。他患上第四期前列腺癌，无法进行手术，癌细胞已经扩散。

不过，也许这一切都不可避免。也许不管制造了什么——恒星，行星，人类，或者随便什么——伴随着新生的，往往是一丝悲伤，一点死亡。从来没有纯粹的创造。我对迷你科学家表示了歉意，同时告诉她，就算我不把那个小星球毁灭，也会有其他因素造成它的灭亡。这就是世界的运转方式；这就是科学；这就是事物发展的自然规律。

“你说的是狗屁。”她说。她骂我是胆小鬼，是懦夫。她说她的丈夫在被我摧毁的星球上探险。我杀了他。她质问我难道我不该为此负责吗？“看，”我说，“我来弥补过错。”我从猫背上拽掉几根毛，在水里泡一泡，再把湿了的猫毛搓成小球，放到白矮星的轨道附近。

小球立刻就被毁掉了。一到白矮星近前，小球就烧成了灰烬。“你真可怜。”她说。她看着我，眼神中既有愤怒，也有失望，跟我之前交往过的那几个神情恍惚、名叫琳赛或萨拉或卡拉或珍的前女友看我的眼神一样。只要有什么不顺心，她们就带着这种眼神瞅着我。可是现在我面对的只是一件小事，一件无关紧要的事，一件根本就不值得思虑的事，因为这件事原本就不该存在。那个小星球；她的丈夫，迷你小人。

“对不起。”我对她说，我想我是真的很抱歉。“可是现在能怎么办？我没办法弥补一切。我又不是神。”

说出这句话的那一刻，我想我俩都知道这句话不可信，至少不完全可信。等到迷你科学家变老死去，她的后代死去，整个星球赖以生存的太阳死去，每个人都死去之后，我还会继续制造新的星星。我会制造白矮星，也会制造其他类型的星星，因为到那时我的水平会越来越高，技艺也会越来越精湛。有时新行星会在恒星身旁聚集，有时行星上会出现生命。我会继续弹掉残次品或令人失望的星星，也许会把这些次品喂猫吃。剩下的，我会观察小人在星球上繁衍生息，占领小宇宙的每个角落。要是小宇宙变得太过拥挤，我就把它们全部摧毁。有时会有别的迷你科学家举着功能强大的望远镜往外太空探索，他们会看到我。每到此时，他们都会好奇地问我是谁，我想干什么。我是好人还是坏蛋？我无所不能还是无关紧要？我是死神吗？可我只是一个男人，我对他们说，跟我对最初的迷你科学家说的一样。但就像最初的科学家一样，他们对我研究得越多，观察得越多，就越不相信我的话。并不是说我有能力主宰生与死，毁灭与创造——我确实有这能力；而是因为他们只见过我一个人。孤独是我一个人的孤独；郁闷也是我一个人的郁闷。一个人，一只猫，一间地下室。上帝如果不孤独，那还叫什么上帝？

林肯·米歇尔

《巨人》(*Gigantic*)杂志的联合编辑,也是《电子文学》(*Electric Literature*)的在线编辑。他的作品见于《锡屋》(*Tin House*)《NOON》《信徒》(*The Believer*)《手推车奖39》(*Pushcart Prize XXXIX*)等媒体。他的第一本小说集《诚实的野兽》(*Upright Beasts*)由咖啡屋出版社出版。

我们的新邻居

林肯·米歇尔

意外一桩接一桩发生,我丈夫觉得小区目前最需要的就是邻里联防。“我们要像关注咱们的双胞胎一样密切关注资产动向。”他敲着婴儿监控器的屏幕说。屏幕一片深蓝。两只灰白泰迪熊放在空荡荡的摇篮里。

第二天早上,我一下楼,就看见唐纳德身穿黑色风衣、戴着软呢帽,鬼鬼祟祟地溜进屋子,躲在角落。

“你这是干吗?”

我们家现在可供支配的资金较为紧缺,跟往常一样,他买的衣服尺寸又大了许多。

“这看起来太扎眼了。”我说。

“这就对了,玛戈特。我就想让他们知道有人监视着他们的一举一动。”

他把风衣扣子扣得严严实实,又戴上一副太阳镜。

我把面包扔进烤面包机，抬头看，他人已在窗外，悄无声息地钻进了邻居家后院的灌木丛。

手头拮据的原因是，我们把积蓄全部花在了一个名叫“中塘”的小区上，买了32号房。中塘小区位于西塘和东塘之间。这三个小区都属北湖社区，北湖社区又隶属海岸郊区。

中塘在宣传册上看起来完美无瑕，学校一流，生活便捷。

“一般来说，我会让你们再瞧瞧，”房产经纪人说，“可要是你们不抓紧时间的话，这么抢手的房子很快就会不翼而飞。”

唐纳德下载了一个名叫“楼市一点通”的应用，该应用专门对高端小区进行资产评估。只要中塘的评分上涨一个百分点，他就会用我们新买的有五个炉头的烧烤架烤肋眼牛排吃。

他已连续好几个月没烤肋眼牛排了。

邻居们一点儿都不担心评级下降。“我父亲过去总说：‘市场就像鱼儿游泳，不断波动是正常的。’”约翰·詹姆森在社区改善会议上说。这周的会议在我家召开，我忙着往盘子里摆放三角形奶酪和长方形苏打饼。

另外几个主妇坚持要帮我。

“我们保证，在你肚子里的奇迹蹦出来之前，这会是你们最后一次主办会议。”詹姆森太太说。

“我能看看吗？”爱丽丝·约翰逊边说边伸手去掀我的上衣。

“没什么可看的，我还没显怀呢。”

外屋，唐纳德的音量突然提高。“嗯，可我父亲总是说，只要关乎财产和事业，再小心也不为过。再说，我已经买过风衣了。”

我们三个端着同一个盘子又退回到厨房。

“好吧，要是你觉得非这样不可的话，那我们就投票表决吧。”

唐纳德身材高大，体格健壮，非常清楚如何利用自己的身体优势，更懂得如何施压。投票结果很接近，可是唐纳德随随便便多看了几个邻居几眼，预算就通过了。

“我们来讨论讨论下个月寻找复活节彩蛋活动用的鸡蛋要涂成什么颜色吧？”

“要是你们还打算涂成金属色，那我就拒绝参加，”萨曼莎·斯特森说，“这颜色把我的眼睛都弄疼了。”

婴儿床暂时放我办公室。也就是说，婴儿监控器的摄像头暂时也在这儿放着。摄像头状似紫色花朵，被我放在窗台上的盆栽之间。显示器在楼下客厅里。我调整了摄像头的角度，让它正对婴儿床，却看不到我的电脑屏幕。

我可不能让唐纳德看到我在网上都看了些什么。

中塘的房产价值是建立在社区声誉基础之上的，而社区声誉很大程度上取决于北湖地产专用标准评定委员会的官方评分。

没人告知我们评分因素都包含什么，可是从巡视员的检查方式来看，所涉内容五花八门，名目繁多。他们会检查喂鸟器里的鸟食有多少，观察每片草坪的高度，还会记下孩子们在街上玩跳房子游戏时违反规则的次数。

邻居们本以为要不了一周，唐纳德的新鲜劲儿就会过去，或者评分上升之后他也会主动放弃。可是分数却持续下滑，到本月中旬，他已购置了一整套监控设备安装在我家地下室。

“你看看约翰逊家车道上的那些油漆污渍。斯特森家干吗整天把窗帘拉得严严实实？”

我端着洗衣篮在他的监控器和一堆堆笔记中间灵活走动着。

他把我叫过来，让我看黑色汽车进出雅各布森家车库的延时录像。

“我打算向社区委员会申请一下，看能不能增加监控预算。还需要至少十二个摄像头。你觉得怎么样？”

我想告诉他，我的膀胱憋得生疼，后背酸痛，我才不在乎邻居的车道。我想告诉他，他应该在我怀孕期间帮助我，而不是挡我的道。我更想告诉他，他关注的人应该是我，而不是邻居们。

又或者这些是我本应有的反应。可事实上，我根本不在乎唐纳德看不看我。结婚五年之后，我也不安分起来。

我明白，每段婚姻都会经历这个阶段，看着与你共度余生的另一半，却不知当初看上了他什么。这种惶惑会消逝，孩子的出生也会让我们的生活翻开新的篇章。可是，现在他们毕竟还没出生不是吗。

唐纳德开始往软木板上钉收集的证据，我慢慢爬上楼，登录单身交友账户。眼前出现一张张像素不够清晰的男子照片。有些人面带微笑，被海风吹拂的发丝轻扬。有些人看起来挺有修养，坐在皮质安乐椅上读书。点击下一个，新的照片出现。我一张接一张地点击，慢慢欣赏。那些裸着上身的照片最合我的口味。有些人故意把头像裁掉，只留下苍白虚弱的躯干在屏幕上一晃而过。

唐纳德的行动起初规模较小，主要在小区周围张贴各种警示标牌。标牌上画着一个黑乎乎的人形，长着一双炯炯有神的眼睛，下方写着几个字：你被盯上了。

然而，巡视员再次来检查时，意外又发生。有人居然趁巡视员去测量小区死胡同排水沟的潮湿程度，用钥匙把他的车划伤了。

第二天，楼市一点通就把我们小区的安全评级从 A 降到了 A–，总体评分也下降了 5 分。

唐纳德的预算迅速飙升至之前的三倍。

他从侦探用品折扣网上买了十二个摄像头，藏在房子周围。一个偷偷绕过水管，正对街道。两个装在唐纳德用牙钻在邻居篱笆上钻出来的洞里，分别监视着隔壁邻居的房子。还有一个挂在房顶的风向标上，风一吹，可看到周围景色。

摄像头的连接线蜿蜒向下直通地下室，时刻由唐纳德和他的两个助手切特与查德监控。

我在单身交友账户上使用了虚假邮政编码。用户信息也是假的。身高缩短一英寸，身份状态是“魅惑单身女”，眼睛不再是绿色，变成了淡褐色。照片模糊了面部特征，鼻子看起来更大，棕色头发也与原有颜色不同。

就算有哪个认识我的人看到我的用户信息，也不可能认出我来。

不过，我还是谨慎地选择了北林和南滩这样的社区浏览陌生人的信息。

用户名为“海岸种马 27”的男人吸引了我的注意。他的个人资料没什么内容，可我想要知道更多信息。我利用他提供的用户照片进行反向图像搜索，在其他网站上找到了更多和他有关的资料。他名叫德里克 · 卡灵顿，今年 37 岁，天秤座，在金融部门工作，有个博客专门用来展示游钓战利品。我在“立体扬声器 FM”应用里查看他的常用播放列表，在“电影发烧友网”看他评价过的每部影片。

最让我兴奋难抑的是他家的卫星照片。他家离我家只有几英里远，有后门廊，还有游泳池。我把照片放大到最大，直到蓝色泳池变成一块块巨大的像素块。我想象着自己和德里克一起坐在泳池边，双胞胎在这如抽象艺术般的美景里嬉笑打闹。

我高潮了。

把德里克的文件放到一个文件夹里，压缩，再存放到外接硬盘里。

整理完毕，我开始搜寻下一个目标。

“无耻混蛋！”唐纳德一拳捶到冰箱上。

他看到站在门口的我，瞅了瞅我的肚子。

“你们三个今天想吃什么？炸鸡？还是玉米卷饼？我让助理买去。”

我告诉他想吃泰餐，他派切特出去买。他看着我，神情严肃。这是他常用的眼神，一旦不确定我对他的话作何反应，他就这么看我。这是我最不喜欢的神色。

“查德往街上固定‘给孩子让行’的标牌时被一条狗攻击了。我们拍到了照片，可没有一个邻居承认这是自家的狗。”

“大家肯定都会保护自己的宠物啊。”

“这些混蛋想要妨碍我！”他用拳头击打自己的手掌，“这可不单单是侵害了，玛戈特。这是恣意毁坏他人财产。是犯罪。还牵涉到毒品。天知道还有什么违法勾当。”

他把我的困惑误读为担心，伸出手用手背轻轻抚触我的肚子。

“不用担心，我不会让任何不好的事发生在我们身上。”

他用指关节继续摩挲我的肚皮。上次这些指关节触碰我渴望他触碰的地方是什么时候，我早已不记得。

“真希望能看到里边是什么情况。”他头也不抬地说。

尽管唐纳德费心劳力地监控，意外仍层出不穷。有人把厕纸扔到汤普森家的橡树上。一只浣熊把垃圾撒得死胡同里到处都是。还有四块草坪的高度早已超过规定的最高限度。唐纳德搜集了六起违反噪声规定的事件，可是却找不出来源。

不过他也取得了一些成绩。詹姆森家的猫在埃博森家的玫瑰丛里撒尿，被他抓个现行。小莎莉·亨德森在他的逼迫下签了一份协议，承认是自己把飞盘扔到下水道里。

刚买这栋房子时，中塘的房屋价值比西塘高，基本和东塘持平。现在，这里已沦落到和南溪的公寓大楼价值差不多的地步了。

唐纳德暂时离职。请假理由是要花更多时间关注家人，保护家人。《北湖地产标准指导手册》是个大部头。唐纳德和两个助理不时从中找出要遵守的新原则和新的违规行为。

更可怕的是，他觉得邻居们在暗中破坏他的努力。这些人不停把装在路灯杆上的摄像头扯下来，还会突然折断装在消防栓上的麦克风。

“说不定是青少年的恶作剧呢。”我边吃晚饭边说。这是一天中我们唯一的见面机会。我终日待在楼上卧室里，把形形色色的男人加进文件夹，而唐纳德则把自己关在地下室中，目光如炬地盯着满墙显示屏。

正在吃面条的唐纳德头都不抬。“年轻不是犯罪的借口。要是现在不阻止他们，过不了多久，他们就会待在栅栏里边看世界了。”

护士把凝胶喷到我肚子上，启动机器。

看着屏幕上的两个小东西，我不知该作何感想。理智上来说，我知道他们是我们的孩子。可是这两个小东西在显微镜下看起来如此微不足道，好像来自另一个世界的神秘生物。

“这里是他们的心脏，这是他们的大脑。”护士用一支小小的激光笔点着屏幕说。

“检查结果会打印出来的，对吗？”唐纳德问道，“我想随时都能看到他们。”

肚子越来越大，我的搜索习惯也发生变化，厌倦了天天搜集住在遥远社区的陌生人信息，看到这些中年男人靠在车旁壁炉旁的照片我就会犯困。于是，我不再登录“单身交友”网，转向了更赤裸火热的网站。“丰富情事”“快活地牢”“发狂-的-黄蜂”。

我把邮编设置到中塘，开始搜寻邻居信息。

浏览范围离家太近，得更好地掩饰身份才行。用照片编辑软件换掉肤色。确保自拍照背景里没有可辨别身份的物体，要么就用从廉价杂货店买回的东西装饰墙壁，拍完照再扔掉。我还弄到最新款的加密软件屏蔽了 IP 地址。

这些网站上的男人和我一样，不会展示真面目，也不会泄露个人身份信息。我看着照片上的一只手，或是无意中进入背景的油画一角，琢磨着照片主角是哪位。这条没晒黑的腿是威廉·卡尔森的吗？这些卷曲的阴毛跟我想象中詹姆士·雅各布森的阴毛一样卷曲吗？我在社区集会上见过这脸颊的轮廓和这缕发丝吗？

北湖地产专用标准评定委员会盛赞唐纳德，授予他一个奖项，以表彰他在地产保护方面的杰出表现。唐纳德让我和他一起出席庆典。这是几星期以来我俩第一次一起外出。这些天，双胞胎在我肚子里动得很厉害，结果我每隔三十分钟都得去尿尿。所以大部分时间我都待在楼上，登录电脑各个网站。

和往常一样，唐纳德的演讲既冗长又有点无病呻吟，不过好在他时不时还能说出几句犀利睿智的话。我坐的位置离酒水区太远，只能用渴盼的眼神盯着那一杯杯美乐红酒假装让自己开怀畅饮。演讲过程中，我尿了两次。

然而，中塘的住户们对邻里联防极度不满。

两天后，亨德森一家来我们家吃饭，休伯特·亨德森说："你把莎莉吓坏了。"

"她要是没什么可隐瞒的，干吗要害怕。"唐纳德慢条斯理地嚼着猪排，目光在亨德森一家人之间来回逡巡。

"听着，你这样干的时间也够长了。咱们小区没什么可监视的。要说有什么不同，那就是你把大家搞得都不自在，他们只是在发泄不满！"

唐纳德站了起来，用餐巾擦擦下巴，走进另一个房间。

"哎呀，真是的，"亨丽埃塔转身对我说，"你理解我们为什么担忧，对吧？你马上也要有自己的孩子了，肯定不想让他们的一举一动都被监视着，对吗？"

我压根儿没听她在说什么。盯着休伯特肘部关节的曲线，在脑海里量着他脖子上那几颗痣之间的距离，我暗暗思忖，这几个部位在我电脑上出现过吗？

唐纳德走进来，砰的一声把一个马尼拉文件袋扔到桌子上。袋子里鼓鼓囊囊塞了一堆文件，表面用粗粗的记号笔写着亨德森家四个大字。

“这是什么意思？”休伯特问道。

他打开文件夹，发现里边装满了他和家人的照片。莎莉没有在门口地垫上擦掉脚上泥巴的偷拍照片，院里树木真菌感染的特写镜头，他家的猫吞食受保护鸣禽的抓拍照。他快速翻看着这些照片，嘴里结结巴巴地说：“这这这简直是疯了。”

社区委员会中断了监控的资金来源，可是唐纳德根本不在乎。“我们抓住他们的小辫子了。”

他给我看邻居们头上套着黑丝袜扯掉摄像头的模糊画面，把一帧帧罪证照定格，跟从他们的好友主页上下载的照片并排放在一起。

我身体前倾，饶有趣味地看着这些跟我电脑文件夹里一模一样的照片。

过了一周，唐纳德抵押了我们的房子，用抵押来的钱买了三架间谍无人机。它们可以在小区上空不间断来回飞行两个小时，才需要充电一次。每架无人机的旋转底座上都装有摄像头。

“这些宝贝儿可是社区保护的未来。”他说。

我站在楼上的窗口边看他们测试无人机。

切特和查德搬了凳子坐在门前草坪上。每次无人机飞过，他俩都会高声欢呼。

中塘现在好像鬼城。孩子们不再跑到大街上做游戏。没有人在草坪上遛狗，也没人在草坪上烧烤。邻居们不想自己的一举一动被监视，说过的每一句话被记录。大家全都躲在窗帘低垂的室内。为了不让唐纳德看出自己家里有多少人进出，他们给汽车换上有色车窗。

街道上唯一移动的东西就是那三架无人机，按照预先编好的程序飞来飞去。

我在屋里也几乎动不了，肚子鼓得高高的，照镜子时，我差点儿认不出自己。我知道，要不了多久，双胞胎就会出生，他们的到来不仅会改变我的身体，改变我们的房子，还会改变我们生活中的方方面面。

我在唐纳德的手机上装了一款名叫“面包屑追踪”的应用。这款应用能以数字面包屑的方式向你展示关联设备的具体位置，这样的话，就算忘记把手机放到什么地方，也可以很快找到。我用它监视唐纳德的一举一动，看看他从哪里来，要到哪里去。

“唐纳德，带我去看场电影吧。趁房子还没被尖叫声塞满，我们出去放松一个晚上吧。”

“现在不行啊，玛戈特。事儿全赶到一起了。我正在接线头呢。这条线一下子通到最顶点。”

他在电话里喘着粗气。我们再也没有见过对方。房子被我俩各自的秘密行动一分为二。我要是有事找他，他就派助理上楼。

“什么的最顶点，唐纳德？”

“你还是不要知道的好。”

我等待着无人机从窗口飞过，然后关上百叶窗。这会儿我正在完善约翰·詹姆森的档案。在“郊区变态狂”网站看到他的信息后，我从一张非常清晰的照片里认出了他家的洒水系统。

随便点击几下，他的信用分数、高中平均绩点和家谱全都出现在我面前。我把细节信息放进电子表格，凝视着表格里的数字。看着所有数据，眼前浮现这个活生生的人。真的。现在我对詹姆森的了解超过了他大部分的朋友，有可能比他妻子了解的都多。

突然，屏幕上弹出一个对话框，是詹姆森，银狐高球手 72。

“感觉你在偷窥我。”他说。

我没有回复。

“我也盯着你呢。”他又说。

他发送了一个视频聊天请求。

“要是你敢录像的话，我会告你。”

窗外的世界变得越来越可怕。邻里联防遭到一个名叫“中塘居民的面纱（MPCV）”的新团体的反抗。MPCV 的成员和切特与查德在大街上扭打在一起。他们把唐纳德张贴的所有警示标语用自己的标志遮盖起来：一个头戴帽兜的跳绳小女孩。

MPCV 的成员到底都有谁，没人知道。他们脸上罩着看起来很像唐纳德的乳胶面具。看到他们出现在我们家门前的人行道上，我大吃一惊，定睛再看，发现他们在我家门前修筑了临时壁垒。

唐纳德的反击方式是将扬声器连到无人机上，大声播放邻居们承认罪行并祈求原谅的音频片段，这些都是切特和查德在他们被质询时偷偷在地下室录的音频。

唐纳德秘密接受了北湖委员会的资助，因为委员会担心地产标准的不稳定因素会从中塘蔓延到周边社区。我之所以知道这些信息，是因为我监视了唐纳德的电子邮件——他的邮箱密码是“雪莉和休2015”，包含了他想给两个双胞胎起的名字和他们的出生年份。

唐纳德，你是我们的自己人，最近的一封加密邮件说。不要忘了社区标准的“三要原则”：要团结一心，要忠诚奉献，要掌控全局。掌控全局最重要。现在的混乱状态一定不能扩散。

我正试着用公开信息回答弗里德里克·埃博森的uCloud照片的安全问题时，一块砖头砸碎窗玻璃落进屋子。双倍宽的婴儿床立刻落满玻璃碎片。我摇晃着身子赶快走到窗边，看到一个戴着唐纳德面具的人正从我们的篱笆上翻出去。

砖头上绑着一张纸片，上写着，你想摆脱这一切吗？选【 】是【 】否。MPCV敬上。

我看着问题，思索了一会儿。摆脱什么？摆脱这个小区？摆脱我的婚姻？摆脱我即将组建的家庭？还是摆脱我的生活？

要是我能回到过去，重新来过，那么，我当然愿意。可这不是每个人都要面对的无奈现实吗？

我勾了一个答案。然后把纸片放进碎纸机。

双胞胎把我困在桌旁的椅子上。现在的我，站起来之后连脚都看不到。不断分泌的荷尔蒙和化学物质在我体内左冲右突，把我的身体变成了一艘外星飞船。最主要的感觉就是饥饿。切特和查德轮番帮我点各种外卖，可唐纳德依旧如幽灵般漂浮在地下室显示器散发出的辉光中。我只能通过偷偷藏在洗衣机后面的一个小型摄像头看到他的近况。安装这个摄像头时，眼前所见让我的心隐隐作痛。他的工作台上方钉着两张照片：一张是小区的地图，另一张是双胞胎的彩超打印照片。两张照片用大头针和线连在一起，旁边用永久记号笔画了一个潦潦草草的符号，我没认出画的是什么。

内心深处，我隐约希望等这一切结束，我们的生活有可能还会回到从前。可以删除收集到的所有数据，抹掉音频和视频。重新开始新生活，把邻居们当陌生人对待，在大街上碰面最多挥手示意。

为什么不呢？每天都有人开始新生活，搬到新的城镇，找到新的工作，不是吗？

可是，街角的一声巨响打破了平静。

正在燃烧的汽车不是我们的汽车。唐纳德也不知道发生了什么事，袭击发生前，无人机刚刚被挂在死胡同附近路灯杆上的网捕了个正着。

爆炸把不同派别的人都吸引到自家前院。邻里联防站在我家门口，MPCV 的成员和支持者们站在其他院门口。空气中烟尘弥漫，紧张气氛一触即发。

“这是要宣战了。”切特说。

“小区居民要么支持我们，要么反对我们。”查德说。

“你俩根本就不在这个小区住。”我说。

切特挠了挠耳朵。“嗯，要是这个任务完成了，我们就能拿到大学学分。”

唐纳德把我拉到他身旁，用身体挡着我，好像不想让邻居看见我似的。

“我会找出是谁干的，”他在我耳边低语，“还有些他们根本不知道的摄像头，就装在他们做梦都想不到的地方。”

司机被点着了，大叫着：“不，不，不！这他妈是怎么回事？”

没有人过去帮他。他的衣服还在冒火星。

他看向四周，瞅着我们所有人。他戴着一顶绣有星星的紫色尖顶帽子，伸出食指，挨个指着我们，从一家指到另一家，从一个院子指到另一个院子。

“这到底是个什么样的社区啊！”他歇斯底里地叫道。他说这只是他开着“搜索巫师”街景地图车上班的第一周。“搜索巫师”一直想把业务扩展到在线地图领域，并尝试拍下每条街道的真实街景。“这本来就是一项公共服务。要是你们不愿意被拍照，可以在线申请啊！”

“你看起来就跟快要爆炸了似的。”萨拉·埃博森说。她站在我的卧室门口，手里端着一锅砂锅菜。接着，她勉强自己哈哈大笑，声音尖锐刺耳。

“还有一个月左右。”我说。感谢上帝，我有个巨大的肚子能挡住整个电脑屏幕，随后悄悄把手背到后面合上了电脑。

萨拉环视整个房间，无声地说了些什么我不懂的话。

“我给你带了些我最拿手的意大利饺子，这可最受晚期妊娠的人喜爱！”她用毫无必要的大嗓门说，“怀鲍比和苏珊时，我连着吃了整整一个月呢。”

她把砂锅递给我，又把一张纸条塞到我的口袋里。

萨拉退回到走廊上，瞅了一眼看有没有人在那里。

“好了，我该走了。希望早日收到你的消息。”

等她离开之后，我看了看纸条。上边写着他们知道屋子里安装了窃听器，所以他们没办法说话。还说他们想知道我能不能以中间人的身份安排一次和平会面，争取让双方达成妥协。

砂锅菜中间有一个塑料袋，里边装了一部手机。唐纳德无法窃听这个手机。要是你能帮助大家结束眼前这种混乱局面，请给我们打电话。

我把所有文件——包含收集的每个邻居的数据，每一份文档，和写着他们的过往的电子表格——拖进回收站。我告诉自己，花这么多时间监视别人的生活，却没时间审视自己的生活，这是一种病态。再说，双胞胎出生之后，我不可能有时间再去偷窥邻居生活，更没有时间和那些戴着面具的人视频聊天。我要忙着在新生儿的眼前晃动色泽艳丽的玩具，还要密切关注他们不要误食老鼠药或是掉在地上的钉子。

光标在回收站的像素图标上晃来晃去。我点击图标，突然开始冒汗。点击还原，又把这些文件放回原位。

双胞胎出生之后，总有时间删除的。到那时，我应该有勇气与这一切荒唐一刀两断。

到那时再说吧。我启动浏览器，重新登录。

一天早上醒来，整个小区阒寂无声。听不到无人机飞过的嗡嗡声。听不到切特和查德与戴唐纳德面具的人们在大街上的冲突声。也听不到汽车飞速驶过街道的轮胎声。

我下床尿尿。用抗菌洗手液洗手。挣扎着看向窗外。

街道尽头，两个人被推进巡逻车。其他房子也全用警戒线封锁了车道。

我挪到电脑前，在“搜索巫师新闻”栏输入“中塘”。一无所获。

我看看仍旧躺在塑料袋里的砂锅菜手机。拨通预设联系人的电话，听着电话直接转入语音信箱。

有人轻快地敲我的房门。

唐纳德捧着一大束玫瑰，脸刮得干干净净，穿了一身剪裁合体的西装。他看起来一点也不像我从监控器中看到的那个衣冠不整、终日窝在地下室里痴迷于一堆数据的人。

“一切都结束了，宝贝。我们赢了，你和我。”

我的心怦怦直跳，不确定大脑中是恐惧，是解脱，还是困惑，抑或是所有情绪的混合。

他拥抱了我，告诉我所有的摄像头都已撤下，无人机也会租给高端婚礼庆典航拍照片。

“北岸委员会要我把这个给你，”他递给我一个胸针，胸针中间是一只眼睛，周边围着白色尖桩篱栅。“当然，随后还会有庆典。”

他小心翼翼地把胸针别在我的上衣上。

“玛戈特，我得说，之前我还怀疑过你呢。当时我以为你只是在别处找乐子，可我没能从全局看问题。你很显然知道我监控了你的网上活动。你的搜索结果是整个行动成功的关键。你收集到的邻居资料把我们想要的一切都展示了出来：骗税，吸毒，以及所有能把他们扳倒的资料。”

唐纳德拉着我的手，把我带到楼下，我和他一起站在前门廊上。

“房产市场会有一段萧条期，可是随着所有不好因素的消失，市场不等双胞胎上幼儿园就能稳定下来。”

我们走到修剪过的绿色草坪上。我能感觉双胞胎在我体内游弋。空荡荡的社区包围着我们，他们将在这里出生。我看着街对面的房子正面。跟我们的房子很像，但又有些不同。它的车库在左边，我们的车库在右边。

达纳·约翰逊

著有《在别处》(*Elsewhere*)《加利福尼亚》(*California*)《毁掉一个女人》(*Break Any Woman Down*),《毁掉一个女人》获得了“弗兰纳里·奥康纳短篇小说奖”,并进入“赫斯顿与莱特遗产奖”的最终决选。她的作品见于《熄灭》(*Slake*)《卡拉卢》(*Callaloo*)和《艾奥瓦评论》(*The Iowa Review*)等文学期刊。她生于加州的洛杉矶,并一直在附近生活长大。她现居洛杉矶市中心,是南加州大学的英语副教授,教授文学和创意写作课程。

建筑絮语

达纳·约翰逊

我们叫他“那个死胖子王八蛋胖子阿巴克尔[1]”,因为他真的很胖,再说我们也就知道这么点儿信息。本想给他起个更高明的外号的。给胖成那样的一个人起个死胖子的外号确实不够礼貌,也没什么新意。可一看到他,我就想起埃塞克斯物业信托公司对我们干的那些上不得台面的勾当。过去两年,租金一点点上涨,先涨3%,再涨5%,又涨7%,直到现在一下子涨了10%。在这里住到第五年时,物业公司换了一家臭名昭著的公用事业公司,自那以后,各种隐性“收费”层出不穷,洗一次五分钟的淋浴居然要花掉我20块钱。为了在这里继续住下去,我不得不跟各种各样的人合租。目前这位名叫富兰克林,根本不知道现在需要付钱的服务过去都是免费的。这就像试图告诉某个十五岁的孩子,从前带行李上飞机根本不需要花

1 罗斯科·阿巴克尔(1887—1933),生于堪萨斯州,美国导演、演员、编剧、作曲家。

钱，因为本来就不该收钱。还有以前的免费停车位，我的车停在那里，一个月也开不了几次，可现在居然要收我一个月 150 美元的停车费。一切都表明，曾经的好日子已一去不复返了。曾几何时，没人愿住在洛杉矶市区这个遍地血迹、痰渍、尿渍和呕吐物的地方；在这里遛狗的人得时刻提醒自己的狗不要去嗅扔在阴沟里的针头，因为他们心知肚明这些针头来自何处。于是，物业公司的人向我们这批最初的房客大献殷勤，热情友好地对我们说：你们是开拓者！就好像住在这里是多么荣耀的一件事，可实际上他们只是不想有空房。大楼管理者甚至给我们准备了装满礼物的帆布袋，袋子上印着大楼标志：银行大楼，始建于 1905 年。之前的物业经理一旦嗅到一丝危险气息，知道有人想搬走，搬到别的也想要把公寓填满的大楼里住，而那些大楼的物业经理们同样会向潜在住客们又是抛媚眼，又是飞吻，再送上些没用却诱人的小礼物，那么我们的经理就会做出一副“求求您了先生，求您别走”的可怜相。恳求我们签一份新租约。房租也不会涨。

可是胖子阿巴克尔就不会这样。他最近才当上大楼物业经理。其他几任经理都是干一阵儿就被辞退，有消息说，辞退原因是因为他们不懂得如何平衡对住客友好和赚钱之间的关系。我从一开始就讨厌这个看起来像是穿着戏装的花花公子一样的胖子。我的室友富兰克林也讨厌他。富兰克林总说：“看他这身打扮就不像能胜任工作的人。”不过富兰克林有他自己的时尚审美问题，这个等会儿我会提到。可是这个新经理：要是你还不到三十岁，却天天揣着个怀表，那你感受到的怨恨和敌意就是自找的。他穿老式圆领衫，脖子里打着细领带，有时系领结。终日穿着吊裤带的他似乎在挑衅我们，看我们敢不敢背后嘲笑他这么胖的人居然还敢穿吊裤带，更可笑的是缠在他身上的那条皮带，看起来就像黑色呼啦圈一样把他的身体牢牢套住。打扮成这样的人怎么可能让我们喜欢。可是，等到我们去向他申诉，告诉他作为长期住客，我们应该享有租金涨幅低一些，该死的，应该是一点都不涨的待遇，却被他拒绝之后，我们就出离愤怒了。胖子把我们折磨得夜不能寐。

有一天，我和室友被迫提前预约之后来到他办公室准备跟他谈。要搁以前，我们随时都能溜达进这间办公室，跟里边的人闲聊，还能享用装在超小尺寸泡沫塑料杯子里的咖啡，虽说咖啡味道不新鲜，跟碱水一样。当时，这栋建筑正在进行维修，尽量复原其历史面貌。工人在挖掘和重建过程中找到了许多旧物，有生锈的啤酒罐，不知是谁的眼镜框，还有几个烟灰缸。刚搬进这栋大楼时，我被这些旧日时光的老物件深深迷住，透过这些小东西，能看到某个我不认识的人曾经生活在这里的痕迹，打开啤酒罐，享受美味；抽支香烟，过着生活。看着这些东西，就好像看见这个人举起啤酒罐，对我这个来自遥远未来的人说："生活是个婊子，也是个笑话，所以，呸，去他妈的吧！你打算怎么办？"听着，我知道，这不像是洗劫金字塔陵墓，再发掘出图坦卡蒙法老的木乃伊意义那么重大，可是，据一群什么也不懂的混蛋说，在这座城市里，这些东西就是最古老时光的见证了。谁知道呢，我父亲的父亲的父亲在英格兰是砖瓦工，行了吧。1905 年，一个家伙搬了一堆砖，建造了这个超酷大楼，不是当时城里随处可见、外墙刷上灰泥、毫无特色的棕褐色垃圾建筑，而是这栋银行大楼。可是最近，不管是啤酒罐，还是诸如此类的东西，在我看来都成了没用的垃圾。租赁办公室的墙上贴着带有纹理的棕黑色壁纸，图案是大楼过去的样子，那时的大楼还没有变成公寓楼，一个个房间还只是办公室，待在里边的人都是些为了养家糊口每天打卡上下班的上班族。我们坐在办公室里，面对胖子那一副公事公办的嘴脸，连杯碱水咖啡都没得喝。“两位今天来找我有什么事吗？”他把身体往后一靠，双手指尖碰在一起形成尖顶。

我们来是因为我们受够了那10%的租金上涨。我们来是想平心静气地谈谈这件事。就连疯子也会同意我们的看法：每个月凭空多交那么多钱。这不是开玩笑吗？

“所以呢，”富兰克林张口说，语气理智得体，“我们在这儿住了得有——多久？八年了？”他看了看我，我点点头。事实上，他是我十年来的第五个室友。没人想在这里住太长时间。房子不是自己的，租金不管什么时候，也不管你愿不愿意，说涨就涨，谁会在这儿长住？事实证明，没人愿意。最后，他们都会以这样或那样的方式对我说，很高兴认识你，然后带着匆忙拆散的宜家家具，推着手推车沿大理石走廊离我而去。富兰克林在这里住了才一年多一点，不过我觉得让他来对付胖子阿巴克尔还挺合适的，在我看来，他俩应该是同一个时代的人。富兰克林边说边用手指捻弄着嘴角的八字胡，把末端向上卷成反向的大写字母C。他的样子突然让我感觉很沮丧，这就是我之前提到过的时尚审美问题。他居然给胡子打蜡。原来我觉得这没什么，可现在看他和胖子阿巴克尔在一起，让我感觉自己才是那个不合时宜的怪胎，穿着黑色匡威鞋、牛仔裤和白T恤这么一身奇怪的行头从未来穿越到现在，真让人难为情。也许我就是怪胎呢。之前倒是有人说过我长得像《快乐时光》里的谁。富兰克林咳嗽了一声，对胖子说：“你肯定早就知道我们在这里住了多久。他在这里住了多久。”他歪头看看我，结结巴巴地纠正着自己的话。他的态度已不那么坚决。伙计，我用眼神示意他。专心点。我本打算利用他那能让人联想起理发店四重唱的胡子，这样也还不够，当他决定离开时，我对他说“伙计，别搬走”。其实那时我就已断定他会离开。跟我握手时，他那绵软无力的手掌已预示了我对他失去信心的这一刻。可是本该聪明的时候我却丧失了应有的情商，尤其是该付租金时。

胖子阿巴克尔看看富兰克林，再看看我，眼珠一直左右移动，好像正在观看我俩的网球比赛一样。他脸上的笑容令人毛骨悚然，是那种木偶般的微笑。静默无声的笑，跟照片一样，一点变化都没有。

“是啊，”我说，想要掩饰刚才的笨嘴拙舌。“我觉得忠诚应该还是有点儿价值的吧。从未少交过一次租金。收到包裹第一时间把箱子拆散。别人丢的垃圾，我看到就会捡起来。要是来到大堂，看到乱丢的烟头或是其他什么东西，我都会捡起来。”富兰克林转头看看我，我们心有灵犀，记起曾踩到过哪个人渣遛狗时留在走廊里的狗屎。不过话说回来。凡事都有个度。“所以说，”我说，“这当然不是说你欠我，欠我们什么。就算是礼尚往来吧。我的要求就这么多。作为一个稳定又可靠的房客来说，这要求不过分。”

胖子用大拇指勾着腰带。坐正身体。皮笑肉不笑。“我知道你们是好房客。埃塞克斯物业信托公司非常珍惜与你们的租赁关系。可是我们不能在房客当中搞区别对待啊。那些在这里住了很长时间的房客和那些新搬进来的房客，我们都一视同仁。”

“以前的经理就是这么做的。”我说，富兰克林点点头，虽说他住在这儿的时间还短，对新老管理层都一无所知。

“过去是过去，现在是现在。”胖子说，他耸了耸肩，脸上仍带着面具般的微笑。我仔细研究着他脖子上一圈圈的肉褶子，想要钻进去，直达咽喉处能掐死他的部位。“听着，”他两手一摊说，“这是一家公司。市场什么样，我们就什么样。只要市场租金上涨，那么，埃塞克斯物业信托公司的租金也会上涨。”他老老实实地把残酷事实摆在我们面前，带着酒窝的笑容依旧。看着他，我突然意识到，他跟胖子阿巴克尔一点都不像，他简直就是《劳莱与哈代》里哈代的翻版。我们从一开始就把这些胖子搞混了。

“那就只能这样了？”我看着富兰克林，可他的眼睛告诉我，我也无计可施。

“你们当然可以考虑其他租房机会。”胖子说。

“你是说让我们搬走？”

“我是说，你们可能会找到其他更合适的安排。”他说。他的棕色眼睛闪着亮光，充满了调侃的神色。

“我会告诉你我们的决定。”我说，尽量让自己的声音听起来强硬中透着精明，好像他有失去我的危险，好像他需要我，好像我不仅仅是那一长串住在公寓里，过着悲惨生活的人群中的一个，不是被房东欺负，就是被别的什么人欺负，再往前看，也不仅仅是人生长河里，住在这栋早在电影的默片时代就已存在的大楼里的房客和他们的幽灵中的一部分。

我盘算着眼前处境。可以周五兑换这周的支票，周一身无分文，找个在联邦快递开叉车的工作，在那之前去麦当劳和汉堡王当服务员，这种工作我还是懵懂无知的小孩子时经常干，可现在我懂得多了。如果洛杉矶的建筑在 1990 年之后被翻新，那么该建筑就不受房租管控的影响，即使这栋建筑破旧不堪也没关系。我住的大楼就属此种情况。所以胖子或是哈代或者不管什么名字给我们下的这道虚情假意的最后通牒是有据可依的。我要是不喜欢，随时可以离开。

现在有太多看起来最多二十五岁的年轻人，干着神秘的工作，拿着大笔的佣金，付得起这里 3 000 美元一个月的房租。这些人要么是造型师，要么是博主，要么干的是类似的扯淡职业。工作地点都在市中心。我呢，已经四十岁。是的，我在这栋楼里也过了许多年舒心的日子，而且，十年前我也跟现在这些小伙子一样，搬到这里，挤走了大楼翻新之前就住在这里的那批房客。当时的房客每月租金只有 300 美元，扔垃圾要到走廊去，刷牙也在走廊刷。所以，就算被赶走，我也没什么可抱怨的。可是。我还是要问。被赶走的人该怎么办？他们该何去何从？难道说，归根结底，一切都要由这充满了铜臭气的金钱决定吗？我知道你们想问什么。那我最后去哪儿了？别急，我正准备讲呢。大厅里有一本过时的电话簿，上边全部是曾经在这栋大楼里工作和居住过的人的名字。有的名字疯狂到极致，居然有八个元音字母连在一起，后边跟着十个辅音字母。又长又蠢的名字。那本电话簿委实是件可怕的东西。谁想每天走下电梯一眼就看到那些幽灵的名字呢？我想说的是：人过留痕。你不能突然夺走一个人喝了十年、已经习惯的碱水咖啡。埃塞克斯物业信托公司制定的所有没人性的政策全被我归罪于胖子哈代。一切都是他的错，他还有他脸上那跟口技演员一样假到家的笑。这就是我当时的想法，可是现在我知道其实那时的我只是在找替罪羊，总得有人为这种不公平的现象付出代价，凭什么有些人就能富得流油，其他人到四十岁还得走马灯似的换室友？我开始密切监视他的一举一动，内心充满了复仇的念头。没什么比一个窝囊废莫名其妙从楼梯上摔下来，或是踩到被人胡乱扔在铺着瓷砖的旧走廊里的香蕉皮，然后撞到脑袋更疯狂的事情了。我就是想让他出出丑，扫一扫他的威风。让他体会一下面对一堵穿着吊裤带、脸上有酒窝的墙是什么感觉。

我试着说服富兰克林也加入进来，可是拆散的宜家家具已经明明白白地说明了一切。要不了多久他就不再是我的室友了。现在他已经开始在屋里摔摔打打，说那额外的10%租金是多么不合理，他之前不知情，或是诸如此类的废话。“我也不知道，伙计。确实有点儿不合理。这个价格我都可以在卡尔弗城租房了。那里应该相当冷。”

事实证明，自从开始监视胖子哈代，我倒真发现了点什么，千真万确。这家伙是个冷酷无情的人。看来我们都被他在办公室的表现给骗了。办公室里的他倒是热情友好。可是一旦没人注意，他就原形毕露，折磨新来的工作人员。当他自以为没人注意到他的举止时，他的表现与典狱长无二致。“哈维尔。把拖把和扫帚拿到一边去。别忘了，我们时刻都要展现最好的一面。”或是“赫克托。你要是再擅自离开安保台五分钟试试看。这里一分钟都离不了人。”有一次，他发现我在看他。当时他正打算吼珍妮特。太好了。我不是总说大厅里有个性感尤物吗，不觉得吗？她天天待在电梯里，从上到下擦着劣质红色天鹅绒。住客们用手指在上面写“去你妈的”，再画上让人看了就倒胃口的鸡巴，被电梯厢顶的卤素灯一照，居然散发着神圣的光芒。有一天，她忘记往电梯里喷上柠檬味的空气清新剂，以掩盖乘坐电梯的那些浑身恶臭的大狗身上散发的臭味。可是，那些体型庞大的狗从一开始不就不应该在公寓里出现吗？

“要是我走进另一部电梯，”他用手指着她的脸说，“没有闻到柠檬的清香？那我们的麻烦就大了。”

“好的，先生。”珍妮特点点头，发辫从头巾里落下来耷拉在脸旁。真性感。她太性感了。跑题了。我也就随便一说。然而，我的眼光刚从珍妮特身上收回，就看到哈代正盯着我看。木偶似的假笑出现在脸上。可是在那之前，有片刻工夫，耐人寻味。也许，他透过我的眼睛看到了自己刚才的嘴脸：一个体型庞大的男人赫然耸立在一个碰巧和他肤色不同的女人面前颐指气使。是的。看起来可不妙。我的眼神肯定了他的猜测。那一刻转瞬即逝，我俩都露出了敷衍的笑容。他对我点点头，溜达着走回办公室。还有一次在大堂里，我看着他弯腰捡起掉在地上的东西。当他弯腰时，裤子紧绷在屁股上，看起来好像细条纹的床垫，真希望他的裤子能像撕床单一样发出呲啦的声响，从中间裂开，笑声已经在我脑海回荡。可是，运气不好。等他站起来转过身，看到一个家伙正盯着他的屁股看得津津有味。他眯缝着眼睛，想要搞清楚我的动机，这一次他的举止一点都不友好。他对我点点头，双唇紧闭，看了我一眼，似乎在说："我干吗要对你友好，你个该死的变态！"

尽管如此，我还是看到了我以为自己想要看到的景象。我亲眼看见了胖子哈代倒霉的全过程。

大堂里有一个大会议室，通透的玻璃墙，可以清清楚楚看到里面发生的一切。不管是谁在里头工作或干其他事情，都一目了然。凡是大楼住户都可以使用这个会议室，可我却从没见过其他人进去，只有那些拥有这栋大楼的老头子们才会出现在这里。富兰克林和我被胖子哈代狠狠羞辱，并涨了10%租金的四个月后，胖子坐在会议室里，面前是三个满头银发、身穿牛津布衬衫的老头。大堂里有一把银色椅子，尺寸超大，外形蠢笨，很明显只是为了典雅的装饰效果才摆到这里的。我就坐在这把椅子上，假装检查邮件。富兰克林按响蜂鸣器开了门，走进大堂，坐到椅子扶手上。

"你在干吗呢？以前可从来没见你坐在这里过。"他顺着我的眼光看过去，“这是怎么回事？”他朝会议室抬抬下巴。里边正说得热闹，有人手臂乱挥，有人不时点头，有人凝视空中，有人做着笔记。“我正在观察呢。”我说，一边尽量说清楚，一边尽量不动嘴唇。

“你是故意这么说话的吗？你到底是谁，间谍吗？根本没人在意我们，”他说，“他们听不到我们说话。”他又转头看着会议室。“天哪。你看阿巴克尔身上的汗。真的是往下流呢。”

“哈代。”我说。

就在那时，会议室的门打开，老头子们一个接一个走了出来。他们全都穿着裤缝笔直的卡其裤，脚蹬休闲鞋。我也不知道哪根筋出了问题，可是就在那一刻，我发现自己宁愿接受胖子哈代的吊裤带和圆领衫，而对那几个家伙的面包色裤子和花哨得跟复活节彩蛋一样的衬衫看不上眼。不合时宜。其中一个家伙拍拍哈代的后背，再跟他握握手，说了句世界上一个人对另一个人能说出的最残忍的话。他说：“祝你好运。”

建筑物会说话。要是你不在公寓里住，我得和你说，这是特别酷的一件事。真的：也许我在这栋大楼里一个人都不认识，那又怎样？里边有三百间公寓或是什么的？那我又是怎么知道所有我想知道的事情呢？这就是我打算说的。这栋大楼有张大嘴巴。所以我知道胖子哈代丢了工作，所以我知道他丢了工作是因为他太想要保住这份工作。那些穿卡其裤的家伙们可不好糊弄。他们想要的就是钱，钱，钱，越多越好。他们让胖子哈代强制执行他们的命令，这就是哈代的末日。很多人会说：“我干吗要一个月多付 200 美元？不租了。”我亲眼看见了这样的事情发生。剧情大反转。从我公寓的窗户看出去，能看到对面越来越多公寓露出黑洞洞的窗口，像眼睛一样瞪着我，好像在说：“看什么看？下一个就轮到你了。”

大概一个星期之后，富兰克林和我下楼来到位于大楼地下的一间酒吧。这间酒吧是洛杉矶最古老的酒吧，建于1908年。酒吧里卖法式蘸汁三明治和美味可口的鸡尾酒，可我不喜欢喝调制酒，只喝不加冰块的纯威士忌。对我来说，待在有酒的地方就是一种享受。不过我要告诉你我最喜欢楼下这间酒吧的原因：这里是洛杉矶第一个提供支票兑换服务的地方，那是多年以前的事了。我喜欢这个主意。来这里先把支票兑换成现金，点一份三明治，再点一杯不花哨却够劲的酒，吃吃喝喝，心满意足地离开。

富兰克林和我下楼之后，一眼就看到大腹便便的胖子哈代坐在吧台旁。哈代身旁正好还有两个空位。往吧台边走时，富兰克林假装系鞋带以拖延时间，我猜他肯定以为这样的话我就得挨着哈代坐了。怎么会这么蠢。我先走到吧台边，坐在与哈代隔一个位置的吧台凳上。富兰克林不会下棋，所以他只看得到眼前，不懂得预判。“混蛋。”他坐下来之后，嘴里骂了一句。

“什么？”胖子哈代把一半身子转向富兰克林，喝了一口棕色的什么东西。

“哦。不是说你，”富兰克林说，“他。我说他呢。”他用大拇指朝我的方向指了指。

胖子侧身看了看。一看到我，他就举起酒杯做了个祝酒的动作。我不知道他这是什么意思。这一举动让我毛骨悚然。我跟他？我们可是对头。我们的关系可一点都不好。我们俩根本不是一类人。就因为他，明年这个时候我又得换室友，新来的那家伙留着二十世纪八十年代流行的莫西干头，耳朵上乱七八糟戴了一堆耳钉，把耳朵都撑变形了。

可要是你跟一个人一起喝酒，有趣的事情就会发生。你会成为某人的历史，变成他的回忆。那天我们聊得很开心，不时哈哈大笑，但让我印象深刻的却是这样的片段：我们都喝得酩酊大醉，我变得越来越伤感。胖子哈代不停嘟囔：“你俩都挺好的。”然后他又对富兰克林说：“你的八字胡看起来也不错。”胖子哈代语无伦次地把这些话说了一遍又一遍，听起来怪怪的，不知为何总让人联想起某人来自故国的祖父。我已经开始想念他了。这样也好，因为我再也没见过那家伙。这些话又不能对新室友说，说了他也不懂，不管他的耳垂下坠得多厉害。我总不能说：“还记得过去那个经理吗？那个胖子哈代？还记得他腰上系的皮带吗？见鬼！”

那个夜晚很美好。吧台后面的装饰古老，色泽深沉，外观高雅，灯光柔和。墙上写满了从 1908 年以来到现在年复一年在这里喝了足够多的酒，有资格把名字写到这里的人的人名。音乐正合我意。刚开始放的是大卫·鲍伊，接着放了艾瑞莎·富兰克林，然后又放齐柏林飞艇。透过吧台的镜子，可看到身后墙上挂在相框里的黑白老照片，这些来自过去的人们透过镜子观察着我们。其中一个长得很像玛丽莲·梦露。

“玛丽莲·梦露！”我转头指着那张照片。我旁边坐了一个人，留着大大的爆炸头。“得了吧，伙计。那个可不是玛丽莲·梦露，只是长得有点像而已。”他用手指着我。“詹姆斯·迪恩！”“不，不，不。”他的朋友说，也指着我，然后用拳头堵住嘴。“妈的，你知道这狗娘养的长得像谁吗？就是那个《快乐时光》里的那家伙？叫什么来着？”

“去你们的。”我说。我浑身无力。记得那时富兰克林正跟一个鼻子上穿了鼻环的女孩打情骂俏，胖子哈代也已经离开。消失了。

我又重复了一遍。我说："去你们的！"

"老兄，"坐在我旁边的男人说，他拽着我的衣领。"把你那醉了吧唧的屁股坐回凳子上去。"

"不，"我说，"不！我叫马蒂·艾伦·琼斯，我在这里住了十年了，我打算再在这里住上十年，也可能会住上一辈子，我现在就在家，我哪儿也不去！"

马克·基乌萨诺

著有《海洋公园》(*Marine Park*)。他毕业于哈佛大学，读书期间曾获得过“胡普斯奖”。小说和散文见于《格尔尼卡》(*Guernica*)《叙事》(*Narrative*)《哈佛评论》(*the Harvard Review*)《锡屋》(*Tin House*)“全国公共广播电台”(NPR)及《每日巴黎评论》(*The Paris Review Daily*)等媒体。他生于布鲁克林，并在那里长大。

卡米努可酒吧生存指南

马克·基乌萨诺

安德森来酒吧参加新员工入职欢迎酒会，一到门口他就知道有点不对劲。他小心翼翼环视整间酒吧，看到最里侧的预留席位旁，坐着他为之效劳的创业团队的成员们，正比画着手势热烈交谈。安德森还没想好怎么开口，最近入职的市场协调员格里夫就看到了他，伸出双手向他表示欢迎，一不小心把酒洒到了身旁的空位上。那个空位，安德森感觉，应该是给自己留的。

安德森走到桌旁，坐到空位上。大家大呼小叫着欢迎他的到来，绘声绘色地给他讲刚才他在办公室工作时错过的精彩——对了，你到底在干吗呢？怎么不跟个热血青年一样早点儿下来？安德森，你工作太努力啦！实际上，对安德森来说，这份工作带给他的感觉却很闲适，终日坐在跟其他几个创业公司共享的大办公室里，办公环境奢华时尚，玻璃门隔开私密空间，着装精致的秘书们穿梭其间，有男有女。除了安德森的公司之外，另外几个公司的业务都和书籍不相干，所以，只有他们公司的秘书（女性）桌上，终日高高地摞着一堆书，每本书都用不同颜色标记，像彩虹一样从书口延伸到书脊。公司名叫阅享，成立初衷是：用户可以通过 Kindle 或 iPad 随时随地阅读朋友或家人存储在 Kindle 或 iPad 上的书，就算没有开机也没问题——数据可以通过流式传输，跟用户使用“视灵王”机顶盒看电视是一样的原理。目前，一个用户最多可以拥有五个“共享伙伴”，公司的目标是把共享伙伴数量发展为十个。阅享的在线界面比一般电子阅读体验要流畅得多，公司的终极目标是建立一个在线社区，供读者分享阅读心得，推荐优秀书籍。通过社区，可以上传看书时做的标记和感想，也可以轻松发起关于某本书的话题讨论。安德森是创业团队的编辑。有时他会担心自己的工作是不是真如大家以为的那么成功，也不知道会不会毁掉传统的出版业。阅享就像一间图书馆，他们这么安抚安德森。这么一想，再加上公司的股票期权也能让他获利丰厚，安德森就没那么多担忧了。

倒不是说他的工作机会很多，可任他挑选。实际上，阅享给他的报酬最优厚，他承担的责任也最少。他只负责对书籍进行筛选，再就用户阅读的书籍写一些短文发布到网上，保持阅享官网内容新鲜、观点新颖就可以了。这些事对他来说易如反掌，所以他总是中午 11 : 45 左右就能干完一天的工作（程序员们不到十点不会来上班，因此他也在那个时间到公司）。午饭持续很长时间，饭后他习惯散散步，到河边走走，倚着栏杆，脑海里翻腾着想要跳下去的念头——当然是去游泳，可不是跟弗吉尼亚 · 伍尔夫一样跳河自杀。他喜欢眺望河对岸的新泽西，时而高兴，时而忧伤。下午两点返回办公室，玩玩单人纸牌游戏，翻几页平装旧书，或是在博客里敲一篇有关伊恩·弗莱明[1]的帖子。与此同时，那几个程序员头戴耳机悄无声息地卖力工作着。

安德森的注意力转向格里夫，这个从一入职就努力想跟他成为好朋友的新任市场协调员。格里夫三四年前才从某个知名大学毕业，记不清是杜克大学还是达特茅斯学院了。初见格里夫，安德森就知道他和那些程序员的脾性截然不同。程序员们只在工作间隙或是喝醉之时才会敞开心扉——格里夫却无时无刻不在说话，恨不得把你的耳根子都说掉。虽然格里夫在简历上（安德森偷看到的，他就喜欢看别人的简历）声称自己精通 Java 语言和 C++ 语言，可是安德森对此表示怀疑，不管真懂还是假懂——他最多也就是在风景优美的大学校园读书时上过一两节选修课，略懂皮毛而已。来阅享工作之前，他在一家高端活动策划公司工作过，为别人发明的一款应用作宣传。

时候。格里夫意味深长地对着安德森的方向说。

你说什么呢？安德森问道。

格里夫的笑意在脸上若隐若现。来得正是时候。他说。这会儿下来，看安德森对他的话没反应，他又补了一句。

今天办公室事儿挺多，安德森说。听说了。格里夫回道。格里夫爱穿 POLO 衫，下摆整齐地塞进昂贵的牛仔裤里，今天他在身上加了件运动夹克。

我去要杯酒。安德森说。接着压低声音问道，今天的酒钱记谁账上？有时公司创始人尼基尔和詹姆士会提前到酒吧，把一张信用卡放到吧台之后再离开。酒吧老板都挺可靠，所以第二天早上他们

---

1 伊恩·弗莱明（1908—1964），英国小说家，共出版 14 部邦德系列小说。

回来取卡的时候，基本不会出现滥刷的情况。安德森跟他俩是在一场书店朗诵会上认识的，当时安德森临时被找来顶替朗诵会原定的主持人。几周来，除了给一个真人秀节目转录对话，这个工作是他干的最重要的活了。朗诵的那本书没什么价值，不过是一个学过创意写作拿到学位的写手写的一本短篇小说集，头天晚上安德森抽时间读了四分之三就读不下去了。朗诵会之后，作者的亲朋好友一拥而上，把作者围在中间，对作者说着各种溢美之词，就是不买他的书。趁这工夫，尼基尔和詹姆士找到安德森，对他说，我们公司正需要像您这样有才华的人加入。当时安德森没有想到，也许他们需要的只是一个水平一般的人。书店展板上有作家和主持人的介绍，作家介绍旁边，本来用粉笔写的是原定主持人的信息，资历引人注目（在《纽约时报》和 FSG 出版社工作过），原有信息擦掉之后，换上了安德森的简介，简简单单四个字，几乎难以辨认：自由编辑。他们把两人共用的名片递给他，装在口袋里感觉就是薄薄的一张小纸片。面试时的交谈却让他对两人刮目相看。他俩精通美国文学和世界文学，对教育和文学的发展也颇有心得。据两人所言，他们正与世界作家协会讨论合作事宜。安德森当然不会拒绝这样的工作邀约。彼时他差点儿就要落魄到给论文导师写信，求她再把自己招至麾下了。

记账啊，格里夫故作天真地说道，你刚说的意思是不是问记谁的账？或许您指的是正躺在您钱包里那张塑料信用卡片，好心的先生？这就是格里夫式的幽默。安德森无意中告诉过他，自己虽然精通现代文学，可最喜欢的书还是《亚瑟王之死》。真是悔不当初。我也就随便一问，那我去给咱俩一人买杯喝的。安德森说。这就对了，格里夫咧嘴笑着说，然后他把身子凑近安德森。尼基尔刚才过来了一趟，看起来相当慌张。他说。接着又说：很显然，她没有接受这份工作。

这消息在安德森听来倒是挺有意思。实际上，今晚的欢乐时光大家之所以聚在这里就是为了庆贺新人入职——这个比格里夫还要新的公司新人。无论何时，只要阅享招了新人，正式上班之前，公司员工都会在卡米努可酒吧或苏荷区类似的酒吧里庆祝一下。确切地说，这场欢迎会在他或她与公司签订合同之后，正式上班之前举行。用尼基尔和詹姆士的话来说，这样做就相当于工作前借酒表歉意，也可以叫作大棒顶端的胡萝卜：喝完酒就要努力工作啦！先欢迎一下，新员工的归属感会更强。这个理念其实挺不错，说起来尼基尔和詹姆士的许多想法都挺不错。安德森自己的入职庆祝会也挺好玩，搞得好像入会仪式一样，跟儒勒·凡尔纳和萨默塞特·毛姆的间谍小说里描写的情形挺像。对于技术宅们来说，这应该就是他们的行事方式。那时格里夫还没来，所以庆祝会的乐趣又增了几分。

居然让她给跑了，哈，安德森若有所思地说，看来是对这份工作不感兴趣啊，对吧？

格里夫立刻回了他一句。是我们配不上她，我感觉。

那她还能去哪儿高就？安德森问道。

格里夫把杯里的酒一饮而尽。哦，她可抢手了呢，伙计。他说，人家可是个三面手。不能再说了，太伤心了。他指指手里的空杯子。

安德森拿着杯子来到吧台，轻轻放下。身处曼哈顿这样的地方，又是在晚上这个时段，酒保看起来却是异乎寻常地满足，还有心情嬉笑逗乐。他把杯子拿起，对安德森说，想喝什么穿肠毒物啊，朋友？语气在安德森听来，过于狡黠。安德森看着眼前摆放的一排排啤酒，名字用彩色粉笔斑驳不清地写在公告牌上，标价都是十美元。

自由编辑做久了，看到这个价格，还是让他吃惊不小。这会儿还有欢乐时光特价酒吗？他问道。

酒保动作浮夸地看了看表，虽说安德森很清楚现在最多 8 : 00，绝对不到 8 : 30。专门给你个特价。他说。有何不可呢。那就随便什么来两瓶吧。等一下，把其中一瓶换成百威淡啤吧。那价格就贵了。酒保说。没事儿。安德森说。似乎这样才是理所当然。

我是不是在哪儿见过你？酒保倒完酒，问安德森。应该没有吧。安德森回道。嗯。酒保说。他刷了一下安德森那张基本崭新的信用卡。好了。他说。还请先别结账。安德森说，端着酒回到桌旁。

他本可能跟一群更糟糕的人一起工作，安德森暗自思忖。像他这个年纪的人，有许多连工作都找不到，这倒是事实。他们公司是个小公司，刚开始创业。尼基尔和詹姆士有着年轻人特有的自信和乐观，对员工的看法也总是积极向上。他们这样的人，看似聪明绝顶，可实际上却会走向两个极端。往好了说，这种类型的人在人类历史的任何阶段都有自己的位置，无论时代如何发展，他们这样的人要么葬身火海灰飞烟灭，要么站在金字塔的顶端为万人瞩目。他们可以是萨满，可以是军人，可以是探险家，也可以是核物理学家。到了 2014 年的现在，他们化身为创业公司的首席执行官。他们把一群优秀人才招至麾下，坐在桌旁的就是这样一群优秀的人才。副主管佐伊，总是素面朝天，主要负责精简原始代码库，以达到应用运行时减少 30% 的电池耗电量的目的。佐伊没什么背景，可是前途却一片光明。她留着一头利落的短发，对安德森总是爱理不理，这让安德森难以忍受，却又隐隐被她散发的魅力所吸引。佐伊右边挨着坐的三个人：蒂姆、麦克和安妮塔，是公司三名工作非常努力的程序员。他们不像格里夫、尼基尔和詹姆士那样毕业于知名大学，这三个人完全是自学成才。他们要么一直都擅长编程，要么受够了浑浑噩噩地干着前台接待这种没有任何发展前途的工作（说的就是可爱的安妮塔），辞职到纽约的“新手学堂”去学习编程。要搁以前，他们或许会找份建筑工程师或质检工程师的工作，卷起袖子热火朝天地投身进去。安德森对他们毫无抵抗力，蒂姆和麦克说话时带有浓重的波士顿口音，跟安妮塔的纽约口音相得益彰——安德森认识的人中说一口地道纽约话的可是寥寥无几。安妮塔住在斯塔滕岛，每天开车上下班——停车费由詹姆士和尼基尔负责，她最近刚刚被任命为项目经理。另外两名程序员似乎也欣然接受安妮塔的升职，至少在安德森看来是这样。他们给她订制了一款蛋糕，做成三拼浮雕科学实验展板的样子，等她把锡纸揭掉时，他们在旁边开心大叫：“做项目啦！”这三人在一起总是那么开心。他们差不多都能拿到超过十五万美元的年薪，也算是他们应得的。

安德森把百威淡啤放到格里夫手边，跟他说其他酒都卖完了。他本来想开个玩笑随便找点儿刺激，可是格里夫对这个玩笑似乎无动于衷，只是耷拉着脑袋令人不易觉察地往下陷了陷身子。也许他在大学里没怎么喝过百威啤酒。行了格里夫，我开玩笑呢。淡啤是我的——有助消化。格里夫欣然接受了另外那杯印度麦芽酒。

安妮塔坐在蒂姆和麦克中间，正侃侃而谈。我觉得，她说，宁可人手不齐，也不能要今天这位。

行了，别说了。麦克和蒂姆粗鲁地抱怨着。

正说新来的程序员呢，格里夫没话找话地说。安德森挑挑眉毛，心领神会。

什么样的工作才是好工作，我倒是想问问，安妮塔说，语调上扬。她看似在问大家，可实际上却是在表明立场。佐伊表示了赞同，表达方式既矜持又含蓄，安德森一直看不出她到底是怎么做到的。也许是下巴轻扬？

确实。她点点头。

你们得知道，格里夫插嘴说，摊子大可不一定是什么好事。越小越好，少个人分一杯羹。

越少越好。麦克和蒂姆几乎同时开口。

啊？格里夫不明白。

人越少越好，麦克体贴地解释道，是吧，安德森？

安德森喝了一口啤酒。抓住你的小辫了，格里夫，他说。

我的意思是，安妮塔接着说，真不明白尼基尔和詹姆士干吗要为这个小妞伤心。安妮塔边说话，边把线条优美结实的手臂安安稳稳地放在桌子上。听了她的话，佐伊似乎有点儿不高兴。

你知道我什么意思吧？安妮塔把头转向佐伊，问道。似乎佐伊了解的内幕比他们以为的要多，她只是缄默不语而已。

她是个非常优秀的应聘者，佐伊不动声色地说，算作解释。安德森等她说下去，可是，佐伊似乎并不打算透露更多内幕，这种感觉就像看一篇用词极简的短篇小说。

有人强烈推荐她，意识到自己说得太少，佐伊又加了一句。大家等着她继续说下去。

尼基尔和詹姆士找了她好久。佐伊以这句话结束了话题。她耸耸肩，举起手中的杯子，杯子里不知是什么酒，看起来挺难喝。

祝前途光明！祝阅享越来越好！她说。祝阅享越来越好！大家跟着共同举杯。安德森也随声附和，感觉自己就如每天中午凭栏临风时眼前那层层水波，虽未一跃而入，却已然随波逐流。

到了这个点儿，连那个怪异的酒保也没办法假装还是欢乐时光了。不知何时佐伊无私地把自己的信用卡放到了吧台上——会不会是公司的卡呢？公司有没有这样的卡呢？谁也不知道——给大家买了最后几轮酒。安妮塔、麦克和蒂姆早就喝得人事不知，他们一声不吭地喝完杯中酒，人已神游天外。佐伊喝的还是她那杯看起来很难喝的酒，一点醉意也无。格里夫跟还在上大学的毛头小子一样喝得晕晕乎乎。安德森发现自己也有点儿晕头转向，真是尴尬，却无能为力。等会儿回家把几天前剩下的意大利面加热一下吃掉，再看一会儿《罪与罚》应该会好受些。那本《罪与罚》放在床头柜上已经几个月了，总是没翻几页就放弃，转而打开电视。天气和暖的夜晚，他有时会做梦，梦到阅享精灵会偷偷溜到他那间一居室的小公寓，把这本还没好好读过的陀思妥耶夫斯基的名著从他手里夺走。其他人更需要这本书。阅享精灵会这样跟他说，声音悦耳动听。

安德森站起来，把椅子从桌旁推开，地板居然没有发出任何声响。椅子腿肯定装了套子，要么就是地板比他以为的要耐磨。安德森觉得，对酒吧来说，这倒是个挺实用的生活妙招，可降低过量噪声。“生活妙招”这个词是从麦克和蒂姆那里听来的，安德森还没完全学会正确使用这个词。方便啊！看到安德森站了起来，格里夫大声说。这次终于思维同步了。去方便一下。他点点头。两人一起从桌边站起，一声不吭，跌跌撞撞地走向卫生间。

安德森和格里夫并排站在相邻的小便池旁小解。尿到一半，安德森突然想看看手机，不过克制住了这股冲动（看手机会让头更晕），结果无意中看到了身旁的格里夫，一下子就注意到了格里夫脸上痛苦的表情。

怎么了，安德森恐惧地问道。真不敢相信自己要跟这个人尿谈。

格里夫摇摇头，眼睛盯着小便池上方黑乎乎的显示屏。

她很可能是个美女呢，兄弟，他说。新来的那个。他指的是那个逃之夭夭的新员工。安德森没吭声，有那么一会儿，只有尿液小声流动的声音打破了卫生间的沉默。这种事总让我碰上。格里夫说。听他的语气，安德森特别担心他会哭出来。他俩站在水池前洗手，水流喷涌而出，打湿了两人的衬衣前摆。卫生间阴暗朦胧，弥漫着浓浓的姜汁啤酒味。格里夫始终没有正眼看安德森。

走出卫生间后，桌旁只剩佐伊一个人，正在手机屏幕上点来点去。他们仨已经回家了，她说。安妮塔肯定没法再开车。她淡淡地笑了笑。安德森心想，也不知道有没有跟她约会的可能。他不确定跟佐伊有什么共同爱好——她最喜欢的作家是艾茵·兰德[1]，最喜欢的书是《太空先锋》(至少跟他有一个共同点)，这些信息在脸书主页和阅享登录页面上一目了然——可他非常羡慕佐伊处变不惊的能力，也欣赏她坐在电脑桌前那优雅的身姿。安德森不知花了多少时间透过办公室的室内玻璃幕墙痴痴地盯着她的倩影。他把自己对她的渴望浓缩成一枚微笑，与此同时，格里夫打了个大大的酒嗝。

我得走了。佐伊说，她起身到吧台结账。安德森和格里夫注视着她，看她行云流水般地做这一切——似乎酒保已经为她准备好信用卡，签字笔也已就绪等她签名。结完账，她回头看看他俩，轻轻挥了挥手，走出酒吧，手提袋在她背上轻轻跳跃。

好了，安德森说，衰城又一个烂夜。格里夫哈哈大笑。这个表述太有意思了，伙计。格里夫说，你都从哪儿学来的这些东西？安

---

1 艾茵·兰德(1905—1982)，俄裔美国人，20世纪著名的哲学家、小说家和公共知识分子。出版《源泉》《阿特拉斯耸耸肩》等数本畅销小说。

德森欣然笑纳了他的赞美。明天会更好。安德森说。说得对，男人。格里夫说。走到酒吧门口，安德森才想起还没结账，他那张崭新的信用卡还在酒保手里攥着呢。找到这份工作之后，铺天盖地的垃圾广告对他才有了意义，他才感觉自己又重回资本主义社会。我得去结账。他告诉格里夫，格里夫亲切地拍了拍他的背。明天见。格里夫点点头，往门外走去。安德森内心突然雀跃了起来——开心自己终于拥有了信用卡，庆幸终于不用跟格里夫一起搭乘几站地铁回布鲁克林。不过格里夫很可能会优步上叫辆车回家。该死，自己也可能会叫优步。

安德森对着吧台做了个结账的通用手势，酒保立刻走了过来。账单放在他面前，账单旁是一支没盖笔帽的笔，一切准备就绪。安德森刚准备伸手拿笔和账单，酒保身体前倾，在他耳边轻声说了一句话。今晚你会收到一封邮件，酒保居高临下地说，她会联系你的。

安德森吓得倒退几步，手里还抓着那支笔。现在他真感觉自己身陷毛姆的间谍小说里了；可能就是那个《英国间谍阿兴登》的故事吧。你说什么呢？他问道，声音有些嘶哑。酒保退了回去，笑了笑，好像根本没听见安德森的问话，对安德森做了一个请签字的手势之后，径直走到了酒吧另一头。

安德森盯着酒保，等了一会儿才在账单上签字，随后把崭新的信用卡收回到钱包里。他最后一次看向酒保，想要找出蛛丝马迹，又有点指望酒保能给他点提示，可是酒保根本不正眼看他。吧台那头没有客人——酒保正匆匆翻阅一本书。安德森想问他看的什么书——这是一个很难戒掉的习惯。对他来说，看一个人读什么样的书能判断出这个人是什么样的人。近年来，随着电子阅读的普及，这点越来越难做到。大家都用 iPad 和 Kindle 看书，看着这些电子设备也看不出个所以然来。安德森刚要张口，酒保警告地摇了摇头。安德森狼狈不堪地逃离了苏荷区的这间酒吧。

像平日一样，这个夏日夜晚凉风习习，令人惬意，而地铁站却如白日一般闷热难耐，恶臭扑面。百老汇-拉法耶特街地铁站光线昏暗，人潮涌动，安德森等了二十五分钟才等到下一班地铁。书放在办公室忘了带回来，于是他掏出手机，打开安妮塔介绍给他的那款可在所有设备上读同一本书的软件，找到一直等着他的《罪与罚》。也不知道是翻译不够地道，手机屏幕太小，还是他自己的问题，反正看了没几页，他就放弃了。酒保那奇怪的警告一直萦绕在他脑海，挥之不去。F线总算来了，车厢里空空荡荡；不是乘客寥寥无几，而是根本没有乘客。亮着幽光灯的列车看起来好像凌晨三点的垃圾车。在百老汇-拉法耶特街地铁站等候的人群一拥而上，安德森跟着人潮挤上列车。列车开着空调停了一会儿之后，关上门，驶出站台。

回到家，安德森把剩了好几天的意大利面加热，也没指望着有多好吃。他不擅长烹饪，自由职业的那段时间，虽说天天在家做饭，可那是不得已而为之。意大利面是一周前的某天晚上下班之后去餐馆点的晚餐。他离开公司，来到餐馆，脑袋空空，独自一人坐在桌前发呆，等回过神来，已是晚上十点。把剩下的晚餐打包带回到寂静清冷的家里，没顾上吃，他即刻陷入沉睡。

狼吞虎咽地吃完意大利面，安德森检查了门是否上锁，换上睡觉穿的T恤衫和干净的平角短裤，舒舒服服地坐在放在床前的那把扶手椅上，准备读点什么。陀思妥耶夫斯基的书放在床边，书页已经发黑，亟待他拿起阅读，可这会儿他却没心思读这么沉重的书。于是，他挑了本之前乘地铁时心血来潮买的那本《纽约客》杂志，翻了起来。这本杂志的日期不算新，但也没过时，在他看来，这真是最适合《纽约客》发展的时代。一直以来，他都有股冲动，想要找个地方，把杂志从头到尾读个遍，就连平时根本不会关心的舞蹈评论也要认真看一看。他幻想着有一天能这么做，到时应该娶了像佐伊这样的老婆，自己也已成为某个全新在线出版物的主管编辑，等那一天到来，他会在周末选个时间，翻阅每一页杂志，了解每位作者，或许和其中一些作者还会有私交。安德森打开杂志，跳过街谈巷议栏目，快速扫了眼经济专栏（那是自然），开始读短篇小说部分。可是这期小说用的是第一人称叙述方式，在安德森看来，第一人称叙述就意味着肤浅，最近几年以第一人称写的小说都有此通病。叙述内容只有叙述者和小说创作者觉得重要，跟其他人毫不相关，无法让大家感同身受，也没有第三人称叙述方式所特有的优雅魅力。看到一半，实在看不下去的安德森合上了杂志。

平时睡觉前，安德森绝对不会检查电子邮件。他总觉得那样做会干扰正常的睡眠模式，原本要想健康睡眠就必须要关掉的通道，一看电邮就会被打开。可是今晚不同，安德森把放在床边书架上的电脑拿了下来，登录 Gmail 邮箱，里边有几封亚马逊网站和书友网站发送的促销邮件，还有不知道多久前注册的一个本地新闻网的新闻提醒。没什么值得关注的动态。安德森一阵烦躁，重新登录另外一个账户，准备进入办公邮件系统。通常来说，下班后他会想尽办法不看公司邮件。为公司付出的时间够多的了。输入非常有讽刺意味的密码——穷困潦倒在纽约——安德森眼前出现阅享那艳丽的绿色主页。邮箱里有一封格里夫发给全体人员的邮件，介绍了一款晚上坐地铁回家时看到的在线阅读应用。尼基尔回复了三个字："有意思"。佐伊把第二天的日程安排也已发送到邮箱。除此之外，没什么吸引人的邮件。安德森连垃圾邮件都不放过，还是一无所获。

该检查的都检查了，没其他办法可想：安德森觉得有点失落。像平常一样，他的生活又回到一潭死水的状态。日复一日的庸常人生。只有在文学世界，他才能找到些许惊喜，现实中的他从来都是碌碌无为。就连阅读习惯也证实了这一点——读书永远浅尝辄止，阅读只是单纯消遣，他从没想过深层研究某个作家或某个时代的作品。所以，研究生一毕业他就来到纽约。安德森看着电脑屏幕右上角的时钟——已经凌晨一点了。人在这个时刻总是喜欢自我否定。

安德森合上笔记本电脑，放回书架上，瞄了一眼孤零零躺在床边的陀思妥耶夫斯基，关上了灯。

他被一阵敲窗声惊醒。惊醒之前正在做梦，梦中的他和安妮塔盯着电脑显示屏，手臂挨在一起，佐伊的双手放在他俩肩膀上，也盯着电脑，脸上的表情不以为然。这场面对安德森来说，太不同寻常。安妮塔把手伸到屏幕上，用指尖捣着屏幕，一次又一次。后来佐伊也伸出手用指尖更用力地捣屏幕，佐伊用力过猛，结果电脑屏幕在安德森的梦中世界里炸裂开来。他突然惊醒。有人正站在门外的防火梯上敲他的窗户。

他走下床。屋里漆黑一团，拉开窗帘之后，屋外景象一目了然。一个女人靠在防火梯栏杆旁，正举手准备再敲，看到窗帘被拉开，女人的手停在半空。她穿着休闲裤和衬衫，在安德森看来，不大可能是飞贼，也不可能是夜半入室杀人者。就算是站在防火梯上，她看起来也一派悠闲，既不危险，也不紧张。女人朝他点点头，示意他把窗户打开。他打开锁扣，抬起窗扇。

再高一点。女人说，语气友好却急躁。他把窗户开到最大，女人弯腰钻了进来。他伸手扶她一下，助她跳了下来，跳到床边。

关上窗，女人说，别开灯。安德森张口刚要迫切地问一堆问题，女人突然说，等会儿。她从口袋里掏出一个手机——跟iPhone长得很像，不过看起来性能更强。她用肉乎乎的手指在手机上捣了几下，把手机激活，光线散射开来。接着，她举着手机在屋里转了360度，又仔细查看手机屏幕，检查完之后，满意地把手机放回口袋。好了。她说。可是立刻就又僵住了。不是吧。她的眼光落在安德森随手放在床头柜上的一个塑料杯子上。这个杯子是叫外卖时楼下饭馆附送的礼物。女人瞅瞅杯子，估量着从杯子到窗户的角度，一下把杯子抓在手里，攥住杯沿使劲揉，直到杯子在她手里变成了一大堆塑料碎片。

上帝呀。安德森喊道。麦克风，女人解释说，或者可能是麦克风。只需要一只激光笔和一览无余的视野就行了。女人怒气冲冲地瞪着窗外，刚才她就是从那里跳了进来，好像她口中的激光恶魔现在正站在那儿一样。我听不懂你在说什么。安德森说。你知道P2P吗？女人愤怒地问道。看着安德森一脸茫然，女人知道了答案。P2P是一种安全系统，女人叹了口气，解释道，匿名点对点安全通信系统。我还以为现如今大家都知道呢。然而安德森真没听说过。

现在可以开灯了吗？安德森问道。女人没回答，从口袋里掏出手机按了几下，点亮了吊灯和台灯。安德森坐回床上。一下子发生的事太多，我得缓缓神。安德森说。

他闭上眼睛。过了一会儿等他睁开眼睛，女人自然还在那里，正低头关切地看着他。安德森利用这个时机好好观察了一下这个女人。她长得不算漂亮，换句话说，她和安德森挺像。跟安德森一样，她四肢粗壮，一张大脸棱角分明，在不同光线映射下，有时看来长相奇怪，有时却又非常迷人。腹部已经开始有赘肉，跟安德森近来的情况一样。他会说这是因为之前挣的钱仅能糊口，自从去了阅享之后，办公室到处放的都是营养谷物棒，没办法啊。可实际上他心里清楚，其实就是缺乏自控力。

我就是那个新员工。女人说。好像这是一个显而易见的事实一样。或者是，前新员工。她又补了一句。我叫斯维特拉娜。她边说，边尴尬却又讨人喜欢地朝安德森挥挥手打招呼。书架不错，她说，我也喜欢托马斯·马洛里[1]。过了一会儿，安德森才生硬地向她介绍了自己，我叫安德森。

我们走吧。她说，指指门口。没关系，你屋里没装窃听器。安德森待在原地一动不动，可她并未回头看他是否跟了上来。也许她并不是那种一定要人回答她的提问的人，也不是乖乖等候有人给她下命令的人。走到门口，她才回头。

怎么了，她说，难道非得让我现在慷慨激昂地讲一大堆话吗？你就没有一点儿好奇心？听着，我保证一个小时之后就把你送回来睡觉，这总行了吧。她的眼睛熠熠生辉。

安德森思虑再三。要是身处危险当中，估计自己早就感觉到了。有的是时间后悔。反正也不用早起上班。斯维特拉娜似乎感知到安德森的内心活动，也知道他的决定是什么，二话不说打开了大门。安德森抓起钥匙和钱包——正想拿手机，斯维特拉娜伸出一只手指晃了晃，他把手机又放下了——突发奇想拿起了放在床边的那本陀思妥耶夫斯基的作品。这本书五成新，握在手中沉甸甸的，给即将

1　托马斯·马洛里（1415/1418—1471），英国作家，《亚瑟王之死》的作者。

踏入未知世界的他带来了些许安慰。

门外，安德森公寓楼的拐角处停着一辆白色轿车。看到这辆车，安德森的内心又笃定了些，更加确信自己没有危险，更何况斯维特拉娜还是司机。走到车跟前，她从口袋里掏出一串用细环串着的钥匙。安德森拉开后车门。我可不是出租车司机，她愤怒地说，也不是警察。说完咧嘴笑了起来。

汽车在布鲁克林没有铺柏油的路面上颠簸前行——安德森的邻居们（安德森没参与，可是跟他同住一栋楼的邻居们都参与了）向市政府施压，要求升级改造不够现代的街区环境，就跟其他地方麻烦还不够多一样。市政厅某位比较有幽默感的官员倒是同意开工改造，却没有承诺何时完工。夏日里，敞开的路面黏黏糊糊，热气上扬，隐隐能闻到臭水沟的味道。可是一转眼，他们就驶过高档办公楼林立的弗拉特布什大道，上了曼哈顿大桥。汽车行驶在哈德逊河上方，斯维特拉娜开始给安德森讲解。

阅享的存在很危险，斯维特拉娜说，当然，危险的不只是这一个应用，不过这不代表阅享就没问题了。她的声音既魅惑，又令人振奋。也许阅享的初衷是好的，比较积极向上，她说——可能灵感真的来自图书馆。这也是为什么我完成了整个面试程序的原因，斯维特拉娜边说边加大油门闯过一个红灯，从桥上冲了下去。我想听听尼基尔和詹姆士有什么样的说辞。她转头看看安德森。确实非常蛊惑人心，当然你肯定知道。我甚至能想象出这两人坐在大学校园里撒满落叶的图书馆台阶上——管他俩是在哪儿读的大学——畅想和规划阅享未来的样子。安德森知道尼基尔和詹姆士毕业于斯坦福大学（他也看过他们的简历），不过他没告诉身旁这位自信满满的司机。

我觉得我根本不需要再和你重复那些数字了。斯维特拉娜说。当然，也许这款应用确实能让一部分贫困儿童有机会读更多的书——前提是他们得有电子阅读器，而且他们根本不知道世界上还有图书馆的存在，更不知道在图书馆里读书是免费的。也许这款应用能提升一些作家的知名度和影响力，于是，某个地方、某个人真的买了这些作家的书，不管是纸质书还是电子书，这也算是符合他们的初衷。可你是知道这其中的奥妙的。真正使用阅享的群体是像我们这样的人，还有像格里夫这样的人。使用这款应用让人感觉性感，时尚，在各个方面都引领潮流。人们一想到有那么多书可读，随时能读，就感觉内心充实，于是，他们根本不会再花时间真正读上一本书。最后一切都变成了风险投资，变成了舒适的办公室，斯维特拉娜说，又一个不舍得放弃我们的设备的理由。让安德森高兴的是，听她说了这么多，出现在安德森脑海中的全都是格里夫的坏毛病。慢慢地，越来越多的圈套一环套一环，把我们彻底困在数码世界里。斯维特拉娜说。

车子平稳快速地驶过唐人街。我为之工作的人，斯维特拉娜说，不想让这种情形再继续下去。他们是谁无关紧要，有多少我们这样的人存在也无关大体。我们是沉默的大多数。假设一个人早晨醒来，发现自己——嗯，倒是没什么惊天动地的事情发生——只是他突然觉得不能再这样下去。生活并非难以为继，虽说世道艰难，可他就是不能再浑浑噩噩地过日子——天天干着同样的事。浏览浏览拼趣网，刷刷脸书。这个人每天早晨做的第一件事就是拿起手机，因为手机是他的闹钟。那么，既然手机已经拿在手里，干脆看看有什么新鲜事吧。于是，这个人眯着还未适应早晨光线的惺忪睡眼，开始刷手机——电子邮件，工作邮件，五花八门的网页，阅后即焚，挨个看。就这样，这个人或这些人发现自己错过了清晨的第一缕阳光，不再轻吻爱人的颈背，不记得带着刚睡醒的浮肿脸庞开始一天的日常是什么感觉。有时候他们甚至会忘记，晨起之后的第一件事其实应该去上厕所。在遥远的过去，这曾是惯例。他们根本记不得过去的日常起居是什么样子。安德森完全明白这个女人在说些什么，同时，隐隐有些嫉妒地赞同她的观点。

我带你去见几个人，斯维特拉娜说，他们会对你提些要求。你要见到的这几个人都是核心人物。跟他们在一起，会让你生出宾至如归的感觉——她朝安德森手里拿的纸质书点了点头。对安德森来说，这本书似乎成了他的护身符，抑或是精神支柱。我们教会了自己如何在这个世界生存，可是现在我们想要改变这一切。只有让世界暂停发展的脚步，才能更好地理解世界。突然，他们沐浴在一片亮光下，车子已驶入百老汇，街道空空荡荡，可是南区一半商店都亮着灯。月光如水，洒在摆着各种手势的人体模特上。安德森还没来得及消化刚刚接收到的信息，就发现他们已经到了目的地，就是在这里，他开始了那会儿还平静无波的夜生活：卡米努可酒吧。

斯维特拉娜把车停在公交站里，他们一起下了车。别担心，她说，这个地方不会有警察来。安德森注意到，她的身姿自信挺拔，她的步伐有条不紊，好像她以前是运动员，又好像她干惯了体力活，虽说现在年岁已长，但却身体康健。酒吧的灯已熄，只在尽头留了一盏小灯。斯维特拉娜和安德森慢慢推开大门走了进去，门没有发出任何声响。里面，酒保差不多还坐在安德森离开时看到他的位置，仍旧读着什么书，酒保身旁站着佐伊。

你好啊，安德森。酒保挤出了一个笑容。佐伊！安德森叫道。

你也牵涉进来了吗？安德森问道。佐伊不动声色地点了点头。斯维特拉娜走到吧台，跟酒保握了握手，又对佐伊点点头。接着，她从口袋里拿出那部性能超强的手机，满酒吧挥舞着检测了一遍——手机靠近酒保时开始嘀嘀鸣叫，酒保赶快掏出自己的手机道歉。随后，他站起身。安德森看他走到放在吧台后边的冰箱前，拉开冰箱门，把手机扔了进去，再把门关上。斯维特拉娜坐到佐伊身旁的高脚凳上，安德森仍旧站着，感觉好像正被人面试。

就监视阅享的发展来说，佐伊对我们的帮助非常大，斯维特拉娜说，不过她马上要离开。我们需要的人就这么多，一个女人或是一个男人，再加上坚定的信念——安德森能感觉出，斯维特拉娜这是开始长篇大论前的热身。她似乎有个毛病，跟犯了严重痉挛病一样不停地把衬衫袖子往上卷，就算袖子一直往下掉，她还是不停重复这个动作。安德森数过，她至少把袖子卷了四次了。现在责任转到了你这里，她继续说，是时候摆脱死气沉沉的状态了。是时候跳出日常生活轨迹了。你既代表了旧世界，又代表了新世界。你既是守护者，又是创新者。是时候为现在也为未来做出属于你的成就了！很快——

就在那时，酒吧大门"砰"的一声被人推开。这会儿大门开启的声音不再高端得悄无声息——"砰"的一声被撞开，"咣"的一声被合上。屋里多了四个头戴兜帽、身穿黑衣的人——他们拿的有武器吗？安德森判断不出。灯光突然熄灭，酒吧陷入一片漆黑和狂乱当中。安德森感觉有一只手放在了他的脖颈后面，迫使他蹲下去，这只手给他的感觉既冷静又温柔，虽迫切却友好。他蹲了下来，心脏怦怦跳动，直跳到嗓子眼。一扭头，他看到佐伊蹲在他身旁，表情冷酷，一如往常。他意识到，不管发生什么，他都信任她。为什么信任她，他说不清，只知道自己一直都信任她。她坐在办公室打字时无意识做出的鬼脸；她看书时轻咬下唇、边看边轻声甚至大声读出声的样子。现在，他们蹲在一起，安德森闭上了眼睛，那本陀思妥耶夫斯基紧紧抱在胸前。

等他睁开眼睛，灯光已重新点亮。喧嚣声也已止息。斯维特拉娜和酒保靠在吧台边，双手手腕被塑料手铐紧紧捆住，眼睛蒙着黑色眼罩。佐伊，斯维特拉娜叫道，安德森？你们也被抓了吗？佐伊看了看安德森，慢慢摇摇头。安德森一声不吭。两个戴兜帽的人抓住俘虏，把他们从员工出口推了出去。斯维特拉娜从他身边走过时，安德森闻到她身上散发出的淡淡的味道——是汗味？还是恐惧？可是她仍旧义无反顾地走向自己的宿命，衬衫袖子松松地耷拉在戴着手铐的手腕上。

俘虏和那两个戴兜帽的人都走出酒吧之后，门在他们身后轻轻合上，剩下的两个人脱下兜帽，佐伊和安德森也站了起来。干得不错啊，詹，第一个人说。安德森仔细盯着这个人，直到这个人脱掉兜帽露出脸庞，安德森才认出这人是尼基尔。

做得好，佐伊。尼基尔静静地说。她根本没有任何怀疑。佐伊还是让人不易觉察地点了点头。今晚大获全胜。尼基尔说。

几乎同时，阅享公司的三个元老一起看向安德森。佐伊拿开放在安德森脖颈后的手。又一次，他感觉自己被人面试，也许，这次面对的是行刑队。

今晚这事儿可不怎么光彩啊，安德森，詹姆士说，我们可不希望公司员工对公司有什么不满。你知道我什么意思。他看了看尼基尔，后者点了点头。

当然，詹姆士继续说，我们对你也没全说实话。我们对许多雇员都没说实话。目前我们确实跟一家比较大的创业公司有联系，这家公司现在还没有正式名头，可是很快它就会颠覆与我们的生活息息相关的一切，改变我们的认知。詹姆士的语气特别殷切，好像广告宣传般热切。

一个巨大的网络，他接着说，一个巨大的倍增器。一个——

行了，詹，尼基尔突然打断了他，现在一切都还在测试阶段呢。

詹姆士回到现实中来。我们很想让你参与进来。我们珍惜你为阅享的付出，真的。你推荐的书，还有那些故事——是你让我们时刻保持理智。能跟我们一起再工作一段时间吗？他，尼基尔和佐伊都紧紧地盯着安德森。佐伊的手放在背后，一动不动。

安德森仔细思考着。他要如实回答吗？他想要的不过是一份稳定的工作和一套舒适的公寓，有地方放书，摆得下构造结实的书架，最重要的是，有时间读书。他意识到，内心深处自己其实并不介意办公室工作，虽说偶尔会抱怨。对他来说，这是例行公事，跟日常生活一样。这份工作让他在社会这个大舞台上找到了位置，也让他有机会成就更辉煌的人生。再说，他发现其他人也都是这么干的。曾经，刚刚大学毕业的他得到一个工作机会，去位于远离芬兰海岸线的一个岛上书店工作八个月，食宿全包，可是他推掉了那份工作。这就是他的人生。竭力摆脱非同寻常的事情，尽量不过离经叛道的人生。这些想法在他脑海左冲右突，好像人死之前回顾一生，又像蒙太奇的拍摄手法，更像地铁 B 线穿越曼哈顿大桥，行驶在通往布鲁克林的河面上时经过的连环画艺术装置。那个装置是一幅画，从内部点亮，表面覆盖着黑色金属条，火车一旦加速驶过，里边的画就会跳跃翻腾，好像演电影一样。这场景他早已熟稔——现在就跃动在眼前，栩栩如生。安德森闭上眼睛。他的感觉跟格里夫一样，在洁净的苏荷酒吧卫生间，差点潸然泪下。

明早见，安德森说，声音尖刻。对于这个梦一般的夜晚发生的事，我可能记不得太多。尼基尔立刻点了点头。詹姆士按了按安德森的手，匆匆握了一下。这对我们都好。尼基尔说。毋庸置疑。安德森回道。

快走到门口时，佐伊叫住了他。等一下，她说，你忘了这个。他转过身。是那本陀思妥耶夫斯基。他从她手中接过来。她一脸冷漠，表情严肃。安德森什么都没说，离开酒吧。来到门外，他叫了一辆出租车——这会儿的地铁简直是噩梦，不管现在是几点。他不知道时间，因为没戴手表。手机也落在家里，所以他不清楚现在几点——也没办法叫优步。可这会儿出租车倾巢而出，在空荡荡的大街上穿梭来去，从曼哈顿下城的热门地载着乘客驶向北布鲁克林，驶向商业区，驶向工业区，驶向华尔街，驶向曼哈顿中城，驶向默里山。安德森搭乘的那辆出租车散发出陈年雪茄和腐烂面包混合的臭味，夹杂着破旧皮革座椅的霉味。沐浴着这个城市永不熄灭的灯光，安德森打开《罪与罚》读了起来。圣彼得堡。岛屿，运河。一个警察和一个公园。堕落的女人。他忘记告诉司机绕过大楼前那段没铺柏油的路段。他们颠簸着驶到终点。他把车费付给司机，快速上楼回到家里，关上出门前留下一条缝的窗户，坐在床边的扶手椅上继续读书。黎明破晓前，安德森完完全全、彻彻底底地读完了这本书。

戴尔·派克

其第十二本著作《愿景与现实》(*Visions and Revisions*)是一部回忆录，于2015年4月由SOHO出版社推出。该出版社在2015年内还会重印其前五部小说。他和丈夫住在纽约。

制造布克

戴尔·派克

太阳直射下来，如此强烈，似乎在有节奏地炙烤大地。我是说，强光一波一波地烘烤着我的头顶，就像黑帮说唱单曲的重低音一波一波响着，梆-嘣，梆-嘣，梆-嘣，梆-嘣。我几乎能感觉到，眼前这如同天堂般的幻象被无情的高温硬生生地挤出我的脑壳：近处，横七竖八到处躺着几乎全裸的肉体，一动不动沐浴日光；波光起伏的远处，成千上万的游泳者在浪涛里上下翻滚，就像土豆漂浮在一锅沸水的表面；我无意中碰到遥控器的定格按钮，正巧埃斯·费鲁奇那光溜溜的大白屁股出现在镜头前；与此同时，我听到我妈在叫我。我的意思是，埃斯的白屁股定格在我眼前已经够糟心的了，现在老妈又来添乱。

“滚蛋！”我吼了一声，主要骂埃斯的屁股，捎带着骂了电视。可是视频一暂停，电视突然也没了声音——本来视频里一直有低音吉他声，全拜海滩上那两个躺在我们附近的讨厌家伙所赐，可是我一按暂停键，低音吉他声也消失无踪。我几乎能看见“滚蛋”这两个字越过电视，穿透卧室门越飘越远，一往无前地飘进站在楼梯口的老妈耳朵里。

“布？”她又叫了一声，声音听起来挺好玩，带着点儿既担心又生气的感觉。然后，她敲了敲我的卧室门。这会儿大概已经五点了，我猜，因为我早已放学，他俩也还没开始打桥牌，感谢上帝——我是说，*谢天谢地！*——幸亏我还没来得及看到视频最精彩的地方。“布，我可不可以……”

她轻轻推开门，那时我已经平静下来，正盯着电视屏幕，努力让自己的表情看起来像正在看，*啊，夏天*——所谓“夏天”就是埃斯的屁股特写镜头，我还没来得及快进，老妈的头就伸了进来。她一手抓着门把手，另一只手拿着一杯酒，有好一阵儿，她愣愣地站在那里，盯着电视屏幕。埃斯的屁股已经消失，取而代之的是这个丰满的褐发女孩，或者说，真的，只是她的大胸，这在当下的情景中，似乎比埃斯的屁股还要罪孽深重。老妈看看电视，又看看躺在床上、枕头放在膝盖上的我。我顺着她的眼光看去，发现了手中抓着的遥控器，抓得太用力，指关节都变成了白色。我立刻把它丢到一边，好像扔烫手山芋一样。“布，”老妈叫我，“布，你能下楼坐一会儿吗？爸爸和我想跟你讨论点儿事。”

我大大松了一口气，差点儿跟她说谢谢。等我下楼，看到他俩都在客厅里坐着。不得不说，我家客厅布置得相当漂亮，客厅正中两张绝对让人惊艳的齐本德尔式沙发相对而放。对了，我老爸以修复家具为生，这两张沙发就是他修复的最好作品。尤其是沙发用的皮革，摸起来如黄油般丝滑柔软，这挺好，因为坐上去感觉软和舒适，可是从另一个角度来说，要是往沙发上坐，你可得小心点，说不定就会从上面滑下来。但不管怎么说，我老爸和老妈坐在一张沙发上，于是我就坐在了另一张沙发上。沙发中间放着一张咖啡桌，用老爸的话说，咖啡桌和沙发是“同时代的”——意思是这几件家具是同时做出来的，是谁制作的，他就不知道了——咖啡桌上，很碍眼地扔着一条内裤，前裆开口朝上，周围很碍眼地洒着斑斑点点的污迹。内裤是我的，污迹也是我的，要是我跟你说我今年十四岁，应该不用多废话了吧。

“坐下来吧，布。”老爸说，虽然我已经坐了下来。

我想我得先跟你们提一下，我老爸和老妈从来不会叫我布克(Book)，从来不会，除非我惹他们生气了，或者他们把我介绍给他们的朋友时才会直呼我的大名。

我想，既然说到这儿了，那我是不是该讲讲我是怎么得了这么个傻到家的名字的。你瞧，我父母喜欢打桥牌，可他们不仅仅只是桥牌爱好者，他们对桥牌简直到了痴迷的状态。每周二，他们都会约上安吉拉和托尼·费鲁奇两口子一起打牌，这个习惯早在我出生之前就已养成。我不会打桥牌——倒是常看他们打，有一次我让他们教我，他们居然哈哈大笑，让我到三十岁时再找他们——所以，要是你们谁会打桥牌，我这边万一说错了，还请你们谅解。总而言之，打桥牌时，要是你叫牌，得在你叫的牌数上加上 6 墩才算完成一局，举个例子吧，假如你做 5C 定约（梅花为将牌的五阶定约），那你必须得拿到 11 墩牌才算完成。这其实挺难的，我是说，管他呢，要是没拿到 11 墩牌也没啥。需要说明的是，定约的第一个 6 墩叫底墩（book），你要是得到这个墩数，就叫赢墩（making book）。

照我的推测，被这个词打动的人是我老妈。刚才不是说了嘛，我老爸是家具修复师，可我老妈是个编辑，所以我的推测倒是比较合理。我是说，我老爸有点儿笨嘴拙舌，你知道我什么意思吧：坐下吧，布，可我已经坐下了，诸如此类的。Making Book。虽说他们选了第二个字 Book 当我的名字，我的大名——直到今年我才把名字改成布克尔（Booker）——可是我确信，真正打动他们的其实是第一个字 Make。你看哈，我老妈是一本美食杂志的编辑，这本杂志就算你没读过，估计也听说过。可是她当编辑的唯一原因，这可是她跟我说的，是因为她写不出一句像样的句子，也不会做饭，所以她既当不了作家，也做不了厨子。可是呢，她的品位特别高雅，不仅体现在品鉴美食上，也体现在鉴赏文字上，这就是为什么她主编的杂志这么出名的原因。老爸之所以专注修复家具，跟老妈的原因差不多。原本看起来像是一堆烂木头的东西经他手一修复，就能复原成有两百年历史的路易十四风格的餐椅——而且他能把餐椅卖出一个好价钱——可是一旦他自己想要做个什么东西出来，那简直就是彻头彻尾的悲剧。我是想说，我这两爹妈从来没有真正制造过一件东西，除了我。

“学校怎么样啊，布？”老妈先开了口，她伸手去拿酒杯。老妈总会在晚饭前喝上两杯——用她的话说叫“开胃小酒”——从她伸出的手微微发抖的情况来判断，估计这已经是第二杯了。杯子就放在咖啡桌上，挨着我的内裤，她就这么拿起杯子，喝了一口，又把杯子放回原位，就好像那条内裤根本不存在一样。

“你是不是得在下边垫个杯垫啊？”老爸说，他手里的啤酒杯放在膝盖上。“我是说，得当心木头。”

“这桌子应该没那么娇贵吧。”老妈说。

“会留印儿的。这张桌子费了我好多工夫，能卖一大笔钱呢。”

“行了，好吧好吧。”她说，左右瞅了瞅想找个杯垫，没找着，估计又懒得站起来或是怎样的，你猜怎么着，她把酒杯拿起来放到了我的内裤上。

有好一会儿，大家都一声不吭。

“布。”老妈终于开了口。

“听着，妈，我们已经讲过了。在学校。健康课上。我什么都知道。没事，真的。”就在那时，我突然想起来：今天是星期二。“嘿，费鲁奇一家不是快到了吗？”我想到的可不是费鲁奇夫妇，而是他们的儿子埃斯，他要跟他们一起来。

那个夏天，所有的波多黎各女孩都把头发拉直，打扮得跟玛丽亚·凯莉一样，不过所有的白人女孩还是把头发卷成大卷，烫成大波浪，一个个看起来就跟，我也说不清，就跟《700俱乐部》或是类似电影里的女人一样。我能说什么呢，这就是长岛。管它直发还是卷发，反正她们穿的都是比基尼——连体泳衣早就过时了——在我们眼前晒日光浴的就有这么两个褐发女孩，一个仰卧着，吸着肚子，正往身上抹婴儿油，手指轻轻在身上游走，汗珠在她的肚脐处积聚；她朋友趴在那里，不停用指头勾着臀部的比基尼泳衣绑带往上扯，想要盖住屁股上方，扯完之后，她又把指头伸到泳衣后裆那里往下拉，想要盖住屁股下边。这么跟你说吧，我能看她来来回回地拉扯一整天也不烦。可是埃斯突然从沙丘后边跑来对我说他想到一个好主意，赶快过来，带着相机和三脚架，快点布克，我们没多少时间了，我能怎么办？埃斯看到我回头瞅那两褐发美女，会意地笑了笑，对我说他想到的主意可比这好多了。他想干的事儿，他说，会温暖我整个冬天。

“布。”老妈又开了口，好像刚才我根本没说话一样。她笑了笑，喝口酒。现在酒杯在她手里，可以清楚地看到刚才放酒杯的地方留下了一个小小的空心圆，就在我内裤前侧，等她喝完酒，又小心翼翼地把杯子一丝不苟地放回原位。“我相信你们健康课老师会从技术角度非常详细地给你们解释身体的变化。”

“技术角度。”老爸随声附和道。

“不是，真的，妈，我是说，谢谢了，我非常感激你们的关心，可你们现在真该准备打桥牌了。”

“然而，”老妈继续说了下去，“你爸爸和我觉得我们有责任用更温馨也更有感染力的方式对你解释一下你的身体到底在经历什么变化。”

“感染力。”老爸又附和道。他的酒杯已经见底，可他还是喝了一口，再看看表。“费鲁奇一家还有一个小时就到。”

老妈又拿起酒杯。“我在洗衣篮里找到了这个。”她说，我想肯定是因为我实在不想再讨论我的内裤或类似话题，听到老妈的话，我居然迷糊了一下。

“找到你的杯子？”我问道。

老妈吃吃地笑了起来，这是她的说法，我问过老爸吃吃地笑是什么意思，他说这也算咯咯笑，不过要比咯咯笑复杂一点。

“不是，不是，杯子放在酒柜里呢。”她说。她举起杯子又喝了一小口。“我说的是你的内裤。”

老爸：“这条内裤。”

我们仨一起低头看着内裤。前裆因为垫了老妈的酒杯湿了一片，非常不幸地使污迹看起来更明显。老妈呢，我想可能是因为大家都在看着桌上的内裤，所以她就没再把酒杯放回去，而是又喝了一口酒，还是没人说话，再喝一口，等到酒杯喝空之后，她扭头看向吧台，身子坐着不动，再回头看看我。

“我相信你当时肯定有点不知所措，”她终于开了口，“我指的是你的身体变化。你爸爸和我想对你说的是，发生在你身上的事情是完全自然的，过程虽说有点让人”——她停了好长时间，低头看着空玻璃杯，踌躇着用了一个刚才用过的词——“不知所措，”她说，微微耸耸肩，“时间长了就好了，一切都是正常现象。”

“正常现象。”老爸又插嘴道。我不确定他是想要进一步明确老妈的意思，还是只是重复她的话。他又看了看表。“还有四十五分钟，真的。”这话他是对老妈说的。我知道他跟我一样，想赶快了结这件事。

老妈看了看酒杯，再看看老爸，说：“今天就破例一次吧。再来一杯。”

“我也想再喝一杯啤酒，”老爸说，“布，你想喝什么？”

来杯啤酒倒是不错，不过，无所谓了。

老爸起身去吧台倒酒。等他一站起来，老妈和我就这么微笑着你看我，我看你。我的意思是，她对我笑了笑，我也对她笑了笑，看我一笑，她笑得更开心，然后我觉得我得比她笑得还开心，结果当然是逗得她笑得更欢了，就这样笑来笑去，等到老爸回来时，我俩已经笑得跟马戏团的两只猴子一样了。

“嗬嗬嗬，”老爸说，“笑什么呢，这么开心，啊？”他坐下来，把酒杯放到咖啡桌上，杯子接触木头的声音肯定让他意识到自己忘了拿杯垫过来，因为他立刻又把杯子端了起来，就这么举了一会儿，先是站起来想去拿杯垫，还没站直就坐了下去，然后又站了起来，再坐下去。最后，他终于下定决心坐了下去，把老妈的酒递给她，自己的啤酒放在膝盖上。

那会儿，我感觉这一晚上估计就会这么没完没了地尴尬下去了，一想到等会儿埃斯·费鲁奇过来看到我的内裤放在咖啡桌上，我就有点惊慌失措。可是刚倒的这杯酒似乎起了催化作用，两人的进度突然加快了，我猜，嗯，简而言之，我老妈读的那些书告诉她，要对青春期少年讲清道理，也就是他或她要为自己的新感情负责，至于这一点，我很确定书里说的是发生性关系时要小心，可是我的爹妈，你知道的，都是特别实际的人，把这一切说教简化成下次要是遇到同样的“意外”发生，也就是这些污迹再出现的话，要是我能将内裤浸泡在水池里，记住用冷水，因为热水会让污迹凝固，冷水里别忘了加一瓶盖漂白剂，那这一切就不会再发生了。我猜她说的这一切应该指的是内裤上不会再有污迹，而不是这样的对话不会再发生，不过无所谓了。我都准备好站起来抓着内裤上楼去了——这会儿肯定已经六点了——结果老爸把啤酒杯放到了一边。

“布，”他开口说，“还有个事。”

好嘛。我就猜到他俩兴师动众搞这么多花样，肯定不可能只想给我提个洗衣服的建议。我就知道！

埃斯在女生群里人缘总是很好。一方面他是个大块头，另一方面他对女生总是很贴心，又有点傻乎乎的，反正诸如此类吧，我要说的是，没过多久，他就带着一个姑娘回到了沙丘旁。这姑娘身穿黄色比基尼，留着二十世纪八十年代流行的寸头，看起来还挺适合她的。我离他们有点远，看不清她的脸——更何况埃斯的脸简直要黏在这姑娘脸上了——不过我倒是能看清他两只手的动作，跟刘易斯和克拉克那两个大探险家一样，只不过埃斯的手是在女孩身上到处游走四处探险。埃斯很擅长这一套。他跟我说过诀窍：永远不要让你的手在一个地方停留时间过长，那样的话，对方就没有借口把你的手推开。我不是说了嘛，埃斯忙忙碌碌，对着姑娘上下其手，前后左右摸了个遍，一直不停，所以这女孩看起来一点也不紧张，不像有的姑娘，本来正跟你亲热，结果你刚想有进一步的动作，倒把她吓一跳。我觉得这女孩应该不会紧张：她的手跟埃斯的一样，也是忙活个不停，反而是埃斯看起来有点半推半就，部分原因是因为我就在灌木丛里正在给他录像，还有就是女孩已经把手伸进了他那条宽松短裤里，这会儿两人正慢慢往毯子上躺，埃斯先单膝跪地，接着那姑娘单膝跪地，然后埃斯跪下另一条腿，女孩跟着也跪了下来，就这么一点一点，两人躺倒在毯子上。躺到地上的埃斯居然还趁势松开了女孩的比基尼系带，三角形布片像香蕉皮一样耷拉在乳房下边。等到埃斯整个身体趴到女孩身上，女孩才突然停了下来，阻止了他进一步的动作。感谢上帝她及时刹住了车，否则真不知道我能干出什么事来。女孩离开之前，我听到她对埃斯说她住在科勒姆，埃斯说哪天他会开车过去找她，女孩笑了笑，说接下来一年她每周二下午都有空。等她离开之后，埃斯四仰八叉地躺在毯子上。我正打算从灌木丛中溜出来，就听到他发出了这种难以名状的呻吟声，感觉像是一条饥肠辘辘的狗急吼吼地盯着一个开罐头的人，等到罐头终于打开，那个人居然自己吃了起来。我呆若木鸡地站在原地，一动也不敢动。

老妈站了起来。

“布说得对，”她说，“我确实得给安吉拉和托尼打电话。”她指的是埃斯的爸妈。

“芭芭拉。”老爸喊道。芭芭拉也就是我老妈，正往门口走。

“一会儿就好了。今天轮到安吉拉带酒，你知道她总是‘买’那种难喝的基安蒂干红葡萄酒。虽说这酒产自意大利，可还是难喝。”

老妈边说边用双手做了个引号的手势。我知道她只是开玩笑，可她说的也都是事实：费鲁奇夫人的确每次都带一模一样的酒，而且每次只带一瓶。对他们几个来说，一瓶酒根本喝不了多久就会见底——相信我，费鲁奇夫妇哪天喝的酒都不比我爸妈少。

还没等她给费鲁奇夫人打电话，老妈又转了回来，把空杯子放到老爸膝盖上。“你俩继续啊，别等我。”她说，然后摇摇晃晃地走出了客厅。

趁老爸去给老妈的酒杯“加点料”的工夫——每次说到“加点料”这个词，老妈也爱加上一个双引号——我一把抓起桌上的内裤。裤兜塞不下，我就把内裤塞到牛仔裤里，再拉出衬衣下摆盖住鼓起的地方。

老爸端着酒杯走了过来，就算注意到内裤不见了，他也没吱声。他坐下来，朝我点点头。我也朝他点点头，可是我突然想起来刚才跟老妈笑个没完的那一幕，赶快强迫自己低头看着咖啡桌。这一低头，就看见了那盘录像带。老爸肯定是倒酒的时候顺便把录像带拿了过来。这也就是一盘普普通通的录像带啊，我是说，按说我是没理由吓一跳的，可它就放在老妈和老爸的酒杯中间，刚才这地方放的可是我的内裤。还有就是，录像带的标签上写着制造布克(Making Book)，墨水有点儿褪色，标签也掉了一半，可那几个字还是能看清楚。

制造布克。不加引号。

电话就在隔壁，老妈的声音从门那边传了过来。

“安吉拉吗？我是芭芭拉·戴维斯。”我爸妈和费鲁奇夫妇在我出生之前就认识了，可是老妈给他们打电话时总是报上全名。有次老爸说老妈这是缺乏安全感的表现，可她反驳说喝酒才是缺乏安全感的表现，打电话时用全名体现的是良好的教养。

“我弄到了最顶级的卡门培尔奶酪，”老妈说，我想这应该就是美食杂志编辑会说的话。“这种奶酪口感软厚平滑，跟布丁的口感超像。所以呢，我觉得特级圣埃米利永红酒跟这款奶酪特别搭，你知道的，这种酒的丹宁酸含量丰富。噢，好吧，基安蒂干红啊。那你有没有想过买仙粉黛酒呢——噢，你已经买过了。那就算了。不用，不用，没关系的。总不能因为这个耽误打牌，对吧。”

听到“基安蒂”这三个字，老爸看了看我，点点头，我居然不受控制地也对他点了点头。我俩正要跟提线木偶一样开始点头表演，老妈回到了客厅里。他俩拿起各自的酒杯，我也趁势整理整理衬衣下摆，盖住鼓起的那一坨。老妈问我的第一句话就是“埃斯”最近怎么样。每次提到埃斯，她都会加上一个引号手势，因为“埃斯”不是他的真名，他的真名叫托尼，跟他老爸的名字一样。安东尼。老妈说费鲁奇夫妇之所以给他们的儿子取个小名叫埃斯，是因为他们学我爸妈，也跟桥牌联系起来，我猜——指的是桥牌中的赢墩——因为埃斯（Ace）在桥牌里不但意味着是每种花色中最大的牌，还指代桥牌中的王牌选手。

“他还行吧，我想。”

“托尼说埃斯今年会参加足球队。”这是老爸说的。

“可能吧。”我非常肯定埃斯只是替补队员，不过这也不是埃斯的父母第一次对他们儿子的实力夸大其词了——我爹妈也好不到哪儿去。费鲁奇先生肯定知道我没进足球队，要不是我老爸坚持，我连选拔赛都不会去，于是我只是点了点头，看着咖啡桌上的水印和水印中间的录像带。“这是什么，你们打桥牌的录像吗？”听我这么说，老妈又吃吃地笑了起来，笑得太猛，看起来跟狂笑也没差别。

“噢，不是，”老爸说，“绝对不是。”

“真的，”老妈说，“这真的，我是说，我们真的要这样做吗？”可是老爸，我刚才也说了，他这人不善言辞，可是一旦下定决心要说什么，那你想拦都拦不住。

“我觉得我们给布的是一份独特的礼物，”他说，“毕竟，有多少人敢说他们真的知道自己是从哪儿来的？”

好吧，就在那时，我脑海里出现了埃斯·费鲁奇的样子。据我老妈说，埃斯的父母总觉得他们是非常“开明”的父母，因为他们录下了儿子出生时的情形，反正老妈是这么说的。大约一年前，他们给我放了那盘录像，我的意思是，那个——我是说，那盘录像带——其实挺有意思的，可是，从那时起，只要我看到埃斯，眼前就出现他脸上沾满黏黏糊糊的东西的样子。另外，还有些东西当时看的时候我没注意到，现在想来，出生的时候脐带就跟水管似的从你肚子里伸出来，实在是太恶心了。

“非常独特的体位。”老爸说，他又说了一遍。

“我可不觉得有什么独特的，”老妈说，“跟传教士体位也差不多。”

“这是一份特殊的礼物，能帮你渡过眼前的难关。”

“可是说真的，”老妈又尝试了一次，“我俩真的得讨论一下无将定约弱牌开局的策略。安吉拉和托尼肯定毫无招架之力。”

“一份特殊的礼物，”老爸重复着刚才的话，“能帮你渡过眼前的难关。”

老妈叹了口气，举起酒杯，感觉一眨眼的工夫她就把这杯酒喝干了。“你想知道你是从哪儿来的吗，布？”她轻轻摇晃着酒杯。

“不用到别处找。”她说。“布，”她接着说，“你就是从这个杯子里出来的，其实仔细想想，你会发现大部分小孩都是从这里出来的。”

“芭芭拉！”

老妈哼哼了一声，不过什么也没说。

“我们直接看录像好了。”老爸说。

这会儿我已经吓得一句话也说不出来，所以当老爸要我把录像带放到录像机里时，我乖乖照做。我们家的电视机和录像机都放在一个被我爸修复过的桃花心木电视柜里，电视柜古典雅致，两边有打磨光滑的圆柱，顶部雕满了精致的浮雕画——抢掠萨宾妇女，到底为什么要在电视柜上雕这个图案，我一直想不明白——总而言之，我把带子放进录像机里，没有启动，把遥控器递给老爸。他双手抓着遥控器，就像一个人抓着一件特别想买的东西，可又知道这东西太贵，自己买不起那般痛苦。然后，你知道的，我猜他是终于下定了决心，明白东西再贵也值得买，于是他按下了播放键。屏幕上出现了我父母。他们正在……

好吧，刚才我也说过了。录像带的名字是*制造布克*。

我想我应该从灌木丛里钻出来，可我没有。埃斯也没喊我名字叫我出来或是怎么样的。他躺在毯子上，仰望天空，我站在灌木丛里，听着录像机发出微弱的嗡嗡声。这情形持续了一段时间，然后埃斯伸出手，好像打算把短裤穿好，你要知道，我刚才根本没注意到他那个地方，直到他把手伸到那里，我才看到他居然，你知道，硬了起来。竖在那里。他把短裤的一条裤腿脱了下来，不过，小心翼翼地脱到一半，他突然僵住了。这时的我意识到两件事：他刚才忘记了我正在看着他，这会儿刚刚想起来；更奇怪的是有那么一瞬，我居然也忘了我在看他，明白我什么意思吧，等到他突然僵住，我才想起来我居然从头到尾看他干着这一切，而且我也，呃，我也……我是说，我的短裤这会儿感觉也有点儿紧。所以，不管怎样，有那么一会儿，埃斯整个身体绷得紧紧的，就跟他右手抓着的那东西一样，然后，慢慢地，他放松下来，可是手并没有松开。他一放松，身体似乎也陷入了毯子和毯子下面的沙子里，躺好之后，我看到他的手在短裤里上下抽动，动作轻微，手抓得却特别用力，动个不停。竖起耳朵听，我能听到沙滩上那两傻蛋用手提录音机放的音乐声，要是我非常非常仔细去听，甚至能听到埃斯短裤的摩擦声。他很快就停了下来。我说他停了下来，可不是说他“完事”了，他就那么停了下来，又过了一会儿，他翻身趴到毯子上假装睡着。但即便如此，他还是扭动了一会儿，屁股微微翘起，动来动去想趴得舒服点，与此同时，我待在灌木丛里一动不动，直到录像带用完。刚才我已把录像机的录像速度调到最慢，所以又过了两个小时，机器才终于“咔嗒”一声提示录制结束。这时埃斯已经真的睡着了，等我把他叫醒，他什么都没说，也没找我要这卷录像带。

“有段时间我们录了不少带子呢，”老爸跟我说，“不过后来把没用的都扔掉了。”接着他向我解释为什么他们这么肯定这盘带子就是我要看的带子。他们一直非常小心地算着我妈的周期什么的，确保每次他们，我是说，忙活的时候，录像机都会开着。

老妈不停把玩着手里的空杯子。

“幸亏当时没让你买那款索尼 Betacam 摄像机，”她说，“要不我们就没法看这个视频了。”她哼哼了一声，又哼一声，接着说：“一念之间。”

我猜最让我惊讶的事情是，看了几分钟之后，这个视频看起来居然没那么怪异了。我是说，就跟之前偷看埃斯一样：我似乎已经忘了我看的是谁，也忘了主角就坐在那里。我父母有专门的浴室和卫生间，我们家人也不是口无遮拦的家庭，就算这样，我还是见过几次他们的裸体，偶尔透过墙壁也能听到他们的声音。这个视频就像，怎么说呢，所有片段汇集在一起吧。

“有你的时候，你妈妈和我都不再年轻，”老爸说，“我们等了很长时间。我俩都有自己的事业，而且我们想尽可能地给你提供最好的条件，让你舒舒服服地长大。”

老爸这样说话让人听起来很奇怪，就好像我还没出生他们就知道我会长成什么样一样。

“这一切对我们来说实在是太宝贵的经历，于是我们突然想到，也许应该让你和我们一起感受这独一无二的时刻。所以。”

“实际上，”老妈说，“我们那会儿还想着，既然安吉拉和托尼录下了安东尼出生的样子，以纪念那神圣的时刻，那我们就得想点别的花样更胜一筹。”她看了看老爸，等着他的反驳——比方说，他可以指出，其实是先有这个视频，然后埃斯的父母才录下了埃斯的降生——不过他却什么都没说。“哎，”她最后说，“也没人给我倒杯酒。”说完，她慢慢站起来，向吧台走去，结果走到吧台边她连停都没停，就径直走出客厅，只剩我和老爸看着录像。

他看看我，笑了笑，什么都没说。

屏幕上，我父母正干着该干的事。他俩看起来很甜蜜，这我倒是挺开心的，我是说，他俩并没有草草完事，谢谢这位女士。真不敢相信我居然这样想自己的老妈。不管怎样，我不打算详细叙述他们都干了什么，只跟你们说一件事，那就是我妈在下边，这应该是一个比较适合怀孕的姿势。不清楚我爸妈是知道这样容易怀孕呢，还是他俩平时就习惯用这个姿势。我也没问。

录像快到结尾时，我妈把我爸的耳朵拉到她嘴边，可以看到她说了些什么，可是在录像上是听不到的。老爸点了点头，又过了一会儿，他开始大叫："我在造一个孩子，是的，我在造一个孩子！"我妈也开始叫："哦，是的，造个孩子出来，造个孩子出来。"诸如此类。"我在造孩子"，"是的，你在造孩子"，两人的叫声此起彼伏，我看得全神贯注，因为我要是不把注意力放在什么上面，我还不如死了算了。

就在那一刻，门铃响了。

老爸和我你看看我，我看看你，再看看电视。我俩又陷进了这个怪圈，好像没什么能让我们从怪圈中挣脱出来。电视上，我父母差不多算是完事了——我是说，从他们的表现上你是能看出来的——门铃还在不停地响，我妈这时候出现在门口，她的出现算是打破了困着我俩的魔咒。老爸和我都跳了起来。

"怎么没有人——"她张口说，然后看到录像还在放。"我的天呐！"她叫道，接着又看看我，伸手指着我："我的天哪！"她又叫道，"他居然兴奋了！"

我低下头。衬衣下摆松垂，裤子里因为塞了那条内裤鼓了起来，所以那地方看起来真的很大。

"不是的，妈妈，这只是——"我把手伸进牛仔裤，老妈尖叫起来。不知为何，她双手捂着耳朵，跑出了房间。

电视上，我父母躺在一起，然后两人一起翻身面对摄像机说："我想我们刚才这次制造了个小人儿出来。"两人汗流浃背，好在都裹着床单。

画面消失了，我转头，看见老爸手里拿着遥控器。我手里抓着的是我的内裤。他看看我的手，我看看他的手，然后他耸耸肩，我也耸耸肩，还好我们都只耸了这一下。

“有人吗？”费鲁奇太太的声音从门厅传来，“有人在家吗？”

我把内裤塞到电视柜里，关上柜门。老爸四处瞅，想找地方把遥控器藏起来，就跟遥控器是什么犯罪证据一样，然后他又傻乎乎地笑了起来。不过，有那么一会儿，我还以为他打算把遥控器塞到裤子里。

费鲁奇先生和费鲁奇太太走进客厅，过了一会儿，埃斯也走了进来。他的脸颊红扑扑的，上唇沾满了汗珠。

“理查德？”费鲁奇太太说，“我们按了门铃，可是没人——”她手里抓着一瓶脏兮兮的基安蒂干红葡萄酒。

“我们听到声音了，”费鲁奇先生说，“你们到底在干吗呢，纵酒狂欢吗？我可记得我们是来打牌的。”

他哈哈笑了起来，发出那种意大利人特有的从肚子里发出的笑声，不一会儿我老爸就跟他一起笑了起来，很容易就让他相信刚才这里什么都没发生。老爸把遥控器递给我，再从费鲁奇太太手里接过了那瓶酒。他亲了一下瓶子，说：“好酒！”然后让费鲁奇先生和太太先去棋牌室准备准备，他去喊我妈。“一起来，一起来。”他嘴里叫着，每个人都笑了起来，好像这是一个非常巧妙的双关一样。他们离开客厅之后，埃斯指着咖啡桌上的酒瓶。

“看来我们错过了一场狂欢啊。”他试图让自己的声音听起来低沉有力，但说到狂欢这个词时，声音失去了控制。

我手里的遥控器湿漉漉的，不知道是我的汗还是我老爸的汗，我低下头，发现握着遥控器的手在颤抖。我太兴奋了，想要上蹿下跳，想要大叫大嚷，想要像个疯子似的大笑，我想抓住埃斯·费鲁奇的领口亲他，就跟我老爸亲费鲁奇太太手中那瓶劣质红酒一样。

呃，不对，不完全是那样。

突然间，我知道我父母为什么要录制那样一盘录像带了。我是说，才不是我老妈说的什么胜人一筹的鬼话，也不是我老爸说的什么"独特"之类的屁话，他俩那会儿就是陷入了一种莫名其妙的盲目服从的状态，不得不做一些平时不会做的事。我想埃斯那天在沙丘那里一定也有同样的感觉，就像埃斯的爸爸在产房里用相机对着生产的妻子一样。我说我懂了，其实并不确切。我感觉到了。

"唷，布克尔，伙计。你怎么了？"

我是说，埃斯。他是那种什么都不用干，就能吸引你全部注意力的人。我过去总把他想象成雪人：最有意思的事情就是我想让他变成什么样，他就会变成什么样。不过现在我发现，他确实可以做些什么事。

我低头看了看握在右手中的遥控器，与此同时，我感觉左手抬了起来，非常自然地放到了埃斯的肩膀上，轻轻捏一捏，再揉一揉，感受着他像黏土般柔软的皮肤。

"布克尔？"埃斯喊着我的名字，声音有点不安，身体却没动。

棋牌室里，洗牌声被费鲁奇先生又一阵捧腹大笑所淹没。父母们正在打今晚的第一局，可是他们早在很久以前就确定了赢墩。他们是这样，我和埃斯也一样。现在该我和埃斯叫牌了。

我的手突然变得力大无比，推着埃斯转身，再推着他穿过大厅。

"布克尔？你到底要干吗？"

我没理他，因为我自己都不知道接下来会发生什么事，但有一件事我敢保证：摄像机一定会被关上。

恐龙在第一朵花开时节灭绝

凯莉·卢斯

凯莉·卢斯

短篇小说集《汉娜·佐佐木长出尾巴的三个场景》（*Three Scenarios in Which Hana Sasaki Grows a Tail*）获得2013年“《前言评论》编辑选择小说奖”。她的作品还曾荣获“麦克道威尔文艺营”“让泰尔艺术基金会”“雷格岱基金会”“凯鲁亚克故居”以及“米切纳作家中心”的奖学金。她的作品见于《芝加哥论坛》（*Chicago Tribune*）《沙龙》（*Salon*）《O杂志》（*O Magazine*）《电子文学》（*Electric Literature*）等杂志。她是《欧·亨利奖获奖文选》（*O. Henry Prize anathology*）的助理编辑和《蝙蝠城评论》（*Bat City Review*）的主编。

乌贺阳先生又想让她骑马。

这是他们的第四次约会，他是和塔拉见面次数最多的客户。其他客户通常跟她接触一次之后就会换人。她真的不擅长援交。坚决不与客户发生真正的性关系——最多进行口交——又总爱问太多涉及个人隐私的问题。只有乌贺阳先生一如既往地找她；每次做的事也一成不变。同一间情趣酒店，时间总是星期二；唯一的变化就是选择的房间主题可能会有所不同：有时是地牢，有时是狂野西部。今天他选了狂野西部，塔拉到酒店之后，发现他跟往常一样，又提前一个小时来这里做准备。

门旁的边桌上放着一排化妆品：几支口红，一个做工精美的小玻璃瓶，里边装着法国香水（“间谍”），一盒散粉，还有一个巨大的粉扑。香水总是会让她打喷嚏。

带皮革垫的小马已被拉到房间正中。乌贺阳先生穿着毛绒长袍，正在屋里踱来踱去。看她脱掉高跟鞋，摆到墙边，鞋尖指向门口，他激动得浑身颤抖，欢迎她的到来。一块钩针编织的盖布——黄色底布上绣着绿色仙人掌，可爱地歪着头——遮住了难看的火警报警器。地牢主题的屋子用的是骷髅头的盖布。塔拉幻想着情趣酒店老板娘手拿针线坐在那里，一针一针缝着这些特色装饰品，这样的话，就算是应急设备也不会干扰客人的幻想。

小马的头是用木头做的，黏了假眼球和用黑色纱线做的鬃毛，看起来像幼儿园的玩具。区别在于，这匹小马的马背中央有一个茶碟大小的洞。

她脱下裤子，除去斑马条纹的丁字底裤，双腿叉开骑上马背。他从来不让她洗下身。她的双脚在离水泥地几英寸远的上方晃荡来晃荡去，乌贺阳先生跪在地上，膝盖套上护膝，脖子上挂着经典却笨重的宝丽来相机，除此以外什么都没穿。他脸朝上仰，好像在等着耶和华显形。她坐正身子，伸直双腿，身体稍向前倾，确保整个胯部对准那个洞。

他呻吟着移动身躯，挪到她的正下方，呼吸像神奇手指一样轻抚着她。然后，他开始拍照。

她把头稍向后仰，从天花板的镜子里看着自己。胸部浑圆坚挺，紧实的C杯乳房静静安放在上周从崇光百货顺走的淡绿色缎子胸罩里。花九十美元买胸罩简直是浪费，更别说唯一能看到的人还会觉得胸罩挡住了他想看的那两点。

“这里叫什么？”他在下边问她。

他让她把所有能想到的英文名字都说出来。阴部。小穴。阴户。

小缝。阴门。私处。生殖器。然后，她开始胡编乱造。大麻口香糖。和式。还用到了 GRE 单词本中的词：大火。和蔼。宽宏大量。他喜欢这个词，宽宏大量。"宽-宏-大-量，"他重复着，盯着她的两腿之间不停拍照。她只能听到下面发生的事：快门的咔嗒声，相机吐出照片的嗡嗡声，还有照片跌落水泥地面的声音。

十分钟之后，他们开始了涂口红、扑散粉、喷香水的环节。他对她的喷嚏反应有点过度，专门给她买了个口罩，这样她就不会遭受这种不够淑女的行为折磨。唯一不拍照的环节就是最后的压轴戏，口交。是因为他比较尴尬吗？他的小鸡鸡——这么说吧，有些小萝卜头都比他的那东西大。这使得压轴戏成了小儿科，跟吮吸凝固的止咳糖浆也没什么差别。他差不多一分钟就能高潮，总是很礼貌地提前抽出来。然后他会把照片收好，多付给她些钱，再叮嘱她回家路上注意安全。

斑马条纹丁字裤是她偷的第一件商品。定价实在太高了，居然要 4800 日元，再说，花钱买这样的东西似乎有点儿太不会过日子。她扯下崇光百货的标签，塞到试衣间的镜子后面，把丁字裤穿到自己的内裤里边。拉开门帘，外边看不到售货员，也没有警察等着抓她。这种感觉就像同事曾经说过的：*在日本，外国人是最引人注目的群体，同时也是最容易被人忽视的群体*。她大步流星步态尴尬地走出商场大门时，根本没人看她。来到涩谷地铁站的洗手间，她脱下丁字裤，将它绕在指尖上转圈。旋转的内裤让她联想到直升机起飞前不停旋转的螺旋桨。好久以来她都没有像现在这样感觉自由自在，浑身充满力量。洗手间有十几个女人，地铁站有成百上千的人，地铁站外的城市街道上有成千上万的人，可是，却没有一个人看到她在做什么。没有一个人知道她干了什么。

任务起初和其他任务也没什么不同，米米给她发来一封电子邮件，她坐在教研室办公桌前，喝着绿茶，看着邮件。绿茶的苦涩让人感觉很健康。

他想找高个儿法国女孩。你可以的，对吧？

我只学过一年法语。

他不想聊天，只想要高个子。六英尺高。

我是一个身高五英尺十英寸的加拿大犹太人。

穿高跟鞋啊，行吧？安排在晚上七点。他人不错。会说点英语，在川崎学院工作。物理系。

列车晚点。等她到达指定见面地点——一家已经关门的银行外边，她看到了他，双手攥成拳头放在口袋里走来走去。她赶快冲过去，用日语、英语，想了想又加上法语不停道歉。他上下打量着她，用日语说："许多感情都是从说'对不起'开始的。"

她喜欢他。

他再次打量她，点点头，下巴朝停在拐角的一辆出租车扬了扬。上车之后，他把手放在她腿上。"不穿鞋，多高？"他小声用就连她也能听出来的蹩脚法语问她。

为弥补迟到的歉疚，她夸大了自己的身高。"Cent...quatre-vingts centimètres，"[1] 她回道。

他叹了口气，谢天谢地，终于改说日语了。他解释说，她的迟到勾起了他的欲望，享受她给他带来的痛苦。他喜欢想象她在浴室里，给腋窝涂粉，往手腕擦香水，动作轻柔地穿上精致内裤，给嘴

1　此处原文为法语，意为 180 厘米。

唇涂上口红，轻抿双唇。他能拍她做这些事情的照片吗？“J’adore les femmes francaise。”[1] 他轻声说。

她挤出一个笑容，心中一阵慌乱。她不擦香水，也不涂口红，更没见过什么人往腋窝里涂粉。“Mais oui。”[2] 她费力地吐出这个词，低头看着膝盖。

她不知道他拍这些照片要干吗。或许会放在相册里——藏起来，等到夜深人静家人都睡着时偷偷翻看，算是隐秘的小快乐。或许他会把照片发到某个恋物癖网站，供世界各地的浏览者“点赞”或是发表评论。也不知道他们会对她的阴唇、没修剪过的阴毛和光秃秃的腋窝作何评价。

虽然询问客户的个人隐私是干这行的大忌，可她还是忍不住去问他们的妻子和孩子的情况，她知道，这些人的家人就在这个被分割成一个个区域的城市里的某个角落，住在公寓里或独栋房屋中。这也是她喜欢东京的原因。空间幽闭，互不干扰，可以轻松隐匿，又不会彻底疏离。这个星球上没人知道她在哪里，她能随意观察别人，却又不为人所见。

第三次会面时，她问乌贺阳先生有没有家人，他用英语回答：“有两个女儿。”其他什么也没说。他回答时的语气，脸上的表情，还有措辞——“有”，而不是“我有”，仿佛刻意与她们保持距离，或者尽可能淡化她们的存在——都让她无话可说。等她穿好衣服，他递给她一张自己的名片，对她说他的爱好是歌剧和烹饪。

---

1 此处原文为法语，意为我喜欢法国女人。

2 此处原文为法语，意为当然可以啦。

那天晚上她没有乘坐出租车，而是步行去了地铁站。虽然出租车司机是这个谨言慎行的城市里言行最谨慎的群体，可她还是摆脱不了那种感觉，就好像她会被人发现自己从事的是不怎么合法的夜场兼职。真是奇怪：自从乌贺阳先生开始给她拍照片，她就感觉与之前不同。不仅仅是更引人注目，而是变得更真实。仿佛他的注视为她注入了生命的活力。

第四次会面之后的第二天早晨，她从岛袋地铁站一路走到流光溢彩的崇光百货大楼。第一站：女装部。她买了一件胸前绣着骷髅头的黑色厚毛衣——不是她的风格，不过没关系，反正晚点儿会把毛衣退掉。收银员把收据订在崇光百货的大塑料购物袋外边，塔拉拎着袋子继续逛。

进口糖果区闻起来像丝华芙草莓香波的味道。她顺了一包根汁汽水橡皮糖，扔进毛衣袋子里。乘电梯来到二楼的电子产品区，拿了两张 CD（一张加泰罗尼亚音乐，一张目前在日本很有前途的写歌的人混合专辑）塞进袋子。这些小物件一下子就滑到毛衣的缝隙里。神不知鬼不觉。刚刚付钱买的那件毛衣就像牙医诊所里的防辐射铅背心：保护着里边的所有东西。

她在这层逛来逛去，最后来到饰品区。欢快的排箫声从高处什么地方传来，缥缥缈缈弥漫在整个商场，好像天空飘落的雪花，无声无息，直到落在袖口上，才会被人注意到。塔拉很喜欢这间巨大的商场，空间广阔，灯火辉煌，商业气息弥漫，还有各式各样数不清的商品，色彩斑斓，生气勃勃，等着被触摸，等着被使用，等着被赋予价值。她从陈列架上取下一条围巾，颜色血红，带有绿松石色的斑点。把围巾围在脖子上，抖了抖。围巾柔软的质感让她想起小时候曾经养过的一只名叫小胖球的小猫。她虐待它，扯它的胡须，把它抛向空中，扔到沙发上，用力揉它的肚子。但之后它仍会蜷缩在她膝盖上。是的，对她来说，小胖球就是她用来消遣的玩物。

这不就是成为玩物的意义吗，她想。成为别人的玩物，意味着有用，也意味着有价值。她拿起一个厚厚的塑料零钱包，包上画着卡通雏菊，底部印了一句话："恐龙在第一朵花开时节灭绝。"

她拿着围巾和三条蕾丝内裤进了试衣间，用指甲钳把三条内裤的标签剪断，再一条条穿到自己的内裤外面。离开试衣间，把围巾放回原位，乘电梯下楼，在一楼大堂的特卖场附近逗留一会儿，心头如鹿撞。商场里人头攒动；虽然她身材高挑，虽然她有一头浅色秀发，可是根本没人看她。在这个国家待了五年，她还是听不太懂这里的语言，看不太懂大部分的指示标语。上大学时，她曾经在一个感官剥夺箱里待过——那是心理学系做的实验，半天可以挣到八十五美元——生活在国外和她在箱子里的那一个小时感受没什么不同。

塔拉全身血液沸腾。走向商场的滑动门。迈步出门。现在她最想做的事情就是一件件仔细查看刚刚偷来的东西，慢慢欣赏，感受生活的馈赠。但还是要分清轻重缓急。她不停往前走，迈出一步，平静的一步，再一步——

一只手抓住她的胳膊。力道一点都不温柔。

Issho ni kite[1]。"跟我来。"一个女人的声音说，她被拽回商场。

一直到晚上快九点，最糟糕的时刻才终于过去。她在崇光百货

1 这里是"跟我一起来"的日语发音。

一楼后面的一间屋子里坐了将近三个小时。警察来了，记下她的信息，她的外国人登记号，盘问她是否有过暴力犯罪记录。他们让她把包里的东西一件件掏出来，不过允许她到屏风后面脱下内裤。她用钱包里的现金买下了所偷物件。他们用日语问她问题，又用英语把同样的话写在纸上："我们可以把你送进监狱，你也可以打电话叫人来接你，只要你保证再也不来这里。"

手机中存的电话号码都与工作相关，除此之外，还有几个关系比较不错的同事的电话，澳大利亚前男友的电话，还有她 92 岁高龄的邻居的电话，这个老太太至少每周来找她一次，送给她自己做的泡菜，再请她把音乐关小一点。

然后她在钱包里看到了乌贺阳先生的名片。

不到一个小时他就出现了。考虑到他是在交通高峰时段从工作地池袋赶过来，这速度可真是了不起。跟那个抓住她胳膊的胖女人说话时，他的声音带着命令的语气。他们互相鞠躬，可是那个女人把腰弯得更低，鞠躬时间更长。一个年轻的保安在电脑上摆弄了几下，一会儿工夫，黑白影像的塔拉出现在屏幕上。她在糖果区，手里抓着橡皮糖，百分之百有罪。

她的脸红得似火烧。怎么能认为自己做得神不知鬼不觉呢？怎么能以为没人注意呢？

乌贺阳先生专注地看着视频。看到她把那包糖丢进袋子里，他嘟囔着什么。她和保安都看了他一眼。只有塔拉注意到他裤裆处的轻微隆起。

那天是星期五，可他还是带她去了情趣酒店。"我会付你两次钱。"他说。她问他他们能不能停下来喝点带劲儿的东西，他让出租车司机停在路边，自己去一家进口商店买了瓶香槟出来。坐在后座上，他拔出瓶塞。这是她第一次喝到直接从法国来的东西。

“你叫什么名字？”她喝了一大口香槟后问他。气泡从瓶口溢出流到她的外套上。她一点都不在乎。

“俊夫。”

“俊夫，你拿我的照片干吗用了？”

他示意她再喝一些。“当然是等你一走我就扔掉了。被人看见拿着这些东西可不好。”

她有点沮丧。不过他说的也有道理。她为什么要指望他珍惜这些荒唐丑陋的照片呢？根本连看都看不清的空洞无聊的部位？怎么就没想到他的恋物癖表现在享受过程中，而不是收藏照片上呢？

来到酒店，他们重复着以往步骤：骑马，化妆，擦香水。他穿着长袍。不停拍照。她意识到，他提前就计划好了；去商场接她的时候，他已带齐所有道具。

不能再干下去了。她又不需要钱。她喜欢钱——甚至可以说是爱钱——可是现在做的每一件事都让她感到乏味。她跪在地上，问他：“你知道吗？恐龙在第一朵花开时节灭绝了。”

“多特别的想法，”他说，他捡拾着散落一地的宝丽来照片。她以为他会立即把照片扔进垃圾桶里，反正现在秘密已经泄漏，但他只是把照片和口红一起放到了边桌上。“热力学第一定律。”

“什么……的守恒。”她开口说，忘了其余的内容。她跪下来，可他却停住了，走到门口，把盖在火警报警器上的仙人掌盖布扯下来，再把手放在那只裸露在外的红色盒子上。

“现在是紧急情况。哈。哈。来 Pah-ree 吗？”他那软嗒嗒的阴茎好像一只睡鼠。

“巴黎？”她笑着纠正他。

他跳起来，把手放到报警器上。“是的，是的。带着宽宏大量。”

“你这是准备玩角色扮演吗？”

“不是玩游戏，”他神情严肃地说，“我们一起去。”

她一头雾水。这是游戏吗？他今天救了她，这是她要付出的代价吗？如果真是这样，游戏规则又是什么？该怎么取悦他？

“我们可以去。可是我们得先学法语。你知道我不是法国人，而且他们讨厌不说法语的人。”

“没关系。带上宽宏大量。恐龙。花。Dee-no-sare! Fleur[1]！没关系。”

她思考着他说的话——有两个女儿。他没提妻子。

要是他是认真的呢？要是她辞去教学助理的工作，放弃那个鞋盒似的房子，扔掉破破烂烂的榻榻米会怎样？还有已经定下去大阪参加 GRE 考试的时间，钱也付过了，可以不管了吗？到巴黎可以重新申请。可以坐在路边咖啡馆学习，喝着葡萄酒，吃着法式甜甜圈，看路上人来人往。

她听到宝丽来相机那熟悉的咔嗒-嗡嗡声。乌贺阳先生没有像以前那样挥着照片加速图像显现，只是定定地看着。然后，他又朝火警报警器凑了过去。

“俊夫？”

他没有回答。整整一分钟过去了。

“俊夫？”她开始担心，“我们聊聊吧，是不是去巴黎，我还得考虑考虑。好吗？”她朝他走了一步。他抬头看看她，看看照片。

1　此处原文为法语，意为恐龙和花。

再看看她。然后，他拉下了警报手柄。震耳欲聋的嘟嘟声瞬间填满整个屋子。噪声太大，她能感觉到胸膛都在跟着颤动，皮肤也在不停抖动。她捂着耳朵跑到衣服跟前。刺眼的黄色安全灯照亮了整个房间，露出房间的本来面目：一个未完工的混凝土盒子。她捡起仙人掌盖布丢到包里。

看到她穿衣服，他似乎毫不在意，一丝不挂地站在那里，伴随着嘟嘟叫的警铃声大声唱着歌，音高堪与帕瓦罗蒂相媲美。他的肚子鼓胀平滑，好像一面大鼓。小老鼠一样的阴茎在阴影中沉睡。

“你没事吧？赶快穿上衣服——很快就会有人来了！”她对他大叫。他继续唱歌。她看看他手中的照片。上边是她的脸，嘴巴微张。没什么特别的。

她把他留在那里，警报声响如此之大，好似要从她脑袋里钻出来。就算从酒店侧门走了出去，就算她从乌漆墨黑的地方走到灯火通明的大路上，警报声仍在脑中盘旋。

以太[1]

张冉

张冉

生于1981年，2004年毕业于北京交通大学，取得计算机科学学位。在IT行业工作过一段时间后，他成为《经济日报》和中国经济网的记者和新闻评论员，在此期间，其新闻评论曾获“中国新闻奖”。2011年，张冉辞去工作，移居中国南方，成为一名独立撰稿人。2012年，他发表第一篇科幻小说《以太》，荣获“银河奖”和“星云奖”。他的中篇小说《起风之城》，获得“银河奖”和“星云奖”。

1

我忽然想起22岁那年的冬天午后。我的右边坐着一对非常漂亮的双胞胎姐妹，叽叽喳喳聊着天，左边坐着一个胖家伙，抱着瓶碳酸饮料不停给自己续杯，我的碟子里是冷掉的鸡肉、乳酪和切碎的甘蓝，如今我已经记不得那些食物的味道，只记得夹通心粉的时候掉了一些在我崭新的条纹长裤上，整个宴席的后半段，我一直在擦拭长裤上新月形的污痕，留鸡肉在盘子里渐渐变冷。为掩饰尴尬，我试图与双胞胎姐妹找个话题聊聊，但她们似乎对大学生活不感兴趣，我也不懂得马尾辫的几种绑法。

这场宴会显得极其漫长，一个又一个人站起来无休无止地举杯致

1　本文英文版由刘宇昆和言一零翻译，此处收录的为中文原文。——编者注

辞，我一次又一次随他们举起高脚杯，啜饮苹果汁，明知没有任何人会注意到我的举动。宴会的主题是什么？婚礼、节庆还是丰收？我记不清。那时我无数次隔着四张桌子偷偷看我的父亲，他忙于与同样年纪、长着浓密胡须和酒糟鼻的朋友们聊天喝酒，说着粗鲁的笑话，直到宴会结束都不曾向我投诸一线目光。乐师疲惫地将小提琴装进琴匣、主妇开始收拾狼藉杯盘，醉醺醺的父亲终于发现我的存在，摇晃着庞大的身躯走来，嘟囔着说："你还在啊？叫你妈来开车。"

"不。我自己回去。"我站起来盯着地面说，用力揉搓长裤上的污迹直到手指发白。

"随便。跟你的小朋友们聊得好吗？"他四处张望。

我没有回答，握紧拳头，感觉血液向头部聚集。他们不是我的朋友。他们只是孩子而已，十一二岁的小孩，而我已经二十二岁，即将从大学毕业，在城市里，我有我的朋友和骄傲，在那里，没有人拿我当孩子看待、把我安排在一桌儿童中间、在我的高脚杯中倒满甜苹果汁而不是白葡萄酒，在我走入餐馆的时候，侍者会殷勤地接过我的外套叫我一声"先生"，若不小心将通心粉掉在长裤上，我的女伴会温柔地用湿巾擦去污迹，我是成年人了，我想要成年人的话题，而不是在愚蠢的乡村宴会中被当作学龄儿童对待。

"……去你的！"我终于说，然后头也不回地走掉。

那年我二十二岁。

我努力睁开眼睛，天色已经完全暗了，屋子笼罩在对街脱衣舞俱乐部的霓虹灯光芒中。起居室里只有电脑屏幕闪闪发亮。我揉着太阳穴，从沙发上缓缓坐起，端起咖啡桌上的半杯波旁威士忌一饮而尽。这是本周第几次在沙发上睡着了？我应该上网查查，四十五岁的单身男人在周日下午窝在家里独自上网，直至进入一场充满闪回童年经历梦境的睡眠是否有益于身心健康，但头痛告诉我不必打开搜索引擎就能知道：这种无聊的生活在谋杀我的脑细胞。

喂，在吗。液晶屏幕上 ROY 说。

在。我从烟灰缸上找到半截雪茄，弹掉烟灰，划火柴点燃，斜靠在沙发上单手打字。

你知道吗，他们开了一个讨论组专门讨论如何用肉眼分辨蓝鳍金枪鱼与马苏金枪鱼生鱼片。ROY 说。

你参加了吗？我吐出一口瑞士机制雪茄充满草腥味的烟雾。

没有，我觉得这个比前一个讨论组更无聊，你知道的，“硬币自然坠落正反面概率长期观察”小组。ROY 打出表示无奈的符号。

可是你参加那个小组来着。

是的，我连续十五天、每天抛硬币二十次，然后将测试结果反馈给讨论组。

后来呢？

越来越趋近常数 0.5 呗。ROY 给我一个苦笑。

你们根本就知道这是必然结果啊。我说。

当然，可网络如此无聊，总得找点事干呢。ROY 说。要不要一起参加“肉眼分别蓝鳍金枪鱼与马苏金枪鱼生鱼片”小组？

免了，我宁肯去看看小说。雪茄快烧完了，我拿起威士忌酒杯，呸呸吐出嘴里苦涩的唾液。

小说、杂志、电影、电视都让我发疯。总有一天，我会被无趣的世界杀死。ROY 打了个大大的句号，下线了。

我关掉对话框，登录几个文学和社交网站想找感兴趣的文章看，但正如从未谋面的网友 ROY 所说，一切正向着越来越无趣的方向发展，在我年轻时，网络上充满观点、思想与情绪，热血的年轻人在虚拟世界展开苏格拉底式的激烈辩论，才华横溢的厌世者通过文学表达对新生活的渴望，我可以在电脑屏幕前静坐整个晚上，超链接带领我的灵魂经历一次又一次热闹的旅行。如今，我浏览那么多网站头条与要闻，没有找到一个值得点击的标题。

这种感觉令人厌恶，又似曾相识。

我点开常去的社区网站头条新闻“民众在市政府前游行示威抗议钓鱼者对蚯蚓的不人道行为”：视频窗口弹出，一群穿着花花绿绿衣衫的年轻人左手拎着啤酒右手举着歪歪扭扭的牌子站在市政广场，标语牌上写着“坚决反对切断蚯蚓”“你的鱼饵是我的邻居”“蚯蚓和你家的狗一样会感觉到痛”。

他们没有其他事情可干了吗？就算游行示威，不能找个更有意义的话题吗？我的头痛袭来，于是关掉显示器，倒在棕色的旧沙发里，疲惫地闭上眼睛。

2

四十五岁贫穷单身汉在城市这个庞大资源聚合体中显得无足轻重，我每周工作三天，每天工作四个小时，主要职责是“在满足条件的申请书中挑选出个人情感认同的”，计算机抢走大部分人类饭碗的今天，在政府部门以“个人情感”因素审批特殊贫困津贴的申请书几乎是份完美的工作，它不需要任何培训背景或知识储备，当局认为在自动审核通过的众多特殊贫困津贴申请书中挑选幸运者，应当适度体现冰冷规章制度之外的人情味，故聘请社会各阶层人士——包括我这样的失败者——参与此项工作，每周一、三、五的上午我从租住的公寓乘坐地铁来到社会保障局那间小小的、与三名同事共享的办公室，坐在电脑前，把电子印章盖在屏幕中比较顺眼的申请书上，名额时多时少，通常盖三十个印章后我的工作就结束了，余下的时间可以找人聊聊天喝喝咖啡吃两个百吉饼，直到下班铃打响。

与此前无数个周一相同，我完成四个小时的工作，打卡后离开社会保障局的灰色花岗岩大楼，走向不远处的地铁站。地铁站门口通常有个单人乐队的表演者在单调鼓声中吹着刺耳的小号，经过身边的时候那个阴郁的表演者总盯着我的眼睛——或许是因为几年来我没给过他一分钱——让我感到不快。猫抓玻璃一样的小号声果然响起，让我昨天尚未痊愈的头痛蠢蠢欲动，我决心向反方向走一个街区，去上一个地铁站搭地铁。

上午下了一点小雨，地面湿润，扎辫子的滑板少年飞速掠过，两只鸽子站在咖啡馆的招牌上嘀嘀咕咕。橱窗映出我的影子：身穿过时的黄色风衣的瘦削半秃中年人，长着一个与我父亲一模一样的酒糟鼻子。我摸摸鼻子，不禁想起我久未谋面的父亲，准确地说，自从二十二岁的宴会后就再未见面的父亲。母亲给我的电话中有时会谈起他，我知道他还住在农场，养着一些牛，留着几颗苹果树用来酿酒，但酒精毁了他的肝，医生说他没办法再喝酒了，直到科学家们发明肝癌的治疗方法。说实话我并不感觉悲伤，尽管我的红鼻子和宽大的骨架完全继承了他的血统，但我整个后半生都在逃避父亲的影子，避免自己成为那样自私、狭隘与嗜酒的肥胖老头——如今我发现，唯有避免肥胖这一点，我做到了。他人生最大的亮点是娶到了我母亲。我连这一点亮点都没有。

“站住！”一声大喝打断我的自怨自艾。几个穿着黑色连帽衫的人越过车流向这边快速跑来，两名警察挥舞警棍跌跌撞撞穿过刹停的汽车追赶着，一名警察吹响哨子，另一人大声喊叫。

驾驶员的叫骂声与汽车鸣笛声响成一片。我将身体贴近咖啡馆的橱窗。别惹麻烦。父亲络腮胡子中因劣质雪茄而泛黄的牙齿在眼前闪现。穿黑色连帽衫的人撞倒路边的垃圾桶，从我身边跑过，一个、两个，一共四个人，我装作毫不在意，但发现他们都穿着帆布鞋。是年轻人。谁年轻时没有穿过脏兮兮的帆布鞋呢。我低头看看自己脚上暗淡无光的棕色系带皮鞋，鞋面因长时间穿着产生一道道褶皱，像我照镜子时极力回避的额头的皱纹。

忽然有人伸出手挡住望着脚面的视线，探进风衣兜里拉出我的右手，我感觉手心传来滑稽的瘙痒——那人用手指在我掌心画着什么图案。我惊诧地抬起头来，停在我面前的是第四个黑衣人，身材矮小，兜帽罩住眼睛，他迅速地在我手中画着什么，然后拍拍我的手掌说：“你明白吗？”

“快点！”三个连帽衫在呼唤，第四个人回头望一眼越追越近的警察，丢下我向伙伴们飞奔而去。警察气喘吁吁地追来，“站住！”其中一个声音嘶哑地喊道，另一个口中含着哨子，吹出断断续续的哨音。我确信他们越过我的时候扭头看了我一眼，但两位警官没有说什么，挥舞警棍跑远。

逃的人和追的人转过花店所在的街角，不见了。潮湿的街道上汽车开始移动，行人穿梭，仿佛什么都没有发生过，只有我的右手，残留着陌生人指尖的温度。

3

“照旧吗？”我公寓楼下那间餐馆的女侍应皮笑肉不笑地问我。

“当然，”我不假思索地说，“……等等，再加一份烟熏三文鱼。”已经转身走开的女侍应从肩头比画一个 OK 的手势。

“有什么事发生吗？鉴于你会更改你的食谱。”我唯一可以称得上朋友的熟人、同样在社会保障局工作的瘦子带着不讨人喜欢的笑容问。瘦子有一种特质，能准确嗅出每个人身上分泌的荷尔蒙味道，落座后的短短五分钟里，他已经鉴定出一个老处女、一对男同性恋、一个饥渴到可以跟送比萨小弟上床的中年怨妇、一个手淫过度的用哥哥身份证买到啤酒的高中生和一个性生活和谐的残疾人。

“说真的，一个坐轮椅的人怎么可能性生活和谐？”我端起杯子喝口凉啤酒。

“瘫痪的部位越高，勃起的可能性越高。”瘦子用长而弯曲的手臂在自己的脊椎上比画着。“而你呢，一定遇到了一个令人心动的姑娘。她是金发对吗？”他的灰眼珠带着窥探隐私的愉悦光芒。

“扯淡。我下午碰到示威游行，你知道，视频中那些呼吁给蚯蚓人道主义关怀的小痞子。”我摇摇头——“谢谢。”我接过女侍应递来的盘子，肉丸三明治配腌黄瓜，万年不变的晚餐食谱。

“无聊。”瘦子摇摇头。“说起来，你知道吗……‘马铃薯’这个词来源于牙买加的阿拉瓦语。”

我恍惚觉得他说后半句话的时候声音有点奇怪，仿佛嗓子里哽了块什么东西，或许是凉啤酒让我的耳鸣复发了。“不知道。我也没兴趣学习一种已灭亡的语言。”我把腌黄瓜送进嘴里。

瘦子有些惊异地睁大灰眼睛：“你没兴趣谈这个话题？”

他的声音正常了。是耳鸣。我得去看看医生，如果今年医疗保险没有超额的话。“完全没兴趣。”我嘴里含着食物嘟囔着。

“好吧。”他失望地低下头，把玩着啤酒杯。女侍应将他的晚餐放在桌上，又将我的烟熏三文鱼递给我，“说真的，你们两个有空的话得出去玩玩。比如脱衣舞俱乐部什么的。”她扫了一眼我们脸上的表情，撇撇嘴，走开了。

我和瘦子扭头看看街对面灯红酒绿的俱乐部，没作声。我伸手从他盘子里拿出两根薯条塞进嘴里，将烟熏三文鱼向他那边推了推。“你有没有觉得我们最近聊天缺乏有趣的话题。”我说。

“你也有这个感觉？”瘦子惊奇道，“除了我的性能力鉴定之外，几乎找不到任何可以谈论的东西了。我也是这一两年发现聊天变得没趣起来。”

“也许是我们都老了？”我不情愿地缩回拿薯条的右手，手背上有一块显眼的色斑，刚出现没多久——就像二十二岁那年长裤上的污迹，令人难堪。

“我刚四十二岁！西蒙尼斯四十一岁才赢得威尔士公开赛！”瘦子叫道，右手的薯条在空中飞舞。“一定是单调的工作让我们变成这样，等退休以后一切都会不同，对吗老兄？”

“但愿如此。”我心不在焉地回答。

4

这天晚上，我多喝了两瓶凉啤酒，打开公寓门之后感觉一阵阵眩晕，没顾上洗澡，直接走进卧室倒在床上。床单有一股奇怪的泥土味道，不知是不是因为太久没换，可从好的方面说，这种味道让我想起小时候的农场——不是充斥着父亲浓重体味的那个农场，是他酗酒并开始虐待母亲以前我、姐姐和母亲安宁生活的平静农场。

记得我和姐姐在新建的谷仓中玩耍，空荡荡的谷仓里充满新鲜木料和泥土的清香，阳光从阁楼的小窗户洒进来，带着妈妈烘焙饼干的味道。

跑累了，我们倚着墙壁坐下来，姐姐把我的右手拉过去。“闭上眼睛。”她说。我听话地闭上眼睛，阳光在眼皮上烙出红晕。手心痒痒的，我咯咯地笑了起来，想抽回手掌。“猜猜我写的是什么字。”姐姐也笑着，手指在我掌心搔动。“我猜不出来……写慢一点啦。”我想了想，抱怨道。姐姐于是慢慢地重新写了一遍。

“马？”我看着她，迟疑道。

“对了！”姐姐哈哈大笑，揉着我的头发，“再来再来。猜对五个字的话，我的那匹小骟马让给你骑两天。”

“真的？”我惊喜地闭上眼睛。

手心又痒了起来，我忍住没有笑出声。“这次是……‘叫’？”

“是‘道’啦小笨蛋！”姐姐笑着弹我的鼻子，然后蹦起来跑了出去。“谁先回去，谁吃大块的奶油曲奇饼哦！”

“等等我……”

我伸出手臂，睁开眼睛，看到被霓虹灯照亮的天花板，天花板角落有一滩水迹。楼上那家人又忘记关浴缸水龙头了，这次得让公寓管理员狠狠地教训他们，我想着，发现自己刚从童年的梦中醒来。穿了一整天的衬衣泛出酒精的酸味，脖子和后背因别扭的睡姿而生疼。我花了五分钟从床上坐起来，看看闹钟，现在刚刚凌晨一点。

起床冲澡、喝了两杯水后感觉好些，但再没有睡意，我穿上睡衣坐在起居室沙发上，打开电视，深夜节目同往常一样，没有任何令我感兴趣的东西。换台的时候，我看到右手上那块丑陋的色斑，不由自主用左手搓着，尽管谁都知道那玩意儿没可能用手指搓掉。

忽然来自手心的微微痒意令我打了个寒战。等等。这种感觉是什么？刚刚梦境中出现过的、姐姐在我手中写出的稚嫩字符……

今天中午，穿黑色连帽衫的人在我手心画出的并不是什么符号。

他在我掌心写字。不，她在我掌心写字。她是一个女人，黑色连帽衫遮住了性别特征，但她纤细的手指不可能属于男人；她写了些什么？

我忙乱地翻出纸和笔铺在咖啡桌上，尽力回忆手心的触感。中间的一个字是姐姐写过的……没错，这是一个“道”字。

我在纸正中写下“道”。

前面是一个词，她写得很快，非常快。在长期审核申请书的工作中，我发现人们遇到象征美好幸福的词组通常写得很快，并且连笔，比如微笑、永恒、梦想、满足。她写的是一个短词，词性是正面的，有两个原音……等等！是伊甸。没错，耶和华的乐园。

我在纸左边写下“伊甸”。

后面是一串数字，阿拉伯数字，这串数字她写了两遍，我皱起眉头，细心地回忆她手指的每一道运动轨迹。7、8、9、5？不，第一个数字划过我的小鱼际部位，象征末尾有一个折弯，那么是2。2、8、9、5，没错。两遍，确认。

我在纸右边写下“2895”。

纸上写着“伊甸道2895”。

显然这是一个地址。我扑到电脑前，打开地图网站，输入“伊甸道2895”，页面显示伊甸道在我所在城市的另一端，远离闹市区与金融中心的贫民窟。然而伊甸道并没有2895号，准确地说，门牌号到500号就结束了。

我揉着太阳穴。数字一个个化为皮肤的触觉，在我的掌心画出酥麻的痕迹，我盯着掌心。2、8、9，没有错误。5……哦，当然，也可能是一个S。我输入“伊甸道289S”，地图锁定了一栋四层高的公寓楼，位于伊甸道的中央，整个城市的边缘，距离我45公里远的地方。“是了！”我兴奋地一拍键盘站起来，又因头部充血的眩晕跌坐回去。

那里有什么？我不知道。但我知道在四十五年循规蹈矩的生涯里，并没有任何穿黑色连帽衫的女士用极其隐秘的方式给我留下联系地址的离奇经历——或者说，我根本是一个没有女人缘的失败者。无趣的人生里，终于出现了一点有趣的事情，无论是荷尔蒙驱动（如同嗅觉敏锐的瘦子所说）还是好奇心勃发，我都决定穿上风衣，去伊甸道289S寻找一些不曾有过的经历。

别惹麻烦，小子。出门前我在穿衣镜里看见父亲挺着大肚子、手中拎着琴酒的瓶子说。

去你的吧。我同23年前一样大步走开。

5

我有一辆摩托车，但久未使用。大学时我像所有的年轻人一样热衷于时髦的玩意儿：最新的手机、平板电脑、等离子电视、能够发电的运动鞋和大马力的摩托车，谁不爱哈雷戴维森和杜卡迪呢？但我负担不起昂贵的名牌摩托，二十六岁那年，我终于从一个签证到期即将回国的日本留学生手里买下这辆跑了八千英里的黑色川崎ZXR400R，她车况好极了，刹车盘如同全新的一样闪闪发亮，排气管的吼叫无比迷人。我迫不及待地骑上车子去向朋友们炫耀，但他们早已玩腻了，坐在酒吧里谈论女人时，外面停着他们崭新的梅赛德斯奔驰与凯迪拉克。

大概是从那个时候起我就不再有什么朋友。我打起领带，骑着川崎摩托去工作，人人用奇怪的眼光盯着我和我离经叛道的座驾。终于我妥协了，将心爱的摩托锁进储藏室，伴随着年龄增长与不断的职场失败，我转眼间变为四十五岁的单身酒鬼，偶尔在晴朗的天气里擦拭摩托车时我会问心爱的川崎：老伙计，什么时候再出去兜兜风？她从不回答我。尽管我一再鼓起骑车出游的勇气，可只要想想半秃中年男人跨坐在流线型摩托车上的丑陋画面就让我胃部不适——那就像醉醺醺的父亲自以为得体地与每个遇见的女人搭讪一样让我作呕。

我走下破旧公寓楼的楼梯，用钥匙打开公用储藏室布满灰尘的大门，在一大堆啤酒易拉罐下面找到我的摩托车，掀掉防雨布，川崎 400R 乌黑的漆面上也积满灰尘，但轮胎依然饱满，每个齿轮都泛着油润的光芒。我打开一小桶备用汽油灌进油箱，拨动风门，试着打火，四汽缸四冲程发动机毫不犹豫地发出尖锐的咆哮，排气管吹出的热风扬起我的裤脚。老伙计没有让我失望。

“该死的，你不知道现在几点吗？”推车走出储藏室时一个啤酒瓶摔碎在我脚下，抬头一看，房东太太戴着睡帽在二楼的窗口怒吼着。我反常地没有道歉，跨上摩托车，轰了几下油门，轰鸣声在整条街道上回荡。“你疯了？”在房东太太的叫喊声里，我猛松离合，在川崎摩托轮胎发出的吱吱摩擦声与橡胶燃烧的焦臭味里，我兴奋地大叫，飞速将我的公寓和脱衣舞俱乐部抛在脑后。

风呼呼作响，我没有戴头盔，感受空气把我松弛的脸部肌肉挤成滑稽的形状，为掩饰脱发而留得长长的头发随风飘扬，但我不在乎凌晨一点的街道上有多少人会目睹丑陋中年男人骑着摩托车飞奔，起码这一刻，我无聊太久的人生里有了一点点追求快乐的强烈渴望。

路程显得太短。没等我好好体味飞驰在寂静城市街道的乐趣，伊甸道的路牌已出现在眼前。我放慢速度，换入二档，扭头观察门牌号。从地图上看，伊甸道距离最近的地铁和轨道电车站点都有两公里的距离——这是一个被遗忘的街区。街道不宽，路边停满脏兮兮的旧车，三四层的老旧楼房紧紧挨着，不留一丝空隙，其中多数显得比我住的公寓楼更破烂。街灯多数坏了，川崎 400R 的车灯在黑漆漆的街道上打出一团橘黄光晕，垃圾箱里跳出一只野猫，向我看了一眼，转身走掉。这时我开始冷静下来，思考在夜里横穿城市到不熟悉的街区寻找陌生人留下的奇怪信息这一举动的合理性，每一根电线杆后面都可能跳出手持尖刀的抢劫犯，甚至盗窃人体器官的黑市医生。我希望摆脱无聊的生活——但绝不希望是以尸体照片出现在明天早报头条的方式。

我尽量降低转速，但这里太安静了，川崎摩托的轰鸣声显得比超期服役的 B52 轰炸机还大。幸好这时一个铜质门牌出现在灯光里：伊甸道 289A/B/C/D/S。我把车停在路边，熄灭发动机，关掉车灯，死一样的寂静立刻将我笼罩，伊甸道两端陷入黑暗，唯有 289 号公寓楼门前亮着一盏微弱的白炽灯，灯罩在风里微微晃动，发出不祥的金属摩擦声。

该死，应该带一把手电出来的。我后背渗出冷汗。手机，对。手机。我摸遍风衣，在内袋中找到自己的老式手机，点亮闪光灯，橄榄球大小的白色光斑给了我些许安慰。

我走过去，轻轻拉开伊甸道 289 号的大门。门没有锁，两扇门其中一扇的玻璃碎了，地上没有玻璃碎片。门内更加黑暗，在手机照明中隐隐约约看到一个废弃的柜台，木制柜台后贴着纸页泛黄的房间登记簿，说明这里曾经是一个旅馆。右手边是楼梯，我走近些，照亮墙壁，墙壁上歪歪扭扭写着：A/B/C/D，后面画着个向上的箭头。没有S。

我用手机向上照。楼梯通往黑漆漆的二层，什么也看不到。别惹麻烦！父亲用一贯漫不经心的腔调说。我挥挥手，赶走碍事的回忆。手机闪光灯晃过楼梯背后，没有向下的阶梯，通常在楼梯下三角区域会有一个储藏室，我看到储藏室的门，门上涂着奇怪的绿色油漆，门把手出人意料地闪闪发亮，显得与陈旧的公寓楼不太协调。

我迈步走向那扇门，旧棕色系带皮鞋在磨损严重的水磨石地面上踏出带着回音的脚步声。黄铜门把手像它的外观一样光滑油润，我试着用力旋转，门没有锁，推开门，长而狭窄的水泥阶梯出现在眼前，在手机灯光有限的视野里，我看不到楼梯通往多深的地下。

没有声音。这里静得像个坟墓。要不要下去？我踌躇了一下，看看手机屏幕上显示的剩余电量，稳定心神，拾级而下。两侧墙壁挤压过来，阶梯仅容一个人通过，我照亮脚下的路，数了大约四十级台阶，面前出现一堵墙壁，阶梯转向反方向继续延伸，我继续前进——或者说，走向地心深处。这算不上有趣的体验，我的心怦怦跳动，眼睛充血，脚步声经过墙壁反射忽前忽后响起，让我不止一次回头张望。又是四十级台阶，灯光照亮通道尽头一扇虚掩的绿色木门，门上有个大大的黄铜字母：S。门缝没有灯光射出来。

是这里了，伊甸道289S。我心绪复杂地考虑了几秒钟要不要敲门，如果把陌生女人传递的信息当作异性邀约，那无论敲不敲门，在深夜两点拜访都是失礼的举动；又倘若那个讯息是参加某种秘密组织的暗号，那还有比现在这个诡异的情境更适合的入会方式吗？

我需要一杯威士忌，就算啤酒也好。我舔舔干燥的嘴唇。

我推开虚掩的门走进去。一片黑暗。我左手高高举起手机，尽量使闪光灯照亮更多地方。在那一刹那，我感觉头骨因头皮的剧烈收缩而发出不堪重负的嘎嘎声，不由自主地，我扭动僵硬的脖子，像探照灯一样旋转照出室内的每一个角落。

这是一间相当庞大的地下室，墙壁没有任何装饰，管道和赤裸的混凝土遍布四周，空气潮湿而污浊。几十个身穿黑色连帽衫的人——或许有上百个——静静地盘腿坐在地上，手拉着手。没有人说话。就连呼吸声也轻得像蚊虫振翅，人们闭着眼睛。

灯光照亮一张又一张黑暗中的脸庞。兜帽下，有男人、女人、老人、青年、白种人、黄种人、黑种人，每张脸庞都浮现出一种令人毛骨悚然的愉悦。没有人对我这个不速之客做出任何反应，甚至眼皮下的眼珠都没有滚动，地下室的空气是凝固的，我僵直在门口，喉咙发出无意义的咯咯响声。

我急需喝一杯。我的眼前出现父亲手里总是拎着的那个琴酒酒瓶，和里面哗哗作响的透明酒液。先离开这里。出去，骑上摩托车回到公寓，给自己倒满满一杯波旁威士忌。咽下口水，感觉喉结干涩地滚动，我尽量放慢动作，一步一步退出屋子，伸右手想将木门掩上。为了让自己的视线从诡异莫名的静坐人群身上移开，我盯着右手手背上丑陋的色斑，下定决心明天就去医院做个该死的激光手术，顺便让医生诊断一下我的幻听问题。

忽然一只手搭在我的手背上。从门那端伸来的手，穿着黑色连帽衫的手臂，手指瘦弱而有力。我感觉全部体毛一瞬间站立起来，手机从左手滑落在地，闪光灯熄灭了，我的眼前一片漆黑。短时间内我无法动弹、不能思考。一根食指轻轻伸进我手心，在掌心移动。

熟悉的酥麻触感出现了。是昨天中午那个神秘的女人，我几乎能从她的指尖分辨出她的指纹——或者是生物电？我的脑海中读出她正在写的几个字："别怕。来……分享……传递。"

别怕。分享什么？传递什么？我是否漏掉了几个关键词？我不由自主被那只手牵着，挪动僵硬的脚步，再次进入寂静的房间。黑暗的空气像黏稠的油墨，神秘的女人拉着我，蹚过黑暗慢慢走向房间深处，我害怕踩到某个静坐的黑衣人，但我们的路线曲折而安全，直到女人停下脚步，写道：坐下。

我摸索着，周围空无一物，我坐在冰冷的水泥地面上，尽量睁大眼睛，还是看不到任何东西。女人的呼吸声在右边若有若无地响着，她的左手还放在我掌心上，那只手很凉，皮肤光滑。手指移动了，我闭上双眼，解读掌心的文字：对不起。以为。懂。不。害怕。朋友。

"对不起，我以为你原本懂的。不用害怕，我们是朋友，这里都是朋友。"用一点想象力，手心的触觉就化为带有感情色彩的句子。虽然我不明白她为何不用声音交流，但这样感觉也不算坏。恐惧感像阳光下的冰雹一样融化，我渐渐习惯失明般的漆黑，习惯手心的触觉。

她凑近我，摸到我的左手，将我的手指握在她的右手心。我立刻明白了，在她手中写道：我没事，这是很有趣的经历。

"慢点。"她写道。

我放慢速度，一个字一个字写出：我。很好。有趣。

"学得很快。"她画出一个新月形。我觉得那是一个笑脸符号。

你们。这儿。聚会。我写，然后画一个问号。

"是的，这是每天的聚会。"她回答。

“这是什么样的聚会？你们是什么样的组织？为什么找到我？”

“用手指聊天的聚会，你会爱上它的。我在街上看到你，你冲着玻璃窗发呆，觉得你一定跟我一样，是个非常孤独的人。感觉世界无聊到爆的人。”

“我？算是吧。说实话，我确实觉得人生乏闷，不过遇到你以前，从未想到要去改变什么。”

“那从现在开始。”她又画了一个笑脸的符号——这一瞬间，我觉得我爱上她了，尽管我从未看见她的容貌，也嗅不到女孩身上应有的香水味道。

“那我现在应该做什么？”我问。

“参加手指聊天的人组成一个环，每个人都与其他两个人连接，用左手写字，右手当别人的写字板，想听什么，想说什么，随你。刚刚为了迎接你，我从环中退了出来。”她回答。

“我大概懂了，”我想了想，“那我没办法像现在这样跟某一个人聊天吗，我只能对左边的人说话，听右边的人对我说话。”

“在手指聊天聚会中，没办法的。私下里……随你。”

“假如——仅仅是假如——我对右边的人感兴趣，那我的右手与他的左手轮流读和写，不就可以单独对话了吗？”

“那是不被允许的。手指聊天聚会的规则就是保持讯息的单方向流通。但你可以创造一个话题传递出去，让你感兴趣的人参与进来。”

“……我不大明白。”

“比如你想与右边的人聊聊总统，那么可以对左边的人发布话题：‘大家觉得总统先生对待外汇储备的策略是否正确’，左边的人会根据自己的兴趣加入自己的观点，或者将问题原封不动地传出去，而作为一个环，话题最终会到达你右边的人那里，他就可以对你表达意见了。手指聊天聚会不是为对话产生，分享思想、传递观点才是它有趣的地方。有人告诉我这种形式来自已经消亡的古老网络拓扑结构。”

“听起来很复杂的样子。”我搞不明白他们为什么发明这样奇怪的机制来谈天，网上有大把的开放讨论组，到餐馆里喝杯啤酒聊聊天是更好的主意，但被奇特经历引领到这个神秘聚会的我，不会放过任何尝试的机会。“我能够加入聚会吗？现在？”

“对于初学者来说，环中的信息量太大了，你传递效率低下会导致整个环传导的阻滞。为提高效率，我们在环聊天时使用大量的缩略语和简略写法，你需要时间习惯。”她回答，接着用了五分钟给我演示那些专用缩略词。“你不像个初学者。”惊异于我的学习速度，她画出大大的P，代表吐舌头的表情。

当然，这是我和我姐姐的小秘密。我想。“放心，让我试试吧。”

“……好吧。我在你左边。现在，我们向前移动三步，那里是环的一个节点，你拍拍右边人的肩膀，他会暂时断开环，然后你用右手拉住他的左手。记住，要快。”她迟疑一下，答应了。

我们交换位置，她用右手握住我的左手，带领我向前移动。我隐约感觉到前面人的体温，蹲下去，触到一个人的肩膀，轻轻拍了一下。那人立刻向右让开位置，我和她手拉手坐下，右边的人找到我的右手，与我相握。

那是一只坚硬、骨节粗大、肌肉发达的男人的手掌，但手指却出奇地灵活。我的掌心立刻被快速的书写覆盖了，右边人写得太快，以至于我无法分辨出每个字母，我努力捕捉关键词和缩略词，通过猜测大致了解一句话的意思，脑子还没烙下痕迹，下一句话又汹涌而来——这是手指书写构成的信息洪流，我的皮肤敏感度显然还不够格。忙乱解读文字的同时，断断续续写给左边的她。“……反对党……丑闻……下台风波……秘密警察……逮捕……”一段信息只翻译出部分关键词，是我挺感兴趣的一个话题——现在的网络讨论组里从来没人提起的话题。我想加入自己观点传给她，但下一条信息已经到了。“空天飞机坠毁……牙买加。丑闻。液体燃料泄漏。NASA 失去政治支持？俄罗斯攻击。”前面是议题，后面是人们的观点。我想我逐渐习惯了接收信息，她说得对，我不算个新手。但左手的几根手指无论如何迅速而清晰地传出资讯，多次尝试以后，我泄气地写了一个“对不起”。

她的掌心凉爽光滑，像我小学时教室里崭新的黑板。这时，她伸出食指，偷偷地在我左手心写了三个字：“原谅你”。

我能感觉自己的嘴角向上咧起。“你刚刚告诉我这是违规的。”我写道。

“有进步。”她明显违规地加上一个笑脸。

6

敲门声把我吵醒。我用枕头捂住耳朵，希望等一会儿敲门人会自己离去，但五分钟后，我不得不套上睡袍、趿着拖鞋走向起居室。敲门声不紧不慢、执着地响着，我从猫眼望出去，一顶警察的大檐帽挡住全部视线。见鬼。我嘟囔着打开门锁，拉开门：“有什么可以效劳？”

“你好。”倚在墙上的小个子警察摘下帽子，出示徽章，没精打采地说："先生，能耽误你五分钟么？你知道的，例行谈话那一套。"

"好吧，五分钟。"我转身走回起居室，倒在沙发上，给自己倒了半杯波旁威士忌。时钟显示周二下午一点半，糟糕的睡眠质量让脑袋又隐隐作痛起来。我把琥珀色的酒液倒进嘴里，长长吐出一口气。电脑屏幕亮起来，ROY 留言道：我参加那个讨论组了，比想象中有趣一点点。

看样子三十岁左右、留着老式髭须的小个子警察毫不见外地在单人沙发上坐下，左右打量我的小公寓："挺不错的地方。"

"二十年前显得更好些。"我回答。

警察把大檐帽放在我的咖啡桌上，从兜里掏出平板电脑和电子笔，想了想，又丢下，靠在单人沙发上略显无聊地叹口气："连我自己都知道，这种问话半点意义都没有。"

"工作。对吧。"我表示理解。

"好吧，工作。"他皱着眉头，不情愿地捡起平板电脑。"那么……你在社会保障局工作。周一、周三、周五。"他读到。

"没错。"我回答。

"四十五岁，单身。去年因医疗保险诈骗被判社区服务两个月。"他略显惊异地念道。

"是医院没搞清楚我的额度！他们后来道歉了。"我烦躁地解释道。

"昨天深夜一点十二分接到投诉，你打扰邻居睡觉了？"警察懒懒地用电子笔的末端梳理小胡须。

"呃……"想起昨夜的经历，我忽然没来由地一阵紧张。警察登门会不会与"手指聊天聚会"有关？尽管我没觉得一群人坐在黑暗中抠对方的手心有什么违法的地方，但直觉告诉我，什么也别说。

保守这个秘密。别惹麻烦。就像父亲常常对我说的那样。“……我喝了点啤酒，醒来以后骑摩托车出去兜风。就这样。对邻居的投诉我深感歉意。”

“哦。骑摩托兜风。”没什么干劲的警察在平板电脑上写道，“男人的浪漫，我懂的。那就这样。没问题了——你知道，对精神衰弱的老太太的投诉我们向来不太当真，但总得例行公事走一趟是吧？”他站起身来，把大檐帽夹在腋下，将电脑和笔塞回口袋。

“结束了？”我不敢相信地站起来。

“感谢您的配合。”警察干巴巴地说着标准用语，转身出门。我端着威士忌杯子送他出去，在关门时，小个子回头抬起黑眼珠看了我一眼说：“对了，你骑摩托没去什么不该去的地方吧。”

“……什么不该去的地方？当然没有。”我立刻回答。

“哦，你的摩托车在城东南方向脱离了摄像头的监控。一定是条风景独特的小巷，不是吗？虽然目前犯罪率达到半个世纪以来的最低点，但做这行你就知道，世界上还是存在各式各样的坏人的。今天好心情，先生。”他似笑非笑地拍拍我的肩膀，扣上大檐帽，点头致意，然后走下公寓楼嘎吱作响的木头楼梯。

我反锁屋门，靠在门上急速喘气。警察真的掌握到什么信息？她和神秘的“手指聊天聚会”是什么非法组织？对了。我这个笨蛋。我拍拍脑袋，想起昨天中午遇到她的情形，她和她的伙伴们正在被两名警察追赶。

我需要再次见到她。话题千奇百怪、令人兴奋莫名的手指聊天聚会在凌晨三点结束，穿黑色连帽衫的人们默默地依次离开伊甸道289S 简陋的地下室，我与她在人群中失散，遵守聚会的准则，我没有大声喊她——后来发现，还不知道她的名字。

我需要再次见到她。

7

上线后ROY已经离开，我叹口气，关掉电脑。手指聊天聚会从午夜十二点开始，我从未如此急切地等待天黑，不停起立、坐下、切换电视频道，坐在马桶上发呆，反复看表。为消磨时间，我从保湿盒里取出珍藏许久的玻利瓦尔2号雪茄，将昂贵的铝管打开，用雪茄剪小心切开茄头，划火柴点燃，深深吸一口，慢慢吐出，古巴优质雪茄厚重浓烈的烟气让我感觉舒适的眩晕，但很快负罪感涌上心头，三十美元一支的雪茄？这不是我应当享受的。这样美妙的东西应当永远保存在我简陋的保湿盒里，像漂亮的川崎摩托车一样时时被瞻仰。

说起来，我的摩托车在回家的路上开始工作不良，发动机发出虚弱的咳嗽声，我想是化油器老化导致雾化效果下降，老伙计年纪毕竟不小了。今夜应该用更隐秘、更安全的方法到达伊甸道，我开动脑筋想着，无意识地拨动遥控器切换频道。电视如同网络一样无聊，昨夜聚会讨论的话题没有任何一个出现在电视节目里，更别说那些天马行空的批评和议论。我焦躁不安地吸完整支雪茄（直到烟头烫手），到卧室衣橱里翻出一件学生时代的深蓝色连帽衫，套在身上，戴上兜帽，走到穿衣镜前。

皱皱巴巴的蓝色连帽衫上印着史蒂夫·乔布斯——一个当代年轻人可能根本不知道的过时名字——的黑白画像，衣服显得很合身，我的体重自从大学时代后就没有增加过，兜帽里浮着一张苍白的、两腮瘦削眼袋浮肿的中年男人的脸，男人试图挤出一个微笑，配着大大的酒糟鼻，显得有些滑稽。

所以我才如此想念手指聊天聚会。在一片漆黑里，谁也不用看见谁不讨人喜欢的脸庞，有的只是手指的触感和书写思想。我想着，掀开兜帽，把头发仔细地向右边梳，但怎样也掩不住半秃的天灵盖。

天色终于暗下来，我把奶酪放在饼干上叠成高高的摞压紧后送入烤箱，又开了一瓶啤酒，当作简易晚餐。奶酪在胃里燃烧，我怎么也压抑不住内心的悸动，穿着连帽衫在起居室里走来走去，这时电视新闻播出一个穷极无聊的家伙举着硕大的标语牌在市政府门前抗议，现场围观者很多，但似乎没人参与到他发起的示威中来。我想我在人群中看到一两个穿着黑色连帽衫的身影。是他们吗？我丢下遥控器，扣上兜帽。决定出去看看。

地铁里人不太多，有些人佯装盯着屏幕上的广告，偷偷打量我和我连帽衫上的史蒂夫·乔布斯。“那老头衣服上印着的是谁？”“我想是个宗教领袖，像吕克·茹雷那种。”“……那又是谁？”两个十五六岁、留着时兴的蘑菇形发型的年轻人低声谈论着。你们说对了一点，无知的小子。我把兜帽压低一点。在我们那个时代，乔布斯就是宗教领袖，直到移动互联网变得恶俗无聊、人们丢掉复杂的智能手机回归基础通话功能的大变革到来。

半个小时后，我来到市政广场，明亮灯光下的草坪中站着那个举着标语牌的人，牌子大得吓人，用红红绿绿的颜料涂写着几行字迹，我看不太清。我的视力也在衰退，这应该和幻听一样，是饮酒过度的后遗症？母亲在电话里说起，我的父亲现在瞎得像只鼹鼠。我想象不出那个大胡子、红脸膛、拥有强壮手臂和结实大肚腩的粗鲁汉子如今是什么模样，也没有兴趣知道。

一群人远远站着围观，几个警察靠在警车上嚼着口香糖，滑板少年在台阶上玩花样，电视采访车前记者与扛着摄影机的家伙聊着天，示威者显得有些孤独。我走近些，眯起眼睛看标语牌，上面的红字是：壁炉燃烧木材是造成温室效应的元凶。下面的蓝字写着：拆毁一个老式壁炉，延长地球一天寿命。

我皱起眉头。第一修正案就是为这些无聊的话题准备的吗？手指聊天聚会中那些犀利的观点都到哪里去了呢？我走近围观的人群，试图找出黑色连帽衫的踪迹，但这时警察走上前来以草坪维护为理由请示威者离开，人群也随之散去，我没能在其中找到熟悉的影子。几个警察用狐疑的目光上下打量我，其中一个举起手指指我衣服上的头像，另一个恍然大悟，并大笑了起来。我立刻转身离开。

不由自主地，我乘坐地铁向城东出发，在环线最东端的地铁站下车，拦了一辆出租车并告诉司机："伊甸道 289 号。"

"伊甸道？"出租司机嘟哝着，"希望小费够多。"

车子拐入小路，街区越来越破旧，路灯也稀少起来，随着出租车停在黑暗的伊甸道中央，我的紧张和希冀水涨船高。"考虑搬家吗，老兄？我知道几个不错的旅馆。"司机接过车费，替我打开车门。

"不必了，我喜欢安静。"我下车，关上车门，挥挥手。出租车的尾灯亮起，接着迅速变小，消失在深远的夜里。现在是晚上九点，伊甸道依然寂静得像一座坟墓，我走近碎掉一扇窗户的 289 号大门，想了想，推门而入。

我知道我来得太早了，可些许等待会让今夜的聚会更加有趣。同昨天一样，我的心脏怦怦跳着，不同的是兴奋代替了恐惧。在摇晃的白炽灯的照明下，我找到楼梯背后的小门，拧开黄铜门把手，狭窄而深邃的四十阶楼梯出现在眼前。我没有手机，当然也没有手电，我整理一下兜帽，闭上眼睛，走入渐渐黑暗的地下室。一、

二、三、四、五……三十九、四十。面前出现一堵墙，楼梯在此转弯，我摸索着，伸出右脚试探，找到向下的台阶，一、二、三……三十九、四十。双脚落在平坦的地面上，前面应该是挂着铜质S符号的绿色木门，我满怀希望，伸出双手。

手指摸到的，是冰冷的水泥。

记忆出现偏差了吗？我尽量回忆昨夜的经历，楼梯的尽头有一扇门，仅有一扇门。不会错，我清楚记得黄铜S字母的光泽。我移动脚步，左右试探，两边都是混凝土墙壁，正前方原本应该是门的地方，也是一扇粗糙的墙壁，楼梯的尽头，竟然是一个死巷。

我感觉血涌上头部，耳朵开始发热，头痛再次袭来。冷静，要冷静，我对自己说，深呼吸，做个深呼吸。我摘掉兜帽，长长地吸一口气，地下冷且潮湿的空气涌进我的肺，让我过热的大脑稍微冷却。

平静了几分钟，我再次试着寻找那扇消失的门。没有任何痕迹表明这里曾经出现过一扇门，坑洼不平的墙壁刺痛我的指尖。我颓然坐下。

你的朋友们去哪了？父亲的脸出现在黑暗中，带着漫不经心的放肆的嘲笑。住嘴！我叫道，把脑袋埋进臂弯，堵住自己的耳朵。我说过了，别惹麻烦。父亲抹去嘴角的酒迹，呼出臭烘烘的灼热气息，他揽着姐姐的肩膀，姐姐明亮的蓝眼睛中蓄着透明的眼泪。母亲在一旁哭泣。住嘴！我尖叫道。你已经十八岁了，现在滚出我的房子，找份工作，或者去上你那该死的大学，我没有责任再与你分享我的牛肉浓汤了。父亲咆哮着将衣箱扔在我脚下。姐姐躲在厨房里流泪望着我，母亲无动于衷地端着锅子。住嘴！我歇斯底里地尖叫着。

不知过了多久。黑暗中，你没办法准确计算时间。我或许做了一个噩梦，也可能根本没睡着。我扶着墙壁，慢慢站起来，每一个关节都在因长时间蜷曲而呻吟。现在我想做的，只有回到我小小的公寓，喝一大杯不加冰的威士忌，倒在沙发上，打开电视，把我昨夜荒唐的梦境完全忘掉。把手心残留的触感完全忘掉。把手指聊天聚会这个荒诞不经的名字完全忘掉。

我迈出左腿，脚尖踢到什么东西，那东西滚动两下，亮了起来。白色光斑照亮狭窄的空间。——那是我昨夜丢在门前的手机，我独一无二的、被当今时代唾弃的老式智能手机。

那不是梦。我立刻找回了全身力量，拾起手机。电量马上就要耗尽，但足够让我仔细检查凭空出现的墙壁。没错，这堵墙是崭新的、由快干的水泥临时砌成的，在墙壁下方接缝处我发现了被掩埋一多半的木质门槛。门还在，只是被试图隐藏秘密的人保护起来。我敲敲墙壁，水泥的厚度在我破坏的能力范围之外。穿黑色连帽衫的人不是我的幻觉，他们只是换了聚会的地点，忘了通知我而已。我有些欣慰地自我安慰道。

我在那里等到凌晨两点，没有人出现。我走上地面，步行到两公里外的地铁站，在那里找到一辆出租车回到公寓。我一步一步走上嘎吱作响的台阶，心情乱糟糟的，但周三上午还要工作，打开公寓门之后，我想的是赶快喝杯酒冲个澡，然后好好睡一觉。

我愣在门口。我的沙发上，坐着一个穿黑色连帽衫的人。

8

我拿起电子印章，给屏幕上那份六个孩子的新移民家庭提交的特殊贫困津贴申请书盖章，电子印章指示灯由绿色变为红色，代表今天的通过名额用光了。我靠在椅背上，活动一下手腕。距离下班还有一个半小时，与我共享小隔间的漂亮金发女人站起来邀请大家参加她的生日聚会，“如果你有时间的话……也欢迎你。”她有些迟疑地对我发出邀请——我知道这样的邀请已经是礼貌的极限。“对不起，我第二天有个重要约会。那么，生日快乐！”我回答道。她显然松了一口气，拍拍胸脯：“谢谢，真遗憾。祝约会愉快哦。”

对她这样年龄的女孩来说，我是长辈，我很明白一个不合时宜的长辈能给聚会带来多大的灾难。但约会并不是借口，我的右掌心犹能清楚感觉到她的留言：明早六点市政广场。

我不知道她用什么方法找到我，怎样进入我的公寓，也不知道她等了多久，在短暂的震惊过后，我走过去，拉起她的手。脱衣舞俱乐部的霓虹灯在窗外闪耀，给她的黑色连帽衫镀上五彩光芒，我仍然看不清兜帽下的脸庞。“对不起，聚会地点更改了。没来得及通知你。”她写道。

“我给你们带来麻烦了吗？”我问。

“不，情况很复杂。刚才的手指聊天聚会只有核心成员参加。我们内部产生了一些争执。”她写完这句话，手指点了几个代表犹豫的省略号。

“关于什么？”

“关于要不要做一件蠢事。”她在“蠢事”两字下面画了条波浪线。

“我不明白。”我老老实实写。

“如果你愿意听的话，我可以把手指聊天聚会的由来、组织形式、派系斗争和最终目标讲给你听。”她写了个很长的句子。

“我不愿意听，”我回答，“我不愿意把有趣的聊天聚会变成政治。”

“你不懂。”她画出代表叹气的大于号。我发现她就连最简单的情绪表达都通过书写来完成。“你一定发觉，网络、电视、纸质出版物在这些年来失去了思想的光芒。”

“是的！”我有些兴奋，“不知道为什么，可以引发争论的话题都消失了，剩下的都是些无聊的东西，我不止一次在讨论组里发表敏感问题，但没有任何人参与讨论。瞧，他们似乎更关心生鱼片和蚯蚓。很多年前我就发现了，那时没有人相信，医生让我吃那些该死的小药片使这种幻觉消失。我知道这不是幻觉！”

“不止这样，你与朋友聊天的内容、在街上看到的景象，也像媒体和网络一样变得越来越平淡。”

“你怎么知道？”我几乎站起来。

“这是一个阴谋。”她用力写，导致我的掌心感觉疼痛。

“阴谋？像人类登陆月球那样的阴谋？”

“像水门事件那样的阴谋。”她缭乱写道，辨识起来有些费力。

“我想我需要好好上一课。”

“那从政治开始。”

“先等一下……下一次聚会何时举行？我可以参加吗？”

“这就是争执产生的地方。行动派认为，我们下次聚会应该在公共场所举行，比如市政广场。我们不应该再躲躲藏藏，而要强硬地表达自己的态度。”她告诉我。

“我猜……警察不太喜欢你们。”我又想起初见她的那天，气喘吁吁追逐的两名警官。

“整个组织他们掌握不了，只是部分成员有案底而已，特别是行动派。”她坦然回答。

“你有案底？”我好奇地问。

"说来话长。"她不愿多谈。

"……你叫什么名字？"我鼓足勇气，终于问出这个问题。

她的手指停止移动。我努力端详她兜帽下的脸，但连帽衫完全遮蔽了她的面貌，甚至性别特征。我忽然想到，关于"她是女人"的猜测完全基于纤细的手指，她也可能是个年轻的男孩子——尽管内心完全抗拒接受这一点。我希望她是姐姐那样的女人，亚麻色头发、声音轻柔、有点调皮、鼻子上长着几朵小小的雀斑，我漫长的单身生涯一直在寻找的那种女人。

"你会知道的。"她想了想，避开这个话题。

"其实我更好奇的是……"我正感受左手食指与她右掌心的细腻触感，窗外忽然有警笛声响起，尖利的啸叫由远而近，她警惕地坐直身子，拉低兜帽，快速写道："我要走了。如果愿意的话，明早六点市政广场。记住：这是你自己的选择，你有机会改变世界，更可能后悔终生，无论怎样，别因此责备别人——特别是我——因为你自己做出选择。顺便说一句，我觉得光头的男人比较性感。"

她用瘦弱而有力的手指捏捏我的右手，离开沙发，从起居室的窗户翻了出去，我追过去向下看，她已经从防火梯灵巧地攀缘下去，消失在街角。我抚摸着自己半秃的头顶，有点迷茫。

9

我三十七岁那年因为种种原因陷入深深的抑郁，房东太太说服我去见她的心理医生，并威胁我说不接受一个疗程的心理咨询就要把我和我的脏屁股踢出公寓楼，虽然明白她怕我在起居室里服毒自杀，我后来还是深深感念她的好意。心理医生是个留着弗洛伊德式大胡子的瑞典人，“不，我不是心理医生。”见面聊了几句之后他说。“我是精神病医生。这也不是心理咨询，是心理治疗。你需要服药，先生。这些小药丸可以让你不总梦到姐姐的坟墓。”

“我不害怕小药丸，医生，”我回答，“只要医疗保险能够支付。我也不怕梦见亲爱的姐姐，就算她一次又一次从坟墓中爬出来。我害怕的是身边正在发生的一切。你感觉到了吗医生，滴答滴答，像秒针一样，这儿，那儿，永不停止。”

医生饶有兴致地俯身过来：“讲讲你所说的变化。”

“有种东西在死去，”我左右望望，低声说，“你嗅不到腐烂的味道吗？电视节目里的评论员、报纸专栏作家、网络聊天组，自由的精神正在死去。像暴露在 DDT 中的蚊虫一样大规模死去。”

“我看到的，是社会与民主的进步。你有没有想过某种阴谋论的精神症状使你怀疑一切，包括和谐的文化氛围？”医生向后靠，交叉手指。

“你也曾经年轻过，医生，那个敢于怀疑一切的时代。”我焦急地提高音量。“在那个我们不知道会成为什么人、但明白自己不愿成为什么人的时代，在那个充满斗争又充满英雄的时代。”

“当然我怀念年轻的时候，先生。谁都应该。不过既然我们已经是成年人，要承担家庭责任和社会责任，乃至人类文明和物种延续的天然职责，我的建议是回去定时服用这些小药片，把你不切实际的幻想都丢掉，找一份轻松的工作，周末时钓钓鱼，每年出去旅游一趟，在合适的时候找个女孩成立一个家庭——当然我们还没有聊到你的性倾向，请不要当作歧视——然后生个孩子。”医生戴上眼镜，翻开记事本，用暂停的手势打断我即将脱口而出的争辩，“现在，让我们谈谈你父亲和姐姐的问题吧，童年创伤对那些小药片的组成很重要。好吗？”

治疗很有效。我渐渐习惯平淡的电视节目与网络讨论组，习惯社会的平静、单纯、美好与平庸，习惯父亲的影子偶尔出现在面前，尽量不与往事争辩。忽然一个穿黑色连帽衫的家伙闯进我一成不变的单身汉生活，丢给我一个选择，一个我完全无法理解其中意义的选择。我能够理解的，是手指聊天带给我许久未有的真实感，让我感觉八年前逐渐死掉的那些东西像春季的昆虫从地下破茧重生。“明早六点市政广场”代表什么，我想不明白，在面临选择的时候我通常掷硬币，硬币在空中飞舞的时候答案会自己出现：你期望哪一面先落地。这次我没有掏出硬币，因为下班后走出社会保障局大楼，潜意识驱使我走向地铁站的反方向，推开一扇旋转灯柱旁的玻璃门，对站在镜子前面的肥胖男人说：“嗨。”

“嗨，好久不见，”胖男人挥挥手，“老样子？”

“不，”我微笑，“帮我剃个光头。性感的那种。”

10

凌晨三点四十分从梦中惊醒，再也睡不着。我泡了个热水澡，换上史蒂夫·乔布斯连帽衫和卡其布长裤，穿上慢跑鞋，戴上耳机，听金属乐队的老音乐。五点整的时候我给 ROY 留言，喝了一杯咖啡，走出公寓。太阳没有升起，清晨的风吹过新剃的头皮，让我滚烫的大脑凉爽起来。我搭上第一班地铁，满不在乎稀疏乘客投来的诧异目光。五点四十分，我来到市政广场，站在草坪中央，路灯明亮，晨雾升起。

五点五十分，街灯熄灭，第一线天光照亮青蓝色的薄雾，人影在雾中逐渐聚集。一个穿黑色连帽衫的人握住我的右手，我牵起左侧陌生人的手臂，“早安”在掌心传递，越来越多的人出现在市政广场前，沉默地组成不断扩大的圆环。

六点十分，由超过一百人组成的环稳定了，手指聊天聚会的参与者开始高速传输信息，我闭上眼睛，一滴露水从兜帽檐滴下。右边是一个年老的绅士，松弛的皮肤与精练的造句告诉我这一点；左边是一位保养得当的女士，她手掌丰润，戴着大大的钻石戒指。话题出现。“相比现在那些没种的娘娘腔乐队，哪些乐队的名字是我们应该永远记住的？”

“金属乐队、U2，当然还有滚石。”我立刻加入自己的意见。

“地下丝绒。”

“性手枪。”

“绿日。皇后。涅槃。”

“NOFX。”

“Rage Against The Machine。”

“Anti-Flag。”

“Joy Division。”

“The Clash。”

“卡百利，当然。”

“Massive Attack。”

“等等……跳舞音乐也算吗？那要加上性感小野猫。”

我会心微笑。第二、第三个话题出现。我怀念这种自由自在讨论的感觉，即使以游戏式的数据交换方式。第四、第五个话题出现。

指尖与掌心繁忙工作，在减少误码率的基础上尽量使用缩略词，我感觉手指聊天技巧逐渐纯熟。第六、第七个话题出现，这几乎是手指聊天聚会带宽的极限。话题附加的评论会逐渐增多，直到所有感兴趣的人发言完毕，发起话题的人有权利和义务在合适的时刻停止该话题的传输，为新主题腾出空间。第一、第三个话题消失了，第二个话题、关于宪法第一修正案的评论仍在持续增加。其他话题发起者不约而同选择中止传输。环网中只剩第二话题，参与者们默契地停止发送话题本身，仅仅传递评论以节省带宽。但这时的聊天组是低效率运行的，因为环网中传输的只有一个数据包，有人意识到这一点，在空闲时发起新话题。新话题让网络再次繁忙，但数据很快在某一个节点拥堵起来。

遥远大学时代的记忆忽然被唤醒。“介绍一种已经消亡的网络拓扑结构，由 IBM 在二十世纪七十年代发明的令牌环网。”网络课程导师在讲台上说。手指聊天聚会原来是一种以自觉为基础的、不太科学的令牌环网。我手忙脚乱地传送完第二话题的庞大数据包，有点闲暇地想着改进方案。

一个很短的信息出现了。这是不科学的，我想。然而信息让我张大嘴巴。“我的名字叫黛西——致性感的光头。”

我能感觉 5–羟色胺在千亿脑神经元中产生，腺苷三磷酸让心脏剧烈跳动，身体内部的小人儿在欢呼雀跃。我截停了这条信息，发送一条新的出去：“你好，黛西。”

由于庞大的第二话题数据包，网络的运行变得迟缓，我等了十分钟才收到上游传回的数据，显然有人把第二话题评论精简了，压缩数据包的最后，附加着我的话题“你好黛西”以及众多评论。

“我们爱你黛西。”“我们的雏菊。”“小美人。”……“你好，光头叔叔。”

光头叔叔是我。我想到出门前穿衣镜里的人像，瘦削的身体、下垂的两腮、红鼻子和滑稽的光头，过时的连帽衫，像个小丑。我微笑了。

正在撰写评论，网络忽然传来微微动荡，我不由睁开眼睛。太阳早已升起，薄雾消失得无影无踪，市政广场草坪的每一片草叶都挂着晶莹的露水珠。手拉手的手指聊天聚会成员围成不规则的圆环，像一堵沉默的墙，许多人在远远围观，晨跑的健身者、途经的上班族、记者与警察。他们显然有些迷茫，因为我们没有标语、口号，没有任何表示我们在抗议示威的知觉特征。

一辆警车停在广场边缘，排气筒冒着白烟，车门打开，走出几名警察。我认出打头的那一个，曾经登门造访的小个子警官，依然带着懒洋洋的表情，迈着松垮的步伐。他摸摸整齐的小胡子左右打量我们一群人，然后径直走到我面前。“先生，早上好。”他摘下大檐帽按在胸前。

我盯着他，没有答话。

“对不起，你们被捕了。”他毫无干劲地说。四辆黑色的、庞大的厢式警车无声无息地出现在市政广场，全副武装的防暴警察涌出，举着警棍和盾牌逼近。围观人群没有任何动静。没有人惊呼呐喊，没有人移动脚步，甚至没有任何人把目光投向步伐整齐的防暴警察。

我能从旁边人手心的汗液感觉紧张的情绪。第二话题数据包消失了。一条极其简短的信息以交换方式能够支持的最快速度在网络中传送。

“自由。”许多手指在许多掌心快速而坚定地写下。

“自由。”所有人睁开眼睛，闭紧嘴巴。

"自由。"我们用无声的最大音量对黑色的政府机器呐喊。

"黛西，我爱你。"我传出最后一条信息，然后被防暴警察野蛮地扑倒在地。网络分崩离析，我不知道信息能否传到黛西那里，她处在网络的什么位置？我不知道。今后能不能再见到她？我不知道。实际上，我从未真正见过她，但我感觉，我比世上任何一个人更了解她。

别惹麻烦。父亲高高在上地俯视我变形的脸。防暴警察试图将我的脸与草坪结为一体。

去你的。我吐出一口草腥味的口水。

11

我有十分钟的电话时间，我不想浪费，可除了瘦子和ROY之外，我想不到还能打给谁。瘦子声音怪异地讲着牙买加的阿拉瓦语，ROY没有接电话。我放下听筒，发着呆。

"嗨，老爹，你在浪费所剩无几的生命。"后面排队的人不耐烦地开口。

我无意识地拨了熟悉的号码。与往常一样，铃响三声之后，电话接通了："你好？"

"你好吗，妈妈。"我说。

"我很好。你呢？头痛还出现吗？"听筒里传来拖动椅子的声音，对面的人坐下了。

"最近好多了——他呢？"我说。

"你从不主动问起他。"母亲的声音有些诧异。

“唔。我想……”

“上个月他去世了。”母亲平静地说。

“哦，是吗。”

“是的。”

“那么有人照顾你吗？”

“你的姨妈陪着我，放心。”

“他的坟地……”

“在教区。距离你姐姐很远。”

“那我就放心了。那么……周末快乐，妈妈。”

“当然。也祝你愉快。再见。”

“再见。”

听筒传来忙音。我揉搓右手的丑陋色斑，试图把那些画面从眼前抹去，酒气熏天的父亲、哭泣的姐姐、变得无动于衷的母亲，大学时代回家看到的画面，如今因生命的流逝显得不再那么沉重。“老爹，时间宝贵啊，滴答滴答。”排队的人指指手腕，模仿秒针跳动。我挂好听筒，转身离开。

午餐时我与一个红头发的家伙坐在一起，他的脸上刺着男人的名字，胳膊上花花绿绿，像穿着件夏威夷衫。“这家伙是个同性恋！别靠近他。别让他摸你的手。”与我分享房间的墨西哥人曾经告诫我，我想他是好意。我端着餐盘，挪开一些。

红头发嬉皮笑脸凑了过来：“要分享我的羊奶布丁吗？我不是什么乳糖爱好者。”

“谢谢，不必了。”我尽量礼貌。

红头发伸手过来，我触电似地缩回手臂，但还是被他捉住了。他把我的右手紧紧握在掌心，指尖轻轻搔挠，让我感觉毛骨悚然的不适。

“我想我不太适应这种关系，我说……”我尽量挣扎。旁边的人肆无忌惮笑了起来，鼓劲似的敲打餐桌。熟悉的感觉传来。那是手指聊天的讯息，一样的缩写方式，快速而准确，“如果你懂的话，反馈我。”

我冷静下来，深深地看了红头发一眼。他还是一副令人反感的同性恋表情。我手指反勾，告诉他：“收到。”

“天哪！”他表情不变，却写下代表强烈感情色彩的感叹词。“终于又找到一个了。现在听我说，午餐后去阅读室，东边靠墙鸟不生蛋的哲学区域，第二个书架底层，在黑格尔与诺瓦利斯之间有一本2009版的《哲学史大观》，拿去看。如果不明白阅读方法，第149页到150页有简单说明。稍后我会再跟你联系，为了安全起见……我建议你做好变成同性恋的准备。现在，打我。”

“什么？”我没反应过来。

红头发带着真正同性恋才有的恶心笑容伸手去摸我的屁股，我挥起拳头，砸在他的鼻梁上。“噢！”围观者愉快地哄然大笑。狱警向这边看来，红头发从地上爬起来，捂着流血的鼻子，骂骂咧咧地端起餐盘离开了。“我说什么来着？”同屋的墨西哥人端着盘子出现，挑起大拇指：“不过你是个有种的老家伙。”

我没理他，尽快把食物塞进口中。午饭后，我独自来到阅读室，在哲学书架底层，黑格尔与诺瓦利斯之间找到那本精装的2009年版的《哲学史大观》，交给图书管理员登记，带回房间。墨西哥人还没有回来，我躺在上铺，翻开厚重的封皮。没什么出奇，这是一本空洞的哲学书籍，从密密麻麻的条目和引文名单上就看得出来。我翻到149页。这页纸被人调换了，令人头痛的哲学名词中间，出现一张分明从其他书中撕下的泛黄纸页，正面是毫无意义的关节保健知识，背面是大段头部按摩方法和配图，末尾一段，用三百字篇幅简单介绍了一种盲文的读写方法，据称这是一种误码率很低、效率极高的新型盲文，但由于各种视觉与非视觉新技术手段给盲人带来的便利，盲文渐渐式微，新型盲文夭折在应用之前。

哦，当然，盲文。我合上精装书，闭上眼睛。封面、封底只有烫金大字。在封面内页，我找到以一定方式排列的密集小圆点，如果不用心感觉，就像封装质量不佳带来的页面坑洼不平。我对照说明，慢慢地解读盲文信息。由于压缩率比较高，我几乎用去两个小时才明白封面内页携带的文本信息。

"手指聊天聚会欢迎你，朋友。"不知名的撰写者在盲文中问候，"你一定察觉了那些变化，但你不明白，你迷茫、愤怒，甚至成为别人眼中的疯子。你也许屈服于现实，也许一直在寻找真相。你有权利得知真相。"

我点点头。

"这是一项庞大的计划。国会秘密通过第33条宪法修正案成立联邦信息安全委员会，对可能危害社会稳定和国家安全的信息进行过滤和替换，在漫长的尝试后一套高效率的系统逐渐形成，这个系统叫作'以太'。最初，'以太'是工作在互联网上，对互联网设备和移动互联网设备进行监控的自动化体系，它对一切被认定存在潜在威胁的文字、视频、音频进行数据欺骗，简单举例，语义分析接口认定一个讨论组中的有害主题，'以太'对接入该讨论组所在服务器的所有相关会话发送欺骗信息，除发表者之外其他人看到的都是经过调制的讨论话题，同时，信息发送者被数据库记录下来。假如你发表名为'参议员的午餐'的话题，被判定为有害信息，运行于巨型计算机上的、因法律体系而凌驾于所有网络防火墙之上的‘以太’在其他程序会话接入之前控制所有端口，将数据包中的相关字节替换，于是在别人眼里，你发表的话题变成无趣的‘KFC超值午餐’。以这种方式，联邦政府秘密地彻底控制了网络，可悲的是，绝大多数人并不知情。他们只是悲观地认为，革命精神在互联网上逐渐消失——这也是联邦最愿意看到的情形。”

我感觉后背发凉。这时墨西哥人走了进来，把脏毛巾丢在我的肚皮上。“老家伙，你应该偶尔参加一点集体活动。”

“闭嘴！”我用尽全身力气叫嚷。墨西哥人愣了。他的表情由惊诧，愤怒逐渐变为恐惧，挪开视线，不敢看我充血的眼睛。我的手指颤抖着在《哲学史大观》扉页移动。

“随着‘以太’的成功，联邦政府对广播、电视和纸质出版物的控制成为顺理成章的结局，对部分不肯配合信息安全法案的媒体人士，与‘以太’同源的信息欺骗技术被用于隔离异见者。纳米微电子技术被用于信息欺骗，很快，权力者意识纳米机械在肉眼可见光范围内信息替换的潜力，第33条修正案颁布后的第七年，他们决定向空气中散播纳米微机械。这种微型设备悬浮在空气中，利用土壤和建筑材料中的硅进行自我复制，直至达到预定浓度，它们仅具有简单的机械结构，浓度达到规定程度后进入工作状态；它们会自动侦测具有潜在威胁的文字（可见光信号）和声音（音波信号），将之替换为无害信息，并将发布者记录在案。它们附着在印刷文本和标语牌表面，通过光偏振向除发布者之外的观察者发布欺骗光学信号；它们改变声波扩散形态，向除发布者之外的倾听者发布欺骗声学信号，当然，发布者本身因为骨骼的传导作用，听到的还是自己的原本想说的话。飘浮在空气中的小恶魔使‘以太’无所不能、无所不在，如同哲学家口中人类无法察觉却充满一切空间的神秘物质——‘以太’本身。”

“我看到的，是社会与民主的进步。”我想到心理医生的话，握紧拳头，牙齿咯咯作响。

“这就是我们生活的时代，我的朋友。一切都是谎言。网络讨论组是谎言。电视节目是谎言。坐在你对面说话的人，说着谎言。高举的标语牌，刻着谎言。你的生活被谎言包围。这是享乐主义者的美好时代，没有争执、没有战斗、没有丑闻，当阴谋论者被关入精神病院，最后的革命者在孤独的电脑屏幕前郁郁而终，等待我们的是脆弱而完美的明天，彬彬有礼的悬崖舞者，建在流沙上的华美城堡。”

“我是谁？我是无名小卒，参与编织‘以太’黑幕的罪人，我并不重要，重要的是你察觉到这一切变化、有权利得知真相，现在真相就在你手中，由你选择接下来的道路。手指是我们最珍贵的礼物，因为在可预见的二十年之内，纳米机械没有欺骗人类精密触觉的可能。若你下定决心的话，随时可以通过你的介绍人加入手指聊天聚会，加入‘以太’无所不在监视下唯一的、最后的反抗组织，加入虚假世界内仅有的真实。”

“手指聊天聚会欢迎你，朋友。”

我合上厚重的封皮。一幕幕画面在脑海中串联起来。我看到了真相，却产生更多的疑问。这一切疑问，只有写下这些文字的人能够给予解答。我用手掌抚摸长出短短灰色发茬的头皮，知道自己早已作出选择。

晚餐时，我见到红头发的同性恋者，径直走过去拉起他的手。餐厅里一片哗然，我们成为被嘲笑的对象，但我视而不见，在他的手心写道："我加入。"

他露出一个内容丰富的笑容。"欢迎你。第一次聚会在两天后集体劳动时举行，木器厂东北侧。内部刊物在哲学第二书架的底层，尼采文集的扉页，每周更新。对了，女监区亚麻色头发、长着雀斑的小妞让我传达'对性感光头大叔'的问候。我想，我没找错人。"

我张大嘴巴。

那一刻，我想了很多。我没有怎样想使用幼稚的交流方式给世界带来变化，而是想着父亲留给我的一切。我以为父亲的棍棒与责骂让我不懂得怎样去爱，但我发现，爱是人类无法割除的灵魂片段，而不只是荷尔蒙的颤抖；我如此憎恨我的父亲，以至于年复一年抗拒着有关他的所有回忆，但我发现，责打孩子的父亲未必不能养成健全的人格，疼痛起码是真实的，我更憎恨（即使是善意的）欺骗。

我需要做的是像二十三年前一样，大声对那个用尽一切办法控制我人生的家伙喊出："去你的！"

她给予我勇气，有着亚麻色头发、蓝眼睛的她。我握紧红头发的手，仿佛透过他的皮肤，感觉到她的体温。我们的手心里，写着爱与自由。滚烫的爱与自由。烧破皮肤、镌刻在骨骼的爱与自由。

"我爱你，黛西——不是对你说，请别会错意。"众目睽睽中，我在红头发的手心写下。

"当然。"红头发早有准备地以一个熟悉的、调皮的笑脸回答。

迈尔斯·克利

新闻讯息类社交网站“每日亮点”的记者，著有小说《艾维兰》(*Ivyland*)，该书曾入选 2013 年图书巡展。他曾在《凌晨三点》(*3:AM*)《紊乱》(*Unstuck*)《怀特评论》(*The White Review*)《拼贴画》(*The Collagist*)《弹球》(*Pinball*)《故事和弦》(*Storychord*)《看不见的鹅毛笔》(*Unshod Quills*)《北风》(*Northwind*)《反面》(*Contrary*)《相似的山峰》(*Similar Peaks*) 及其他文学期刊或在线网站上发表作品。他的小说集《对错》(*True False*) 由 OR 图书出版公司推出。

战争机器

迈尔斯·克利

总统昏迷多日，病情不断恶化：终于一命呜呼。副总统宣誓就职前也开枪自杀。副总统之后的主事者填补了空缺，叫停了战争，也取消了征兵。解散前最后一周，黎明时分醒来时，我们发现高层已如鸟兽散。

我们做的第一件事就是放纵狂欢。洗了个淋浴，出发去女兵营房，铆足了劲儿要跟她们上床。女兵们的想法与我们不谋而合。迫击炮射击场赤地千里，坑坑洼洼，不是鬼混的理想场所，可我们仍旧不管不顾，肉体激烈冲撞，所有人都在这疯狂的性爱派对中得到了满足，除了泰勒。泰勒是个大胖子，即使每天跑 15 英里，也没见他瘦一丁点儿。

起初，泰勒落后时，我们还只是开玩笑似的说他太胖，很快，肥胖就成了大家欺负他的托词。我们捶他打他，再借口说这个胖子根本感觉不到疼痛。躺在晒得发烫的枯草丛中，身上骑着上身穿着我的迷彩服的女兵，我看见泰勒在那棵孤零零的树下阴凉地儿里坐着按摩双脚。要承受这么大的重量，这双脚一定疼痛难忍。

狂欢两天之后，我的内心极度空虚沮丧。老实说，那个时候我都认不出自己了。我徒步走到空军基地，搭了一架飞机回泽西。没想到，这架飞机居然不是去美国的泽西，而是飞往该死的英国泽西岛运送补给。我就这么糊里糊涂到了伦敦，加入了南部的一个黑帮，在大象堡的步行桥一带抢劫游客。其他黑帮干的都是强奸的勾当；我们没那么无耻，我们只抢劫钱财，从无助的游客手里夺走照相机和手机，拿到卡姆登卖掉买大麻抽。有一次，我痛扁了一个意大利人，就为了抢他的帽子。

大麻很快就抽完了。凯尔抽得特别快，搞得我们不得不跟着他的节奏也加快速度。我的名字也叫凯尔，所以他们都叫我“美国凯尔”。我真反感跟那个浑身散发着烂菜叶味儿的家伙同名。抽完大麻之后，我们开始玩另外一个游戏：谁先说出“莫利”这个词，谁就要去那个名叫“莫利”的又脏又臭的烤肉摊给大家买烤肉吃。

“我们得好好修理察赫一顿了，”阿莉扎说，“麻利地打他一顿。”

“哈！”弗农指着阿莉扎，大家都跟着起哄，除了英国凯尔。那天，英国凯尔在银禧地铁线前推了一个醉醺醺的银行家一把之后，仓皇消失在深夜两点钟的毛毛细雨中，然而这一切都被监控拍下来了。

“怎么了？”阿莉扎说。阿莉扎是个诗人，她离去之后我曾读过她写的诗，因为我是一个感性的怪物。一切还好。全英国都还好，除了我脑袋里面低低的嗡嗡声响个不停，令人不安。不管外界有什么声音，只要音量不是特别大，在我听来都像是窃窃私语。

“你说了……那个词。”我说。

“我说的不是莫利！”她大喊。

噢！我们大声起哄。嚷嚷着让她去买烤肉。等她返回时，我们叫得更大声。几周之后，帮派解散，可我的脑海里仍然回响着当时的欢呼声。我在帕丁顿被人抓住，蒙上头罩，抓我的人我从来没见过。我又踢又打，高声叫嚷，说我什么都没干，只是在乞讨，却无济于事，回应我的只有头罩里弥漫的烟雾，接着，一块紫花石把我砸晕。

“你醒了。”有人跟我说话。我尝到了自己的鼻涕和口水。这玩意儿在面罩里流得到处都是。帕丁顿的喧嚣彻底消失。耳朵感觉有压力：我们正在空中飞行。

“孩子，放松些。没那么糟糕啦。不过这里有一份财产回收协议。你不是第一个被回收的，我们要是不插手，你的麻烦会更大。”

“我才不是你的财产，你个北佬。”

“噢，天哪，”另外一个人笑起来，“真希望你学这口音时没有给教练付钱。”

“孩子，”友善的声音又响起来。孩子。他们没有把我重装，也没有把我推出去，我最讨厌这么虐待我的人。我姐姐被固定在一个自动取款机里面。我还有个打职业网球的表哥。而我，在自己的躯壳中游荡，不知道该责怪谁。“面对现实吧。公司训练了你。你的一切都是他们的，明白吗？这就是投资。”

我决定不再说话。落地后，我们坐车到达一个营地，闻味道我就知道这里位于费城的下风口。环顾四周，眼前情景让人看了与其说是难过，不如说是悲伤：每个人不是被打得眼圈发黑，就是缺胳膊断腿。所有人都神情紧张，不敢与人对视。

一个教官走进帐篷，骂我们是逃兵，是败类，是低人一等的蠢蛋，居然以为和平时期军队会解散。有个牙齿被打落的逃兵说他是因为自残而被开除的。他们把他拖走，让我们和这个逃兵挥手永别。

我们太累了，累得没有力气反抗。

古怪逐渐变成常态。餐食正常，锻炼挺有效，戒毒之后，身体也慢慢恢复元气。我、威尔特和约翰斯共用一个三人床位，这两人长得很像，又总是形影不离，所以我从来搞不清他们谁是谁——我们三个是一个小组。等身体完全复原，他们让我们做火焰喷射枪手。点火烧那些稻草人很好玩，可我们的燃料架得他妈的有一吨重。

我们的任务是进入一片松树林，把住在那里的野人们赶出来。半路上，指挥官不再叫他们是“野人”，而开始用“泥巴种”称呼他们。这些用四肢爬行的泥巴种，在沼泽地里自生自灭的垃圾，已经杀死了一队资源勘探者。生生把他们用石头砸死。

这个故事简直让我们发疯。威尔特或约翰斯说他们要在食物里下药，一剂就可以让人头晕目眩。约翰斯或威尔特不同意威尔特或约翰斯的主意，说他们要在每个被射中的人脑袋里放置一个硬盘。不得不承认，这招确实很高明，我就是这样被修理得够惨。自那以后，我就不是我了，再简单的指令我也要服从。

我们扛着火焰喷射器，艰难地在淤泥中跋涉，只要看到有什么在跑，我们就追。这些泥巴种可不吃泥巴；他们往身上涂满泥巴作伪装。威尔特和约翰斯肩并肩走着，脚下突然出现一个黑乎乎的坑洞，大敞着口。我们借助绳子爬到洞里面，发现洞底有一堆死尸，全都因中毒而身体肿胀。

行军一整天，有一只狐狸一直尾随着我。不过那是在伦敦……小狐狸沿着柏罗高街边上的一堵低矮石墙，一路小跑，在我身旁开心地漫步。太阳同我哥哥去加拿大那天的太阳一样，低低地挂在空中，明亮耀眼，阳光透过树叶缝隙漏了下来。我们掷了一枚硬币，硬币滚进排水沟，所以我让他先跳上卡车。

我确实有些失眠，可这也有点太离谱了。

我们活捉不了成年人。一个电视节目要求拍摄被抓住的那些孩子。似乎是为了回报我们的大肆杀戮，电视台准许我们去录制现场观看。肤色苍白的主持人身后有一大块亚克力树脂玻璃。玻璃后面：青少年野人大战食肉动物，对抗人造的极端天气，好像生死存亡就在这一搏。

一半观众都来自一支女兵队伍，手淫的，拿东西摩擦阴蒂的，几乎占据了节目的整个时间。有那么一会儿，我从树上拽下来的那个女孩——当时还朝我的喉咙踢了一脚——忘记使用生火工具，站在冰冷的屋子里，盯着这群不停呻吟的怪胎。

我绕过露天看台，走到后面的控制室里。里边的一男一女都没看见我。他们也没有讨论舞台上我抓来的那些泥巴种。女人操作着控制板，男人只是站在旁边看着。

“我还以为我们能用节能产品来补偿那些使用寿命太短的有机二级发光体（OLED）的损失呢，”她说，“确实很好用，但是衰减得太他妈快了。”

“你说有机的那种？”男人问道。

“下一代 OLED 的导电层就不会再使用聚苯胺了。”

天哪，听了他们说的话，我简直想把他们勒死，但是不知为何，我他妈的居然失去知觉，昏了过去。他们手忙脚乱地把氧气管推进我身体时，管子又噎得我差点无法重启。

“别担心，不要紧。”一个医生说。氧气管滑落了出去。我大口喘着气，还有点反胃，就翻了个身侧躺着。房间是银色的。我又发生故障了。

身下的整个世界都是倾斜的。现在我在一条船上。一群男孩在舷窗边挤成一团，讨论这条船要开向哪里。大部分人都认为是往南开。

“听人说这些泥巴种有天生的抗癌因子，医疗保险游说团体要求把他们彻底消灭。”

“上帝啊。种族灭绝。”

“你跑了多远，索尔？”

“一下子跑到温哥华。那地方很漂亮。在那儿找了个会说三种语言的妓女。我正在动物园看企鹅时，他们抓住了我。”

“看看谁起来了。”

“是嘛，”我说，“是真的企鹅吗？”

“当然是真的，伙计。”

到达目的地后，我听到甲板上的人说：尼加拉瓜。这条船是美国海军的“闪烁”号驱逐舰。我们来这里是要与地方合作，消灭零卡特尔这个组织。指挥官伸出手，捂住脸。他向往曾经起过作用，并且不会因其缺陷而陷入瘫痪的古典民主。如果他能把我们从历史中抹去，好的，没关系。

第一轮攻击简直是一团糟。信号一发射，我们就朝一条海上打捞船开了火，打死了四个平民，其中一个是孕妇。这些人想偷渡到莫斯基托海岸去。我们费尽力气，把他们那一点可怜巴巴的财产从水中捞了出来。

“他们看着可不像叛乱分子。”指挥官说，一脸迷惑。他从来没有告诉我们他的名字或者军衔，甚至多疑到连属于什么军种都不告诉我们。他让我们把这些尸体从船上扔下去。

“长官？”我问道，“又开战了？”

“野外有些人捣乱。仅此而已。”

这个组织不过就是集合了一群在大城市无法立足的小混混，在乡野之地做些小本生意。村民们也都忠厚老实。然而我们在一个港口小镇靠岸时，却受命把该镇非法龙虾捕捞产业全部摧毁。

“我可不干。”索尔说。说完这话，置命令于不顾的他就跳进大海，海水溅到甲板上。我跟着也跳了下去，可是却有什么东西绊住了我。现在，奇怪的事情发生了：无论我看到什么，摸到什么——飞溅的浪花，我自己的手——感觉都不像是真的。

货物装在独木舟上，漂流出热带雨林，进入开阔水域，每条小舟上都有三层遮篷，防止卫星看到和跟踪。我们乘坐小船漂流在热带丛林的边缘，希望情报人员不会发现。后来海面有了一些波动。我们以为看到的是鲨鱼鳍。其实只是海豚。

“这些海豚越来越有攻击性了。”船长说。海豚像灰色的液体导弹一样发动进攻，用尾巴把船上的人打落到水中，其余海豚再把这些落水者拖入海浪之下，直到这些人窒息而亡。一只海豚飞落到甲板上，到处乱蹦，用它那巨大的白色利齿猛烈撕咬。

不，这一切从来没有发生过。我已经死了。

错误，我仍然在这里，正伸手去够一个白色的救生圈。我的生命肯定已被这些海豚扯得七零八落，肯定是的，再也无法修复如初。不堪重负的我已粉身碎骨，也许我已从虚空中坠落。

你会活下来，我身体里一个遥远的声音告诉我。你要驾船冲出重围。你有的是勇气。

我匍匐前进，绕过这些发起自杀式攻击的海豚，猛地向前冲去。

船加速行驶，很快冲上海滩，有两三个人从船头爬下去，躺在沙滩上大口呼吸。

在这个热带的夜晚，我们之中有一个人开口说话。

“我要消失了。”

他等着我也说出同样的话，但是我没有。

“随你的便吧。”那个准备消失的人说，其身形瞬间没入丛林深处。星星，我恨死这些星星了。没心没肺的星星。

体内那个遥远的声音又出现了，顺着我的脊柱传来，声音小到近乎听不见。它说我已经歇够了，现在是时候跑了。跑回集合点，跑回哨所——跑回公司亲爱的怀抱里。但是，这个声音说的跑是什么意思呢？它真的以为我还能跑得动吗？

如果你真的跑不动，我们也不会这么要求你，它说。

你出色地完成了工作。

你是独一无二的。

关于一只眼的审判记录

卡门·玛丽亚·马查多

卡门·玛丽亚·马查多

一位小说作家、批评家和散文作家，她的作品见于《纽约客》（*The New Yorker*）《巴黎评论》（*The Paris Review*）《格兰塔》（*Granta*）《AGNI》“美国国家公共电台”（NPR）《洛杉矶书评》（*Los Angeles Review of Books*）《VICE》等杂志和其他媒体。她于 2011 年获得“理查德·叶茨短篇小说奖”，2014 年在“米莱文艺营”实习，并曾任 2014—2015 年“信达思基金会”研究员。她毕业于艾奥瓦作家工作坊和“科幻和奇幻作家号角工作坊”。在艾奥瓦作家工作坊时，她获得院长研究生奖学金。她和伴侣住在费城。

解说员　大家即将进入的是朱迪斯·沙因林法官的审判法庭。当事人真实存在，案件绝非虚构。判决结果不可更改。这位就是朱迪法官。原告沙克希·卡尼克控告其前女友洛拉·齐欠钱不还，还袭击了原告。洛拉说这笔钱是原告赠予她的礼物。

书记员伯德　肃静，全体起立。审案日程表上该案件编号为第 109 号，卡尼克起诉齐。

朱迪法官　谢谢你。

书记员伯德　不用谢，法官大人。双方均已宣誓。大家请就座。

女士们，请就座。

朱迪法官　卡尼克小姐，从你的诉状上来看，你和被告之前是恋爱关系。谈恋爱期间，你借给她一笔钱去干什么——事情。没过多久，你俩分手了。你想要回之前那笔钱，还要她赔偿损坏的什么财产。你同时指控被告袭击了你，所以现在你忍受着痛苦和伤害，需要治疗，因此你要求被告也对此进行赔偿。

沙克希·卡尼克　完全正确，法官大人。

朱迪法官　你跟齐小姐谈了多久的恋爱之后分手的？

沙克希·卡尼克　是的，我——

朱迪法官　大声点，我听不见。

沙克希·卡尼克　两年半，法官大人。

朱迪法官　首先，请你讲一讲借给她钱的事。

沙克希·卡尼克　她找我要钱举行宴会。

朱迪法官　宴会？什么宴会？

沙克希·卡尼克　生日宴会，法官大人。她的生日宴会。

朱迪法官　那是什么时候的事？

沙克希·卡尼克　七月七号，法官大人。

朱迪法官　哪一年的七月七号？

沙克希·卡尼克　去年。

朱迪法官　接着说。

沙克希·卡尼克　她说她想让客人尽情享受。她想给他们找乐子。于是，她让我出去买，乐子。

朱迪法官　她让你去——杂货店吗？

沙克希·卡尼克　是的，法官大人。她想要做鸡。科尼什鸡。

朱迪法官　于是你就去帮她买了？

沙克希·卡尼克　是的，法官大人。

朱迪法官　你买完就回来了？

沙克希·卡尼克　是的，法官大人。我买完东西，又把这些东西带回家。科尼什鸡。鼠尾草。蜂蜜。咸奶酪。香草酱。伏特加。羊乳酪夹心橄榄。不是蓝纹奶酪因为你为什么恨我，你恨我吗？你想让我死吗？拉丝的薯片。

朱迪法官　莱芙士薯片吗？

沙克希·卡尼克　那些也买了。

朱迪法官　然后呢？

沙克希·卡尼克　她给鸡身上浇了汁，又抹了一层油，然后放在烤箱里烤。她脱掉衬衣，把鸡分成两半。她的乳房真的——

朱迪法官　你说什么？

沙克希·卡尼克　　她把厨房剪插进鸡身子里。插进鸡胸脯里。它们的身体油汪汪的，特别筋道，身上的毛除得干干净净。她用力拉鸡软骨直到把鸡扯开。星星点点的盐和油沾在她的皮肤上。一切两半。她把鸡一切两半。然后她把鸡折叠，放在一起，边缘耷拉下来，就跟捕鼠夹子一样，合在了一起。你明白吧。

朱迪法官　　我真的不明白。

沙克希·卡尼克　　我想说的是，后来，她离开我之后，又回来找我，在我的发际耳语，说她爱我。说她非常抱歉。

朱迪法官　　就因为没有给你买东西的钱？

沙克希·卡尼克　　我俩之间的一切她都抱歉。

朱迪法官　可是她根本没有还给你买东西的钱？

沙克希·卡尼克　没有。

朱迪法官　还有什么，卡尼克小姐？还有其他花费吗？

沙克希·卡尼克　有一天早上我醒来，发现自己站在外边的玻璃上。不，是草地上。草地湿漉漉的。我嘴里像塞了一团棉花。她在屋里，躺在床上。一只郊狼从我身旁走过，我对它说，先生，天不是马上就亮了吗，像你这样的不该站在这里吧？他说，女士，你也站在这片草地上，就别再谈什么好意了吧。我对他说，说得对。

朱迪法官　别在这儿胡扯了，卡尼克小姐！站在那儿花你什么钱了？

沙克希·卡尼克　我的衣服毁了。

朱迪法官　那你为什么站在外边？

沙克希·卡尼克　她说我心里想着别人。说我想离开她。说我脑子里一直想着别人，就连做——你知道的。

朱迪法官　不，我不知道。做什么？

沙克希·卡尼克　做爱，法官大人。她扳着我的下巴，对我说：“我知道你的心不在这里，你到底想跟谁上床？快把心收回来，爱我。”我又开始胡思乱想。不过那时已经做完。之前我可没有。

朱迪法官　讲讲她怎么袭击你的。

沙克希·卡尼克　然后我就生病了。她让我生病的。

朱迪法官　你是什么意思，她让你生病？她什么时候让你生病的？

沙克希·卡尼克

这个早上，这个美丽的秋日清晨。我醒来，窗外空气污浊，色泽如蜜，比蜜还深一些，好像雨滴伴随着朝阳落了下来。窗户蒙上了一层雨雾。我打开前门。户外，空气阴冷潮湿。金色的树叶不停从树上飘落，像蜜蜂一样嗖嗖地飘落到绿油油的草地上，天上先是下着雨，然后放晴。天空一半闪耀着琥珀色的太阳光，一半压着浓厚的黑云，雷声在头顶轰隆隆响。好像宇宙正在诞生外星世界，也可能某个世界正在分崩离析——末日一般。然后光线暗淡下来，天空越发昏黑，现实世界好像要溶化消失在空气当中。我离开家去上班，发现车子被舒展开来的枫树叶覆盖住，湿漉漉地贴在车身上，如许多海星趴在那里。

朱迪法官　那个早上，她让你生病了？

沙克希·卡尼克　是的。她长了一个。我把脸扭开，因为我不想被传染。可是她吻我，一直吻我，然后那东西就跑到我嘴唇上了。就是这个红色的小东西。摸着发烫。从我嘴唇里钻了出来。

朱迪法官　我不明白你说什么。

沙克希·卡尼克　她问我，难道你不爱我了吗？

朱迪法官　我还是不明白。

沙克希·卡尼克　一个热疮，她传染给我了一个热疮。

朱迪法官　一个冷疮。

沙克希·卡尼克　我从来没长过，可是她居然传染给我了。

朱迪法官　你应该确定不了是不是她传染的，更不能说她是故意传染给你的。每个人都可能长冷疮。我孙子就长冷疮了！难道我孙子的冷疮也是她传染的吗，啊？

沙克希·卡尼克　应该不是，法官大人。

朱迪法官　你得了冷疮。那又如何？

沙克希·卡尼克　然后它开始冒泡，鼓起个大水泡，然后就炸开了。

朱迪法官　那、又、如、何。

沙克希·卡尼克　然后，一只眼出现在那里。

朱迪法官　你眼里也长了一只？

沙克希·卡尼克　不是的，法官大人，水泡炸开之后，里边有一只眼，盯着我看。

朱迪法官　我不明白。

沙克希·卡尼克　是她的眼。她总爱监视我，现在她把眼直接放我身上，光明正大地监视我。

朱迪法官　在那个冷疮里？

沙克希·卡尼克　在冷疮里。

洛拉·齐　我想插一句话，法官大人——

朱迪法官　哎，哎，哎，嘘。

洛拉·齐　可是，法官大人——

沙克希·卡尼克　滴溜溜地转着，好像边缘软乎乎的伤口是它的眼眶一样。每次只要它眨一眨眼，我的神经就会发烫。它有时候还会掉泪。有传染性的眼泪。

朱迪法官　然后发生了什么？

沙克希·卡尼克　我觉得我要崩溃了。我觉得自己特别丑，还被人监视。我求她把眼弄走。眼知道我在想些什么。眼知道我害怕。我说，求求你，求求你，把我的思想还给我。我哭了起来。眼看透了我的思想，背叛了我。我倒在大街上，哭泣着。眼要负责任。

朱迪法官　你要负责任？

沙克希·卡尼克　不，是眼要负责任。

朱迪法官　你说眼能看到你在想什么——

沙克希·卡尼克　它什么都知道。它知道我独自一人在卧室里时会干什么。它知道我读什么书。我有什么新鲜事它都知道。然后她也就知道了。本来她根本不可能知道的。

朱迪法官　然后发生了什么事？

沙克希·卡尼克　然后眼开始操控我自己的眼睛，干涉我的生活，就跟发射了什么信号一样。连看个书眼都要干涉我。

朱迪法官　这是什么意思？

沙克希·卡尼克　要是我打算看书，书上的文字就会变黑，好像有一只手专门审查我看的内容。眼还能看透我的思想和看法，分析过后，再对我施加影响，就跟国王的情妇干预朝政一样。

朱迪法官　然后你做了什么？

沙克希·卡尼克　我去找了一个住在南费城一条幽深小巷里的女人，听人说她知道该怎么把眼弄掉。

朱迪法官　然后呢？

沙克希·卡尼克　我找到了她。她告诉我让我快跑。[redacted]

朱迪法官　那你[redacted]？

沙克希·卡尼克　我试了。我按照她的指示[redacted]。我买了一只鹅[redacted]它的喉咙[redacted]月亮[redacted]把[redacted]鹅煮熟，吃掉[redacted]躺[redacted]床上[redacted]来[redacted]了，[redacted]，又一次到来，我点燃鼠尾草，往头发上抹了柑橘精油，亲吻大地，把手掌舔了个遍，开始祷告，希望得到救赎。我想要自由。我必须要。

朱迪法官　要什么？

沙克希·卡尼克　自由。

朱迪法官　做这些事花了你多少钱？

沙克希·卡尼克　钱全花光了也不够。

朱迪法官　有什么变化吗？

沙克希·卡尼克　什么也没有发生。一点改变都没有。眼还在那里。

朱迪法官　那里没有眼！

沙克希·卡尼克　你看不见，可是它就在那里。就好像早晨吃过一餐丰盛的早餐之后，你懒洋洋地用牙线剔牙，牙齿缝中间塞了一片罗勒叶，你扯着牙线晃来晃去，终于把这片叶子弄到嘴巴里了。结果嘴巴里除了血腥味和黏液，又多了甜甜的香草味，挥之不去。

朱迪法官　可是眼到底在哪里？

沙克希·卡尼克　它藏起来了，法官大人。眼很害羞。

（观众席上有人偷偷地笑）

朱迪法官　所有人，嘘！否则我就把你们踢出去。（转向洛拉）好了，现在轮到你说了。不要交叉双手！现在，先跟我说说那个宴会。

洛拉·齐　那天是我的生日，我想庆祝一下。

朱迪法官　你想怎么庆祝？

洛拉·齐　就是喝些香醇美酒啦，吃点美味佳肴啦，再抽点上等大麻这样的。

朱迪法官　收起你那傻笑的表情！她可能是疯了，但是瞅瞅你那吊儿郎当的样子，我最讨厌吊儿郎当的人。伯德会告诉你我最讨厌吊儿郎当了。

书记员伯德　（说的什么听不见）

洛拉·齐　好吧。我正准备去买宴会用的东西和杂货，可是突然我有点事情要忙，于是她就自告奋勇去买。然后她就把东西买回来了。

朱迪法官　是她主动提出来的，还是你要她去的？

洛拉·齐　哦，她主动要求去的。

朱迪法官　然后呢？

洛拉·齐　她就把东西买回来了啊。

朱迪法官　你一直没给她钱？

洛拉·齐　这些东西是她送我的啊。她当时是我的女朋友。

朱迪法官　那她要你付一半钱了吗？

洛拉·齐　没。

朱迪法官　你和卡尼克小姐是什么时候分手的？

洛拉·齐　大概一个月之后。

朱迪法官　卡尼克小姐，恐怕我没办法判给你什么。这些食品杂货是——嗯，你买了这些食品杂货。当时应该是作为生日礼物送给被告的。这个冷疮也不算是什么伤害。

沙克希·卡尼克　热疮，法官大人。

朱迪法官　热疮，冷疮，叫什么名字又有什么区别呢？都是一样的东西。

沙克希·卡尼克　对我来说不一样，法官大人。冷会让体温降低，热会让身体发烫。一个是屈服，另一个是抵抗。

朱迪法官　行了，管它哪个，反正这不算袭击。

沙克希·卡尼克　可是，法官大人——

朱迪法官　你耽误工作了吗？

沙克希·卡尼克　没有。

朱迪法官　那你去医院了吗？

沙克希·卡尼克　我本来想去的，可是眼不让我去。

朱迪法官　你为你的生活担心吗？

沙克希·卡尼克　（没有回答）

朱迪法官　卡尼克小姐，我——

沙克希·卡尼克　她不需要还我钱。谁都不需要给我钱。只要把眼去掉。求你把眼去掉。我俩之间什么关系都没有，眼和我之间。我们现在形影不离。我想跟它分开。眼不想，我想。

朱迪法官　卡尼克小姐，你和齐小姐已经不再是恋爱关系了。

沙克希·卡尼克　不是她。是它。求求你。求求你。我需要摆脱现状。

朱迪法官　现状？

沙克希·卡尼克　我的现状。

朱迪法官　卡尼克小姐，我很同情你。本来你应该能很开心地摆脱现状的，可实际情况显然不尽如人意。不过话说回来，你也没什么损失。

沙克希·卡尼克　法官大人——我能给您看点儿东西吗？

朱迪法官　别耍什么花样，卡尼克小姐。

沙克希·卡尼克　我以我的生命起誓，法官大人。一点花样都没有。

朱迪法官　好吧。伯德，把那东西拿过来。卡尼克小姐，这是什么？

沙克希·卡尼克　我的一瓶眼泪。法官大人。

朱迪法官　你要知道，卡尼克小姐，我能坐在这个位子上可不是因为我长得漂亮。那是——

沙克希·卡尼克　我知道，法官大人。真希望我也能这么说。

朱迪法官　你到底想要什么，卡尼克小姐？

沙克希·卡尼克　什么都行，法官大人。一块钱。一截线头。一张纸，上边写着“相信你是正确的决定”。象征性地表示一下，法官大人。这关乎我的名誉，法官大人。你懂的。

朱迪法官　齐小姐，把手伸到你的口袋里。

洛拉·齐　什么？

朱迪法官　你的口袋。难道我说的不是英语吗？你的口袋。把口袋翻过来。里边有什么？

洛拉·齐　一张薄荷糖包装纸。一个曲别针。一个避孕套。一个——又一个避孕套。还有一美分。

朱迪法官　请把那一美分和那个曲别针给她。

洛拉·齐　我不——

朱迪法官　伯德，请把那个曲别针和那一分钱递给她。好了，卡尼克小姐，现在你满意了吧？

沙克希·卡尼克　是的。谢谢您。还有眼的问题。那只藏起来的眼怎么办？

朱迪法官　卡尼克小姐，根本没有眼这回事。休庭。

书记员伯德　审讯到此结束，请各位离开法庭。

最后采访

洛拉·齐　我根本不知道她在说什么。她疯了。

沙克希·卡尼克　我没有疯，我就想一个人待着。眼也一样。我们现在相看两厌。

洛拉·齐　管它呢，是吧。我已经开始了新生活，没什么大不了。找了个新女朋友。

沙克希·卡尼克　有时候，我会想，眼是不是正藏在我皮肤下边，养精蓄锐呢。

洛拉·齐　我可没干她胡扯的那些事，她就是个疯子。

沙克希·卡尼克　那她是怎么知道我感觉自己满嘴都是无花果籽，跟小玻璃珠一样？她又怎么可能知道我跪在镜子前做伸展运动？我又为什么明明没有耐心，也理解不了，可我还是一遍一遍地听？听了一遍又一遍？一个人的爱怎么能变得如此薄情，又如此绵长？

标本师

大卫·艾布拉姆斯

大卫·艾布拉姆斯

著有描写伊拉克战争的喜剧作品《福比特》(*Fobbit*)(格罗夫-大西洋出版社，2012)。《出版人周刊》(*Publishers Weekly*)将该书称为“当代经典之作”，并将其列为2012年秋季十部最佳文学小说之一。该书获得的奖项和荣誉还包括：《纽约时报》2012年度最佳小说，独立必读作品，巴诺书店“发现新生代伟大作家”作品，蒙大拿荣誉选书，并进入《洛杉矶时报》(*L. A. Times*)“阿特·塞登鲍姆新人首作奖”的最终决选。他还在《时尚先生》(*Esquire*)《叙事》(*Narrative*)《沙龙》(*Salon*)《蝾螈》(*Salamander*)《康涅狄格评论》(*Connecticut Review*)《格林斯博罗评论》(*The Greenboro Review*)《结果》(*Consequence*)《火与遗忘》(*Fire and Forget*)《勇敢者的家园：沙漠某处》(*Home of the Brave: Somewhere in the Sand*)等出版物中发表多篇散文、评论和短篇小说。他和妻子住在蒙大拿州巴特市。他开设有名为“颤抖的笔”(Quivering Pen)的个人博客，网址是：www.davidabramsbooks.blogspot.com。其个人网站主页是：www.davidabramsbooks.com。

塔克·普鲁伊德盯着两个空洞的眼窝，纠结该选哪种颜色。蓝色？淡褐色？还是传统的琥珀色？

他捏捏鼻梁。这个决定很重要。基本上，他为赫尔曼·奈特的麋鹿选什么颜色，那头麋鹿与生俱来的眼睛就是什么颜色。就算以前没人见过蓝色眼睛的麋鹿也无所谓。要是他决定把这个颜色黏到鹿头上，那么老天在上，奈特开枪打死并拖下箭山的鹿本来的眼睛就是蓝色。再说，从目前了解的情况来看，塔克觉得这个教书匠能不能看出鹿头有什么异常都不一定。

“这个王八蛋第一次打猎就这么幸运，那他活该打到一头蓝眼麋鹿。”塔克对着工作室的一片死寂大声说。工作室西墙乱七八糟放着一堆堆蓬松的羽毛，一张张像毯子一样堆叠的毛皮，还有光着身子的泡沫塑料人体模型。他的话音在这些东西的包围下，听起来低沉含混。

四十八岁的塔克·普鲁伊德听到自己大声说出内心想法已不再觉得难为情。工作室由三合板搭建而成，通风良好，多年独自工作的塔克根本不担心有谁会听到这些话。再说，他的活动房位于弗林特最外围，那里就连怀俄明州最强劲的风也无法把他的声音传到镇上。

他抓起一把玻璃眼球，大部分是猎人们喜欢的琥珀色，看起来平淡无奇；不过也有几个色泽明艳一些，带着点异域风情——有的如宝石般璀璨，有的如加勒比海环礁湖般湛蓝。他把眼球摊在掌心，如掷骰子般晃来晃去，考虑着该用哪个颜色。

对塔克来说，虽说选择眼球的部分是整个组装过程中最关键的一步，可哪个标本也不像眼前这个——赫尔曼·奈特的麋鹿头——那么重要。

赫尔曼·奈特和塔克的前妻睡到了一起。这事儿可是直接决定了他的麋鹿会有什么颜色的眼睛。

塔克把玻璃眼球放在手里咔嗒咔嗒来回晃动这么久的原因还有一个。一旦赫尔曼过来把装好眼珠的麋鹿头取走，塔克就可以像隐藏的监控摄像机一样随意窥视前妻情人的私生活。他会回到工作室，从工作台上方的架子上拿起一个刚贴好标签的罐子，罐子里是麋鹿真正的眼球。手指只要轻轻触碰玻璃罐子的边缘，有如闪电的感觉就会从指尖顺胳膊而上，倏地传导到脊椎。闭上眼睛，幻象会立即显现，如苦涩的无烟火药般直冲后脑。这是上帝赐予他的天赋：透过由他制作的动物标本的眼睛，窥视弗林特的犄角旮旯。

一年前，麋鹿狩猎季节刚刚开始，正参加弗林特第一浸信会集会的塔克·普鲁伊德突然感觉一阵震颤传遍全身每一块肌肉，大脑突然澄明。后来他对塞满内容物的动物标本说，这种感觉就像教堂长椅装上了欢乐蜂鸣器般突如其来。

塔克听着唐纳德·道奇牧师诵读上帝箴言："神注目观看人的道路，看明人的脚步。"[1] 这句话有如熊熊燃烧的流星撞击地球，停驻在他脑海，打散了其他所有思绪。近来，各式各样纷繁复杂的思绪困扰着他，乱七八糟的梦不断折磨着他，好像自己变成了一台摄像机，在各种电视情景喜剧中穿梭来去。可是，事后反思，这些场景其实都发生在朋友和邻居们家里。现在，道奇牧师嘴里说出的这句话像是对他的启示，一切由混乱变得清晰。如果不是身处教堂，塔克·普鲁伊德说不定会像打机关枪一样啪啪拍着双手大叫："就是这样！是那些眼睛，是那些眼睛！"

他克制着自己，一直等到回家，才冲进工作室，趴在活动房后的垃圾桶上扒来扒去，终于找到那双羚羊的眼球——从弗兰克·威瑟斯杀死的那只羚羊眼中挖出——放在手掌里。眼球软不拉叽，黏黏糊糊，可他还是闭上双眼集中了全部注意力。

起初，周边视觉布满模糊不清的山艾和影影绰绰的黑蹄子，突

1 译文出自《圣经》中文和合本。

然，塔克的视线变得敏锐，眼之所见也发生了改变。出现在他眼前的是坐在厨房里的弗兰克。一只胳膊放在蓝色格子图案的桌布上，另一只手拿小勺搅着咖啡，再拿起勺子优雅地在咖啡杯边缘轻轻碰了碰。弗兰克啜了一口咖啡，塔克看到他的胡子尖挂了一颗颗小小的棕色咖啡珠。弗兰克抬起头，目不转睛地看着塔克藏身的墙壁，朝墙上刚刚制作完成的羚羊头举起咖啡杯。他笑了笑，开口说："看来这老货的手艺还过得去啊，伙计。"

弗兰克的妻子玛丽莲走进厨房。她的头发蓬乱，好像昨晚一夜没睡似的。弗兰克看着她说："相当气派，是吧？"

"你说什么就是什么吧，我的小心肝，"玛丽莲柔声说，一边把两片全麦面包放到烤面包机里。"要不要再，嗯，练习一下？"说着，她笑了笑，挑挑眉头，抓住系在腰间的长袍带子，用力拉开，所有春光展现在丈夫面前。

塔克把眼球扔到工作台上。掉到台面上时，两只眼球吧唧吧唧发出轻柔的声响。他吓得不敢再碰眼球，于是就把它们留在那里，余下一整天的时间里，两只眼球各看向一个方向，表面慢慢覆上一层透明薄膜。

塔克害怕再看到类似弗兰克家厨房那样的景象，可他也不敢违背上帝的旨意。两星期之前，道奇牧师向大家讲道时，提到上帝会赋予每个人不同的天赋，无论基督徒还是罪人，上帝都一视同仁。虽然有人浪费了自身才能，把才能埋在土里，只知忙活自己的事，可是上帝的终极目标是看到这些天赋被充分利用以颂扬其荣光。其实，让上帝对人类完全满意这件事很容易做到，认真培养天赋就好了。

道奇牧师讲道时神情诚挚恳切，面部线条紧张，双眼炯炯有神。

这次布道的内容折磨了塔克整整两周，每天都要对镜仔细研究好几次，想要弄明白上帝到底给了他什么样的天赋。塔克·普鲁伊德，一个垮掉的牛仔竞技明星，沦落到只能靠为其他人缝合死动物赚钱维生。

接着，道奇牧师宣读了那段关于上帝之眼的词句，这些话听在塔克耳朵里，好像上帝亲手帮塔克解开了这个谜团。等冲回家触摸到羚羊的眼球，他终于明白自己的天赋是什么。

起初他很怀疑，以为有人给他施加了什么咒语——说不定是舍琳去丹佛疯狂购物时顺便咨询了某个精通巫毒的专家也未可知。他觉得她应该不会做这么绝，不过他也不认为这是自己的胡思乱想。

可是，再仔细想想，这种魔法感觉太真实，效果也太惊人，除了经由上帝之手直接赐予，任何人都无法提供。

过去一年来，塔克已经了解到他所拥有的能力绝不是什么精密科学。有时只能看到一堆乱七八糟的松树枝，喜鹊尾巴，还有冒着热气的粪堆。有时只能听到一声震耳欲聋的炸响，然后一切——天空，鼠尾草——都向上翻滚着离他越来越远。

然而，对塔克·普鲁伊德来说，闭上眼睛之后，大部分时间看到的还是顾客家。他看到银行家格伦·休谟皱着眉头做填字游戏，休谟的妻子格洛丽亚一边哼唱赞美诗，一边在厨房里准备晚饭，煎锅滋滋作响。去年新年前夜，他看到比尔·凡·森特在自家举办的鸡尾酒会上抬手把小手指伸进野猪大张的鼻孔里。这只野猪是他在去得克萨斯的路上射杀而得的。客人们对他吹彩喷纸片，每个人都哈哈大笑，坐在工作台边的塔克打了个喷嚏。

塔克开始熬夜，双眼徜徉在弗林特的每个角落。早晨醒来，虽然头突突直跳，可起床后的第一件事仍是伸手抓住一对眼球，如有烟瘾的人早晨第一件事必是抽烟一样。

自从丈夫去世后，伊迪丝·庞德就坐在沙发上，夜以继日一部接一部地看加里·格兰特主演的电影；小钱斯·古丁在父亲床上和罗丝安·休谟亲热，床边的床头柜上弹簧般盘绕着那条头年夏天被老钱斯·古丁开枪打死的七尺长响尾蛇；胡安妮塔·麦克弗森边折叠洗干净的衣物，边跟着唱机里约翰·丹佛的歌曲哼唱；林戈·史密特抄女朋友的作业；早晨六点，常客们来到牧马人餐厅，喝咖啡，抽烟，面无表情地看着柜台后满墙的动物头。

塔克把死去动物的眼睛贮存在婴儿食品罐里。到目前为止，他已经收集了好几架子贴上标签的玻璃罐，每个罐子里都有一对眼球，像大珍珠洋葱一样漂浮在福尔马林液里。无需直接触碰那些硬邦邦、滑溜溜的眼球——只要碰一下罐子，视线立即能穿透弗林特家家户户的墙壁。

最后，塔克给自己规定，每天只能触摸一双眼球。“毕竟，”他说，“我自个儿一天也只能监管有限的弗林特了。”

仔细思虑这整件事时，塔克·普鲁伊德非常明确地知道上帝是何时赋予他此种天赋的（虽说他当时并未意识到这种天赋是什么）。

一切始于牛仔竞技生涯结束之时——蒙大拿州比林斯一个炎热的下午，那只沾满灰尘的黑色马蹄对准他的头猛踢过去，在他双眼间留下一个深深的紫色凹痕；眼前的一切——太阳，鼻孔冒着鼻涕泡的野马，广播亭旁像五颜六色的手一般不停挥舞的三角彩旗——如有人关掉了电灯开关般啪地消失。

两天后，他挣扎着从麻醉剂中醒来，听到医生告诉舍琳他再也不能骑马，至少不能再竞技赛马。“我们会密切关注他，确保脑震荡不会在大脑中形成血栓。”那把浑厚的声音说。

舍琳告诉医生："我跟他说了一遍又一遍。这个竞技赛马的工作……"她摇摇头，接着说："他躺在那里，看起来像一堆烂面条，是吧？"

病房里一片死寂。五分钟之后，他感觉舍琳站在病床前对着他弯下身子，嗅着她身上雅芳香水散发出来的花香，他听到她说："我受够你了。"

塔克眼前一片灰白，断断续续的斑点刺痛眼底，这样的状态持续了近一周时间。现在回看那段时光，他相信当时上帝正在摆弄他的眼睛，对赋予他的天赋进行微调。

正如俗话所说，这样的天赋是福亦是祸。三个月之前，一双最微小的眼球——从汤姆·肖恩捕获的那只三磅重的切喉鳟眼睛里取出的眼球，状如小鹅卵石——却给他带来了最大的启示。

塔克·普鲁伊德看着汤姆把挂在餐厅墙上的鱼标本摆正。"真漂亮。普鲁伊德这家伙的手艺真不赖。他手艺挺不错的，是吧亲爱的？"汤姆对坐在坐卧两用长沙发上绣十字绣的妻子说。

"做鱼标本或许是把好手，但他对自己的身边人可不怎么样。"

"你这话是什么意思啊？"汤姆问道。

汤姆的妻子耸耸肩，舔了舔线头，再把线穿进针眼里。"我听到些风言风语。"

"什么样的风言风语？"

"就是大家在美容院、四健会和邮局聊的那些八卦呗。和你那个标本师的前妻有关的流言。"

"舍琳吗？她怎么了？"

"这阵子她可干了不少事。"

"呀，"汤姆不屑一顾地摆摆手，"她不是一直这样嘛。从她离开塔克之后就开始了吧。不过，到底她为什么要这样做……”他收住话头，摇摇头。

“哦，我们女人可是知道。”汤姆的妻子咯咯笑着说，绣针在亚麻布上穿来穿去。

“嗯？”这下汤姆彻底把藏着塔克的鱼抛在脑后，盯着妻子。“别卖关子了，玛姬。舍琳到底怎么了？她为什么要这样？”

汤姆的妻子叹了口气，把十字绣放到膝盖上。“要是你非得问的话，不过你是绝对不可能理解的。”

“你这话又是什么意思？”

“意思是像塔克·普鲁伊德这样的人就是个老顽固。他们代表着西部那些观念陈腐的大男人，对他们来说，只有工作才是唯一值得为之奋斗的东西。”

“嗯，当然——”

玛姬正说到兴头上，开始滔滔不绝。“对他们来说，养家糊口比跟谁一起生活重要得多。最终，生活会打败他们，把他们打倒在地，他们只能孤独终老，被人遗忘。”

汤姆沉默良久，再开口时，声音尖细：“我不是这样的，对吧，玛姬？”

塔克没有听到玛姬的回复。他砰的一声用力把罐子放到工作台上，鳟鱼的两只小眼球在福尔马林液里打转，像疯狂的蝌蚪一样互相追逐。他盯着罐子看了好久，直到眼球慢慢沉到罐底，他才把舍琳在美容院说的话抛到脑后。

“我可没想过受此侮辱。”他对工作台上放的林鸳鸯、大角羊和大嘴鲈鱼说。这些分别处于不同制作阶段的动物们瞪着他，嘴巴紧闭，鼻孔闪烁着清漆。

要是停止触摸眼球会让上帝失望，他想。上帝正俯瞰着他监视弗林特，可是对塔克看到的一切他却从无任何安慰。这个狩猎季节，走在路上的塔克脚步越来越沉重，提防着遇到的每一个人。无论在邮局看到丹尼·金斯敦，还是在杂货店过道看到布雷特·迈耶，塔克都会厌恶地避开他们，尽量不去看他们的手，因为他知道，每到夜深时分，百叶窗关严之后，这两个人会对女人和孩子大打出手。他见过有人玩皮纳克尔牌时作弊，见过有人在办公室大肆吹嘘自己的性生活。更让他震惊的是那些在他自己教堂服务的人——门房，执事，集会的顶梁柱们——居然只在周六晚上才会翻开《圣经》匆匆查阅。

“上帝啊，”塔克在寂静的工作室低语，“请保护我不受这些邪恶的伤害吧。”

最近发生的一件事让塔克整整一周都没再碰眼球。一天早上，塔克坐在牧马人餐馆的咖啡台边，听着身旁的查理·霍尔特和柜台服务员雪莉聊天，说起查理的妻子即将要做的手术。“这是一种新的治疗方法，她说会帮助她把脊椎拉直。自打我认识她，她的脊柱就一直有点弯垂。现在，过了这么多年，她说卡斯帕城有个医生能治好她，而且根本不用动刀子。”

“现代医学是我们理解不了的，不是吗?”雪莉边说边给他们续杯。

“只要她开心，让我干什么都可以，”查理害羞地笑着说，“真希望我能跟她一起去，可现在正好是猎鹿季节。”

塔克知道查理很担心今年的收益。今年是家用电器商店的淡季，所以他总在小屋里忙到很晚还不睡，弓背坐在书桌前，陪伴他的是过去多年来狩猎所得的战利品。查理在楼下焦头烂额地摆弄着计算器和货运发票时，他的妻子却在楼上卧室给卡斯帕的情人打电话，头顶的白尾鹿看她用手捧着电话，轻声说着下流的情话，内容色情低俗，连她自己在咯咯的笑声中都红了脸。

查理还在和雪莉聊着所谓神奇的手术，塔克径直起身，把钱放在咖啡杯旁，一言不发地离开了餐馆。

整整七天，塔克躲着这些眼球，也逃避着会不期而至的痛苦。他埋头工作，鼻孔里终日充斥着化学品的气味和加工过的兽皮的味道，花上几个小时给鹿角打磨抛光，尽最大可能给这些死去的动物画上栩栩如生的表情。

“一切都很好，别担心，我还能坚持。”他对桌子上的动物头说。

然后，到了第七天，他的手无意中扫过一个婴儿食品罐，毫无征兆地，眼前出现了杰奎琳·罗杰斯。年轻的杰奎琳是弗林特超市的收银员，这会儿正坐在母亲的梳妆台前，一丝不挂。她对镜凝视，手执银背梳一下下梳着及腰长发，嘴里哼唱着摄人心魄的动听歌曲，塔克听出来是教堂的赞美诗。他知道，以后再看她为自己扫描超市购买的杂货时，脑海里只会出现她那一头如瀑长发和凝脂般的肌肤。他听杰奎琳唱了将近五分钟才把罐子放下，接着又伸手去触摸架子上的其余眼球。

有时塔克·普鲁伊德会想，知道了这么多秘密的自己很可能会愉快地疯掉，那么，拥有全视之眼的上帝会不会偶尔也发觉受够了尘世这帮人呢？“说不定哪天，”塔克说，“我估计他的头会爆炸，到时满天繁星都会从天上掉落。”

塔克·普鲁伊德最终决定给这头麋鹿装一只蓝色眼球，再装一只绿色眼球。赫尔曼·奈特只配打死怪物。

他用力把眼球往麋鹿脑袋里按，按了好久，感觉玻璃球差点在他那泛白的指肚下碎裂。

他松开手。麋鹿盯着他，眼帘下垂，神情从容。

“等着吧！”塔克对着麋鹿头叫道。“等着瞧吧。过不了几天你就会被他挂上墙，到那时——”塔克跟麋鹿头顶头——“到那时什么都瞒不过我们了，是不是？”

塔克的头突突直跳，他用手指梳理着稀疏灰白的头发，想象着奈特的公寓——在他的想象中，奈特的公寓空空荡荡，没什么家具——一股前所未有的期待之情在血管中积聚。自从那天跨上马鞍，泰然自若地骑坐在那匹焦躁不安的野马背上那一瞬间开始，这种感觉就再也没有出现过。

他在工作室走来走去。瘸腿像心跳一样不停抽痛。

两个月之前，狩猎季节开始之时，赫尔曼与舍琳正式交往。两人的相识始于一场家长会，赫尔曼要与舍琳谈一谈舍琳与塔克的儿子杰克成绩一落千丈的问题。

赫尔曼和舍琳谈论杰克的成绩时，杰克·普鲁伊德就坐在教室角落，怒气冲冲地躲在最新一期的《重金属》杂志后面。他把杂志竖起来挡着脸，假装在看，其实母亲和老师压低声音、鬼鬼祟祟说的每一个字都被他听进耳朵里。

赫尔曼·奈特是弗林特高中新来的英语老师，跟舍琳说话时，脖颈的领带系得过紧，勒得眼珠都有点外突。他坐在桌旁，用紧张刺耳的声音说：“我们来谈谈您儿子最近的进步吧。”

坐在学生桌旁的舍琳说：“进步？要是能不让他退学我就谢天谢地了。”

“他学得还行，真的。我们现在正在讲主谓一致，看起来他掌握得还不错。我知道过去他的成绩很差，不过这学期应该能赶上来。”

舍琳俯身向前，好让赫尔曼透过她那半开的衬衫领口看进里边的风光，然后用气声娇弱地说：“你不会对我撒谎吧，奈特先生，对吗？”

奈特清了清嗓子，眼睛看向别处。“请叫我赫尔曼吧。”

“我儿子的学习情况你确定对我说实话了吗，赫姆？”

“绝无虚言，格斯坦太太。”

“格斯坦女士。不过我喜欢你叫我舍琳。”

“舍琳，”奈特说着从桌边站起来，坐到舍琳身边。他直直地看进她的眼里。“你不用担心杰克。我会督促他不断进步的。”

“这下我就放心了，”舍琳说，她把手放到颈项下方的胸口处，紧张地笑了笑。“看看我，一直对这次家长会提心吊胆，听了太多关于这个新来的英语老师的消息，也不知道这个老师会不会让他留级或是怎么样的。”

“不，不会的。”奈特说。

“真是如释重负啊。”舍琳说，声音低沉软糯。

“我们下周开始学谓语。”

“谓语？听起来好可怕。”

“哦，真的很可怕。”他说，两人都笑了起来，舍琳向前探了探身子，奈特的眼睛往下瞄，看着她衬衫领口里微微颤动的风景。

舍琳的会面超时十五分钟，把格洛丽亚·休谟的时间给占了。等她和奈特像两个孩子似的咯咯笑着从教室出来，格洛丽亚正不耐烦地用脚拍着地面，一遍遍看手表。

那天晚上，舍琳回到家，在纳特·金·科尔悠扬的情歌声中，灌下了六瓶啤酒。

这一切都是杰克告诉塔克的。有史以来第一次，他庆幸英语老师的房间里没有挂动物标本。

关于前妻的大部分信息塔克都是从儿子那里得到的。自离婚以来，他和舍琳就再也没有交谈过。那天两人一起离开萨布莱特县法院，他的瘸腿突然出了毛病，塔克赶快伸手扶墙撑住不让身子倒下去，指关节被砂岩砖立面擦伤。他站在那里，嘴巴吮着受伤的指关节，看着她的车出现在大街上，刹车灯在路口红绿灯前亮起，这一刻如此漫长，似乎永无止境。他站在那里，等着上帝打破这永恒，伸出全能之手，在车流中把她的车调转方向，像操控迷你玩具一样操控她，把她带回自己身边。

从那以后，他在镇上经常见到舍琳，可是多年来，她总是回避他，对他的招呼爱理不理，在邮局排队时看到他也形同陌路。很快，塔克放弃对她示好，开车驶过她身边时也不再对她挥手示意。

“那你怎么想？”塔克问儿子。杰克双手插兜斜倚在门口，看他用砂纸打磨黑尾鹿模型的鼻子。

“什么？我的成绩吗？”

“不是，”塔克说，“关于你妈和你那个老师的关系。”

杰克耸了耸肩。“他就是个混蛋。”

“在这间屋子里不能说这样的话。”

“好吧，他就是个蠢货，还以为全世界都围着他的老二转呢。”

“杰克，我警告你——”

“无所谓，爸爸。是你先问，我才说的。”

两人都不再说话，静静听着砂纸打磨鹿鼻的沙沙声。杰克靠在放满罐子的架子旁，虽说他从没问过父亲这些眼睛的用途，可是塔克知道儿子对此十分好奇。

塔克渴望与儿子分享自己的天赋，也经常祈祷上帝能赋予杰克同样的能力。到那时，塔克会把某个特别的罐子从架子上拿下来，放在杰克指间，直到儿子能看到孩子们涌入弗林特高中的大厅，金属储物柜砰砰作响，噪声盖住了空中传来的其他所有声音。要是手执罐子的时间够长，杰克可能还会看到，一旦大厅安静下来，老师们一个个从教室鱼贯而出，锁上教室门，再冲洗放在教师休息室的咖啡杯。那个特别的罐子里放着四只眼球，分别属于两匹野马，马头现在就挂在学校奖杯陈列柜的上方。马头之间的墙上写着："欢迎来到弗林特高中，1979 年 AA 级高中马术冠军的家园。"

杰克没有要求拿罐子。他只是用低沉、平静的语气说："我想他可能快要跟她同居了。"

塔克·普鲁伊德把鹿鼻上的灰尘吹掉。唾沫星子弄黑了泡沫塑料。他想象着电闪雷鸣的山谷，雨点击打在鹿鼻上的场景。既然鹿鼻总是这么又湿又冷，那它还能感受到雨滴落下吗？

塔克·普鲁伊德叹了口气。对动物的习性了解得太少了。

"你听到我的话了吧，爸爸？"

"听到了。"他转向杰克，一副垂头丧气的样子。"我听到了。"他从高凳上站起来。"我说，咱们去把那块冷冻披萨加热一下吧。"

与杰克交谈五个星期之后，赫尔曼·奈特开着他那辆丰田两厢车驶上塔克家的车道，随手短促地按了两下喇叭。塔克内心一阵刺痛，从那个星期天参加过道奇牧师的集会之后，这种感觉就再也没有出现过。

他站在活动房那狭小的客厅，透过灰蒙蒙的小窗户往外瞧着，等了一会儿才走出门迎向那个男人。

赫尔曼·奈特头天已经打过电话和他商量送麋鹿的事。

奈特下车朝塔克的活动房走过来。他身材矮小，体型单薄，肤色苍白，脸上布满痘痕。看到眼前这个人，塔克的心情放松了许多——不过也没有完全放松。

他猛地把门打开。屋门砰的一声撞到活动房侧墙，好像被狂风刮过一般突然。

“噢，”赫尔曼·奈特叫了一声，“你在家啊。我把麋鹿带来了。”

塔克抓住门，轻轻在身后关上。他可没想着弄得这么大声，搞得这么夸张。“走吧，看看去。”他说。

两人一起走向两厢车的后备厢。

“我把一整只都带来了。”

“看出来了。”塔克说。

一具鲜血淋漓、开膛破肚的尸体塞在车里——把整个两厢车塞得满满当当，四仰八叉的腿四处伸展，乳白色的躯干扭曲着挤压在边窗上，鹿头和鹿角伸到前排副驾驶上。塔克注意到七岔鹿角划破了座椅，座套上的裂缝越来越大。一块塑料防水布在后排铺开，接住仍旧不断渗出的血液。

塔克已经从其他顾客那里听说奈特是如何徒手把麋鹿从箭山的半山腰拖到路边停着的丰田车旁的。虽然不情愿，塔克还是震惊于这个教书匠的力量之大。

“我不知道你都需要些什么，所以全都带来了。”奈特的声音尖锐刺耳，“要知道，这可是我的第一个猎物。我刚来这儿没多久，不知道该找谁。打听了一圈，大家都说你的手艺不错。”

“是吗？”塔克说。

“我以前从没有打死过这么大的东西，这次这么容易就打死了，还挺让人吃惊的。当时我刚下车，一眼就看见他站在附近的树旁。”奈特笨手笨脚地解着绑在两厢车上的绳子。

“让我来吧。”塔克说，他用挂在腰带上的刀把绳子割断。

“谢谢。于是，我一看到他，立即抓起来复枪。确保远离大路之后，我把来复枪端到与肩齐平，‘砰’一枪命中，他的腿在身子下边还蹬了几下。现场惨不忍睹——到处都是血。这一切可真‘海明威’。”

“对吧？”塔克说。他把麋鹿从后备厢拉出来，抓住两只后蹄使劲拽，直到鹿肩应声而落，从车里掉了下来，鹿角咔嗒咔嗒地撞着镀铬保险杠。汽车弹了两下，从重压中释放出来。

他们盯着扔在砾石车道上的麋鹿，看起来好似泼洒在地上的一滩咖啡。

“我自己已经把鹿清理过了，”奈特说，“不过我也说了，这是我的第一只，希望手艺还行。”

塔克蹲下来，检查着麋鹿腹部参差不齐的刀口。“看起来还不错，”他撒谎说，然后抬头看着奈特。“我只需要鹿头和到肩膀处的一部分鹿皮。”他边说边用手在奶油色的皮毛上画了条线。

“我不知道都需要什么，所以全拉来了。”

“鹿肉你打算怎么处理？”

奈特耸了耸肩。“真的不需要。我平时都在外边吃饭。”

“好吧。”塔克抓了抓后脖颈，虽然并不痒。“我倒是知道镇上有几家人这个冬天挺需要在冷冻箱里储藏半只鹿的鹿肉的。”

“无所谓。我只想要纪念品。”

奈特的声音尖锐刺耳，就跟被宠坏的孩子一样，听得塔克恼火不已。他又挠挠后脖颈，走进活动房拿手锯。出来之后，奈特说：“你是舍琳的前——是吗？”

“是的。”塔克说。他蹲下来，用手抚摸麋鹿的后颈，感受着椎骨的位置。

“我跟她是在学校认识的。我是你儿子的英语老师。”

“他告诉我了。”

“你们两个聊过啦？”奈特看起来很吃惊，也有点焦虑。

“聊了一点。他偶尔会过来。这孩子喜欢看我把动物拼在一起。”塔克把鹿皮从肩膀和脖颈处剥开，锯了起来。

“跟你说实话吧，”奈特说，“我和舍琳出去喝过几次酒。”

“是吗？”塔克锯开麋鹿的脖子，偷偷摸了摸麋鹿那黏糊糊的眼球，脑海里立刻如潮水般涌入各种画面，这些影像让他莫名地兴奋。他看到遥远的山脚下，弗林特笼罩在清晨氤氲的薄雾中。他站在箭山的岩石斜坡上，咀嚼着青草，黑色鼻孔冒着热气。他的后宫，那六只雌麋鹿正徘徊在树林里，看他吃东西。

“她没怎么提过你。”奈特说。

塔克把头锯断，放在一边。“哦，我也没怎么想过她。”说着，他站了起来，把全身重量压到那条好腿上。

“她说你过去是马术明星。”

“她那样说吗——明星？”

“我想这应该是她的话吧。也可能不是。”

两人盯着地上那具尸体，久久没有说话。麋鹿的躯干已经缩小许多，看起来没那么优雅了。

“嗯，”赫尔曼·奈特拍拍口袋，拿出支票簿。“我应该付给你多少定金？”

塔克说了个数字，等着奈特写支票，再把支票放到衬衫口袋里。然后他让这个教书匠帮他把麋鹿的尸体拖到活动房后面的绞车旁，再一起把鹿身高高吊起，控干身体里的血液。

塔克让他用自己的水槽洗洗手，但奈特只是看了看手上的血迹，微笑着说不，他要把血迹留在手上让舍琳看看。

丰田车驶离活动房之后，塔克走进屋内，用食指把麋鹿的眼球挖了出来，再狠狠地掷进一个玻璃罐。

于是，塔克·普鲁伊德开始工作，身边被皮毛、骨头和内脏所包围。对他来说，现在正是繁忙的季节，男人、女人和孩子们纷纷从弗林特周围的山上下来，肩上扛着鹿，手里抓着一只只艾草松鸡的腿，全地形车后的雪橇上拖着驼鹿。他们迫切地找到他，腼腆地对他笑，轻拍他的肩膀，告诉他自己等不及想看他施展魔法。塔克点点头，咧嘴一笑，向他们保证一定不辜负他们付出的辛劳——因为打猎就是个苦活：要踉踉跄跄地穿行在绵延不绝的蒿草间，跋涉在雪地上，跨越一棵棵倒落的树木；要涉过冰寒刺骨的小溪；要准备食物、武器、帐篷和应急装置翻越高山到另一边的山谷，整个周末都不能归家；要在凛冽寒风和如针刺般的冷雨中静如磐石；留心，观察，警惕。说实话，打猎和越南战争的枪林弹雨一样，能杀死一个人的灵魂，这是千真万确的事实。塔克的工作就是用一件件艺术品回报猎人们的辛勤劳动，在由缝线、玻璃、泡沫塑料和金属丝组成的画布上使死去的动物复原如生。

塔克俯身在工作台上。雕刻。缝合。胶粘。太多新订单，太多新宰杀的动物，他几乎要赶不上进度了。尸体堆成山，小小的活动房臭气熏天，他以最快的速度工作着，把手指插入胸腔，剪，塞，黏，涂。工作灯下，他独自一人吃饭，不时停下来从舌尖上扯下一根又长又硬的毛发。

一直以来，麋鹿坐在工作室角落，透过空洞的眼窝看着他，虽无声，却胜有声。

“是的，”塔克低声回答，“下一个就轮到你了，你个混蛋。你是下一个。”

两周后，舍琳开车来到塔克的活动房。他站在客厅里看她驶上车道，碎石子在丰田车的轮胎下嘎吱作响。塔克从窗口转过身来，看着靠在前门内侧的麋鹿头。皮毛还散发着胶水的味道，涂过漆的口鼻再过一个小时才会干，可是他急于摆脱这个标本，急于让鹿头挂在那个教书匠的房间里。他的嘴巴干涩得说不出话，仿佛马上要经历一生当中最狂野的旅程。

“她开着他的车，”塔克对麋鹿说，“这可不是什么好兆头。”

虽说口鼻紧闭，表情自然，可这个有着一只蓝眼一只绿眼的麋鹿看起来却似乎在微笑。塔克抓住鹿角最粗壮的部分，把鹿头举起放到与他的眼睛齐平的位置。这个标本应该是他最好的作品，在制作过程中，他不为人注意地给脖子增加了一点曲线，再竖起一只耳朵呈四十五度，好像这头鹿被赫尔曼·奈特射杀时，正侧耳倾听竞争对手挑衅的呼号回荡在谷壁。塔克喜欢这样的想法：这头公鹿正深吸一口气，准备回以如歌剧般更嘹亮的呼喊。

舍琳坐在丰田车里，看他观察自己。汽车尾气从教书匠的车屁股后不断排出。

塔克走出活动房，小心翼翼地抱着鹿头来到副驾驶的车门边。舍琳没有熄火便下了车，一手抓着敞开的外套，绕过去给他开车门。塔克把鹿头放到副驾驶座位上，脸朝前。一时冲动，他拉过安全带绕着麋鹿的脖子扣上，这样开车回家的路上鹿头就不会滚落下来。他后退一步，舍琳砰的一声关上车门，响声在十一月寒冷的空气中沉闷压抑。

然后他们一起转身，开始了十多年来的第一次交流。

"嗯。"塔克说。

"那么——"舍琳说。

塔克低头看着脚上的靴子，左脚蠢蠢地歪向一边。"我听说咱们儿子的英语水平提高了。"

"我们一直在努力。"舍琳说。

"'我们'？"塔克说，他顺着她的身体往上瞅，直到跟她的眼睛对视。我真不该这样做，他想着。我应该把视线移开，忘掉这两条腿，忘掉她的臀部，忘掉这丰满的胸脯。

"杰克的老师和我，"舍琳说，嘴巴呼出的温暖气息在他俩之间清晰可见。"赫尔曼和我。"

"哦，你咋知道，"塔克说，"他是不是个好人？"

"去你妈的，你这狗娘养的。"舍琳骂道。

"拜托，"塔克皱眉说，"在这儿别说脏话。"

舍琳继续骂他，好像根本没听见他说话一样，嘴里的热气一阵阵呼出，像是快要沸腾的茶壶。"你他妈的狗娘养的。你站在这儿表现得跟什么都不知道一样，可是你心里其实一清二楚，对吧？"

"弗林特是个小地方，"塔克说，他努力忍住笑。"我就是不想知道也能知道。"

"是吗？哼，那你不知道的事儿可多着呢，"舍琳说，她的话像被人开膛破肚之后的肠子那样倾泻而出。"赫姆跟你可不一样。他有目标。有奔头。这里的教书工作对他来说，只不过是跳板，仅此而已。他有前瞻意识，总是驭风前行。这就是他告诉我的。驭风前行。你呢，风一吹，你就跟丝石竹一样东倒西歪了。收起你那一脸傻笑吧，你知道我在说什么，塔克·普鲁伊德。"

他咽了口唾沫，听见喉咙咔嗒一声响。他从没想过会发生这样的事——来的不是奈特，居然是舍琳，舍琳却又莫名其妙地讽刺他。现在，他只想赶快摆脱这个鹿头。

“我今天根本不想来，”舍琳说，仿佛看透了他的心思一样。“从一开始我就对赫姆说不，让他来找你，可他非说这是很好的治疗方法。他说要是我能来这里见你，我就是在驭风前行。”

“他那样说的吗？”塔克问道。

“是啊。”奇怪的表情在她脸上掠过。她松开手，外套敞开在风中。“嘿。我刚刚意识到一件事。”

“什么事？”

“看着我，塔克。”

他看着她。

“我还站在这里，是不是？”

她当然还站在这里。双手叉腰，外套敞开着，露出里面玲珑有致的曲线。离婚之后的无数个夜晚，一想到她身上的每一寸线条，塔克就意乱神迷。

“你冷不冷？”塔克问她。“要不要到屋里暖和一下？”他的声音因痛苦而颤抖。

舍琳把头一歪，脸贴着衣领哈哈大笑起来。塔克看着她喉咙附近的肌肉上下跳动，小小的下巴轻轻摆动，性感如羽毛的气息从唇间呼出，令人感觉目眩神迷。他的腿开始颤抖。

“你知道吗？”舍琳喘着气说，“他是对的。这感觉比我想象的好多了。现在的我感觉真好啊。”她旋转着在砾石车道上跳了一小段吉格舞。“哇喔！我在镇上终于不用畏首畏尾了！”

她停下来，直直地盯着塔克，眼里闪烁着如玻璃碎片般的光芒。“你自己的生活，你想怎么过就怎么过，可是我要告诉你，塔克·普鲁伊德：我受够你了。”她用手指着他，对他来说，每戳一次，自己就矮一分。“我告诉你，这次我是真的受够你了。完完全全、彻彻底底地受够你了！”

她轻快地跳回驾驶座旁，坐到发动机仍在运转的车上，她新情人的车上，从车道退了出去。汽车后退时，麋鹿头用奇怪的眼神看着他。

塔克走回活动房，忘记关上门了，刺骨的冷风像雾气一样在他腿边纠缠盘绕。他在狭小的厨房里走来走去，在微波炉里加热了一份冷冻晚餐，尽管现在仍是下午时分。吃饭时，他发现食物中间有一坨没有解冻的冰疙瘩，可是他继续嚼，假装没有注意到。

他擦擦嘴，从桌旁站起来，穿过活动房走到工作室里，屋外冷飕飕、雾蒙蒙的空气追逐着他顺着狭窄的走廊而去。

他盯着那一排排罐子，挨个看浮在罐子里的眼球。这里的每一双眼球他都了如指掌，是他把这些眼球从原来的眼眶里挖出来，如园丁从地里挖土豆一般轻柔。是他给这些婴儿食品罐贴上标签，几个月之后就已无需看这些标签。他知道每一双眼睛会把他带向何方。

他想起曾见过的乳房，也想起清晨上厕所时一闪而过的那些裸露下垂的屁股。他想到了曾目睹的争吵，下流的笑话，残酷的对话，流言蜚语，伤害，不忠，卑劣的恶意中伤，失败和以牺牲别人为代价的胜利。所有的罪恶。塔克站在工作室，眼睛扫过架子上的一排排罐子。几个月来第一次，他因自己知道的秘密太多而感觉虚弱。一想到保存在罐子中的一切对全能的上帝来说，只不过是沧海一粟，他就浑身颤抖。就算他拥有弗林特每个猎人在箭山上打死的每只动物的眼睛，仍旧有许多事情是他无法掌控的。

“有些事情我们永远也不会知道，”他喃喃地说，根本就不知道自己在说些什么。“也不该知道。”

他看着架子上最新的罐子。

塔克·普鲁伊德告诉自己：要是我这样做，要是我触摸那个罐子，闭上眼睛，想着他的房子里面，我就会被折磨得无法修复。他记起了比赛时认识的一个牛仔，一个来自罗林斯市的腼腆的骑牛人，大家一起聊天时他总是一声不吭，只是用那湿润的焦糖色眼睛看着每一个人。有一次，他松开缰绳，像个布娃娃一样在牛角间翻来滚去。没人知道他为什么要松开绳子，可是大家都站在赛道附近看着他。等到骑牛人被送进重症监护室，医生出来对拿着帽子等在病房外的其他骑手说：“很抱歉，没用了。他已无法修复。”

十五年来，塔克第一次想起了那个牛仔，与此同时，内心深处有什么东西逐渐枯竭。

记得有一天，那个有着淡棕色眼睛的骑手还没被公牛角顶得支离破碎时，曾经说过一番话。他对塔克说，对要骑的牛或马了如指掌是世界上最糟糕的事。“如果你以前上过它的背，”他说，“那你就知道会发生什么。你会猜到他朝哪个方向踢，那么你的身体就会朝那个方向倾斜，可要是他的腿突然踢向了不同方向——啪的一声！你就摔倒在地。”

塔克深吸一口气，抬头看着上帝。

“上帝，”他说，“这个天赋对我来说太大了。请把它收回吧。”他很抱歉那样跟上帝说话，可自从那天下午舍琳的话摧毁了他的世界之后，他别无选择。

塔克·普鲁伊德伸出因出汗而变得湿冷的双手，抓起两个婴儿食品罐。有那么一瞬，大脑嗡嗡直响，眼前一片光亮，画面铺天盖地：杰奎琳·罗杰斯梳着长发，如瀑的水流从她的乳房蜿蜒流下；

赫尔曼·奈特和舍琳在他的公寓客厅里无止境地拥抱在一起，麋鹿头对面的墙上挂着两张曾经属于塔克的狩猎版画。

塔克把罐子高高举过头顶，扔到地上，罐子碎裂。他又拿起一个，再拿起一个，一刻不停，直到所有罐子全部摔碎，他才气喘吁吁地站在那里，听着喉咙里发出的呼哧声和风吹工作室三合板墙壁的声音。然后，塔克·普鲁伊德，这个绝望的牛仔，弗林特一切死去野生动物的伟大保存者，双手捂脸，啜泣着，几百只眼球在他脚下静静看着他。

埃特加·凯雷特

于1967年生于特拉维夫。他曾获法国“艺术与文学骑士奖”。他是以色列班古里昂大学讲师，也是一位作家。他最近的作品是一部名为《突然有人敲门》（*Suddenly A Knock on the Door*）的故事集。他曾在《纽约客》（*The New Yorker*）《巴黎评论》（*The Paris Review*）《纽约时报杂志》（*The New York Times Magazine*）“美国生活播客”（*This American Life*）等媒体上发表作品。

米丽亚姆·施莱辛格

于2001年获授哥本哈根商学院荣誉博士学位。她曾获2010年“达尼卡·塞莱斯科维奇奖”，以及以色列翻译家协会“终身成就奖”。她和弗朗茨·波赫哈克联合编辑了《口译研究读本》（*Interpreting Studies Reader*,Routledge 2002）。自2006年起，她担任《口译：国际口译研究与实践杂志》（*Interpreting: International Journal of Research and Practice in Interpreting*, John Benjamins）的联合编辑，同时是《本亚明斯翻译文论》（*Benjamins Translation Literary*）的副主编。她于2012年逝世，此前任教于以色列巴依兰大学。

第二次机会

埃特加·凯雷特
米丽亚姆·施莱辛格　翻译

表面看来，它像是一种特别服务——有创意，革命性，怪异，你想怎么形容它都行——但你走到这一步之后会发觉，“第二次机会”是二十一世纪最伟大的经济学成功故事。和大多数偏向于单纯的伟大想法不同，“第二次机会”背后的理念有一点复杂：“第二次机会”让你在生活中某一特定关键时刻，有在两种可能的道路上并行的机会，而非只能选择其中一条。决定不了是流产并甩掉男朋友，还是跟他组建家庭？不能确定该去海外白手起家，还是留在父亲的公司里？你现在可以同时体验两条路。怎么个弄法？嗯，这样：你到达了人生最重要的十字路口，却不能打定主意，那你就去离你家最近的“第二次机会”门店，把你的两难处境的完整纲要给他们。然后选择其中一个选项，随便选哪个，然后继续过你的日子。别担心，另一个选项，你没选的那个，并没有消失。他们会把它运行在一台“我当年如果……”的电脑上（Reg 文件，“Tr.”标签），仔细跟踪所有的变量。一旦你过完整个人生，你的身体会被带去一个“未走之路”会所，所有数据片刻间被输入你的大脑，你的大脑会因一种为了这项服务开发的特殊生物电子程序继续存活。所以实际上，你的大脑可以给你曾可能拥有的另一种生活体验，巨细靡遗。米莉还是希莉？哭泣还是欢喜？平静的晚年还是尽早切腹自尽？一个孩子还是一条小狗？试管婴儿还是领养孤儿？搬去迈阿密还是原地踏步？

在“第二次机会”。不管你做什么——都能获得蛋糕，也能吃到它。

完美。真的。这个理念没什么可讽刺的。这是个很棒的理念。我的意思是，并没有什么真正满足人类需求的发明。百分之九十九的发明只是一些有冲劲的销售和没骨气的消费者丑陋的合谋。而“第二次机会”显然在那重大、有益、仅有的百分之一里。不过它对马克斯会有用吗？

我们的马克斯一条道走到黑，行动之迅速，直如利箭和闪电。到现在为止，没有如果，没有但是。马克斯的爸爸——怎么说呢，就完全是另一番光景了。马克斯的爸爸不仅选择了“第二次机会”，还不停地谈论它：“要不是有那该死的‘第二次机会’，我绝不会——我真的绝不会——跟你们那讨人厌的妈妈结婚。”

他每天至少要跟马克斯说一次诸如此类的话。“我发誓，有时候我都想朝自己的脑袋崩一枪，好尽快去体验‘未走之路’。”（顺便说一句，一枪崩碎脑袋显然不是个好选择。“第二次机会”解释，万一大脑组织受了重创而影响服务质量，他们是免责的。）马克斯知道爸爸并不真的是那个意思，他也希望妈妈能意识到这点。

妈妈也许意识到了，但仍然因为爸爸的举止而苦恼。“他选择的‘第二次机会’如果跟我有关，”马克斯试图安慰妈妈，“他会同样执迷不悟：‘我想朝自己的脑袋崩一枪，过一段没有这个任性孩子的新生活。我如果明天就死了，我打赌他都无所谓参不参加葬礼。’你知道爸爸的，他说这些话跟你没关系。”

他的妈妈在“第二次机会”中的选择与他有关，但她非常机智，从来没泄露过这一点。在她的设定中，“未走之路”会让她迅速离婚，有了一家成功的企业和幸福的第二段婚姻。她可以过一种对谁都没有伤害的美好生活。

马克斯喜欢曲线曼妙、皮肤黝黑、巨乳厚唇的女人。莎娜虽然非常非常漂亮，但完全不是这个类型。她瘦骨伶仃，平得像飞机场，双唇差不多只有信用卡厚。但就像老话说的，爱情是盲目的。马克斯坠入了爱河。他们在结婚之前没有选择“第二次机会”，在双胞胎出生前也没有。马克斯基本上抵触这件事。他说人应该为自己所做的决定承担责任。而莎娜很久以前在现实生活中拒绝前男友的求婚，但随后又使用了“第二次机会”。马克斯只要想到她死后会体验和另一个人的婚姻就会十分沮丧，但这也很有激励作用。让她感到选他没错，常常驱动马克斯努力做更好的丈夫。

多年以后，莎娜用完第一次机会，留下马克斯一个人六个月后，孙辈们问马克斯，他的“第二次机会”是什么，他说他没有。他们不相信他。“爷爷是个骗子，”他们叫嚷，“爷爷害羞了。”

那时候，人们大多都不用“第二次机会”了，转而用“选哪个好呢”。你有有趣的第三种选择可以尝试，还不额外收费。

因为两鸟在林不能打三只——全为了你。

“选哪个好呢”没什么不同。

史蒂文·海沃德

小说家和短篇小说作家。他生于加拿大多伦多。其最近创作的一部小说名为《不要害怕》（*Don't Be Afraid*），入选“加拿大全国畅销书榜”。这本小说在评论界和商业上都获得了巨大的成功，荣获2012年“环球邮报最佳小说”，并入选多伦多《现在周刊》（*Now Magazine*）评出的年度最佳十部小说。他在位于科罗拉多州科泉市的科罗拉多学院英语系任教。

速追我

史蒂文·海沃德

速追我（STRAVA）是一款由迈克尔·霍瓦特和马克·盖尼共同发明的智能手机应用程序。大学期间两人既是好友又是团队好伙伴，毕业后定居在不同城市，开始怀念当初互相竞争的好时光。早在2009年，他们发现只要有海拔和距离数据，GPS定位系统就可以测出使用者的爬坡状态，根据爬坡状态记录使用者的骑行次数并对数据进行对比。这就是STRAVA。追踪骑行过程。显示骑行速度和距离，再把骑行记录和全世界其他骑手进行比较。你上传数据，程序自动对你的数据进行排名。

这款应用于2010年初发布，现已在全球拥有差不多一千万用户。我就是其中之一。我叫蒂姆·巴布科克，今年四十四岁。在STRAVA的年龄组别中，我在35—44岁这一组挂了个边。再过29天，我45岁。估计到时候STRAVA就会自动把我归到下一组。

按理说，我不是个争强好胜的人，从小就习惯天天把头扎到书堆里抬都不抬。我教英语，是个教授。我不踢足球，也不打棒球。我游泳游得很差劲。可是，内心深处谁不想做点儿惊天动地的事呢？又有谁不想赢呢？

STRAVA 是我的内科医生史密斯·巴纳德介绍给我的。这是我第一次跟他见面，地点就在他位于科泉市的办公室。当时我正穿着内裤坐在检查台边缘。

科泉市坐落于落基山脉前岭的山脚下，人口五十万，位于丹佛市南面，距丹佛一个小时的车程。住在这里的居民差不多可以分为两类，当然也有重合：要么是军人，要么就是参加过奥运会的运动员。史密斯·巴纳德既是军人，也是前奥运选手。他是 1992 年奥运会排球队的替补队员，在科泉市中心的奥林匹克训练馆训练过两年。

虽说巴纳德跟着排球队去了巴塞罗那，可他并没有上场。他连队服都没有，不过在国家电视台的转播节目上他倒是露了一小脸，坐在看台上，穿着爱国的运动衣，不停给参赛队员鼓掌打气。这段视频挂在网上。任何人都可以在油管上看到。我没看完视频，只要能证明他没参加奥运会就行了。不管他自己再怎么吹嘘，史密斯·巴纳德可不算是真正的奥林匹克运动员。

要是把他问急了，他会说没参加真正的排球比赛根本算不了什么。一直以来他的目标都是参军，然后再到医学院深造。他的军旅生涯持续了十年，在全国许多基地都驻扎过，其中就包括科泉市的卡森要塞。离开部队之后，他回到科泉市，准备在这里开诊所，结婚，有可能的话，再生几个孩子。现在的他除了结婚和生孩子，一切都进展顺利。梅根去自然杂货店大批量采购蛋白粉时遇到了他。我不知道他俩说了些什么，反正她回家之后就跟我说帮我找到了一个医生。

梅根是我妻子。

去巴纳德办公室那天，我倒没怎么抱怨。梅根坚持帮我预约检查。看我天天这么懒惰，她有点担心——这是她的原话，不是抑郁，是懒惰——就算是安慰安慰她，我也应该去做检查。史密斯·巴纳德给她留下了深刻印象，所以她觉得我也应该给巴纳德机会。我现在的医生似乎不怎么称职，因为我的身体状况一点儿都没有改善，而我真的需要动起来了。一周前，我来这里抽血化验，现在，化验结果就摊在他面前。

能看出来，检查结果不怎么好。从外表来看，巴纳德仪表堂堂。身高六英尺四英寸，下巴方正，有一双蓝色的眼睛，剃着光头。穿着白大褂的他，看起来好像“洁碧先生”，可是却更干净。

“这些数值可不怎么好看。”他对我说。

听到这话我一点都不吃惊。我早就不奢望什么好看的数值了，再说，我也习惯了。很久很久以前，我的身体还算可以，可就算那时，好看的数值对我来说也只是昙花一现。记得小时候，儿科医生就对我妈妈说，还是少让我吃点华夫饼比较好。虽说身体状况没什么改善，对付医生我可有一套。每当医生们第一次看到我的医疗记录，脸上露出震惊的神情——眉毛拧巴着，一脸的生无可恋——我总能从容应对。

史密斯·巴纳德和那些医生不同。“你自己看。”他说，把检查结果摊在我面前。

我眼前是一个分成四部分的圆形图表，分别标注着：体重过轻，正常，肥胖和病态肥胖。

我严肃地点了点头，虽说这个图表对我来说一点意义都没有。

“这就是你。”史密斯·巴纳德说。他用手指着代表“病态肥胖”的扇形正中间那个超大圆点。

虽说这辈子在医生办公室被羞辱过无数次，可听到他的话，我还是一时不知该如何回应。要是有人说你病态肥胖，你该怎么优雅地回应呢？伤心欲绝，号啕大哭？还是跪在医生面前求他原谅？

我既没哭也没跪。我跟他争辩。我认为，要想达到病态肥胖这个级别，一个人要循序渐进、体重一点点地增长才合理：瘦得皮包骨，没那么皮包骨，一点都不皮包骨，完美，也许有一点重，有一点重，超重，超得有点多，绝对超重，肥胖，然后，才是基本不太可能出现的状态，病态肥胖。

我把这些话对史密斯·巴纳德说了一遍。

“你在开玩笑吗？”他问道。

我承认这是个玩笑。

“很高兴你还能拿体重开玩笑。”他说。

也不知道他是真高兴还是假高兴。

“把你的手机给我。”他说。我抬腿从检查台上下来，站在冰凉的地板上。手机在我前侧裤兜里。我把手机递给他，他立即又还给我。“解锁。”他说。

我照做了。

“这是 STRAVA。”他告诉我，食指在我的手机屏幕上戳来戳去。

我看着他安装程序。安装完成后他把手机递给我。沉默突然降临，让人如坐针毡。这就像去剧院看契诃夫的话剧，结尾处剧中人陷入沉思，思考着他们永不可能到来的将来。与此同时，沉默突然降临。这是生命即将终结的信号。“这个软件不但能帮你塑形，”他说，“重要的是它能让你动起来。这才是你现在最需要做的事。动起来。”

“你真的参加过奥运会吗？”我问他。

“我加入排球队了，如果你是这个意思的话，”他说，“我们现在不讨论这个，言归正传。”

我点点头，看着挂在墙上的大照片，照片上的他正在扣球。“那张照片是你参加奥运会时拍的吗？”我问道。

他合上表格。然后开口说：“你会喜欢STRAVA的，梅根就特别喜欢。”

我瞪着他。

“她简直是三句不离STRAVA。”他说，他笑了起来。

我也笑了起来，可是，我之前从来没有听说过STRAVA，直到现在。

四十一岁的卡尔（“奇普”）· 菲尔默尔是个项目经理，住在加利福尼亚州的皮德蒙特。已婚，有两个孩子，在保障健康保险公司有一份稳定的工作，深受朋友和同事的喜爱。在旧金山地区的戴维森山附近一条山路上骑车下行时，突发状况导致他当场死于这场可怕的骑行意外。意外当然可怕，更可怕的是导致事故发生的原因居然是平平常常、无关紧要的小事。刹车的力道稍微大了一点点，结果车辆失控。虽说很难确定到底发生了什么，警察公布的结果显示他没有被车撞，路上也没有发生车祸阻碍他骑行。只不过是一辆车突然驶了过来又突然停下。就这样。这点小意外让他分了神，也就一刹那的工夫，握着刹车的手稍微用了点力，一下要了他的命。

STRAVA上的数据显示，菲尔默尔当时的骑行速度比该路段的最高限速每小时30英里还要高至少20英里。头天下午，他是该下坡路段的KOM（下坡王），事故发生当天，他得知有人超越了他。

KOM是山地之王的英文缩写。在STRAVA的语言里，拿到这个称号说明你获胜了。只是获胜，不是胜利。在STRAVA的世界没有胜利者，因为比赛是永无止境的。总有人会超过你。总有人骑得比你快。

STRAVA是瑞典语里的一个词。这个动词的意思是“努力”。

离开史密斯·巴纳德的办公室之后，我本打算顺便去学校看看，转念一想，还是不要去了。休假还没结束，再说我的出现肯定会让某些人紧张不安。至于我为什么休假，还是不要提的好。一言以蔽之，我当时压力特别大，而我又不擅长应对压力。

我转而回了家，把自行车从车库深处扒了出来。车子是钢架结构的，十速，踏脚上的鞋头夹套已丢失。上次骑车是什么时候我一点印象也没有。出乎意料的是，车胎居然气挺足，脚镫子转得也挺溜。我打算骑着车子到道路尽头的小公园转一圈。不知为何，我总觉得史密斯·巴纳德把STRAVA装到我手机上的原因是他算准了我不会用这个软件。虽说他表现得好像一直在鼓励我，就跟他多想帮我一样。可是，看他把手机推给我的方式，还有他拿食指恶狠狠地戳我的手机屏幕，好像要把指头扎进去的样子，我就觉得他不安好心。梅根和我的家位于一条长长山坡的中间，也就是说，到小公园只需一分钟——全程下坡——从公园回来的时间就要长得多了。

生活在科泉市就是这样。要么上山，要么下山。结果我根本没力气骑到家。不得已，只得推着车往山上走。到家门口之后，我把数据上传到STRAVA，才看到史密斯·巴纳德向我发送了“关注”的请求。

这个词是个动词。在脸书上你会“加……为好友”；在领英上你会“和……取得联系”。“关注”是 STRAVA 用户建立联系的方式。

满头大汗地站在门口，我突然想到，假如一切正常，往年的这个时候我的弥尔顿已经讲了一半，正给学生开讲座探讨关于自由意志和宿命论的问题，以及带有弥尔顿风格的解读。我会告诉学生，自由意志是在两种行为中做决定的能力。跳下悬崖还是不跳下去，你的自由意志会做决定。一旦你决定要跳下去，那么你就无法停止下落。

梅根是医护兵，在驻扎科泉市的加拿大部队工作，负责照顾为北美空防司令部服务的加拿大军人。实际上，她是产科医生，可要是你在某处与她初见——比如说在丹佛市中心，比如说你被同事拉去参加一个鸡尾酒会，酒会在一栋高档公寓楼的 16 楼举行，庆祝本地一个诗人的诗集出版——她就是这么介绍自己的。她用了“医护兵”这个词，说完，饶有趣味地看着她的谈话对象眼神迷离地幻想她不顾个人安危，在战场上飞奔，越过一个个掩体，跪在黑暗、泥泞的土地上，凝视着士兵那绝望的眼神。

“真的呀，”我说，“你是医护兵？”

“实际上，”她回道，“我接生孩子。”

她满不在乎地回答。我想：军人应该就是这个样子。孩子不是生出来的。他们是被接住的。接住之后再送回战场。

“既然你是医护兵，那你怎么会来参加这种诗歌朗诵会？”

“我一个朋友的朋友的朋友是这本书的编辑。”她说。她手里握着一杯白葡萄酒。无脚杯，一口没喝。

“我教英语。”我说。

“那你是个作家？”她问道。

“我教文艺复兴时期的作品，”我说，“这跟作家是有区别的。”

“那又怎样，”她说，“那也是文学。”

她举起酒杯放到唇边，轻啜一小口。

我这才意识到，我手里端着的可不是酒杯，而是一大纸盘堆在一起的奶酪。原因：有一会儿我正站在奶酪盘面前，如梦初醒般，我发现跟我比起来，这个即将出书的平庸诗人似乎更合我同事的心意。她确实比我年轻，可我居然傻乎乎地以为我俩之间有戏呢。想明白之后，内心的沮丧如潮水般涌来，我的目光就是在那会儿落到了这盘奶酪上。

一般情况下——要是内心没这么脆弱——我绝对不会干出这种事。可是那会儿，我有点儿身不由己。梅根似乎感知到我的失落——也看到了被我同事忽略的我的魅力——她凝视着我盘子里的奶酪，看了好久。我已经做好心理准备被她鄙视，可她什么都没说，对我眨眨眼，伸手拿了一小块切达奶酪，举到唇边，咬掉一个角。一个不起眼的、小小的凹痕。

她把咬过的奶酪放回盘子里，用眼神紧紧锁住我，一刻不放开。迎着她的眼神，我从盘子里把她咬过的那块奶酪拿起，整块放进嘴巴，吞了下去。

“想不想离开这里？”她问我。

发展速度似乎有点快，吓了我一跳。不过现在的我已经适应她的处事方式。这就是梅根，总是迅速采取行动。

接下来，我们相拥着来到走廊，可是电梯坏了。我按下按钮，没反应。使劲拍，还是没反应。我已经做好返回酒会的准备，暂时再待一会儿吧。主人会打电话找工人来修的。可是梅根却一点都不在意。“来追我呀。”她说，然后她朝着走廊尽头的出口标志跑去，推开安全门，跑下了楼梯。

我赶快冲了过去，叫着她的名字让她慢点。她丝毫不理会。在我脚下，我能听到她的高跟鞋敲击水泥台阶的声音。我才知道她真的要我追她。要是我追不上她——要是我抓不住她——等她跑到一楼，她会径直走出门去，我将再也见不到她。带着彻骨的绝望，我加快了脚步——一路猛追，一次跳下两个甚至三个台阶。虽说很难判断，可我相信自己离她越来越近。梅根速度很快。身材瘦削。看她轻解罗裳时，肩胛骨的骨头向上突出，好像要从里面伸出一双翅膀的样子，总会吓我一跳。她原本是游泳运动员——200 米个人混合泳——可到了 30 多岁，转而开始训练铁人三项。要是往楼上跑，我估计一点机会也没有。可是现在，我有重力优势，所以积蓄力量向下猛冲，等跑到三楼拐角，已经能看到她的金发飘飞，听到她的开怀大笑。

“等等我。”我气喘吁吁地喊她。还有一层。我沮丧地发现根本追不上她，正准备放弃，却被自己绊倒，左脚踢到右腿，一下子飞到了空中，从她头顶飞过，一头撞到了门头上方的出口标志上。后脑勺磕到墙上之前，我记得的最后一件事是从她头顶飞过时她脸上的表情。我打败她了；她被我感动了。

她坐在救护车里陪我一起去医院。几个月之后，我们结了婚。结婚的感觉挺好。有一阵儿我俩挺好。三年的时间都挺好。直到她遇上史密斯·巴纳德。我想，他们相遇时手里肯定都抱着蛋白粉罐，要不然就是正准备从货架上拿。也许当时他俩并肩站在蛋白粉区，考虑着买蛋白粉的人经常会思考的难解之谜。

科泉市：所谓的冠军之城。

虽说有关卡尔（“奇普”）·菲尔默尔那桩可怕事故的大部分照片

都被其家人封禁，可是现场有许多目击者，都拿手机拍了照，所以，事故现场的惨状几乎无人不知。刹车之后，菲尔默尔似乎径直越过车把手飞了出去，在路上滑行了一段距离。飞出去时，他的脸先着地，趴着向前滑了差不多 30 米。这就是他当时的骑行速度，为了保持 KOM 的地位，他必须这么快。

毫无疑问，事故现场的凄惨景象是这场意外如此臭名昭著的原因之一。照片上，死去骑手的脸已经变成了血肉模糊的一团，但是却能看出他在尖叫。其惨状让人不忍直视。造成这一切的原因，不过是一辆不期而至的汽车出现得有点太突然。这样的事可能发生在我身上，你或许会这么想。可能发生在任何人身上。

那天晚上，梅根接生完孩子回到家，非常吃惊地听说史密斯·巴纳德居然给我装了 STRAVA。她边把骑行专用短裤往两条纤细的腿上套，边听我说话，看起来有点困惑。

“他让你把手机给他？”她问道。

“他亲自给我装的这个程序。”

“这可有点过了。”她又说。

“他就是咄咄逼人。”

“他那是认真。”她看都不看我，“他受的训练就是这样，他就是那样的人。”

“他到现在都没结婚，你不觉得奇怪吗？”我说，“我是说，他办公室没有别人的照片。谁的照片都没有。连女朋友的照片都没有。”

“为什么要把女朋友的照片挂在检查室？”她反问道，“我办公室也没有你的照片。”

“像他那样的男人？”

"你什么意思啊，像他那样的男人？"

"他就是个埃阿斯[1]，"我说，"真的。"

"埃阿斯？"

我深吸一口气，正准备给她解释谁是大埃阿斯，可她却抬起一只手制止了我。"我晚点儿再听你的讲解吧，"她说，并叹了一口气，"也许他只是在等待合适的人。"

"等人赶上他，你是这意思吧。"我说。

梅根系着鞋带，没理我。

"这是个 STRAVA 玩笑。"我跟她说。

"知道啦。"她回道。现在她正戴头盔。

"他已经关注我了，"我说，"在 STRAVA 上。他也关注你了，不过你肯定知道。"

"他关注了许多人。"她说。

"你怎么从来没提过？"

"提 STRAVA 吗？"她白了我一眼，"我为什么要跟你说 STRAVA？你都坐在沙发上三个月不出门了。"

"我有一辆自行车，"我说，"今天还骑着出去转了一圈。骑了两英里，消耗了二百卡路里。"

"上边的卡路里数有点夸大其词。"她说。

我跟她说年代这么久远的自行车的车胎居然有气。"是不是很神奇？"

"是啊。"她说，可实际上她根本没在听我说什么。离家之前，

---

1 埃阿斯，希腊神话人物，忒拉蒙和厄里斯珀之子，阿喀琉斯的堂兄弟。特洛伊战争中，希腊联合远征军主将之一，作战勇猛，但有勇无谋。

她做的最后一件事就是抓起放在厨房餐桌上的手机，打开 STRAVA。“你关注了我？”

“你得先同意才行，”我说，“你得同意我关注你。”

“我知道该怎么操作。”

“哪天我俩可以一起出去骑车。”我说。

她戳着手机屏幕。“好了，”她说，“现在你满意了？”

“游戏化”这个词虽然还没有被收录进《牛津英语词典》，可是自从 2002 年左右这个词出现在英语当中，就被大家广泛接受。这个词由一位名叫尼克·佩林的英国电脑程序员创造，他曾经开发了许多早期电子游戏，包括《入侵者》和《刺猬》。游戏化指的是采用游戏思维和游戏机制解决问题，从而提高工作水平的方法。要是你认为你在玩游戏，那么你的表现就会比认为自己在工作的人表现好得多。

“就算你在脸书上有几百个朋友，要是你告诉他们你今天的骑行很顺利，”援引迈克尔·霍瓦特——STRAVA 的共同开发者——的话说，“只有少数几个人会真正从你描述的角度去关心你的骑行。STRAVA 向你提供了一个平台，可以真正专注于生活中有共同爱好的朋友，专注于关注你的朋友，也专注于你关注的朋友，跟他们分享生活中值得珍惜的点点滴滴。”

梅根离家之后，我打开 STRAVA，开始查看她的个人资料。以下是我从妻子资料里了解到的信息：

1. 她有三辆自行车：一辆“福克斯 Izalco Pro 2.0”（这辆车她一共骑了 1 208.8 英里），一辆“加里·费舍尔 Hifi Deluxe 29er”

（420 英里），一辆“闪电 Stumpjumper FSR Comp”（233 英里）。

2. 她平均一周骑行五次，平均里程为 60 英里，尽管经常超出这个数字。
3. 她最长的爬坡距离是 1 345 英尺。
4. 她“和另一个人”在一段名叫“日出下坡”的道路上得过 KOM。
5. “日出下坡”是一段长两英里的路，梅根“和另一个人”只用了两分钟就骑完全程。这意味着她的骑行速度达到 60 英里每小时。
6. 虽然她速度很快，可是和她一起骑行的“另一个人”速度却总是比她快一点。快到终点时，也就是最陡的那段下坡，她会慢下来。他不会。相反，他会加速，再顺理成章地成为 KOM，不是梅根。
7. “另一个人”是史密斯·巴纳德。

STRAVA 之所以这么流行，有许多原因，其中一个就是通过这款软件，骑行者可以精确“追踪每一分努力”。除了骑行时间、骑行距离和消耗的卡路里数（虽说数据有点夸张），STRAVA 还会追踪骑行者的“能量输出”（据官网介绍，该数据包含脚蹬次数、脚蹬频率和施加到脚蹬上的力量）、平均功率（据官网描述，“该数据用 W 表示，表明单位时间内转换到脚蹬上的能量”）和“耐受值”，即对骑行者心率的分析结果。（“通过监控骑行过程中的心率，并与使用者的最大心率进行分析比较得出该数值，”STRAVA 介绍，“该数值能直观显示骑行者锻炼的强度。全速前进的时间越长，距离越远，得分就越高。滑行时间或休息时间越长，得分就越低。”）

换句话说，要是停止蹬车——不管是什么原因下了车——STRAVA 都知道。看着我那几次半途而废的骑行记录，可以很清楚地看到我是哪个时间点从车子上下来，也能看出我是从哪个位置开始爬不上山。看着自己的蠢笨无能被精确的数字一一列出来，本来是件很丢脸的事，可是等我看到史密斯·巴纳德——还有梅根——也会习惯性地在某个地方下车，我又感觉没那么丢人了。虽说他们冲下“日出下坡”时的速度跟流星一样快，可是每到上坡时——他俩不约而同都会停一下——有时还会停相当长的时间。这种数据在 STRAVA 上一目了然。

跟你们说了，我承受过的羞辱可是不少。能被逼强制休假可不是件轻松的事。没完没了的听证会，一遍一遍重述发生的事，反复解释谁说了什么，言外之意又是什么。到最后，突然解脱的感觉才会到来。解脱的原因很简单，就是再也不用一遍遍承认自己到底干过什么。一个同事，是的，跟终身教职的任期有关，是的，还有点儿爱慕，就算是吧，现在一切都过去了，对，是的，我负全责。

还得找个机会告诉老婆。

“你到底干什么了？”梅根问我。当时是周五。她刚刚骑行锻炼回来，正把头盔脱下来。跟往常一样，她看起来心情不错。

“那事儿就这么发生了。”我说。

“什么事儿发生了？”

“就那件事，”我说，“我也不知道该从何处说起。”

“从开头讲。”她说。

我俩的关系可能在那个时候就走到了尽头。三个月之后，她从自然杂货店回来。“我帮你找了个医生。”她会这样告诉我。

“我好着呢。”你会这样回她。

“你天天这么懒惰，让人担心。”她会说。这只是她的一面之词。

路线筹划是STRAVA的一个重要功能，通过使用该功能，骑行者可以提前规划骑行路线，也可以追随其他骑手的路线进行骑行。根据STRAVA提供的数据显示，梅根（现在是我前妻）从我家的车道骑到“日出下坡”，会走两条路。一条是名叫“黄金营大道”的上坡路，长十英里半，坡度较缓，比较迂回，也没那么险。另一条路向上通到波那维斯塔街，一般人根本爬不上去。我倒是开车上去过几次——最近一次是带着梅根的父母（梅根开车）——到夏延山顶欣赏美景。我拼死拼活地向上爬，可还是没一会儿就不得不放弃。本打算把STRAVA关掉，想想还是算了。反正爬不上去也没什么可丢人的，就连史密斯·巴纳德和梅根不也得休息休息嘛——而且他俩休息的时间可不短。

按照STRAVA大概标记的地点，我果然找到了他们总是停下休息的地方，就在一栋别墅前。别墅富丽堂皇，外形不规则，俯瞰着整个科泉市。门前挂着一面巨大的美国国旗。眼前景象实在壮观。现在我知道他俩为什么要停在这里了。正想着，别墅的车库门动了起来。

可能是我在人家门前站得太久，屋主估计是个共和党人，说不定会端着霰弹枪冲出来要我滚出他的领地，于是，我又开始费劲地往山上爬。结果，脾气暴躁的屋主没出来，走出车库的是一个戴着头盔、身穿蓝白相间骑行服的人，手里推着一辆闪闪发光的超轻公路单车。

“不用担心，”这个人带着点儿讽刺的口吻说，抬腿跨上车，“从这儿开始就是下坡了。”

就在那一刻，我认出了他。“好的，医生。”我说。

“蒂姆？”史密斯·巴纳德喊道，“是你吗？你怎么到这儿来了？”

我指指自行车。“我现在骑得还行，”我说，“不过还是得休息一下喘口气。这个地方可够出名的。”

他到底听没听出我的画外音，很难判断。他摘掉太阳镜，对我说：“真让人感动。”

“你告诉我要改变生活方式，”我说，指指身上湿淋淋的T恤，“这就是我的改变。”

“真不错。”他说。

有一会儿，我俩谁都没说话。

“这座山真高，”我开了口，“真不知道你俩怎么做到的。我是说你和梅根。”

“这是你的车子？”他问道，“多少年了？”

我说我不知道。“轮胎的气足着呢。”我说。

“怪不得你骑不到山上去，”他说，“你需要一辆比这好的车子。这样吧，我把我的车送你一辆。”

“不需要。”我说。

“一定要的，”他说，“我能做的也只有这个了。”

“你什么意思？”

他犹豫了一下。“是我把STRAVA介绍给你的，”他说，“要不是我，你根本不会到这里。都是我的责任。”

“你自己留着骑吧。”我对他说。

“得了，”他说，“我知道你失业了。”

现在轮到我无话可说了。

“反正，”他说，欲言又止，“我会顺道给你送过去。”一转眼的工夫，他已远去，蹬着车子，轻轻松松地往山上骑。看着他轻松地穿行在山路上，我不明白他有什么必要停下来。也许是梅根需要休息一下吧，我这样安慰自己。

我推着车子继续往山上走，没过多久，一道蓝色的影子风驰电掣般从我身旁掠过，大喊着要我坚持。是史密斯·巴纳德。

四十分钟后，我终于爬到山顶，然后朝山脚下的“日出下坡”滑行。

毫不夸张地说，“滑行”根本无法描述下坡的可怕。差点没把我吓死。从山顶往山下的路简直就是垂直降落。前三分之二的陡峭山路已经把我折磨得要死要活了，可是，跟最后陡然下坠的三分之一比起来，根本就是小巫见大巫。好不容易来到坡底，我一下子扔掉自行车，狂吐了起来。无法想象水平多么高超才能在这样的路段当上山地之王。可是史密斯·巴纳德就能做到。他模糊的身形疾驰而过，姿态优美。他就是山地之王。

回到家，史密斯·巴纳德的自行车已经到了我家，靠在车库门前静静等着我。过了一会儿，梅根也慢吞吞地回了家。他是不是跟她通了气——我猜可能会警告她——我还真不知道，虽说我倒是希望他俩串通好。这些事情应该都有记录，能查到吧。等到审判的时候就会公之于众。像是通话记录这样的东西。我倒是希望他们怀疑我。也希望他们找不到什么证据。

梅根看到史密斯·巴纳德的车子放在车道上。“他来了吗？”她问道，脸上的表情出卖了她。她已经想象过这样的情景。也练习过该如何应对。只是他的自行车而已，我找他要，他就送给我了。听我说完，梅根的神情放松下来。就算之前不知道，现在的我一切都明白了。

给学生讲授《失乐园》时，关键要讲清一点，那就是撒旦根本没有逃离地狱。你告诉学生，地狱无形，只是一种精神状态。撒旦始终身处地狱。

我什么都没说。表现得一如往常，好像一切都没有变化。我算好了每个环节。数据已上传。也已研究过排行榜。不会是明天，也不会是后天。有时候，我会骑着史密斯·巴纳德送的那辆车出去兜风，开着 STRAVA 记录运动轨迹，虽然我越努力越孤独。

梅根跟我说她受够了 STRAVA，受够了天天跟人比赛，虽然史密斯·巴纳德说他也不打算再骑下去，可是却没见他停下来。也许山地之王的称号已经跟他融为一体。不是想放弃就能放弃的。有时，能看到他在我身旁一闪而过，蓝白相间的身形模糊不清，身姿优雅地俯冲下去。

照他那个速度，什么事都有可能发生。任何动静都能把骑手从车上摞下来。任何举动都能让骑手越过把手扑到水泥地上。路中间的一块石头，一辆不期而至的汽车，不管是什么，几乎不可能失手。今天早上，我开车来到“日出下坡”的最高处，然后加大油门全速朝山下冲去。

速度之快，无人能及。我把数据上传到 STRAVA 上。山地之王，是我。

然后，我开车顺着“日出下坡”往上开。不用开到山顶，连一半路程都不用，只需停在最后那三分之一处。要想从最陡峭的那段路飞速下行，靠的就是速度够快，反应够快。所以，下行过程中任何时候都不应该使用刹车。

我不清楚一个人要是失去 KOM 的头衔会发生什么事情。会响起警报呢，还是邮件通知呢？也许两种情况都会发生。很快，史密斯·巴纳德就会发现。

时间早晚而已。我的车没有熄火。不会等太久的。

德吉·布赖斯·奥卢科滕

毕业于开普敦大学，获创意写作文学硕士学位。他还有耶鲁本科学院和斯坦福法学院的学位。他于 2014 年由无名出版社出版的《太空中的尼日利亚人》（*Nigerians in Space*），是有关非洲人才流失的一本惊悚小说，他的作品见于《岩石》（*Slate*）《格尔尼卡》（*Guernica*）《纽约时报》（*The New York Times*）《洛杉矶时报》（*the LA Times*）《洛杉矶书评》（*the Los Angeles Review of Books*）"*The Millions*"文学网站、《狂欢谷》（*Joyland*）《无国界文字》（*Words Without Borders*）《今日世界文学》（*World Literature Today*）等杂志和在线媒体。他在国际笔会美国中心创立了"电子自由计划"（digital freedom program），致力于促进互联网自由表达和监管。

我们是嗅味师

德吉·布赖斯·奥卢科滕

你一定得寻味一下这个。

不行。

为什么不行？（不开心 .JPG）

就是不行。

她回来了。

无所谓。上报。

不管怎样，我还是把链接附了上去，没有理会奥布里的决定。

www.olfanautics.com/13503093!hsfi9hhhh

我知道她最后一定会寻味这段视频的。只要点击一下就能看到。也可以直接下载到大脑里，再寻味一下，效果即时显现。我又播放了一遍视频，再次确认内容确实如我记忆中那样特殊。

镜头里出现一张桌子的特写。铬架底座上是玻璃台面。桌上有一把刀，一截皮带，一个小玻璃碗，还有那个姑娘的手腕。浅褐色皮肤。寻味：一缕丁香的清香，很显然是姑娘涂的香水。

她把刀放在掌心，另一只手在上面挥来挥去，好像正向观众展示珍贵奖品的游戏节目主持人。然后她拿起刀，刺向手指，血滴进碗里。此时的寻味并不痛苦，也没有散发出血液应有的金属腥味。观者似乎闻到饱满多汁、新鲜水灵的草莓芬芳正一点点往碗里汇聚。视频中，能听到她真真切切的笑声。

我得说，那女孩只是看起来用刀刺了手指尖。你看吧，没有任何证据表明她确确实实把刀扎进去了。我试着放慢视频播放速度，一帧接一帧地往前进，看到刀尖刺向她指尖那一幕时，她的食指和拇指正好挡住我的视线。所以她可能割伤了手指，也可能趁人不备挤破一个装满假血的胶囊滴进碗里。更有可能，她利用寻味技术在胶囊里装了浓缩草莓香精也未可知。这件作品或许是技艺高超的魔术师所为，也可能是一个精神错乱的受虐狂的宣泄。戴着长鼻的我只闻到了滑稽的味道。

奥布里终于给我回了信息：告诉过你要上报。

那还怎么寻味?

上报。

私人审查一下吧。

上报。

得了，姐们儿。草莓而已!

这段视频是该用户发布的第二段视频，两段视频都以搞笑的方式完全颠覆了视频内容本应有的寻味体验。感觉好像她在故意耍我们，质疑我们到底是相信眼之所见还是其他感官。像这样的视频，难道不该进行私人审查吗？好好讨论讨论？上周，奥布里和我一共在私人审查室碰了两次面。不过这次我决不会让她毁掉我的发现。她命令我上报，我偏不报，我随手把链接发给了团队其他成员。刚一发送，周围的小隔间里立刻传来此起彼伏的惊叹。

“哦，妈的，伦顿！”

“她又来了！”

“呀，哥们儿，她肯定超热辣！”

接着，大家对着自己的键盘噼里啪啦敲起来，我们开始群聊。

要上报吗？

你觉得呢？

应该报吧。

闻到草莓味了吗？

我还以为是覆盆子味呢。

看不到伤口啊。

她未成年？

不，她已经 18+ 了。

听到她的笑声没？

疯丫头。

团队成员你一言我一语聊得热火朝天，我任他们聊着，心中窃喜。随着时间流逝，这个视频放在网上的时间越来越长，欣赏到视频艺术效果的陌生人就越来越多。玻璃、钢铁和鲜血这三种物质放在一起，都是些最基本的东西，展示了洁净的桌子对抗刀片产生的暴力，居然能散发出奇美气息。血液滴进碗里形成的红色漩涡，清甜草莓味的突然爆发，还有她那缥缈超凡、盘旋在空中的笑声。

后来还是有人把视频上报了。我一点都不吃惊。公司付钱给我们就是要我们谨慎小心，要不惜任何代价保证信息流持续流动，就算把某些信息从世界上彻底清除也在所不惜。

我们团队驻扎在内罗毕郊外十五公里处一个耗资数十亿美元修建的科技园区里，数据服务器放在系留气球里，高高飘浮在国家空域范围的空中。按照肯尼亚法律，我们要为这些服务器承担法律责任。整个嗅味综合体由丹麦建筑师根据凯伦·布里克森[1]所写小说中的一个场景设计而成，坐落在露珠莹润的稀树草原山麓上，外形犹如大家都曾暗暗向往的咖啡农场。自助餐厅想要呈现狩猎帐篷的效果，悬链线钢缆支撑着波状起伏的织物，在正午阳光的照耀下熠熠生辉。事实上，这个帐篷是我接触到的最接近狩猎生活的东西了。除了外出攀岩，我一般不会离开内罗毕。

奥布里找到我时，我刚在餐厅点了一个只有一半圆面包的双层素汉堡搭配六根花椰菜苗。从她头巾缝隙散落下来的几缕发丝能判断出，她昨晚肯定没睡好，今天也没工夫去园区美容师那里打扮打扮。她一落座，我就伸手摸向她的大腿，谁知她一下把我的手打掉。

“我告诉过你把那段视频上报的。”

“见到你也很开心，奥布里。”我说。

“我是你的上司，伦顿。要是我说把视频上报，那么你就要服从命令。你这样弄得我一点面子都没有。”

这就是跟上司约会的麻烦所在。她总以为只要摆摆架子，一切问题都能解决。“你没寻味到草莓味吗？嘿，真是太搞笑了。那姑娘

1 凯伦·布里克森（1885—1962），《走出非洲》的作者。

看着像是演员什么的。”

“可我们并不确定啊，伦顿。她可能真的拿刀割了自己。也说不定镜头之外有人强迫她这么做，之后再附上寻味效果呢。我们甚至连这个人是他还是她都不知道。说不定这是个男人呢。”

奥布里总是用这种自由主义论调糊弄我，就像我不能相信自己的鼻子似的。

“元数据显示她是一个二十四岁的女人，”我说，“我也检查了视频的时间标记。寻味效果是同时发布的。”

“标记可能被篡改。”

“这种事只发生过一次好吧！”

我并不担心和奥布里这么亲密地在餐厅交谈。根本没人相信我俩会在一起，单从外表来看，我是一个年轻俊朗又帅气的肯尼亚男人，跟自己中意的女人打情骂俏，而奥布里只不过是个不知从哪里冒出来的土里土气的外国女人。可是他们都错看她了。

“奥布，吃点东西吧。”

“我们不能再去私人审查室了，伦顿。”

“来，吃一口。”我把自己的食物给她。我最喜欢从根到尖一点点把花椰菜苗吃掉，把头留到最后。

“那些房间是供我们工作用的。”

“这个富含叶酸。还有铁。”

她瞅瞅左右。“你他妈的别再打岔了好吗！”

“我觉得你得吃点东西啊。”

“我一点都不想吃这些该死的东西。根本不是自然生长出来的。谁知道是哪来的科学家发明出来的。”

“能吃就行。”我让她看我手腕上戴的量子手环显示屏。“手环说我今天需要补充五百毫克的铁，这些东西能让我吃进肚一千毫克。嘿，别迁怒信使啊。我只是说了事实而已。”

“可上司说的话你却不听。”她说，然后拂袖而去。直到吃完花椰菜苗，我才想起她居然没戴量子手环。

那天晚上，我试图忘掉和奥布里的谈话，把全部精力投入到酷爱的运动中去。三年来，我一直计划自由攀登纳米比亚境内那段完全垂直的花岗岩壁——欧拉比斯科夫绝壁。这段山峰据说有南部非洲最难攀爬的路线。为实现梦想，我和洛奇，也就是我的私人教练一起一丝不苟地规划着我的身体条件、健康状况和训练路线。要知道，作为信用安全公司的员工，我们有不少额外特惠福利：一个教练（我的是洛奇），一个心理医生，一个全方位的量子手环，额外五天弹性休假，一定数额的嗅币津贴，可在园区礼品店买东西，还有一个睡眠专家。公司支持每名员工养成一种爱好。可以跑马拉松，参加竞技类拼字锦标赛，做拼布被子也可以。重要的是，你要为自己选择的爱好制定可衡量的目标。这就是为什么我这么喜欢我的量子手环：它帮我计算心率、血压、步行距离、消耗的卡路里、机敏度、情绪波动和睡眠质量，就连做爱频率也在它的掌控之下。要是我精心照顾自己，量子手环就会轻如空气，可要是我突然偏离了生活轨道，手环就会像蛇一样紧紧缠绕我的手腕。

我在信用安全公司的职责非常简单：对违反公司服务条款并由用户标记出来的内容进行处理。在气味社交媒体领域，嗅味全球领先。我们的寻味产品可以让用户将各种气味传送到世界各地。起初嗅味只是一个独立设备，把四种基本气味——木头味、辛辣味、香甜味和腐烂的味道——按不同比例混合成喷雾，以模拟真正的气味，可是由于价格太高，很少有人买得起。随着技术越来越进步，设备越变越小，嗅味终于成为智能手机的标配，可供用户制作视频和音频。起初许多用户经常制作带有寻味效果的素材，再存起来，以备特殊场合使用，比如说节日炫耀一下新出炉的馅饼，或是分享海滩度假之类的。有些比较注重隐私的用户会关掉这个功能。不过大多数人还是喜欢拥有寻味功能的，这样在需要用的时候不会什么都拿不出来。另外一些人，比如说我，为找出其源头，一刻不停地寻味，以致深陷于永无止境的味觉体验之中，如痴如醉。

我的主要任务就是监控用户认为可疑或让人反感的寻味产品。工作时，我会戴上长鼻，这是一种有专门用途的管子，外形像战斗机飞行员的氧气面罩。每次寻味之后，以及开始新的寻味之前，长鼻会喷出一种起中和作用的气味来净化我的味蕾。你知道吗，能闻到什么气味不是由鼻子而是由舌头决定的——想想看，重感冒的时候是不是吃什么都没味道——我们团队每个成员舌头上的乳突都比一般人的数量要多得多。要是在另一个时代，我们这样的人很可能会成为调香师，沿着格拉斯的鹅卵石小路兜售薰衣草香水。现在，我们是嗅味师。在我们带领下，用户可以享受宁静安全的味觉发现之旅。这就是我们的宣传语。

我喜欢公司的宣传语。

视频安全小组会删掉常见的垃圾内容：涉黄、暴力、自残，还有儿童色情作品。可有时人们会把某种寻味效果放进看似普通的视频当中。一段生日蛋糕视频可能会发出粪便的臭味，一条潺潺流动的溪水居然散发出腐烂变质的臭气。通常，这些恶意攻击的视频都是粗制滥造的结果，软件会自动识别并通过元数据自动标记。偶尔，我们也会遇到由一群技艺高超的艺术家制作的寻味视频，长鼻中飘散出的味道好似一缕清风，让人心旷神怡。就像那个拿刀的女孩。

要是遇到某段视频我无法自主决断，就会提交给主管，奥布里，由她来决定是否上报决策层——在丹麦工作的法律保障和市场开发团队成员。虽说我们被雇用后都曾飞往哥本哈根进行入职培训，可只有奥布里跟他们见过面（嘿，那可是一次传奇般的旅行）。

到体育馆时，洛奇正等着我。他是个肤色棕黑的混血南非人，留着大爆炸蓬蓬头，皮肤枯黄干燥。他声称在进行竞技登山运动时曾摔断过32根骨头，其中15根在攀登白云石山的过程中摔得粉碎。他戴着一副厚厚的黑色塑料框眼镜，已戴了很长时间，这种款式流行过两次，也过时了两次，可同一副眼镜还架在他的鼻梁上。右腿摔变形之后，他从攀登天然岩石转为报石攀岩。我看过他之前的攀岩视频，像只蹄兔在光滑到令人难以想象的花岗岩壁上疾行。

我绑上安全背带。

“等会儿，等一下，老兄，”洛奇说，“先做一下手指训练吧。”

“量子手环说到下星期才需要做手指训练。今天我需要进行攀爬训练。”

“那东西又不知道怎么攀岩。”

“那东西知道如何衡量我的进步程度。这才是它应该做的。”

洛奇叹口气。“好吧，大哥。你觉得你知道自己在做什么吗？那就试试这条路线吧。”他把我的登山扣和他自己的设备扣在一起，在攀岩墙上点亮一条绿色的路线让我顺着往上爬。

我开开心心地把手浸在镁粉袋里，手掌抓握的第一把镁粉的味道是我的最爱。嘿，闻起来是自由的味道，好像我正在向梦想攀登。不一会儿我就离开地面三十英尺，很快遇到了一个让人头疼的难题。

有一个滑溜溜的支撑点非常难对付，我以为能抓牢，没想到等我抓住那个支撑点时，手指却因疲惫而僵硬，结果一脚踩空。本想调整屁股重心，抓稳一点，可惜一切都太迟了。我迅速朝地上的垫子摔了下去。

下落过程中，我的头猛地朝前撞击，鼻子狠狠撞到护膝上。

“抓住你啦！”洛奇说，他慢慢把我放到地上。

我用手捂住鼻子，让他帮我解开安全背带。麻木蔓延至整个眼窝。

“你还好吧，老兄？”

“不，我当然不好！洛奇，你他妈的怎么不早点抓住我？”

洛奇反问我：“你他妈的为啥要掉下来？”

“我抓不牢。这条路线太难了。”

“来，让我看看你的鼻子。行了，把手拿开吧。”我松开手，血液立即冲进鼻腔，痛苦难耐。“没什么大事，老兄。你没流血。只不过是轻微碰撞。”

“该死的。”我松了一口气，可是仍能感觉鼻孔堵塞。是鼻涕？还是鼻血？就连空气闻起来都有点变味。好像所有的气味都不声不响从我身边溜走，又好像整个房间被一大团烂泥覆盖。

“你还没准备好呢，老兄。”他接着说，边说边用手指敲着太阳穴。“这很好理解。不是你的手指力量不够，而是你的心理状态跟不上。”

我不喜欢洛奇的语气。付钱给他就是让他帮我实现梦想，可不是让他给我带来更多麻烦。再说，我马上就要升职了。“要是我连你嘴巴里喷出来的臭气都闻不到，我明天还怎么去上班？你犯了个错误，洛奇。承认吧。”

“狗屁。掉下去的人可不是我。”

我在量子手环上敲了几下。“手环说我应该三周之后再练习这条路线。这不是程序的一部分。我会向上面反映。”

现在他知道着急了。“冷静点，老兄。没必要向上面反映吧。”

在嗅味，数字可不会撒谎。量子手环会测量我的下落速度是几米／秒，还会测量我的脉搏提升速度。要是我能用这些数字客观证明有人把我的工作置于危险境地，那他会立即被解雇。这条规定适用于所有人。

“我为什么不能向上面反映？”

“因为那对你的攀岩训练一点好处也没有。我只不过是想挑战你一下，老兄。真正攀岩时你不可能掌控每一件事。这就是攀岩的魅力。”

“可是刚才那条路线根本不在计划内。程序说我三周之后练习这条路线才比较合适。这就是关键。要是你想挑战我，把挑战放到程序里啊。”

“得了，不提了吧，伦顿。你说得都对，是我的错，老兄。我给你安排了错误路线。”他敲敲攀岩墙，点亮一条黄色路线，这条路线我已完美攀爬了两次。“这条线是程序想让你练习的，对吗？”

他抓住我安全背带上的登山扣，可我把他的手推开了。“等一下，我需要冰敷一下鼻子。”

“来吧，老兄。你的鼻子没事。不过轻轻撞了一下，仅此而已。把扣子扣上再爬一次吧。黄色也他妈的是一条路线。你还没有徒手攀爬过呢。”

给量子手环截图非常简单，把截图发送给保安更容易。为了拖延时间，我眼神空茫地看着他，好像不懂他在说什么。他开始恳求我扣上登山扣，坚持不懈地劝说，看起来可怜巴巴的。

“你在等什么呢，伦顿？这就是个小错误。我帮你扣上登山扣吧！”

“不行，太晚了。”

嗅味公司只允许外围警卫配枪，所以赶过来的这几个安保人员手里抓的是警棍，可就算这样也足以震慑洛奇，让他不敢轻举妄动。

“老兄，你以为欧拉比斯科夫绝壁会在乎你手上戴的那个东西？”他对着我大叫。“要是你正攀爬绝壁，秃鹰突然飞过来啄食你的手指，你以为那东西能救你？这就是我爬绝壁时的遭遇！我跟普罗米修斯一样，眼睁睁看着老鹰一点点啄食我的肝脏，老兄。我手上可没戴你这该死的手环。只能让它吃掉我的手，再往上爬！欧拉比斯科夫绝壁说了，去他妈的手腕吧！狂风会把你扯下绝壁，摔得你脑浆迸裂撒得满沙地都是！”

可是秃鹰的故事我以前听过太多次，早就无动于衷。量子手环也告诉我这种事发生在我身上的概率只有千万分之一。自到嗅味公司工作以来，我已寻味过不少可怕的事情——布卡武，民兵组织举行肢解仪式，远处隐约可见一座火山；渥太华，一个女人在冰封的运河上被强暴；名古屋，瓦斯爆炸后的气浪把井盖喷射到空中，一下子压死了走在人行道上的老修女。要是洛奇也寻味过这些人间惨剧，他或许能更体面地离开。世界本不公平，是我帮助人们忘掉了黑暗现实。他一走，我就申请了新的健身教练。

我已学着忘掉弥漫在长鼻中的可怕气味，除了名古屋修女的惨死。那一幕总会悄然进入我的梦境，把我拉进悲伤的深渊，为什么这样，我也不清楚（疯狂旋转的井盖，还有发红的头盖骨）。训练了几个月，我一直尝试把这些记忆从脑海抹去，从目前来看，治疗效果还不错。必须要学着放手，不是吗？

由于今夜没完成攀爬训练，乘坐接驳车回嗅味住宅大楼时，我内心惶惶不安，鼻子疼痛难忍。因坠落产生的疼痛已从颅底慢慢扩散至肩膀，压迫着整个胸腔。

公寓有两间卧室，一个小小的阳台和一间半浴室。从屋里能清清楚楚看到楼后的网球场和环绕四周的通电铁丝网。我有住房补贴，所以住在这里比市区便宜得多。每个月可以邀请客人来我家住宿六天，所以父母经常会过来。

我打开门，客厅里，奥布里正坐在桌旁喝啤酒。

“你的脸怎么了？”

“在健身房摔了一跤。”

“这些绷带是干吗用的？”

“帮助我张开鼻孔。医生说暂时可能会有些肿块。”看她不说话，我加了一句：“明天上班没问题的。”

“我一点儿都不担心这个。”

她看起来和在自助餐厅跟我见面时一样心烦意乱。要是她手上戴着量子手环，估计这会儿该像止血带一样紧紧绷在手腕上了。可是量子手环仍旧踪迹全无。也许正是这种不被束缚的感觉才引得她过来找我。转眼工夫，我的衬衫扣子就被她解开了。我没有阻止她。奥布里是我见过最漂亮的女人。她的自然体香已让我意乱神迷，可她更擅长把体香与不同的精油相调和，让身体散发出愈加迷人的香气。对我来说，她是真正的大师，能创作出所有充满灵性的气味。她的魅力我永远无法抗拒。第一次秘密约会时，她猜到我会涂什么味道的古龙水，就在自己皮肤上涂了一层摩洛哥坚果精油，结果肌肤相亲的我们闻起来好像奶油爆米花。跟她比起来，其他女人都让我厌恶，仿佛她们整日用劣质香水洗澡似的。

可现在虽说衣衫正被她慢慢褪去，被撞过的鼻子却一丝气味都闻不到。“我闻不到你。”

“那就用心体会吧。”

在私人审查室，奥布里和我相互嗅闻的次数比舔舐和亲吻的次数还多，花费的时间更久。要是真的饥渴难耐，我们会深深吸入对方最隐秘部位的气味——腹股沟，腋窝，肛门——好像处在发情期的动物。可现在肿胀的鼻子让我手足无措，就像游离在身体之外看自己做爱一样，手指的触感无法弥补缺失的感官。奥布里正相反，似乎享受着每一刻。她在我的绷带附近蹭来蹭去，把我缠得紧紧的，臀部使劲与我的下腹碰撞直至高潮。可就算她的乳房在我脸旁不停震颤，她的整个臀部被我紧紧抓在手里，没有气味的撩拨，我的欲望始终无法被唤醒，最终我和她都泄了气。

躺在床上，奥布里郑重其事地说：“这行不通。”每次做爱后，她总会说些让人沮丧的话。

“是我的错。是我没办法投入。”

“不，伦顿。我指的是我们的关系。我是你的上司。我们不能这么下去了。”

我转身看着她，突然有些担心。“你这是什么意思？”

“决策层知道我们的关系了。”

“你告诉他们了？”

“没有。私人审查室有监控。他们早就知道了，还和我对质过。”

我试着回忆可能做过的事或可能说过的话。她总是要求我在私人审查室取下量子手环。

“他们也寻味了？”

“应该没有——至少，我看不出有什么必要那么做。他们通过追踪我们的手环推测出我们见面的次数。很明显，我违反了职责权限。我是你的上司，这一切本不该发生。明天我还得和他们见面。”

“他们让你飞去哥本哈根？”

“是的。”

“这是个好兆头，对吧？要是他们想开除你，肯定不会再大费周章地让你飞过去。”

她想了想。“应该是吧。”

“那你今晚为什么要过来，奥布？”

“我想和你做最后一次。”

我下了床，看着窗外。网球场外，丹麦设计师们种下了一排排下垂的金合欢树，遍布整个园区。可是由于这里土壤水分太多，树的根茎慢慢都被水泡烂了。我从来都不喜欢这种树。再说，这种树的花粉老让我打喷嚏。要是我能做主，我会把它们全砍掉。“你怎么能说这是最后一次？这公平吗？难道我不该知道什么时候才是最后一次？你不能一声不响自己决定突然终止我们的关系。”

“很抱歉，伦顿。和你分手不仅仅因为决策者。是——是这一切都太不真实了。”

“跟那个女孩的视频有关吗？有草莓味的那个？”

“不，一点关系都没有。”

“我那是开玩笑的。没必要因为这件小事就和我分手吧？”

“你知道我今天早上在干什么吗？看一个女人把一头活生生的山羊吃掉。她居然把牙齿全部挫尖，伦顿。跟吸血鬼一样。她还化了妆。她女朋友——我觉得应该是——呐喊着让她多吃点。尖叫着让她多吃点。可怜的小羊被绑在柱子上，那个女人不停撕扯它的肚子。

扑鼻的恶臭！山羊撕心裂肺地排出一堆堆屎尿，好像生命的元气也随之一点一点消逝。它想死。”

我以前从未见过奥布里哭泣，内心一阵恐惧，不知道这意味着什么。

“伦顿，谁会做这么残忍的事？对这么驯顺的动物怎么下得了手？我直接吐到了长鼻里，恶心死了。”

我看得出她想让我感受她的痛苦，闻到她闻到的血腥，可是我不能让她为所欲为。每个身心极度疲惫的嗅味师都曾想过拖其他人下水。心理医生告诉过我们，这种现象叫移情。我拼命寻找量子手环，刚才做爱时她肯定帮我去掉了。

“你怎么不去看看心理医生呢，奥布？这不正是他们要解决的问题吗？”

“他们不会懂得的。”

“他们当然会懂！修女的事米米就帮了我大忙。不管现在有什么问题困扰你，她肯定也能帮你解决。”

我在床脚的袜子下边找到了量子手环。什么时候把那只袜子脱掉的，我一点印象都没有，因为另一只袜子还在我脚上。

“米米帮不了我，伦顿。这样的事她无能为力。告诉我，你上次离开园区是什么时候？”

“我经常去雨滴酒吧啊。”

“可那还是在园区里！”

“那又怎样？这是酒吧，我喜欢酒吧里的人。大家有许多共同语言。”

“我是说，上次你去市区是什么时候？或是任何无需寻味对话的地方？”

“我家人又不住在市区。他们住在城外的基贝拉贫民窟。”

“我不是这个意思。我们终日所见——这不正常。上周，我们俩一边做爱一边看一个纳粹分子烧书的视频。他妈的居然烧书！”

“我们撤下那段视频了，奥布里。我们保护了世界上的其他人，不让他们闻到那种污秽的味道。这才是值得骄傲的事。我们确实在那儿做爱了，可我们最后也完成工作了啊。这点最重要。我们坚守岗位，尽忠职守。我相信这也是所有决策者最关心的事情。也正是因为这个原因，我才解雇了洛奇。”

“你说什么呢？”

本不想告诉她，因为我知道她肯定又该叨叨着让我心里不舒服，可现在已经晚了。“他让我爬了一条很危险的路线，结果弄伤了鼻子。”

“所以你就把他解雇了？”

“当然！这是洛奇自找的，奥布。我跟他说过很多次了，一定要遵循程序安排。他不听从指令可不是我的错。”

“这就是我说的脱离现实。你就是伤到了鼻子又怎样——他有一大家子人要养活！没有这份工作，他该怎么活下去？”

“那我的家人怎么办？”我走进厨房，拿起一个玻璃杯，在水池里接了杯水。“你知道这是方圆二十公里以内唯一可以这么做的小区吗？从水龙头里直接接水喝？因为我，父母可以开车到这里取饮用水。我送妹妹上学。我为家里所有人的葬礼出钱。这就是现实。”我指着量子手环。“手环说我是因为选错了路线才摔倒的。洛奇伤了我的鼻子，我的挣钱工具。我现在要升职了，可不能冒险。我需要一个可靠的教练。一个值得信赖的人。根本不需要听他那些血淋淋的奋斗史。我要的是一个能给我安全的人。一个能忠于程序的人。”

奥布里茫然地盯了我好一会儿。“你还没有意识到这份工作把我们变成什么样了，对吗？今天我面临着重大考验，我的表现直接决定我能否进入决策层。我失败了，伦顿。我彻彻底底地失败了。我告诉他们，要是我能做主，我会把这几个女孩从地球上消灭掉。这无关正义，我就是想复仇。为他妈的一只肮脏的山羊复仇。”

我慢慢喝着杯子里的水，想要细品过滤之后的净水味道。这里的水先流经反渗透系统，再从一层沙子中流过，增添了让人愉悦的矿物质。可是现在我一点味道都尝不出来。

“你不会升职的，伦顿。照照镜子看看自己，再看看管理层。我已经推荐了你两次，可他们说你的血统不合标准。你什么时候见过一个当地人升职？”

现在我才知道奥布里一直都打算离开。所以她才想要伤害我，可到底为什么要这么做，我不清楚。这不就是视频里发生的事吗。大家不都是这样互相倾轧吗。即使我们共同经历了这么多，我也不会让她这样对我。这种感觉就像攀岩墙上滑溜溜的支撑点，攀爬花岗岩绝壁的坠落，撒在沙子上的脑浆。

“那么，我会成为第一个。”

你不能一切都自己扛。这是米米帮我疏导修女事件的心灵创伤时对我说的话。必须要学会释怀。

我打了个响指。“我知道是什么变了——是你，奥布里。”

“我？”

“对，你需要有个新的爱好。”

“你根本没在听我说话。”

“去年你做了那个短片，对吧？这跟我们的工作太像了。嘿，我们终日寻味各种视频。你必须干点别的什么事才行。干点儿真正让你开怀的事。写一本书。跳个舞。你必须要专注于积极的事情！想想我们给用户创造了多大的价值。想想我们是怎么保护他们免受纳粹视频影响的。我们让分布在世界各地的二十亿用户保留着内心的小欣喜。这是值得庆贺的事啊！你不能总是纠结于阴暗的一面！我们监控一切，为的是不让其他人受苦！”

我滔滔不绝地说着，奥布里脸上也露出了灿烂的笑容。可等她回过神来，似乎又有了别的想法。所以当我把她拉到身边开始吻她，她说出的话吓了我一跳：“如果邪恶是人类在反治其身，伦顿，那我们又是谁？”

“我们是嗅味师啊。”我骄傲地说。

两周后，奥布里离开了嗅味公司，离别前友好地向我告别，把所有嗅币留给我，让我去礼品店买东西。我想她内心深处应该很清楚，我会把嗅币全花在购置一套超轻露营设备上。几个月之前，我告诉过她等我去纳米比亚自由攀登欧拉比斯科夫绝壁时，会用到这套装备。不骗你——奥布里刚离开，我就又开始梦到那个修女，于是不得不花费更多精力在攀岩上，好让那个老妇人不要打扰我安眠。有趣的是，总要等到时过境迁，别人对你说的话才会真正走进你的内心。我发现，一直以来，洛奇都是对的，我必须像普罗米修斯那样，为了给人类盗取火种，就算攀登高峰的过程中有鸟儿啄食我的手指，我也不能有丝毫畏惧。

艾梅·本德

著有五本书；最近出版的一本名为《颜色大师》（*The Color Master*）。该书被评为《纽约时报》（*New York Times*）2013 年度最佳小说。她创作的短篇小说发表在《格兰塔》（*Granta*）、《哈珀斯》（*Harper's*）、《巴黎评论》（*The Paris Review*）等杂志上，“美国生活”播客（*This American Life*）也可以收听其部分作品。她住在洛杉矶，在南加州大学教授创意写作课程。

远观，亵玩

艾梅·本德

欢迎来到展览的最后一站。大家耐心聆听，举止得体，非常开心能和你们一起度过这段愉快时光。要是哪位想使用洗手间，请往大厅左边走；使用女厕所的朋友请注意，清洁工让我提醒大家，推开隔间门时请先敲门，因为里面有些锁坏了。大家都回来了吗？

好。这是我们今天要讨论的最后一幅画。请仔细看一看。的确，这幅画确实像我们小时候的涂鸦；而且它也不是本馆收藏的最重要的作品。之所以把这幅画挂在这里，是因为其来历太过离奇。对，我知道您孙子也能画出这样的作品，的确，有些来参加馆里举办的绘画课程的孩子们笔触相当灵活。我真应该带大家参观小神童伊莎贝尔画的“草地上的鹿”，小朋友今年才十岁；鹿身上的斑点和照耀在草地上的太阳光斑交相辉映，效果令人惊喜。画作展现了她绝佳的构图天分。可这幅画是通过非常不同寻常的方式来到这里的，这就是为什么我们把它挂在最后的原因。

我当然会给大家讲的。请不要在后边窃窃私语。

事情发生在博物馆重新开馆三周左右吧。众所周知，去年秋天，由于人们太喜欢触摸馆藏作品，我们不得不闭馆几个月进行整修。有太多游客喜欢亲自感受绘画的质地和雕塑的斜面，可我们却没有配备合适的装备应对这种局面。这居然能成为一个问题，我自己也非常震惊。说了大家可能不信，有人真的舔了德加的双手背在身后的芭蕾舞女青铜复制品，在女孩左胸留下了舌头印记。要让我说，谁看了都会觉得尴尬，可是突然之间，局面开始失控，于是我们花了几个月时间安装安保系统以保护藏品。博物馆馆长——稍后我会讲更多和她有关的事——总是站在安保最前线，提议可以在每件作品旁边的墙上安装梅斯自动防狼喷雾罐。不过那样做在法律上似乎说不过去，出于安全考虑，我们把她的想法进行调整，现在，要是你站在展品十英寸的范围以内，展品就会发出轻微的警报声。听到的铃声吗？是的。每个房间都有。我已经开始喜欢这个声音了，听起来就像往池塘里扔小石子时发出的叮咚声。各位的举止都很得体，把手放进口袋里确实比较明智，能够抑制伸手触摸的冲动。我总是说，艺术是用来看的！耳朵听音乐，鼻子闻香味，嘴巴尝美食。要是真想摸点儿什么，天哪，可以去礼品店花六美元买个陶土纪念品啊。

重新开馆三周时，博物馆馆长接到通知，说有一个大包裹马上送到她楼上的办公室。馆长非常忙，所以当快递公司的员工把东西费力地搬进她办公室时，她根本没工夫打开看。包裹用棕色纸罩着，快递员说包裹来自佐治亚州一位有钱的捐助者，听说了“发生的事”，想要赠送一份礼物。现在，馆长得回许多电话，可这份快递又让她困惑，到底这位来自佐治亚州的捐助者是谁？当今时代，考虑里边有炸弹存在的可能性也是合情合理的。签收之后，她仔细聆听里边是否发出滴答声，然后开始打电话。馆长不是一个天性很好奇的女人，再说最近她正忙着离婚，显然有其他事要操心，所以包裹原封不动地放在办公室整整一天。跟你们这么说吧，这么大个包裹，三英尺高四英尺宽，是很难被忽视的，可是人家就能做到看都不看一眼，直到当天下班时间。

当时博物馆正在清场，她告诉我，在楼上她的办公室里都能听到楼下展品快被触摸到时发出的那叮叮当当的铃声，提醒着保安，这让她觉得花了那么多钱进行整修十分值得。各位，你们知道人指尖的油污会对画作造成什么样的损害吗？腐蚀程度跟水银一样！直接摧毁笔触效果！我们天天跟别人握手，手指居然没被腐蚀掉，也算是奇迹了。

博物馆慢慢清空。是个新月夜，天黑得早，她决定现在打开那份神秘的礼物。要想把博物馆经营好，必须要小心谨慎，我们的馆长就是这样一个人。她拿起珍珠柄开信刀，动作轻柔地裁开棕色包装纸，里边是一幅很大的油画。画布上画的是……什么？你们能猜到吗？

猜不到。

不是大家现在看到的，不是。

画布上就是一幅简单的油画，一幅简单的黑白线条画，有那么一会儿看起来还挺吸引人的，可我们刚才也说了，你们那天赋惊人的孙子孙女肯定画出过更好看的作品。

她看了看随画附上的便条。

上边写着：希望这件礼物能解决你的问题。便条是打印出来的，手写签名太潦草，根本无法辨认。

请注意。博物馆当然有许多热心的捐助人，也许你们当中就有，可是有时我们也会遇到那些喜欢搞恶作剧的捐助人。有一次，我们的一位主要捐赠人在信封里放了一便士寄给我们，信上说这一便士是艺术品，价值一千美元。馆长打电话质问他，他在电话那头像个疯子似的狂笑不已。所以当馆长看到这张打印出来的便条时，不知该如何是好。这真的是一幅画吗？解决什么问题？她思考着，微微有些不快。接着她想起了人们喜欢伸手触摸油画的事，那么这幅画是不是一幅仿制品，专门用来让人摸的？这个理由也太牵强，连她自己都不信。明明有儿童博物馆，她不屑一顾地想道，也有成人博物馆。要是她能完全做主的话，画廊会被设计成天文馆的样子，所有画作都像星星一样挂在高高的天花板上，要想欣赏艺术，可以透过望远镜远观。

她把油画拖到走廊，给保管部门打电话让他们上来把画移走，然后离开了办公室。最近她总是工作到很晚——家里要是突然变得空空荡荡，回家就成了一个让人痛苦的负担。不过这也可能是我的想象。她离开了将近一个小时，也许是去洗手间大哭一场去了。她和丈夫新近才离婚。我在博物馆举行的假日聚会上见过他一次，看起来和蔼可亲。比较保守。长相倒是挺普通。脸上长着双下巴，看起来很难把胡子刮干净，有点胡子拉碴的。他们对待彼此的举止并不粗鲁，可看起来却也没有夫妻应有的样子，知道我什么意思吧。两人之间的距离感非常明显。无论如何，出乎所有人意料的是，离婚是他提出来的。她跟我说了她的心事，告诉我许多人都在洗手间的隔间里撞见过她，无意中看到她蹲在马桶上哭泣，这让她沮丧万分。

所以说她离开办公室大约一个小时之后，手里抓着面巾纸走了回来。看到那幅画还在走廊放着，她有点生气，准备回办公室给门房打电话。可是等她从那幅画旁经过，转身往办公室走时，心中却想，刚才不记得左上角画的有圆圈啊。一个小时之前检查这幅画时，这里还是个正方形。自己肯定不会把正方形和圆形弄混，她想——这可是窗户和月亮的区别——可是现在，千真万确，一个黑色圆圈不偏不倚出现在这幅画的左上角。她提醒自己，作为博物馆馆长，就如几何学家或是木匠一样，要是把这两个形状弄混，那可是对工作的极大亵渎。再说，她可不是不善于观察的人。提起几年前的某一场聚会，她还能把当时一同参加聚会的女人们戴的首饰如数家珍般地说出来。玛丽·斯纳珀吗？红色珊瑚耳环，从保护环境的角度来说可不好。伊莱恩·菲茨杰拉德？无名指上戴的假蓝宝石戒指意味着她的婚姻也名存实亡。我必须补充一点，这些话都是她私下推心置腹和我说的，所以希望你们不要再去问她。关键问题是，现在她看到的圆形之前真的是正方形，难道说这是因哭泣而产生的心理作用——眼泪柔化了世界的棱角？

她回到办公桌前，继续列着她要保留的财产的清单和丈夫会带走的财产的清单。楼下不断传来微弱的警铃声，就像坐在教堂顶上一样。把几本书加到丈夫的清单里之后，她突然感觉心力交瘁。去阳台抽烟途中，她又扫了一眼那幅画。圆圈还是圆圈，这让她开心了些，正要走开，忽然又注意到画布底部似乎出现了深色波浪线。她盯着波浪线看了有一分钟之久，真的不记得刚才见过这几条线。确实，刚才把大部分时间都用来研究这幅画的上半部分，但这也太离谱了。难道说真的有人在画布上作画吗？假设真是这样，谁干的？这种行为绝不能姑息；在成品画作上乱涂乱画就像突然闯入正在进行的钢琴演奏会，再站在演奏厅中央大声尖叫一样可怕。谁会干这样的事呢？就算这幅画没什么价值也不行！原则就是原则！难道她疯了？难道她的思维开始起伏不平，所以之前平直的线条在她看来也开始起伏不平？或者说，原本这里根本没有线条，在她眼里却出现了波浪线？她等着手拿画笔的守门人鬼鬼祟祟出现在拐角，做好了要把他开除的准备，可是走廊上空无一人。

那天晚上回到家，用她的话来说是个普通的夜晚。第二天早上回到办公室，她说那是一个普通的早晨，除了一件事：那幅画还放在走廊上，也就是说，保管部门还没有派人来取。她跟往常一样去了洗手间，回来时手里抓着面巾纸，发现画还在那里，上面画满了粗粗的线条，笔直的线条，就好像那幅画之前的圆圈和波浪线被关进了监狱里。

眼之所见让她不寒而栗，迅速回过神，深吸一口气，怒气冲冲地进办公室把保管部门的人都叫了上来。

“立刻上来见我！”她对着电话大喊，“所有人！马上过来！”

我确定，那会儿她的肺都要被气炸了。

她目不转睛地盯着那幅画，看着那一道道粗粗的线条，线条轮廓分明，画工精细。很难想象谁能在这么短的时间内画出这么漂亮的线条。虽然很生气，可她内心还是有一丝钦佩和赞赏，不过这一丝感情很快就被压了下去。站在办公室门外，她不耐烦地用脚掌轻拍地面。电梯门打开，保管部门的全体员工鱼贯而出。一共七个人，补充一下，很有意思的是，这七个人全部有血缘关系。

她上前几步跟他们会合，让他们一字排开站在走廊上。到目前为止，我已经听到了这个故事的八个不同版本，在这儿也算是最大限度地还原现场。

她的下巴紧绷。

“首先，”她说，“我昨天就让你们把这幅画移走！”

一个留着连鬓胡子的年轻人勇敢地举起手。

“昨天您一打电话我们就来了，”他说，“可是走廊上什么都没有。”

除了博物馆馆长，其他人都低声附和着。

“那你们都该去检查一下视力了，”她说，“现在是第二个问题。你们当中到底是谁傲慢自大到以为可以在这个博物馆里随意乱涂乱画？不管是谁都不能在任-何-东-西上画画。就算原画作很差劲也不行。不能乱涂乱画。永远不可以。记住没有？我们就站在这儿，等人坦白。大家今天就在这儿站一天。要是一直没人承认，我们就一直等，就算你们脱水而死也要等。”

七个看门人看起来很困惑。他们连困惑的样子都很相像，这要归功于他们对“困惑”这个词的遗传密码比较相似。部门负责人也是他们家族的元老，照顾这座博物馆大楼已将近50年，元老举起了手。

“夫人，”他说，“刚才您说在什么东西上画画，您指的是往什么上面画？”

“当然是往画布上画了。”她回答。

“有人会往画布上乱画吗？”

“有人已经往画布上乱画了，”她说，“有人把这幅画送进了监狱。昨天这幅画上还没有这些线条。”

“夫人，您指的是哪幅画？”负责人又问。站在他身后的侄子咯咯笑了起来。博物馆馆长从牙齿间呼出一口气。“这幅，”她说，她转过身。“就是我身后这幅。”

等她转过身，正准备跺脚大发雷霆，大吼大叫把屋顶掀翻时，她又瞄了一眼那幅画，立即昏倒在她身旁那七个门卫的臂弯里。

他们接住她，没让她摔倒在地，再小心翼翼把她放在地毯上。

“她生病了吗？”侄子问道。

“她疯了。”表亲说。

负责人知道她没疯，所以等她的眼皮眨了几下，睁开眼睛，顺势抚平裙子，他才算松了一口气。

“夫人？”他带着疑问的语气叫她。

她无力地朝那幅画挥挥手，所有门房都看了过去，可他们不知道她想让他们看什么。

现在，画布上一片空白。没有用白色油彩覆盖，也没有任何油彩掩盖的迹象，只是空白，好像从来没人在上面画过任何东西似的。没有线条，没有圆圈，也没有波浪线。什么都没有。博物馆馆长躺回到地毯上，问其中一个门房，他们来到走廊时，画上有没有东西？七个人异口同声地说，什么都没有。他们说这是他们头一次见到这张画布，上面什么都没有，像婴儿屁股一样光洁。她说她不明白这是怎么回事。他们见到有人拿着脱漆剂走过去了吗？她问道。他们说没有，要是有人这么干，那他们在一英里之外就能闻到味道。一个门房趴到画布前仔细闻了闻，说画布闻起来清甜如新鲜玫瑰。他们说往画布上乱涂乱画绝对是个坏主意，要是昨天看到这幅画他们肯定会把它移走的。七个人头在她头顶晃来晃去，带着同样关切的神情和一丝难以觉察的不耐烦。他们把她扶起来，按照她的要求把那幅画锁到她办公室里，她把手提包挎在肩上，他们早早地把她送回了家，再返回博物馆维护保养这栋大楼的每个角落。

她说那天晚上她睡了一整夜。一回家倒头就睡。可是我们中有几个人却在凌晨两点收到了她发来的信息，语言冷静、让人昏昏欲睡的信息，和这幅画有关，也和她的忧伤和困惑有关。保存这样的信息实在让人尴尬，于是我把自己收到的那条删去，可是有几个居心叵测的员工多年来一直想加薪，把信息保留了下来，以备日后敲诈她。

那天晚上，又有人来到博物馆触摸德加的芭蕾舞女铜像。这次倒是没有舔；然而，那人却用沾满花生油的手指抚摸铜像的脖子。铃声响了又响，可警卫当时正好去洗手间，没有听到。等警卫回来之后，德加的铜像已覆满弯弯曲曲的油渍，馆内空无一人，只能听到后门的轻微摆动声。

毛骨悚然，确实。

第二天，博物馆馆长回到办公室，发现油画靠在文件柜旁。仍旧一片空白。她把办公桌挪到旁边，径直坐到画布对面，直勾勾地盯着它。盯了一整天。从早晨九点到下午两点左右，她黏在椅子上一动不动；我从她办公室门口路过，看到了她的样子。电话响起，她拿起话筒，往纸上写着什么，眼睛却一刻都不离开画布。

然而，在她的密切监视下，画布没有任何变化。直到她起身去洗手间，这次是真的使用洗手间，不是为了宣泄情绪，完事后立即回来，她透过窗户看到新图案出现在画布上。她猛跑几步冲了进去，看到画布上出现了一个新的方格和弧线，还有几条舞动的细线，就是大家现在看到的图案。是的。一模一样。

她跪到地上，请求画布在她面前改变，绝望地想亲眼见证变化发生。她不停地跟那幅画说话，说了好久，任何人想听她说话的话，随时从她办公室走过都行。我当时正好路过，是的。眼前景象让人看了心神不安，像这样的恳求总是让人不安，当然，要是你看到那个人居然对着无生命的物体不停乞求，那就更让人心烦意乱了。名叫洛拉的保安浑身颤抖着上楼来到她办公室，准备向她承认错误，说是自己的过错才让破坏德加铜像的混蛋给跑了。可是馆长只是挥挥手让她离开，说没有关系，真的没关系，无所谓。又说拿一块湿毛巾和肥皂把花生油清理干净就行了。警铃又响起，可以听到楼下另一名保安大声说着什么，可是馆长看起来根本无动于衷，也不在乎。她所有的精力全都集中在这幅画上，求它把方格变成圆圈，求它画一条细细的线——任何图案，任-何-图-案都可以。她终日坐在画布前，打电话叫外卖，眼睛也不会离开画布。到了夜晚，她还在那里，彻夜不眠。整整三天时间，她就这么盯着这幅画，不眠不休。身体状况堪忧；我们都很担心她。她的头发大把大把脱落，也可能是没有梳洗的缘故。她丈夫亲自送来了离婚协议书，想和她说几句话，可是她连看都不看他。她伸出手，他把协议书放到她手里，她对着画布点点头，他转身离开。楼下，有人居然把德加的芭蕾舞女铜像从底座上抱了起来，警铃大作。小偷带着铜像差点就要跑出停车场时，年龄最小的门房大叫“抓小偷”，吓得小偷把铜像扔到地上，落荒而逃。我们没抓住他。铜像脸朝下趴在草地上，芭蕾舞鞋的鞋尖磕了一个小凹痕。大家今天没见到她是因为我们决定先把她放在储藏室锁起来，等一切消停之后再拿出来展览。

密切观察的第三天，天知道这三天她吃了多少能量药丸，馆长打电话给我们要我们为这幅画腾出一个空间，最好把画廊最重要的空间腾出来。就是这里了，游览路线的末端。“请大家今天就收拾吧。”她说，她的声音因过度疲惫而含混不清。本来我们经过仔细讨论，决定把瓦西里·康定斯基的画放在最后，作为整个游览路线的压轴画作，也算是给大家一个惊喜，现在馆长的安排显然和我们之前的安排冲突，可我们还是把地方留给了这幅画。墙壁粉刷成淡褐色，她给电子商店打电话在这幅画对面安装了一台摄像机。再高点。是的，看到反光了吧？就在那儿。她的眼睛紧紧盯着画布，一刻不离，直到摄像机安装完毕开始运转。摄像机和地下室的监控系统连在一起，要是你想查看的话，这个摄像机24小时不停运转。在三个门房的帮助下，她把这幅画挪到一楼，挂上墙，然后立即回家睡觉。

这幅画自此再也没有发生改变。

她想用镜头捕捉住这幅画变化的景象，可是它却一厘米的变化都没有，我觉得这幅画应该再也不会改变了。你们说呢？整件事让我紧张。要是哪天她退休或是去世，而我还活着的话，我觉得我要做的第一件事就是把摄像机关掉，让这可怜的画好好休息一下。可是之前她又让我们所有人发誓任何时候都不会关掉摄像机，要是有谁违反了誓言，把摄像机关掉，那么我们不但会被解雇——我觉得倒不是什么坏事——更重要的是根据城市政策规定，我们要接受一大笔罚款。告诉你们吧，光凭博物馆的这点薪水可不够我们罚款用的。再说，因为这是个摄像机，不论是谁做点儿小动作，肯定能被录下来，因为她把摄像机用钛线固定到墙上了。

有时夜深我还睡不着，想到这幅画就难过；大家或许会觉得我们讲解员的健康状况一定很好，因为我们终日经受艺术品的熏陶。对于一幅画来说，可能生活就没那么如意了。从某种程度上来看，这里比动物园还可怕。

德加芭蕾舞女演员的脚尖正在修复，再过一个月大家就能在二楼欣赏她的风采。这次我们会派最强壮的警卫把守。这个问题问得好，我们的确给亚特兰大的那位捐赠人打了电话，可他只知道喋喋不休地讲什么枪支和国防经费。他不记得给我们寄过什么包裹。是的，博物馆馆长已经离婚。他们最后一天见面的时候我见到他们了。

也许以后他们再也不会见面。他又去了她办公室，我觉得应该是去拿协议书，或者只是为了说声再见。当时我碰巧在饮水喷头旁——那天天气暖和，我又非常渴，碰巧最好用的饮水喷头就在馆长办公室旁边。所以我正好听到。他说“再见”，她只是对他微笑。他们没有拥抱。他说：“我知道这需要时间。”她还是对他微笑。他又说了些其他什么，我没听清，因为楼下叮咚声同时响起，声音震耳欲聋，比以往任何时候都要响。我不得不立刻跑下楼。等来到楼下，局面已完全失控。一片混乱。一楼来了一群肇事者——四个人，全都是成年人，三男一女——把衣服扒光，开始与杰克逊·波洛克的画做爱。我赶快跑过去，警卫已经控制住三个人，他们全部赤身裸体，最后一个还趴在画上蠕动着，身子一拱一拱，双眼紧闭，淌着口水亲油画。一个警卫跑过去抓住了这最后一个，打电话叫了警察，艺术专家们也从办公室跑出来，手拿放大镜对着画作一寸一寸仔细检查，看是否有污损。那几个男性肇事者还都处于勃起状态，所以看起来他们都还没到高潮，这倒是个好消息，可是等艺术专家仔细检查，却发现油画右下角的扇形部位有一滴难以名状的灰白色污渍。他赶快吹响口哨。“画被亵渎了！”他大叫，用手指着那滴污渍。“得起诉他们！”他说。警卫们把那些戴着手铐的流氓带了出去，离开大厅。那些人边走边叫，一直叫到走出大厅。“可是这幅画给了我灵感！”一个裸体男子叫道，“它启发了我！难道说我只能眼睁睁看着这东西？”

博物馆馆长没有下楼。我们自己解决了这个麻烦。现在我们正在考虑安装玻璃镜框把画罩起来，可是董事会实在太优柔寡断。

是的，事情发生到现在已经一年了。真是个多事之秋。感谢大家耐心聆听。强烈推荐大家去逛逛我们的礼品店，就在左手边，把那里作为参观的最后一站吧。店里有丝网印刷的T恤，做工精良的马克杯和雨伞。还有很多冰箱贴供您选择。冰箱贴虽小，却非常精致，可以牢牢吸附在您的冰箱上，您还可以把爱人的照片用冰箱贴固定在冰箱上。把艺术带进您家吧，朋友们。再次感谢大家对我们博物馆的兴趣和支持。

保罗·德·菲利普

于 1977 年卖出了自己的第一部小说，自此已出版逾 30 部小说和非虚构类作品，包括 *Ribofunk* 和《蒸汽朋克三部曲》（*The Steampunk Trilogy*），该书由“通畅之路”传媒再版。四十多年来，他和伴侣黛博拉·牛顿住在罗德岛的普罗维登斯。他怀疑自己被人监视。

被黑鸟 SR71 注视的十三种方式

保罗·德·菲利普

“二十座白雪皑皑的群山之间，/

唯一在动的 /

是黑鸟的眼。”

——华莱士·史蒂文斯《注视一只黑鸟的十三种方式》

1

为寻求一个完全不被监视的社会，我们开始垂直往地底深处挖。挖到一英里深时，停了下来，再横向挖掘。那条垂直通道是进出地下庇护所的唯一途径，藏在这里的我们终于可以摆脱地面上那个像圆形监狱一样、监视无处不在的世界，我们终于安全了。

一个超大挖掘机挖了许多巨大的洞，这些洞巧妙地连接在一起，给人感觉既舒适又愉悦。挖出来的石块放进传送斗里源源不断地从通道运出去，与此同时，各种机器设备和生活必需品也源源不断地运进来。我们建了一个核聚变发电厂，给安装在洞穴天花板上的自然光谱灯提供能源。这些灯的程序设定为白天和黑夜交替变幻，永久循环，好让住在这里的人们对地下产生亲切和舒适的感觉。天花板上装了许多小灯，大灯关闭时，小灯亮起可模拟夜空中的星辰。

我们设计了地下蓄水层，储蓄的水量远高于居民所需。空气过滤器和空气再生机也已安装就绪。这里没有风吹雨打，温度恒定在华氏75度，建造的房子简洁雅致。这里鼓励裸体主义。大面积的水培系统和蘑菇农场已经建成。为保证肉类供应，水产养殖槽和小动物养殖场也已就绪。多亏了地面一个秘密独立基金会的支持，那些我们没办法生产的东西，这里也不缺。在这里，所有的有钱人都要缴税。

终于，新世界万事俱备，只等移民们到来。

第一批定居者受到严格检查。不能带相机，不能带通信设备，也不能带录音设备。这里没有网络，没有广播，也没有电话可供窃听。政府充满仁爱之心，主张无政府自由主义，强调最低限度地干涉公民自由。所有的政府和民间交流都会面对面进行，要是有谁想一个人待着清静清静，那这个人一定不会被打扰，也不会被监视。

最初六个月，这片乐土上的生活一切顺利。

可是，六个月之后，有人开始抱怨，总觉得自己被监视。这种感觉绝不是空穴来风。

我们检查了与地面世界的唯一通道，没有发现秘密安装的偷窥设备。大家又不情愿地彻底搜查了每所房子和地底的储藏设施，也没有发现窃听器。

突然，有人在我们这个地下世界的地板上发现了一个摄像头。然后，越来越多的摄像头被找了出来，摄像头的源头也被追踪到了。

原来，所有古老的传说都是真的。疯狂机器人，地下怪物和鼹鼠人都真实存在，就在我们下边的某个角落繁衍生息，观察着我们的一举一动。比起之前在地面上的遭遇，我们居然移民到了一个有更多疑神疑鬼的眼睛监视的世界。

我们填埋了所有坑洞，重新回到地面世界。至少，在那里我们只会被同类监视。

2

解开了物质压缩的奥秘之后，袖珍小人应运而生：身体比例完美无瑕，身体机能运转良好的男人、女人和小孩，身高全都不超过三英寸。这些“拇指汤姆”“拇指姑娘”“精灵鼠小弟”和“借东西的小人”一面世，就享有了“星球拯救者”的美誉。原因很简单：尺寸缩小，消耗的资源就少。这倒是实话。所以，许多社会责任感强的人主动要求把自己缩小。可是，大家都没有想到的是，如何对这些袖珍小人实施监管倒成了一大难题。

公共监控摄像头的像素不够清晰，根本拍不到这些小矮人，任何地方都可以成为他们的藏身之处。他们身上辐射出的红外线达不到红外监控的要求，运动传感器也捕捉不到他们的存在。事实上，他们变成了隐形人。

袖珍小人里不可避免会出现道德败坏的家伙，这是人的本性使然。偷东西、搞破坏的行为大行其道，出乎意料的是，偷窥在袖珍小人中间也越来越猖獗。

当局采取的解决办法只有一个：制造出比现在的“拇指汤姆”还要小的袖珍二代小人，让这些袖珍二代监视袖珍一代的日常。

时至今日，已经有好几代袖珍小人制造了出来，一代比一代小，最新一代已经达到了原子级别，下一代下下一代还会继续小下去，小到什么程度？估计就要看普朗克常数最小能到什么程度了。

“大跳蚤背上趴着小跳蚤去咬大跳蚤，小跳蚤背上还有更小的跳蚤，没完没了，永无止境。”

3

放学回到家，我刚把平板手机放下，这东西就叫唤了起来。

“嘿，我说，约翰逊先生，你这是干吗呢？”

这叽叽歪歪的声音是达格特小姐发出来的，她是我那烂到极点的学校布姆加登高中任命的一大堆恶心死人的校长助理中的一员。学校共有一百个校长助理，每人负责监控二十个学生。算下来正好是我们学校的学生总数。通过监控政府发给我们的平板手机，当局能每时每刻地监视我们。这破机器永远不能关机。它监控我们的所有行为，每一次滑动屏幕，每一次点击，我们的活动范围，甚至偷懒，所有行为全部由智能软件进行分析，看我们是不是干了什么明令禁止干的事。平板的摄像头和麦克风永远处于激活状态；没有关机按钮。学校告知我们，这混蛋平板和我们之间的距离最远不能超过 10 英尺。洗澡时倒是不用把平板带到浴室去，不过呢，我得把这东西放到浴室门外才行。

“哎呀，达格特小姐，我正要去厨房找点儿东西吃。”

“那好。别磨蹭！今晚你还有四小时十五分钟的时间做作业，然后还得复习 AP 考试的内容呢。”

“知道啦，达格特小姐。”下你他妈的地狱去吧！

我站在冰箱前——放在起居室的平板可以清楚地看到站在这里的我，所以我就没把它带到厨房——绞尽脑汁地想，该用什么办法才能骗过这该死的机器，顺利溜出家门去看我超喜欢的“骆驼鬣蜥”乐队今晚举行的演唱会呢？肯定不能砸了它，那我就得赔钱了。当然，实际上最后还是我爸妈掏钱，他们肯定不开心。我的电脑水平也不足以黑进系统。又不能随便扯个谎再拉个垫背的替我做作业，因为要是有个陌生人出现在达格特小姐面前的 20 个监控窗口里，她肯定一下子就发现了。

喝完一夸脱牛奶，吃了半包奥利奥饼干之后，我想出了一个妙招。

“达格特小姐，我回来啦。在这儿呢。我要开始写代数作业啦。”

我全神贯注地盯着平板手机的摄像头，不过却没有把屏幕激活。达格特小姐这会儿估计正监视其他学生，还顾不上管我。等到把注意力放我身上，她特别困惑，显然也非常生气。

“约翰逊先生，你怎么一点儿作业都没写？怎么回事？”

我一脸无辜地看着她。“可是我写了呀，达格特小姐！我都已经写完 20 道题啦——哎呀，糟糕，我的作业全部消失啦！现在屏幕上出现了一条消息，还有许多很下流的表情！你能不能看到？上边写着：‘真他妈倒霉！’达格特小姐，有人把我的作业吞了！”

达格特小姐气得破口大骂。“他们又攻破了我们的防火墙！鬼知道现在他们正在我们的系统里干什么勾当呢。约翰逊先生，抓紧时间把你的平板放到法拉第笼里，这样就接收不到信号了。我现在就得给芬尼校长打电话汇报！”

我按照达格特小姐的吩咐做了，换上“骆驼鬣蜥”乐队的专属衬衫，离开了家。

上帝保佑外国人和所有偏执狂！

4

采用生物测定技术作为个人身份识别和追踪的方法之后，各种千奇百怪的事儿都冒了出来。不过最令人毛骨悚然的当属眼球诈骗。

通过扫描一个人的虹膜来确定这个人的身份，势必导致有人用各种手段想方设法破坏系统的正常运行：要么让系统失效，要么迷惑系统，要么欺骗系统。隐形眼镜骗不了扫描设备，人造虹膜也不行，事实证明只有活体眼球才能顺利骗过机器。

为偷眼球而实施的野蛮外科手术数量之多，令人发指，其猖獗程度跟当年的信用卡盗窃不相上下。虹膜是解锁一个人的财富和身份的关键，用偷来的眼睛冒充眼睛主人去干坏事——比方说，乔装打扮之后拿着无辜之人的眼球通过扫描进入银行，再实施抢劫——就是最常见的犯罪行为。

不过，这种挥着一只孤零零的眼球通过扫描仪检测的方式很快就被禁止了。待扫描的眼球必须要固定在眼眶里才行。

为满足这一需求，相关的地下诊所应运而生，完整眼球移植的技术也日趋完善（眼球偷窃愈演愈烈，因手术失败导致失明而被抛弃的情况大家都视若无睹）。最开始，一看到两只颜色不一样的眼睛，罪犯很快就能被识别出来，不过也有不少天生拥有两只异色眼球的人无辜被牵连。后来，有些脑瓜灵活的骗子戴上了隐形眼镜，面对犯罪率激增的现状，轻松识别罪犯就不可能了。

最后，屡战屡败的组织和机构被迫放弃使用人眼识别的生物安全技术。可是呢，采用步态和站姿指标进行识别也没好到哪儿去。

不过那就是另一段故事的主题了。

5

外星人终于来到地球，《第一次接触》终成现实之际，没有人预料到外星人的到来居然会把地球文明毁灭殆尽，毁灭的原因正是由他们的出现方式导致的。这些天外来客看起来非常友好，没有恶意，来到地球的初衷也很简单，并无私心。他们为人类带来了新技术，也带来了帮人类解决问题的方法，同时，还捎来了重要讯息：银河系已做好准备等待地球人的拜访。

然而，不幸的是，这些外星人是自然变形人。

自然变形人的外形和人非常像，因此又被称为“脸舞者”，这个称号是从一部很老的科幻小说里得来的，那本书描写了脸舞者这个种族。顾名思义，脸舞者可以随心所欲改变外貌，想变成谁就变成谁。

从一开始，他们就展现出了这种千变万化的天赋。脸舞者并未刻意掩饰。宇宙飞船停在位于纽约第一大道的联合国总部大楼前，飞船门打开，走下飞船的是这样一群早已去世的名人：玛丽莲·梦露，甘地，纳尔逊·曼德拉，本杰明·富兰克林和迈克尔·杰克逊。脸舞者——银河系专门指派他们作为第一批与地球接触的外星人，看中的就是他们超强的模仿能力——认为以人类偶像的外形亮相能让人类更自在，从某种程度上来说，确实挺管用。

等到脸舞者在世界范围内建立了大使馆之后，他们的存在逐渐引起了大家的担忧和疑虑。

一个人怎么才能确定别人的身份？就算再信任，再熟稔，身边的这个人也可能是个脸舞者，出于某种难以言说的动机假冒原本的那个人。同样，现在任何人犯了罪，都可以否认罪行。“那个人不是我，是脸舞者冒充我干的！”

文明——原本建立在身份安全和相熟之人的互相信任基础之上——开始出现裂隙，逐渐崩塌。

英国国王遭遇车祸，被紧急送往医院救治。不治身亡的那一刻，国王的样貌回到脸舞者的初始状态——绿色身躯，表皮结构复杂凸起——这成了压在即将分崩离析的文明之躯上的最后一根稻草。英国皇室和政府发声明说他们对此骗局（用脸舞者代替国王，以掩盖真正的国王早已退位，正跟一个拉斯维加斯的舞女打得火热的事实）一无所知，可是这些声明一点作用都没有。邻居反目成仇，父母子女大打出手，对脸舞者的指控和杀戮逐渐演变为全民血腥大屠杀。

真正的脸舞者匆忙逃回飞船，慌慌张张逃离地球。

离开的时候，他们向我们保证银河系仍旧欢迎我们的到来，只不过得等到我们的文明从这次大灾难中恢复之后才可以，那就是几个世纪之后的事了。

6

身穿完美无缺的隐身斗篷彻底隐形之后，穿着隐身衣的人似乎就能摆脱多种形式的监视。虽然在公共场合使用电子设备的话，还是能够被窃听，可是，要是电子设备没有接入互联网，那隐身人就是老大。

制作隐身斗篷所用的材质非常特殊，其工作原理是通过使斗篷周围的光线围绕自身发生折射，把原本会被穿隐身衣的人挡住的各种影像和实时画面忠实地呈现出来。整件斗篷无缝拼接，唯一的孔洞就是安装针孔照相机镜头的地方。这些不易被人察觉的输入设备通过无线方式把外界景象传输给隐形人戴的特殊电子护目镜，这样的话，隐形人就能在斗篷的包裹下自如行走。起初，隐形人要是走得太快，智能织物要快速转换折射的图像，斗篷周边就会发出神秘微光，这对看向隐形人方向的人来说，感觉怪怪的。很快，技术提升，这个让人心神不宁的缺陷在接下来的几代产品中踪迹全无。

对于那些从道德层面反对自己的一切正常活动都被监控的人来说，隐形是完美摆脱监控的方式，该项技术也给所有守法公民提供了这样的权利。然而，隐形技术却也滋生了许多非法行为。窥阴癖的人数突然增加，色狼人数暴涨。暗杀行会突然出现：刺客们不喜用枪，刀和毒针是他们爱用的武器。原因很简单，得手之后，没人知道发生了什么事，大家都在莫名其妙地看着受害人痛苦难耐时，他们就可以神不知鬼不觉地逃跑。很快，政客们不敢在公众场合露面。抢劫行为激增：不管偷了什么，往斗篷下一藏，赃物立即隐形。就反间谍活动来说，隐形实际上又提供了一种新型技术，使窃听变得更简单。

事实证明，义务警察行动是针对这场闹剧的唯一有效反抗。刚开始，人们手持喷漆罐，朝所有看来可疑的地方喷彩色喷雾。可是后来，由于许多无辜路人遭殃，导致这些积极的市民经常被起诉，他们把喷漆罐换成了更加安全也不会伤及无辜的彩弹枪，再往后，又换成了纳米粉球，对人体无害，但却会附在斗篷表面，显现斗篷轮廓，使隐形人无处遁形。

最终，高敏度便携式二氧化碳探测器的广泛使用终结了这场隐形闹剧。

至少人类不再热衷——隐形无人机可是无处不在。

7

整个地球的大气层撒满了既无法根除又能自我复制的军用级智能灰尘，这就意味着大家对抗监视的战争以失败告终。

智能灰尘无孔不入，就连你自认最安全的地方也被它们侵占。他们藏在鼻腔里，也藏在大家经常会清洁消毒的私处，再把看到的一切通过公开渠道播放出来。

无隐私社会（TTS）已经诞生，管你愿意不愿意。

任何新生都要经受创伤和痛苦的洗礼。混乱局面持续了好几年。然而，和新生幼儿一样，TTS 也在不断变化，几年后的 TTS 早已不再是当初的模样。

熬过阵痛期的人们开始把智能灰尘传输的数十亿信息流进行分类管理：人类信息流，动物信息流，植物信息流和矿物信息流。

最重要的是，每个大活人都成了他们自己真人秀节目的主演，他们塑造着自己的形象，也被他人塑造。

所有虚构的娱乐节目全部消失。既然同胞们的真实生活已毫无保留地展示在大家面前，谁还会看虚假的东西呢。有关大自然的节目也消失不见。现在的观众连野生动物最隐私的生活都了如指掌，比过去那种拍摄城市红尾鹰日常生活的直播节目要直观了好几个级别呢。

按照惯例，看完直播节目都要对所看节目进行反馈。结果让人吃惊。居然没有人对节目内容表示愤慨，也没有人对节目指指点点，说三道四。只有当一个人想要隐瞒自己的罪恶时，大家才会非难。可那种情况根本不会发生。

然而，出于某些莫名其妙的原因，虽然没有人公开谴责直播的内容，个体行为——慢慢的，企业和政府的公共行为也包含在内——开始变得越来越合乎伦理道德。专家对出现这种进步的原因很是迷惑，后来他们认为品牌维护应该就是答案。当一个人的形象成为公开交易的商品，就算不是正式公开，但一旦有了观众，也有了一定的市场占有率，为了不让粉丝失望，这个人就会尽量避免做出有损形象的行为。

当然，凡事皆有例外，要是一个人把自己定位为“坏小子”或“坏女孩”就另当别论了。

那么，当然了，那就是竞次逐底的挑战了。

8

全世界的示威者在集会时都会戴着一模一样的盖伊·福克斯面具，这样做既可以阻挠当局确认示威者身份，也彰显了示威者有着共同的目标。纳米雕刻技术成熟之后，面具终于退出历史舞台。这个结果在现实生活中早已被二十世纪一位名叫约翰·瓦利的科幻小说作家预见到。在他的作品中，他描述了一个异教团体，为促进团结，所有成员都对身体进行了雌雄同体的全身改造。

可是在 2054 年，这么无聊的事是没人会干的。

相反，上千个反叛集团和团体如雨后春笋般冒了出来，每个团体都有自己团体共同拥有的体细胞外形。不过呢，这个人造外形常常和采用者原本的性别、人种甚至种族没有任何关系。

一个团体的成员可能全部是罗伯斯庇尔。另一个团体可能全部由玛格丽特·桑格组成。有爱德华·斯诺登军团和切尔西·曼宁军团，拉斯普京军团，还有马尔科姆 X 军团和金博士军团。有些团体比较搞笑，跟闹着玩似的把自己团体的形象塑造成一群长得一模一样的电影明星。还有些团体选择把形象镜像塑造成他们谴责的政客。

这些长相雷同的激进分子的确有效地把执法者和国家安全专家们给弄糊涂了。可是当局自有他们的终极解决办法，那就是给所有被捕的激进分子检验 DNA，通过 DNA 检测出他们的真实身份。

可是，第一批 DNA 检测过程中就出了完全不曾预料到的问题。

纳米雕刻的范围居然延伸到了细胞层。每一个格洛丽亚·斯泰纳姆都拥有一模一样的基因组。这种改变已经根深蒂固，不可逆转。现在大家要一辈子跟自己选择的体细胞外形绑在一起了。

一波自杀潮过后，剩下的人们逐渐适应了自己不那么理想的长相。可是真正可悲的后果其实报应在下一代身上，等到这些反叛者的孩子们出生之后才显现出来。

你要是看见亚伯拉罕·林肯和贝蒂·弗里丹的后代长什么样，绝对会后悔。

9

我身边永远围绕着一群我的专属微型无人机，嗡嗡嘤嘤地把我密密包围，包进这个绝对安全、超级隐私、神圣不可侵犯的茧里。每个无人机都如家蝇一般大小，成千上万只聚在一起，围在离我皮肤大约三英寸的地方，形成一个外形多变、反应灵敏的智能外壳。在这个颗粒状外壳里，它们把感知到的信息通过遥感技术传送到我的隐形眼镜和耳塞里，不断净化我身边的空气，同时保持环境温度随时处于理想舒适的状态。

我无法想象没有无人机的生活。我们的祖先怎么能跟外界环境直接接触呢？多么野蛮的生存条件！因为有了无人机，我所有的活动都不受干扰，所有的表情你们都猜不透，脆弱的时候也没人能看到。遇到敌人，它们会聚在一起发出声波，或者发射激光，甚至使用化学武器进行攻击。我要是抬腿走路，举起胳膊，无人机们会立刻挨近我的表皮肌肤，辅助我的外层肌肉系统一起活动。不管是站是坐还是躺，无人机都会在我和我要接触的任何东西之间进行相应调整，完美契合。

这么一来，全世界二十亿人形成了二十亿个独立小国，安全地待在无人机组成的移动城堡里，各自为政。

不过呢，我得承认，因为有了这层极其宝贵又不可或缺的无人机保护外壳，找性伴侣这件对我来说重要又急迫的事就变得更加复杂，难上加难。

通过外貌互相吸引来寻找情投意合的性伴侣估计是不可能了，一个人的长相现在根本就不可靠。所有人看起来都一个样：全身闪闪发光，嗡嗡叫个不停，看起来像人的一团怪物。要想看对方长什么样，你得选择接受陌生人遥感传输给你的信息流，对方才会通过无人机外壳的内置传感器把看似是他们本来长相的信息传输给你。当然，这些信息很有可能是假的。

假设遥感信息让你和对方互相有了足够了解，你终于如愿以偿找到了合适的性伴侣，这时就会面临如何让你们俩的无人机群合并的问题。为了能和对方肌肤相亲，以古老的方式享受鱼水之欢，两群（也可能更多！）无人机必须暂时融合为一个整体。

可是这些无人机全都是人工智能，时刻准备着保护主人，有时甚至会违背主人的选择和决定。一旦嗅到一丝危险，或者它们认为跟对方不相容，无人机们就会拼力阻止融合的发生；要是你强制融合，那么，无人机就会陷入混乱状态，剩下主人一丝不挂地待在原地，茫然无措。

不过，假如一切顺利，你还是可以跟过去一样享受性生活，遇到合适的对象，也会怀孕。接下来，在无人机的帮助下生下孩子，新生儿一落地，一群无人机就会立刻从母体机群中分离出来，把小婴儿包裹得密密实实。

小婴儿穿着生命中第一件闪闪发光的无人机保护壳，嘴巴附近的无人机和母亲乳头旁的无人机融合在一起，母亲那嗡嗡作响的乳房里不断分泌出营养丰富的生命之乳，由长着触手的小小机械助手抽出来，送到婴儿嘴里。这是我见过的最让人心动的景象。

10

一走进杂货店，我就被摆在货架上的商品投射出来的栩栩如生的全息图给包围了。感谢上帝，这些全息图只有我一个人能听到，也只有我能看到，因为有些内容实在是太让人难为情了。

“李基夫人，据我们了解您和您家人非常喜欢吃上次买的那盒脆谷乐。六天时间就吃完了一盒。小查理·李基把最后一碗给吃了，自然，他明天还想吃。可是您家已经没有了。这次您要不要一下买两盒呢？”

“李基夫人，您女儿阿曼达昨天上男女混上的体育课时出丑了，搞得她特别尴尬，可难为情了。她现在用的卫生棉条对她的月经量来说太小，根本挡不住，结果血渗到了衣服上，班上的男同学都在笑话她。您看是不是把原来用的丹碧丝换成更好用的倍得适？”

“李基夫人，您丈夫罗伊最近在尽丈夫的职责时似乎有点力不从心。我们建议您给他买些高丽参补补，就在放维生素那排货架上。对了，今天牡蛎特价。”

我尽量让自己无视他们的推销——毕竟，想买什么我心里有数——突然，他们又给我推销了一件我无法拒绝的东西。

“李基夫人，从您的生命体征和脑电波来看，您现在厌倦了不停购物，讨厌干不完的家务，也腻烦了天天伺候老公和孩子。门外的停车场停着一辆黑色科尔维特，里边坐着我们为您精心挑选的对象，好让您跟他谈谈情，说说爱，时间很短，但也可以让您再次焕发青春。要是您同意这项消费，就请在安装在他那辆车变速杆旁边的读卡器上刷一下您的积分卡。要是您对这次消费体验不满意，可以申请退款。”

我把购物车扔到冷冻食品处，堵在通道上，夜幕降临之前，我已经到了拉斯维加斯。

希望接下来的几周再多点这种特殊购物体验。

11

终于，美国当局发现，最有效又能降低成本的监视手段是自我监视。要是被监视对象能被忽悠着自己监视自己，自己举报自己，那就根本不需要外派特工了，也不会收集到一堆不完整又古里古怪的没用信息。要想搜集一个人的完整信息，还有比让这个人自己来搜集更合适的吗？

这个惊世骇俗的发现是由一个在情报部门工作的低级别 GS-3 办事员提出的。办事员名叫威尔伯特·蓬萨勒，他在网飞订购了阿加莎·克里斯蒂那部让人毛骨悚然的神秘谋杀片《神秘的镜子》，结果不知怎么搞的，收到的居然是《黑暗扫描仪》。看着根据菲利普·K. 迪克的作品改编的电影，他发现了把电影中的扭曲场景运用到现实世界的可能。

为奖励他的发现，蓬萨勒成了第一个接受改造实施自我监控的人。给大家讲一下改造过程：在药物推动下，他的第二人格得以发展，这个第二人格会持续监视基准人格做的每一件事，等到威尔伯特·蓬萨勒的原型睡着之后，第二人格再把监视报告提交上去。

当局对这个新技术特别满意，于是各个政府部门相互勾结，把可以引起定向分离型身份识别障碍（又称人格分裂）的药物掺入国家的供水系统。几个星期的工夫，全国三亿公民多多少少都会开始自我监视。

其他国家立刻效仿。

本来一切进展顺利，可是第二人格开始发展独立的意志，也有了自己的行事动机。这样的话，第三人格就必须要分离出来监视第二人格。

自然而然地，逆序发展的人格开始永无止境。或者说，本来应该是永无止境的。可是，还没等分裂到第十人格，人类的大脑运算能力就崩溃了。在那之后，彻彻底底的青春型痴呆和紧张性精神分裂症患者出现，整个地球随处可见流着口水的傻子，没过多久，他们都在大屠杀中相继死去。地球资源转而在剩下的为数不多的人中重新分配——这些人包括：太平洋某个岛上的一个部落居民，几个因纽特人，一些斯堪的纳维亚猎鹿人，还有一小部分是亚马逊丛林的原始人——他们都没有吃那药。

12

较有远见的物理学家早就说过这样的话：整个宇宙充满了各种各样的信息，不是以原子计，而是以比特为计量单位。既然收集各种信息是间谍和政府监视民众的惯用伎俩，那就进行一些绝密试验来看看物理学家们的论断是否正确。最终，一个黑预算项目成功证实了物理学家们的猜想：万事万物，一台量子计算机全部搞定！真相浮出水面之后，没过多久，读取信息流的工具就被成功造出。

不再需要间谍活动。在宇宙这台存储器上随便搜一搜“注册信息”和“缓存信息”，什么内容都找得到。

恐怖分子震惊到极致——几毫秒之后就被炸死了——那么隐蔽的藏身地居然能被找到。贪污犯贪污的不义之财还没等花出去一分钱就被抓了起来。杀人犯还没等扣下扳机就被制止。

令人惊讶的是，这么强大的秘密武器居然没有人滥用，使用范畴被控制在最小范围内。反对党的政治规划没有被泄露，名人的性丑闻没有登上报纸头条。正在拍的电影情节也没有被剧透。有着量子计算机搜索权力的人道德观念极其高尚。

可是，有人发现宇宙信息不单单是只读信息，还可以覆盖重新写入。

这个诱惑实在太大。掌控量子计算机接入权的人为了满足个人私欲，开始对信息进行编辑修改，于是，现实世界一分钟一分钟地发生了改变。整个国家消失了。新的性别出现了。夜空中飘浮着好几个月亮。现实世界开始分崩离析。

后来，肯定有人按了“重启”键，整个宇宙都不复存在，又重新出现，只不过这次人们通过软件访问宇宙的权限被拒绝。

生活继续，一如往昔。可是，人们身上却长满了斑点和触须，还有许多许多只眼睛。

13

信息安全乌托邦总算成为了现实。

这个星球上的监视行为不复存在。在严格执行的法律法规支持下，政府采取了一些绝妙的策略和技术手段，使间谍活动难以为继。

个人拥有绝对隐私。每个人都保有自己神圣不可侵犯的私人空间，任何人不得侵入。

可是，“麻雀掉落运动”凭空出现。

有个号称自己是传教士的激进分子开始猛烈抨击上帝，说上帝才是那个终极偷窥狂。

“他不是看到了每只麻雀的掉落吗？他不是数过我们头上有多少根头发，知道我们的寿命吗？他的无所不知就是对我们人类生命完整的最大冒犯！我们的隐私保护得再好，在他那贼溜溜的注视下，一切努力都化为乌有！”

这些让人难以置信的谩骂和指控如病毒般扩散传播。传教士名气大涨，从原本上传到油管的视频，从根本无人理会到现在偌大的体育场座无虚席。人们一想到上帝正在戳破他们神圣不可侵犯的隐私屏障，就惊慌失措。这群人，早已把造物主窥视他们的灵魂这样的观念抛在脑后，现在对这种让人震惊的说法也失却了心理免疫力。

因为没有任何科学和技术能阻碍上帝的行为，这是自然的，所以这群呼天抢地的人就开始寻求各种各样的魔法来阻止上帝。江湖术士和骗子数量激增，贩卖一些诅咒、符咒和护身符，帮助那些有罪的人躲过上帝审视的眼神。可是这些小把戏根本无法安抚民众越来越恐慌的心，总担心自己被全世界最神出鬼没的那一位，人称“神圣版国安局”的那一位监视。

最后，各国政府不得不有所回应，采取措施。

一个带轨道的神奇帘幕开始安装，帘幕可以遮住整个星球。

这个工程已经进行了二十年，只完成了一部分，却已花去了全世界经济体 GDP 总量的一半。可是，对大多数人来说，把上帝之眼隔离在他们的生活之外远比破产要重要。

没有人想过，也许上帝早已跨越帘幕，走了进来。

致谢

诚挚感谢

致凯特·约翰逊

我的超级经纪人，本书还未成型，她就相信这会是一本好书。没有她的聪慧、支持与悉心指导，这本书就不会存在。

致约翰·奥克斯

非凡、慷慨、热情的发行人，就算开车上山途中我们的通话信号中断，他仍对我保有无限耐心。

致邦妮·纳达扎姆

最棒的读者，最好的朋友。多年前，在圣塔莫妮卡可能喝了太多酒的我们注册脸书时，是她第一次让我想到监控的可能性。

致艾梅·本德、T.C. 博伊尔、埃特加·凯雷特和吉姆·谢泼德

感谢你们早期对本项目的支持。

致肖恩·伯纳德、史蒂文·海沃德、马克·欧文、达纳·约翰逊、凯瑟琳·卡琳和阿莉克西斯·兰多

感谢你们的友谊。

致所有撰稿人

能与这么多我心目中的英雄合作，我感到非常荣幸，深深感动，深感满足。

致我的父母珍妮·赫特和约翰·赫特，还有我妹妹艾米丽·赫特

感谢你们无条件的爱与支持。

最深的感谢要送给玛丽埃尔和伊斯拉：一切尽在不言中。

出处说明

《标本师》

大卫·艾布拉姆斯著。经作者授权出版。

《远观，亵玩》

艾梅·本德著。经作者授权出版。

《阿黛拉，最初题为，黑暗航程，再版后更名为，心之红棺。作者佚名》

夏奈尔·宾士著。初次发表时以《我们共同的罪恶》（*Our Commutual Mea Culpa*）为题刊登于《橱柜》杂志第十二卷。经作者授权转载。

《加利福尼亚》

肖恩·伯纳德著。初次发表于《诗人与作家》杂志。经作者授权转载。

《重回往昔时光机》

T. 科拉格森·博伊尔著。初次发表于《纽约客》杂志。经作者授权转载。

《卡米努可酒吧生存指南》

马克·基乌萨诺著。经作者授权出版。

《午夜之城》

罗伯特·库佛著。初次发表于《VICE》杂志。经作者授权转载。

《绝对窘境》

选自作品集《绝对窘境：小说集》，露西·科林著。经作者授权转载。

《被黑鸟 SR71 注视的十三种方式》

保罗·德·菲利普著。经作者授权出版。

《苦歌》

科利·多克托罗著。初次发表于雷达网旗下杂志《雷达》。经作者授权转载。

《速追我》

史蒂文·海沃德著。经作者授权出版。

《无月之星》

布莱恩·赫特著。经作者授权出版。

《礼物》

马克·欧文著。经作者授权出版。

《287690 号囚犯——以色列间谍马利克的自白》

朗达·贾拉尔著。经作者授权出版。

《建筑絮语》

达纳·约翰逊著。经作者授权出版。

《美女杀手》

怪诞琼斯著。经作者授权出版。

《睡在珍·茜宝睡过的地方》

凯瑟琳·卡琳著。经作者授权出版。

《第二次机会》

埃特加·凯雷特著。初次发表于《格尔尼卡：艺术与政治杂志》。经作者授权转载。中文简体版出自《最后一个故事，就这样啦》，人民文学出版社 & 九久，2017 年第一版。经上海九久读书人文化实业有限公司授权转载。

《战争机器》

迈尔斯·克利著。初次发表于《凌晨三点》杂志。经作者授权转载。

《他的样子》

阿莉克西斯·兰多著。初次发表于《热爱生命》杂志。经作者授权转载。

《恐龙在第一朵花开时节灭绝》

凯莉·卢斯著。经作者授权出版。

《关于一只眼的审判记录》

卡门·玛丽亚·马查多著。经作者授权出版。

《我们的新邻居》

林肯·米歇尔著。经作者授权出版。

《见证者与旅客列车》

邦妮·纳达扎姆著。经作者授权出版。

《透明项目》

阿丽莎·纳汀著。经作者授权出版。

《我们是嗅味师》

德吉·布赖斯·奥卢科滕著。经作者授权出版。

《制造布克》

戴尔·派克著。初次发表于《西洋镜：小说纵览》。经作者授权转载。

《以太》

张冉著。初次以中文出版于《科幻世界》杂志，本书英文版收录了刘宇昆和言一零的翻译版本。经作者授权转载。中文简体版经作者授权，在此发布原版文章。

《独自生活安全小贴士》

吉姆·谢泼德著。初次发表于《金丝雀新闻》杂志。经作者授权转载。

《教授》

奇卡·乌尼格韦著。经作者授权出版。

《恐怖（旅游）分子（爱好者）》

胡安·帕布鲁·维拉波斯著。初次以葡萄牙语出版于《圣保罗州报》，由安妮·麦克德莫特翻译。经作者授权转载。

《郊狼》

游朝凯著。经作者授权出版。